COLLECTION FOLIO

Maurice Denuzière

L'Adieu au Sud

Denoël

Je n'irai jamais sur les chemins du Sud d'avant. Condamné à vie à lui sans jamais le voir. Condamné à le rêver.

Yves BERGER,
Les Matins du Nouveau Monde.
(Éditions Grasset, 1986.)

Tout homme qui naît dans le Sud est le dépositaire d'un héritage qu'il peut revendiquer ou renier, dont il peut être fier ou honteux, mais auquel il ne peut échapper.

Jean ROUBEROL,
L'Esprit du Sud
dans l'œuvre de Faulkner.
(Publications de la Sorbonne,
Didier Erudition, 1982.)

PREMIÈRE ÉPOQUE

Le Temps des dupes

1

Lorna, figée dans la béatitude des âmes comblées, sourit à Osmond. Accoudée à la table à thé, le menton sur ses mains croisées, elle fixait le Mississippi, derrière l'écran des chênes.

Osmond souffrit atrocement de ne pouvoir capter ce regard, fluide comme le fleuve et d'une inconcevable neutralité. Il s'agita et avança la main pour toucher l'avant-bras de sa femme. La scène se dilua, comme au théâtre quand s'éteignent les feux de la rampe.

Le sentiment d'avoir été réveillé par sa propre voix rendit brusquement le dormeur à la conscience. La première pensée lucide imposa au présent une évidence maintes fois répétée : « Lorna est morte [1] ! »

Chaque fois que l'image de la défunte s'immisçait ainsi dans ces rêves du petit matin, que suscite souvent une brisure du sommeil, Osmond de Vigors hésitait à ouvrir les yeux.

Ce matin d'avril 1929, il dut admettre que le retour quotidien au monde sensible s'effectuait dans une chambre inconnue. Le soleil, qui filtrait par les fentes des persiennes, lui parut aussi étranger que le parfum des draps

1. Cet événement du passé ainsi que tous ceux, familiaux, politiques ou économiques, auxquels il sera fait référence ou allusion dans le présent ouvrage ont été racontés dans quatre romans du même auteur : *Louisiane*, *Fausse-Rivière*, *Bagatelle*, parus aux éditions Jean-Claude Lattès, et *les Trois-Chênes*, aux éditions Denoël.

fripés. Il se trouvait dans le lit de Liz Bogen, au cœur du Vieux Carré, à La Nouvelle-Orléans. Seul, mais depuis peu sans doute, car jusqu'à l'aube naissante Liz avait été fougueusement présente.

Un coup d'œil à sa montre de gousset, posée sur la table de chevet, le fit sourire. Huit heures allaient sonner. Depuis des mois il ne s'était pas éveillé aussi tard. Depuis plus longtemps encore après une nuit passée avec une femme. La veille, il avait dîné avec l'artiste peintre, dans un restaurant à touristes, au bord du lac Pontchartrain, où il ne craignait pas de rencontrer des gens de connaissance. Liz appartenait à cette catégorie favorisée des octavonnes à la carnation assez claire pour « passer blanche » ailleurs que dans le Sud, où l'on discernait au premier coup d'œil la présence, si ténue fût-elle, de sang noir. Mais un membre de l'aristocratie louisianaise ne pouvait courir le risque d'être vu en telle compagnie dans les établissements strictement réservés aux Blancs.

Malgré ce handicap, qui eût rebuté bien d'autres, Mlle Bogen, intelligente, sensible, drôle et d'une désinvolture de bon ton, avait plu à Osmond dès leur première rencontre en 1923, au cours d'une *party* organisée chez un peintre du Vieux Carré. Il l'avait revue depuis, dans les locaux du *Double Dealer,* magazine dont elle illustrait alors des articles. Quand, à la fin de l'après-midi précédent, elle était venue à sa rencontre dans la salle des pas perdus du palais de justice après que Silas Barthew, le frère de Lorna, eut été innocenté du meurtre d'un agent de la prohibition par les révélations scandaleuses d'Otis Meyer, Osmond avait deviné que Mlle Bogen comprenait son désarroi.

Maintenant, il classait Liz parmi les êtres rares auprès desquels il se sentait à l'aise parce qu'ils ne jouaient pas de rôles adaptés aux circonstances. Pendant le dîner, tandis que le faisceau du phare de Milneburg — le seul, de tous les Etats-Unis, gardé par une femme [1] — balayait le ciel au-

1. Mrs. Fannie Norwel, qui prit sa retraite en 1932.

dessus du Southern Yacht Club, ils avaient échangé ces propos anodins qui masquent aussi bien le désir que la crainte d'une relation moins conventionnelle. Les potins de la bohème louisianaise, les fiançailles de Charles Augustus Lindbergh avec la fille d'un ambassadeur [1], l'exposition des œuvres des artistes noirs au Little Arts and Crafts Club, le dernier livre de Lyle Saxon, *Old Louisiana,* l'apparition sur les écrans de la ville d'une Suédoise à la beauté sévère nommée Greta Garbo, la récente représentation, à l'auditorium municipal, de l'opéra de Jules Massenet *le Jongleur de Notre-Dame,* avaient fourni à Osmond et à son invitée des thèmes permettant de rester à la périphérie du flirt.

Puis, parce qu'ils souhaitaient sans doute l'un et l'autre renoncer aux artifices du verbiage dont aucun ne pouvait être dupe, ils avaient franchi, au dessert, le premier cercle des confidences.

Invitant Liz à parler de son art, de son passé, de sa vie présente, de ses aspirations dans une société où la ségrégation raciale compliquait toute chose pour une femme de sa qualité, il avait apprécié la franchise de l'octavonne, sa lucidité, son ardeur quasi animale à jouir de la vie.

« Bien vivre est la meilleure revanche », avait-elle lancé.

A son tour, il s'était épanché, avec une loquacité inhabituelle chez cet homme réservé et spontanément distant. Il avait même exprimé devant l'inconnue son désenchantement après la découverte des trahisons conjointes de son beau-frère Silas et d'Otis Meyer, la femme de son meilleur ami.

En reconnaissant que la solitude — « toutes les solitudes », avait-il précisé — lui pesait après une année de veuvage, il s'était dit conscient, au cours de ce tête-à-tête, d'un renouveau d'intérêt pour les agréments de l'existence. « Sans doute dû à votre présence », avait-il conclu en fixant la jeune femme de son regard minéral.

1. Charles Lindbergh épousa, le 20 mai 1929, à Englewood (New Jersey) Anne Spencer Morrow, fille du futur sénateur républicain Dwight M. Morrow, alors ambassadeur des Etats-Unis au Mexique.

Dans la bouche de M. de Vigors, une telle phrase constituait une véritable déclaration. Liz, bien qu'un peu gênée par le bizarre sourire de son vis-à-vis, l'avait prise comme telle.

A minuit passé, alors qu'il rangeait son automobile rue Conti, Mlle Bogen avait dit simplement : « Si vous n'êtes pas pressé de rentrer chez vous, venez voir mes dernières toiles. » Osmond s'était empressé d'accepter, sachant bien que l'artiste formulait cette proposition parce qu'elle le devinait incapable de rien solliciter.

Par de sombres passages voûtés conduisant au patio sur lequel ouvrait, au premier étage d'une maison de l'époque espagnole, l'appartement-atelier, Liz Bogen avait guidé M. de Vigors jusqu'au pied d'un escalier raide et obscur. « Donnez-moi la main. Il faut compter les marches. Le propriétaire a déjà éteint », avait-elle soufflé.

La main de Liz, il la serrait encore, cette fois sans prétexte, tandis qu'il avait examiné, dans la lumière trop tamisée des lampes à abat-jour, les tableaux accrochés aux murs ou posés sur des chevalets. « Votre peinture vous ressemble, Liz ; elle est saine, franche, enjouée, avec un rien de mélancolie cachée », avait-il lancé. « Ma peinture a besoin de la clarté du jour ! L'électricité ne lui vaut rien. D'ailleurs, je ne montre jamais mes tableaux ici, le soir... », avait-elle tranché en lui tendant un verre d'eau glacée.

Quand ils s'étaient assis côte à côte, il avait saisi avec douceur et tendresse le visage de la jeune femme dans ses deux mains et, sans autre préambule, l'avait embrassée. « Je dois vous dire un grand merci pour cette... » Les lèvres de Liz avaient interrompu cette phrase niaise. Enlaçant alors ce corps ferme et peu vêtu, dont la tiédeur filtrait à travers la soie tendue par le buste et les cuisses, il n'avait pu maîtriser une légère trémulation des muscles du bras. Liz, devinant le désir exacerbé de celui qui a trop longtemps connu la continence, ne s'en était pas offusquée. « Vous savez, Osmond..., vous pouvez rester... si vous voulez. »

En appelant M. de Vigors par son prénom, la jeune femme avait franchi le pas.

Il était resté et la nuit avait été brève. Sans doute parce que, depuis l'ère coloniale française et espagnole, les auteurs de romans de plantation, les midships yankees et les commères de La Nouvelle-Orléans faisaient aux octavonnes une réputation de sensualité débridée, Osmond s'était attendu à trouver chez Liz Bogen la lascivité luxurieuse, la licence rustique et les audaces faunesques que tout Sudiste de tradition impute au sang noir.

Or, dès le premier baiser, il avait été déconcerté par l'abandon mesuré de cette célibataire affranchie. L'attitude de Mlle Bogen traduisait plus sûrement un réel besoin de tendresse qu'une soudaine fringale sexuelle. Elle avait éteint toutes les lampes avant de se glisser près de lui, encore vêtue d'une courte combinaison. Osmond se souviendrait longtemps du frémissement craintif de ce corps livré à ses caresses insistantes. Après une première étreinte gloutonne et silencieuse, dont il était sorti un peu confus, ils avaient ensemble réinventé la brûlante harmonie des amants complices. Osmond y avait retrouvé la délectation sensuelle procurée par Dolores, sa première maîtresse, l'initiatrice de son adolescence. De son côté, Liz avait découvert chez ce partenaire impérieux une complaisance attentive et patiente : il offrait avec délicatesse le radieux plaisir qui ne laisse pas de honte.

En quelques minutes, M. de Vigors se remémora les circonstances et la banale stratégie qui l'avaient conduit, comme il le souhaitait depuis quelque temps, dans le lit d'une femme sans préjugés ni prétention. Il ne se dissimula pas cependant que le rêve familier, où Lorna était présente et qui l'avait poursuivi jusque-là, prenait sans doute, sous l'influence maligne du subconscient, une signification moins innocente qu'à l'accoutumée. S'il avait été plus sensible aux manigances de la libido longtemps contrariée, M. de Vigors aurait considéré ce rêve comme la manifestation morbide d'un remords immédiat, dû à sa première infidélité au souvenir de la morte. Mais la théorie des chaînes associatives du docteur Freud ne pouvait être prise en considération par ce Sudiste, chez qui la rusticité psychologique des pionniers constituait un antidote puissant aux philtres douteux de la psychanalyse. Si de nombreux intellectuels de New York usaient, parfois avec outrecuidance, de la nouvelle clef des songes du neurologue autrichien pour sublimer leurs petites névroses de dilettante ou de velléitaire, Osmond savait que toute interprétation de ses sensations, rêves et comportements, passait par une équation héréditaire complexe. Le sang ardent de Virginie, son arrière-grand-mère, le poussait à retourner aux ébats charnels, tandis que celui de Clarence Dandrige, le parfait Cavalier, porté jusqu'à ses veines par un métissage indien, lui dictait une rigueur morale difficile à concilier avec les exigences d'une saine constitution.

Or Liz Bogen venait d'offrir à Osmond le moyen de satisfaire les appétits du corps sans engager un sentiment qu'il croyait à jamais voué à Lorna. Sans en avoir réellement conscience, M. de Vigors s'était comporté comme les tyranneaux du coton du XIXe siècle dont il abhorrait l'hypocrisie et qui couchaient avec leurs belles esclaves ou entretenaient des maîtresses noires sans avoir le sentiment de tromper leur épouse blanche.

Osmond, en recherchant Liz, n'avait fait que suivre le conseil donné par Bob Meyer, qui savait à quoi s'en tenir sur les ambiguïtés de la morale sudiste. Depuis qu'Otis lui avait interdit sa chambre, avant de s'enfuir avec Silas Barthew, Bob confiait à de jolies vendeuses des grands magasins, toujours prêtes à s'amuser, le soin de meubler ses heures de spleen. « Cela m'assure, disait-il, l'activité sexuelle normale et pondérée, indispensable à tout homme en bonne santé. »

« Nos instincts ne peuvent être tous mauvais et la sagesse consiste à reconnaître ceux auxquels on peut céder », avait enseigné autrefois à Osmond Gustave de Castel-Brajac, gentilhomme gascon et bon vivant. M. de Vigors se dit que la pulsion élémentaire et, pour tout dire, un peu animale qui avait jeté dans le lit d'une femme de couleur, exceptionnellement agréable, un veuf de trente-six ans, robuste et courtois, ne pouvait être condamnable.

Emergeant de ses réflexions, Osmond étirait voluptueusement bras et jambes et s'apprêtait à sortir enfin du lit, quand la porte de la chambre pivota lentement sur ses gonds.

S'appliquant à l'immobilité, les yeux mi-clos, mimant par jeu le sommeil, il vit apparaître Liz Bogen, vêtue d'une robe jaune retenue aux épaules par de minces bretelles. Elle marqua un temps d'arrêt sur le seuil puis s'avança, à pas félins, vers le lit. Sans hésitation cette fois, mais avec précaution, elle s'agenouilla pour approcher plus aisément son visage de celui du dormeur. Puis elle posa doucement ses lèvres fraîches sur le front d'Osmond. Ce dernier observa un court instant les dents d'une extrême blancheur et les grands yeux marron, frangés de cils drus, où il lut un regard à la fois tendre et plein de curiosité inquiète.

— Je suis éveillé depuis peu et je vous ai vue entrer. En fait, je savourais votre approche, dit Osmond.

— Ce n'est pas bien de faire semblant de dormir.

— Eh !... cela m'a valu un baiser... maternel !

— Maternel ! s'exclama Liz, jouant l'indignation.

Elle se pencha et lui écrasa la bouche d'un baiser qui n'était pas de nourrice. La pleine rondeur des seins de la jeune femme creusait une crevasse d'ombre dans le décolleté béant de la robe. Osmond y enfouit son visage.

— Vous sentez bon, Liz, dit-il en redressant la tête.

— *Moment suprême* de Jean Patou, une eau de toilette d'importation... Du jasmin..., de la bergamote...

— Non, Liz, je parle de votre parfum naturel. Vous sentez l'amour, tout simplement.

— Savez-vous qu'il est plus de huit heures ?

— Et j'ai rendez-vous à neuf heures et demie avec un magistrat qui n'aime pas attendre...

Liz lui caressa le menton du bout des doigts, évaluant le piquant de la barbe.

— La salle de bains est là, dit-elle en désignant une porte. Et le petit jardin par ici, ajouta-t-elle, montrant une autre issue.

Liz utilisait, un peu malicieusement, pour désigner les toilettes le nom ayant cours dans les vieilles plantations, où les commodités se trouvaient hors de la maison, dans une cabane périodiquement blanchie à la chaux.

Après un dernier baiser, la jeune femme se releva.

— Le *breakfast* sera servi dans vingt minutes. Thé ou café ?

— Thé, répondit Osmond.

Il attendit le départ de Liz pour sortir du lit.

Un ordre parfait régnait dans la salle de bains, tout en faïence rose. M. de Vigors ne s'attendait pas à voir une installation aussi moderne et confortable chez une artiste qui ne devait pas jouir de revenus élevés. Il trouva sur la tablette du lavabo un blaireau, un rasoir mécanique Gillette et, dans son bol de bois, un savon à barbe anglais. Tous ces objets et produits étaient, ainsi que la brosse à dents, le dentifrice et le peigne, encore enfermés dans leur emballage. Suspendu à un cintre, le costume qu'il portait la veille avait été soigneusement brossé. Sa chemise, lavée et repassée, était posée, avec sa cravate, sur un tabouret. Ce luxe de prévenance amusa Osmond. Il imagina que Liz Bogen avait dû se lever tôt pour mettre de l'ordre et se procurer les objets indispensables à la toilette masculine. Ces attentions de femme qui a vécu avec un homme et sait organiser son confort, l'atmosphère d'intimité sereine qu'elles créaient, transformèrent le bien-être qu'Osmond éprouvait depuis le réveil en une subite joie de vivre. Une phrase de Gustave de Castel-Brajac lui revint à la mémoire, pour définir ce qu'il ressentait en sifflotant sous la douche : « Heureux d'être au monde et d'y voir clair. »

Il fit ensuite honneur au petit déjeuner servi sur une nappe de dentelle un peu trop somptueuse pour le premier repas de la journée.

— Elle me vient de ma grand-mère... Ce fut d'ailleurs son seul legs, dit vivement Liz.

Elle avait interprété comme légèrement ironique le bizarre sourire de l'avocat découvrant la mise en scène du *breakfast*. Elle craignait aussi que sa rapide reddition de la veille et les voluptueux échanges de la nuit ne conduisent M. de Vigors à la considérer comme une aimable gourgandine, dans le genre de celles que fréquentait son ami Meyer, le président de la Fox Airlines.

Le regard d'Osmond la fascinait et la troublait. En sa qualité d'artiste, elle tentait de le définir, tandis qu'il beurrait posément un toast en commentant, sur le ton mondain, le fumet du thé et la saveur des confitures. Pour Liz, les yeux de M. de Vigors étaient de jade clair, traversé par instants de vibrations dorées ou bleues, semblables aux chatoiements allumés par un lointain feu d'artifice que seul ce regard eût perçu. Elle imaginait derrière ce front des pensées qu'elle ne pourrait jamais partager.

Osmond, sensible à l'observation dont il était l'objet, perçut la méfiance contenue de la jeune femme.

Dans le décor ensoleillé de la pièce, à la fois salon et atelier, où l'on eût en vain cherché un indice du désordre bohème, Liz paraissait beaucoup moins sûre d'elle-même que la veille. Hôtesse accomplie, elle mettait dans ses gestes et ses propos l'aisance de convention que l'on affecte devant l'invité. Elle était autre cependant, aux yeux d'Osmond, que l'amante insouciante et lascive qu'il avait tenue dans ses bras. Le sourire et les regards de l'octavonne traduisaient une circonspection inattendue, presque déplacée. Il eut scrupule à la rassurer :

— Liz, vous m'avez fait une offrande inestimable : vous m'avez rendu à l'ordre humain des choses. Aussi, je ne veux pas vous voir mélancolique ce matin. Et vous ne devez pas penser un instant que je vous considère comme une femme facile. Il entre dans notre rencontre d'hier et dans... ses suites une part de fatalité. Or nous devons tous un certain respect à la fatalité, car nous sommes dans l'incapacité de savoir si elle n'est pas une manifestation de la volonté divine. Les hérédités qui composent votre adorable personne et votre caractère peuvent vous entraîner aussi bien à imaginer mon mépris qu'à m'infliger le vôtre. Mais savez-vous, Liz, de quelles hérédités je suis moi-même le produit ? Du sang d'aristocrates français, certes, mais aussi d'aventuriers acadiens. Un peu de sang anglais et du sang indien par ma mère... Alors !

— Aucun de ces sangs-là ne fut sang d'esclave. Tous sont sangs de maîtres, répliqua Liz, dévoilant ainsi l'obsession commune à tous les Noirs à peau trop claire.

— Est-il plus estimable, aujourd'hui, d'avoir un ancêtre esclave ou un ancêtre esclavagiste ?

— Vous savez bien, Osmond, que si je n'étais pas ce que je suis vous ne seriez pas là ce matin.

M. de Vigors se retint de protester. Ses dénégations eussent sonné faux aux oreilles d'une femme aussi évoluée que Liz.

Les veines de l'octavonne ne charriaient guère plus de sang noir qu'il n'avait fallu d'encre pour tracer le mot *black* sur le registre d'état civil. Liz ne pouvait cependant échapper à la classification raciale qui conditionnait sa vie professionnelle, sentimentale, comme elle avait fixé son sort administratif.

C'était le tour de M. de Vigors de connaître un peu de confusion. Liz lui tendit la main par-dessus la table. Il la serra très fort et baisa doucement les doigts fuselés.

— J'aimerais, Liz, que vous considériez seulement que je suis un homme et que vous êtes une femme. Laissons de côté tout le reste.

— Je n'ai pas voulu vous blesser, Osmond. Pardonnez-moi. D'ailleurs vous connaissez ma philosophie de créole insouciante : « Si tu n'as pas le bonheur, contente-toi de l'usufruit du bonheur ! » lança-t-elle en riant.

— Vous êtes sage, Liz, et j'aimerais vous voir heureuse.

— C'est gentil de me parler ainsi. Mais ce matin je suis

idiote... et il est tard. Pensez à votre rendez-vous au tribunal.

Elle se leva et Osmond, ayant consulté sa montre, l'imita. Tandis qu'ils se dirigeaient vers la porte palière, elle lui prit le bras.

— En bas de l'escalier, prenez le passage à gauche, il communique avec un patio où se trouvent les bureaux de plusieurs compagnies d'assurances et d'un armateur. En traversant le patio en diagonale, vous trouverez un passage qui vous mène rue Conti, à deux pas de votre automobile.

— J'avais oublié l'automobile, dit Osmond.

— En tout cas, si quelqu'un de votre connaissance vous rencontre, il imaginera que vous sortez d'un rendez-vous d'affaires...

— ... et pas d'un rendez-vous galant ! Vous pensez à tout, chère Liz.

— Vous êtes quelqu'un de très connu et très estimé en ville, monsieur de Vigors, et, après le procès de Silas et les révélations publiques de Mme Meyer, hier après-midi, je puis vous dire que vous êtes sur toutes les photos prises à la sortie du tribunal par les journalistes du *Picayune* et du *States*. J'ai vu ces journaux aux mains de plusieurs personnes en faisant les courses.

— Vous devez aussi penser à votre réputation, observa Osmond en appuyant sur le possessif.

— Oh ! Moi, je ne peux faire que des envieuses !

En franchissant le seuil, Osmond se retourna pour prendre congé de Liz. Elle lui tendit les joues, l'une après l'autre, comme une fillette, puis le dirigea vers l'escalier sans un mot. Il descendit quelques marches, se ravisa et remonta rapidement. Il repoussa la porte et Liz, surprise par cette réapparition brutale, n'eut pas le temps de s'en étonner. Osmond l'étreignit avec force, la fit ployer, trouva ses lèvres et l'embrassa frénétiquement, comme ces amoureux de cinéma qui retrouvent leur bien-aimée au sortir de mille dangers.

— C'est mieux ainsi, Liz, n'est-ce pas ?

— C'est mieux ainsi, Osmond, reconnut-elle en reprenant son souffle.

Il replaça sur l'épaule ronde de la jeune femme la bride de la robe et dévala l'escalier. Arrivé en bas, il leva les yeux vers le palier du premier étage. Liz souriait, penchée sur la rampe, mais elle avait des larmes plein les yeux.

En traversant le second patio, déjà animé par les allées et venues des employés et des clients des assureurs maritimes, Osmond se heurta à M. Gadeau, greffier en chef du tribunal. Mlle Bogen avait été bien inspirée en indiquant cet itinéraire peu compromettant, car le père Gadeau passait pour une des plus mauvaises langues de la ville.

— Déjà aux affaires, cher maître ! lança aimablement l'auxiliaire de justice en soulevant de son crâne jaune un canotier du début du siècle, dont l'aile effrangée ressemblait à la bordure d'un toit de chaume.

La ladrerie et la malpropreté de Gadeau étaient proverbiales dans le milieu judiciaire. Les secrétaires du greffe brûlaient du papier d'Arménie pour purger leurs bureaux des effluves composites qu'y laissait le greffier.

— Je fonctionne déjà à l'heure d'été, monsieur le Greffier en chef, expliqua M. de Vigors en marquant, nez pincé, un léger recul.

— Ah ! La température est déjà estivale, en effet. Mais, dites-moi, votre coton va fleurir précocement là-haut à Bagatelle et vous ne resterez sans doute plus très longtemps en ville, mon cher maître ?

Le greffier, descendant d'une famille de juristes installés en Louisiane depuis deux siècles, donnait toujours du cher maître, à la mode française, aux avocats qu'il voulait honorer.

— Nous avons semé le coton en mars. Si ce temps-là continue, nous verrons les premières fleurs à la mi-mai.

Changeant d'attitude et de ton, le greffier se rapprocha d'Osmond. Ce dernier, ne pouvant se dérober, dut encaisser à bout portant l'odeur fauve du petit homme.

— Votre procès d'hier, hein, quel coup de théâtre ! Le

juge ne voulait pas y croire, et moi, jamais je n'aurais pu imaginer pareille conduite de la petite Foxley. Je l'ai connue avant qu'elle ne marche ! Son éducation, comme celle de sa sœur, Margaret, qui a épousé cet Allemand, a été parfaite. N'ont-elles pas été élèves à Grand Coteau[1] chez les dames du Sacré-Cœur, comme votre défunte épouse, je crois ?

— En effet, monsieur, les demoiselles Foxley ont eu une excellente éducation.

— Alors, hein ! Les femmes sont capables d'incroyables perfidies. Je ne regrette pas d'être resté célibataire. Savez-vous que le père Foxley, qui est un ami de toujours et membre comme moi du Pickwick Club, nous a fait une crise cardiaque en apprenant l'inconduite de sa fille ? Ces parents-là sont bien à plaindre et bien à plaindre aussi notre héros de l'aviation, votre ami Robert Meyer. Un cocu donne toujours à rire, mon cher maître, surtout quand la presse présente les choses comme un vaudeville.

— C'est, en effet, un vaudeville pour les spectateurs mais un drame pour les acteurs. Tous sont à plaindre, monsieur.

Le greffier s'éloigna d'un pas mais revint aussitôt, pointant un index à l'ongle endeuillé vers la poitrine d'Osmond.

— Vous-même, n'êtes-vous pas à plaindre, mon cher maître ? Voilà une affaire qui eût été bonne pour un jeune avocat stagiaire ayant besoin de se faire connaître au public. Mais cette tapageuse publicité est bien inutile pour vous et j'imagine qu'un tel procès ne vous apporte guère d'honoraires. Ce Silas Barthew n'est-il pas de vos alliés ?

— C'est en effet le frère de ma femme.

1. Pour tous les noms de lieux français d'origine mais devenus réalité géographique et administrative, l'orthographe américaine, sans accent ni trait d'union — ni quelquefois pluriel — a volontairement été adoptée : Grand Coteau, Baton Rouge, Pointe Coupee, Napoleonville, Quatre Mile, Sainte Marie, Saint Francisville, etc. Au contraire, La Nouvelle-Orléans et Fausse-Rivière, par exemple, ne sont que des traductions, car les Louisianais emploient, presque toujours, New Orleans et False River.

— Il fut donc votre beau-frère. Mais je ne vous apprendrai pas que la mort de Mme de Vigors, en rompant le lien conjugal, supprime du même coup toute parenté par alliance avec les membres de sa famille. Ce Silas Barthew n'est plus pour vous qu'un étranger, en somme !

M. de Vigors posa un regard glacial sur son interlocuteur et fit un pas de côté.

— Je continue à le considérer comme un frère égaré, monsieur.

— C'est très noble et courageux de votre part, car il faut bien reconnaître que ces jeunes bootleggers, issus de familles respectables, qui reçoivent pour quelques caisses de whisky ce qu'un pauvre greffier met une année à gagner, introduisent dans la société une corruption d'apparence anodine mais génératrice de bien des maux. *O Tempora ! O Mores !*

Comme M. de Vigors prenait congé avec soulagement, après le dernier soupir latinisant de M. Gadeau, ce dernier souffla en plissant les yeux :

— J'espère que votre nègre a réussi à réparer votre automobile, on m'a dit qu'elle a passé la nuit rue Conti.

— Elle était en panne, en effet.

Osmond se demanda, en s'éloignant, si le plissement de paupières du greffier était dû à la violente clarté du soleil ou à quelque pensée maligne. Après la réflexion de Gadeau, il ne fut pas étonné d'apercevoir, de loin, le capot levé de la Duesenberg et Hector penché sur le moteur.

— Alors, cette panne, Hector ?

— Ah ! m'sieur, bien content de vous voir.

Le Noir, visiblement ému, s'essuya ostensiblement les mains au chiffon qu'il triturait. Comme des passants ralentissaient le pas en murmurant sur le mode admiratif : « *It's a Duesie* [1] », pour jeter un coup d'œil au moteur de 265 chevaux de cette automobile de grand luxe, rarement

1. « C'est une Duesie. » Diminutif populaire de Duesenberg, comme de nos jours Chevy est le diminutif populaire de Chevrolet.

vue en Louisiane et qui valait 13 500 dollars, Hector fit un clin d'œil discret à son maître. Il connaissait assez M. de Vigors pour savoir que ce dernier était tout disposé à entrer dans le jeu qu'il lui plaisait d'imaginer. D'une voix assez forte pour être entendu de quelques curieux, Hector expliqua d'un ton professionnel :

— C'était un culbuteur encalaminé, m'sieur. J'ai nettoyé et tout va bien maintenant ; on peut rouler, m'sieur.

Osmond ayant approuvé avec le plus grand sérieux, Hector lui ouvrit la portière et s'inclina en automédon stylé. Tandis que M. de Vigors prenait place sur la banquette arrière, les badauds, émerveillés, entrevirent les cuirs havane, les boiseries vernissées et les moquettes moelleuses qui garnissaient l'intérieur de la plus belle auto de l'époque. S'étant installé au volant avec l'indifférence de celui qui a conscience d'appartenir à une caste sans rapport avec celle des piétons ordinaires, Hector lança le moteur dont le vrombissement en mineur rappelait le râle d'une demi-douzaine de tigres en colère. Le long véhicule couleur caramel, dont les chromes dispersaient en éclairs blancs la lumière de cette matinée, démarra en soulevant un nuage de poussière jaune.

— Dis-moi, Hector, comment as-tu retrouvé la Duesie ? demanda aussitôt Osmond.

— J'étais drôlement inquiet, m'sieur ! Y peut arriver tant de choses bizarres, à ce qu'on dit, depuis qu'on a ce gouvernement Long qui aime pas les riches !

— N'écoute pas les racontars, fit Osmond avec un peu d'impatience, et dis-moi comment tu as retrouvé l'auto.

— Ah ! oui, m'sieur, pa'don. Quand m'sieur Bob a téléphoné, y voulait vous parler tout suite, c'était bien tôt. J'ai dit que vous étiez encore à dormir. Y m'a traité... enfin vous savez comment qu'y parle, m'sieur Bob, quand il est colère, hein, m'sieur, alors j' suis allé à votre chambre et j'ai vu que vous aviez pas dormi là...

— Mais l'auto, Hector ? Cesse de te perdre en bavardages !

Le Noir secoua la tête, ce qui était sa manière de désapprouver l'impatience de M. de Vigors.

— Ben, comme je savais plus quoi faire, que c'était déjà huit heures et que Beppa elle me demandait toutes les trois minutes quand est-ce qu'elle devait servir le petit déjeuner, je suis sorti guetter sur l'avenue Prytania pour voir si vous veniez... comme ça. Et j'ai vu un jeune nègre, qui joue du saxo dans un restaurant à danser, au lac Pontchartrain. Y m'a dit comme ça : « J'ai vu ton pat'on, c'te nuit. Y mangeait avec la miss Bogen qu'elle me donne des cours de dessin à not'e collège Xavier. Une bien belle femme et bien instruite », qu'il a ajouté, m'sieur.

— Ah ! Tiens ! Alors, qu'as-tu fait ?

— Oui, m'sieur, j'ai téléphoné à m'sieur Bob à son office et j'y ai demandé s'il connaissait cette miss Bogen. Ça l'a fait rire, m'sieur, et y m'a dit : « T'en fais pas pour ton maître, Hector. » Et, comme je demandais pour l'auto, y m'a dit : « Va faire un tour rue Conti. » J'y ai allé et j'ai trouvé la Duesie, m'sieur..., et vous aussi, m'sieur. J'ai pas bien fait, m'sieur ?

Osmond se pencha et donna une grande tape amicale sur l'épaule d'Hector.

— Vous vous êtes conduit avec intelligence et perspicacité, sergent. Je vous félicite. Reste maintenant à vous conduire avec discrétion.

En donnant à Hector son grade et en usant du vouvoiement militaire, M. de Vigors rappelait au petit-fils d'esclave, qui avait été son compagnon de jeux avant de devenir son serviteur attitré puis son ordonnance pendant la guerre, en France, tous les liens tissés entre eux par le temps et les épreuves.

— C'est pas des choses qu'on raconte, ça, *Major !* dit Hector, avec un large sourire qui contredisait la gravité du ton.

Le sergent ressentait une secrète satisfaction. Il y avait plus d'un an que Lorna de Vigors était morte. Il n'eût pas été sain, estimait-il avec son réalisme rustique, qu'un homme en bonne santé comme son maître, le *Major,* restât plus longtemps sans faire usage d'une femme.

— C'est pas une curiosité, *Major,* enchaîna-t-il, mais, si ça vous arrive encore comme ça de pas rentrer, c'est mieux de me dire... pour l'auto... Ça serait *top secret,* comme on disait à l'état-major, quand on s'en allait dans les batailles !

— Promis, Hector. Je te préviendrai. Mais pas un mot à quiconque, même à Javotte.

— Sûr, m'sieur. Les femmes, ça comprend pas ces choses-là !

L'automobile roulait maintenant sur l'avenue Saint-Charles, où la circulation requérait moins d'attention. Le Noir, devinant que M. de Vigors ne s'étendrait pas davantage sur le sujet, questionna :

— Z'avez vu les journaux, m'sieur ?

— Pas encore.

— Je les ai là, m'sieur.

Hector tendit à Osmond les quotidiens de La Nouvelle-Orléans, livrés tôt chaque matin, avenue Prytania. Tous donnaient des comptes rendus du singulier procès de Silas Barthew, dont M. de Vigors était à la fois le beau-frère et l'avocat. Les journalistes faisaient état, avec humour, ironie ou indignation suivant leur conception de la vie et de la morale, du dénouement inattendu des débats. Des photographies, prises à la sortie de l'audience, illustraient les articles. Osmond se reconnut sur plusieurs d'entre elles, au milieu des protagonistes de l'affaire. Deux journaux de moindre tirage, dont l'un plutôt lu par les Noirs et l'autre tout dévoué aux thèses du Ku Klux Klan, publiaient, en outre, des instantanés d'Otis Meyer quittant le tribunal, un sourire de défi aux lèvres. Les légendes des clichés précisaient qu'il s'agissait de l'épouse d'un as de l'aviation pendant la guerre européenne et qu'elle avait osé fournir *in extremis* un alibi irréfutable à son amant bootlegger, issu d'une vieille famille de la paroisse de Pointe Coupee. Le journal inféodé au Klan ajoutait que le mari de la femme adultère était juif.

Le rédacteur du journal réputé le plus conservateur complimentait M. Silas Barthew, « jeune négociant plein d'avenir et célibataire », qui avait préféré endosser la responsabilité de l'assassinat d'un agent de la prohibition plutôt que compromettre l'honneur d'une femme. « L'esprit chevaleresque du Vieux Sud peut encore inspirer de jeunes hommes, même s'il leur arrive, sous l'emprise de la passion amoureuse, de détourner de leurs devoirs de jeunes épouses et mères. »

« Ce fumiste de Silas s'en tire mieux que Bob », fulmina intérieurement Osmond.

En arrivant chez lui, avenue Prytania, il se précipita sur le téléphone. Préparé à affronter la fureur, ou au moins l'amertume, de Meyer, Osmond fut un peu étonné par le calme de son ami. Bob s'exprimait d'un ton persifleur, mais conservait tout son sang-froid.

— Alors, on découche, mon bon ? lança-t-il d'emblée.

— Je t'expliquerai, répliqua vivement Osmond.

— Non seulement tu m'expliqueras, mais tu me raconteras.

— C'est bien banal, non ?

— Avec toi, rien n'est jamais banal ! Et, je subodore...

— Tu as lu les journaux ? coupa Osmond.

Quelques jurons bien sentis, associant dans la même vindicte Gutenberg, M. William Randolf Hearst, les journalistes et leurs lecteurs, furent les premiers commentaires de Bob Meyer sur la publicité donnée, par la presse, à l'inconduite d'Otis. Puis, d'une voix résignée, il ajouta :

— Maintenant tout l'Etat de Louisiane sait que je suis cocu, par qui et de quelle manière. Le ragot est devenu vérité universelle et divulguée. Rien à dire ni à faire, n'est-ce pas ? Attendre simplement qu'un autre scandale drolatique fasse oublier celui-là. Et on peut compter sur les polygraphes locaux pour en dénicher un ! *Drop it*[1] !

— Tu es au moins assuré d'obtenir le divorce rapidement et de conserver David avec toi !

— On parle de tout cela ce soir, si tu veux. J'ai un pilote qui a cassé du bois à Galveston. Tout le courrier du Texas est en souffrance. Je dois le faire ramasser par un autre avion. C'est pas le moment de perdre une ligne, vieux. Il y a de la concurrence avec Wedell-Williams et le *Postmaster general*[2] nous guette. Il veut, paraît-il, confier la poste aérienne aux militaires.

— C'est bon, Bob. Tu viens dîner à la maison. Sept heures.

M. de Vigors reposa le combiné de bakélite noire sur son support commutateur puis le reprit aussitôt en main et composa le numéro de Bagatelle. Depuis que Bell System fournissait les nouveaux appareils à cadran rotatif, on pouvait appeler instantanément, grâce à l'automatisation des relais, les abonnés de la compagnie. La redevance n'était pas à la portée de toutes les bourses, mais ceux qui pouvaient se l'offrir ne dépendaient plus des humeurs des demoiselles standardistes. Ainsi, M. de Vigors se trouva dans l'instant en communication avec Doris de Castel-Brajac, régente de Bagatelle pendant ses absences.

Charles-Gustave et Clément-Gratien, que tous appelaient Gusy et Clem, âgés respectivement de neuf et huit ans, se comportaient, en dépit de leurs différences physiques et de caractère, comme des jumeaux. Intelligents, éveillés et débordants de vitalité, les garçons, qui se disputaient souvent, s'accordaient parfaitement dès qu'il s'agissait d'imaginer quelque excentricité nouvelle.

Ce jour-là, comme M. de Vigors s'informait du comportement de ses fils, Doris, qui toujours minimisait l'importance de leurs espiègleries, dut cependant révéler qu'ils

1. Argot américain. On pourrait dire, en français : « Laisse tomber. »
2. Equivalent du ministre des Postes.

avaient été privés de promenade avec leur ami le Vétéran pour avoir injurié un mulâtre, fonctionnaire du fisc, qui s'était présenté à Bagatelle.

— Comme cet homme demandait, en anglais, à vous voir d'urgence, Gusy a répondu, en français, avec l'aplomb que nous lui connaissons : « Je suis le fils aîné du baron de Vigors et monsieur mon père ne reçoit que sur rendez-vous. » Clem, qui ne voulait pas être en reste, a ajouté qu'il existe, derrière la maison, une entrée réservée aux fournisseurs !

En entendant ces phrases, Osmond se retint de rire. L'impertinence de ses fils ne lui déplaisait pas. Il n'était pas mauvais que des garçons soient fiers de leur origine aristocratique et sachent la faire valoir à l'heure où un gouverneur démagogue et grand admirateur de l'autoritarisme mussolinien dévoyait, à son profit, les principes démocratiques chers à tous les Américains.

A l'autre bout de la ligne, Doris de Castel-Brajac poursuivait son récit :

— L'homme a traité les enfants de petits bourbons insolents, c'est alors que vos fils l'ont appelé *yap*[1] et *sambo*[2]. Arista, estimant les enfants en danger, a montré les crocs en aboyant. L'homme s'est éclipsé. Il était certes antipathique, mais j'ai puni les enfants pour qu'ils s'abstiennent, à l'avenir, de dire des choses désagréables aux fonctionnaires mulâtres, de plus en plus nombreux dans la paroisse. On dit que Huey Long les envoie spécialement dans les paroisses où il n'a pas eu la majorité. Il veut humilier les planteurs et leur faire payer plus d'impôts.

— Vous avez très bien agi, chère Doris. Gusy et Clem méritaient amplement une punition. Le fait que nous soyons, en effet, en train de revenir au temps des gouver-

1. Argot américain : plouc, croquant, petzouille.
2. Argot américain : nègre. Nom donné aux mulâtres, avec une intention péjorative.

neurs *carpetbaggers* [1] n'autorise pas les enfants à insulter les fonctionnaires. C'est aux citoyens qu'il incombera, le cas échéant, de faire connaître aux autorités leur sentiment et leur défiance. En attendant, nous devons nous incliner devant le fait démocratique. M. Long a été élu gouverneur en 1928 par une majorité de Louisianais.

— « Les dictateurs commencent toujours par se faire élire », disait grand-père Gustave.

— C'est aussi de cette façon qu'on peut les chasser, Doris. Le ticket de vote est une arme confiée au citoyen par la Constitution. Il arrive qu'influencés par des promesses fallacieuses certains l'utilisent étourdiment. Mais ils peuvent se reprendre.

— C'est une arme, Osmond, qui n'est rechargée que tous les quatre ans !

— Allons, allons, petite Doris, ne soyez pas impatiente. M. Long n'est pas aussi rouge que le disent nos conservateurs. Il y a fort à faire dans l'Etat. Aussi, attendons pour condamner son administration de voir ce qu'elle est capable de réaliser.

— Rentrez-vous bientôt à Bagatelle, Osmond ? Le coton est superbe.

— Vous me verrez dans quelques jours, Doris. Encore deux ou trois affaires à régler en ville. Je serai heureux de revoir la maison, les enfants et vous-même, bien sûr. Et puis, il commence à faire chaud à La Nouvelle-Orléans.

Au cours de cette conversation, Mlle de Castel-Brajac n'avait fait aucune allusion au procès de Silas Barthew. La cousine de Lorna se montrait en toute circonstance d'une parfaite discrétion. Les drames et les désillusions qui avaient secoué son enfance et son adolescence, les avanies essuyées à cause du giton de son père putatif, la retenaient d'évoquer les déboires des autres.

Et puis, comme toutes les femmes du clan bagatellien,

1. Aventurier venu du Nord pour profiter, après la guerre de Sécession, du désordre et du désarroi du Sud.

elle considérait son cousin Silas comme un séduisant aventurier au grand cœur, à l'aise dans son époque, capable de narguer les tabous comme un héros de F. Scott Fitzgerald.

Après avoir raccroché le téléphone, M. de Vigors demeura un instant immobile et rêveur, fixant les portraits de Gratianne de Damvilliers et de Marie-Gabrielle Grigné-Castrus, suspendus au mur qui faisait face à son bureau. Ces femmes, belles et étonnantes, avaient été toutes deux les maîtresses de son grand-père, Charles de Vigors, le sénateur démocrate. Ce grand-père mort dans les bras d'une prostituée, Osmond avait failli le mépriser à jamais. D'abord, parce que cet homme, sec de cœur, avait envoyé son fils, Gratien, le père d'Osmond, au-devant d'une mort stupide à Cuba, pour satisfaire sa vanité de politicien attaché aux faux-semblants du pouvoir ; ensuite, parce que l'égocentrisme, les appétits insatiables, le manque de scrupule et une incontestable capacité de séduction faisaient de cet aïeul un monstre shakespearien égaré dans le XIXe siècle. Mais l'adolescent intransigeant avait appris de la vie l'art du compromis acceptable. Si, parvenu à l'âge mûr, M. de Vigors s'en tenait toujours avec rigidité aux principes qui engagent l'honneur, il acceptait d'introduire dans son propre comportement une certaine dose d'épicurisme. Ce matin-là, considérant les portraits de Gratianne et de Marie-Gabrielle, il se sentit plus proche qu'autrefois du grand-père jouisseur.

Osmond fit d'ailleurs, sur-le-champ, ce qu'aurait fait le défunt sénateur après une nuit passée chez une femme. Il tira d'une jolie boîte en pitchpin une de ses cartes de visite sans adresse et dévissa le capuchon de son porte-plume à réservoir, cadeau de Cordelia Murray. Il allait ajouter une phrase aimable sous son nom gravé, mais se ravisa et glissa tel quel le bristol dans une enveloppe. Quand il eut écrit : « A Mademoiselle Lizzie Bogen, 145, rue Conti. E.V. », il quitta sa table, sortit dans le hall et appela Hector.

— Tu vas aller chez le fleuriste de la rue Carondelet. Tu lui diras d'envoyer tout de suite vingt-cinq roses thé, pas rouges, hein, retiens cela, roses thé !

— Thé, répéta le Noir.

— A cette adresse, ajouta Osmond en tendant l'enveloppe à Hector.

— J'y vais de ce pas, m'sieur.

— Prends le *streetcar,* sinon tu arriveras après la fermeture de midi…, et dis qu'on mette cet envoi sur ma note.

Dans le tramway, qu'il attrapa en voltige sur l'avenue Saint-Charles, Hector sortit de sa poche le carnet à couverture de molesquine dans lequel Javotte l'obligeait à marquer ses dépenses, depuis qu'ils plaçaient ensemble leurs économies à la Bourse, et recopia en s'appliquant l'adresse de Mlle Bogen.

2

— Ce Huey Long est vraiment fort... Vous voyez comment il se défend... On ne s'en débarrassera pas... facilement..., je vous le dis !

Le débit haché de Bob Meyer venait de ce qu'en parlant l'aviateur fignolait, par de courtes aspirations, l'allumage de son cigare.

— Et ce sera tant mieux ! clama, d'un ton catégorique, le vieux Benton.

— Tant mieux ? Vous dites « tant mieux » ! John ! s'indigna Omer Oscar Oswald en se redressant vivement, ce qui fit grincer les patins de son rocking-chair sur le parquet.

Le médecin, qui avait mis au monde depuis un demi-siècle tous les enfants des planteurs de la paroisse, avant de céder son cabinet à son fils Nicholas, ne se laissa pas démonter.

— Oui ; la Louisiane a besoin d'un tel homme, d'un condottiere moderne, pour la tirer de l'ornière !

Baptiste de stricte observance dans une paroisse catholique et membre du parti républicain, sans influence dans l'Etat, John Benton aurait volontiers ajouté : « de l'ornière où les bourbons conservateurs l'ont laissée s'enliser », mais il se retint, par égard pour son hôte, M. de Vigors, dont il sirotait présentement le porto, sur la galerie de Bagatelle.

Planteur et juriste, Osmond de Vigors, par ses origines aristocratiques, l'adhésion de ses ancêtres à l'Eglise de

Rome et sa fortune, appartenait, de fait, à une caste spontanément opposée au gouverneur, bien que ce dernier eût été élu, en 1928, sous les couleurs démocrates. Il ne se priva pas pour autant de faire un pronostic.

— S'il réussit à éviter l'*impeachment*[1], notre Kingfish[2] ira loin, dit-il en traçant du bout de l'index une croix brillante sur le flanc de son gobelet d'argent, embué par le mélange glacé du *mint julep*[3].

— Il prétendra peut-être aller jusqu'à la Maison-Blanche ! renchérit ironiquement Oswald.

L'indifférence amusée d'Osmond, son associé dans l'Oswald and Vigors Petroleum Company, agaçait au moins autant le mari de Lucile de Castel-Brajac que l'engouement du docteur Benton, ancien supporter des doctrines populistes, dont Huey Long s'était un moment réclamé.

Grâce à une excellente éducation, à son union avec une Castel-Brajac et au mariage de sa fille Hortense avec un *West Pointer* issu d'une riche famille de Boston, Omer Oscar avait su faire oublier, en deux générations, son père,

1. Le terme vient du français empêchement, bien que cette disposition de la constitution des Etats-Unis ait été inspirée par une tradition britannique. L'*impeachment* permet la destitution, aussi bien du président des Etats-Unis que d'un gouverneur d'Etat ou de tout titulaire d'un poste civil, magistrat compris, convaincu de « trahison, corruption, crime ou délit graves ». La procédure est la même dans les Etats qu'à l'échelon national. La mise en accusation est décidée par la Chambre des représentants à la majorité simple. Le Sénat siège en Haute Cour sous l'autorité du président de la Cour suprême. Une condamnation ne peut être prononcée qu'à la majorité des deux tiers. Richard Milhous Nixon démissionna après l'affaire du Watergate, le 9 août 1974, pour éviter l'*impeachment*.

2. Le *kingfish* est un poisson des eaux chaudes, commun en Louisiane, où il est parfois appelé *black mullet* (mulet noir) par les pêcheurs. Sa voracité et son audace expliquent peut-être que son nom sert à désigner, en langage familier, aux Etats-Unis, un leader politique notoirement intrépide et pugnace.

Huey Pierce Long s'était lui-même attribué ce surnom, popularisé à l'époque par un feuilleton radiophonique très écouté, *Amos and Andy*. Le personnage principal, nommé Kingfish, était un Noir, autoritaire et dominateur.

3. Boisson typique du Sud, à base de bourbon et de menthe fraîche. On dit aussi *julep*.

l'aventurier aux cheveux roux, fondateur d'une dynastie sans racines sudistes. Les souvenirs d'un passé si médiocre auraient dû inciter le fils d'Oliver Oscar Oswald, que Gustave de Castel-Brajac avait surnommé Triple Zéro à cause des initiales de son nom, à une appréciation plus sereine de la politique conduite depuis un an par un gouverneur issu du peuple. On pouvait même s'attendre que le descendant d'un *carpetbagger,* ayant longtemps souffert du mépris et de l'ostracisme des aristocrates, approuve le nouvel équilibre social que Long promettait d'imposer.

Au contraire de cela, Omer Oscar Oswald militait aux côtés des ultra-conservateurs les plus vindicatifs et considérait Huey Pierce Long comme un dangereux démagogue inspiré par l'évangile socialiste. Il trouvait donc un peu trop tiède l'opposition d'Osmond de Vigors, surtout depuis que ce dernier, sollicité en tant que juriste éminent du barreau de La Nouvelle-Orléans, avait refusé de soutenir de ses conseils les représentants et sénateurs promoteurs de l'*impeachment.*

Cette conversation entre quatre hommes savourant, à la nuit tombée, sur la galerie de Bagatelle, leur cigare d'après dîner avait eu pour point de départ l'événement politique le plus stupéfiant que la Louisiane ait connu depuis la révolte de la Ligue blanche en 1874. La Chambre des représentants achevait l'examen des charges relevées contre le gouverneur. Informés au jour le jour par la presse et la radio du déroulement de la procédure, les Louisianais, qu'ils soient pour ou contre Long, commentaient à longueur de soirée les attaques et les contre-attaques des *impeachers* et des fidèles du gouverneur.

On en discutait aussi bien dans les cercles huppés de La Nouvelle-Orléans comme le Boston Club ou le Pickwick Club que dans les épiceries-buvettes du pays cajun. On se querellait entre amis et en famille, dans les vieilles demeures de plantation ou les hôtels particuliers du Garden District, comme dans les cabanes des trappeurs au fond des bayous, car la radio portait partout les échos de la polémique, les harangues des *impeachers* ou des membres de la Dynamite Squad[1] et aussi les répliques tonitruantes, imagées et gouailleuses du gouverneur menacé.

Les difficultés, pour ce dernier, avaient commencé peu après son accession au pouvoir, quand Paul Cyr, le lieutenant-gouverneur nommé en reconnaissance des services rendus pendant la campagne électorale, était brusquement entré en dissidence. Cyr, dentiste à Jeanerette, une ville de deux mille cinq cents habitants de la paroisse Iberia, s'était fait le champion d'Ada Bonnet Leboeuf et du docteur Dreher, amants criminels, condamnés à mort pour avoir assassiné James Leboeuf, mari gênant de la belle Ada. Paul connaissait les familles des condamnés et le médecin meurtrier était un de ses amis d'enfance. Il pensait aussi satisfaire l'opinion publique qui, longtemps défavorable aux assassins, penchait maintenant en leur faveur au nom d'un romantisme un peu niais. Dans la région de Morgan City, où avaient vécu tous les protagonistes du drame, on commençait à dire que ces amants tragiques étaient certes coupables, mais qu'ils ne méritaient pas la mort parce que, portés par leur passion, ils n'avaient pu agir de sang-froid. Certains ajoutaient, avec un rien de sadisme, qu'ils souffriraient bien davantage d'un internement perpétuel en se sachant, l'un et l'autre, vivants mais à jamais séparés, que de se voir unis dans la mort. Les avocats d'Ada affirmaient qu'on ne pouvait, en Louisiane, exécuter une femme blanche, parce que le code de chevalerie du Vieux Sud s'y opposait.

Le comité des grâces de l'Etat, saisi de la demande des condamnés pour une commutation de peine, ne pouvait que recommander au nouveau gouverneur d'épargner la vie d'Ada et de son amant. Paul Cyr, qui appartenait de droit au comité, avait voté en ce sens et encouragé les

1. Groupe des parlementaires, adversaires de Long les plus virulents, conduit par Javed Y. Sanders junior, fils d'un ancien gouverneur de Louisiane.

autres à le suivre. Mais, bien qu'on lui eût fait remarquer qu'il entrerait dans l'histoire comme le premier gouverneur de Louisiane ayant fait pendre une femme blanche et que l'attorney général[1], M. Saint, eût volontairement trahi le secret des délibérations du comité des grâces en révélant que la majorité de ses membres s'était prononcée pour la commutation de peine, Huey Long ne s'était pas laissé fléchir.

Après avoir hésité un instant à passer outre à la recommandation du comité des grâces, cet homme réaliste, au flair intact d'ancien colporteur d'amidon et de laxatif, avait situé politiquement ceux qui réclamaient son indulgence pour les meurtriers. Ils appartenaient à ces catégories sociales — propriétaires terriens, membres des professions libérales, négociants ou commerçants aisés — qui ne lui fournissaient que peu d'électeurs.

N'ayant donc rien trouvé, dans le dossier, qui justifiât la clémence d'un gouverneur et craignant qu'on ne le soupçonnât de céder à des pressions bourgeoises, il avait déclaré : « Ce fut un meurtre odieux, commis de sang-froid. On ne doit pas arrêter le cours de la justice. »

Et il s'était empressé de signer le décret d'exécution. Toutefois, comme ces événements se déroulaient à quelques jours des fêtes de fin d'année 1928, le gouverneur avait accepté de différer la date de l'exécution. Mais le 1er février 1929, Ada et son amant avaient été pendus. Un journaliste du *Times-Picayune*, qui d'ordinaire ne se montrait pas tendre pour Huey Long, avait écrit : « Nous le félicitons. Il a eu le courage de déplaire. »

Car la fermeté du gouverneur avait déplu à certains. Notamment à Paul Cyr et à ses amis, qui avaient soutenu Long pendant sa campagne. Aussi, quand, quelques semaines plus tard, une rumeur faisant état d'un enlèvement de Huey Long parvint à La Nouvelle-Orléans, le lieutenant-gouverneur, qui n'avait pu sauver Ada Leboeuf

1. Ici : procureur général de l'Etat.

de la corde, dit : « J'espère que la nouvelle est exacte et que les ravisseurs seront pardonnés. » L'information, heureusement pour le Kingfish, était fausse, mais la réflexion de l'homme qu'il avait choisi comme assistant consomma la rupture, amorcée sous la menace du gibet. Cette fâcherie en avait entraîné d'autres et Omer Oscar Oswald, qui paraissait très au fait des intrigues, ne se fit pas prier quand Bob Meyer, après un clin d'œil à Osmond, lui demanda d'éclairer ses amis sur l'offensive soudaine lancée par Huey Long contre les maisons de jeu et les joueurs.

— Ne pensez pas un instant que le Karl Marx des *hillbillies*[1] s'est engagé dans cette croisade pour moraliser les mœurs. Non. Il règle des comptes. Ainsi, tout le monde sait que le colonel Ewing, propriétaire du *Times,* à Shreveport, et du *States,* à La Nouvelle-Orléans, et John Sullivan, un des leaders des New Regulars et président du Jockey Club, ont des intérêts dans les maisons de jeu. Et ce sont des amis de Paul Cyr. Notez bien que je ne les plains guère. Ils se sont rangés sous la bannière de Long par intérêt et apprécient aujourd'hui l'ingratitude du personnage.

— Ewing croit insulter Long en le faisant appeler, dans les journaux qu'il contrôle, Mussolini et Napoléon, mais cela réjouit le Kingfish, qui se prend déjà pour Louis XIV. N'a-t-il pas lancé, il y a quelques jours : « L'Etat, c'est moi ! » à la manière du Roi-Soleil ! commenta Bob Meyer.

En fait, les expéditions policières contre les maisons de jeu, spécialement celles des paroisses Saint Bernard et Jefferson, où l'on rencontrait beaucoup d'opposants au gouverneur, avaient pris l'aspect d'une guerre ouverte. Sans en référer à qui que ce fût, Huey Long, mobilisant les plus jeunes éléments de la garde nationale, alors commandée par un homme âgé, l'adjudant général Raymond H. Flemming, avait envoyé des commandos armés dans les

1. Hillbilly : terme populaire et péjoratif qui désigne, dans le Sud, les hommes des bois, les gens sans occupations ni ressources et mal vêtus.

maisons de jeu. Opérant sans mandat de perquisition dans des établissements pas plus clandestins que des drugstores, les gardes nationaux, prêts à faire usage de leurs armes, s'étaient souvent conduits comme des voyous, brisant et incendiant le matériel, raflant les alcools, se faisant remettre le contenu des tiroirs-caisses, molestant les tenanciers comme les croupiers et fouillant à corps les clients.

Un joueur arraché à une table de roulette s'était plaint de l'attitude de plusieurs gardes qui, sans vergogne, avaient gaillardement évalué les avantages de son épouse, déshabillée en public par trois collaboratrices de la police ! A l'occasion de ce strip-tease imposé, le sac à main de la victime avait disparu.

Si les raids contre les maisons de jeu recevaient l'approbation des associations religieuses, des ligues civiques et antialcooliques, ils indignaient bon nombre de Sudistes de tradition. D'abord, le jeu faisait partie des loisirs des Louisianais depuis l'époque où des fortunes changeaient de main au poker à bord des *showboats* [1], ensuite, un Cavalier ne pouvait admettre que des femmes honorables fussent traitées telles des prostituées, comme au temps de l'occupation nordiste par le général Butler.

— Et où va l'argent récupéré au cours de ces opérations ? demanda naïvement le docteur Benton.

— Officiellement, au Trésor public, mais plus probablement dans la caisse noire de la machine politique de M. Long. Et cela représente, depuis un an, des dizaines de milliers de dollars. Pendant le seul mois de février, les hommes du gouverneur ont raflé, dans les paroisses Saint Bernard et Jefferson, plus de 10 000 dollars et causé 20 000 dollars de dégâts dans les établissements visités, dit Bob Meyer.

— On s'étonne d'ailleurs que le gouverneur, qui a participé à une partie fine dans un studio du Vieux Carré,

1. Vapeurs fluviaux qui remontaient le Mississippi, ayant à bord une troupe de comédiens et un orchestre, embarqués pour donner des représentations pendant les croisières.

en compagnie douteuse, veuille se faire passer pour un défenseur de la vertu ! Il est vrai que sa croisade ne s'exerce qu'à l'encontre de ses ennemis politiques ou des alliés de ceux-ci. Ne vient-il pas de « démissionner » John Ewing et John Sullivan du Conseil d'administration des Levées[1] et même du Comité de Surveillance des élections où lui-même les avait nommés ? précisa Oswald avec humeur.

— Donner le pouvoir à un homme simple, c'est confier une automobile à celui qui va toujours à pied. Il se grise de vitesse et néglige les freins ! remarqua Osmond.

— C'est bien pourquoi il risque de capoter au premier virage, dit Bob Meyer en tirant sur son cigare.

— Ma parole, vous chargez Long de tous les défauts du monde, lança Benton en bougonnant.

Omer Oscar Oswald se pencha vers le vieux médecin.

— Voyons, John, vous êtes un homme sage et droit. Vous ne pouvez décemment pas accepter les façons de faire du Kingfish ! Tenez, il y a quelques jours, un conseiller municipal de Caddo, qui n'est pas *Longist*[2], mais respecte tout gouverneur régulièrement élu, faisait partie d'une délégation envoyée au capitole afin de réclamer l'aide financière de l'Etat pour l'amélioration des routes de la paroisse. Sans même avoir entendu la sollicitation des délégués, Long leur a jeté : « A Caddo, je vous apprendrai à descendre du trottoir, à vous découvrir et à saluer bien bas le gouverneur Long, quand il viendra dans votre ville ! » Long est un paranoïaque... En tant que médecin, vous devriez mieux que quiconque vous en apercevoir, conclut Oswald, au bord de la colère.

— Le diagnostic de paranoïa exige la constatation d'autres symptômes, mon brave Omer. Un mouvement de vanité un peu stupide ne suffit pas ! Et puis on dit que notre Kingfish ne respecte guère la loi de prohibition et qu'il lui

1. Levee Board. Organisme contrôlé par le gouvernement, chargé de la construction et de l'entretien des levées, digues construites sur les rives du Mississippi.
2. Partisan de Long.

arrive de se réconforter au champagne ! concéda le médecin.

— C'est un de ses moindres défauts, avec sa propension à trousser les jupons. La pauvre Rose, son épouse depuis 1913, supporte avec mansuétude, sans doute par égard pour ses trois enfants, l'inconduite d'un mari incroyablement jouisseur et dont le poids approche maintenant deux cents livres ! Car notre homme, depuis qu'il en a les moyens, apprécie autant la bonne chère que les alcools de contrebande et les femmes faciles. D'ailleurs, Rose Long, dont la mère, Mrs. McConnell, fait si bien la pâtisserie, est retournée à Shreveport quand Huey a installé sa jolie secrétaire, Alice Lee Grosjean, à la maison du gouverneur, précisa Oswald.

— Je croyais que le Kingfish habitait l'hôtel Heidelberg, dans la rue Lafayette, près du fleuve, observa le docteur Benton.

— C'est exact, John. Huey occupe la chambre 738 et Alice la chambre 720. Comme il faut un chaperon complaisant, l'oncle de la jeune divorcée, M. Irby, occupe la 718.

— C'est pour sauver les apparences qu'ils ont quitté la résidence ? demanda Meyer.

— Les apparences et le qu'en-dira-t-on. Notre messie des *rednecks* [1] s'en moque. Il dit que la demeure est pleine de rats, qu'il y a trop d'horloges et que les uns et les autres l'empêchent de dormir. Et il ajoute qu'il est inutile de la restaurer, car les termites l'ont rendue si fragile qu'un seul coup de marteau la ferait s'écrouler ! Oui, messieurs, il juge ce vieux bâtiment victorien, où se sont succédé des gouverneurs habitués à plus de luxe et de confort que M. Long, indigne de sa personne et de la Louisiane nouvelle qu'il nous promet ! On lui prête l'intention de faire démolir cette résidence historique par les forçats du pénitencier

1. Littéralement : cous rouges. Ce terme désigne péjorativement, dans le Sud, le petit paysan blanc, rustaud et sans instruction. En français, on dirait : plouc.

d'Angola[1] — sans doute par mesure d'économie — et de construire, à la même adresse, 502, North Boulevard, une somptueuse habitation qui rappellerait à la fois la Maison-Blanche et la résidence de Thomas Jefferson, à Monticello. Et, pour réaliser ce projet, Long compte obtenir du *Board of Liquidation*[2] l'autorisation d'emprunter 150 000 dollars. En attendant, du septième étage de l'hôtel Heidelberg, par ses fenêtres qui donnent sur le Mississippi, le capitole et la gare du chemin de fer, aucun déplacement des membres de la législature[3], représentants ou sénateurs, ne lui échappe. Il ne se passe d'ailleurs pas d'heure sans qu'un des gardes du corps de Huey coure intercepter un sénateur ou un homme d'influence, descendant du train ou d'un vapeur, pour le conduire aimablement à son patron, le *boss,* comme ils disent, à la manière des gangsters de Chicago ! Car, menacé d'*impeachment* comme il l'est, notre gaillard est prêt maintenant à payer n'importe quel prix ou de n'importe quelle faveur un bulletin de vote sénatorial !

— Eh ! il n'y a pas que Huey Long qui achète des sénateurs..., vous le savez bien, Omer ! Votre ami Daniel R. Weller, directeur de la Standard Oil of Louisiana, habite lui aussi le Heidelberg depuis un mois. Il en occupe même un étage complet, avec ses assistants et son secrétariat. Et il s'active, croyez-moi, pour assurer la condamnation du gouverneur. Il lui faut obtenir l'engagement des deux tiers des sénateurs à voter la condamnation lors de la séance prévue le 14 mai. C'est-à-dire mardi prochain ! En attendant, l'assistant de Weller, un certain Jim, sorte de trésorier, disposerait, m'a-t-on dit, de 20 000 dollars par jour pour faire des gracieusetés aux indécis. Les mauvaises langues affirment que certains sénateurs savent parfaite-

1. Pénitencier de l'Etat de Louisiane. Près de Saint Francisville, paroisse West Feliciana.
2. Comité de fonctionnaires, appointés et nommés par le gouverneur. Il contrôle les dépenses, autorise et garantit les emprunts d'Etat, gère la dette publique.
3. Le corps législatif : Chambre des représentants et Sénat.

ment valoriser leur vote et faire monter les prix, en allant d'un étage à l'autre de l'hôtel, afin de se vendre au plus offrant. Je trouve ces marchandages orientaux indécents. Le Heidelberg est devenu le grand bordel politique où se prostitue la démocratie. Proxénètes et clients sont des gens sans honneur !

En jetant ces phrases d'une voix sèche, Osmond de Vigors entendait moins excuser les procédés de Long que stigmatiser ceux de ses opposants qui se réclamaient, abusivement à ses yeux, de la légalité républicaine et de l'éthique sudiste.

Surpris par la dureté des propos de son associé et parent par alliance, Omer Oscar Oswald lança un regard courroucé à Osmond. Le mari de Lucile de Castel-Brajac ne pouvait comprendre comment un aristocrate aussi intransigeant sur les principes et d'esprit libéral, ayant de surcroît des intérêts liés à l'extraction du pétrole enfoui dans le sous-sol des domaines mitoyens des Vigors et des Oswald, admettait que Huey Long imposât une *severance tax*[1] de cinq cents sur chaque baril d'huile noire raffinée par la Standard Oil.

— Je puis vous assurer, Osmond, que Daniel Weller, que vous connaissez aussi bien que moi, défend de son mieux les intérêts des actionnaires de la compagnie Standard Oil, mais qu'il n'a jamais eu de contact direct avec des parlementaires.

Cette contre-attaque timide n'infirmait aucune des informations de M. de Vigors. Aussi ce dernier se contenta-t-il de sourire en agitant avec un bruit de grelot son gobelet, encore à demi plein de glace pilée.

Plutôt que de prolonger avec Osmond, et devant deux témoins, dont l'un au moins semblait faire confiance avec candeur à M. Huey Long, une vaine

1. Impôt sur les profits provenant de l'exploitation des ressources naturelles, minérales ou autres, extraites du sous-sol.

discussion, Oswald releva sa manchette pour consulter une montre-bracelet en or, un peu trop grosse.

— Je dois maintenant rentrer. Lucile m'attend, dit-il avant de saluer ses trois amis.

— Je crois que vous l'avez vexé, Osmond. Ce cher Oswald est tout d'un bloc et voit en notre Kingfish le diable déguisé en gouverneur, observa le docteur Benton, tandis que l'allée de chênes devenait voûte de lumière, dans le faisceau des phares de l'automobile qui s'éloignait.

— Ce brave Omer craint, à mon avis fort justement, que la Standard Oil ne répercute sur ses fournisseurs, dont il fait partie, comme toi, Osmond, le coût de ce nouvel impôt en diminuant vos royalties au pompage, dit Bob Meyer.

— C'est le raffineur que l'on veut imposer, pas les propriétaires de forages. Et, si tous s'entendent pour suspendre l'extraction et fermer les vannes du pipeline, la raffinerie n'aura plus rien à raffiner. Il en coûtera à M. John Rockefeller II beaucoup plus que cinq cents par baril ! J'estime que cet impôt prélevé au bénéfice d'un Etat dont la Standard Oil exploite une richesse naturelle n'a rien d'injuste. Il est parfaitement légal ; plusieurs Etats le perçoivent. Pourquoi pas le nôtre, pauvre entre tous ? commenta Osmond.

— Même si le produit de cette taxe, qui va porter sur plus de cent mille barils et ne fera qu'augmenter d'année en année, n'est pas totalement consacré à la fourniture gratuite des livres scolaires et à l'amélioration du réseau routier, comme le jure Long, j'admets, comme toi, Osmond, qu'elle n'a rien de scandaleux, conclut Bob Meyer, soutenu d'un hochement de tête par le docteur Benton.

La plupart des citoyens louisianais, de condition modeste, qui constituaient l'électorat du gouverneur, ne pouvaient qu'applaudir à la création de cet impôt. Pour une fois, l'argent n'était pas pris dans leur poche, mais dans celle, beaucoup mieux remplie, d'un trust pétrolier yankee, dont l'état-major financier se trouvait à New York.

Car la dissolution du Standard Oil Trust, fondé en 1870 par John Davidson Rockefeller, aujourd'hui âgé de quatre-vingt-dix ans, avait fait long feu. Grâce à une stratégie affairiste bien conduite, les trente-neuf sociétés créées après la destruction juridique du Trust par la Cour suprême des Etats-Unis, en 1911, demeuraient aux mains des mêmes actionnaires et sous le contrôle financier, plus ou moins occulte, des Rockefeller dont la fortune venait d'être évaluée à mille cinq cents millions de dollars !

C'était cependant une taxe relativement modeste, applicable à la Standard Oil de Louisiane, jouissant dans l'Etat d'un monopole pour le raffinage du brut, qui avait fourni le détonateur de la campagne lancée par l'opposition conservatrice pour l'*impeachment* de Huey Long. Comme tous les impôts, la *severance tax* ne pouvait être recouvrée par les services fiscaux de l'Etat sans le vote préalable de la législature. Huey Long avait donc convoqué celle-ci dès le 14 mars 1929, en session extraordinaire. Au cours de cette même réunion, le gouverneur espérait faire passer plusieurs lois nouvelles, notamment une relative aux droits de succession. Mais, dès qu'il avait officiellement déposé le projet visant à taxer la Standard Oil of Louisiana, les conservateurs, dûment prévenus par les agents de la compagnie, s'étaient insurgés contre cette ponction dans les profits de la plus importante entreprise industrielle de l'Etat. La Standard Oil of Louisiana employait en effet directement huit mille ouvriers ou employés et faisait travailler, indirectement, par ses sous-traitances, dix-huit mille autres personnes. La compagnie, fidèle à la théorie des Rockefeller, qui soutenaient comme Thoreau : « La philanthropie est la seule vertu qui soit appréciée à sa juste valeur par l'humanité », pratiquait un paternalisme local de bon ton. En d'autres temps, elle avait financé des recherches sur la fièvre jaune, une des plaies louisianaises, jusqu'au commencement du XXe siècle. Elle subventionnait maintenant les associations culturelles ou sportives et distribuait des bourses aux étudiants. Si les Rockefeller avaient investi plus de cinq cents millions de dollars dans une foule d'instituts et fondations et projetaient de construire, en plein centre de New York, un immense ensemble immobilier à la fois cité de la culture, de l'information et du commerce [1], la Standard Oil of Louisiana construisait des dispensaires modèles et des logements, pour les travailleurs noirs ou blancs. Aussi, dès que la menace du nouvel impôt était devenue précise, un porte-parole de l'entreprise avait eu beau jeu d'attirer l'attention des travailleurs en déclarant à un journaliste du *States Times* de Baton Rouge : « L'herbe poussera bientôt dans les rues de la ville, si la taxe est votée ! » Ce chantage à la fermeture possible de la plus grande raffinerie du Sud, construite en 1909, mais qui ne cessait de grandir et de se moderniser, tandis que le réseau des pipelines drainant le pétrole de tous les puits en exploitation se développait, s'était révélé efficace. Dans un pays où tout emploi à la Standard Oil apportait sécurité et avantages, alors que le nombre des chômeurs augmentait, des milliers de travailleurs avaient fait connaître leur inquiétude. La Chambre des représentants, première consultée, avait rejeté le projet fiscal du gouverneur par 36 voix contre 14.

Nullement découragé et décidé à lancer une campagne d'information, pour mettre en évidence la mauvaise foi des dirigeants d'une compagnie qui avait toujours refusé de le soutenir, Huey Long s'était empressé de convoquer une nouvelle session extraordinaire de la législature pour le 6 avril.

Ce jour-là, le gouverneur avait commis l'imprudence d'apparaître dans la galerie du public. Un leader de l'opposition exigeant un rappel du règlement qui interdisait la présence de visiteurs, Long avait été contraint de quitter la salle.

Dès son départ, l'opposition avait déclenché contre

1. Le Rockefeller Center, ensemble de quinze immeubles géants, a été construit entre 1929 et 1932 sur un terrain délimité par les Ve et VIe Avenues et par les 48e et 51e Rues.

Huey l'offensive prévue, avec la volonté de conduire la Chambre des représentants à demander l'ouverture de la procédure d'*impeachment,* ce qu'elle avait obtenu après de nombreuses péripéties dont une bizarre panne de la machine électrique à voter.

Pendant des semaines, les enquêteurs et les avocats de la Standard Oil, auxquels M. de Vigors avait refusé de se joindre, s'étaient efforcés, parfois sans discrétion, de fournir au groupe des *impeachers,* animé par les membres de la Dynamite Squad, les moyens juridiques et financiers de mener à bien le procès du gouverneur.

Chaque audience avait amené devant la Chambre des représentants, chargée, aux termes de la Constitution, de l'instruction du dossier, des informateurs, des porteurs de révélations accablantes pour Long, des déposants bien intentionnés. La sincérité de ces gens, comme la spontanéité de leurs témoignages, avait paru douteuse à beaucoup, mais les déclarations retenues s'étaient transformées en huit chefs d'accusation, dont le gouverneur aurait à répondre devant le Sénat, érigé en Haute Cour.

On reprochait notamment au Kingfish de nombreux cas de corruption, des abus de pouvoir, ses propos grossiers, voire obscènes, mais aussi des choses plus graves comme de s'être approprié les 6 000 dollars prévus pour l'organisation d'une conférence des gouverneurs d'Etat à La Nouvelle-Orléans, afin d'acheter une Buick, et d'avoir investi les fonds débloqués pour l'entretien de la maison du gouverneur dans une bibliothèque juridique complète de 3 000 dollars.

Si la Chambre des représentants avait rejeté l'accusation de tentative de meurtre que Long était censé avoir perpétrée, par tueur interposé, sur la personne de Javed Y. Sanders junior, elle avait retenu, en revanche, les propos offensants et diffamatoires tenus par le gouverneur à l'encontre de M. Charles Manship, propriétaire et éditorialiste du *Morning Advocate,* de Baton Rouge, ainsi que la tentative d'intimidation dont le journaliste avait fait l'objet. Huey Long, que le *Morning Advocate,* organe indépendant, importunait parce qu'il ne chantait pas ses louanges, avait menacé de livrer au public la liste des membres de la famille Manship internés dans des asiles psychiatriques. Charles Manship, loin de céder au chantage, avait au contraire révélé ces noms aux lecteurs, dans un éditorial d'une haute tenue morale. Après avoir reconnu, avec tristesse, que son frère Douglas Manship séjournait en effet dans un hôpital pour malades mentaux, il avait précisé que ce malheureux, du même âge que le gouverneur, souffrait d'un traumatisme dû à la guerre. Car Douglas s'était battu en France, sous l'uniforme américain, pendant que Huey Long « avait fait campagne dans son bureau, en Louisiane ». Les planteurs des vieilles familles, comme beaucoup de citoyens honorables, avaient jugé d'une extrême bassesse le procédé d'intimidation employé par un gouverneur dont la poltronnerie les choquait tous. Osmond de Vigors, de son côté, avait assez bien traduit l'opinion des aristocrates en disant : « Nous savions déjà que M. Long n'était pas un gentleman. Nous sommes maintenant persuadés qu'il est un scélérat. »

Pendant cette période, politiquement très animée, toute la Louisiane avait suivi les péripéties de l'instruction conduite par la Chambre des représentants. Chaque jour apportant son lot d'accusations et de réfutations, on engageait entre amis des paris quant aux chances de Huey Long de sortir du guêpier où il s'était fourré. Si les plus indifférents se contentaient de marquer les points des *Longist* et des *impeachers,* les plus intéressés avaient assisté aux meetings organisés par les deux clans. Aux manifestations en faveur du Kingfish, on était certain de ne pas s'ennuyer. Le gouverneur, entouré de ses gardes du corps, gesticulait sur l'estrade, comme un acteur de la comédie italienne. Joufflu, le teint vermillon, triturant parfois son nez rond de clown pochard, le chef couvert d'une toison brun-roux aux frisons rebelles, serré dans un costume croisé, d'où jaillissait une cravate exubérante aux tons agressifs, il lançait d'une voix tonitruante, amplifiée par les haut-parleurs, des accusations triviales mais drôles. Il s'en prenait principalement à son ennemie de toujours, la Standard Oil, et aux conservateurs corrompus qui, n'ayant aucun sens de l'intérêt de l'Etat, refusaient de lui accorder les moyens de réclamer aux capitalistes de quoi donner une meilleure éducation aux enfants et construire des routes, des ponts et des hôpitaux.

Au commencement, Huey Long avait dit : « J'achèterai la législature comme un sac de patates. » Il constatait maintenant qu'il y avait eu un enchérisseur plus généreux capable, affirmaient ses amis, de payer 250 000 dollars un paquet de trois voix de sénateurs !

Aux réunions en plein air, organisées par les anti-*Longist,* les auditeurs faisaient moisson de révélations scandaleuses sur la gestion et les turpitudes, politiques aussi bien que privées, du gouverneur. Les propos, d'une extrême dureté, portaient généralement l'estampille des juristes, plus soucieux d'efficacité que de panache. Et le public se persuadait, en applaudissant l'harmonie de la Standard Oil, qui souvent animait les meetings, que la musique, contrairement à l'affirmation du proverbe, n'adoucit pas toujours les mœurs.

A ces campagnes publiques s'ajoutaient tous les ragots qui couraient le pays, Huey Long ne faisant rien pour se protéger du qu'en-dira-t-on.

A l'hôtel Roosevelt, où il occupait une suite pendant ses fréquents séjours à La Nouvelle-Orléans, Bob Meyer, d'un tempérament plus noctambule qu'Osmond, avait vu le gouverneur danser des nuits entières dans le salon bleu, aux accents du célèbre orchestre de Castro Carazo.

— Huey s'est pris d'une amitié subite pour Carazo. Il lui réclame sans cesse ses airs préférés : *Smoke Gets in Your Eyes, Harvest Moon* ou *Look Down That Lonesome Road.* Et, comme notre gouverneur a renoncé à chiquer, ce qui lui évite de cracher n'importe où, il mâchonne maintenant d'énormes cigares, qu'il néglige parfois d'allumer, expliqua Bob Meyer.

— C'est vrai qu'il se conduit comme un vieux gamin, commenta avec indulgence le docteur Benton.

— Comme un parvenu, voulez-vous dire, John ! conclut Osmond en quittant son rocking-chair, car l'heure était venue d'aller dormir.

Le médecin, qui devait regagner Sainte Marie, prit bientôt congé, accompagné jusqu'à son automobile par le maître de maison et l'aviateur.

Quand l'antique Ford tressautante, dont il fallait toujours solliciter trois ou quatre fois le démarreur avant de convaincre le moteur de se mettre en route, eut disparu au bout de l'allée de chênes, les deux amis revinrent lentement vers la maison.

Sous la faible clarté d'un premier quartier de lune, la vieille demeure semblait modelée dans le fluide blanchâtre que l'on croit être la chair impalpable des fantômes. Elle paraissait aussi irréelle que ces architectures rêvées dont on ne peut, au réveil, rappeler le souvenir. La blancheur des colonnes, les arêtes du toit, les lignes de la façade et de la galerie constituaient des repères nets, autour desquels s'organisaient des ombres de toutes densités.

Bagatelle, inscrite dans la nuit de mai qui, par déférence magique, renonçait à l'absorber comme elle absorbait le reste du décor, portait le sceau de l'immuable. Depuis près de deux siècles, sa forte charpente de cyprès, extraite sur place des arbres de la forêt primitive, abattus par le premier marquis de Damvilliers, avait résisté à tous les ouragans, dominé tous les débordements du Mississippi, rebuté les termites les plus voraces. Même le feu, prédateur à l'affût des vieux manoirs de plantation, s'en était écarté.

Parvenu au bout de l'allée de chênes, Osmond s'adossa au dernier arbre, le plus proche de la maison, celui sous lequel reposait, depuis 1852, cette Julie de Damvilliers morte d'un arrêt du cœur la nuit de ses noces. Bob allait poser le pied sur la première marche de l'escalier. Il se ravisa et revint sur ses pas.

— Alors, beau rêveur..., tu n'as pas sommeil ?

— Pas vraiment. Et puis c'est par des nuits comme celle-ci que je sens combien j'appartiens corps et âme à ce domaine. Et j'aime à savourer ces instants. J'ai la sensation quasi physique d'être un composant, une molécule de cette entité curieusement ancrée dans l'espace et le temps et qui a nom Bagatelle. Car la terre ne peut être dissociée de la maison. C'est difficile à expliquer, Bob, et tu es le seul à qui je puisse parler ainsi. Ici, vois-tu, l'insignifiance des choses et la vanité des hommes deviennent si évidentes qu'une conversation comme celle que nous avons eue ce soir, avec Oswald et Benton, ressemble aux caquetages de basse-cour.

— Je comprends cela, Osmond, car je connais pareille sensation quand je vole seul la nuit et que les nuages me cachent les lumières de la terre. J'ai parfois le sentiment inexprimable de me trouver à l'abri dans la matrice universelle où l'humanité a dû attendre de voir le jour. Je me perçois alors comme un certain volume d'air, matérialisé en homme et enfermé dans un autre volume d'air, matérialisé en avion ! Cela procure une sorte d'euphorie primitive, quelquefois dangereuse. Mais j'imagine qu'il en est de même pour le marin de quart, seul sur la passerelle, pendant les nuits atlantiques. Nous sommes de l'air, de l'eau ou de la terre. A chacun sa patrie !

— Sans doute, dit pensivement Osmond en décollant son dos du tronc pour avancer vers l'escalier.

Des lumières brûlaient encore dans le grand salon donnant sur la galerie et, à l'étage, dans la chambre occupée par Doris de Castel-Brajac.

— Le tacot du toubib aura réveillé Doris et peut-être les enfants, s'inquiéta Bob Meyer en levant les yeux vers la fenêtre éclairée.

David Meyer, qui passait, comme souvent avec son père, la fin de semaine à Bagatelle, dormait dans une chambre contiguë à celles des fils d'Osmond, Charles-Gustave et Clément-Gratien. Ces pièces étaient situées sur la façade postérieure de la maison.

— Je suis certain que les enfants n'ont rien entendu. A leur âge, surtout après une journée passée en plein air, on dort comme une bûche. Quant à Doris, elle lit souvent jusqu'à minuit.

— Eh ! pardi ! c'est la seule façon qu'elle a, ici, de meubler ses insomnies... Et pourtant, quelle belle fille elle fait maintenant ! Quel âge a-t-elle ? s'enquit Bob.

— Elle aura vingt ans en août. A ce propos, il faudra organiser pour elle une petite fête. Cela se fait. Je me souviens des vingt ans de mes sœurs, Alix et Céline.

— Tu devrais aussi lui faire un cadeau. Et je te conseille de rappeler cet anniversaire à Félix. Il a certainement oublié la date de naissance de sa fille. Sais-tu seulement où il se trouve et avec quel mignon croqueur de dollars ?

— Il vit à New York et fort bien. Il a créé, paraît-il, une demi-douzaine de sociétés d'investissement. Ce sont ces machines financières qui drainent les capitaux des petits investisseurs, désireux, comme les gros, de jouer à la Bourse. Ils pensent étaler les risques en confiant le choix des placements à des analystes informés.

— Et Félix est de ceux-là ? demanda Bob, incrédule.

— Il semble. D'après mon ami Butler, qui a abandonné le droit pénal pour devenir conseiller des grands agents de change, les affaires de Félix sont prospères, même si elles paraissent parfois à Butler un peu hasardeuses. Mais c'est un principe boursier : plus le risque est grand, plus le profit est substantiel. En attendant, le volume des transactions à Wall Street, comme à Chicago et à Saint Louis, ne cesse de croître et l'indice de la production industrielle n'a jamais été aussi élevé. Imagine que l'on va fabriquer et vendre, cette année, plus de quatre millions de récepteurs de radio et plus de six millions d'automobiles. Les seules usines Ford en sortent huit mille par jour ! D'après Butler, le vrai problème serait le manque d'actions disponibles pour satisfaire la demande des investisseurs qui se découvrent des aspirations de spéculateurs. Aussi l'ami Félix organise-t-il des augmentations de capital, pour multiplier les actions de sociétés existantes, et il propose également, avec succès, des titres pour des sociétés naissantes, qui vont exploiter les innovations techniques et inonder le marché de nouvelles machines ou de nouveaux produits.

— Ouais. J'ai entendu vanter ces entreprises qui permettront à leurs premiers actionnaires de faire fortune ! L'une va dessaler l'eau de mer, l'autre va fabriquer bientôt des appareils dits de télévision, qui apporteront des images dans tous les foyers, comme la radio y apporte les sons, une troisième est sur le point de trouver le mouvement perpétuel, dont les applications révolutionneront nos vies, etc. Mais souvenons-nous du boom de la Floride. Félix y a laissé lui-même assez de plumes et les sœurs Oswald gémissent sur leur Venise artificielle, emportée par un ouragan ! Enfin, bonne nuit, vieux frère. J'espère que les canards seront demain au rendez-vous, à Fausse-Rivière. Avec ce temps-là, ils vont tous remonter vers le nord.

Osmond de Vigors, qui occupait depuis la mort de Lorna le petit appartement extérieur, autrefois aménagé pour l'intendant Clarence Dandrige et relié à la galerie de la grande maison par une passerelle couverte, retint Bob par le bras au moment où celui-ci pénétrait dans le salon.

— J'ai omis de te dire que Cordelia Murray nous arrive la semaine prochaine, avec son cher papa. Si Huey Long est destitué, comme le souhaite l'état-major démocrate de Tammany Hall, notre éminence grise va s'intéresser de près à l'élection d'un autre gouverneur.

— Et ce sera une belle occasion offerte à la très séduisante Cordelia de se relancer, cette fois en toute bonne conscience, à la conquête du bel Osmond de Vigors, veuf qui mérite consolation ! Je sens que tu ne vas pas t'ennuyer, mon gars ! Bonne nuit, tout de même !

Osmond haussa les épaules en souriant et envoya une bourrade affectueuse dans les côtes de son vieil ami. Il ne lui déplaisait pas de revoir Cordelia Murray à Bagatelle.

3

M. Edward Murray n'eut pas à se déplacer de New York à La Nouvelle-Orléans pour combiner l'élection d'un nouveau gouverneur de la Louisiane.

Le jeudi 16 mai 1929, M. Huey Pierce Long rendit caduque la procédure d'*impeachment,* engagée contre lui depuis deux mois, en produisant devant le Sénat, érigé en Haute Cour, un document inattendu que les journalistes dénommèrent aussitôt *The Round Robin* [1]. Par une déclaration solennelle, revêtue de leurs signatures, quinze sénateurs s'engageaient à ne voter, en aucun cas, la destitution du gouverneur. Mlle Murray, qui ne pouvait apprécier ni la géniale parade imaginée par Long et préparée en secret, ni la portée politique de l'événement, en conçut cependant un vif dépit. En sauvant Huey Long, les sénateurs louisianais la privaient de l'occasion, tant espérée, de revoir le seul homme dont, à vingt-sept ans, elle ait jamais été amoureuse.

Dans le secret de son boudoir aux murs tendus de chantoung abricot, aux vitrines pleines de poupées, d'éventails et de flacons de parfums français, elle s'offrit l'exutoire doux-amer de quelques larmes. Recroquevillée sur un sofa capitonné de chintz à fleurs, elle ouvrit son album de photographies pour revoir le cliché pris en 1920, à Bagatelle, et où figurait, près de M. Murray, Osmond de Vigors.

1. Déclaration signée par un certain nombre de personnes. Au premier sens du terme, les signatures sont supposées être disposées en cercle, afin qu'on ne puisse identifier le premier signataire.

Rassérénée par la pensée que le maître de Bagatelle était à cette époque un homme marié, aujourd'hui libre, elle passa dans la salle de bains de marbre jaune. Penchée sur un lavabo corolle, dont les robinets, dorés à l'or fin, figuraient des dauphins cambrés, elle se baigna les yeux à l'eau de rose. Comme elle s'assurait, par simple réflexe féminin, de l'ordonnance de sa coiffure, elle distingua un cheveu blanc dans les boucles brunes, le deuxième en trois semaines. D'une saccade, elle l'arracha en grimaçant.

Ayant retouché son maquillage, elle alluma une cigarette de tabac turc, adressa un rictus, lourd de menaces, au portrait de son père, peint vingt ans plus tôt en tenue de polo, et saisit le combiné du téléphone. Elle prit aussitôt rendez-vous chez son coiffeur. Quand elle quitta la pièce en faisant claquer ses talons sur les vieux parquets de chêne, sa décision était irrévocable. Ce soir, elle serait blonde.

M. Murray ne se fiait jamais aux articles des journalistes de New York quand ils traitaient, en général assez succinctement, de la politique dans les Etats du Sud. Il appela donc Osmond de Vigors à Bagatelle, pour avoir un compte rendu impartial du sauvetage de Huey Long.

— Le Kingfish a réussi un coup de maître. Il a fait preuve d'un vrai talent de stratège politique. Même si cela coûte très cher en dollars à ses amis, le *Round Robin* est une trouvaille qui va renforcer la popularité du gouverneur, dit d'emblée M. de Vigors.

— Mais, dites-moi, comment le Sénat a-t-il pu admettre ce tour de passe-passe ?

— Quand les audiences ont commencé, le mardi 14 mai, Long est apparu, calme et serein, dans un costume blanc, comme s'il voulait se parer de la couleur de l'innocence et du martyre ! Il portait pour la première fois une cravate noire. Huit avocats l'assistaient, dont Overton et Perez, ses hommes de confiance. Immédiatement, les défenseurs de Long soulevèrent la nullité des poursuites, mais les sénateurs rejetèrent ces conclusions par 21 voix contre 19. Jeudi, à la reprise des débats, le sénateur Gilbert a demandé au président de la Cour suprême, M. O'Neil, de faire lire, par le secrétaire de séance, une déclaration qu'il allait lui remettre et que quinze sénateurs avaient signée.

— Et que contenait cette fameuse résolution ? demanda Murray.

— Un rappel de l'illégalité des poursuites engagées et considérées comme anticonstitutionnelles. En foi de quoi, les signataires du *Round Robin* indiquaient qu'ils refuseraient de voter la culpabilité du gouverneur. Tout le monde sut, dès ce moment-là, que les *impeachers* ne réuniraient jamais deux tiers des voix sénatoriales pour faire condamner Long. Avec un réel souci de clarté, le président de la Cour suprême exigea des quinze promoteurs du *Round Robin* l'authentification publique de leur signature. Aucun ne se déroba et l'assemblée s'ajourna *sine die* pendant que Rose Long, présente aux débats comme une bonne épouse prête à assister son mari dans le malheur, sautait au cou du Kingfish. Un peu plus tard, les fidèles du gouverneur et de nombreux supporters opportunistes qui avaient attendu, pour se manifester, de connaître l'issue de l'affaire envahirent le capitole.

— Mon cher Edward, voilà M. Long confirmé dans ses fonctions et ses adversaires désarmés. La Standard Oil devra payer la *severance tax*...

— Pouah ! cracha Murray.

M. de Vigors s'abstint de tout commentaire. A l'autre bout de la ligne, l'éminence grise de Tammany Hall reprit la parole d'un ton plus sévère :

— La plus déçue, mon cher Osmond, c'est Cordelia. Elle comptait sur la chute de Long pour trouver prétexte à m'accompagner en Louisiane. Elle me parle très souvent de Bagatelle, de votre petit garçon..., heu...

— Charles-Gustave, souffla Osmond.

— ... Oui, Charles-Gustave, né pendant l'ouragan. Cordelia le considère comme son filleul, savez-vous ?

— Ni Cordelia ni vous-même, Edward, n'avez besoin de prétexte pour me rendre visite. Je suis toujours heureux de vous recevoir à Bagatelle... et la saison des ouragans est passée, conclut malicieusement M. de Vigors, qui se souvenait de la frayeur de M. Murray lors de la naissance tempétueuse de Gusy.

— Ah ! c'est tout de même un très beau souvenir pour Cordelia, Osmond.

— Alors, dites-lui, je vous prie, qu'elle sera toujours la bienvenue à Bagatelle, ajouta M. de Vigors avant de raccrocher.

Edward Murray croyait bien connaître les Sudistes. Il prit aisément les paroles de M. de Vigors pour politesse gratuite. Comme il estimait également qu'à partir du mois de mai la chaleur subtropicale du delta du Mississippi devenait préjudiciable à la santé des gens du Nord, il s'abstint de tout répéter à Cordelia de sa conversation téléphonique.

La surprise que causa à cet homme, à l'heure du dîner, l'apparition de sa fille, devenue blonde et frisottée comme Bessie Love, qu'il avait vue quelques jours plus tôt dans *The Broadway Melody*[1], suffit d'ailleurs à lui faire oublier la politique louisianaise et les Louisianais.

— Quitte à modifier la couleur de tes cheveux, dit-il en s'efforçant au calme, j'aurais préféré les voir de ce beau roux doré qui allait si bien à ta pauvre mère.

— La mode est à la blondeur, aux tons clairs, à la lumière, Dad ! Seules, aujourd'hui, les serveuses irlandaises des cafétérias sont rousses, répliqua vivement Cordelia, narines pincées et regard flamboyant.

M. Murray eut un haussement d'épaules résigné et fit signe au maître d'hôtel de servir. Comme père et comme membre influent de l'état-major du parti démocrate, il venait d'essuyer deux déceptions mineures. Sa fille ne tenait aucun compte de ses goûts et la Louisiane se livrait à un démagogue, véritable duce sudiste !

1. Le premier film musical sonore tourné à Hollywood et qui eut un succès considérable.

Il attaqua néanmoins avec appétit le saumon fumé, car il connaissait, par ailleurs, des sujets de satisfaction que Cordelia n'était pas à même d'apprécier. La théorie de M. Murray et de quelques financiers raisonnables, suivant laquelle la hausse incessante des valeurs industrielles au Stock Exchange devait fatalement se ralentir et peut-être même se transformer en baisse, recevait depuis quelques jours confirmation. Le record des transactions à la Bourse de New York datait du 25 mars avec 8 246 740 titres échangés.

Depuis ce jour, on avait constaté une légère régression des mouvements et plusieurs valeurs sûres, comme General Electric, avaient perdu 10 à 15 points. Les agents de change, dont le nombre était passé de 1 100 en février 1929 à 1 375 en mai — les derniers venus avaient dû débourser 625 000 dollars pour avoir une charge — soutenaient que la Bourse allait repartir de plus belle. Il fallait seulement laisser au marché le temps d'absorber les nouvelles actions ordinaires, lancées par les sociétés d'investissement pour compenser la pénurie de grands titres. L'inscription en Bourse des *Investments Trusts,* du genre de ceux créés par Félix de Castel-Brajac, venait d'être enfin autorisée, ce qui inspirait confiance aux investisseurs longtemps méfiants. Car ces compagnies financières, dont les titres devaient être obligatoirement affichés au Stock Exchange, semblaient fabriquer, à la demande, des certificats enluminés pour satisfaire une clientèle aux revenus modestes. Eberlués à la lecture des journaux, qui révélaient les gains fabuleux réalisés par une femme de chambre ou un garçon d'ascenseur, de nombreux citoyens résidant loin de Wall Street s'empressaient d'investir leurs économies, quand ils n'empruntaient pas de l'argent à 16,5 % pour tenter fortune à la Bourse comme d'autres le font sur les champs de courses ou les tapis verts des casinos.

Tout en proclamant l'utilité des sociétés d'investissement, dont le chiffre d'affaires atteindrait en 1929, selon les experts, au moins trois milliards de dollars, M. Murray se gardait bien de leur confier un seul cent. Il estimait plus sûr d'investir dans les industries de progrès, comme l'aviation ou la radio, et plus rentable de participer, discrètement, à des opérations juteuses, parfois légalement contestables. Très récemment, comme Percy Rockefeller et quelques très rares initiés, il avait pu acquérir un paquet d'actions de United Aircraft and Transport avant que les titres soient officiellement mis sur le marché. Il venait de revendre ces derniers 127 dollars, alors qu'ils ne lui avaient coûté, par faveur de son ami Mitchell, président de la National City Bank, que 96 dollars. Comme il en détenait 10000, son bénéfice, tous frais déduits, dépassait 300000 dollars ! Dans le même temps, il avait pris une participation chez Fokker, par l'intermédiaire de General Motors qui venait d'acquérir 40 % des actions du fabricant d'avions allemand. Sachant aussi qu'une crise politique se préparait en Grande-Bretagne où les conservateurs risquaient d'être chassés du pouvoir par les travaillistes, Murray jouait la carte Hatry.

Clarence Hatry, homme d'affaires ambitieux, espérait prendre le contrôle de la sidérurgie britannique. Pour parvenir à ses fins, il avait déjà acheté des centaines de petites fonderies regroupées sous une même raison sociale. Il lui restait à prendre possession du holding United Steel Limited. Pour atteindre ce dernier objectif, il proposait maintenant aux actionnaires de payer leurs titres au-dessus du cours de la Bourse de Londres. Edward Murray, prévenu par son correspondant londonien plusieurs semaines avant que Hatry ait pris l'initiative d'envoyer une circulaire aux quarante mille actionnaires de United Steel, avait raflé sur les places financières toutes les actions disponibles. Bien que cela lui ait coûté très cher, il était décidé à les conserver jusqu'à ce que Hatry, qu'il savait soutenu par lord Bearsted et la première banque privée de l'Empire, vienne lui faire des offres d'achat plus élevées. Et cela ne pouvait manquer d'arriver, surtout si les conservateurs étaient évincés, comme le prévoyaient les experts politiques.

Depuis le commencement de l'année, les financiers

britanniques ne cachaient pas leurs craintes. Ils avaient déjà envoyé pour 35 millions de dollars d'or aux Etats-Unis et à peu près autant à Paris et à Berlin. Spéculer sur la crise britannique manquait peut-être d'élégance, jouer à la baisse pouvait être considéré comme un acte immoral, mais Edward Murray savait que les scrupules de ce genre sont à la fois inutiles et coûteux. Coûteux parce qu'ils entraînent infailliblement un manque à gagner, inutiles parce que d'autres moins délicats font l'opération à votre place !

Ce soir-là, en achevant posément son dîner sur une coupe de fraises californiennes charnues et parfumées, M. Edward Murray évaluait une autre raison de se réjouir. Il avait appris, au cours de l'après-midi, que son ami Richard Whitney, vice-président du Stock Exchange, serait le seul candidat proposé par les gouverneurs au poste de président quand Edward Simmons prendrait sa retraite, en 1930. Spécialiste des obligations, représentant de la banque Morgan, Whitney passait pour véritable Américain, puisque ses ancêtres avaient débarqué de l'*Arabelle*, le premier bateau arrivé en Nouvelle-Angleterre, en 1630, après le *Mayflower*. Cet homme hautain ne pouvait rien refuser à Edward Murray, un des rares financiers de Wall Street au courant des graves difficultés financières du futur président. Whitney s'endettait et le cachait. Il venait de perdre plus de 600 000 dollars dans de mauvais placements en Floride et le père de Cordelia, très confraternellement, lui prêtait des sommes que son débiteur ne remboursait qu'en empruntant à son propre frère. M. Whitney vivait donc dans la crainte d'une indiscrétion qui ruinerait sa réputation et, peut-être, sa carrière. Aussi, sans envisager le moindre chantage, méthode qu'il eût jugée indigne de lui, Edward Murray se disait que ses relations... privilégiées avec le futur président offriraient bientôt d'intéressantes possibilités. Au poste qu'il occuperait, M. Whitney n'aurait-il pas en priorité toutes les informations financières ?

Si l'on ajoutait encore à ces séduisantes perspectives l'annonce que General Motors allait disposer de 60 % de bénéfices supplémentaires à répartir entre ses actionnaires et que le républicain Hoover, installé depuis le 4 mars à la Maison-Blanche, renonçait, comme le démocrate Roosevelt, gouverneur de l'Etat de New York, à se mêler à la régulation de la Bourse, le père de Cordelia pouvait se classer sans forfanterie dans cette « aristocratie d'investisseurs heureux » récemment définie par le *McNeel's Financial Service*[1] de Boston.

M. Murray espérait aussi entrer, à la fin de l'année fiscale, dans le cercle très fermé des Américains disposant de plus d'un million de revenu par an. Le club ne comptait que 513 membres, dont, hélas ! M. Al Capone. On estimait les revenus annuels (et pas tous imposés) de ce maître gangster à 60 millions de dollars. M. Henry Ford, autre membre du club des millionnaires, pouvait dépenser 14 millions de dollars chaque année sans écorner son capital.

M. Murray, bien conscient de jouir des privilèges de la fortune, envoyait régulièrement des subsides à l'Eglise presbytérienne et aux orphelinats. Il ne manquait jamais, chaque soir, de remercier Dieu qui lui avait accordé, avec l'inestimable faculté de faire se reproduire les dollars, l'intelligence des affaires et le sens de l'économie. Son mérite — et le Seigneur, espérait-il, en tiendrait compte — était d'exploiter au mieux les dons reçus. Car chacun se doit d'utiliser au maximum ses capacités, même si celles-ci ne peuvent le mener bien loin. Ainsi, il trouvait rassurant que 43 000 de ses compatriotes puissent jouir de 50 000 dollars de revenu par an, tout en regrettant que 38 % des familles américaines soient obligées de vivre avec moins de 2 000 dollars chaque année. Aucun de ses collaborateurs ne gagnait moins de 4 000 dollars et il considérait que son fondé de pouvoir atteignait le seuil de la richesse avec 6 000 dollars annuels, puisqu'il entrait dans une catégorie ne rassemblant que 5 % des citoyens des Etats-Unis.

1. Publication financière faisant autorité.

La seule raison d'inquiétude et d'insatisfaction de M. Murray, en cette fin du mois de mai 1929, restait Cordelia. Le Seigneur, qui par ailleurs s'était montré si généreux avec lui, avait tôt ravi à cet homme le simple bonheur de l'amour auquel peuvent prétendre aussi bien les pauvres que les riches. Privé d'une épouse à laquelle, par-delà la mort, il restait fidèle sans effort, par la grâce ou l'infortune d'un tempérament tiède, Edward Murray consacrait à sa fille toutes ses ressources sentimentales. Au fil des années, ces deux êtres avaient adopté les rites et découvert les réflexes de la dépendance conjugale. Toutes considérations sexuelles exclues, Edward et Cordelia formaient un couple évoluant en permanence entre la complicité et le divorce. Aussi, quand la fille-épouse prenait, comme ce jour-là, en se faisant décolorer les cheveux, des initiatives déroutantes, le père-mari en ressentait-il une vive contrariété. Déjà, l'extrême discrétion de Cordelia — il employait le mot cachotteries — pour ce qui relevait des sentiments l'irritait. Il considérait qu'en l'absence d'une mère il restait le confident naturel de sa fille, même majeure. Or, quand il la questionnait sur ses flirts ou ses amies, même sur l'emploi du temps de ses soirées, il ne recevait que des réponses vagues ou laconiques. Récemment, comme il tentait de s'informer sur la personnalité d'inconnus, élégants mais bruyants, qui raccompagnaient souvent sa fille et qu'il soupçonnait appartenir à la jeunesse paresseuse et fortunée de Long Island, Cordelia avait vivement répliqué : « Si les gens qui me rendent visite, ou avec qui je sors, doivent décliner leur identité à notre portier ou produire un certificat de bonne vie et mœurs signé d'un pasteur presbytérien, je prends un appartement en ville... » Or M. Murray ne redoutait rien davantage que se retrouver seul dans son hôtel particulier néo-gothique de la Ve Avenue. Cette même crainte le retenait d'inciter trop souvent sa fille à renoncer au célibat, position insolite, dans leur milieu, pour une belle héritière de vingt-sept ans. L'idéal eût été, bien sûr, qu'elle épousât le fils, déjà mûr, d'un de ces banquiers ou agents de change qui constituaient le fond des relations des Murray. Mais Cordelia traitait ces messieurs d'*Homo dollarus* et refusait de les rencontrer hors des manifestations mondaines où elle se devait d'accompagner son père. Déjà les mères et les sœurs des éconduits, comme les commères patentées de Manhattan, classaient Cordelia dans la catégorie équivoque des vieilles filles délurées, des maîtresses d'hommes mariés, des zélatrices de Sapho. On la comparait parfois à Anne Morgan, la fille du grand banquier, qui, depuis la guerre, passait le plus clair de son temps en Europe avec une amie.

De son côté, M. Murray subodorait, depuis plusieurs mois, que les refus opposés par sa fille à tous les prétendants, comme son acharnement au travail pour préparer un dictionnaire d'architecture américaine, avaient une seule et même cause : Cordelia était amoureuse de M. de Vigors. La mort de Mme de Vigors avait ouvert des perspectives qui ne plaisaient guère à Edward Murray, perspectives que sa pruderie victorienne lui interdisait d'imaginer jusque-là. Outre qu'il avait peu de sympathie pour les descendants des esclavagistes, il ne se sentait jamais à l'aise en présence d'Osmond. Le rictus, que Cordelia affirmait être inné et dû à la forme des lèvres des Vigors, donnait toujours au New-Yorkais le sentiment que le planteur doutait de la véracité de ses propos, de la sincérité de ses opinions et qu'il n'attachait pas plus d'importance à ses paroles qu'aux élucubrations d'un quelconque bavard.

M. Murray reprochait encore à Osmond sa désinvolture vis-à-vis de la politique et des affaires et la façon qu'il avait de tenir les autres à distance, avec une courtoisie irréprochable mais altière. Il ne pouvait donc souhaiter pour gendre un tel homme, mais, si Cordelia décidait de l'épouser, il serait contraint de l'accepter et de lui faire bonne figure. Fort heureusement, M. de Vigors semblait ignorer les sentiments qui devaient occuper le cœur et l'esprit de sa fille. Et la dernière excentricité capillaire de celle-ci aurait certainement déplu au veuf de Bagatelle.

Comme Cordelia souhaitait le bonsoir à son père, alors qu'il se rendait au fumoir, il la retint par le bras.

— Laisse-moi un peu te regarder. Ce n'est pas si mal, après tout, ces cheveux blonds avec tes yeux bleus. Mais, dis-moi, pourquoi as-tu brusquement décidé de changer la couleur de tes cheveux ?

— Si tu tiens à le savoir, Dad, c'est parce que je me trouve trop sérieuse pour mon âge ! J'ai décidé de devenir une autre femme..., voilà... Bonne nuit et ne t'endors pas dans ton fauteuil avec un cigare mal éteint..., tu as déjà gâté deux vestons !

— Bah ! fit Murray, souvent désorienté par les déclarations péremptoires de sa fille.

Si Cordelia avait été déçue par l'annulation du voyage en Louisiane, Osmond de Vigors connut de son côté une vague frustration. Depuis la mort de Lorna, il n'avait revu les Murray qu'une seule fois, à l'occasion d'un procès plaidé à New York pour un armateur texan. Il regrettait, sans l'avouer, que l'esquive de Huey Long l'ait privé d'une visite des New-Yorkais. Avec Cordelia seraient entrés à Bagatelle l'air vivifiant du Nord et tous ces éléments un peu superficiels de l'existence dans les grandes villes : les potins de la Ve Avenue, les trouvailles de la mode, les échos des théâtres, les intrigues de la haute société. Tout cela aurait meublé les soirées, perturbé les rythmes monotones de la plantation, même si le prix à payer, pour ces distractions, eût été la patiente audition du discours politique et des considérations financières de M. Murray.

Souvent, Osmond pensait à Cordelia comme à une séduisante étrangère, soumise à d'autres lois, ayant des mœurs et des goûts différents des siens et qu'il eût souhaité mieux connaître. Sa relation avec la jeune femme, bien que franche, était incomplète, comme amputée de l'abandon propre à l'amitié et nimbée de cette mélancolie douce, épanchement contrôlé de l'amitié amoureuse.

C'est parce qu'il avait découvert chez Cordelia une passion sentimentale prête à jaillir, même du vivant de

Lorna, que leurs rapports étaient déguisés, appauvris. En tant qu'homme et femme, ils se trouvaient dans la situation de duettistes obligés de chanter une partition inadaptée à leur registre. Mlle Murray envoyait chaque mois une lettre à Bagatelle, pour demander des nouvelles de Charles-Gustave, qu'elle avait surnommé Hurricane Boy[1] et qu'elle considérait comme son filleul. Osmond répondait et faisait calligraphier par Gusy quelques lignes pour la lointaine marraine dont les cadeaux, toujours somptueux, faisaient le bonheur des petits Vigors.

En juin, Osmond eut soudain envie de téléphoner à New York. Il se ravisa en découvrant, avec un peu de gêne, qu'il pensait soudain à Cordelia comme à une femme désirable et libre. Il diagnostiqua tout de suite une revendication des sens, encouragée par « la folle du logis[2] » et qui trouvait dans une abstinence prolongée — il n'avait pas revu Liz Bogen — de quoi alimenter des fantasmes faciles à identifier. Trop de préjugés, de principes, de règles, de tabous, combattus par l'instinct et moqués par la raison, mais incrustés dans le subconscient, le retenaient encore de vivre en célibataire butineur, comme le lui conseillait Bob Meyer.

Ce dernier venait d'arriver à Bagatelle, accompagné de David, son fils, âgé de neuf ans, qui passerait l'été avec les enfants Vigors. Bob apprit tout de suite, de la bouche d'Osmond, que les Murray avaient annulé leur visite. Comme chaque fois qu'on évoquait l'existence de Cordelia, Meyer se mit à taquiner son ami. L'aviateur voyait depuis longtemps en Mlle Murray la maîtresse idéale pour un homme du tempérament d'Osmond qui n'avait pas besoin, comme lui-même, « d'une femme dans son lit au moins deux ou trois fois par semaine ».

— Elle est jolie, elle est intelligente, elle est loin ! Voilà de quoi te ménager, quand l'envie t'en prendra, d'agréa-

1. Littéralement : garçon de l'ouragan.
2. Malebranche : *De la recherche de la vérité.*

bles intermèdes, puisque tu ne sembles pas vouloir poursuivre avec cette pauvre Liz.

— Pourquoi « pauvre Liz », s'il te plaît ?

— Parce que je l'ai rencontrée et que nous avons parlé de toi. Elle te vénère parce que tu es le premier homme qui lui a envoyé des fleurs ! Elle conçoit, bien sûr, que tu tiennes à la discrétion, mais je crois qu'elle aurait plaisir à te revoir. Peut-être craint-elle aussi que tu n'aies été déçu. En tout cas, ce n'est pas une fille à susciter le scandale ou à exiger quoi que ce soit. Elle ne veut pas, non plus, être traitée comme une Marie-couche-toi-là. Je lui ai acheté deux toiles représentant des mouettes en vol pour les nouveaux bureaux de la Fox Airlines. Je pense ainsi faire connaître sa peinture à nos clients. Pourquoi l'as-tu laissée tomber ?... Parce qu'elle est noire ?

— Parce que, justement, je ne veux pas jouer avec les sentiments de cette femme, mon vieux. Liz est une artiste, douée d'une sensibilité particulière. C'est un être qui mérite, non seulement le plaisir, mais le bonheur. Et cela, je ne peux le lui apporter. Je peux lui offrir une nuit de temps en temps, des dîners dans des restaurants où je ne mets jamais les pieds, des cadeaux que je ferai avec gêne et qu'elle recevra de même. Je la contraindrais à toutes les dissimulations si je lui faisais courir le risque de se voir humiliée par les Blancs et méprisée par les Noirs. Tu sais bien, Bob, que les choses ne sont pas simples !

— Néanmoins, tu lui inspires de l'amour, vieux !

— Néanmoins, elle m'inspire du respect, vieux !

Les deux hommes, qui vivaient depuis le collège une fraternité virile, finirent par échanger des bourrades et rirent de leurs façons si différentes, aujourd'hui, de concevoir l'amour et de considérer les femmes.

Bob Meyer, mortifié, trompé, abandonné par Otis, qui en d'autres temps avait si courageusement lutté contre sa famille et sa classe, afin d'imposer son mariage avec un juif, déniait à toute créature la capacité et la force de maintenir la pérennité du sentiment d'amour. Indispensable et hygiénique, le rapprochement physique des sexes devait cependant, à ses yeux, être recherché comme exercice élémentaire et source de saines et apaisantes jouissances.

Osmond, au contraire de son ami, avait connu dès l'adolescence, avec Dolores, la passion flamboyante et vaine, où le cœur et le corps croient trouver leur compte, avant de partager avec Lorna un bonheur conjugal banal et sûr. S'estimant incapable d'un nouvel engagement, il redoutait de faire souffrir des femmes qui ne pourraient être que des partenaires, au sens sportif du terme.

— Boundiou, comme aurait dit notre cher oncle Gus, tu aimes à te compliquer la vie ! Tu vis trop dans ta tête, petit vieux, commenta Bob.

Osmond posa affectueusement sa main sur l'épaule de l'aviateur.

— Voyons, Bob, tu sais, comme moi, qu'il est aussi stupide de vouloir ignorer la pulsion animale de l'amour que de nier sa possible sublimation. Actuellement, nous vivons l'un et l'autre une convalescence. A chacun sa thérapeutique et sa cure.

— Alors, prenons patience et regardons les autres se marier ! Charles Lindbergh vient d'épouser Ann Spencer Morrow et ce Faulkner que nous avons connu au *Double Dealer* s'est uni à Estelle[1], son amie d'enfance, dont il parlait si souvent. Je les ai rencontrés à Pascagoula, près de Mobile, dans l'Alabama. Quand il ne pêche pas des crabes, Faulkner corrige les épreuves de son prochain livre[2]. La maison qu'ils ont louée pour leur lune de miel est assez délabrée et la jeune épouse, fragile et nerveuse, gémit dans l'inconfort. Aussi ont-ils retenu une chambre à l'hôtel Monteleone, à La Nouvelle-Orléans, où nous les verrons bientôt. On dit grand bien de *Sartoris,* le roman

1. William Faulkner avait épousé, le 20 juin 1929, à Oxford (Mississippi), Estelle Oldham, récemment divorcée de Cornell Franklin.

2. *The Sound and The Fury* (Cape and Smith, New York, 1929). Publié en France sous le titre *le Bruit et la Fureur* (éditions Gallimard, 1938).

que Faulkner a publié au début de l'année, chez Harcourt and Brace, à New York.

— C'est le meilleur écrivain qu'ait jamais eu le Sud, intervint Osmond. Celui qui connaît le mieux notre univers si particulier, notre histoire et nos mentalités. Et il sait exprimer nos sentiments et la complexité de nos comportements, même si sa façon d'aborder le problème noir et la violence de ses intrigues ne plaisent pas à tout le monde. Si le *Double Dealer* avait vécu, Bob, nous aurions peut-être pu retenir à La Nouvelle-Orléans des écrivains de ce calibre, sudistes de naissance ou prêts à adopter le Sud. Je pense à Sherwood Anderson, à Ernest Hemingway, même au Noir Arna Bontemps. Mais ceux dont le talent s'affirme ne peuvent obtenir la consécration nationale que par les grands éditeurs de New York.

— Bah ! il nous reste Grace King, Frances Parkinson Keyes, Lyle Saxon, Hamilton Basso, Roark Bradford, etc.

— La prétendue pauvreté intellectuelle du Sud dénoncée autrefois par Mencken vient aussi de ce que nous n'avons pas d'éditeurs capables de diffuser les œuvres de nos écrivains en dehors de la Louisiane et des Etats limitrophes. Nous sommes terriblement provinciaux, voilà la vérité !

Des conversations de ce genre, où l'on finissait toujours par se référer au passé tragique, au charme inestimable, aux déficiences économiques et culturelles du Sud, avant de stigmatiser l'incompréhension chronique des Yankees, étaient fréquentes à Bagatelle. Parfois, Doris de Castel-Brajac, qui, par la force des choses, avait endossé peu à peu toutes les responsabilités d'une maîtresse de maison, se mêlait aux discussions. Grande dévoreuse de romans, mais aussi d'essais, de biographies, d'ouvrages sur la musique et la danse, ses deux passions, elle apportait le point de vue féminin, qui souvent faisait défaut dans le cercle des Bagatelliens. La plupart des femmes de la famille ou du voisinage portaient peu d'intérêt à la littérature, aux idées et à l'art. Elles se contentaient de lire *Vanity Fair*, *Vogue*,

House and Garden, plus rarement *Life, Harper's Bazaar* ou *The Saturday Evening Post.* L'éducation des enfants, le train de maison, le choix des toilettes, l'organisation de thés, de dîners, de ventes de charité, les réunions des Filles de la Révolution américaine [1] ou des Filles de la Confédération [2] et les événements de la vie familiale suffisaient à occuper leur esprit et à remplir leurs journées.

Même si elle se déplaçait plus aisément et plus fréquemment, jouissant d'un confort accru, de l'électricité, de la radio, de la bonne musique livrée à domicile sous forme de disques de phonographe, même si elle possédait une automobile et passait des heures au téléphone, en bavardage avec des amies de pension, l'épouse d'un planteur aisé des années vingt vivait à peu près au même rythme, observait les mêmes règles, s'accommodait des mêmes tabous que son arrière-grand-mère, un siècle plus tôt.

Mais, à Bagatelle, on ne confondait pas routine et tradition. Si la plantation, fondée en 1730 par le marquis de Damvilliers, restait une exploitation agricole modèle et, pour toute l'aristocratie de la paroisse, un témoin incorruptible du passé, elle apparaissait, aux yeux des jeunes générations, comme un phare du nouveau Sud. Grâce, peut-être, à l'impulsion donnée au XIXe siècle par Virginie, la légendaire dame de Bagatelle, dont le dynamisme, les audaces et le courage avaient combattu le conformisme sudiste et secoué l'indolence louisianaise, le domaine au bord du fleuve était devenu, au fil des ans, un carrefour privilégié. Il constituait une sorte de banc d'essai des nouveautés issues du progrès technique, de l'évolution des mœurs ou de la constante germination des idées. Tout ce qui se déroulait, se préparait, se disait à Bagatelle prenait une signification particulière. Les échos s'en propageaient au long du Mississippi, dans les conversations des riches et des humbles. Sans que M. de Vigors le veuille, ni même le

1. Daughters of the American Revolution.
2. Daughters of the Confederacy.

sache, les attitudes, les choix, les engagements de sa famille, connus au-dehors par des indiscrétions des visiteurs, les appréciations des fournisseurs ou les ragots des domestiques, devenaient des éléments de référence. Certaines plantations se flattaient de donner le ton en matière de mondanités ou de mode. Bagatelle, dans son splendide isolement aristocratique, offrait l'exemple, dans tous les domaines, de ce que Mlle Murray nommait poétiquement : *Southern Accent*[1].

Après la mort de Lorna de Vigors, les convenances avaient imposé pendant un an, à la plantation, silence et recueillement. Aussi, le vide de l'été précédent serait-il à jamais représenté sur le calendrier bagatellien par un espace blanc, comme sur les planisphères les zones inexplorées. Dès la fin du printemps 1929, M. de Vigors, désireux de rendre tous ses droits à la vie et soucieux de renouer avec ce qu'on appelait, dans les familles alliées et chez les amis proches, la saison de Bagatelle, avait lancé des invitations. Celles-ci précisaient toutefois que le tournoi de tennis du Baga Club, toujours très suivi, ne reprendrait qu'en 1930, après modernisation et augmentation des aires de jeu. Les courts de terre battue demandaient un entretien constant, car ils souffraient des intempéries subtropicales. Ils allaient être remplacés par du *quick,* revêtement de ciment, rose et poreux, dont tous les joueurs vantaient l'agrément et la résistance.

On vit donc, dès la fin du mois de juin, arriver à Bagatelle ceux qui, fuyant l'insupportable chaleur moite de La Nouvelle-Orléans ou du delta, trouvaient habituellement un havre relativement frais à la plantation. Alix Dubard, l'aînée des sœurs d'Osmond, épouse de Louis Dubard, propriétaire et directeur de Cypress and Oaks Company, se présenta la première, avec ses jumeaux, dont on avait oublié les prénoms depuis que Gustave de Castel-Brajac les avait baptisés Pic et Poc. Enchantée d'avoir

1. Ensemble des particularismes du Sud.

quitté, pour quelques semaines, sa maison de Lake Charles, dont l'inconvénient majeur était sa situation entre les deux plus bruyantes scieries de son mari, Alix proposa tout de suite à Osmond d'assumer les obligations mondaines de maîtresse de maison, autrefois dévolues à Lorna.

— Car, fit observer Alix, notre chère Doris aura assez à faire avec les enfants sans s'occuper des invités.

M. de Vigors savait que sa sœur désapprouvait la présence à Bagatelle de la fille de Félix et plus encore les prérogatives reconnues à cette dernière depuis la mort de Lorna, sa cousine. Alix redoutait, sans l'avouer, que le veuf ne convolât, par souci du bien-être de ses enfants, avec une femme déjà adoptée par ceux-ci, mais n'ayant de Castel-Brajac que le nom. Doris ne mettait jamais la moindre coquetterie dans ses propos ou ses attitudes et se tenait souvent, les jours de réception, à l'écart du cercle de famille. Mais les visiteurs ne manquaient pas d'être impressionnés par la grâce de cette jeune femme brune, longue, mince, au buste ferme, à la voix mélodieuse, aux gestes mesurés et qui dirigeait, avec aisance et discrétion, le train de maison, tout en assurant l'éducation de deux garçonnets turbulents. Peut-être par souci des apparences et respect de celui qui l'hébergeait, Doris portait généralement des robes noires, droites, agrémentées, au col et aux poignets, de dentelle empesée et, à la taille, d'une ceinture dont le fermoir d'argent, dessiné par Félix de Castel-Brajac, attirait les regards. Des bas de soie noirs et des escarpins à talons courts complétaient, dès le matin, la tenue de celle que bon nombre de filles à marier de la paroisse enviaient secrètement, M. de Vigors figurant, depuis son veuvage, parmi les époux à saisir.

Ainsi vêtue, Doris eût facilement ressemblé à l'image banale que l'on se faisait alors d'une gouvernante de grande maison, mais la jeune fille y gagnait, au contraire, un charme austère et mélancolique, la simplicité de sa toilette mettant en valeur son corps de danseuse aux longues jambes.

Bob Meyer, qui plaisantait souvent Osmond sur sa trop sage cohabitation avec une telle personne, attribuait même à Doris « un sex-appeal insidieux, mais très évident pour tout homme qui sait regarder les femmes ».

Dans l'attitude d'Alix envers Doris entrait donc, en plus de l'inquiétude informulée devant les risques d'une idylle avec Osmond, un peu de la jalousie élémentaire que ressent une femme devant une parente plus belle et plus jeune qu'elle.

Osmond, qui savait tout cela et bien d'autres choses, avait organisé la saison de Bagatelle en conséquence. A sa sœur, qui venait de revendiquer aimablement les responsabilités de maîtresse de plantation intérimaire, il répondit en s'efforçant de donner un ton aimable à son propos :

— Ma chère Alix, cette corvée te sera épargnée et tu pourras profiter complètement de ton séjour. Maman arrive demain avec son mari. Elle reprendra ici, pour la saison, les attributions qui furent longtemps les siennes du vivant de notre père et même après la mort de ce dernier.

A l'approche de la soixantaine, Stella, veuve de Gratien de Vigors, épouse en secondes noces du docteur Faustin Dubard, était une petite femme alerte et sèche, fragile d'apparence, mais robuste. L'âge accentuait le caractère indien de ses traits. En se creusant, les joues rendaient plus proéminentes les pommettes hautes et les stries, autour des yeux, soulignaient la bride mongolique, évidente chez les Amérindiens. Ce visage ridé était illuminé par un regard gris et doux, reflétant la sérénité intérieure de la petite-fille de Grande Etoile, dite Menth, princesse choctaw, et de Clarence Dandrige, Cavalier sudiste. Des cheveux blancs strictement tirés en bandeaux conféraient à la mère d'Osmond l'aspect édifiant de ces aïeules indiennes des livres illustrés, qui répandent autour d'elles indulgence et sagesse. Dès sa descente de voiture, sous les chênes, elle annonça à son fils qu'elle apportait trois robes neuves, afin de lui faire honneur.

Quant au docteur Dubard, beau-père d'Osmond, privé

de la grâce de sourire depuis qu'il avait été défiguré, en 1898, à Cuba, par l'explosion du *Maine,* il arborait un uniforme blanc de contre-amiral. Le secrétaire d'Etat à la Marine venait de l'élever à ce grade, en le nommant conseiller médical de la Marine pour les Etats du golfe. Cette fonction, plus honorifique qu'absorbante, représentait la reconnaissance due au médecin et à l'officier atteint par l'âge de la retraite.

Osmond et Alix, que le visage couturé du médecin impressionnait si fort quand ils étaient enfants, félicitèrent le sexagénaire pour sa bonne mine et sa belle prestance.

— Un médecin ne peut rendre qu'un seul service quand tant de gens en bonne santé et sportifs vont, pendant des semaines, faire trop bonne chère : distribuer alternativement du bicarbonate de soude et de l'élixir parégorique... J'ai apporté les deux, cher Osmond.

Oriane et Olympe, les jumelles Oswald, toujours les plus promptes à répondre à une invitation, se récrièrent :

— Nous espérons bien ne pas avoir besoin de vos remèdes, dit Oriane.

— Un bel uniforme, porté par un bel homme, décoré de surcroît, fait toujours l'ornement d'un dîner ! minauda Olympe.

— ... et d'un bal, ajouta sa sœur.

— Vous nous ferez valser, n'est-ce pas, Faustin, comme autrefois et nous vous apprendrons la... la... le...

— Le *black bottom* [1], acheva Oriane, venant au secours d'Olympe.

Les deux célibataires, maintenant âgées de cinquante-deux ans, se croyaient à la page et prenaient volontiers des airs affranchis, depuis qu'elles passaient une partie de l'année à Boca Raton, la station balnéaire la plus en vogue de Floride. Félix de Castel-Brajac les avait convaincues d'investir dans l'immobilier lors du boom des années 1925

1. Danse américaine à la mode entre 1926 et 1930, caractérisée par un mouvement sinueux des hanches.

et 1926. Bien que se mêlant, à l'occasion, à la société la plus snob et la plus empressée à suivre la mode, les deux sœurs n'avaient pas, pour autant, renoncé à leurs mitaines au crochet ni abandonné leurs vastes couvre-chefs garnis, suivant les saisons, de fleurs, de fruits, d'oiseaux, de rubans ou de plumes arrachées aux autruches d'Afrique du Sud.

Bientôt, la grande maison et ses dépendances se remplirent de parents et d'alliés des Vigors et, comme chaque année, Osmond confondit plusieurs fois des Dubard de la branche aînée, d'où était issue sa grand-mère Liponne, avec des Dubard de la branche cadette, parmi lesquels Alix avait trouvé un mari.

En plus de ceux qui étaient hébergés à Bagatelle, on voyait arriver, chaque jour, les familiers du voisinage. Les parents de Lorna, Augustine et Clarence Barthew, qu'Osmond avait réussi à tirer de leur repliement désespéré, venaient de retrouver le chemin de la plantation. Accablés par la mort de leur fille, ils devaient encore supporter la honte causée par l'inconduite de leur fils et refusaient, depuis des mois, de sortir de chez eux. Comme tous les membres de la famille, ils restaient sans nouvelles de Silas, depuis que celui-ci s'était enfui avec Otis Meyer. Comme les Barthew redoutaient, l'un et l'autre, une rencontre avec Bob, Osmond avait demandé à son ami de l'accompagner chez ses beaux-parents, afin de les convaincre de venir passer leurs journées d'été à Bagatelle. « Je n'ai rien contre vous, si ce n'est de la compassion. Et Silas n'est pas le plus grand coupable », avait dit Bob en embrassant Augustine, toujours au bord des larmes.

L'ambiance familière de Bagatelle, l'animation joyeuse créée par les enfants, les promenades en bateau sur Fausse-Rivière, les conversations d'après-dîner, les séances de musique et l'audition des derniers disques achetés chez Werlein, à La Nouvelle-Orléans, apportèrent à ces deux êtres, meurtris et déchirés, sinon l'oubli, du moins l'apaisement. Les Barthew, oubliant les reproches adressés à leur gendre au jour des funérailles si particulières de Lorna, vinrent le remercier après qu'une messe eut été dite aux Trois-Chênes. Tous les Bagatelliens, que la défunte Mme de Vigors avait si souvent accueillis à la plantation, assistèrent, sur le tertre, à l'office en plein air. Le Vétéran, les jardiniers, les domestiques noirs de la maison, rangés derrière Javotte et Hector, chantèrent les cantiques et Gusy, l'aîné des fils, dit d'une voix assurée un des sonnets de Ronsard, *Sur la mort de Marie Dupin :* « Comme on voit sur la branche au mois de mai la rose... »

Le maître de Bagatelle avait eu quelques difficultés à convaincre le vieux curé de Sainte Marie de renoncer à une homélie que l'on pouvait prévoir banale et peut-être un peu niaise. Si le prêtre goûta peu l'hommage profane rendu à sa défunte paroissienne, tous les Bagatelliens apprécièrent le geste des enfants qui, après M. de Vigors, vinrent jeter sur la tombe les premières fleurs de coton, écloses du matin. La limpidité de l'air, le soleil filtrant à travers les frondaisons des chênes, les panaches gris retombant de la mousse espagnole, les pépiements d'oisillons affamés, l'appel d'un vapeur sur le fleuve, les toilettes claires des femmes enlevèrent à cette cérémonie tout caractère funèbre.

— Un des prodiges de Bagatelle fait qu'ici mort n'est pas synonyme d'absence, dit Doris de Castel-Brajac à Bob Meyer, alors que les Bagatelliens revenaient, par petits groupes et en bavardant, vers la maison.

— Il ne faut pas, non plus, vivre avec ou pour les morts, Doris. Et j'aimerais assez qu'Osmond cesse de passer ses après-midi aux Trois-Chênes, près des tombes, à regarder couler le Mississippi ou à relire Thoreau et Emerson. La délectation morose, c'est malsain ! Ce qu'il lui faut, pardonnez-moi de vous le dire crûment, c'est une femme, épouse ou maîtresse !

— Osmond n'est pas homme à se satisfaire d'une maîtresse. C'est un être beaucoup trop profond, d'une spiritualité trop riche, d'une moralité trop exigeante, répliqua la jeune fille avec une sorte d'exaltation qui fit sourire Meyer. Quant à remplacer Lorna, reprit-elle, ce sera difficile. Elle était si femme, épouse, mère...

— Il n'est pas question de remplacer Lorna. Chaque être est irremplaçable..., j'en sais quelque chose. Il s'agit de succéder à Lorna, surtout sans chercher à lui ressembler.

Ils marchèrent un moment en silence, s'appliquant à maintenir la distance avec les groupes qui les précédaient ou les suivaient.

— Et puis, vous avez votre vie à faire, Doris. Vous ne serez pas toujours là pour vous occuper des enfants, n'est-ce pas ? s'enquit Bob avec un peu de malignité.

Il avait remarqué, dès le commencement de la conversation, l'émotion contenue de la jeune fille.

En entendant la dernière phrase, Doris ralentit le pas.

— C'est bizarre, Bob, j'ai du mal à imaginer ma vie ailleurs qu'à Bagatelle. J'y ai toujours été heureuse..., plus qu'ailleurs. Cependant, quand Gusy et Clem entreront à Loyola, l'an prochain, je m'en irai. Ils n'auront plus besoin d'institutrice, n'est-ce pas ? conclut-elle à mi-voix, fixant droit devant elle la vieille demeure, dont leurs pas les avaient insensiblement rapprochés.

— Osmond est au courant de ce projet ?

— Nous l'avons arrêté ensemble. Il paraît qu'il est temps que je construise mon avenir. Je dois me marier, avoir des enfants..., enfin, faire ce que font toutes les femmes... Osmond est un homme scrupuleux et clairvoyant.

— Clairvoyant ! Vraiment ! trouva le temps de lancer Bob, comme ils parvenaient au pied de l'escalier.

4

Osmond de Vigors prenait un plaisir atavique aux chevauchées solitaires. Vêtu de lin écru, coiffé d'un panama amolli par l'usage, chaussé de courtes bottes texanes, il suivait, ce matin de juillet 1929, au trot de Fizz, l'itinéraire emprunté depuis bientôt deux siècles par les maîtres de Bagatelle.

Tournant le dos au fleuve et à la maison, où tout dormait encore, il traversa la zone des dépendances. Là s'élevaient le moulin à cannes, les abris de la presse à coton et des égreneuses. Un peu plus loin, dans les remises, étaient alignés, près des tracteurs, les charrettes, les charrues, les herses, les semoirs, les distributeurs d'engrais. Les anciennes écuries servaient de garages pour les camionnettes. La grange, les séchoirs à maïs, le vaste hangar où l'on empilerait, en octobre, les balles de coton fraîchement pressées complétaient cet ensemble. L'atelier des mécaniciens était désert et silencieux. Mais de ce bâtiment — le plus récent d'une exploitation où les machines remplaçaient peu à peu les hommes — jailliraient, dans la matinée, des bruits industriels inconnus des anciens planteurs : ronronnement des moteurs électriques, grincements sporadiques des meules d'aiguisage, chuintement obstiné des perceuses. Seul subsisterait, des sonorités du passé, le tintement éclatant d'un marteau sur l'enclume.

Comme il quittait ce quartier de la plantation, Osmond arrêta un instant sa jument, pour recevoir le salut militaire du Vétéran toujours levé avec le jour. L'ancien soldat, sec et noueux, mais droit comme un vieux cyprès, avouait quatre-vingt-quatre ans. Il ne sortait plus du domaine que le 9 avril de chaque année, pour déposer une gerbe devant le monument au soldat confédéré. Il figurait parmi les célébrités de l'Etat depuis que des journalistes, venus de New York, l'avaient photographié et interrogé. Ne restait-il pas, disait-on, le dernier témoin oculaire vivant de la reddition de Robert E. Lee à Ulysses Grant, à Appomattox, en 1865 ? Retenant Fizz par la sous-barbe, le vieil homme leva vers Osmond un visage osseux et parcheminé de don Quichotte.

— Nous voilà partis pour une bonne quinzaine sans pluie, *Major,* prédit-il avec un sourire édenté.

Osmond approuva et s'enquit des besoins du vieillard, qui mettait un point d'honneur à ne jamais rien demander.

— Besoin de rien, *Major,* j'ai trop, j'ai trop ! A mon âge, un bol de gumbo fait l'affaire, avec une bière ou deux le soir, en écoutant la radio. Bonne promenade !

M. de Vigors nota mentalement qu'il convenait de faire porter deux caisses de bière chaque semaine au Vétéran. Ce dernier ayant lâché le harnais, la jument, habituée au parcours, reprit spontanément le chemin des pâtures. Osmond la sollicita. Un temps de galop le conduisit dans les prairies où paissaient les noirs angus, les herefords roux, les jersiaises à robe de velours gris, les brahmans [1] à bosse et longues cornes. Il laissa Fizz reprendre le trot jusqu'aux grands pacaniers, dont les riches frondaisons indiquaient, de loin, les limites du domaine.

A l'ombre de ces arbres, d'où tomberaient en novembre les noix sucrées à coque lisse, que l'on vendrait par quintaux aux industriels de la confiserie, Osmond laissa souffler la jument. Clignant des yeux sous l'aile de son panama, il parcourut du regard, les mains croisées sur le

1. Bétail originaire de l'Inde, résistant à la forte chaleur et aux parasites, utilisé dans le sud des Etats-Unis, pour des croisements, en vue de renforcer une race.

pommeau de la selle, les terres plates, fermées à l'horizon par la levée rectiligne du Mississippi. Le soleil dépouillait le fleuve de sa couverture de brume et aspirait l'humidité du sol, dont les fauves exhalaisons piquaient les narines du cavalier.

Ces moments de solitude étaient nécessaires à Osmond pour retrouver la sympathie de la nature. Il sauvegardait ainsi les affinités particulières que ceux de sa caste entretenaient avec le domaine élu. Ces promenades le plongeaient dans cet « océan de subtiles intelligences », exploré par Thoreau, l'ermite de Walden.

Au loin, le fleuve enlaçait Bagatelle dans sa courbe, comme l'amant entoure de son bras la taille de sa bien-aimée. Le soleil, flamboyant voyeur, se hissait au-dessus des paravents de la forêt, pour jouir de l'union de la terre et de l'eau. L'héritier des Damvilliers et des Vigors avait le sentiment, tel l'enfant prodigue revenant vers les siens, de réintégrer le grand Tout, pour se soumettre plus filialement aux forces supérieures qui commandent aux ouragans, décident des pluies, offrent le coton, parfument les roses.

Méditation, rêverie, abandon, Osmond ne tentait pas de définir le contenu de ces minutes, mais quand il revenait vers le fleuve et la maison, en longeant les champs de maïs et de canne à sucre, il portait au plus profond de lui-même une énergie nouvelle, une disponibilité accrue pour la vie. Invariablement, le circuit s'achevait par la cotonnerie.

Déjà, les capsules gonflaient, comme de petites outres nervurées, châtain clair. Certaines, plus précoces, semblaient prêtes à éclore pour libérer, tels des poussins duvetés, les boules mousseuses et immaculées du coton.

Malgré les pompes à balancier, qui suçaient le pétrole, et le gros serpent argenté du pipeline, le coton restait, aux yeux de M. de Vigors, le fruit sacré de Bagatelle. L'or noir était monnaie de l'industrie et des nouveaux riches ; l'or blanc, bien que dévalué, demeurait valeur terrienne et aristocratique.

A la vue de la camionnette cabossée de Lincoln Davis

Brent, Osmond devint pensif. Le frère de la défunte Harriet, qu'il avait eu tant de mal à imposer comme chef d'exploitation aux autres planteurs, devait bientôt prendre sa retraite. Explorant du regard les alignements des cotonniers, le planteur aperçut le vieil homme. Brent allait d'un plan à l'autre, se penchant parfois pour tâter une capsule, détecter l'attaque éventuelle d'un insecte prédateur ou arracher un *morning glory*, ce liseron parasite dont les fleurs mauves, bleues ou roses se ferment avant midi.

Osmond força Fizz à entrer dans le champ, où trop de mouches allaient agacer les jambes de l'animal, et rejoignit Brent. Déjà, les pas circonspects de la jument avaient attiré l'attention du Noir.

— Si le temps se maintient, nous pourrons commencer la cueillette début août... Ce sera mon dernier coton. J'espère qu'il sera beau, monsieur Osmond.

— Je vous répète ce que je vous ai déjà dit, Brent : vous pouvez demeurer à la plantation tant que vous voudrez, jusqu'à la fin de vos jours...

— Et où logerait mon successeur, monsieur Osmond ?

— On le logera ailleurs. Votre maison reste votre maison. Vous êtes chez vous, Brent.

Le Noir chassa un moustique, qui tournoyait près des naseaux de la jument, et regarda du côté du fleuve.

— J'aime mieux m'en aller en ville, monsieur Osmond. Ma sœur Véna s'est bien assagie en vieillissant. Elle a un petit commerce de fleurs, près du cimetière Saint-Louis. Je pourrai l'aider et j'ai dans l'idée de faire une serre, pour avoir des fleurs d'hiver...

— Comme vous voudrez, Brent, mais vous aurez toujours un toit et un couvert à Bagatelle.

— Je sais, monsieur Osmond, je sais. Mais j'ai passé soixante ans et les rhumatismes ne me laissent guère tranquille, dit le Noir en montrant ses mains aux jointures déformées.

— Et vous avez gagné le droit de vous reposer, Brent. Bagatelle vous servira une pension qui vous aidera.

— Je sais, monsieur Osmond, c'est gentil à vous d'y avoir pensé..., mais c'est bien temps qu'après la cueillette je m'en aille. Y a des jours où j' peux plus me tirer du lit !

Peu expansif, Brent avait dû détourner la tête pour cacher son émotion.

M. de Vigors, ne voulant pas accroître la gêne de cet homme fier et sensible, reprit son chemin, en réfléchissant au choix d'un nouveau chef d'exploitation. Un critère déjà s'imposait. Brent ayant été le premier Noir de la paroisse à occuper pareille fonction dans une plantation, son successeur devrait être un Blanc. Ce serait une façon de valoriser, aux yeux de tous, le travail effectué par Lincoln Davis Brent, l'ancien élève de Booker T. Washington [1].

Osmond venait de gravir la pente de la levée, qu'il allait suivre en observant le fleuve pour regagner sa demeure, quand il reconnut la pétarade caractéristique de la motocyclette d'Hector. L'engin, lancé à pleine vitesse, apparut bientôt dans un nuage de poussière ocre. Hector, à demi couché sur le guidon, ne ralentit même pas pour escalader la levée herbue. Après un dérapage impressionnant, il immobilisa sa moto à un mètre de la jument. Fizz eut un soubresaut dû à la surprise et détourna la tête avec dégoût, oreilles rabattues.

M. de Vigors flatta l'encolure de l'animal et intima l'ordre à Hector d'arrêter son moteur.

— Si j'arrête, pas sûr qu'y voudra repartir, m'sieur, cria le motocycliste.

— Arrête-le tout de même. Non seulement ton engin fait autant de bruit qu'un avion, mais il dégage une odeur irrespirable !

— C'est l'huile chaude, m'sieur..., et puis c'est pressé.

— Qui est pressé ?

— M'sieur Bob, m'sieur, y vient de téléphoner à la maison, y veut vous parler tout de suite... Il a dit comme ça

1. Booker T. Washington (1856-1915) : éducateur, fondateur et animateur de l'école pratique réservée aux Noirs, The Tuskegee Normal and Industrial Institute (Alabama).

c'est très pressé mais c'est pas grave... C'est plutôt une bonne nouvelle ! Alors je suis venu vous chercher !

Osmond se dit que les bonnes nouvelles n'avaient que rarement un caractère d'urgence. Il talonna néanmoins les flancs de sa jument et prit le galop vers la maison, tandis qu'Hector s'efforçait de remettre sa moto en marche.

Bob ne laissa pas à son ami le temps de s'étonner d'une pareille impatience :

— J'ai deux places pour le vol inaugural *Coast to Coast*[1]. Il part de New York le 7 juillet, mais nous pouvons prendre l'avion à Port Columbus le 8. Alors, tu fais ta valise. Je suis demain matin, à dix heures, au terrain de Baton Rouge avec le Fokker.

— La maison est pleine d'invités, risqua Osmond.

— Ta mère, Doris et Alix s'en occuperont ! Tu ne vas pas rater ça, non ? De la côte est à la côte ouest en quarante-huit heures, deux tiers en avion, un tiers en pullman..., bientôt tout en avion... Je l'avais prédit, non ?

— Je serai demain à l'heure dite au terrain de Baton Rouge, dit M. de Vigors, convaincu par l'enthousiasme de Bob Meyer.

Ce premier vol aurait peut-être une portée historique, comme l'affirmait Bob d'un ton lyrique, mais Osmond y voyait surtout une escapade avec un vieil ami.

L'origine du projet de liaison air-rail entre New York et Los Angeles datait d'un accord de 1927 entre deux compagnies de chemin de fer d'une part, The Pennsylvania Railroad et The Atchison, Topeka and Santa Fe Railroad, et, d'autre part, un fabricant d'avions, Curtiss-Keys. Cet accord s'était concrétisé en 1928 avec la fondation de Transcontinental Air Transport. La nouvelle société disposait de capitaux importants. Elle décida aussitôt d'acquérir six trimoteurs Ford et engagea, pour diriger son comité technique, le colonel Charles A. Lindbergh, le pilote le plus célèbre du monde depuis sa traversée de l'Atlantique

1. Littéralement : côte à côte ; de la côte est à la côte ouest.

Nord. Le responsable du personnel navigant, Paul F. Collins, était un ancien pilote de guerre. Son adjoint, John A. Collings, avait acquis une réputation d'as des acrobates volants dans les foires, avant de prendre en main la formation des pilotes de Ford Motor Company, quand le fabricant d'automobiles avait commencé d'investir dans l'aviation. Le quatrième responsable de la T.A.T., Max Cornwell, directeur général d'une compagnie aérienne de la côte ouest et mécanicien émérite, dirigeait jusque-là les ateliers de réparation de l'aviation militaire à Dayton (Ohio). Tous ces hommes, techniciens de haut niveau animés par l'esprit des pionniers de l'air, paraissaient soucieux de faire du transport aérien un moyen sûr et rapide de voyager. Comme Lindbergh, leur héros et chef de file, comme le général Mitchell, contraint à la retraite par des militaires bornés, comme Bob Meyer et des centaines de jeunes pilotes, qui transportaient le courrier par tous les temps ou jonglaient avec leur vie au cours des meetings pour donner le frisson à des badauds, ceux de la T.A.T. croyaient en l'aviation commerciale avec la conviction des premiers chrétiens. Chaque progrès accompli, chaque nouvel instrument de bord mis au point, chaque gain de puissance d'un moteur, chaque record battu réchauffait leur foi. Les fous volants rescapés des duels aériens de la guerre européenne, les trompe-la-mort sortis indemnes des voltiges, les risque-tout revenus des raids téméraires avaient fini par capter la confiance des industriels et des financiers. Ils détenaient enfin les moyens de réaliser les projets raisonnables issus de leurs rêves insensés. Les fils d'Icare, devenus ingénieurs, n'effrayaient plus les commerçants.

Quand, le 5 juillet au matin, Osmond de Vigors prit place, avec Bob Meyer, dans le petit Fokker de la Fox, il reconnut tout de suite, chez l'aviateur, l'excitation des grands jours. Le vol de Baton Rouge à Columbus prit deux journées, avec une escale pour la nuit à Chattanooga (Tennessee) et plusieurs arrêts sur des terrains d'aéroclubs, pour faire le plein d'essence. Le 7 juillet, en fin d'après-midi, Bob posa l'avion à Port Columbus, base de départ de la ligne aérienne transcontinentale. Situé à douze kilomètres à l'est de Columbus, le nouvel aéroport abritait aussi le terminus du convoi ferroviaire spécial quotidien de la Pennsylvania Railroad, The Airway Limited, réservé aux voyageurs aériens. Ce train de luxe avec wagon-salon et wagons-lits quittait la gare de New York à 18 heures et arrivait à Port Columbus le lendemain matin à 7 h 55. Il transportait ainsi, jusqu'à l'avion, non seulement les voyageurs montés à New York, mais aussi les passagers de Washington, Philadelphie, Baltimore et Pittsburgh.

La tour de contrôle de l'aérogare, une sorte de grande cage vitrée, installée sur le toit du bâtiment principal, permettait une surveillance aisée des pistes, de l'approche et de l'envol des avions. Une station radio perfectionnée et dotée d'un émetteur de deux kilowatts assurait les relations, par phonie ou par code, entre le contrôle au sol et les pilotes des avions en l'air. Une station météorologique, où étaient reçues par télétype les informations glanées par les services des villes desservies, fonctionnait en permanence. Connaissant l'influence des conditions atmosphériques sur la sécurité des vols et le confort des passagers, la T.A.T. avait fait de tous les chefs de gare des compagnies Pennsylvania et Topeka-Santa Fe des observateurs attentifs des nuages et des vents. Formés par les spécialistes du National Weather Service[1] et de la fondation Daniel Guggenheim, soixante-dix-neuf employés des chemins de fer, sachant distinguer un cumulus inoffensif d'un nimbostratus chargé d'électricité, constituaient, tout au long de la route suivie par les avions, entre Columbus et Los Angeles, et sur une bande de deux cents kilomètres de large, une couverture météorologique efficace. Les renseignements recueillis dans les gares étaient transmis par télétype aux sept stations construites par la T.A.T. à Columbus (Ohio),

1. Office météorologique national.

Indianapolis (Indiana), Waynoka (Oklahoma), Clovis et Albuquerque (New Mexico), Winslow et Kingman (Arizona). Après analyse et recoupement des observations, les météorologistes de la T.A.T. informaient, par radio, les pilotes des avions en vol des perturbations, orages, turbulences venteuses auxquels ils auraient peut-être à faire face et s'efforçaient de leur conseiller la route la moins exposée.

Bob Meyer, qui devait son invitation à sa notoriété dans le milieu aéronautique, fut bientôt reconnu par les mécaniciens et les pilotes présents à Port Columbus.

— Veux-tu voir le *Tin Goose*[1], que vous prendrez demain matin ? proposa un aviateur, ancien de l'escadrille Lafayette.

— Allons-y, dit Bob, entraînant Osmond.

A l'abri d'un hangar, le trimoteur Ford *City of Columbus* faisait l'objet des dernières vérifications. Osmond de Vigors fut impressionné par l'envergure de l'avion, dix-huit mètres, par le volume des moteurs en étoile de 200 chevaux, par l'épaisseur et le galbe de l'aile haute — dite « cantilever », précisa Bob — par la longueur et l'élégance du fuselage recouvert de tôle d'aluminium cannelée. L'appareil, plus qu'aucun des avions vus jusque-là dans le ciel des Etats-Unis, donnait une impression de solidité et de puissance. Le poste de pilotage à double commande intéressa davantage Bob Meyer. Il cita, pour Osmond, en les désignant du doigt, plusieurs instruments de bord rassemblés sous les yeux des pilotes.

— Regarde, pour la navigation : altimère, indicateur de vitesse ascensionnelle, anémomètre, contrôleur de virage, compas magnétique, gyrocompas, horizon artificiel..., et pour la surveillance des moteurs : indicateurs de pression d'huile et d'essence, contrôleurs des magnétos, de la carburation, de la température du lubrifiant...

L'aviateur s'assit au siège du copilote et posa les mains

1. Littéralement : oie de fer-blanc. Surnom donné à cet appareil par les aviateurs.

sur le volant qui remplaçait l'antique manche à balai des premières machines volantes. Il apprécia la souplesse du palonnier, éprouva le levier du frein... Ce perfectionnement technique, qui permettait de maîtriser au sol le roulement de l'appareil, agissait sur les roues à pneumatiques du train d'atterrissage.

— Formidable, non ? C'est un coucou comme celui-là qu'il nous faut, à la Fox ! s'écria Bob, enthousiaste et un peu envieux.

— Il vaut près de 100000 dollars, fit remarquer un mécanicien.

— Si la Fox n'est pas assez riche et si tu en as assez de jouer les managers, tu peux venir voler chez nous, proposa le pilote de T.A.T.

Il expliqua comment les aviateurs recrutés par la nouvelle compagnie avaient été sérieusement sélectionnés.

— Les commandants de bord viennent tous de la poste aérienne, des services d'essais des fabriques d'avions ou de l'aviation militaire. Ils doivent justifier de 3000 heures de vol dont 500 sur trimoteur. Les seconds pilotes sont tous diplômés de l'école de l'Air de Kelly Field (Texas). Et c'est Lindbergh qui a dirigé le stage de perfectionnement imposé à tous, avant leur engagement définitif.

— En somme, ce sont tous des as ! La fine fleur du métier ! ironisa gentiment Meyer.

— Que veux-tu, Bob, le temps des pionniers, des casse-cou, des amateurs téméraires est révolu. Aujourd'hui la sécurité remplace la fantaisie. Les avions doivent partir et arriver à l'heure, comme les trains, et il faut épargner aux passagers toute émotion... même sportive ! J'imagine d'ailleurs qu'il n'en est pas autrement à la Fox, conclut malicieusement le guide.

Bob, appréciant la réplique, bourra affectueusement les côtes de son ancien compagnon d'armes.

— Mais que deviennent la griserie, le charme, la poésie, l'attrait sportif du vol, dans tout cela ? demanda-t-il.

— Ces sentiments, ces sensations, ces plaisirs restent

l'apanage des raids en solitaire... Notre industrie aéronautique va construire cette année plus de 5 000 avions. Ils ne seront pas tous commerciaux ou militaires. Notre ami louisianais Jimmy Wedell prépare, paraît-il, avec Williams, son riche associé, un bolide volant qui...

— Qui me fait rudement envie aussi ! coupa Bob.

— Offre-toi plutôt un trimoteur Ford et laisse aux autres les records. Tu as pris ta part de risques depuis dix ans et n'oublie pas tes associés ! dit Osmond.

— On vous attend au bar et ensuite au mess pour dîner, intervint l'ancien de l'escadrille Lafayette.

Mieux que M. de Vigors, il pouvait comprendre la nostalgie dissimulée dans les propos de Meyer. Lui aussi avait, parfois, le sentiment de devenir peu à peu, aux commandes d'un avion de transport, une sorte de conducteur de tramway aérien.

Tandis que Bob et Osmond passaient une joyeuse soirée dans l'atmosphère chaleureuse des anciennes escadrilles, à New York, Amelia Earhart, la première femme ayant traversé l'Atlantique en avion, en juin 1928[1], baptisait, dans le hall de la gare de la Pennsylvania, le *City of New York,* frère jumeau de l'appareil présenté aux Louisianais. Quelques minutes après ce geste symbolique, l'aviatrice, qu'une vague ressemblance physique avec Lindbergh avait fait surnommer par les journalistes « Lady Lindy », était montée avec les invités de la T.A.T. dans le train spécial de la compagnie. The Airway Limited avait été, lui aussi, aspergé de jus de fruits baptismal — la prohibition interdisant l'usage du champagne rituel — par une sémillante brune, descendue d'une scène de Broadway : Dorothy Stone.

Si le *City of New York* restait enfermé, comme un oiseau captif, dans une gare urbaine, où les curieux venaient l'admirer, le convoi spécial, roulant dans la

1. A bord du trimoteur Fokker *Friendship.*

nuit en direction de Columbus, entraînait dans une nouvelle conquête de l'Ouest quelques voyageurs fortunés.

Le 8 juillet au matin, quand Bob Meyer et Osmond de Vigors se retrouvèrent à l'aéroport, les passagers du train de l'avion venaient de descendre de leur wagon-lit. Plusieurs milliers de curieux, qu'une pluie fine et persistante ne semblait pas importuner, se pressaient derrière les barrières, prudemment disposées au long de la piste. Tiré de son abri, le *City of Columbus* stationnait devant l'aérogare.

Parmi les personnalités venues partager le petit déjeuner inaugural offert par T.A.T., Osmond reconnut M. Henry Ford, son fils Edsel, et M. Harvey Firestone, le roi du pneumatique. A 8 heures, les privilégiés du premier vol furent invités à prendre place à bord de l'avion. Des milliers de gens, piétinant sous la bruine dans l'atmosphère moite de l'été, enviaient leur sort.

Osmond avait admiré, en esthète, les proportions harmonieuses du trimoteur. Il fut tout de suite séduit par l'aménagement de la cabine. Comme les autres passagers, il s'assit dans un confortable fauteuil en osier tressé, muni d'accoudoirs et d'un coussin appui-tête. Dix fauteuils semblables étaient disposés, de part et d'autre d'une allée centrale, contre les parois de la carlingue tapissées de tissu à motifs géométriques. Chaque passager pouvait, par un large hublot rectangulaire, encadré de rideaux de soie ponceau, observer le paysage. L'accompagnateur, présent dans chaque avion de la compagnie — uniforme bleu marine à galons d'or et casquette blanche — expliqua aux voyageurs que les vitres coulissantes permettaient, en vol, l'aération de la cabine. Il révéla également l'existence d'un système de chauffage dans le plancher et d'un cabinet de toilette dans la queue de l'avion. Tout en serrant la ceinture attachée à son fauteuil, Osmond remarqua les appliques électriques à écran, les gros cordons de soie à pompons, utiles pour se cramponner en cas de turbulences, les petits ventilateurs et d'autres détails qui faisaient de l'avion un véritable pullman volant. Amelia Earhart, dont on venait d'apprendre l'appartenance à l'état-major de la T.A.T., en qualité d'assistante au directeur du trafic, occupait, souriante *flapper*[1] blonde aux yeux bleus, vêtue d'un tailleur à jupe vague et veste longue, le dernier siège à gauche, au fond de la cabine. Bob Meyer appréciait peu qu'une aviatrice eût un comportement de star de cinéma. Le dessinateur français Jean Oberlé avait donné d'elle une tendre caricature dans *Vanity Fair*. Le magazine *Cosmopolitan,* après avoir publié son portrait en couverture, venait de lui offrir la rubrique aéronautique et, pour 1 500 dollars, Amelia était apparue, en tenue de vol, sur les affiches publicitaires des cigarettes Lucky Strike.

« Ce sont les cigarettes que fumaient mes compagnons, Bill Stultz et Slim Gordon, pendant notre traversée de l'Atlantique », avait-elle expliqué aux journalistes, avant d'annoncer l'envoi de son cachet au commandant Byrd. « C'est de propos délibéré que j'ai signé ce contrat, car j'ai ainsi l'occasion d'offrir ma modeste contribution à votre expédition dans l'Antarctique, ce qui m'eût été impossible autrement », avait-elle écrit à l'explorateur[2].

— J'ai lu quelque part qu'elle va tenter une traversée solitaire du continent américain et sa participation au premier derby aérien féminin, Santa Monica (California) — Cleveland (Ohio), est annoncée dans tous les journaux[3], dit Osmond, alors que miss Earhart adressait, de loin, un sourire à ce compagnon de voyage inconnu.

Bob, qui occupait le siège voisin, prit un air narquois.

— Ouais, ouais, Amelia est un excellent agent de relations publiques pour la T.A.T. et le derby rouge à

1. Jeune femme affranchie.

2. Lettre d'Amelia Earhart à Richard Evelyn Byrd (1888-1957), citée par Nevin Bell dans sa biographie de l'aviatrice américaine (Edito-Service S.A., Genève, 1971). Byrd, nommé plus tard amiral, survola le pôle Sud le 29 novembre 1929.

3. Amelia Earhart réussit, non sans difficultés et incidents, la traversée aérienne du continent américain. Elle termina troisième du derby féminin, derrière Louise Thaden et Gladys O'Donnell.

lèvres ou rallye des filles d'Eve, comme nous avons surnommé le raid féminin Santa Monica-Cleveland, va permettre à notre oiselle de signer de nouveaux contrats publicitaires. La chérie de l'air se vend bien, cette année, mon vieux, surtout quand elle est jolie et a pour amant un éditeur fortuné possédant un sens inné de la réclame [1] !

— Tu es dur avec cette femme courageuse. On dirait que sa célébrité te gêne.

— C'est l'exploitation de sa célébrité qui me gêne. Sais-tu qu'il a été question de lui faire signer des rubans portant l'inscription *Vol Friendship Amelia Earhart*, qui auraient été vendus 3 dollars et cousus sur des casquettes à 25 cents [2] !

Osmond rit franchement de l'indignation de son ami.

— Si nous pouvions la convaincre de se faire photographier avec toi, devant un avion de la Fox, je lui offrirais bien un dîner, proposa-t-il.

— Crois-moi, petit vieux, ça te coûterait cher. M. Putnam ne vend pas sa petite amie volante au tarif des restaurants !

Osmond n'eut pas l'occasion de répliquer. L'accompagnateur galonné pénétra dans la cabine, vérifia que toutes les ceintures des passagers étaient attachées et annonça le décollage. Il était 8 h 15. Le signal du départ venait en effet d'être donné par un coup de gong, entendu dans l'aérogare et répercuté, par la radio de bord, à l'intérieur de l'avion. Le tintement du bronze avait été commandé, du Capitole, à Washington, par une pression de l'index de l'honorable Robert P. Lamont, secrétaire au Commerce, sur un bouton électrique.

Roulant sur la piste de béton, le *City of Columbus* s'éleva du sol avec aisance, dans le hennissement des 600 chevaux de ses moteurs. La foule des badauds applaudit, tandis que l'avion, après avoir décrit le virage réglementaire, prenait

1. Allusion à George Palmer Putnam, qui allait épouser Amelia Earhart le 8 février 1931.
2. Ce fut la seule proposition qu'Amelia Earhart refusa à Putnam.

la direction de l'ouest. Le *City of Wichita,* emportant d'autres passagers privilégiés, décolla quelques minutes plus tard et suivit la même route. Sans secousses ni vibrations, le premier trimoteur atteignit rapidement son altitude de croisière. La brume s'étant dissipée, les voyageurs purent aisément reconnaître, à travers les hublots, les sites désignés par l'accompagnateur. Ce dernier, dont le rôle pouvait être comparé à celui d'un steward de paquebot, se révélait de surcroît un excellent guide. Alors que l'appareil survolait Dayton[1], Bob Meyer rappela à la cantonade l'exploit des frères Wright. Wilbur, décédé en 1912, et Orville, toujours vivant, avaient conçu, construit et fait voler, le 17 décembre 1903, à Kitty Hawk (Caroline du Nord), pendant cinquante-neuf secondes, sur deux cent soixante mètres et à trois mètres du sol, le premier avion américain équipé d'un moteur de 16 chevaux et de deux hélices.

— En un quart de siècle, l'aviation a fait des progrès stupéfiants, observa un passager.

— Elle est encore dans l'adolescence, monsieur. Avant peu d'années, nous disposerons d'appareils capables de transporter, en Europe, d'un seul coup d'aile, vingt ou trente personnes...

Bob, se retournant sur son siège, prit à témoin de cette prédiction Amelia Earhart, qui approuva avec chaleur.

Osmond eut un sourire amusé. Son vieil ami ne paraissait pas insensible au charme distingué de l'aviatrice.

Ce fut avec une exactitude ferroviaire que l'avion se posa à Indianapolis pour faire le plein d'essence. Il reprit son vol un quart d'heure plus tard, après que les pilotes eurent été informés des derniers rapports météorologiques.

En quittant la capitale de l'Indiana, l'appareil survola les grands parcs à bestiaux et les abattoirs qui faisaient la renommée de l'Etat. Un peu plus tard, à la verticale de la frontière du Missouri, Osmond reconnut, sous l'apparence

1. Ville natale des frères Wright (Ohio). Orville devait y mourir en 1948.

d'un mince filet d'eau argentée aux innombrables méandres, la Wabash. Par ce tributaire de l'Ohio, affluent du Mississippi, Cavelier de La Salle avait entrepris sa navigation vers le golfe du Mexique et l'exploration du vaste territoire dont il devait prendre possession au nom du roi de France, le 16 avril 1682.

A Saint Louis, où l'avion fit une nouvelle escale de quinze minutes, un des voyageurs, ancien combattant de la guerre européenne de 1914-1918, expliqua comment les dizaines de milliers de mules élevées dans le Missouri avaient aidé le corps expéditionnaire du général Pershing à gagner la guerre. Un autre, moins cocardier, rappela que cet Etat avait aussi donné naissance au plus célèbre des humoristes américains, Mark Twain[1], et au plus grand brigand de l'Ouest, Jesse W. James[2].

Dès que l'avion eut repris l'air, à 12 h 18, l'accompagnateur revêtit la veste blanche du maître d'hôtel et annonça le lunch.

Le repas, préparé par la société Fred Harvey, concessionnaire des wagons-restaurants très réputés du Santa Fe Railroad, « la ligne de chemin de fer la plus gastronomique de l'Union », comportait : viandes froides, sandwiches, salades, fruits accompagnés de café, thé et lait. Servi sur des nappes couleur lavande, avec serviettes assorties, ce lunch à mille deux cents mètres d'altitude et cent soixante-quinze kilomètres à l'heure suscita des commentaires flatteurs. On en parlait encore pendant la brève escale de Kansas City.

Grâce aux conditions atmosphériques excellentes et à une parfaite maîtrise de son appareil, le pilote du *City of Columbus* respectait l'horaire prévu à la minute près. Après le décollage de Kansas City, des messieurs en proie à

1. De son vrai nom Samuel Langhorne Clemens. Né à Florida (Missouri) en 1835. Mort à Redding (Connecticut) en 1910.

2. Né le 5 septembre 1847 à Kearney (Missouri), il pilla banques et trains avant d'être abattu par un de ses compagnons (qui toucha la prime de 10 000 dollars offerte par les banquiers), le 3 avril 1882, à Saint Joseph (Missouri).

la somnolence provoquée par le déjeuner et le bruit régulier des moteurs tirèrent plus ou moins discrètement de leur poche des flasques d'argent et s'octroyèrent la seule chose qui avait fait défaut au repas : une bonne rasade de whisky de contrebande. Cela permit à Bob Meyer, qui ne voyageait jamais sans un flacon de bourbon, de faire conspuer le nom de Carry Nation[1] au moment où l'avion se posait à Wichita (Kansas). C'est dans cette ville que la première prohibitionniste de l'histoire avait commencé sa croisade.

Cette journée de vol prit fin à 18 h 25, quand, après une brève escale à Oklahoma City, l'avion se posa sur l'aéroport tout neuf de Waynoka (Oklahoma). Pendant que les rampants de la T.A.T. déchargeaient les bagages, les voyageurs, un peu étourdis par neuf heures passées en l'air et six décollages ou atterrissages, connurent l'instant d'euphorie physique que procurent toujours les retrouvailles de l'homme avec sa planète natale. Ils n'eurent guère le temps, cependant, de se dégourdir les jambes. L'*aero car* de la compagnie, une luxueuse roulotte du genre des *camping cars* dont la mode se répandait chez les automobilistes aisés, amoureux de la nature, les attendait près de l'aérogare. Conçu par M. Stout, de Ford Motor Company, et tracté par un puissant cabriolet décapotable Ford, ce wagon, sorte de carlingue sans ailes, rappelait, par la disposition de ses quatorze sièges, par ses baies vitrées, son confort et sa décoration, la cabine de l'avion que les voyageurs venaient de quitter.

— Rudement astucieux ! Bien qu'ils soient obligés de changer de moyen de transport, les passagers ont ainsi le sentiment rassurant d'avoir affaire au même transporteur, commenta Bob Meyer.

— Et ils ne peuvent échapper aux sociétés qui se sont

1. Carry Amelia Moore Gloyd Nation (1846-1911) organisa l'Union des femmes chrétiennes pour la tempérance dans le Kansas. Elle déclara la guerre aux cabaretiers. Bien qu'extravagantes, ses méthodes attirèrent l'attention sur les méfaits de l'alcoolisme.

unies pour exploiter le *Coast to Coast* sur tous les plans, compléta Osmond.

Pendant le trajet d'un quart d'heure entre l'aéroport et la gare de Waynoka, Meyer convainquit son ami et associé de la nécessité d'acquérir, pour la Fox, au moins un *aero car.*

— Nous convoquerons les passagers à nos guichets de la rue du Canal et nous les transporterons, avec leurs bagages et moyennant finance, jusqu'à l'aéroport Alvin Callender[1]. Ainsi, plus de retardataires ou d'égarés et, en quelques mois, le véhicule sera amorti. Peint aux couleurs de la Fox, il nous fera, de surcroît, de la publicité gratuite chaque fois qu'il circulera en ville !

Osmond, conscient que le transport aérien était riche de promesses et que la publicité s'imposait comme un des moteurs de la consommation des produits aussi bien que des services, acquiesça sans hésiter : ce n'était pas au moment où le concurrent de la Fox, Wedell-Williams Air Service, inaugurait une nouvelle ligne New Orleans-Saint Louis, via Jackson et Memphis, qu'il fallait négliger un élément capable de séduire la clientèle.

Attendus à Waynoka par les représentants de la société Atchison, Topeka and Santa Fe Railroad, les invités du voyage inaugural furent conviés à un dîner, préparé par les cuisiniers de Fred Harvey Company, au buffet de la gare.

Après le repas et les inévitables toasts qui suivirent, les voyageurs montèrent dans le wagon-lit spécial, accroché au convoi régulier du chemin de fer de Santa Fe. Osmond de Vigors et Bob Meyer ignorèrent tout des paysages du nord-ouest du Texas, que le train traversa pendant la nuit. Les deux amis se réveillèrent au moment où le convoi franchissait la frontière du Nouveau-Mexique. Ils aperçurent, à l'horizon, l'extrémité méridionale des montagnes Rocheuses et la chaîne Sangre de Cristo, ainsi nommée par les Indiens parce que les couchers de soleil inondent d'une clarté sanglante les sommets de trois mille mètres. Tandis

1. Aéroport de La Nouvelle-Orléans jusqu'en 1934.

qu'ils se rasaient côte à côte, Osmond raconta à Bob que la fraternité des pénitents reconstituait chaque année, en un lieu tenu secret, au fond d'une des vallées encaissées de la Sangre de Cristo, le chemin de croix du Christ jusqu'au Golgotha.

— Les membres de la secte marchent dans l'obscurité, en se flagellant mutuellement avec des fouets de cuir, tandis qu'un des leurs, désigné par la communauté, porte la croix sur laquelle il sera cloué, comme le Christ, et abandonné dans la montagne, à la grâce de Dieu. La cérémonie se termine dans une sorte d'hystérie religieuse pendant que le Christ de tragédie, flagellé au sang et le côté percé d'un coup de lance, agonise. Parfois il...

— Ces gens sont des barbares ! coupa Bob. Si le dieu des chrétiens exige pareils sacrifices humains, je suis bien aise d'être juif ! ajouta-t-il, le regard flamboyant d'indignation dans la mousse à raser qui lui couvrait les joues.

— Abraham était prêt à sacrifier son fils Isaac ! répliqua Osmond avec malice.

Au moment où les deux amis achevaient un copieux *breakfast* « préparé spécialement pour vous par Fred Harvey Company », avait précisé le serveur noir, le train s'arrêta en gare de Clovis. Aussitôt, de belles Indiennes Zuni, portant la traditionnelle robe noire à bandes diagonales bleues, l'épaule gauche dénudée, vinrent proposer aux voyageurs des poteries décorées de dessins géométriques. Bob, pour les beaux yeux d'une de ces femmes caquetantes et enjôleuses, acquit une potiche dont il se trouva aussitôt encombré.

— Sais-tu qu'elle m'a proposé de m'accueillir dans son wigwam [1] pour me présenter ses sœurs, glissa-t-il à Osmond avec un clin d'œil grivois.

— Souviens-toi de ce qui est arrivé à Clarence Dandrige chez les Choctaw, autrefois !

Après vingt minutes de trajet dans un nouvel *aero car*,

1. Tente des Amérindiens.

les voyageurs reconnurent, sur l'aérodrome de Portair, le trimoteur de la T.A.T. qui devait les transporter jusqu'au Pacifique. Le *City of Philadelphia,* arrivé la veille au soir de Los Angeles — après escale à Kingman, Winslow (Arizona), Albuquerque (New Mexico) — avait été baptisé en Californie par Gloria Swanson. L'inoubliable maréchale Lefebvre du film muet *Madame Sans-Gêne* [1] et l'émouvante Sadie du film parlant de Raoul Walsh *Faiblesse humaine* [2] avait aspergé de *ginger ale* l'avion prêt à décoller vers l'est. Sa rivale, la blonde et fragile Mary Pickford, la plus célèbre star du monde depuis sa création dans *Papa Longues Jambes* et qui venait d'obtenir un oscar [3] avec le film *Coquette,* avait baptisé de la même façon le *City of Los Angeles*.

La seconde journée de vol parut un peu monotone à Osmond. Vu du ciel, le Nouveau-Mexique n'était qu'un désert ocre, constellé de yuccas et parsemé de villages indiens entre lesquels des rivières à sec traçaient des craquelures étranges. L'Arizona apparut encore plus aride et M. de Vigors eut du mal à admettre les commentaires de l'accompagnateur. Ce dernier affirmait que cet Etat produisait, dans ses vallées du Nord, le meilleur coton du monde, connu sous le nom de *pima.* Le meilleur coton n'était-il pas le *middling* de Louisiane ? Lors de l'escale de Winslow, on vanta aux voyageurs la beauté du Grand Canyon du Colorado, situé à moins de cent miles, mais la conquête aérienne de l'Ouest, rigoureusement minutée, ne

1. Film de Léonce Perret, tourné en 1925 au château de Fontainebleau.
2. Titre américain : *Sadie Thompson;* tourné en 1928, à Hollywood, d'après une nouvelle de Somerset Maugham. Lionel Barrymore et Raoul Walsh jouaient au côté de Gloria Swanson.
3. Statuette de métal, due au sculpteur George Stanley, d'après un dessin de Cedric Gibbons, chef décorateur de Metro Goldwyn Mayer de 1924 à 1956, crayonné sur une nappe du restaurant de l'hôtel Biltmore, à Hollywood, en 1927. Cette statuette représente un homme tenant une épée, debout sur une bobine. Elle mesure, socle compris, trente-cinq centimètres de haut et pèse trois kilos. L'oscar est la récompense attribuée chaque année, depuis 1928, à des professionnels du cinéma désignés par l'Académie des Arts et Sciences cinématographiques des Etats-Unis (Academy of Motion Picture Arts and Sciences).

pouvait permettre une telle escapade. D'autant plus que le colonel Charles Lindbergh, venu de Los Angeles aux commandes d'un autre avion, tenait à conduire personnellement les hôtes de la T.A.T. jusqu'au terminus californien de la nouvelle ligne.

Aucune rencontre ne pouvait plaire davantage à Bob Meyer. Le héros des ailes américaines, qu'il n'avait fait qu'entrevoir deux ans plus tôt lors de son passage à La Nouvelle-Orléans, assumait sans complexe sa fabuleuse notoriété. Conseiller très sollicité par les compagnies aériennes, il avait acquis l'assurance de ceux qui savent monnayer leurs compétences et l'aisance d'un homme d'affaires. Marié depuis le mois de mai à Anne Morrow qui, d'après la princesse Bibesco, était tout de suite « entrée en religion avec lui [1] », il ne rêvait que d'effectuer un grand raid avec sa femme, devenue pilote par amour.

— Ils pensent relier, l'an prochain, New York au Kamtchatka, en Sibérie, et ouvrir de nouvelles lignes commerciales vers les Caraïbes et à travers l'Union, confia Bob à Osmond, tandis que l'avion se posait à Glendale, aéroport de Los Angeles.

Ainsi s'acheva, dans une ambiance de fête, grâce à l'accueil des Californiens, ce voyage de l'Atlantique au Pacifique. Partis de New York le dimanche 7 juillet à 18 h 5, les passagers étaient arrivés à Los Angeles le 9 juillet à 17 h 52 après avoir passé deux nuits en chemin de fer, volé pendant dix-huit heures, supporté vaillamment neuf décollages et autant d'atterrissages. La publicité de Transcontinental Air Transport annonçant partout la liaison *Coast to Coast* en quarante-huit heures n'était pas mensongère.

Une foule considérable et toutes les personnalités du sud de la Californie s'étaient rendues à Glendale pour accueillir ceux qui venaient de battre un record : traverser

1. *Images d'Epinal,* Plon, 1937. Cité par Pierre Belperron dans *Lindbergh,* Plon, 1938.

les Etats-Unis en gagnant trente-six heures sur le train le plus rapide.

Dans l'*aero car* qui transporta les passagers jusqu'au centre de Los Angeles, où des chambres avaient été réservées à l'hôtel Biltmore, Pershing Square, Osmond tira pour Bob les conclusions du voyage :

— A survoler ainsi le pays d'est en ouest, on voit comment, en moins de deux siècles, immigrés de tout poil et de toutes nationalités, qui avaient fui la civilisation pour courir l'aventure, ont fait de cette aventure une civilisation. On découvre aussi l'étendue des espaces inhabités. La générosité et l'âpreté de la nature, la place offerte aux hommes entreprenants dans les vallées, les plaines, au bord des fleuves et des lacs, sur les vastes plateaux. Des millions de gens peuvent trouver un établissement dans ce pays, Bob. Et puis as-tu perçu ce qui montait à chaque instant des villes et des sites : souvenirs d'événements, évocations de personnages, rappels de cataclysmes, de conflits, d'exploits, réminiscences littéraires ou scientifiques... Le Nouveau Monde a maintenant un passé, une histoire, des traditions. Certes, la couche sédimentaire est mince, comparée à celles qui recouvrent la vieille Europe ou la très vieille Chine, mais elle est déjà assez dense pour constituer les fondations d'un avenir fécond et d'un nouvel art de vivre que les nations anciennes copieront.

Bob Meyer parut éberlué par cette déclaration patriotique d'un lyrisme inhabituel chez M. de Vigors.

— Ma parole, Osmond, tu parles comme ce cher Theodore Dreiser : « L'Amérique première, toujours et partout... » Tu vas voir !

L'aviateur tira de sa poche un assez gros livre broché, passablement fatigué. M. de Vigors se souvint que Bob en avait lu quelques pages la veille, dans le wagon-lit. Il en connaissait le titre : *Une vacance dans l'Indiana*[1].

1. De Theodore Dreiser, écrivain américain. Né en 1871 à Terre Haute (Indiana), mort en 1945 à Hollywood (Californie).

Meyer feuilleta l'ouvrage, trouva la page qu'il cherchait et déclama, sans se soucier d'être entendu par les autres voyageurs :

— « Chère, rude et sotte Amérique pleine d'illusions. Comme je les aime tous, les Américains ! Et les grands champs, de l'Atlantique au Pacifique, les contenant eux et leurs rêves. Comme ils se lèvent, comme ils se hâtent, comme ils courent sous le soleil. Ici ils construisent un viaduc, là une grande route, plus loin, ils labourent ou sèment, le visage illuminé d'une éternelle, d'une futile espérance de bonheur[1]. » Hein, n'es-tu pas d'accord avec ce fils d'immigré allemand devenu reporter ?

— Il y a une certaine dérision dans cette exaltation de l'Amérique et tu en rajoutes par ta façon de lire le texte. Mais, si l'on se réfère à l'élémentaire, à l'humain, à ce que méconnaissent les intellectuels de Greenwich Village et les amis de M. Mencken, Dreiser a raison. Foi et optimisme, une certaine innocence rustique, l'ambition passionnée de réussir et d'être heureux, voilà qui est américain.

— Curieux langage pour un Sudiste de vieille souche aristocratique, remarqua Bob.

L'*aero car* venant de s'arrêter devant le Los Angeles Biltmore — le plus grand palace de la côte pacifique, mille chambres, mille salles de bains, un restaurant de deux mille cinq cents places — Osmond se dispensa de répliquer. Ce soir-là, les deux amis décidèrent d'échapper à la cuisine de Fred Harvey Company qui constituait l'ordinaire depuis leur départ de Columbus. Après le cocktail, ils s'esquivèrent pour aller dîner à Maison Pierre, un restaurant français renommé de la rue Olive. Le coq au vin qu'ils commandèrent n'avait pas exactement le goût de celui dont Osmond gardait le souvenir depuis un lointain souper avec Lorna à Dijon. Le serveur mit cette différence au compte du vin. Le cuisinier, ne disposant pas de bourgogne,

1. Cité par Régis Michaud : *le Roman américain* (Boivin et Cie, éditeurs ; Paris, 1927).

utilisait du cabernet venu du comté de Sonoma où des franciscains français avaient planté la première vigne californienne en 1770. Sur recommandation du maître d'hôtel, soucieux du confort et de la distraction de deux célibataires, ils se rendirent ensuite au cabaret-dancing Paris Inn, où ils s'amusèrent comme des collégiens en courtisant, au nez et à la barbe de leurs maris un peu ivres, des dames californiennes, enchantées de danser avec des hommes venus de New York en avion.

— Dommage qu'on ne reste pas plus longtemps, ma cavalière est l'épouse d'un metteur en scène, elle nous conviait à visiter un studio de cinéma à Hollywood, regretta Bob, sur le chemin du Biltmore.

Avant de reprendre à Glendale l'avion du retour vers l'est, tôt le lendemain matin, Osmond de Vigors traversa Pershing Square, pour se recueillir devant le monument dédié aux fantassins du 7e régiment d'infanterie de Californie, tués pendant la guerre hispano-américaine, en 1898. Comme ces hommes, dont il lut les noms sur le piédestal d'un soldat de bronze au regard vide, son père, Gratien de Vigors, était mort pour Cuba avec sans doute « le visage illuminé d'une futile espérance de bonheur » !

5

Au retour d'une escapade aérienne *Coast to Coast* sans aléas, Osmond de Vigors, malgré la chaleur et l'humidité qui nimbaient le delta d'une vapeur moite, décida de passer quarante-huit heures en ville. Il prit, par téléphone, des nouvelles de ses enfants, de sa mère et des invités réunis à Bagatelle, puis il convoqua Hector, qui le reconduirait de La Nouvelle-Orléans à la plantation, à bord de la Duesie.

Les journées écoulées, pendant lesquelles il n'avait eu à prendre aucune initiative ni responsabilité, l'intendance étant assurée par d'autres, lui laissaient de bons souvenirs. Les hommes et les femmes rencontrés, la découverte de paysages ignorés, de villes neuves, la confirmation du dynamisme des gens du Nord et de l'Ouest l'incitaient à évaluer plus modestement la condition, l'influence, le rôle social et économique d'un planteur louisianais. L'orgueil sudiste ne valait que dans l'isolement d'une caste en voie de disparition. Toute confrontation entre les valeurs aristocratiques, qui avaient justifié, avant la guerre civile, le sentiment de supériorité des anciennes familles, avec les forces créatrices et la capacité de production du Nord était défavorable au Sud.

Bob Meyer, plus directement engagé, par son métier et ses responsabilités à la Fox Airlines, dans la compétition technique et affairiste du moment, ne s'était pas privé de le dire : « Nous pouvons certes continuer à demander à la tradition sudiste des principes, mais non des méthodes. Car tout a changé dans le monde, Osmond : la hiérarchie des valeurs comme les critères de la raison. Les sciences, le progrès technique, l'évolution des mœurs, la vitesse qui réduit les distances, la diffusion, quasi instantanée, de l'information, les appétits nouveaux des hommes et l'usage du crédit qui permet de les satisfaire exigent une révision constante de notre éthique, de nos philosophies, peut-être même de notre morale. Une fois de plus, le Sud risque de se laisser distancer, par paresse autant que par orgueil. Un type l'a compris en Louisiane, qui vous porte sur les nerfs, à vous aristocrates de plantation, empêtrés dans vos nostalgies *antebellum,* c'est Huey Long ! »

Osmond s'était abstenu de répliquer pour ne pas causer de peine à son ami. Bob Meyer, juif et fils d'émigré, ne pouvait souffrir, comme lui, de l'évidente dépréciation du Sud, ni comprendre l'attitude des Sudistes de vieille souche. Sans méconnaître les avantages du progrès, susceptible d'apporter plus de bien-être aux plus modestes, M. de Vigors préférait vivre dans une société arriérée et décadente plutôt que soutenir les plans ambitieux d'un démagogue de basse extraction. La modernisation, le développement économique et la prospérité de l'Etat ne valaient pas, à ses yeux, qu'on les payât d'un détestable renoncement aux valeurs du passé.

Au cours du voyage, l'attachement fraternel de Bob s'était manifesté de cent façons. Les deux amis, négligeant leurs trente-cinq ans révolus, avaient oublié déconvenues et chagrins, puis retrouvé l'insouciance, les attitudes, les tics, le vocabulaire, la gaieté de collégiens en vacances. Ils s'étaient même promis, avant de se séparer, de refaire le voyage de 1908 à la rivière Chitto, « afin de voir si les idoles de notre panthéon, les principes défendus par les chevaliers du Triangle, notre façon de les interpréter et de les vivre dans l'âge mûr tiennent le coup ! » avait dit Bob gravement.

« En ce temps, nous étions trois jeunes ambitieux sous la lune, drapés dans nos couvertures comme des sénateurs romains dans leur toge. Je crains que seul Dan Foxley, qui nous manque aujourd'hui, ait pu, en s'esquivant dans la mort, échapper aux désillusions », avait renchéri Osmond.

Seul dans sa maison de l'avenue Prytania, il éprouvait maintenant une sorte d'angoisse. La solitude, jusque-là refuge familier, lui devint soudain insupportable comme une réclusion. Dans son cabinet de travail, face aux portraits des disparus qui avaient compté dans sa vie, il admit enfin la contradiction interne dont il souffrait depuis la mort de Lorna. Son moi social n'était plus en harmonie avec son moi profond. Il supportait mal d'être à la fois l'homme perçu par les autres et lui-même. Au contraire de Janus qui disposait de deux apparences, il ne possédait qu'un visage. Contraint à une duplicité étrangère à son caractère, il se voyait souvent comme un acteur, jouant sur la scène sociale une parodie de sa propre existence. Parfois, il se sentait même, avec une douloureuse acuité, frustré d'une relance possible sur le destin.

Peu enclin à la délectation morose et à l'analyse prolongée de ses états d'âme, il choisit de répondre positivement aux pulsions de ce que Gustave de Castel-Brajac appelait l'instinct hédoniste. Il quitta aussitôt la maison et, par l'avenue Saint-Charles, poussiéreuse mais ombragée, où ferraillait le tramway nommé Desire[1] par les usagers impatients de le voir arriver, il décida de marcher jusqu'au Vieux Carré. M. de Vigors était certain, en cette saison, de jouir dans le quartier français du spectacle cosmopolite, un peu trivial, mais plein de vivacité, du petit peuple de la vieille ville, exercé à gruger le touriste et toujours prêt à rire. Il pouvait être assuré du même coup de ne pas rencontrer de gens de son milieu, tous ayant rejoint leur maison des champs en cet été brûlant.

Il flâna un moment autour de Jackson Square, où,

1. Désir. Tennessee Williams écrivit une pièce de théâtre intitulée *Un tramway nommé Désir* (1947), que le cinéaste Elia Kazan porta à l'écran (1951). Certains Louisianais considèrent que le terme originel était le mot français Désiré, le tramway se faisant souvent attendre.

devant la cathédrale Saint-Louis, les peintres des rues, utilisant les grilles de clôture du jardin comme des cimaises, proposaient aux chalands des tableaux d'une facture naïve ou trop léchée. Mille fois reproduite par ceux qui n'y avaient pas assisté, la fameuse course du *Robert E. Lee* et du *Natchez,* sur le Mississippi [1], faisait toujours recette. Les vues des grands manoirs de plantation — personne heureusement ne s'était encore aventuré à peindre Bagatelle — et les paysages romantiques des bayous, avec cyprès empanachés de mousse espagnole, pélicans hiératiques ou alligators rêveurs, trouvaient aussi des amateurs. Ces caricatures, ingénues ou bâclées, acquises par des visiteurs candides, feraient plus tard l'ornement des intérieurs modestes à Chicago ou à Detroit.

Les rues du Vieux Carré connaissaient en cette fin d'après-midi l'animation d'un foirail, habituelle pendant la saison d'été quand les touristes, surpris par la chaleur subtropicale, suant et assoiffés, débarquaient, comme pour Mardi gras, à pleins trains, bateaux ou autocars, dans une ville où l'asphalte amolli des trottoirs collait aux semelles. Ils venaient chaque année plus nombreux, attirés par le soleil qu'ils n'avaient pas imaginé aussi chaud, les plantations-musées, les réminiscences équivoques de l'esclavagisme, l'idée qu'ils se faisaient du charme créole, la cuisine acadienne, les vestiges de l'époque coloniale et, plus encore, par la scandaleuse renommée du deuxième port de l'Union. Les agents de voyage, les guides, les cochers, les chauffeurs de taxi, les hôteliers et les *barmen,* bien secondés par les échotiers de la presse et des radios, entretenaient avec verve la mauvaise réputation de la ville en forme de croissant [2]. Tous la présentaient comme le carrefour de toutes les débauches et la capitale de la

1. Le départ de cette course fut donné le 30 juin 1870, à La Nouvelle-Orléans. C'est le vapeur *Robert E. Lee* qui arriva le premier à Saint Louis (Missouri), en 3 jours, 18 heures et 14 minutes. Il battit le *Natchez* de 3 heures et 44 minutes.
2. Crescent City.

résistance à la prohibition. On y trouvait des lupanars comme à Pompéi, des tripots clandestins comme à Londres, des dancings où l'on pouvait serrer de près, dans une pénombre complice, des femmes de toute couleur, des clubs privés très ouverts où le jazz, frénétique ou lascif, invitait à toutes les audaces, en libérant les instincts ailleurs contenus.

Afin de rassurer les craintifs et les timorés qu'un tel tableau aurait pu rebuter, les professionnels et les auxiliaires du tourisme affirmaient, mezza voce, qu'une police indulgente et corruptible veillait à la sécurité des personnes et des biens, mais s'abstenait de troubler les amusements, licites ou non, des touristes. N'allait-on pas visiter, après la cathédrale Saint-Louis, le périmètre fameux de l'ancien quartier de Storyville, réservé à la prostitution entre 1897 et 1917, où des hétaïres de basse classe exerçaient encore leurs coupables activités ? Les sœurs plus huppées de ces filles à matelots, lasses d'être regardées comme des bêtes curieuses par des familles du Massachusetts et du Connecticut, et toisées par des femmes arrogantes, accrochées au bras d'époux pleins de concupiscence qui, seuls, eussent été des partenaires payants, avaient émigré vers des quartiers plus selects.

Osmond de Vigors, après cette plongée dans le Vieux Carré, sentit le besoin de respirer un air plus salubre et d'évoluer dans un décor plus raffiné. Il traversa la rue du Canal, qui, au fil des années, prétendait à devenir les Champs-Elysées de La Nouvelle-Orléans, et s'engagea dans la rue Baronne. Après quelques pas, aimablement salué par un portier chamarré comme un amiral mexicain, il franchit le tambour de l'hôtel Roosevelt[1]. Depuis que le gouverneur Huey Long avait fait de ce palace son quartier général pendant ses séjours en ville, beaucoup de citoyens quémandeurs empruntaient le passage que constituait le

1. Dédié à Theodore Roosevelt (1858-1919), homme d'Etat américain, vice-président des Etats-Unis en 1900, devenu président en 1901 par la mort de McKinley ; élu en 1904. Prix Nobel de la paix, 1906.

hall dallé de l'hôtel, entre la rue Baronne et University Place. L'espoir qu'avaient ces électeurs de rencontrer le Kingfish, ou quelque membre influent de sa suite, était souvent satisfait. Les touristes aisés, qui pouvaient payer une nuit d'hôtel six dollars, appréciaient le confort du Roosevelt et notamment les conditionneurs d'air qui équipaient, depuis peu, certaines des sept cents chambres.

M. de Vigors ne fréquentait pas l'entourage du gouverneur et ne souhaitait rencontrer personne. Il reconnut cependant, en se dirigeant vers le bar, quelques fonctionnaires ou militants politiques, qui eussent aimé convaincre le juriste-planteur de rejoindre le parti de M. Long. Mais le regard indifférent d'Osmond, son allure distante et son application à ne pas montrer d'intérêt aux choses qui retiennent généralement l'attention des gens découragèrent les importuns.

Osmond ne salua qu'un vieux magistrat en retraite, portant guêtres blanches et camélia à la boutonnière et qui, parlant couramment allemand, venait flâner chaque après-midi au Roosevelt dans l'espoir de séduire une *Fräulein* [1] esseulée.

— Toujours fringant chasseur, monsieur le Juge, à ce que je vois ! glissa M. de Vigors, avec un clin d'œil malicieux.

— Que voulez-vous, mon cher, « le monde d'aujourd'hui est pour les hommes un harem, pour les femmes un haras », ainsi que l'a bien vu un écrivain français dont j'ai oublié le nom [2]. Je ne suis plus un étalon, mais j'essaie de vivre avec mon temps !

Le Sazerac, le bar le plus cossu et le plus douillet de la ville, où les dames n'étaient pas admises, en dépit des demandes réitérées de quelques féministes dissidentes de la ligue antialcoolique, commençait à se remplir d'habitués. Le barman reconnut aussitôt M. de Vigors et vint déposer

1. Demoiselle.
2. Abel Hermant dans *Souvenirs du vicomte de Courpières* (librairie Alphonse Lemerre, Paris, 1901).

devant le petit-fils d'un sénateur qu'il avait servi dans sa jeunesse ce que la prohibition contraignait d'appeler pudiquement un « sirop d'orge ». Osmond apprécia la chaleur rayonnante du bourbon et se fit apporter journaux et magazines. Tous relataient l'événement national des jours passés, la liaison *Coast to Coast* air-rail-route, en termes dithyrambiques. Une feuille locale signalait même la présence, parmi les passagers, du président de la Fox Airlines, M. Robert G. Meyer, « as de l'aviation militaire américaine », et de « son conseiller juridique M. Osmond de Vigors, éminent avocat du barreau de La Nouvelle-Orléans et *judge advocate* [1] de l'armée des Etats-Unis ». Osmond se serait bien passé de cette publicité. Il eut quelque difficulté à se reconnaître sur la photographie qui accompagnait l'article. Ebouriffé par le vent de l'Ohio, il souriait béatement à Amelia Earhart.

A l'occasion de ce vol inaugural, la presse énumérait les derniers records aériens, dont celui du capitaine Frank Hawks, qui avait traversé les Etats-Unis, de Los Angeles à New York, en 18 heures et 22 minutes. On annonçait aussi l'ouverture par Western Air Express d'une ligne régulière de Los Angeles (Californie) à Albuquerque (Nouveau-Mexique), qui, prolongée jusqu'à Kansas City (Missouri), pourrait concurrencer la ligne *Coast to Coast* de la T.A.T. Les journalistes prévoyaient un développement considérable du trafic aérien, la mise en fabrication d'avions plus gros, plus rapides et des projections cinématographiques à bord. Ils semblaient avoir oublié la catastrophe du 17 mars précédent, au cours de laquelle un appareil de Colonial Airways s'était écrasé à Newark, l'aéroport de New York. Treize passagers avaient trouvé la mort dans l'accident, mais les deux pilotes, projetés à travers le cockpit, s'en étaient tirés avec des fractures.

Le second sujet d'importance, développé dans les jour-

1. Officier, juriste, spécialiste du droit militaire. Il peut, suivant les missions dont il est chargé, devenir procureur de la cour martiale.

naux, était la prodigieuse flambée boursière de Wall Street. « Jamais autant de gens ne sont devenus aussi rapidement riches », constataient les spécialistes. Les Cassandre osaient murmurer qu'il fallait s'attendre, après l'hystérie boursière, à un inévitable effondrement des cours. Ils étaient houspillés par les experts et les particuliers, qui n'entendaient pas que l'on mît des bâtons dans la roue de la fortune.

Quant à la contrebande d'alcool, qui occupait toujours quelques colonnes des journaux, elle ne semblait créer d'ennuis aux gens qu'en dehors des frontières de la Louisiane. Le gouvernement fédéral révélait que cent quatre-vingt-dix personnes, dont cinquante-cinq policiers, avaient déjà péri dans la guerre, de plus en plus sanglante, que les agents de la prohibition menaient contre les bootleggers pour faire respecter une loi que tout le monde transgressait. D'ailleurs, l'actrice Helen Morgan, la pulpeuse Kitty Darling, danseuse burlesque de *Applause*[1] et propriétaire, à New York, d'un cabaret où l'on buvait sec, apparaissait souriante et moqueuse devant les photographes. Elle venait d'être acquittée par la cour fédérale du délit, cependant bien établi, d'infractions répétées à la prohibition.

Ces dernières informations et une autre annonçant que le gangster Al Capone venait d'être condamné à un an de prison pour port d'arme ranimèrent, chez Osmond, l'inquiétude latente causée par l'absence de nouvelles de Silas et Otis. Il redoutait que le couple ne se trouvât, un jour ou l'autre, mêlé à l'un de ces règlements de comptes rapporté chaque jour dans la presse.

Mais ce soir-là, décidé à ne pas céder à la morosité, il régla sa consommation illicite et s'en fut dîner au Boston Club, à l'heure crépusculaire où les rues de la ville connaissaient une relative fraîcheur.

C'est au milieu du repas que l'envie de revoir Liz Bogen

1. Film de Rouben Mamoulian, Paramount, 1929.

lui vint, comme si tous les appétits du corps exigeaient une satisfaction simultanée. Il tira un bristol de son porte-cartes et écrivit sous son nom : « Puis-je vous faire visite bientôt ? »

— S'il y a une réponse à ce message, attends-la, ordonna-t-il au chasseur du club, en lui tendant l'enveloppe close à l'adresse de Mlle Bogen et en glissant un dollar au gamin.

Dix minutes plus tard, il prit connaissance, avec une fébrilité qui l'irrita, de la réponse de Liz. Utilisant la même carte, elle avait simplement écrit sous la question posée : « Je vous attends. »

Osmond apprécia la délicatesse de la jeune femme. En lui renvoyant sa carte de visite, elle entendait ne pas conserver trace d'une sollicitation dont l'interprétation eût été claire pour tout lecteur indiscret. De la même allumette qu'il enflamma son cigare, M. de Vigors mit le feu au rectangle de bristol et se rendit d'un pas allègre rue Conti. Déjà le Vieux Carré se donnait à la nuit. La rue Bourbon flamboyait de toutes les enseignes lumineuses des cabarets et boîtes à jazz. Original Absinthe House, qui ne fermerait qu'à 3 heures du matin, était pris d'assaut par des fêtards, agglutinés autour du fameux comptoir de marbre où le pirate Jean Laffite s'était, disait-on, fréquemment accoudé. Si Club Plantation, rue de Conti, n'ouvrait qu'à 22 heures, La Lune, rue Bourbon, où se produisait, dans une ambiance mexicaine, l'orchestre de Don Ramon, connaissait déjà l'animation des nuits chaudes comme un peu plus loin, sur la même artère, le Café de l'Opéra et le New Silver Slipper où l'on danserait jusqu'à l'aube. Les touristes les plus sages, déambulant devant les établissements, recevaient au passage une bouffée de musique et risquaient un regard de voyeur dans les salles aux lumières tamisées d'où fusaient, dans la fumée bleue des cigarettes, des rires francs ou canailles.

Des videurs noirs cousus d'or, des hôtesses trop maquillées, les seins prêts à jaillir du bustier, parées de bijoux en toc, invitaient les curieux à franchir le seuil. Ceux qui répondaient à l'appel des sirènes mercantiles y laisseraient beaucoup de dollars et repartiraient avec le souvenir d'une *taxi dancer*[1] dont chaque sourire de commande ou baiser désinvolte valait une bouteille de faux champagne. De temps à autre, un Noir jaillissait de l'ombre, prenait sa course après s'être emparé d'un portefeuille et disparaissait dans le dédale des patios. Les coups de sifflet des portiers d'hôtel ou de restaurant réclamaient l'assistance d'une patrouille de police introuvable. A cette heure-là, les adolescents échappaient à la surveillance des parents et, la tête farcie de récits scandaleux et d'images lubriques, allaient se faire déniaiser, en dix minutes, par des griffes ou des quarteronnes aux chairs lasses, maternelles de cœur.

Tout en marchant vers l'atelier de Liz, Osmond s'amusait des mimiques, des dégaines et des étonnements des étrangers. Il savourait, à l'occasion, la réflexion argotique d'un cireur ou d'un cocher, saisissait au vol des expressions du cru, débitées avec un accent inimitable par les marchands de glaces, de hot dogs et de pralines. Cette langue colorée du petit peuple déroutait, comme un patois, ceux qui n'étaient pas nés dans le quadrilatère ancestral dont le Mississippi, la rue du Canal, la rue du Rempart et l'avenue de l'Esplanade constituaient les frontières.

Loin des belles demeures du Garden District, des salons de thé du bayou Saint Jean, des clubs de l'avenue Saint-Charles, du *campus* de l'université Tulane, s'exprimaient, dans le Vieux Carré, la nature sensuelle et l'humeur marine d'une ville indolente au soleil, exubérante la nuit et complice, depuis deux siècles, de Vénus et de Bacchus.

Osmond trouva la porte de Liz Bogen entrouverte et la jeune femme radieuse, dans une robe rose, serrée par une large ceinture et ample du bas, ce qui mettait en valeur la finesse de la taille et la rondeur des hanches. Avant même

1. Employée attachée à un établissement ; elle se fait payer chaque fois qu'elle accorde une danse à un client.

qu'il l'eût saluée, elle avait noué ses bras nus autour du cou d'Osmond et offert ses lèvres. Il repoussa la porte du pied et, enlaçant Liz, la souleva, traversa l'atelier, trouva le canapé et s'y laissa tomber avec elle, sans qu'elle eût relâché son étreinte.

— Enfin, vous êtes venu ! dit-elle en pressant le visage d'Osmond dans ses mains.

Assuré que Liz ressentait impérieusement le même désir qui l'avait conduit rue Conti, il rendit baiser pour baiser, caresse pour caresse, découvrit le buste de la jeune femme et lui mordilla fougueusement le sein.

— Allons nous aimer fort, proposa-t-elle en se dégageant, pour entraîner l'amant impatient vers la chambre.

Au milieu de la nuit, alors que, nouée à Osmond par tous les membres, elle guettait le retour du désir chez son compagnon, Liz demanda simplement :

— Pouvez-vous rester jusqu'au matin ?

— Si vous n'avez rien contre cette idée, j'espère même être invité au petit déjeuner !

— *It's wonderful*[1] ! lança-t-elle joyeusement en resserrant son étreinte.

M. de Vigors quitta l'atelier de l'artiste au milieu de l'après-midi. Il ne fit aucune promesse quant à une prochaine visite, mais donna à entendre qu'il serait de retour en ville en septembre.

— A ce moment-là, j'aurai le téléphone..., vous n'aurez plus besoin d'envoyer un chasseur du Boston Club, dit Liz après un dernier baiser.

De la rue Conti, Osmond se rendit aux bureaux de la Fox Airlines, rue du Canal. Il y trouva Bob en manches de chemise, col ouvert, cravate pendante et très excité par une nouvelle lue dans le magazine de l'aviation.

— Tu as vu l'engin que les Allemands ont fait

1. C'est merveilleux !

voler ? Non, mais tu te rends compte ? s'écria-t-il en mettant sous les yeux d'Osmond la photographie d'un immense hydravion survolant un plan d'eau.

— Et ça vole ? fit M. de Vigors, sceptique.

— Et comment ! C'est le Dornier D.O. Dix : quarante-huit mètres d'envergure, douze moteurs de 500 chevaux, soixante-douze passagers sur trois ponts, cent quatre-vingt-dix kilomètres à l'heure, cinquante-deux tonnes au décollage, hein, qu'en dis-tu ?

— Je dis que ton cher beau-frère Bert Belman n'a pas fini de nous rebattre les oreilles en vantant la supériorité teutonne !

— Surtout si ce paquebot de l'air vient se poser à New York l'an prochain, comme il en est question dans l'article.

— C'est tout de même un Français, Henri Fabre [1], qui, en mars 1910, je crois, a fait décoller le premier hydravion de l'étang de Berre, près de Marseille ; je ne vais pas te l'apprendre !

— Je m'en souviens, on appelait son engin le Canard... Mais, dis-moi, où étais-tu hier soir ? J'ai téléphoné dix fois chez toi.

— J'étais chez Liz... J'en sors, si tu veux savoir !

— Ah ! bah !... et moi qui pensais que tu pouvais t'ennuyer, seul, avenue Prytania !

— Je ne me suis pas ennuyé une seconde...

— ... Ta mine le prouve, mon vieux !

— Ne sois pas trivial... Liz me procure ce que j'ose appeler une exaltation dionysiaque.

— « Evohé, courage, mon fils [2] », lança Bob en bourrant affectueusement les côtes de son ami.

Osmond annonça son départ pour Bagatelle et Meyer promit de s'y rendre pour les vingt ans de Doris de Castel-Brajac.

1. Né à Marseille en 1882, Henri Fabre est mort le 29 juin 1984.
2. Encouragement lancé par Jupiter à son fils Dionysos pendant son combat contre les géants.

— Que vas-tu offrir à la charmante et dévouée Doris? demanda-t-il.

— Une automobile, pour remplacer la vieille Lauzier d'oncle Gus, qui refuse tout service. J'ai choisi le nouveau cabriolet Chevrolet Universal, jaune canari avec garde-boue et filets noirs. Très féminin, non?

— Mazette, quel somptueux cadeau! C'est ce que les sénateurs offrent à leur maîtresse!

Osmond ne releva pas la remarque.

— Doris est une véritable mère pour mes fils... et, à l'occasion, pour le tien. Depuis la mort de Lorna, elle se consacre à leur éducation et, de surcroît, dirige parfaitement Bagatelle. Ce sont de lourdes tâches pour une jeune fille. Et comme je ne puis lui proposer une rétribution, ce qui la ravalerait au rang de gouvernante, je dois me montrer généreux, somptueux même... comme un sénateur!

— Fais-lui une belle fête, elle le mérite, encore que j'aie dans l'idée qu'elle attend de toi autre chose.

— Que veux-tu dire?

— Le mariage, mon vieux! Je l'ai déjà suggéré.

— Tu plaisantes!

— Nous en reparlerons! Je file au terrain, pour réceptionner le courrier de Galveston. *¡Adiós*[1]*!*

Un mois plus tard, par une journée torride à souhait, ce fut, sous les chênes de Bagatelle, une belle fête. Depuis la mort de Mme de Vigors, aucune réception n'avait été organisée à la plantation. Au cours d'un *barbecue*[2] qui réunit parents et amis, Doris, vêtue d'une robe en plumetis au décolleté bordé de volants et aux engageantes en dentelle, apparut comme l'archétype de la jeune fille du Sud.

1. Espagnol : au revoir.
2. Réception en plein air au cours de laquelle on servait, à l'origine, de la viande grillée : *barbecued meat.*

Ses cheveux châtains, brillants, roulant sur ses épaules en ondulations souples, son teint rosi par l'émotion et la chaleur, son regard doux et toujours mélancolique, sa taille haute et fine, marquée par une large ceinture de velours bleu Nattier, son attitude réservée, suscitèrent bien des compliments.

Stella, la mère d'Osmond, qui présidait les réjouissances, observa qu'un artiste en quête d'une allégorie de l'heureux âge de vingt ans n'aurait pu découvrir meilleur modèle que Doris, ce jour-là.

Tous les invités, petits et grands, avaient préparé un cadeau pour la jeune fille. Les jumeaux d'Alix Dubard, Pic et Poc, lui remirent, à l'instigation de leur mère, un sac cérémoniel choctaw en drap rouge, orné de motifs floraux et de perles. La sœur d'Osmond se montrait fière de la goutte de sang indien introduite dans les veines des Vigors par Stella. Elle s'appliquait à mettre en valeur cet apport, que d'autres eussent caché, par le maquillage de ses pommettes proéminentes et de ses yeux sombres, fendus en amande. Elle déplorait le blond cendré de ses cheveux et les aurait volontiers fait teindre si son mari, Louis Dubard, ne s'y était sèchement opposé. Riche et désœuvrée, elle s'était prise de passion pour « ses ancêtres choctaw », rassemblait documents ethnographiques et souvenirs, dirigeait des fouilles à Chitimacha, dans le sud de l'Etat, et visitait régulièrement les dernières familles indiennes de Jeanerette, tristement vouées à la dégénérescence par les unions consanguines. Alix menait aussi campagne, avec d'autres, depuis plusieurs années, pour obtenir du gouvernement fédéral la création d'une réserve indienne en Louisiane[1].

1. La réserve indienne de Chitimacha (paroisse de Saint Mary) a été fondée en 1935 après vingt années de négociations. Aujourd'hui, une soixantaine d'Indiens vivent sur 107 hectares protégés. Ils reçoivent des aides du gouvernement fédéral, cultivent leurs champs et vendent aux touristes les produits de leur artisanat. La plupart d'entre eux, les plus âgés notamment, s'expriment plus volontiers en français qu'en anglais.

Tout l'été, la fille de Stella avait organisé les jeux des enfants sur les thèmes de la chasse, des cérémonies indiennes et des conflits responsables de l'anéantissement quasi complet de ceux qu'elle appelait « les seuls vrais Américains d'Amérique ».

La plupart des enfants, séduits par les panoplies de guerriers qu'elle confectionnait, les coiffures faites de plumes douloureusement arrachées aux poules et transformées en rémiges d'aigle par le pinceau habile de David Meyer, s'étaient enrôlés sous la bannière indienne. Charles-Gustave de Vigors et quelques cousins Dubard, sur lesquels il avait autorité, jouaient sans complexe les vilains Yankees, conseillés par le Vétéran, qui se souvenait de la bataille de Little Big Horn [1] où tant de ses amis avaient péri.

Clem, dont les dispositions pour la musique s'affirmaient de semaine en semaine, avait composé une marche naïve, qui devait beaucoup à *Pomp and Circumstance* d'Edward Elgar [2]. Les paroles de cet hymne, inspirées, elles, par Aude Oswald, la meilleure amie de Doris, furent chantées par le chœur des enfants. Les vieilles demoiselles Oswald, toujours en rapport avec Félix de Castel-Brajac, avaient été chargées par ce dernier de transmettre à Doris, au jour de ses vingt ans, le cadeau envoyé de New York : une pendulette de Tiffany. L'objet, d'un goût exquis, toucha moins Doris que le télégramme expédié, le jour même, par un père putatif étrange et lointain, qu'elle continuait d'aimer malgré les manquements passés.

Bob avait personnellement fait offrir par David, pensionnaire à Bagatelle depuis deux mois, une machine à écrire portative, achetée à La Nouvelle-Orléans pour la jeune fille.

Accablée de présents, de compliments, de souhaits et

1. Sanglante bataille qui opposa, le 25 juin 1876, dans le Montana, à la frontière du Wyoming, les Sioux de Sitting Bull au 7e régiment de cavalerie du général George Custer. Ce dernier périt au cours du combat, ainsi que 264 cavaliers ; 16 Indiens seulement sur les 1 500 engagés dans la bataille furent tués ce jour-là.
2. Compositeur britannique (1857-1934).

d'embrassades, Doris cachait difficilement son émotion et son bonheur de se voir ainsi, elle l'orpheline, si affectueusement fêtée. Stella, qui savait conduire ce genre de manifestation, frappa des mains pour obtenir le silence.

— Maintenant, dit-elle, voici le cadeau de notre famille pour celle que nous aimons tous. Allez, Vétéran, faites le signal !

Le vieux soldat, fusil à la bretelle, s'avança au milieu de l'allée de chênes et, face au Mississippi, se mit au garde-à-vous, épaula son arme et, la pointant vers le ciel, pressa la détente. La détonation fit jaillir des frondaisons une foule d'oiseaux effrayés et piailleurs et un « Oh ! » de stupéfaction monta de l'assistance.

Tous les regards s'étaient tournés vers le portail grand ouvert de la plantation, car le ronronnement doux d'un moteur annonçait l'arrivée d'un véhicule. On vit en effet apparaître, roulant lentement sur le chemin des berges, un cabriolet jaune, à la carrosserie lustrée, aux chromes éblouissants, conduit par Hector, ganté de blanc et hiératique, tel Automédon convoqué par Achille. Quand, ayant décrit une courbe parfaite, l'auto s'avança sous les chênes, tous phares allumés, bien qu'il fît grand jour, la surprise de l'assemblée se manifesta par une houle de murmures admiratifs. Les applaudissements crépitèrent quand Hector, ayant arrêté la voiture devant Doris, en descendit, se découvrit en s'inclinant et invita la jeune fille à prendre possession du véhicule.

— Elle est à vous, m'amselle Doris !

La jeune fille s'assit, posa les mains en haut du volant, y appuya son front et se mit à pleurer, incapable de contenir plus longtemps l'émotion qui lui nouait la gorge depuis le début de l'après-midi.

— En route, Doris, essayez-la donc ! lança quelqu'un.

Comme l'interpellée relevait la tête, la foule amicale et gaie se mit à scander :

— En route... En route... En route !

Mlle de Castel-Brajac articula plusieurs « Merci », à

peine audibles, à l'adresse de Stella, mais en fixant intensément les yeux d'Osmond, debout près de sa mère. Bob suivit cet échange de regards. Il vit chez Doris plus que la simple gratitude et, chez Osmond, un attendrissement inhabituel.

Toujours encouragée par les Bagatelliens, la jeune fille mit le moteur en marche et, sous les vivats, fit effectuer à la Chevrolet un aller et retour sous les chênes.

— Cette automobile va à Doris comme un carrosse à Cendrillon, observa Oriane Oswald.

— ... il ne lui manque que le prince Charmant, renchérit sa jumelle.

— Il n'est peut-être pas loin, Olympe, dit doucement Stella, au moment où la fille de Félix arrêtait l'auto devant leur groupe.

La conductrice fit retentir l'avertisseur sonore, pour attirer l'attention, et se dressa dans la décapotable.

— J'ai, moi aussi, une surprise pour vous tous. Montez dans vos voitures et suivez-moi jusqu'à Castelmore...

Une sourde exclamation jaillit de l'assemblée, à la fois étonnée par l'invitation et alléchée par la perspective d'une prolongation de la fête. Les invités, répondant aussitôt à l'ordre lancé par Doris, abandonnèrent le buffet, déjà à demi dévasté, et se ruèrent vers les véhicules où ils s'entassèrent dans un fracas de portières claquées, de moteurs ronflants, de cris et de rires. Aude Oswald, qui seule était dans le secret, prit place près de Doris, tandis que se formait un cortège.

Hector attendit que toutes les automobiles soient en mouvement pour avancer la Duesenberg. Il estimait que le maître de Bagatelle devait protocolairement se présenter le dernier à Castelmore. Stella, son mari, Bob et Osmond, ainsi qu'une grappe d'enfants retardataires et excités, prirent place dans la Duesie décapotée.

— Oncle Gus et tante Gloria eussent apprécié ce geste, observa Stella, tandis que M. de Vigors hélait les Benton, père et fils, qui semblaient hésiter à suivre le convoi.

— Venez, John, et vous aussi, Nicholas. Doris a dit « Tous à Castelmore » !

La grande demeure familiale des Castel-Brajac, dont les lumières, subitement révélées par le bref crépuscule, mettaient un brasillement inattendu sur le plan d'eau de Fausse-Rivière, apparut bientôt pavoisée, décorée de guirlandes et de girandoles comme un *showboat* à quai.

La haute tour de briques, observatoire dont l'astronome amateur Gustave de Castel-Brajac n'avait pas eu le temps de jouir, se dressait, tel un phare importé de quelque port maritime. Cette ressemblance se trouvait renforcée depuis que les services de la navigation aérienne avaient exigé l'installation, sur la coupole terminale, d'une grosse lampe rouge.

— Imaginons comment Gustave aurait vitupéré l'Administration en voyant sa tour couronnée d'une lanterne empruntée au Red Light District[1] ! dit le docteur Dubard.

— Dans ce pays rigoureusement plat, c'est le seul obstacle qui se trouve dans l'alignement de la piste du terrain de Baton Rouge, expliqua Bob Meyer.

Au seuil de la maison, Doris accueillait ses invités, remerciant chacun pour les cadeaux reçus.

Au fond du grand salon, dans le prolongement du large vestibule, un orchestre jouait des airs entraînants. Les tapis avaient été roulés et les meubles évacués.

— Doris a pensé qu'on ne pouvait pas encore, cet été, danser à Bagatelle, expliqua Aude Oswald à Stella.

— Cette réserve est d'une grande délicatesse et nous l'apprécions, commenta Mme Barthew, qui sortait rarement de chez elle, depuis la mort de sa fille.

Quand Osmond se présenta au pied de l'escalier, accompagné de Bob, ce dernier le retint un instant par le bras.

— Charmant tableau, murmura-t-il en désignant Doris d'un discret mouvement de tête.

1. Littéralement quartier des lanternes rouges. On appelait ainsi le secteur où se trouvaient les maisons de prostitution, à La Nouvelle-Orléans et dans les autres villes américaines.

Debout au sommet des marches, face au parc obscur, la jeune fille ne se doutait pas que les lumières intenses de la véranda et du vestibule révélaient, en ombre chinoise, à travers sa robe, les formes harmonieuses de son corps nu.

— Oncle Gus racontait que la belle Virginie, ton arrière-grand-mère, débarquant de France en 1830 avait, en jouant de la transparence du même plumetis de coton et avec la collaboration d'un soleil complice, affolé son parrain veuf, le marquis de Damvilliers, et obtenu ainsi le mariage..., commenta malicieusement Meyer à voix basse.

— Doris n'a pas ce genre de perversité... ni cette audace, répliqua un peu sèchement M. de Vigors en montant rapidement l'escalier.

Comme la jeune fille allait le remercier pour le somptueux cadeau, après l'avoir embrassé sur les deux joues, Osmond la tira vivement hors du halo lumineux indiscret, ce qui fit sourire Bob Meyer.

— C'est vous qui l'avez choisie, n'est-ce pas ? C'est exactement le cabriolet que je rêvais de posséder depuis que je l'ai vu en photo dans *Vanity Fair*... C'est trop, je ne sais comment vous...

— Chut..., dit Osmond, pour lui imposer silence.

Comme Aude Oswald approchait, M. de Vigors, entraînant Doris, franchit le seuil de la maison où, depuis l'enfance, il avait connu tant de moments heureux et appris, du mentor le plus paternel, les principes essentiels dont un homme a besoin pour « se tenir en toute circonstance », comme disait le Gascon.

— Voulez-vous ouvrir le bal avec moi, Osmond ? proposa Doris.

— C'est un privilège qui revient, je crois, à Faustin Dubard, le plus ancien dans le grade le plus élevé, n'est-ce pas ? Il est vice-amiral, Doris !

Un instant plus tard, la jeune fille, au bras du docteur Dubard, s'avança au milieu du salon. Dans son uniforme blanc, le mari de Stella, mince et vif, avait fière allure. Danseur de bonne tradition maritime, il enleva Doris dans une valse spontanément attaquée par des musiciens qui tenaient compte de l'âge du premier cavalier de Mlle de Castel-Brajac. Osmond fut honoré d'un paso doble, à l'issue duquel Nicholas Benton se présenta pour un charleston endiablé, où Doris et le médecin se distinguèrent.

Osmond, après avoir échangé quelques propos avec Clarence Barthew, fut interpellé par les sœurs Oswald.

— Osmond, cela rappelle les belles soirées d'autrefois, dit Olympe d'une voix mélancolique.

— ... mais ces danses modernes sont des gesticulations qui ne sont pas de notre âge, corrigea Oriane.

La nostalgie d'Olympe provoqua chez M. de Vigors une bouffée de spleen. Il eut brusquement envie d'être seul, de monter à l'observatoire de l'oncle Gus.

Golo Goldwyn, dit « Gigi », petit-fils de Jo, le vieux domestique noir de Gustave de Castel-Brajac, entretenait avec respect « la tour de m'sieur Gustave ». C'était un garçon de quinze ans, intelligent et débrouillard, en qui Doris avait toute confiance. Après de bonnes études à l'école de Sainte Marie, il venait de passer deux ans dans un institut technique, qui formait des mécaniciens et des électriciens. Ce soir-là, promu barman, il officiait, en veste blanche, et avait déjà révélé à Bob et à Louis Dubard, beau-frère d'Osmond, les ressources d'un buffet aussi bien pourvu en alcool défendu qu'en jus de fruits et Coca-Cola.

— Puis-je avoir la clef de la tour, Gigi ? demanda Osmond.

Le Noir tira sur une chaîne, retenue par un mousqueton à la ceinture de son pantalon, et fit apparaître un trousseau. Il en détacha une clef, qu'il tendit à M. de Vigors.

— Pour l'éclairage, le bouton est à main gauche, m'sieur. Et si vous voulez monter, l'*elevator*... [1].

— Merci, Gigi, je connais le système.

— Soyez aimable de me rendre la clef à moi, m'sieur,

1. L'ascenseur.

s'il vous plaît. Je suis seul en charge de la tour, m'sieur, vous comprenez ?

— A toi seul la clef, Gigi. Je sais.

Osmond apprécia l'ordre et la propreté de l'observatoire, où tout était resté en place. En émergeant sous la coupole à panneaux mobiles, où l'avait conduit le minuscule élévateur inventé par Félix de Castel-Brajac pour son père — un fauteuil capitonné, propulsé dans une cage par un système hydraulique, silencieux et sûr — il n'eût pas été surpris de trouver là le fantôme jovial d'oncle Gus. Il avait vu si souvent le Gascon accoudé à la console d'acajou qui servait d'écritoire, ou perché sur le tabouret pivotant, l'œil rivé à l'oculaire de la lunette astronomique, maintenant emmaillotée dans sa housse, qu'il se remémora jusqu'à l'odeur du cigare clandestin d'oncle Gus. A la fin de sa vie, le vieillard venait fumer en cachette et vider tout aussi discrètement quelques verres d'armagnac, interdit, comme le tabac, par le docteur Benton.

Tous les traités, albums, cartes du ciel devant lesquels Osmond de Vigors, jeune encore, avait été initié par son mentor aux mystères des constellations étaient à leur place.

S'étant assis devant le sous-main, il repéra, messages indéchiffrables, des bribes de paragraphes écrits autrefois par M. de Castel-Brajac qui, d'une pression de la paume, les avait imprimés, inversés et pâles, sur le buvard vert. Osmond saisit le porte-plume au bois décoloré et poli jusqu'à la fibre, à l'endroit où le serraient les doigts du disparu. Il souleva le couvercle d'argent de l'encrier de cristal et fut étonné de trouver de l'encre. Ayant tiré d'un casier une feuille de papier, il trempa la plume et, sur le pur chiffon aux armes des Castel-Brajac, écrivit la phrase qui lui vint à l'esprit : « Le souvenir du bonheur n'est plus le bonheur ; le souvenir de la douleur est la douleur encore[1]. »

Comme il pliait le feuillet et s'apprêtait à l'empocher,

1. Lord Byron.

l'ascenseur fut rappelé au bas de la tour. Quelques secondes plus tard, il l'entendit remonter. Alors qu'il s'attendait, sans raison précise, à voir arriver Bob Meyer, il vit surgir Doris de Castel-Brajac.

— C'est Gigi qui vous a dit que... ? interrogea Osmond.

— Personne ne m'a rien dit. Simplement, j'ai eu envie de venir ici. C'est une façon un peu naïve, n'est-ce pas, d'associer grand-père Gustave à mon bonheur d'aujourd'hui. Quand j'ai vu la porte ouverte et la lumière, j'ai tout de suite pensé que vous étiez là.

— Le même besoin, chez nous deux, de stimuler des souvenirs, n'est-ce pas ? dit pensivement M. de Vigors.

Il poussa la manette qui commandait l'ouverture du dôme. En coulissant sur des roulements à billes bien huilés, les panneaux découvrirent, sur trois quarts de la circonférence de la coupole, le ciel étoilé.

— Grande Ourse, Petite Ourse, Dragon, Cassiopée, toujours au rendez-vous, récita Osmond.

Pendant un instant, Doris et lui, tête contre tête, contemplèrent le semis d'étoiles, sur le champ exceptionnellement pur de la nuit.

— Si grand-père flâne parmi les astres et nous voit là, comme nous sommes, croyez-vous que cela le rende heureux ? demanda-t-elle.

Le rictus moqueur, inscrit depuis toujours sur les lèvres de M. de Vigors, se fit sourire. Il enviait la foi sereine et candide de Doris en la vie éternelle et l'interprétation enfantine et charnelle qu'elle donnait de l'après-mort.

— Si oncle Gus peut connaître, là où il se trouve, des sentiments humains, je crois qu'il doit se réjouir, Doris. Mais souvenez-vous de ce qu'il répétait souvent, à la fin de sa vie : « Nous continuons à vivre par la parole de ceux que nous avons aimés... » Maintenant, retournons à la fête, les morts ne souhaitent pas importuner les vivants.

— Me ferez-vous danser... encore ?

— Certes, mademoiselle, dit cérémonieusement Osmond en baisant les doigts de la jeune fille.

— On ne baise la main qu'aux femmes mariées, monsieur le Cavalier, plaisanta Doris en s'asseyant dans le fauteuil-ascenseur.

— Ah ! je suis impardonnable de l'avoir oublié, reconnut Osmond, d'un ton exagérément confus pour entrer dans le jeu.

Pendant que la jeune fille descendait, M. de Vigors ferma les panneaux du dôme, puis, ayant rappelé l'élévateur, il quitta le sanctuaire d'oncle Gus. Doris l'attendait au pied de la tour. Il lui offrit son bras pour traverser, dans la pénombre, l'esplanade qui séparait l'observatoire de la maison, débordante de lumières et du brouhaha de la fête.

Meyer, qui fumait sur la véranda, un verre de *mint julep* à la main, reconnut de loin la silhouette de Doris et le costume blanc de M. de Vigors, fidèle à la tradition vestimentaire des planteurs. Bob aimait Osmond comme un frère et trouvait Doris belle, fraîche et désirable. Il lui plut d'imaginer qu'il y avait peut-être, cette nuit-là, à Castelmore, un nouvel amour dans l'air.

6

A Bagatelle, la fin de l'été 1929 fut marquée par l'apparition de nouveaux visiteurs. Céline, sœur d'Osmond, et son mari, George Benjamin Flanders, attaché à l'ambassade des Etats-Unis à Londres, arrivèrent de Grande-Bretagne en septembre. La plus jeune des filles de Stella et du défunt Gratien de Vigors, autrefois d'une simplicité charmante, surprit les Bagatelliens par ses poses hautaines.

— Elle se prend, semble-t-il, pour l'épouse d'un futur secrétaire d'Etat, déclara Alix, agacée par les manières de sa cadette.

A fréquenter le corps diplomatique, quelques familiers de Buckingham Palace, des membres de la Chambre des lords et leurs épouses compassées, Céline avait acquis, en peu de mois, l'arrogance des snobs les plus insupportables et les moins représentatifs d'une caste peu ouverte aux Américains. Céline avait été une écolière médiocre et une étudiante sans assiduité. Elle tirait maintenant quelque fierté de ses ignorances, depuis qu'une pairesse avait soutenu devant elle : « Une femme en sait assez quand elle connaît l'orthographe, les quatre opérations, les convenances et l'art du bouquet. » Elle semblait même avoir oublié le français, couramment parlé à Bagatelle depuis des générations.

— C'est une langue qu'il faut laisser aux Cajuns des paroisses pauvres, déclara-t-elle à Doris de Castel-Brajac, qui obligeait les enfants à respecter les consignes données par leur père : parler français le matin, anglais l'après-midi.

Mrs. Flanders s'efforçait aussi de purger son anglais des américanismes et de l'accent doux et traînant qui donne tant de charme à la conversation des dames du Sud.

Ses parents et amis ne furent pas peu étonnés de la voir renoncer au solide *breakfast* américain et condamner comme « nourritures rustiques, bonnes pour les paysans », *les buckwheat cakes,* le *maple syrup* et les *hashed potatoes*[1] dont elle faisait grand cas dans son enfance. Le jour où Javotte servit un gumbo[2] de crevettes, l'épouse du diplomate certifia, narines pincées : « Cette soupe me donne les mêmes nausées que la bouillabaisse des Marseillais ! »

George Flanders, lui, appréciait les mets louisianais les plus roboratifs, sans se soucier des répugnances affichées de sa femme. Il expliquait au contraire, à qui voulait l'entendre, que les Anglais font la cuisine comme le thé, avec de l'eau portée à ébullition !

L'indulgent docteur Dubard, qui, plus d'une fois, avait soigné les indigestions de la gourmande Céline, confia son étonnement à Osmond :

— Je n'aurais jamais imaginé qu'une native des rives chaudes et ensoleillées du Mississippi puisse être aussi radicalement transformée par un séjour sur les bords embrumés et froids de la Tamise !

— Le mari de Céline devant être nommé bientôt premier secrétaire à l'ambassade des Etats-Unis au Japon, je crains, cher Faustin, que ma sœur ne revienne de là-bas vêtue d'un kimono, mangeant du riz avec des baguettes et les yeux bridés...

Plus simples et fidèles aux manières et goûts américains

1. Galettes de blé noir, sirop d'érable, pommes de terre hachées et poêlées.

2. Nom bantou de l'okra (*Hibiscus esculentus*), plante africaine mucilagineuse (origine ouest-africaine Nkruma), importée et devenue commune en Louisiane. Par extension, la soupe épaissie avec ce légume. Le gumbo, ou gombo, mets typiquement louisianais, comporte aussi du riz, des fruits de mer, de la volaille et des épices.

étaient les Allerton, que l'on vit souvent à la plantation pendant leur séjour chez les Oswald, parents d'Hortense Allerton.

La petite-fille de Triple Zéro formait avec le lieutenant Mark Alvin Allerton un couple sympathique et gai. Ils allaient partir pour l'Arkansas où le *West Pointer* venait d'être nommé instructeur dans un camp du génie, après avoir passé plusieurs mois à surveiller la frontière du Mexique, où des provinces étaient entrées en rébellion contre le gouvernement central.

— Sans les vingt avions, les dix mille fusils, le matériel et les munitions que le beau-père de Lindbergh [1] a obtenus des Etats-Unis pour le gouvernement mexicain, Plutarco Elias Calles [2] aurait peut-être fini comme Alvaro Obregón [3], révéla Mark.

— Les créoles catholiques n'ont pas dit leur dernier mot et ils sauront encore résister aux persécutions ! Je trouve désastreux que nous soutenions ceux qui torturent les prêtres ! s'indigna Omer Oswald.

Il estimait regrettable la mansuétude de son gendre, protestant de Nouvelle-Angleterre, à l'égard d'un pouvoir qui ne visait qu'à détruire la religion catholique.

Margaret Foxley vint, elle aussi, passer quelques jours à Bagatelle pendant que Bert Belman, son mari, voyageait au Canada avec leur fils, Carl Heinrich, âgé de seize ans. C'est une mère déçue, une épouse amère et une sœur désolée que les Bagatelliens tentèrent de réconforter. A son mari, elle reprochait d'oublier qu'il était américain et tout ce qu'il devait à ce pays, où il avait retrouvé sa place bien qu'il ait combattu aux côtés des Allemands pendant la guerre mondiale. Bert suivait, au jour le jour, l'évolution

1. Le futur sénateur Dwight Morrow, alors ambassadeur des Etats-Unis au Mexique.

2. Fondateur du parti révolutionnaire institutionnel. Président de la république du Mexique de 1924 à 1928.

3. Président de la république du Mexique de 1920 à 1924. Assassiné par un jeune fanatique le 17 juin 1928.

politique et économique de l'Allemagne et se félicitait du calme et de la prospérité revenue après la courageuse action du docteur Schacht, qui avait rétabli une monnaie saine et remis l'industrie au travail. Il proclamait son admiration pour le maréchal Hindenburg, tout en reprochant à ce dernier d'avoir admis des socialistes dans le gouvernement et de négliger un homme et un patriote de valeur comme Adolf Hitler. Belman et son fils avaient applaudi aux mesures douanières préférentielles accordées à l'Allemagne par l'Afrique du Sud où l'on venait d'inventer le mot apartheid, pour justifier une ségrégation raciale plus stricte qu'en Louisiane.

— Bert veut envoyer Carl Heinrich étudier en Allemagne, parce qu'il trouve les universités de chez nous trop amollissantes pour la jeunesse. Je crois qu'il aimerait faire de notre fils — je devrais plutôt dire de son fils, corrigea tristement Margaret — un militaire prussien au crâne rasé. Je suis bien malheureuse, Osmond. Et puis, toujours sans nouvelles d'Otis. La honte tue notre père et notre mère est une pauvre loque, aux paupières brûlées par les larmes! Certains soirs j'ai envie de me jeter dans le lac Pontchartrain... J'y rejoindrais notre bon Dan... Dix-sept ans déjà qu'il s'est noyé!

Osmond prit pitié de cette femme, qui avait eu pour lui autrefois, lors d'une première déception conjugale, un sentiment tendre qu'il s'était empressé de décourager. A trente-neuf ans, Margaret en paraissait cinquante. Elle avait renoncé à tout effort de toilette et de maquillage et passait ses journées chez ses parents, qui ne se montraient plus nulle part, depuis la fugue de leur fille Otis avec Silas Barthew.

— Vous devez vous ressaisir, Margot. Vous avez à vivre votre propre vie.

Osmond avait usé à dessein du diminutif familier de l'aînée des Foxley.

Margaret apprécia ce rappel affectueux du passé et sourit.

— Bob me conseille de prendre un amant... Juif si possible..., pour embêter Bert !

— Mon Dieu, pourquoi non ?

— Osmond, ne trouvez-vous pas que les Foxley ont causé assez de scandale !

Par les juristes louisianais d'origine allemande, parfaits citoyens américains, qui ne partageaient ni l'attachement fanatique pour l'ancienne mère patrie ni les tendances revanchardes de Belman, M. de Vigors savait à quoi s'en tenir sur le mari de Margaret. Ce dernier était particulièrement attiré par le parti ouvrier national-socialiste, fondé par un ancien volontaire du 16e régiment d'infanterie de Bavière, nommé Adolf Hitler. En dix ans, ce petit homme vif et hargneux, aux yeux brûlés par les gaz toxiques, ce qui l'empêchait d'exercer son métier de peintre [1], avait conçu et engendré un mouvement populaire qui, après une période d'expansion, semblait péricliter. Hitler s'était tout d'abord imposé aux dirigeants du comité Travail libre, auquel il avait adhéré en janvier 1919, dès sa sortie de l'hôpital. Ce comité, créé par Anton Drexler, un ancien combattant bavarois, et Gottfried Feder, s'était donné pour mission de lutter contre le bolchevisme qui, dans un pays appauvri et désorienté par la défaite, mobilisait les déçus et les mécontents. A cette époque, les Rouges avaient déjà installé des soviets ouvriers à Kiel, Hambourg et Munich. Adolf Hitler, exaltant par ses discours les militants peu nombreux de Travail libre, parvint à recruter des adhérents et, le 3 février 1921, une réunion du nouveau parti national-socialiste avait rassemblé huit mille participants enthousiastes, au Krone Zircus, à Munich. Ce jour-là, Hitler était apparu sous la bannière du parti : une croix gammée noire se détachant sur un disque blanc, au milieu d'un drapeau rouge. Ce rassemblement avait déclenché, en

1. Adolf Hitler n'était pas peintre en bâtiment, comme on l'a souvent écrit. Il est l'auteur de nombreux tableaux, aquarelles et dessins, maintenant recherchés par les collectionneurs (*Un peintre nommé Hitler,* Marc Lambert, éditions France-Empire — E.C.S., Paris, 1986).

Bavière et dans toute l'Allemagne, un mouvement d'opinion impressionnant.

Bert Belman, qui recevait les journaux allemands dont le *Völkischer Beobachter,* hebdomadaire du parti, avait, pour définir la symbolique de l'emblème, cité son créateur : « Le rouge représente nos aspirations sociales, le blanc, l'idée nationale et la croix gammée, la mission de combat de la race aryenne[1]. »

Quand, plus tard, le 14 octobre 1922, à Cobourg, les membres du parti nazi, ainsi qu'on le nommait, avaient défilé pour la première fois en arborant des chemises brunes comme les fascistes italiens, les observateurs étrangers étaient tombés d'accord pour dire qu'une force nouvelle venait de naître en Allemagne. Dès lors, les bagarres avec les communistes et leurs supporters s'étaient intensifiées. On ne compta plus les attentats, les assassinats, les émeutes avec morts et blessés[2], jusqu'au jour où les nazis, s'inspirant de la marche de Mussolini sur Rome et se croyant assez forts pour mener à bien un coup d'Etat, s'étaient réunis, le 8 novembre 1923, dans une brasserie de Munich pour proclamer la déchéance du gouvernement et annoncer « le règne du peuple allemand ». Mais le lendemain, quand leur cortège, conduit par Adolf Hitler et Hermann Goering, s'était présenté devant la Feldhernhalle, la police avait ouvert le feu sur eux avec des mitrailleuses. On avait relevé seize morts et quatre cents blessés, arrêté Hitler et ses lieutenants. Le 1er avril 1924, le chef du parti national-socialiste avait été condamné à cinq ans de forteresse pour trahison. Toutefois, il n'était resté que huit mois à la citadelle de Landsberg, sa condamnation ayant été amnistiée. Pendant ses loisirs forcés, l'ancien peintre avait dicté à son secrétaire, Rudolf Hess, un ouvrage intitulé *Mein Kampf,* dans lequel il exposait son

1. Rapporté par M. R. Verschneider, ancien combattant français, mutilé de la guerre 14-18, dans un article de *l'Illustration* du 25 novembre 1933.

2. De 1919 à 1929, le parti national-socialiste aurait déploré 227 morts et 40 000 blessés.

plan de régénération de la puissance allemande, par un Etat national-socialiste sans classes, après une épuration raciale indispensable et pour préparer un nouvel ordre européen. Ce livre avait fait les délices de Bert Belman, qui se l'était procuré dès sa publication, en juillet 1925. Rendu à la liberté, Hitler avait cependant eu du mal à rassembler des militants et à reconstituer son parti, dans un pays où régnaient enfin une paix sociale et une prospérité relatives.

Le mari de Margaret épousait toutes les thèses développées par celui que les Allemands, plus soucieux de bien-être que de grandeur, semblaient avoir oublié. Il conservait toutefois l'espoir de voir les nazis tirer la leçon du putsch raté de Munich et réussir, par la voie des élections, à conquérir le pouvoir.

Belman avait essayé, sans grand succès, auprès des descendants d'Allemands installés dans le Sud, de recueillir des fonds pour le parti nazi, sérieusement démuni cette année-là. Depuis 1926 existaient, à travers les Etats-Unis, des groupements fascistes, dont les membres portaient des chemises brunes et se disaient prêts à pourfendre les communistes ; mais, s'ils suivaient la progression de Mussolini, ils ignoraient à peu près tout d'Hitler et ne lâchaient pas facilement leurs dollars.

Bob Meyer ne montrait pas pour sa belle-sœur Margaret la même sollicitude affectueuse que M. de Vigors. Quand ce dernier avait rapporté les inquiétudes de Mme Belman, l'aviateur s'était écrié :

— Ne me parle plus de ce Teuton unijambiste ! J'ai déjà dit à Margaret de l'envoyer au diable, avec son automate de fils, et de divorcer. Les Foxley, père, mère, filles, gendre et petit-fils, me portent sur les nerfs ! Heureusement que mon David n'a rien de ces gens-là !

Le dernier visiteur de l'été, qui retrouva Bagatelle avec plus d'émotion que tous les autres, fut Clary Barthew, le jeune frère de Lorna et de Silas. Ayant commencé sa carrière de fonctionnaire fédéral du Trésor dans l'Etat du

Maine, il venait de recevoir une nouvelle affectation à Baltimore, la plus grande ville du Maryland.

— Je me rapproche et tu risques de me voir plus souvent, en fin de semaine, à la saison de la chasse, dit-il à Osmond.

La ressemblance de Clary avec sa sœur disparue frappait tous ceux qui avaient connu Mme de Vigors. Les mêmes grands yeux doux et cheveux bruns soyeux, le même sourire franc, le même timbre de voix. Osmond, impressionné par cette réplique masculine du visage de la défunte, observa que le temps accusait la ressemblance au lieu de l'estomper. Agé de trente-deux ans, Clary était d'une taille supérieure à la moyenne et d'une carrure aussi athlétique que le lieutenant Allerton. La pratique du football américain à l'université, du base-ball et du hockey depuis qu'il était fonctionnaire expliquait cette musculature puissante, alliée à une douceur naturelle et à une extrême courtoisie Vieux Sud. Ce gaillard, bien que très différent de Silas, plaisait, comme ce dernier, aux femmes de tout âge.

— Pas de fiancée en vue ? demanda Osmond, alors que les deux beaux-frères revenaient, à pied, d'un pèlerinage aux Trois-Chênes, sur la tombe de Lorna.

— Pas encore. Celles qui me plaisent sont déjà mariées et celles qui ne le sont pas manifestent un tel désir de l'être que j'ai peur ! Pour le moment, je butine dans la bourgeoisie et le secrétariat... Et toi, tu ne vas pas devenir un vieux veuf ?

— Je puis être amené à butiner... aussi..., mais je n'envisage pas de convoler. Il y a Gusy et Clem, tu sais !

Ils évoquèrent aussi Silas.

— Je pourrais faire rechercher son adresse par nos limiers du Trésor, mais je préfère ne pas attirer l'attention sur lui, tu comprends. Quel foutu frère j'ai là !... et Otis, quelle garce ! Je ne conçois pas qu'une mère puisse vivre sans rien savoir de l'enfant qu'elle a abandonné. Bob a bien étalé le coup, mais le petit David a souvent l'œil triste, derrière ses lunettes ! Heureusement que Doris est là pour s'occuper de tes fils et de celui de Bob ! Tous les enfants l'adorent. Je la trouve admirable, efficace et discrète. Et, quelle belle femme elle fait maintenant, hein ?

Osmond se contenta d'acquiescer d'un signe de tête. Il ne tenait pas à encourager Clary à lui dire, comme Bob et sa mère, que Mlle de Castel-Brajac ferait une épouse parfaite pour un veuf nanti de deux fils.

Mais Clary, interprétant, à sa façon, le silence de son beau-frère, relança le sujet :

— D'ailleurs, n'as-tu pas remarqué comment le jeune Nicholas Benton lui tourne autour ?

— C'est le médecin de la famille, maintenant que le vieux John a pris sa retraite. Un excellent médecin. Il avait compris le premier la gravité de la maladie de Lorna et il l'a admirablement soignée jusqu'à sa mort.

Clary Barthew se tut, ayant compris cette fois que M. de Vigors éluderait tout propos se rapportant à Doris de Castel-Brajac.

Quand tous les Bagatelliens se dispersèrent, à la fin du mois de septembre, la cueillette du coton était achevée. La fibre, superbe, drue et d'une blancheur éclatante, fit l'admiration de tous. Les balles pressées, cerclées et empilées sous les hangars attendaient d'être enlevées. Lincoln Davis Brent, le chef d'exploitation noir, fit ses adieux à la plantation où son père était né esclave, un siècle plus tôt, où sa sœur Harriet avait servi, comme gouvernante, trois générations de Vigors. Osmond put alors se rendre à La Nouvelle-Orléans, pour négocier la vente de sa récolte. Chaque automne, le *middling* de Bagatelle, connu comme le meilleur de Louisiane, trouvait preneur sans difficulté. Mais cette année-là, alors que les valeurs industrielles et commerciales flambaient à Wall Street et que les dépôts dans les banques de la ville atteignaient un volume inconnu à ce jour, le coton et les autres productions agricoles de l'Etat perdaient une partie de leur valeur. Aussi, les meilleures propositions que reçut M. de Vigors n'excédèrent pas 22 cents la livre, alors que la récolte de 1928 avait été vendue entre 42 et 45 cents la livre.

— Et c'est une offre exceptionnelle qu'on vous fait là, dit un courtier à Osmond, le cours moyen vient de tomber à 18 cents.

— Mais ce *middling* me revient à plus de 20 cents la livre ! répliqua Osmond avec un peu d'humeur.

— Vous voyez, cher monsieur, ce que vous avez à faire.

— A ce tarif-là, je garde mon coton.

— Je crains que vous n'ayez tort. Il baissera encore. Il est vrai qu'à Bagatelle vous avez le pétrole, conclut l'homme en soulevant son chapeau avant de s'éloigner.

Il y avait le pétrole, en effet, qui permettait à Osmond de ne pas brader son coton. On sut rapidement à la Bourse que M. de Vigors avait fait retirer du panneau des offres la récolte de Bagatelle. Certains planteurs en firent autant, mais au bout de quelques jours, sermonnés par des banquiers qui entendaient bien être remboursés des avances consenties sur les récoltes, tous, en maugréant, cédèrent leur coton aux commissionnaires, quelquefois à 15 cents la livre.

Si les planteurs s'estimèrent floués, les exploitants des huit mille rizières, réparties dans vingt paroisses du pays acadien, ne cachèrent pas la déception que leur causa l'effondrement des cours du riz. Plus de quatre mille producteurs, de condition modeste, exploitaient des rizières de moins de vingt-cinq acres[1]. Le riz louisianais, dont on avait encouragé la production pendant la guerre de 1914-1918, valait encore 12 dollars le baril en 1927. En cet automne 1929, les grossistes n'offraient plus que 3 dollars pour un baril. Les fermiers cajuns, petits propriétaires ou métayers, ne pouvaient faire face à leurs engagements financiers, surtout depuis que la vente à crédit les incitait à des dépenses d'équipement ou de confort qu'ils n'eussent pu envisager autrement. Etant retourné à Bagatelle pour

1. Environ dix hectares.

organiser le stockage du coton qu'il avait refusé de vendre, M. de Vigors perçut les échos du mécontentement paysan. M. Huey Long, le gouverneur, rendait naturellement responsables des faibles cours du coton et du riz les industriels du Nord et les grands propriétaires toujours prêts, d'après lui, à tondre le petit peuple.

Mi-octobre, les Vigors père et fils, ainsi que Doris de Castel-Brajac, s'installèrent dans la belle maison de l'avenue Prytania. Osmond, décidé à reprendre son activité juridique, avait accepté de défendre quelques causes nées de litiges pétroliers. Il arrivait fréquemment, en effet, que la mise en exploitation d'un nouveau forage provoquât une réduction, plus ou moins sensible, de la production d'un puits plus ancien, appartenant à un autre propriétaire. La législation louisianaise manquant de clarté et les responsables du service de conservation des ressources naturelles étant toujours prêts à délivrer des permis de forage à quiconque savait reconnaître leur compréhension, les conflits de voisinage se multipliaient, pour le plus grand profit des avocats et des huissiers de justice.

M. de Vigors analysait l'un de ces dossiers confus quand, au soir du 23 octobre, il reçut de New York un appel téléphonique de Richard William Butler, avocat d'affaires, devenu au fil des années un ami sûr.

— Je crois de mon devoir, cher Osmond, de vous prévenir de la mauvaise tournure que prennent actuellement les affaires de Félix de Castel-Brajac.

— Je les croyais, au contraire, très prospères, Willy !

— Vous ne lisez pas la chronique boursière ?

— Rarement. J'ai vu cependant qu'en trois mois, cet été, les actions Westinghouse sont passées de 151 à 286 dollars, celles de General Electric de 268 à 291...

— Les choses ont changé ! coupa Butler. Depuis quelques jours, Wall Street souffre d'une fièvre intermittente. On a échangé aujourd'hui 6 374 960 actions, mais Westinghouse a perdu d'un coup 25 dollars, General Electric 29 et Case 46 ! Certaines sociétés d'investissement, qui ne dépendent pas des grandes banques, ont déjà du plomb dans l'aile. Si les milliers de clients de Félix réclament leurs piastres, comme vous dites en Louisiane, il connaîtra de vraies difficultés. Et puis, il a d'autres soucis. Il est malade. Pour vous parler crûment, je le crois au bout du rouleau.

— Non ! Vous me surprenez, Willy !

— Bien qu'il manifeste peu ses sentiments, je crois qu'il serait rassuré de vous voir à New York bientôt. Quand je lui ai suggéré de vous appeler, il m'a répondu, ce qui m'a étonné : « Faites-le vous-même, si vous le jugez nécessaire, mais que ma fille n'en sache rien ! » Voilà.

— C'est inquiétant, en effet. Je vais me renseigner sur l'horaire du Crescent[1] et je vous rappelle demain soir. Naturellement, pour tout le monde, y compris les Murray, mon voyage n'a aucun rapport avec les difficultés de Félix.

— *O.K.*, Osmond, j'aurai grand plaisir à vous recevoir chez moi... en célibataire.

A la fin de l'après-midi du 24 octobre, quand, vers cinq heures, M. de Vigors reprit contact avec Butler, pour lui annoncer qu'il prenait le train le soir même et serait à New York le 26 à seize heures, il trouva la voix de son ami changée et son ton celui d'un homme accablé de soucis.

— Avez-vous entendu la radio ?

— Non, j'étais à la chasse au lac Verret. Je viens de rentrer.

— Heureux homme ! Eh bien, mon cher, mes craintes d'hier se confirment. Nous avons vécu une journée de folie à Wall Street, une vraie débâcle. A l'heure qu'il est, les télétypes viennent tout juste, avec quatre heures de retard, de donner le compte rendu complet de la Bourse. 12 894 650 actions, intéressant 974 sociétés, ont changé de main. C'est un record absolu dans l'histoire boursière. A onze heures, une heure après l'ouverture, le marché a flanché. Tout le monde, brusquement, a voulu vendre,

1. The Crescent Limited : fameux train de luxe reliant, encore de nos jours, New Orleans et New York.

mais les acheteurs ne se montraient pas. A midi, on chiffrait les pertes à 6 milliards de dollars ; à midi trente, c'était la panique. Il y avait une telle foule grondante dans Broad Street [1] que Grower Whalen [2] a dû envoyer des flics à cheval. La circulation a été interrompue toute la journée. Je n'avais jamais vu ça. Une telle inquiétude collective, surtout quand le bruit a couru que onze spéculateurs ruinés s'étaient suicidés ! Finalement, Richard Whitney, toujours président de la Bourse par intérim, a fait évacuer la galerie des visiteurs, sous le regard amusé de M. Winston Churchill [3].

— L'Anglais, le chancelier de l'Echiquier ?

— L'ex-chancelier de l'Echiquier. Depuis que les travaillistes sont revenus au pouvoir, il a du temps libre. Il voyage. On dit qu'il prépare une série d'articles pour le *Daily Telegraph*.

— Et il s'intéresse à la Bourse ?

— Sa mère, Jennie Jerome, était américaine, fille de ce Leonard Jerome qui fut à New York un des plus audacieux spéculateurs de son temps. Vous savez, celui qui dépensait soixante-dix mille dollars pour une réception et faisait mettre sous la serviette de chacune des invitées un bracelet d'or incrusté de diamants !

— Et avez-vous vu Félix ?

— Après lui avoir vainement téléphoné, j'ai envoyé mon chauffeur chez lui. Il se terre, ne veut voir personne et son numéro ne répond plus. Bien que les cours aient un peu remonté en fin d'après-midi, il ne se fait aucune illusion sur l'issue de ses propres affaires. Mme Helena Rubinstein a

1. Rue qui relie Wall Street à South Street et où se trouve la Bourse de New York, le Stock Exchange.
2. Commissaire de police de New York.
3. « Je voyais ces hommes... s'offrant d'énormes paquets d'actions à la moitié, au tiers de leur valeur et ne trouvant personne d'assez hardi pour accepter les fortunes assurées que les autres étaient contraints d'abandonner », nota ce jour-là le futur Premier ministre. Cité par Gordon Thomas et Max Morgan Witts dans *les Coulisses du krach de 1929* (éditions Belfond, Paris, 1979).

vendu, à midi, cinquante mille actions Westinghouse à 168 dollars l'unité. A onze heures, l'action valait encore 190 dollars ; comptez ce qu'elle a perdu en une heure..., plus de un million de dollars... et sur ce seul titre !

— Et que va-t-il se passer ?

— Nos grands banquiers se sont réunis chez Morgan. Ils ont décidé d'arrêter la panique et constitué un pool de 200 millions de dollars, selon les uns, de 250 millions selon d'autres, pour faire des offres d'achat à des cours valables. Si cela suffit à rétablir la confiance, nous éviterons peut-être la catastrophe, Osmond. A mon avis, nous serons fixés quand vous arriverez à New York, après-demain. Venez directement à mon bureau. Je vous y attendrai. Bon voyage !

M. de Vigors allait raccrocher, quand la voix de Butler se fit impérative :

— Allô... Allô ! J'ai oublié de vous dire pour Murray. Il a eu une attaque, genre congestion cérébrale. Il serait complètement paralysé. On dit qu'il a laissé 6 millions de dollars dans l'affaire Hatry. La Lloyds Bank a démasqué cet escroc, qui est dans l'impossibilité de faire face à ses obligations envers les actionnaires de United Steel... Et le père Murray a le gros paquet... Je vous redis bon voyage.

Disposant encore de deux heures avant de prendre le train, Osmond appela immédiatement Cordelia. La jeune femme confirma point par point ce que venait de lui apprendre Butler.

— Non ! papa n'est pas ruiné, mais découvrir qu'il a été volé par un simple escroc anglais, ce Clarence Hatry, lui a fait un tel choc... Il ne parle plus et ne peut bouger aucun membre. C'est le cerveau qui est atteint, vous comprenez. C'est insupportable de le voir ainsi, surtout qu'il entend et comprend parfaitement ce qui se passe autour de lui.

— Que disent les médecins ?

— Ils soutiennent qu'il peut récupérer quelques gestes et peut-être la parole... mais rien n'est moins sûr. Je suis malheureuse, Osmond.

— Cordelia, il se trouve que je dois me rendre à New York. J'y serai dans deux jours. J'irai vous voir.

— Oh ! oui ! Venez, Osmond. Je ne trouve aucun réconfort autour de moi. Les amis sont gentils, ils s'apitoient, mais le spectacle de papa les fait fuir. La déchéance physique..., vous comprenez..., et puis tous ont beaucoup de soucis en ce moment !

Quand sa valise fut prête, Osmond appela Bob Meyer.

— Je file à New York par le Crescent. Viens, tu m'accompagneras à la gare de Canal Street. J'ai beaucoup de choses à te dire !

M. de Vigors n'avait aucune sympathie particulière pour les hommes d'affaires rusés, jongleurs millionnaires de Wall Street. Il défendait encore, à l'occasion, le dogme suranné du Sud aristocratique et agraire, suivant lequel le seul argent noble vient de l'exploitation intelligente et obstinée de la terre. C'est en vertu de cette croyance des Cavaliers qu'il admettait, sans sourciller, les profits du pétrole, produit millénaire du sous-sol, devenu symbole de toutes les énergies industrielles. La paralysie, et non la ruine, rendait M. Murray pitoyable. Bob, en apprenant l'accident cérébral du père de Cordelia, se montra moins charitable :

— Le vieux requin se trouve pris dans le filet avec lequel il a raflé tant d'argent. Tout l'or du monde ne pourra lui rendre ses jambes et une élocution facile. Il ne doit plus être capable d'aboyer des ordres d'achat ou de vente dans son téléphone.

— D'après ce que m'a dit Cordelia, on ne lui montre plus les cours officiels de la Bourse, qui sont catastrophiques. Toute nouvelle chute des actions peut faire monter sa tension, disent les médecins.

— En somme, sa tension est inversement proportionnelle aux mouvements de la Bourse ! Si l'on observe son sang, il doit être vert comme du jus de dollar, ricana Meyer.

— Tais-toi, Bob. On ne doit pas se moquer d'un infirme.

Murray, si intéressé qu'il soit par l'argent, ne s'est jamais mal conduit vis-à-vis des citoyens ordinaires. La jungle de Wall Street a ses lois, qui ne sont pas les nôtres. Les grands fauves se battent entre eux. C'est ce qui se passe actuellement. Il y a des victimes comme Murray et, sans doute, comme Félix !

— Bien, bien ! mais les conséquences de leurs affrontements, quantité d'innocents vont en faire les frais !

— Un spéculateur n'est jamais innocent, tous ces gens qui ont emprunté pour jouer à la Bourse sont des Murray au petit pied. Ils ont misé, ils ont perdu. Tant pis pour eux !

— Mais je ne plains pas les spéculateurs, si modestes soient-ils, je pense aux autres, aux ouvriers que les faillites vont réduire au chômage, je pense aux pauvres types, aux millions de pauvres types, qui n'ont jamais entendu parler de Wall Street, ni vu une action de leur vie. Ils vont pâtir du grand jeu absurde auquel se sont livrés quelques-uns dont les exploits, commentés, amplifiés par la presse et la radio, ont donné à croire à quelques dizaines de milliers d'imbéciles que la fortune n'attendait que leurs économies pour les multiplier ! Naturellement, conclut Bob d'un ton moins véhément, je plains Cordelia. Bien qu'elle soit une enfant de Wall Street, c'est une chic fille... et le fait qu'elle soit amoureuse de toi prouve qu'elle n'a pas aussi mauvais goût qu'on pourrait le craindre !

Osmond haussa les épaules.

— Anarchiste, mais cœur de midinette, hein ! dit-il, au moment où le contrôleur l'invitait à monter dans le train qui devait partir à 22 heures précises.

— Embrasse tout de même Cordelia pour moi... Je ne le dirai pas à Doris ! lança Bob, au moment où le convoi s'ébranlait.

Tandis que tintait, angélus profane et ferroviaire, la cloche de bronze de la Pacific 231, aux flancs frappés du croissant d'or, symbole de Crescent City, et qui forçait ses bielles chuintantes dans les embruns de la vapeur,

Osmond connut le petit frémissement euphorique et la sensation de liberté accrue, apanage des départs solitaires.

Il prit aussitôt possession de la spacieuse cabine, réservée pour lui dans le pullman tout acier peint depuis quelques jours aux nouvelles couleurs du Crescent Limited : vert et or. Dans cette voiture, chaque compartiment privé, chambre la nuit, salon le jour, était pourvu d'un cabinet de toilette, avec eau chaude et froide. Le pullman comportait, à l'arrière, une plate-forme d'observation, où ceux qui ne craignaient pas les escarbilles pouvaient prendre l'air en admirant le paysage. On avait aménagé un salon où pouvaient papoter les dames et un autre réservé aux messieurs. Un valet et une femme de chambre assuraient le service, sous l'autorité d'un conducteur galonné.

Ayant surveillé l'installation de ses bagages et bien qu'il fût tard, M. de Vigors n'éprouva pas le besoin de dormir. Il nota que son domicile roulant portait le nom de Joel Chandler Harris [1], auteur du populaire recueil des histoires d'oncle Rémus [2], et décida de se rendre à la voiture club. Un Noir, stylé comme un ancien majordome de plantation, le précéda pour lui ouvrir les portes et l'aider à franchir les soufflets. L'esprit tourmenté par ce qu'il avait appris depuis vingt-quatre heures, Osmond sentait le besoin de jouir du dépaysement offert par le fameux train de luxe n° 38 qui, depuis le 26 avril 1925, parcourait en trente-sept heures et cinquante minutes les 2218 kilomètres séparant La Nouvelle-Orléans de New York [3].

Chacun des cinq trains identiques assurant la ligne et uniquement formé de voitures fabriquées par Pullman

1. Ecrivain américain originaire de Géorgie (1848-1901).

2. *Oncle Rémus, ses chansons et ses aphorismes,* plusieurs volumes publiés entre 1892 et 1900. Oncle Rémus, un Noir, raconte à un petit garçon de savoureuses histoires, qui mettent en évidence la philosophie simpliste et la psychologie des Noirs du sud de l'Amérique, à la fin du XIXe siècle.

3. Depuis 1891, la liaison ferroviaire directe entre le Nord et le Sud (Atlanta-Washington) était assurée par le Washington and Southern Vestibuled Limited, train de luxe que les habitués nommaient Le Vestibule. En 1906, la ligne avait été prolongée aux deux bouts pour relier New York à New Orleans.

représentait, disait-on, deux millions de dollars sur rail. Le coût élevé justifiait sans doute les six dollars supplémentaires réclamés à ceux qui empruntaient le Crescent. Vingt-six employés par convoi constituaient, du mécanicien de la locomotive aux porteurs de bagages, un équipage d'élite. Toutes les voitures étaient dédiées à la mémoire de célèbres fils du Sud comme François-Xavier Martin[1], Robert F. Hocke[2], Henry W. Grady[3].

Le *club car,* vaste salon-bar-fumoir réservé aux messieurs, portait le nom de William Moultrie, un ancien gouverneur de Caroline du Sud. Meublé de fauteuils de velours bien rembourrés, de guéridons de marqueterie, éclairé par des appliques et des lustres de cristal dont les pendeloques tintinnabulaient à chaque soubresaut, le *club,* aux parois percées de grandes baies encadrées de rideaux de soie et décorées de tapisseries et de tableaux bucoliques, plut tout de suite à M. de Vigors. Sur la moquette à dessins géométriques, ses fines chaussures de chevreau glacé lui parurent encore plus fines. Il se sentit à l'aise dans ce décor douillet et raffiné. Osmond portait pour le voyage un trois-pièces, coupé dans une cheviotte gris fer, qui eût été trop chaude pour La Nouvelle-Orléans, mais qu'il supporterait à New York. Sous le col de sa chemise en voile de coton bleu ciel, il avait noué une régate de tricotine anglaise bleu Navy. Quand il pénétra dans le salon, où plusieurs voyageurs lisaient ou devisaient en fumant, autour de verres opaques dont le contenu était vraisemblablement prohibé, il fut aimablement salué. Le barman, un Noir à la toison blanche, reconnut tout de suite dans ce gentleman long, sec, résolu et au regard tranchant un de ces Cavaliers sudistes habitués à être servis.

Dès que le nouvel arrivant fut assis, le Noir se précipita, la carte des consommations à la main, un large sourire aux

1. Eminent juriste louisianais du XIXe siècle.
2. *Major general* de l'armée confédérée, pendant la guerre de Sécession.
3. Editeur du journal *Constitution,* publié à Atlanta (Géorgie), et célèbre orateur sudiste.

lèvres. Osmond repoussa la carte et ignora l'obséquiosité du sourire.

— Avez-vous de quoi faire un *julep ?*

— Certainement, m'sieur. Nous avons même des feuilles de menthe... fraîches... et tout ce qui va avec, bien sûr !

Quand Osmond saisit le haut gobelet de métal argenté rendu mat par le contenu glacé et odorant, il évalua en connaisseur l'aspect de la préparation. Un moment plus tard, la dégustation du breuvage cher aux planteurs confirma la compétence du barman. Ce dernier venait de remarquer comment le consommateur, avant de boire, avait laissé le temps à la menthe de parfumer le bourbon, rafraîchi par la glace broyée. M. de Vigors leva son gobelet en souriant au Noir, qui espérait un pourboire proportionné à l'approbation.

Osmond apprit bientôt, par les propos des uns et des autres, que la plupart de ceux qui s'attardaient au bar cette nuit-là étaient des hommes d'affaires du Nord. Ils attendaient, pour aller se coucher, l'arrêt à Mobile (Alabama), où ils pourraient trouver les dernières nouvelles. N'ayant pas le même intérêt que ces familiers de Wall Street pour les informations financières, il découragea toutes les tentatives de conversation, acheva son cigare et son verre puis regagna sa cabine, où il dormit jusqu'à l'heure du petit déjeuner. Il prit ce premier repas alors que le train quittait Montgomery, capitale de l'Alabama où, en février 1861, sept Etats du Sud avaient décidé de faire sécession. Tandis que le Crescent filait, à travers les champs de coton, dans la vallée de la Coosa et que se profilait, à l'horizon, la chaîne des Appalaches, Osmond jeta un regard sur le tableau de marche offert aux passagers, afin qu'ils puissent apprécier la vitesse du train. Ce document donnait le temps de parcours par *mile*[1] et le nombre de *miles* par heure. Une note informait l'observateur que l'on comptait en général

1. 1 609,35 mètres.

trente poteaux télégraphiques par *mile*. Toutefois, ces poteaux étant irrégulièrement espacés, il ne fallait pas se fier à un comptage sur courte distance pour déterminer la vitesse du convoi.

M. de Vigors ne vit, autour de lui, que des visages soucieux. Ceux qui s'appliquaient à lire abandonnaient soudain leur livre ou leur magazine et, le regard vide, laissaient dériver leurs pensées vers un certain quartier de New York, devenu depuis quelques jours le poumon et le cœur de l'Amérique.

Parmi les occupants des vingt-quatre fauteuils pivotants de velours turquoise, seuls quatre hommes, vêtus sans recherche et bruyants, semblaient prendre plaisir au voyage. Ils se racontaient des histoires, riaient aux éclats, échangeaient des quolibets, des plaisanteries faciles, pratiquaient l'allusion grivoise et interpellaient sans cesse les serveurs, comme des gens qui n'ont pas la pratique des domestiques. Par le barman, Osmond apprit qu'il s'agissait de fonctionnaires fédéraux voyageant aux frais de l'Administration et que les fluctuations des valeurs boursières laissaient indifférents.

Les autres passagers mâles — car on ne voyait de femmes qu'au restaurant — portaient des vêtements de bonne coupe, des cravates de soie et fumaient des cigares de qualité. Sur les guéridons, les cendriers devaient être vidés à chaque instant par des valets moroses, qui n'avaient jamais vu ce train de luxe aussi rigoureusement plein de gens nerveux, impatients ou irritables. Aux arrêts, les jeunes vendeurs de journaux parcouraient les couloirs en criant les titres des quotidiens locaux. Ils étaient dépouillés en un tournemain. Les voyageurs qui n'avaient pu obtenir de feuilles les empruntaient aux mieux pourvus. Quant aux télégraphistes, qui passaient d'une voiture à l'autre en lançant les noms des destinataires des dépêches brandies à bout de bras, ils ne pouvaient suffire à la demande de formulaires pour expédier des télégrammes.

— Sur le Twentieth Century Limited[1] il y a un téléphone depuis plusieurs années, bougonna, à l'arrêt de Greenville (Caroline du Sud), un voyageur que le télégraphiste pressait de rédiger son message, le départ du train paraissant imminent.

Aux arrêts prolongés, à Atlanta, Charlotte ou Greensboro, certains voyageurs estimèrent avoir le temps de téléphoner à leur bureau, à New York. Les nouvelles qu'ils rapportèrent, plus fraîches que celles données par la presse, et qu'ils répandirent, étaient plutôt rassurantes : le pire était passé. Autour de la Bourse, les rues avaient retrouvé leur calme. Les transactions continuaient à un rythme soutenu. La communauté financière s'employait à empêcher un retour à la panique du 24 octobre. Le président de la Continental Illinois Bank avait déclaré : « Il n'y a rien dans la situation des affaires qui justifie une nervosité quelconque[2] », et le président Hoover, à qui le consortium des banquiers avait demandé une déclaration de nature à restaurer la confiance, disait : « Les affaires fondamentales du pays, c'est-à-dire la production et la distribution des biens, sont assises sur une base solide et prospère[2]. » Ainsi, au second soir du voyage, l'ambiance du *club car* s'était un peu détendue. Toutefois, certains de ceux qui entouraient le bar avaient chiffré leurs pertes du 24 octobre et n'imaginaient jamais récupérer les dollars envolés. Un petit homme blême, portant un haut col amidonné à l'ancienne mode, d'où émergeait un cou maigre de gallinacé, lâcha, à l'intention de ses voisins, quelques chiffres notés dans un calepin.

— Même si l'indice des valeurs industrielles a regagné un point soixante-quinze et celui des valeurs ferroviaires un

1. Train de luxe fameux, qui circula entre New York et Chicago de 1902 à 1970. Dès 1906, ce train avait été équipé d'un téléphone. On trouvait également à bord : un salon de coiffure, une bibliothèque, des tables à écrire. Une sténodactylographe était à la disposition des hommes d'affaires.

2. Cité par John Kenneth Galbraith dans *The Great Crash* (Houghton Migglin Company, Boston, 1954).

point, on a tout de même fermé par milliers des comptes de clients chez les agents de change.

Ces considérations suscitèrent aussitôt des commentaires.

— Que voulez-vous, les petits porteurs ont brusquement eu la frousse. Ils ont vendu à outrance !

— Pourquoi une certaine presse a-t-elle soutenu que les valeurs industrielles étaient gonflées ? Hein ! C'est faux ! Nous le savons tous.

— Aujourd'hui, les transactions n'ont porté que sur 6 millions de titres au lieu de 12 millions, jeudi. Le marché se calme !

Osmond observa un moment cette agitation verbale qui transformait le *club car* en une coulisse roulante de la Bourse. Debout, verre en main, les hommes d'affaires discutaient véhémentement, lançaient des chiffres, citaient des références, faisaient état des derniers potins transmis par leur bureau. Suivant leur tempérament, certains osaient faire des pronostics, optimistes ou sombres. Quand l'atmosphère, bleuie par la fumée des cigares, devint irrespirable, M. de Vigors, imaginant Félix de Castel-Brajac et Edward Murray soumis aux mêmes affres que ces voyageurs, regagna son lit.

Après une seconde nuit sereine, alors qu'il prenait place, après l'arrêt de Baltimore, dans un fauteuil du pullman pour attendre la fin du voyage, il reconnut, assis en face de lui, un homme qui, la veille, au bar, était resté isolé et silencieux. Cependant, à voir son visage fermé, à considérer la nervosité de ses doigts tambourinant sur les accoudoirs, Osmond devina que l'inconnu éprouvait, lui aussi, de l'inquiétude. En faisant pivoter son fauteuil pour se tourner du côté de la fenêtre, derrière laquelle défilaient maintenant la large Chesapeake Bay et les forêts romantiques du Maryland, roussies par l'automne, M. de Vigors attira le regard de son vis-à-vis.

— Si vous avez besoin de parler à quelqu'un qui ne soit pas directement concerné par ce qui se passe à Wall Street, nous pouvons évoquer, devant ce paysage, Edgar Allan Poe ou Francis Scott Key. A moins que vous ne préfériez la recette de la tortue bouillie, arrosée de beurre et de *sherry*[1], qui est une spécialité du pays que nous traversons.

L'homme sourit.

— Vous êtes du Sud, n'est-ce pas. Je vous ai vu monter à New Orleans. Votre accent me plaît. Il me rappelle celui d'un vieil oncle. Un brave homme de Sudiste, qui n'a jamais acheté une action de sa vie et se méfiait des jeux de la Bourse comme du choléra.

— J'ai l'impression que le choléra boursier fait des ravages depuis quelques jours !

L'homme, qui n'attendait qu'un encouragement, se pencha vers Osmond.

— Voyez-vous, monsieur, avant-hier, à Mexico, quand je suis monté dans le Montezuma Special qui assure la correspondance à New Orleans avec le Crescent, je jouissais d'une situation enviable, je peux même dire très enviable. Ce qui s'est passé le 24 octobre m'a sérieusement éprouvé. Et si pareille journée se renouvelle, je serai un homme perdu.

— Ruiné peut-être, pas perdu, corrigea Osmond, impressionné par le ton angoissé de son interlocuteur.

— Ruiné et perdu, monsieur, vous ne pouvez savoir.

— Mais, d'après ce que nous avons appris hier et ce matin aux arrêts du train, il semble que les choses s'arrangent, non ?

— Ne vous fiez ni aux journaux ni aux déclarations des experts. Ce répit est organisé par les grands banquiers pour permettre aux initiés de sauver une partie de leurs billes et faire que la déconfiture des autres s'effectue par paliers, afin d'éviter le choc d'un krach dont tout le pays pâtirait... Rien ne permet d'assurer que le traumatisme économique nous sera évité !

1. Vin de Jerez.

— Vous voyez vraiment l'avenir sous les plus sombres couleurs...

— J'ai des informations sûres, monsieur, par un canal sérieux, indépendant des institutions de Wall Street.

Il jeta un regard du côté d'un groupe d'hommes d'affaires, déjà remarqué la veille par Osmond, et reprit à voix plus basse :

— Ces gens ignorent que les provinciaux ont discrètement retiré leurs fonds déposés dans les établissements de Wall Street. Ces retraits ont pris, depuis quarante-huit heures, une telle ampleur que les banquiers de New York ont dû hâtivement boucher les trous ! Ça leur a déjà coûté un milliard de dollars, monsieur !

— Je ne comprends pas grand-chose à ces manœuvres, monsieur. Je suis fait pour être banquier comme un poisson pour avaler une pomme ! Permettez-moi de vous offrir un verre.

— J'ai déjà vidé deux bouteilles de Coca-Cola et une de *near beer*[1]. Le nègre est resté sourd à mes allusions. Il a un tel accent que je ne comprends rien à ce qu'il propose !

— Bourbon ou whisky ? demanda Osmond en faisant signe au barman d'approcher.

— Whisky..., mais je parie que...

— Ne pariez pas..., vous perdriez encore !

M. de Vigors obtint sans difficulté l'alcool demandé. Le whisky fut servi dans une théière et des tasses car, expliqua le Noir, « nous risquons de voir monter à Philadelphie ces chiens fouineurs de fédéraux ». Mais, jusqu'au terminus du train, Osmond et son invité purent vider leur théière sans être importunés.

Au moment de l'échange des cartes de visite, quand le Crescent s'immobilisa sous la verrière de la gare centrale de New York, M. de Vigors découvrit, avec un peu d'étonne-

1. Les Louisianais francophones avaient inventé l'appellation « presque bière », pour désigner, au temps de la prohibition, la seule bière autorisée. Elle devait contenir moins de 0,5 % d'alcool (littéralement, *near* : près ; *beer* : bière).

ment, que celui dont il avait tenté de remonter le moral était évêque et gestionnaire d'une riche communauté protestante. L'homme d'Eglise, que rien ne distinguait des autres voyageurs, interpréta à sa façon le sourire inné d'Osmond.

— Eh oui, monsieur, j'aurai, en plus, à rendre des comptes... là-haut ! soupira-t-il.

— « Tout commence ici mais tout s'achève ailleurs [1] », monseigneur, cita M. de Vigors en serrant la main du prélat désolé.

1. *Essais,* Ralph Waldo Emerson (éditions Paul Lacomblez, Bruxelles, 1907).

7

William Butler habitait près de la gare centrale, sur Lexington Avenue, un bel immeuble de la fin du XIXe siècle. L'accueil de l'avocat, chaleureux et familier, mit M. de Vigors à l'aise. Il retrouvait l'ami qui, bien des années plus tôt, l'avait présenté au barreau de New York. Son hôte installa le Louisianais dans un petit appartement, attenant au sien et comprenant une chambre, un salon-cabinet de travail et une salle de bains.

— Ce pied-à-terre est ouvert aux juristes amis, qui viennent plaider à New York, et parfois à des passantes maniérées, qui me rendent visite mais tiennent à sauvegarder des apparences dont personne ne se soucie, expliqua Willy, célibataire obstiné mais grand amateur de femmes.

Il remit aussi une clef à Osmond et désigna une porte, cachée par une tenture.

— Vous disposez là d'une entrée privée, commode et discrète et d'une ligne téléphonique. On ne paie que les communications longue distance. Vous êtes ici chez vous. Liberté complète... de jour et de nuit.

— Nous dînons ensemble ? proposa M. de Vigors.

— *O.K.* Rendez-vous au Waldorf[1], à 7 heures. D'ici là, j'ai fort à faire, vous vous en doutez, et j'imagine que vous souhaitez voir Castel-Brajac au plus tôt. Mon chauffeur

1. Hôtel Waldorf Astoria. Alors sur la Ve Avenue, entre les 33e et 34e Rues. Détruit en 1930 pour permettre la réalisation de l'Empire State Building. Reconstruit en 1931 à son adresse actuelle : 301 Park Avenue.

vous conduira. Félix se cache à Central Park South, dans un immeuble qui fut autrefois sa propriété, mais dont il ne possède plus qu'un étage. La vue sur le parc est superbe et l'aménagement intérieur d'un goût exquis. Vous verrez !

Une demi-heure plus tard, M. de Vigors eut loisir de constater que William Butler n'avait pas exagéré le charme d'une des plus belles résidences de la ville. Un huissier à chaîne, méfiant et circonspect, accepta de faire accompagner Osmond par un groom jusqu'au quinzième étage, après s'être assuré, par interphone, que le visiteur était souhaité.

Un valet portoricain, renfrogné et traînant les pieds, conduisit M. de Vigors jusqu'à la chambre, dont M. de Castel-Brajac ne sortait guère. En traversant l'appartement, aux murs uniformément couverts de panneaux de laque de couleurs différentes suivant les pièces, Osmond nota l'absence quasi complète des meubles, tableaux et bibelots dont les maisons de Félix avaient toujours été saturées. Il éprouva la sensation déroutante de visiter un logement, récemment abandonné par un locataire, où ne subsistaient que les éléments inamovibles d'un somptueux décor.

Félix le reçut adossé à des coussins, sur une méridienne, devant la porte-fenêtre ouverte d'un balcon donnant sur les frondaisons cuivrées de Central Park.

Flattée par les rayons du soleil déclinant, la laque dorée des murs se gorgeait de la douce lumière automnale de New York, si différente de celle, toujours crue ou voilée, du Sud.

Un grand lit-bateau, gainé de galuchat jaune, occupait le centre de la chambre. Osmond remarqua le couvre-lit de velours violet, audace typiquement félicienne.

— Mais ce sont les couleurs des Tigers de la L.S.U. [1] ! lança-t-il, forçant l'enjouement de sa voix, pour dissimuler le choc ressenti à la vue de Félix.

Ce dernier ne fut pas dupe de la fausse allégresse du visiteur.

1. Louisiana State University (université d'Etat de Louisiane), à Baton Rouge. Tigers est le nom de l'équipe de football américain, créée en 1927 par Troy H. Middleton.

— J'ai changé..., mon bon ami ! Même mes créanciers ne me reconnaissent pas, dit-il d'un ton las.

Osmond ne tenta pas d'opposer une dénégation hypocrite. Il tira une chaise et s'assit près de ce quinquagénaire à l'aspect de vieillard. Peau fripée, chevelure pauvre et safranée, regard terne, tel était l'esthète mondialement connu, dont la toison argent, le regard fureteur et le corps d'atlante avaient longtemps retenu inutilement le regard des femmes, moins vainement celui des éphèbes.

— Voyons, Félix, qu'est-il arrivé ? Avez-vous un bon médecin ?

— Je ne suis pas malade, Osmond. J'ai moins besoin d'un médecin que d'un banquier... Bon. Enfin, je suis heureux que vous ayez pu venir aussi vite. Nous avons beaucoup de choses à régler, dit M. de Castel-Brajac en levant une main maigre, dont seul le squelette, sous la peau diaphane et veinée de bleu, attestait encore de la force passée de cet homme.

Désorienté par le dépouillement quasi monacal des lieux, Osmond fixa machinalement un tableau, posé sur un chevalet. Il reconnut le portrait de Félix par William McGregor Paxton [1], car plusieurs magazines avaient reproduit cette œuvre.

Le modèle surprit le regard de l'observateur.

— Qui dirait que ce portrait a été peint l'an dernier ! J'ai l'air terriblement sûr de moi et conquérant, n'est-ce pas ? Je l'étais alors !

— Vous allez réagir, Félix, vous redresser. Faire face !

M. de Castel-Brajac ignora l'exhortation.

— Ce portrait, je l'aime beaucoup. Même si l'artiste m'a un peu flatté, c'est tout de même bien l'image de moi que je souhaite livrer à la postérité. Le tableau est pour Doris..., pour la galerie des Castel-Brajac à Castelmore. Il suscitera, plus tard, des considérations dont nous pouvons imaginer

1. Peintre américain (1869-1941). Connu comme portraitiste de la haute société.

la teneur ! Pensez donc : Félix le Scandaleux... Félix le Fol... Félix l'Impur !

— Félix l'Artiste, aussi, compléta M. de Vigors.

Le dernier des Castel-Brajac se redressa et désigna, dans un angle de la pièce, une statue que le visiteur n'avait pas vue.

— Ce bronze est de John Donoghue [1]. C'était un ami d'Oscar Wilde et de Sargent [2]. Si la présence sous votre toit de ce jeune berger me jouant de la flûte de Pan ne vous offusque pas, il est pour vous, Osmond. Il fera son effet, je crois, dans le vestibule de Bagatelle. Mon portrait et ce bronze sont les seules œuvres d'art que j'ai pu conserver. Tout le reste a été vendu... plutôt deux fois qu'une !

Osmond n'avait pas soupçonné pareille débâcle.

— Quoi !... vos lampes de Gallé, vos toiles cubistes, vos Picabia, vos Dufy bleus, vos dessins de Beardsley et Bakst, vos paravents de Dunand..., celui aux taureaux, en laque d'argent sur fond noir, que nous aimions tant..., vos chryséléphantines de Chiparus, vos meubles de Ruhlmann...

— Arrêtez, Osmond, je vous en prie ! Je vous en prie ! implora Félix d'une voix brisée, le menton tremblant, au bord des larmes.

— Pardonnez-moi, c'est une telle...

— ... liquidation, dites le mot, allez !

Castel-Brajac tira le mouchoir de soie fleuri qui cascadait hors de la poche de sa veste d'intérieur et s'essuya avec précaution le coin des yeux en entrouvrant la bouche. Cette mimique, quasi féminine, mit Osmond mal à l'aise. Le guerrier viril, l'athlète complet, le pugiliste redoutable, venait d'apparaître, en instantané, sous l'aspect d'une vieille cocotte larmoyante.

1. Sculpteur d'origine irlandaise (1851-1903), découvert en 1882 à Chicago par Oscar Wilde, alors en tournée de conférences aux Etats-Unis.

2. John Singer Sargent (1856-1925), peintre américain, né à Florence, portraitiste mondain. Auteur notamment du portrait de Madame X... (Mme Gautreau) qui fit scandale au Salon de 1884 à Paris.

Très vite, Félix se ressaisit.

— Prendrez-vous une tasse de thé avec moi ?

Osmond acquiesça.

Tandis que le sombre Portoricain dressait la table, Osmond tenta d'analyser les causes de l'incroyable déchéance de Félix de Castel-Brajac. Il doutait que la seule ruine de ses affaires suffît à expliquer le délabrement physique et moral d'un tel homme. M. de Vigors avait connu le fils de Gustave plus désinvolte devant les revers de fortune et peu soucieux des conséquences que la témérité de ses investissements pouvait avoir pour d'autres. Ainsi, la déconfiture partielle des entreprises floridiennes n'avait pas incité le promoteur à modifier son train de vie, bien qu'il fût endetté et responsable des pertes éprouvées par ceux, amis ou inconnus, dont il gérait les capitaux.

Osmond, perplexe, décida de provoquer Félix, dont l'attitude présente lui inspirait autant d'irritation que de pitié :

— Vous avez dit : « Nous avons beaucoup de choses à régler. » Qu'entendez-vous par là ? Et en quoi puis-je vous être utile ? J'ignore à peu près tout des mécanismes de Wall Street et mon influence dans les milieux financiers est inexistante. A part Edward Murray, qui est, paraît-il, dans un triste état, je ne...

— Laissons cela, Osmond, coupa Castel-Brajac. Ces problèmes n'ont pas de solution. Aucun prestidigitateur ne transformera en dollars des actions dont les détenteurs pourront bientôt tapisser leur salon en me maudissant. Si, demain, le Stock Exchange retrouve son équilibre, je serai dénoncé comme escroc. Si c'est la grande faillite boursière, ce qui reste possible malgré la légère reprise d'aujourd'hui, mon cas sera noyé dans la débâcle générale. Quand le Mississippi déborde et menace d'anéantir votre maison, vous ne vous souciez pas d'une fuite d'eau dans la salle de bains !

— Je comprends. Plus les choses iront mal pour tous et moins vous serez en vedette.

— Bon. Laissons cela, vous dis-je.

Félix observa un silence, vida sa tasse de thé et la posa sur le guéridon.

— Si je vous ai fait venir du Sud, Osmond, c'est parce que j'ai une sale nouvelle à vous apprendre.

— Une... sale nouvelle !

— Oui, d'où découlera pour vous une sale besogne !... J'ai tué Charmide.

Osmond parvint à dominer sa stupéfaction et prit le temps de se débarrasser à son tour de sa tasse vide.

— Tué Charmide ! répéta-t-il, incrédule.

— De mes propres mains... Etranglé, compléta Félix à voix basse en enfonçant ses poings dans les poches de sa veste, comme pour dissimuler aux regards l'instrument du crime.

— Quand est-ce arrivé et où ? demanda froidement Osmond.

— Il y a trois mois, à Peacock Park, où nous habitions.

— Où vous habitiez... ensemble ? Je croyais cet individu en Italie depuis longtemps, depuis le jour où, après son étrange comportement à Boca Raton, qui faillit provoquer la mort de Doris, je lui avais interdit de revenir aux Etats-Unis. Comment avez-vous pu, Félix, reprendre des relations avec un être aussi abject !

L'interpellé eut soudain le sentiment de se trouver face à un juge, qui lui reprochait davantage la trahison d'un engagement familial que le crime avoué. Il pinça les lèvres, pivota sur la méridienne et s'assit face à Osmond. Il trouva le courage de répliquer :

— Charmide n'a jamais quitté les Etats-Unis. Je l'ai caché. Ensuite, il m'a humilié, il m'a trompé, même avec des femmes, il a imité ma signature pour me voler, il m'a ruiné, mais je ne pouvais me passer de lui. Quand j'ai compris qu'il allait partir, j'ai... fait ce que j'ai fait !

— Ainsi, il vous a conduit au crime, votre gondolier ! lâcha M. de Vigors, dont le regard, d'une indifférence glacée, impressionna Félix et l'incita à réagir vivement.

— Vous n'allez pas, vous et les autres, me reprocher, jusque dans l'au-delà, mon gondolier ! Symonds[1] en hébergeait un qui lui a inspiré *Guirlande de lotus ;* c'est un gondolier qui tenait le ménage dans l'atelier de Sargent, à Londres ; Wilde trouvait du charme aux gondoliers de ses amis et croyez-vous que Henry James...

— Ah ! je vous en prie, coupa sèchement M. de Vigors. Vos références, bien que littéraires et artistiques, sont triviales et insignifiantes. Vous êtes un Castel-Brajac, vous l'oubliez, et l'honneur commandait...

— L'honneur ! L'honneur ! Un jour viendra, Osmond, où toutes les hypocrisies, les dissimulations, le pharisaïsme qui concourent à draper, d'un voile pudique et bourgeois, les dérèglements et les turpitudes sexuels des humains seront balayés par une révolution d'un type nouveau !

— En attendant, vous avez commis un meurtre. Qu'attendez-vous de moi ? Approbation ? Indulgence ?

— Justice, Osmond. Justice et châtiment ! Dois-je me livrer à la police ou réglerons-nous cette affaire ensemble ?

La question prit Osmond au dépourvu. Il vit aussitôt le scandale publié dans l'intelligentsia d'avant-garde des capitales européennes et de New York. Il imagina la bohème fortunée ou impécunieuse de Chelsea, de Montparnasse et de Greenwich Village faisant d'une telle affaire un événement démonstratif de l'incompréhension sociale. Lesbiennes, homosexuels, intellectuels marginaux, décadents agréés sous vague caution d'art ou de littérature, prendraient le deuil du gondolier et se délecteraient d'un drame passionnel conduit à son terme tragique par un esthète de renommée internationale.

En Louisiane, où les Castel-Brajac figuraient parmi les F.L.F.[2], les Bagatelliens auraient à rougir de l'inconve-

1. John Addington Symonds (1840-1893), poète et historien anglais. Spécialiste de la Renaissance italienne et apologiste de l'amour grec.

2. *First Louisiana Families.* Premières familles de Louisiane. En fait, l'aristocratie louisianaise.

nance des mobiles du crime commis par un des leurs, plus que du crime lui-même.

— Il n'y a pas de meurtre sans cadavre. Où se trouve le corps de l'Italien ? demanda M. de Vigors, pour temporiser.

— Je l'ai enterré. Sur un chantier, près de Peacock Park, dans le New Jersey, j'avais repéré une tranchée, creusée par des terrassiers et destinée à recevoir des canalisations. Je l'ai approfondie, sur une longueur de deux mètres environ, puis j'ai enseveli le corps, enveloppé dans une toile imperméable. J'ai posé sur cette... tombe... des dalles de béton, qui se trouvaient là, et j'ai comblé avec de la terre, afin qu'aucune différence de niveau n'apparaisse au fond de la tranchée.

— Personne ne vous a vu et, depuis, personne n'a rien découvert ?

— Non. C'est un chantier abandonné, faute d'argent, par un promoteur, qui devait construire là un *mall*[1]. Aujourd'hui, la végétation a dû envahir le terrain, mais je sais exactement où se trouve le corps de Charmide.

— Et vous souhaitez que la police le déterre ?

Le ton d'Osmond fit tressaillir Félix. La vision était insupportable.

— Pas tout de suite, Osmond, pas maintenant, quand je serai parti à mon tour... Je veux que vous vous engagiez à donner à Charmide une sépulture décente.

— Une sépulture décente !

— Je vous en supplie, détestez-moi, méprisez-moi, mais faites la seule chose que je vous demande. J'ai acheté deux concessions voisines au cimetière de Ridgewood, à vingt-cinq kilomètres de Peacock Park. C'est là que je souhaite qu'il repose..., près de moi !

Osmond retint son indignation. Il se contenta de détourner la tête. Le spectacle de Félix, en assassin et veuf éploré, le révoltait et l'affligeait.

1. Vaste centre commercial, avec allées piétonnes.

— Je voudrais que vous me conduisiez là-bas, afin que je vous montre l'endroit. Vous pourrez, plus tard, le désigner à la police. Avant d'en finir avec la vie — c'est la seule issue pour moi, n'est-ce pas ? — je vous laisserai une confession complète. Ainsi, tout sera en ordre.

— En ordre ! Vous croyez ! Le scandale sera complet, au contraire. Vous seul y échapperez. Mais Doris, votre fille, mais Augustine et Lucile, vos sœurs, nos familles et la mémoire de votre père, y songez-vous ? Vous vous défilez, Félix ! C'est tout !

— Que proposez-vous ? Un procès ? La chaise électrique ?

— Allons à Peacock Park, j'ai besoin de réfléchir, trancha Osmond.

M. de Vigors fit appeler un taxi et, une demi-heure plus tard, Félix de Castel-Brajac, emmitouflé dans une pelisse et coiffé d'un feutre noir, se fit reconnaître du garde qui défendait l'entrée de la zone résidentielle privée, véritable réserve pour millionnaires[1].

Le chauffeur, sur les indications de Félix, emprunta l'une des voies principales du parc, puis des allées secondaires asphaltées, tracées dans le décor rassurant et cossu d'une nature retouchée par les paysagistes et disciplinée par les jardiniers.

Au milieu de vastes pelouses, soigneusement tondues et brossées, s'élevaient des demeures étonnantes, villas élisabéthaines, manoirs normands, hôtels Tudor, posés sur l'onde verte comme des chefs-d'œuvre de confiseurs sur un présentoir. Des saules pleureurs, des chênes, des cyprès, des buis taillés en boules ou en quilles, des obélisques, des pigeonniers, alternaient avec des bassins et des vasques. Des Cupidon de stuc, des Apollon d'albâtre, des Vénus de

1. La première cité-jardin de ce type, Tuxedo Park, a été créée en 1890, dans le New Jersey, par Pierre Lorillard IV, roi du tabac. Elle s'étendait sur 525 hectares entourés d'un mur. On ne pouvait y pénétrer que sur invitation d'un résident. Le parc était cependant ouvert au public une fois par an, le 4 juillet, jour anniversaire de la déclaration d'indépendance américaine.

grès semblaient jouer à cache-cache, guettés par des lions florentins échappés de la lointaine ménagerie de pierre des Médicis.

Comme la voiture débouchait sur un parc de stationnement pour automobiles, entouré de bâtiments bas, qu'un rideau d'arbres avait dissimulé aux regards des arrivants, Félix de Castel-Brajac sursauta.

— Bon Dieu ! Ils ont construit..., souffla-t-il entre les dents.

Le sourire irrépressible d'Osmond, auquel l'oncle de Lorna était cependant accoutumé, apparut soudain au meurtrier du Vénitien comme grimace ironique de la fatalité. Retrouvant son sang-froid, il fit arrêter la voiture. Suivi d'Osmond, il s'avança de quelques pas sur l'esplanade, où étaient alignés des véhicules de toutes marques. On distinguait, par-delà ces derniers, les vitrines colorées d'une pharmacie, un salon de coiffure, une crémerie et d'autres boutiques d'aspect cossu.

— Alors, reconnaissez-vous les lieux ? demanda M. de Vigors quand Félix s'immobilisa.

— Oui, je me repère parfaitement. C'est horrible ! Charmide est là-dessous..., là... là... là..., s'écria-t-il d'une voix de fausset en frappant l'asphalte du pied.

Courbé par l'émotion, tremblant de tous ses membres, il se mit à pleurer.

— Des centaines d'autos... chaque jour... passent sur lui... C'est insupportable ! hoqueta-t-il encore.

Osmond saisit Félix par le bras, l'entraîna rapidement vers le taxi et ordonna au chauffeur de les ramener à New York.

Castel-Brajac resta silencieux et prostré, jusqu'au moment où l'automobile s'engagea dans la 59e Rue, en direction de Central Park.

— En somme, personne, avant longtemps, ne pourra mettre au jour les restes de Charmide, dit-il enfin.

Osmond lui jeta un regard de biais et le trouva soudain moins abattu.

— Il se pourrait, en effet, que ce meurtre restât ignoré, si c'est ce que vous voulez dire. Et cela peut, j'imagine, changer vos projets, observa M. de Vigors, légèrement persifleur.

— Je ne sais plus où j'en suis, mon pauvre Osmond. J'ai besoin d'être seul maintenant... pour réfléchir, dit Félix, qui semblait avoir retrouvé son calme.

Comme la voiture s'arrêtait devant l'immeuble où habitait M. de Castel-Brajac, Osmond fit mine de descendre lui aussi. Félix l'arrêta d'un geste.

— Je n'ai plus la force de parler. Téléphonez-moi demain à neuf heures. Au revoir. Grand merci pour votre compréhension.

— N'abusez pas de ma compréhension, Félix ! répliqua Osmond, un peu désorienté par le changement d'attitude de son compagnon.

Il referma la portière du taxi et se fit conduire au Waldorf Astoria, où Willy Butler devait déjà l'attendre. Pendant le trajet, M. de Vigors analysa sans complaisance le comportement de Castel-Brajac. Mis à l'abri d'un scandale judiciaire par une curieuse indulgence du destin, Félix se préparait à survivre. Il s'accommoderait plus aisément du remords de son crime caché qu'il n'aurait su le faire de la menace d'un châtiment.

En descendant l'escalier du bar de l'hôtel, Osmond eut une pensée affectueuse pour son défunt mentor. Oncle Gus, le noble Gascon, avait eu la malchance d'engendrer un fils incapable de prolonger sa lignée et maintenant indigne de porter un nom rendu glorieux par l'honneur, le courage et les saines amours des ancêtres mousquetaires.

— Comment avez-vous trouvé ce cher Félix ? s'enquit Butler, quand le barman eut servi les consommations.

— Moins mal que vous ne me l'aviez laissé entendre, Willy. Je crois qu'il supportera sa ruine et rétablira sa santé. Comment s'est comportée la Bourse aujourd'hui ?

— Moins mal qu'on ne pouvait le craindre, elle aussi ! On trouve encore de l'argent à 6 %, ce qui permet aux gens d'emprunter pour ne pas brader leur portefeuille. Le plus gros fabricant de matériel ferroviaire a dit que la prospérité était remise sur rails et les experts ne cessent de faire de rassurantes déclarations. On a vu une foule de touristes dans les rues, autour de Wall Street. Ils regardaient la Bourse et les banques comme ces curieux qui se précipitent sur les lieux d'une catastrophe, pour voir les dégâts. Un commis d'agent de change a fait, cet après-midi, de bonnes affaires. Il vendait cinquante cents le mètre, aux badauds, les bandes sorties jeudi des télétypes et portant les cours de la ruine ! Mais ne parlons plus de choses tristes. Allons dîner au Delmonico's, proposa Butler, toujours jovial.

Au cours du repas, M. de Vigors évoqua cependant la ruine de Félix de Castel-Brajac, dont les conséquences pouvaient atteindre Doris. Si Willy Butler ignorait heureusement, comme tout le monde, le dénouement de la liaison entre Félix et son gondolier, il connaissait tout, en revanche, du comportement de ce dernier.

— Ce type a été l'artisan de la ruine de l'oncle de votre femme, Osmond. Félix lui avait confié, en prête-nom, la gérance de la plupart de ses sociétés d'investissement. Il exploitait même, d'une manière assez perverse, le charme un peu faisandé de l'Italien, pour recruter des investisseurs. Charmide faisait merveille auprès des vieilles veuves fortunées. J'en connais plus d'une qui va devoir liquider son hôtel particulier pour faire face à des engagements financiers très douteux. Par ailleurs, et pour son propre compte, l'Italien s'est conduit comme un escroc : sous le label de Félix, il a émis des actions pour des sociétés qui n'ont existé que dans son imagination. Il a empoché ainsi des millions, aussitôt dépensés, car il menait joyeuse vie avec des danseuses, passait ses nuits dans les tripots tenus par des Siciliens et, surtout, ridiculisait son protecteur, célèbre dans la basse ville.

— Et Félix ne se doutait de rien ?

— Peut-être a-t-il fini par s'apercevoir de certains détournements, car l'Italien a disparu depuis plusieurs semaines. Sentant venir le mauvais vent, il a dû planter là Félix et prendre le bateau pour sa chère Italie, en emportant tout ce qu'il a pu rafler ! Nul doute que cet abandon, ajouté à la déception et à la ruine, ne puisse expliquer l'état de Castel-Brajac. En fait, c'est une histoire sordide, cher ami.

— C'est aussi une histoire d'amour, Willy, conclut tristement M. de Vigors.

Quand, le dimanche 27 octobre, le Louisianais téléphona chez Félix, personne ne répondit à ses appels répétés. Intrigué, il finit par se faire conduire à Central Park South. Le concierge lui apprit que M. de Castel-Brajac était parti la veille en voyage, en demandant que l'on fasse suivre son courrier à l'agence Cook de Paris.

M. de Vigors ressentit quelque dépit de cette dérobade. Tant que Félix de Castel-Brajac le jugerait bon, il devrait porter, seul avec l'assassin et comme un complice, ce nouveau secret de famille.

Las et désabusé, Osmond décida de marcher sur la Vᵉ Avenue, jusqu'à l'hôtel particulier des Murray, voisin de l'Union League Club[1], à proximité de la 39ᵉ Rue. Au passage, il entra dans la cathédrale Saint-Patrick, pour méditer un moment. S'il s'était laissé aller, sa prière eût été une plainte digne d'un monologue d'Hamlet. Depuis la mort de Lorna, le cours de la vie lui semblait routinier, d'une exaspérante lenteur et dénué de toute nouveauté. N'ayant aucune ambition politique ou professionnelle, ne recherchant ni honneurs ni gloire, peu soucieux d'augmenter un patrimoine déjà lourd à gérer ou de faire des dollars dans les affaires, il ne savait vers quelle espérance orienter ses forces et sa pensée. Comme il s'était ouvert, un soir, à Meyer de cette vacuité intime, proche du détachement, son ami lui avait assené, avec sa franchise habituelle, une phrase dont il se souvenait maintenant, assis au pied d'une colonne de marbre blanc, face à la chapelle de la Vierge. « Pour des types comme toi, avait dit Bob, il n'existe que

1. Club républicain, à l'époque le plus influent de New York.

trois exutoires : l'art, la guerre ou l'aventure spirituelle. » Or Osmond n'avait aucune vocation d'artiste, de soldat ou de moine et son existence était comme suspendue.

Certes, il devait faire de ses fils des hommes droits et forts, des Cavaliers, dignes de porter le nom des Vigors. Cette tâche lui tenait à cœur et il l'accomplirait. Et puis Bagatelle, le domaine ancestral, exigeait ses soins, sa présence. Il en assumerait la maintenance, comme il assumait la trahison de Silas, la solitude de Bob, la bêtise revancharde de Belman, le snobisme de Cécile, la fuite d'Otis et, maintenant, le crime de Félix.

Quel enrôlement pourrait-il rechercher qui, même générateur de probables désillusions, lui rendrait, avec une mission inédite, à lui seul destinée, l'appétit superficiel de la vie ? Sans tomber dans le bovarysme, maladie sudiste par excellence, il eût aimé trouver goût à ce qui fait le bonheur de la majorité des humains. Mais, là encore, sa méfiance lui dépêchait par la mémoire une référence inquiétante. Goethe, malgré la réussite que constituait aux yeux de ses amis sa riche et féconde existence, n'avait-il pas avoué, sur son lit de mort, être incapable de se rappeler un seul jour de sa vie complètement heureux !

L'esprit nettoyé de la mélancolie qui l'accablait depuis sa rencontre avec Castel-Brajac, M. de Vigors quitta l'ombre douce de la cathédrale néo-gothique des Irlandais, pour la lumière dorée de la Ve Avenue. En cet automne 1929, New York lui parut au mieux de son charme citadin. Les promeneurs et la circulation automobile donnaient à la vie urbaine une cadence toujours surprenante pour un Sudiste. Ce n'était qu'à Paris, Osmond s'en souvenait, qu'il avait perçu un tel rythme, un tel mouvement collectif. Bien que flânant, chaque passant semblait avoir le besoin impérieux de se rendre en un lieu où l'attendait quelqu'un de cher ou d'important. Les femmes arpentaient, d'un pas alerte et balancé, les larges trottoirs. Même les plus élégantes paraissaient pressées d'aller d'une vitrine à l'autre, comme si une soudaine pénurie de linge fin, de chaussures et de produits de beauté menaçait la ville. Ce mois-là justement était lancé, sur le marché des cosmétiques, un nouveau rouge à lèvres français — *kiss proof*[1], précisaient les affiches — le Rouge Baiser[2]. Les panneaux publicitaires retenaient l'attention aussi bien des jeunes filles que des dames mûres.

La tonalité des toilettes s'harmonisait avec les couleurs de la saison. Fauve, brun clair, ocre rouillé, chaudron, coq de roche, safran semblaient empruntés à la palette des feuilles mortes. Jolies jambes gainées de soie, jupes fendues ou voltigeantes, talons fins, cheveux courts ou frisés, minuscules chapeaux, voilettes sournoises donnèrent à Osmond l'illusion de frôler à chaque carrefour des stars échappées des studios de Hollywood ou des *girls* descendues des scènes de Broadway.

Cordelia lui apparut identique à ces belles stéréotypées quand, dans le hall victorien de l'hôtel des Murray, elle se jeta spontanément dans ses bras.

Passé la première émotion des retrouvailles, M. de Vigors posa les mains sur les épaules de la jeune fille, pour mieux considérer le visage de porcelaine et les yeux couleur myosotis. Si la fraîcheur du teint rosé demeurait intacte, des cernes bistre avivaient le regard. Osmond y lut la satisfaction mélancolique qu'apportait sa présence. Il retint aussi le seul changement évident intervenu chez Cordelia.

— J'avais gardé le souvenir d'une brune, je retrouve une blonde, dit-il doucement.

— Un coup de tête..., c'est le cas de le dire. Ça vous déplaît ? demanda la jeune fille, inquiète.

— Non, au contraire. Je vous trouve ainsi plus américaine..., plus yankee !

On en vint tout de suite à la santé d'Edward Murray.

1. Qui résiste au baiser.

2. Créé par Paul Baudecroux, en octobre 1927, le Rouge Baiser suscita un engouement international. De nos jours, cette marque de cosmétiques, qui n'a cessé de développer sa gamme, distribue encore ses produits dans le monde entier.

Cordelia, dominant le chagrin causé par la subite déchéance physique de son père, commenta les pronostics des médecins qui laissaient peu d'espoir d'amélioration. L'éminence grise de Tammany Hall n'avait aucune chance de jamais marcher. C'était miracle qu'il eût conservé sa lucidité et récupéré une relative mobilité du bras droit. Il émettait quelques borborygmes que seuls sa fille, la garde-malade et le vieux maître d'hôtel savaient interpréter.

— Pensez-vous qu'une visite lui serait agréable ?

— Oh ! certes. Je l'ai prévenu de votre présence à New York.

L'attitude rigide d'Edward Murray, calé dans un fauteuil, les avant-bras sur les accoudoirs capitonnés, impressionna Osmond. Le père de Cordelia ressemblait à ces cadavres embaumés et maquillés qui, dans les *funeral homes*[1], président à leurs propres funérailles. Vêtu, comme toujours, d'un costume sombre, d'une chemise blanche à col glacé, il portait, piquée dans sa cravate gris perle, une épingle à tête de diamant. La chaîne d'or d'une montre inutile barrait son gilet. Le financier demeura figé comme un mannequin ; seuls un clignement des yeux et un vague mouvement des doigts indiquèrent à Osmond qu'il était reconnu. « Un monarque gâteux », pensa le visiteur. Mais le paralytique échappait au gâtisme. Quand Osmond lui prit la main, les yeux du malade s'emplirent de larmes et Cordelia se détourna pour cacher les siennes. De la bouche distorse, des syllabes tombèrent.

— Uiné... uiné... son... uiné... mal... heu... O... mond !

Cordelia traduisit à sa façon :

— Dad dit que nous sommes ruinés. Mais il se trompe. Il nous reste de quoi vivre largement.

Le malade souleva la main et désigna sa fille en fixant Osmond d'un regard implorant.

— Parlez-lui, Osmond, il comprend très bien.

1. Aux Etats-Unis, locaux spécialisés, mis à la disposition des familles par les entreprises de pompes funèbres, pour des réunions organisées, autour du défunt, avant les funérailles.

M. de Vigors reprit la main décharnée et diaphane, raidie par la paralysie.

— Edward, ne vous faites pas de souci pour Cordelia. Nous l'aiderons en cas de nécessité. Nous veillerons à son bien-être.

Mlle Murray eût préféré sans doute entendre « je » au lieu de « nous », mais cet engagement de M. de Vigors alluma une lueur de reconnaissance dans les yeux d'Edward. Au prix d'un effort disproportionné, ce dernier pressa le bouton d'une sonnette électrique fixée à portée de sa main, sur l'accoudoir du fauteuil.

Un instant plus tard, le vieux maître d'hôtel apparut, portant sur un plateau deux verres et une bouteille de porto.

En présence du malade, véritable statue du commandeur, dont le reste de vie était concentré dans le regard, Osmond et Cordelia bavardèrent de tout et de rien, échangeant des nouvelles anodines et se gardant d'évoquer les événements financiers du moment. De temps à autre, Edward Murray émettait des gémissements ou des grognements, prouvant qu'il prenait intérêt à la conversation. Au moment de prendre congé, Osmond lui serra la main et, après les vœux d'usage, annonça qu'il ferait une autre visite, avant de quitter New York. Dans le hall, Cordelia lui prit le bras.

— Osmond, vous ne pouvez imaginer ce que représente pour moi votre présence. Je suis terriblement seule et lasse.

— Puis-je vous enlever pour dîner ?

— Rien ne me ferait plus plaisir. Dad a une bonne garde et il m'a fait comprendre qu'il voulait que je ne change rien à ma façon de vivre.

— Et dans quel état sont ses affaires ?

— D'après le fondé de pouvoir, nous avons perdu les trois quarts de notre fortune. Mais, nous possédons des fermes et il nous reste aussi des immeubles à New York et une forte participation dans deux hôtels de Boca Raton.

Ce n'est pas ce qui me préoccupe, je ne suis pas encore pauvre, Osmond, conclut Cordelia en souriant.

Le même soir, M. de Vigors revint chercher la jeune femme et la conduisit au café Brunswick, restaurant aussi renommé que le Delmonico's et situé à l'angle de la Ve Avenue et de la 26e Rue. Même si le vin se révéla « cher et mauvais », ainsi que le Baedeker[1] le laissait prévoir, le dîner constitua pour Cordelia le premier bon moment depuis la maladie de son père. Osmond, de son côté, prit plaisir à se retrouver près de cette femme séduisante, dont l'intelligence et la culture permettaient d'aborder tous les sujets. Malgré sa blondeur à la mode, Cordelia avait maintenant atteint une réelle maturité et s'était débarrassée des tics irritants des petites filles riches. Quand on en fut aux considérations intimes, après qu'elle eut demandé des nouvelles de Clem, de Gusy et de tous les Bagatelliens, Cordelia revint au thème de la solitude et de la fugacité du bonheur.

— J'ai vingt-sept ans, Osmond, et je vois la vie filer. Elle ne m'offre rien que je ne possède déjà !

— Où en est votre ouvrage sur l'architecture sudiste ?

— J'ai dû l'abandonner, depuis la maladie de mon père. Je lui consacre beaucoup de temps, vous savez.

— Il faut reprendre votre livre, vos dessins, Cordelia. C'est important, pour vous, de travailler, de publier. Et le Sud vous sera reconnaissant de faire mieux connaître le seul bien qui lui reste : ses belles demeures.

— Quand j'y travaillais, j'oubliais le vide de ma vie. Cette sensation d'avancer sur une voie circulaire, en croisant toujours les mêmes personnes, aimables ou stupides, en m'arrêtant dans les mêmes églises, restaurants, maisons ou théâtres, en assistant aux mêmes fêtes, en dansant aux mêmes bals… et seule !

— Seule ! Jolie et désirable, d'agréable compagnie

1. Karl Baedeker (1801-1859), éditeur allemand, qui créa une célèbre collection de guides de voyage, traduits dans toutes les langues.

comme vous êtes, je ne conçois pas que vous soyez encore seule, si je comprends bien le sens que vous attachez à ce mot. Alors, ni fiancé ni...

— Ni fiancé ni amant, monsieur, coupa Cordelia. Ne me prenez pas, cependant, pour une oie blanche. Comme toutes les femmes affranchies, j'ai fait l'expérience du fiancé respectueux, du prétendant docile et de l'amant discret. Tous m'ont été insupportables. Je me trouvais ridicule et, de plus, je n'étais à l'aise avec aucun.

— Cela vient de ce que vous n'aimiez pas, peut-être ?

— Aimer, c'est une autre affaire. J'ai espéré un rapprochement qui n'a pas eu lieu !

— Un mariage ?

— Un mariage ! Oh ! non ! Mieux que cela ! Un amour, une passion... même cruelle. Un sentiment extrême, impérieux, dominateur, tenace, même impudent..., capable d'absorber mes pensées et mes forces. Une prodigieuse et fatale aventure, que j'aurais partagée avec un être estimable et altier.

— N'est-ce pas le rêve de toutes les femmes romantiques ? Peut-être finirez-vous par rencontrer cet homme..., s'il existe !

Brusquement, à travers la table, Cordelia tendit sa main vers celle d'Osmond. Il y avait une sorte de violence dans son geste et un tel flamboiement dans ses yeux clairs, que M. de Vigors en fut surpris. Sa voix se fit rauque et son ton véhément :

— Osmond..., je vous en prie, cessons de jouer aux vieux amis apitoyés ! Vous le savez, depuis bientôt dix ans, depuis la première fois que je suis venue à Bagatelle, le seul homme que je puisse aimer, c'est vous ! Je dis bien que je puisse aimer et non pas dont je puisse être aimée. Je n'aurais jamais cette présomption. Mais tout cela, vous le savez, n'est-ce pas..., et Lorna, qui ne redoutait pas mon sentiment, le savait, elle aussi !

Osmond pétrit tendrement la main douce de Cordelia. L'aveu de cette femme, dont il appréciait le charme et la grâce sensuelle, il acceptait de le recevoir après avoir longtemps rejeté l'idée même de l'entendre. Cordelia — le visage rosi par l'ardeur et l'indécence de ses propres propos — lui parut plus attirante que jamais. La poitrine ferme, qui tendait la soie de la robe, les flancs étroits, les épaules rondes et surtout la palpitation quasi voluptueuse de la main enfermée dans la sienne emplirent soudain les veines d'Osmond d'une chaleur ambiguë. Il avait déjà connu, face à Cordelia, des accès de désir. Il les avait dominés et condamnés, tout en savourant l'inocuité du trouble provoqué par la proximité d'un corps de femme qu'aucun vêtement ne peut défendre de l'imagination érotique du mâle.

Maintenant, le jeu cessait d'être innocent. Osmond, libre de s'abandonner au plaisir, eut une hésitation. Et si Cordelia attendait davantage que ce qu'il comptait offrir ? Si elle recherchait la passion dévorante décrite un instant plus tôt ?

Elle le rassura, sans y prendre garde.

— Où êtes-vous descendu ? demanda-t-elle.

— Chez Willy Butler..., mais j'ai un appartement avec entrée privée. Si vous... souhaitez ce que je souhaite en cet instant, nous pouvons...

— J'aimerais passer chez moi, dit-elle simplement.

DEUXIÈME ÉPOQUE

Le Temps des pauvres

1

Le mardi 29 octobre, au matin, Osmond s'extirpa du lit où Cordelia dormait encore. Nue, main posée sur un sein, lèvres closes, visage sérieux, elle semblait appliquée au sommeil. Depuis le dimanche soir, ils ne s'étaient séparés qu'aux moments où Mlle Murray se rendait chez son père. Ils avaient passé le plus clair de leur temps à s'aimer, ne sortant que pour prendre un repas rapide dans un restaurant italien du quartier. Le rapprochement physique accompli avec un parfait naturel, sans gêne ni fausse pudeur, les avait comblés l'un et l'autre. Leurs corps semblaient depuis longtemps disposés aux gestes concertés de l'amour. Osmond trouvait en Cordelia une sensualité à la fois ardente et lucide, qui la conduisait bien au-delà de la simple jouissance charnelle et l'engageait tout entière. Discrète, presque silencieuse dans l'étreinte, tendre amoureuse, amante gourmande, elle donnait au plaisir la gravité d'un aboutissement.

— Je voudrais thésauriser ces minutes merveilleuses ! avait-elle dit à Osmond.

Bien qu'appréhendant la brièveté des séjours de ce dernier et devinant le caractère aléatoire de nouvelles rencontres, elle s'était abstenue de toutes questions.

Fourbu, mais savourant l'acuité particulière, teintée d'euphorie, que procure le contentement sexuel, Osmond se décida à réveiller doucement sa compagne. Cordelia devait rentrer au domicile familial, pour assister au repas de l'infirme. Les amoureux se donnèrent rendez-vous à la fin de l'après-midi.

Osmond s'était engagé, de son côté, à rejoindre William Butler pour le *lunch,* au Lawyers' Club[1]. La veille, téléphonant à son ami, il l'avait prié d'excuser son silence, alléguant ses visites aux Murray et ses « flâneries de paysan du Sud à travers la plus grande métropole de l'Union ». Willy savait, par ses domestiques, à quoi s'en tenir sur les occupations diurnes et nocturnes du Louisianais ; il s'était contenté de telles explications : « Allez, allez, prenez du bon temps, Osmond ! Savez-vous que des physiciens prétendent que notre presqu'île rocheuse de Manhattan dégage une radioactivité propre à stimuler l'organisme humain ? J'imagine que vous trouvez à employer ce surcroît d'énergie avec *a nice bit of goods*[2], comme nous disions autrefois à nos copains, pour expliquer une absence au cours de droit ! »

Plusieurs heures séparaient encore Osmond de son rendez-vous au Lawyers' Club ; il envisageait, après le départ de Cordelia, de se rendre chez Abercrombie and Fitch, sur Madison Avenue, pour essayer le nouveau fusil Purdey, quand la sonnerie du téléphone retentit. A l'autre bout de la ligne, William Butler lui parut surexcité.

— Mon bon ami, si vous n'avez rien de mieux à faire et si vous voulez voir la faune financière en proie à l'hystérie, sautez dans un taxi et venez jusqu'à mon bureau. Nous irons ensemble au Stock Exchange. Il s'y passe des choses étonnantes !

— *O.K.* J'arrive, Willy !

M. de Vigors prit le temps d'avaler une tasse de thé et un muffin dans une cafétéria. Le taxi qui le conduisit ensuite à Fulton Street, où se trouvait l'étude de Butler, eut, dans les dernières centaines de mètres du parcours, du mal à se frayer un chemin. Les rues du quartier des banques étaient

1. Club réservé aux magistrats, avocats et hommes de loi.
2. Beau brin de fille, en argot.

envahies par une foule d'hommes bavards, nerveux parfois, gesticulants, qui, occupant en partie la chaussée, gênaient la circulation des automobiles. Les policiers à cheval et à pied tentaient d'obliger les gens à se tenir sur les trottoirs, où aucun piéton ne pouvait se déplacer. Une bruine froide, le ciel bas, gris et enfumé aggravaient l'ambiance automnale et la sensation d'austérité que dégageaient, de part et d'autre des rues étroites, les façades de granit, les colonnades de marbre ou de porphyre, les frontons sculptés des temples voués au petit dieu de papier vert nommé dollar.

— Que se passe-t-il ? finit par demander Osmond au chauffeur.

— Paraît qu'à la Bourse ça recommence comme jeudi... Moi, je m'en fous, j'ai que des dettes ! répondit le Noir, que l'inquiétude perceptible de la foule semblait réjouir.

M. de Vigors trouva William Butler fort occupé. Deux secrétaires lui tendaient alternativement des téléphones, qu'il saisissait avec vivacité, une troisième lui glissait fréquemment sous les yeux trente à cinquante centimètres du ruban de papier que vomissait le télétype installé dans une pièce voisine. En termes codés et en chiffres, la débâcle du Stock Exchange pénétrait ainsi chez les initiés. Au téléphone, tous les correspondants du juriste recevaient à peu près la même réponse : « Gardez la tête froide, pas de ventes irréfléchies, fermez votre compte chez l'agent de change. »

Ayant signifié d'un geste à ses collaborateurs qu'il ne prendrait plus de communications, Butler se leva pour accueillir Osmond.

— Le massacre a commencé ! Allons voir saigner le veau d'or, proposa-t-il immédiatement.

Au long des rues pleines de gens agglutinés par l'inquiétude, comme les évacués dont l'incendie menace les maisons, les deux hommes se rendirent à la Bourse. Du 11 Wall Street à la vieille et sombre église de la Trinité, une foule, encore plus dense que celle rassemblée le jeudi 24 octobre par le premier effondrement des cours, piétinait en murmurant.

On venait d'annoncer que la galerie, habituellement accessible au public par Broad Street et fermée depuis ce jeudi, ne serait pas ouverte. Seuls les professionnels pouvaient maintenant pénétrer dans le temple où se jouait, autour des dix-sept kiosques [1] des valeurs, le sort financier de quelques douzaines de millionnaires et de plusieurs centaines de milliers d'épargnants plus modestes. Les huissiers saluèrent William Butler et laissèrent passer Osmond, sans poser de questions.

Le planteur ne connaissait du quartier des affaires que la Bourse du coton, située dans Pearl Street, à quelques centaines de pas. C'était un lieu où régnait une animation de bon aloi, celle d'un club de gens actifs, mais de bonne éducation. Ce qu'il vit, entendit et subit ce jour-là au Stock Exchange ne suscita aucune comparaison dans sa mémoire. En pénétrant dans la première place financière du monde, il eut soudain le sentiment de se trouver dans un hall de gare, un jour de cataclysme, où des centaines d'aliénés se seraient forcés d'obtenir, de guichetiers débordés, un billet pour le dernier train.

Dans l'immense salle de cinq mille mètres carrés, dont le sol, un an plus tôt, avait été recouvert d'une moquette, des hommes ébouriffés gesticulaient, se bousculaient, couraient d'un comptoir à l'autre, en hurlant, à destination des commis, des chiffres incompréhensibles. Tous brandissaient véhémentement, à bout de bras, des bulletins que l'on pouvait croire précieux jusqu'au moment où leurs détenteurs les laissaient tomber sur le sol déjà jonché de papiers froissés. Sans ménager ceux qu'ils rencontraient sur leur chemin, ces gens allaient des téléscripteurs aux cabines téléphoniques. Tumulte, surexcitation, délire, cris, excla-

1. Sortes de comptoirs qui remplacent ce qu'est la corbeille à la Bourse de Paris.

mations indignées se mêlaient dans un surprenant brouhaha. Butler emmena Osmond sur un petit balcon, afin qu'il puisse avoir une vue générale de la cohue, sans courir le risque d'être piétiné comme l'avait été, quelques instants plus tôt, un homme qui tentait de ramasser ses lunettes tombées à terre.

— A l'ouverture, le *ticker*[1] a flanché. La machine électrique était incapable de transmettre les milliers d'ordres déjà envoyés par les comptoirs, avant que le gong de M. Crawford[2] ait fini de résonner. On a frisé l'émeute, confia un garçon de course à William Butler.

Maintenant, les panneaux Translux, qui, par un ingénieux système, recevaient, agrandis et lumineux, les chiffres imprimés sur les bandes des téléscripteurs, fonctionnaient normalement. Sur le tableau central, encadré par la bannière étoilée et le drapeau de l'Etat de New York, Osmond lisait des cotations catastrophiques. L'apparition de certains chiffres arrachait aux uns une plainte sourde, à d'autres une protestation indignée, à certains une huée, à quelques malheureux des sanglots irrépressibles. Cette clameur lamentable et rageuse impressionna Osmond. Habitué à dominer ses sentiments, il voyait dans cette manifestation une indécence collective indigne de gens civilisés.

Les titres les plus prestigieux perdaient, de minute en minute, leur valeur. Quand R.C.A.[3] cota 26 dollars, alors que certains avaient payé l'action 114 dollars ; quand U.S. Steel dégringola à 87 3/4, alors qu'on l'avait vu à 204 dollars, Butler se pencha vers Osmond :

— Voyez-vous, mon cher, le thermomètre nous laisse peu d'espoir. Hier U.S. Steel valait encore 186 dollars à la clôture. Ce matin, à dix heures, dès l'ouverture, 650 000 actions ont été jetées sur le marché. On espérait preneur à

1. Téléimprimeur.

2. L'ouverture et la fermeture du marché étaient signalées par le coup de maillet du responsable du Stock Exchange, à 10 heures et 17 heures.

3. Radio Corporation of America.

175 au moins. Vous voyez où nous en sommes. Même si l'action remonte en fin de séance, ce ne sera qu'un répit[1].

Sur le tableau, au fur et à mesure que le temps s'écoulait, la panique s'inscrivait dans les cotations. Osmond vit General Motors à 40 dollars, les mines de cuivre Anaconda à 85, Chrysler à 35, I.T.T.[2] à 61, General Electric à 222 dollars[3]. Les valeurs pétrolières, ferroviaires, industrielles ne faisaient pas meilleure figure. Les entreprises cinématographiques de Hollywood plongeaient, comme les grands magasins. Pendant le temps qu'il passa, ce jour-là, au Stock Exchange, M. de Vigors estima que la glissade de l'action des automobiles Auburn — 60 dollars en quelques instants — devait constituer une sorte de record ; il se trompait : il y avait pire.

Les sociétés d'invéstissement souffraient plus encore que les autres de l'hémorragie qu'aucun pool de banquiers ne pouvait plus juguler. Blue Ridge, titre vedette de Goldman Sachs Trading Corporation, très prisé des petits investisseurs, venait d'être proposé à 3 dollars quand Osmond vit un homme aux yeux exorbités ouvrir démesurément la bouche et tomber sans un cri, bras en croix, entre les jambes des commis. On l'emporta vers l'infirmerie, où les médecins, appelés en renfort par la direction de la Bourse, avaient fort à faire. On ne comptait plus les malaises cardiaques, les nausées soudaines, les crises de nerfs. Les praticiens dispensaient des calmants, des sachets, des compresses.

— Il y a même quelques cas de cuites prématurées chez des gens qui, d'habitude, ne boivent pas avant le coucher du soleil, précisa Butler, goguenard, en entraînant Osmond vers la sortie.

En traversant la salle des opérations, Osmond eut le sentiment qu'il y régnait maintenant une sorte d'émulation

1. U.S. Steel remonta en effet à 174 dollars.
2. International Telephone and Telegraph.
3. Ces titres cotaient respectivement, quelques semaines plus tôt : 91 3/4, 174 7/8, 135, 149 1/4 et 403 dollars.

malsaine, à la fois sacrilège et sacrificatoire. Les agents de change, exténués, bradaient des paquets d'actions comme les camelots se débarrassent, à n'importe quel prix, des marchandises défraîchies, à la fin d'une foire.

Les professionnels informés évaluaient déjà la gravité de la catastrophe financière, mais ils continuaient à se démener dans l'espoir d'enrayer la panique. Par leur frénésie inconsciente et cependant orchestrée, ils rappelaient à M. de Vigors les Shakers[1] qui, vers 1850, se réunissaient en Nouvelle-Angleterre, pour des séances de possession collective et sacrée.

Des bruits couraient que les commis rapportaient, au passage, à M. Butler.

— On se prépare à liquider les portefeuilles de tous ceux qui ne pourront pas couvrir leur découvert avant midi, annonça l'un.

— Plusieurs banquiers se sont donné la mort, glissa un autre.

— L'Union Industrial Bank vient de fermer ses guichets, d'autres banques vont l'imiter, dit un troisième.

Un employé du téléphone, effaré, révéla que les places financières européennes commençaient à s'inquiéter. A Paris, Berlin, Londres et Milan, les banquiers étaient à l'affût des nouvelles de Wall Street. Le câble transatlantique ne parvenait plus à écouler les communications intercontinentales.

Les télétypes du Stock Exchange atteignaient eux aussi le point de saturation et se remettaient à bafouiller. L'absence de cotation ajoutait à la confusion. Pendant que Willy Butler s'entretenait avec un des gouverneurs de la Bourse et apprenait, de source sûre, que 3 250 000 actions

1. The United Society of Believers in Christ's Second Coming (Association unifiée des croyants au retour du Christ) : secte religieuse originaire d'Angleterre (1747), dont les membres, pratiquant la vie communautaire et le célibat, avaient pour habitude de tressauter pendant les cérémonies (*to shake* : secouer, agiter). Le français a adopté le mot anglais *shaker* : récipient dans lequel on agite, avec la glace, les éléments d'un cocktail.

avaient été vendues pendant la première demi-heure de transactions, un inconnu hagard, tremblant, saisit Osmond par le bras.

— Je vois, monsieur, que vous n'êtes pas d'ici. Tenez, prenez ces certificats. Ils représentent 1 000 actions de Pollux Rubber... Je les vends un dollar pièce... Faites-moi un chèque..., j'ai besoin d'argent tout de suite... J'ai déjà emprunté sur mon assurance-vie et...

Osmond se dégagea et rejoignit Butler, à qui il conta l'étonnante proposition.

— Il fallait les prendre, Osmond, ces actions ! Vous ne couriez pas grand risque. Vous pouviez, peut-être, faire une bonne affaire dans quelque temps. Pollux Rubber fabrique des pneumatiques. Or il y a de plus en plus d'automobiles et de camions. J'en connais qui n'auraient pas laissé passer l'occasion. Joe Kennedy[1] entre autres. On dit qu'il a senti venir le vent et s'est délesté, il y a quelques mois, quand John Pierpont Morgan, dit Jack, l'a humilié en refusant de le recevoir. Je suis certain qu'il va acheter à la baisse, lui !

Les deux amis allèrent déjeuner au Delmonico's. Le propriétaire du restaurant, dont la fortune dépassait dix millions de dollars, d'après certains, était aussi féru de spéculations boursières que ses riches clients. Aussi, pour que ces derniers ne ratent pas une information en dégustant leurs huîtres, il avait fait installer depuis longtemps, près du bar, un téléscripteur qui transmettait les cours affichés au Stock Exchange. Protégé par un dôme de verre, comme une couronne de mariée sur la cheminée de la chambre conjugale, l'engin cliquetait sans interruption en expulsant son ruban de papier.

— Bon Dieu ! Les grands magasins Montgomery Ward sont à 55 dollars... L'action a perdu cent dol-

1. Joseph P. Kennedy, père du futur président des Etats-Unis, John Fitzgerald Kennedy.

lars..., c'est pas possible ! s'exclama un maître d'hôtel penché, au milieu des clients, sur le téléscripteur.

— Nous en savons assez. J'ai une faim de loup ! dit Willy en prenant le bras d'Osmond, planté devant le télétype et fasciné, malgré lui, par le naufrage de la Bourse.

Quand ils eurent composé leur menu, M. de Vigors s'étonna de la sérénité de son ami face aux événements. Ne craignait-il pas de figurer au nombre des victimes ?

— Mon cher, j'ai eu la chance inouïe d'être dans l'obligation, il y a quelques mois, de réaliser les neuf dixièmes de mon portefeuille. J'avais l'occasion d'investir une très grosse somme dans la plus formidable opération immobilière de tous les temps. Elle est conduite par Jacob Raskob, un des financiers les plus sûrs de la ville, président du Comité national démocrate, dont je suis l'un des avocats. Pierre Du Pont de Nemours et Alfred Smith, l'ancien gouverneur de New York, candidat démocrate malheureux contre Herbert Hoover à l'élection présidentielle de l'an dernier, sont dans l'affaire. Nous allons construire, avec William Lamb, le premier architecte de New York, et ses confrères Shreve et Harmon, le plus grand immeuble du monde, l'Empire State Building : 380 mètres de haut, 85 étages de bureaux, 6500 fenêtres, 5000 kilomètres de câbles téléphoniques, une terrasse-observatoire pour les touristes...

— Cordelia Murray m'a dit que Walter Chrysler va, lui aussi, construire un gratte-ciel..., interrompit Osmond.

— C'est exact. Ayant eu vent de nos plans, il a pensé nous battre de cinq mètres, en terminant son immeuble par un pain de sucre rococo. Mais Lamb vient d'avoir un trait de génie. Nous ajoutons à notre construction un mât de 66 mètres de haut, auquel pourront s'amarrer les dirigeables. Le *Graf Zeppelin,* entre autres, qui vient de boucler son tour du monde. Avec sa flèche à 420 mètres du sol, notre géant est imbattable[1] ; même la tour Eiffel, devra, si j'ose dire..., s'incliner !

— Et où comptez-vous bâtir cette Babel de béton ?

— Sur la Ve Avenue, entre les 33e et 34e Rues, sur l'emplacement actuel du Waldorf Astoria... La démolition commence la semaine prochaine..., mais personne ne le sait !

— Vous allez détruire ce vieux Waldorf? s'étonna Osmond.

— Il date de 1893 et son confort laisse à désirer. Nous l'avons acheté 16 millions de dollars à son propriétaire..., trois fois ce qu'il a coûté, il y a trente-six ans !

— Et combien va demander l'érection de votre petite ville verticale ?

— Au moins 50 millions..., disons 60 millions de dollars[2]. L'architecte prévoit des fondations de 17 mètres de profondeur prenant appui sur le socle rocheux de Manhattan. L'ensemble pèsera 365 000 tonnes, dont 70 000 tonnes pour le squelette d'acier. Pittsburgh travaille pour nous comme les carriers de l'Indiana, d'où viendra le granit qui recouvrira, en partie, le béton des façades.

— Et vous estimez avoir fait un bon placement ?

— La pierre, mon cher, dans une métropole coincée entre deux rivières et qui ne peut plus se développer qu'en hauteur, c'est le meilleur placement. Nos grands-pères le disaient déjà quand, en 1885, William Le Baron Jeuney édifia à Chicago le siège de la Home Insurance, le premier gratte-ciel américain. Je compte bien que les loyers des bureaux, dont je suis copropriétaire et où pourront travailler, dans moins de deux ans, vingt-sept mille employés, me

1. L'Empire State Building compte aujourd'hui, après surélévation, 102 étages, répartis sur 380 mètres. Son titre de plus grand immeuble du monde lui a été ravi, en 1973, par les tours jumelles du World Trade Center qui comptent chacune 104 étages, sur 410 mètres de hauteur. Les fidèles de l'Empire State ajoutent volontiers à la taille du détrôné l'antenne de télévision de 66 mètres de haut, qui a remplacé le mât d'acier destiné aux dirigeables, devenu inutile dès 1937.

2. L'Empire State Building a été revendu, en 1951, 34 millions de dollars.

rapporteront de quoi passer la main et voyager en Europe, ce dont je rêve depuis si longtemps.

— Tout de même, la disparition de ce vieux Waldorf, où j'ai passé tant d'heures agréables autrefois, me chagrine un peu. Vous autres, Yankees dynamiques, n'avez aucun respect des vieilles pierres. Pour vous, le beau, c'est le neuf ; le confortable, c'est ce qui accélère la vie ; le plaisir, c'est la compétition. Vous entrez en concurrence même pour la hauteur des gratte-ciel, comme si l'architecture était une régate !

Le sourire amical d'Osmond atténuait son propos. Willy Butler rit franchement.

— Nous faisons du neuf, certes, comme la nature fait du neuf, chaque printemps. Mais tenez, quand vous viendrez à New York dans deux ans, vous ne reconnaîtrez plus la ville ; elle sera hérissée de nouveaux immeubles, mieux adaptés à la vie urbaine, et vous trouverez même un nouvel hôtel Waldorf Astoria, de 47 étages et 2000 chambres, qui sera le plus luxueux du monde. Construit sur Park Avenue, au-dessus des voies du New York Central Railroad, il possédera une voie de chemin de fer privée où les pullmans des millionnaires seront accueillis !

— Maintenant que j'ai goûté à votre garçonnière, je n'ai plus envie d'habiter un palace, si moderne soit-il, dit aimablement Osmond.

William Butler se fit soudain grave :

— Je souhaitais, Osmond, que vous retrouviez le bonheur de vivre, le goût des plaisirs simples, que vous sortiez un peu de votre Sud mélancolique et résigné où, dans vos vieilles familles, les deuils privés semblent s'ajouter au deuil civique, entretenu avec délectation, de génération en génération, depuis la reddition de Lee à Appomattox ! Nous autres, gens du Nord, nous avons beaucoup de défauts. Nous manquons de raffinement, et parfois même de politesse, nous sommes farouchement intéressés par le profit et la réussite, nous croyons avec force que demain sera meilleur qu'aujourd'hui et nous jouons vigoureusement des coudes pour qu'il en soit ainsi, sans trop tenir compte des aspirations des autres. Nous sommes, j'en conviens, des challengers insolents, mais...

— Il vous arrive de perdre sur le terrain où vous êtes les plus forts ; ainsi, en ce moment, à la Bourse ! interrompit Osmond.

— Certes, Osmond, mais nous ne nous complaisons pas dans les défaites, qui, toutes, appellent des revanches. Croyez-vous que ce soit le premier krach à Wall Street ? Quand, le 8 septembre 1873, la compagnie financière de Jay Cooke fit banqueroute, entraînant la faillite de plus de dix mille entreprises, compromettant la construction des chemins de fer, jetant sur le pavé des milliers de chômeurs, on ferma pendant dix jours le Stock Exchange et chacun, léchant ses plaies, se remit au travail. Mais cela m'a conduit loin de mon propos initial. Il tient en peu de mots : je voudrais, Osmond, que vous soyez heureux à New York, comme seul un New-Yorkais célibataire, fortuné et réceptif peut l'être. Je voudrais que cette ville farouche, généreuse, lyrique, où tout homme peut faire l'apprentissage de la vie, vous fasse oublier, pendant quelques jours, le Sud et ses... principes !

— Vous parlez admirablement, Willy..., mais soyez comblé, je suis en train d'oublier le Sud... et certains principes. Je n'en suis pas plus fier pour ça..., mais je me sens bien. Thoreau disait : « Il n'est jamais trop tard pour renoncer à vos préjugés [1]. »

— Avez-vous renoncé aux vôtres ?

— A certains... déjà.

— Je ne vous demande pas lesquels, ami, dit Butler en se levant, le repas étant achevé.

M. de Vigors accompagna William Butler jusqu'à son bureau, centre d'information incomparable en cette journée de catastrophe financière. Il y apprit que la plupart des

1. Henry David Thoreau (1817-1862) dans *Walden ou la Vie dans les bois* (éditions L'Age d'homme, Lausanne, Suisse, 1985).

sociétés d'investissement ne détenaient plus que des fonds dévalués. La ruine de Félix de Castel-Brajac se trouva ainsi confirmée. Les nouvelles ne paraissaient pas meilleures pour Edward Murray, car les actions des mines d'aluminium d'Ouro Preto, au Brésil, venaient de chuter de façon spectaculaire.

— Cette perte ferait certainement trépigner de rage notre vieil ami Murray, s'il était encore capable de remuer les jambes ! commenta de façon peu charitable Willy Butler.

Vers 17 h 30, le téléscripteur annonça la clôture de la Bourse. Le bilan du jour constituait une série de records : 16 410 030 actions jetées sur le marché, dont 14 millions n'avaient pas trouvé preneur ; l'indice du *New York Times* accusait une baisse de quarante-trois points ; on estimait à 10 milliards de dollars, soit deux fois la circulation fiduciaire de l'Union, le montant des pertes subies au Stock Exchange.

— Tout est consommé, dit Willy.

— Et que va-t-il sortir de ce gâchis ? risqua Osmond.

— Nous ne tarderons pas à le savoir. Dans l'immédiat, cela me prépare une bonne soirée de travail. J'entends déjà les téléphones pleurer. Quant à vous, heureux Sudiste, tout pétrole, coton et canne à sucre, si vous sortez ce soir, ce que j'espère, emmenez donc Cordelia dîner au Cotton Club. Vous y entendrez l'excellent orchestre noir d'Edward Kennedy Ellington, surnommé Duke par ses admirateurs. Il ne vient pas de La Nouvelle-Orléans comme Armstrong, le trompettiste-chanteur, vedette de *Hot Chocolates,* la revue de l'Hudson Theatre, sur Broadway, mais il est fameux.

Osmond approuva la suggestion mais se demanda ce que Willy pouvait savoir de la nature nouvelle de ses relations avec Mlle Murray. L'avocat ne fit pas d'autre allusion à la fille de l'infirme et accompagna son ami jusqu'à la porte.

— Je vais téléphoner au propriétaire du Cotton Club,

Owen Madden, pour qu'il vous fasse réserver une bonne table ; c'est un des patrons de la pègre de New York, mais tout le monde le trouve charmant. Et puis c'est le protégé d'un ami d'Edward Murray, M. James Hines, de Tammany Hall... Et je suis de ses avocats... Passez une bonne soirée.

En quittant Butler, M. de Vigors vit circuler lentement, dans Fulton Street, un camion porteur de panneaux sur lesquels de hautes lettres rouges proclamaient « Jésus revient, sauvez vos âmes ». Mais les passants, comme les fidèles qui se rendaient plus nombreux que d'habitude à l'office quotidien de Trinity Church [1], pensaient plutôt, ce soir-là, à sauver leurs dollars.

Quand Osmond et Cordelia se présentèrent au Cotton Club, à l'angle nord-est de la 142e Rue et de Lennox Avenue, ils surent tout de suite qu'ils avaient été annoncés. Le personnel, très stylé, les accueillit comme s'ils eussent formé un couple princier. Le propriétaire tint à les conduire lui-même jusqu'à leur table, près de la scène légèrement surélevée où était donné, chaque soir, « le spectacle le plus osé de la ville ».

A trente-huit ans, Owen Victor Madden, dit Owney le Tueur, n'avait ni le physique ni les manières d'un gangster enrichi par le trafic d'alcool. Son sourire, son élégance vestimentaire, son vocabulaire le classaient d'emblée, pour les citoyens ordinaires, parmi les entrepreneurs de spectacles fréquentables. La police — Osmond l'apprit plus tard par Cordelia, qui connaissait tous les potins de Harlem — l'avait cependant arrêté quarante-sept fois. Elle lui attribuait quatre assassinats, dont celui, en 1914, de son rival de l'époque, Pasty Doyle. Ce meurtre avait valu à son auteur, alors âgé de vingt-trois ans, un séjour de huit ans à Sing-Sing [2] d'où il avait continué à diriger ses affaires. Depuis sa sortie de prison, M. Madden se conduisait avec plus de

1. Un panneau indiquait à cette époque à la porte de l'église : *Short services for businessmen* (Offices courts pour hommes d'affaires) !
2. Pénitencier de l'Etat de New York, à Ossining.

circonspection. Les agents fédéraux ne lui reprochaient que les infractions communes à tous les propriétaires des cabarets où l'on servait dix fois plus de champagne que de jus de fruits. Les policiers et les agents de la prohibition new-yorkais, convenablement amadoués par les tenanciers, ne se seraient jamais risqués à pareilles tracasseries.

Associé au Français Georges Demange, dit Big Frenchy, joueur de poker émérite, Madden était un des rois de la nuit, connu et salué par tous les noctambules de marque. Actionnaire de la grande brasserie Phenix, mécène intéressé du boxeur Primo Carnera[1], dont il espérait faire un champion du monde des poids lourds, il possédait des amis sûrs au parti démocrate. Le Cotton Club n'accueillait que la clientèle blanche, les Noirs étant sur la scène, dans les cuisines ou au service. Les journaux, unanimes, considéraient cette boîte comme l'établissement le plus select et le mieux achalandé de Harlem, où l'on s'amusait plus qu'à Broadway.

D'après les gens informés de la vie et des mœurs du milieu, le feu qui venait de détruire un nouveau night-club, le Plantation, avait été allumé par des hommes de main de Madden. Mais personne ne semblait disposé, ni au quartier général de la police, ni à la mairie, à vérifier ce genre d'information. Les mêmes initiés soutenaient d'ailleurs que les propriétaires du seul concurrent sérieux du Cotton Club, le Connie's Inn, avaient été bien inspirés de prendre « un arrangement » avec Owney Madden, une sorte d'assurance contre l'incendie.

Dans un somptueux décor exotique, mi-jungle, mi-éden, à l'ombre superflue de palmiers artificiels, Osmond et Cordelia dînèrent de langouste et poulet frit, à la mode de Harlem. Un excellent champagne fut débouché à leur intention, par un sommelier qui semblait ignorer totale-

1. Primo Carnera devint champion du monde des poids lourds, en ravissant le titre à Jack Sharkey, le 29 juin 1933, à New York.

ment la loi Volstead[1], votée le 29 octobre 1919 et toujours en vigueur.

Les quinze tableaux de la revue, dont les meilleurs, *Jazzmania* et *Dancemania,* déchaînaient chaque nuit des applaudissements et des rappels, se succédèrent à un rythme d'enfer, digne des meilleures comédies musicales de Broadway. Les girls noires, beautés sauvages, comme l'exigeait le thème du spectacle — l'aventure d'un pilote perdu dans la jungle — suscitaient à chaque apparition un délire sympathique. Recrutées pour leur taille uniforme de 1 mètre 70 et leur irréprochable plastique, chanteuses et danseuses de talent évoluaient, moulées dans des maillots de bain blancs, pailletés et aussi réduits que possible. Ces créatures prenaient un plaisir évident à parader devant des hommes en smoking et des femmes blanches, couvertes de bijoux.

L'orchestre de Duke Ellington, le Washingtonien de bonne famille, compositeur très doué, valait à lui seul une soirée au Cotton Club. Toute la salle, où les habitués fredonnaient des airs gais ou mélancoliques mais dénués de vulgarité, était suspendue aux sonorités éclatantes de cette musique, venue du Sud et que le Nord avait adoptée. Le chef, séducteur au large sourire, d'une parfaite aisance et sûr de lui, était considéré comme un seigneur par tous les Noirs de Harlem. Il passait pour très sévère avec ses musiciens, qui devaient répéter chaque jour. On disait aussi que le Duke, distant et réservé dans le quotidien, arrangeait chaque partition instrumentale en fonction du caractère et des dons de l'instrumentiste, que celui-ci jouât du saxophone ou de la contrebasse.

Mood Indigo, Harlem River, Quiver, Jungle Jamboree,

1. Les chroniqueurs, comme la tradition, présentent assez injustement M. Andrew Volstead (1860-1947) comme le promoteur de la prohibition et le plus sectaire rabat-joie. Président d'une commission législative de la Chambre des représentants, M. Volstead fut simplement chargé, ès qualités, de la rédaction du 18e amendement à la constitution des Etats-Unis. L'instigateur du texte fut Wayne Wheeler, militant et animateur fanatique de la ligue antialcoolique, soutenu par John D. Rockefeller.

Stardust, Tea For Two et d'autres airs permirent à Osmond d'évaluer les progrès accomplis par les musiciens noirs depuis l'époque, déjà lointaine, où avec Bob Meyer et Dan Foxley il allait écouter, dans le quartier malfamé de Storyville, le pianiste du Pélican blanc.

En dansant, il fit part à Cordelia de l'étonnement éprouvé par un Sudiste découvrant qu'à New York des Noirs pouvaient prétendre, les artistes notamment, et des juristes qu'il avait rencontrés, à un statut social proche de celui des Blancs et quelquefois meilleur, si l'on considérait la frange la plus modeste de la population blanche.

— Dans le Sud, le Noir reste le nègre. A cette race importée d'Afrique aux temps de l'esclavage demeurent attachés des stéréotypes : l'ouvrier agricole miteux, le petit cultivateur endetté, le domestique paresseux, le jardinier lubrique, au mieux l'employé de chemin de fer et la marchande de légumes, dit M. de Vigors.

— Tout de même, il y a des gens comme vous, qui voient les Noirs tels qu'ils sont aujourd'hui, répliqua Cordelia.

— Certes, mais, chez nous, le professeur, l'instituteur, le dentiste, le médecin, l'avocat noirs se tiennent à l'écart des Blancs. Et, parmi ces derniers, seuls les ségrégationnistes les plus évolués admettent, ce qui est d'ailleurs légal aux termes de notre constitution louisianaise, l'égalité dans la séparation. Or, à New York, le Noir n'est plus le campagnard arriéré, c'est un citadin dépourvu de complexes, que la fortune et la notoriété n'éblouissent plus. Ceux que je vois ici ce soir, aussi bien les artistes que les serveurs de restaurant, me paraissent plus américains que noirs ! Dans le Sud, les gens de couleur se considèrent eux-mêmes comme plus noirs qu'américains !

— Et cela vous arrange, vous, les conservateurs ! Vous répétez à tout bout de champ : « On ne peut plus rien obtenir des nègres depuis qu'on les paie ! » dit Cordelia en riant.

— Me tenez-vous toujours pour un esclavagiste ?

— Plus que jamais, depuis que j'ai accepté d'être votre blanche esclave !

Pendant les jours qui suivirent, l'Amérique inquiète fit ses comptes. Les autorités de Wall Street avaient obtenu la fermeture de la Bourse le 31 octobre, pour quatre jours. La réouverture se fit dans une ambiance des plus maussades, le 4 novembre. Le 8, quand on apprit le suicide de James Riordan, père de quatre enfants, président de la New York County Trust Company, et celui d'une femme ruinée qui s'était jetée du quarantième étage d'un gratte-ciel, les journaux commencèrent à recenser toutes les morts volontaires dont la cause pouvait être imputée au krach financier. Certains journalistes se livrèrent à des extrapolations fantaisistes, mais personne ne contesta qu'en choisissant de se donner la mort par asphyxie au gaz le directeur de la Rochester Gas and Electric Company avait voulu imprimer à son geste une signification symbolique. Moins probant fut le cas d'un homme qui s'immola par le feu[1].

Les commentateurs, spécialistes éminents de l'économie et des finances ou politiciens avides de publicité et prêts à exploiter la situation, remplissaient de leurs considérations les colonnes des journaux. Dans les bars, au cours des dîners, les simples citoyens échangeaient, entre amis, des opinions variées. Des gens aisés, inquiets des conséquences de la crise ouverte par le krach, prévoyaient que les premières faillites annoncées seraient suivies de beaucoup d'autres. Les plus prudents, ou les mieux informés, envisageaient déjà de réaliser quelques biens superflus, avant qu'ils ne deviennent invendables.

Osmond de Vigors et Cordelia Murray ne s'occupaient que d'eux-mêmes et de leur plaisir. La fille d'Edward avait,

1. D'après John Kenneth Galbraith [...] « les journaux sautèrent simplement sur tous les suicides qui avaient lieu, pour montrer que les gens réagissaient conformément à leur malheur » (*La Crise économique de 1929*, éditions Payot, Paris, 1961). Les statistiques officielles américaines font état de 1 334 suicides en novembre 1929 pour l'ensemble des Etats-Unis, ce qui indique la même progression constatée au cours des années précédentes : environ 1 pour 100 000 habitants depuis 1925.

un moment, redouté une aggravation de l'état du financier quand on lui apprit, avec ménagement, les nouvelles pertes enregistrées à la Bourse. La réaction fataliste de l'infirme, dont l'acceptation relevait davantage de la baisse de conscience que d'un détachement raisonné, avait rassuré Cordelia. Résignée, elle souhaitait voir son père finir sa vie dans une douce atonie. Quant à son propre sort, il ne la préoccupait pas vraiment et, bien que M. de Vigors n'ait pris envers elle aucun engagement d'aucune sorte, elle était certaine, maintenant, de trouver près de lui appui, conseil et tendre affection.

Aussi, quand Osmond annonça son intention de regagner La Nouvelle-Orléans, elle sut dissimuler le petit serrement de cœur provoqué par la perspective de la séparation. La jeune femme émit une seule exigence, à laquelle son amant souscrivit, après une hésitation de pure forme :

— Je voudrais que nous prenions notre dernier *breakfast* chez moi plutôt qu'à la cafétéria. Ainsi, quand je serai seule dans ma chambre je pourrai imaginer votre présence à mon côté et vous saurez dans quel cadre je dors sans vous !

Osmond la serra fortement dans ses bras et l'embrassa. Cordelia, l'affranchie, se révélait aussi sentimentale qu'une pensionnaire des ursulines. Cependant, la perspective de cette intimité sous le toit de M. Murray allait à l'encontre des principes sudistes.

— Mais les domestiques..., votre réputation, Cordelia, y pensez-vous ?

— Nous sommes libres l'un et l'autre, non ? Et puis je suis certaine que tout le monde sait déjà la... qualité de nos relations... Comme votre ami Butler.

— Butler !

— Il m'a téléphoné cet après-midi. Il me cède sa place pour vous accompagner à la gare...

— Il devait en effet me conduire au train... Et qu'avez-vous répondu ?

— Je l'ai remercié pour sa délicatesse. Willy vous aime comme un frère. Il m'a dit qu'il souhaite votre bonheur et il semble croire que je puis y contribuer. C'est un peu téméraire de sa part... et un peu outrecuidant de la mienne... car je ne me suis pas récriée !

— Cordelia... Cordelia..., quel homme ne s'estimerait comblé !

Mlle Murray eut la sagesse de ne pas prendre ce propos pour une déclaration.

Au matin suivant, ils regagnèrent l'hôtel particulier et le petit déjeuner leur fut servi dans le boudoir attenant à la chambre de la jeune femme. Le soleil las de l'été indien illuminait la pièce d'une clarté dorée. La collation, discrètement portée par Zéline, la femme de chambre, avait été commandée la veille par Cordelia.

— Votre domestique semble habituée à trouver un invité dans votre appartement à cette heure matinale, persifla gentiment Osmond.

— Ne soyez pas jaloux... déjà. C'est la première fois que cette situation se produit... J'ose même vous dire que votre présence réjouit Zéline. Elle pense qu'une femme de mon âge, célibataire, ne doit pas toujours dormir chez elle !

— Est-elle discrète, au moins, cette vertueuse créature ?

— Comme une femme de chambre, monsieur le Sudiste !

Osmond quitta l'hôtel des Murray sans rencontrer âme qui vive. Des consignes avaient sans doute été données au personnel de ne pas se trouver sur le passage du gentleman qui avait raccompagné Mademoiselle au petit matin !

En traversant le hall désert, M. de Vigors reconnut, dans une vitrine où Cordelia exposait sa collection d'éventails, celui à l'effigie de Robert E. Lee, que Lorna avait offert à la jeune fille, lors de sa première visite à Bagatelle, en 1920. La présence de cet objet, qui avait appartenu autrefois à Virginie, son arrière-grand-mère, lui procura un petit agacement. Ainsi, les morts trouvaient toujours le moyen de se rappeler inopportunément au souvenir des vivants.

A la fin de la journée, quand Osmond eut pris congé de William Butler, Cordelia Murray conduisit son amant à la gare. Une place avait été retenue pour lui dans le Crescent Limited et, pendant qu'il surveillait l'installation de ses bagages, la jeune femme s'en fut quérir de la lecture pour le voyageur. A son retour, elle tendit trois livres à Osmond : *A l'Ouest rien de nouveau,* d'Erich Maria Remarque, *l'Adieu aux armes,* d'Ernest Hemingway, et *le Livre de San Michele,* d'Axel Munthe.

— Deux romans sur la guerre, bien différents sans doute, mais que vantent les critiques, un roman... naturiste et nordique, pour vous donner envie de visiter Capri, et les journaux, dit-elle en l'embrassant.

Déjà, la cloche de bronze de la Pacific 231 et les trompes des contrôleurs annonçaient le départ imminent du train.

Penché à la fenêtre du pullman, Osmond fixa longtemps la silhouette immobile de Cordelia qui s'amenuisait. Les semaines passées à New York constituaient plus qu'une récréation frivole. Son comportement le conduirait bientôt à se poser les questions qu'il éludait encore, en regardant le tailleur bleu clair et la blondeur de la jeune femme se diluer dans la grisaille du quai enfumé. Il venait de goûter aux fruits d'un éden qu'il croyait hors d'atteinte et les avait trouvés succulents !

Quand le convoi prit de la vitesse, il s'assit et déplia le *New York Herald.* A la première page, un gros titre annonçait la mort de Georges Clemenceau [1]. Il revit celui que les Français avaient si bien nommé le Tigre en visite sur le front, à Saint-Mihiel, en 1918, puis à la conférence de la paix, au côté du président Wilson, à Versailles, en 1919. La guerre lui parut lointaine comme sa jeunesse.

1. Né en 1841 ; décédé à son domicile parisien, rue Franklin, le 23 novembre 1929.

2

Le 26 novembre, Gusy et Clem, serrés contre Hector sous un grand parapluie, attendaient M. de Vigors en gare de La Nouvelle-Orléans. Séparés depuis un mois de leur père, les enfants quittèrent leur abri pour lui sauter au cou sans retenue. Osmond entraîna rapidement ses fils sous une marquise, pendant que le chauffeur aidait le valet du pullman à rassembler les bagages. L'averse crépitait sur la verrière, le trop-plein des gouttières douchait abondamment les trottoirs. L'orage tropical est le seul événement qui puisse faire hâter le pas d'un Louisianais : ce jour-là, tous trottaient vers leur demeure. Clem, avec sa volubilité habituelle, voulut être le premier à informer son père de ce qui s'était passé durant son absence :

— Il pleut depuis que tu es parti. Le Mississippi a débordé du côté de Carrollton et il y a eu plein d'eau dans les rues de la basse ville. J'ai pas pu aller chez mon professeur de piano rue Tonti. Doris a pas voulu. Et puis, dans le vieux cimetière de Métairie, il y a des morts qui sont partis dans leurs... *coffins*[1]... On les a rattrapés avec des barques !

Gusy voulut à son tour placer son récit :

— Et puis Arista est morte, à Bagatelle. Le Vétéran l'a enterrée dans le cimetière aux chiens. Il a téléphoné. Il a dit : « Elle est morte de vieillesse... »

1. Cercueils.

— Oui, il a dit ça. Y'a plus de chien à nous, maintenant. Il reste que les chiens jaunes des jardiniers, mais ils sont pas bons pour la chasse, acheva Clem.

— Il est vrai que notre Arista était très âgée, mais nous trouverons un couple de dalmatiens pour la remplacer. Il y a plus de cent ans que nous avons des chiens de cette race à Bagatelle : ce sont de bons et solides chiens. Nous en prendrons deux.

— Oui, un mâle et une femelle, comme ça, quand ils mouriront, nous aurons leurs enfants, n'est-ce pas ?

— Tu dois dire « quand ils mourront », Clem, et je te rappelle que *coffin* est un mot anglais. En français, on dit cercueil. Enfin, j'aimerais que tu ne sois plus fâché avec les négations. Tu as encore des progrès à faire.

— J'en ai fait, je sais par cœur au moins... deux poésies françaises. Tu veux que je te récite... *Mignonne, allons voir si la rose qui ce matin avait...*

— Plus tard, Clem, plus tard. Ce n'est pas le moment, interrompit M. de Vigors.

Gusy, fasciné par les énormes locomotives, s'était éloigné jusqu'à la limite de l'abri pour observer une manœuvre. Il revint vivement vers son père et prit un air entendu :

— Il y a une autre nouvelle, papa, qu'on n'a pas encore dit.

— Dite, rectifia Osmond.

— Oh ! oui, on a oublié, intervint Clem, tout frémissant.

— Quelle nouvelle, s'il vous plaît ?

— Javotte est partie de chez nous, lâcha Gusy à voix basse.

— C'est pour ça qu'Hector est pas de bonne humeur. Il parle pas... je veux dire, il ne parle pas, il ne rit plus. Il a dit à Doris que Javotte était partie sans lui dire au revoir..., même pas à lui !

Le visage de Clem s'était empourpré tandis qu'il parlait.

— Vous voulez dire que Javotte a quitté la maison pour aller travailler ailleurs, chez d'autres gens ?

— Ça, personne le sait. Elle a... elle n'a rien dit. Hier

matin, elle n'était plus là et ses robes non plus. Elle a emporté toutes ses affaires et Doris est bien ennuyée, compléta l'enfant.

Pendant le trajet, en automobile, de la gare à la grande maison de l'avenue Prytania, résidence d'hiver des Vigors, Osmond n'échangea avec Hector que de banales considérations sur l'inondation. Celle-ci n'était pas catastrophique. Les enfants, qui, pour la première fois de leur vie, avaient vu des barques circuler dans les rues transformées en canaux, exagéraient involontairement l'importance d'un phénomène familier aux habitants de La Nouvelle-Orléans. Après la grande crue de 1927, dont tous les Louisianais gardaient le triste souvenir, le gouvernement fédéral, sommé par les gouverneurs des Etats périodiquement inondés d'assurer la protection des citoyens et de leurs biens contre les débordements du Mississippi, avait chargé le United States Army Corps Engineers[1] d'étudier et de réaliser une série de travaux. C'est ainsi que l'on venait de délimiter à Bonnet Carré un déversoir qui permettrait de recevoir et de contrôler plus de 100 millions de mètres cubes d'eau du Mississippi. Cette zone inondable communiquant avec le lac Pontchartrain et, par celui-ci, avec le golfe du Mexique, il serait possible, par un système de vannes, de détourner, au nord de La Nouvelle-Orléans, le flot menaçant. Dans la paroisse Saint Charles, entre Norco et La Place, en bordure du Mississippi, la construction de la digue et des vannes, comme celle des routes et voies ferrées, sur pilotis de béton, qui enjamberaient la zone inondable, était commencée. Mais le *spillway*[2] ne serait opérationnel qu'en 1931. Les habitants de La Nouvelle-Orléans devaient compter jusque-là sur la mansuétude du Père des Eaux.

En arrivant devant chez lui, M. de Vigors attendit que ses fils fussent descendus de la Duesenberg pour questionner Hector :

1. Les ingénieurs de l'armée des Etats-Unis : le génie militaire.
2. Déversoir artificiel.

— Les enfants m'ont appris que Javotte nous a quittés. Qu'en est-il exactement ?

Hector, debout près de la portière qu'il venait d'ouvrir pour permettre à M. de Vigors de descendre de voiture, s'immobilisa. Il espérait cette question, car seul le *Major* pouvait recevoir ses confidences, comprendre son inquiétude et son chagrin. Osmond remarqua le visage gris, le regard mouillé et les narines pincées du Noir, signes d'émotion contenue.

— Oui, m'sieur, elle a parti. Et j'ai bien peur qu'elle va faire la grande bêtise comme notre Harriet peut-être.

— Quelle bêtise ? C'est l'inondation qui te fait penser à Harriet ? Harriet avait le cerveau dérangé. Ce n'est pas le cas de Javotte. Alors, raconte, que s'est-il passé ?

Hector déboutonna son dolman gris et tira d'une poche intérieure une feuille de papier, pliée en quatre, qu'il tendit à Osmond.

— Elle m'a laissé ce petit mot, m'sieur. Je l'ai trouvé hier matin dans ma casquette.

M. de Vigors déplia le feuillet. D'une écriture aussi appliquée que celle des comptes de la cuisine qu'elle tenait scrupuleusement, Javotte avait rédigé un court message.

Mon pauvre Hector,

Le courtier mulâtre de Saint Francisville a perdu toutes nos économies à la Bourse et celles d'autres nègres comme nous. On dit qu'il est parti à Cuba. J'ai grande honte d'avoir donné tes piastres avec les miennes à un type qui a pas vu venir la grande baisse. Je m'en vais pour toujours. Je te donne la moitié de ce qui me reste. J'ai bien peiné pour qu'on puisse se marier un jour et avoir une maison à nous, mais j'ai pas su échapper au mal de l'argent. Demande au Bon Pasteur de protéger ta pauvre brebis perdue et dis à M. Osmond que je regrette. Je t'aime bien encore.

JAVOTTE.

— Dans ma casquette, m'sieur, y'avait aussi un billet de cinquante piastres... Qu'est-ce que vous croyez qu'elle a fait, m'sieur, où qu'elle se trouve à c'te heure ? dit Hector d'une voix chevrotante, quand Osmond eut achevé sa lecture.

M. de Vigors connaissait le caractère entier de Javotte, fille évoluée et de bonne éducation. Intransigeante et orgueilleuse, elle n'avait pu supporter la déconvenue que représentait la perte de ses économies et des sommes qu'elle obtenait chaque mois d'Hector, en vue de faire fructifier le magot commun. Mais le maître de Bagatelle ne croyait pas, comme Hector semblait le craindre, qu'elle aille jusqu'à se noyer dans le Mississippi. Il faisait la part de la sincérité et de la comédie lyrique que jouaient, souvent inconsciemment, les Noirs dans le malheur.

— Javotte est une des victimes du krach financier de Wall Street. Des centaines de milliers de petits épargnants doivent être dans votre cas. Mais rassure-toi, nous allons la retrouver, conclut Osmond en descendant de l'automobile.

Doris de Castel-Brajac attendait M. de Vigors dans l'ombre du hall. Elle ne cacha ni son émotion ni sa joie de le revoir. La jeune fille portait une robe de soie juponnante, bleu marine à gros pois blancs, très serrée à la taille. Le décolleté en pointe révélait un peu de la rondeur des seins. Osmond la trouva au mieux de sa beauté.

— Un mois sans vous, cela a paru long aux enfants. Si j'avais cédé à leurs exigences, j'aurais appelé New York tous les jours. Vous parler à distance les excite terriblement. J'ai promis que le soir de votre retour ils dîneraient avec vous.

— Excellente idée, Doris. Le temps de passer un vêtement qui soit digne de votre élégance et nous faisons la fête en famille.

« En famille, c'est bien cela », se dit-il en se rafraîchissant le visage, devant la glace de la salle de bains, avant d'enfiler une chemise propre et d'endosser un costume d'alpaga bleu nuit. Car M. de Vigors ressentait une satisfaction profonde à se retrouver chez lui, près de ses fils, dans le décor confortable et familier d'une demeure où il avait connu depuis l'enfance tous les bonheurs et tous les chagrins. L'agrément inattendu et purement physique qu'il avait pris à serrer Doris dans ses bras, à reconnaître sur sa nuque son parfum, à l'embrasser chastement, l'intriguait sans le surprendre. Le mois vécu à New York, dans l'intimité très franche de Cordelia, lui procurait une aisance et une lucidité nouvelles dans ses rapports avec l'autre sexe. Il rejetait maintenant la classification sudiste qui distingue trois catégories : les dames, les femelles et les filles, pour n'en reconnaître qu'une seule : les femmes. Le fait d'avoir eu, chaque soir, à la portée de son désir un corps complice ne lui paraissait plus une situation extraordinaire et critiquable. Quant aux échanges spontanés de serrements de main furtifs, de baisers anodins et d'effleurages lascifs, par lesquels Cordelia et lui, dans la journée, trompaient l'attente commune d'une nouvelle étreinte, il ne les trouvait plus aussi niais et indécents qu'autrefois. Sa conception de l'amour s'étant modifiée, il jugeait certaines attitudes sudistes hypocrites et comprenait mieux la conduite de Bob Meyer envers les femmes.

Au dessert, M. de Vigors distribua les cadeaux apportés de New York. Clem et Gusy trépignèrent de joie en recevant des mains de leur père des carabines à leur taille, commandées chez Abercrombie and Fitch.

— L'été prochain, à Bagatelle, je vous apprendrai le tir et nous irons à la chasse ensemble, promit-il.

Osmond avait attendu l'heure du tête-à-tête avec Doris, au salon, devant le café, pour offrir à la jeune fille le bijou acheté à son intention : un bracelet fait de torons d'or tressés, dans lequel était enchâssée une petite montre.

— Vos cadeaux sont toujours superbes, Osmond, et démesurés. Une automobile pour mes vingt ans et, maintenant, cette montre-bijou... Je ne sais comment vous remercier.

— Tout ce que je pourrai vous offrir, Doris, ne compensera jamais le dévouement dont vous faites preuve et cette part de votre jeunesse que vous consacrez à mes fils. Mes cadeaux n'expriment que le remords que j'éprouve à vous prendre vos plus belles années...

— Vous savez bien que je suis heureuse ici, Osmond, et que je ne sacrifie rien... Sans votre famille, sans votre affection que deviendrais-je ?

M. de Vigors quitta son fauteuil et rejoignit Doris sur le canapé, pour l'aider à clore le fermoir de la montre-bracelet qu'elle ne parvenait pas à faire jouer. Voyant des larmes dans les yeux de la jeune fille, il l'attira contre lui et l'embrassa sur la tempe. Sous la soie tendue, une épaule ronde et tiède remplissait exactement sa main. Il se retint de la pétrir avec douceur. L'échancrure de la robe lui offrait la vision d'un buste palpitant d'émotion. Doris ne souhaitait que se blottir contre le seul homme qui lui ait jamais porté intérêt et attention. Il la sentait prête aux câlineries, avide de tendresse, de cajoleries, dont il ne serait peut-être pas capable de refuser l'évolution. Il se ressaisit et voulut dégager son bras. Doris, tournant vivement la tête, lui donna un baiser sur le menton, en retenant la main qui emprisonnait encore son épaule.

— Je suis contente que vous soyez rentré, Osmond, dit-elle joyeusement en lui balayant la joue de ses cheveux.

— La disparition de Javotte vous préoccupait, n'est-ce pas ? Mais je vais mettre tout en œuvre pour la retrouver, ne serait-ce que pour ce pauvre Hector qui...

— Oui, Javotte, bien sûr, mais je suis contente que vous soyez rentré, sans raison particulière. Je peux trouver une autre gouvernante qui sache faire de la bonne cuisine. Moi, Doris, je suis contente que vous soyez là, c'est tout !

Un long silence suivit cette déclaration, pendant lequel Osmond et la jeune fille demeurèrent immobiles dans la même position, qui n'eût pas manqué de surprendre le témoin le plus indifférent. Quand il tenta à nouveau de dégager le bras qui entourait les épaules de Doris, celle-ci se redressa et fit bouffer ses cheveux d'un geste machinal.

— Je commençais à croire que Mlle Murray, telle Calypso qui retint Ulysse, allait vous garder sept années à New York..., lança-t-elle, d'un ton où perçait un peu d'amertume.

Osmond, surpris par l'attaque, choisit d'en rire.

— La presqu'île de Manhattan n'est pas l'île d'Ogygie, chère Doris, je ne suis ni Ulysse ni Télémaque, et vous, vous êtes trop imaginative.

— Non, je suis jalouse simplement, répliqua avec franchise la jeune fille en quittant le canapé.

Elle défroissait sa robe en virevoltant gracieusement, offrant ainsi à Osmond, encore étonné, l'occasion d'admirer ses longues jambes, quand le valet apparut pour annoncer M. Meyer.

— Je n'aurais pas dû dire cela, n'est-ce pas? souffla-t-elle, tandis que Bob, dans le hall, se débarrassait de son imperméable et de son chapeau trempés.

— Vous n'auriez peut-être pas dû, mais c'est agréable à entendre, eut le temps de répliquer Osmond à voix basse, avant de recevoir l'accolade fraternelle de Meyer.

Doris se retira aussitôt, laissant les deux amis tête à tête. Bob, avec l'enthousiasme qu'il manifestait toujours quand il s'agissait d'aviation et de l'avenir de la Fox Airlines, révéla, avant même de s'enquérir des conditions du séjour d'Osmond à New York, son projet le plus ambitieux : des vols bihebdomadaires entre New Orleans et Washington, avec escale à Atlanta (Géorgie) et Roanoke (Virginie).

— Deux banques nous soutiennent, les chambres de commerce d'Atlanta et de Roanoke aussi. J'ai l'assurance que les fonctionnaires fédéraux, comme les membres de la Chambre des représentants et les sénateurs de Louisiane, emprunteront notre ligne. Avec les hommes d'affaires qui se traînent actuellement pendant deux jours et deux nuits dans le Crescent, nous sommes assurés d'une base de clientèle. J'attendais ton retour pour commander, si tu en es d'accord, le nouveau Curtiss Condor, un biplan équipé de deux moteurs de 600 chevaux et qui transporte dix-huit passagers à plus de 180 kilomètres à l'heure. Naturellement, il nous faut deux appareils pour commencer.

— Et combien coûte ce bel oiseau de proie ? demanda Osmond, plus pour marquer de l'intérêt à la proposition de Bob que pour évaluer l'investissement.

— 150 000 dollars pièce, environ..., mais nous avons fait des bénéfices cette année et les banques offrent de bonnes conditions de crédit...

— Malgré la débâcle de Wall Street ?

— Tu as dû remarquer que les actions des fabricants d'avions ont mieux résisté que les autres !

— Va pour la nouvelle ligne. Mais ne pourrais-tu pas la prolonger jusqu'à New York ?

— Entre Washington et New York, il y aura bientôt plus d'avions en l'air que de trains sur les rails... Je n'ai pas envie de me frotter aux compagnies du Nord.

En cette fin d'année 1929, toutes les entreprises de transport aérien créaient de nouvelles lignes, le nombre des voyageurs ne cessant de croître. Le *Postmaster general*[1], Walter F. Brown, estimait trop lent le développement de l'aviation commerciale. En subventionnant le transport par air du courrier, il espérait également stimuler le trafic des passagers et du fret, créer l'émulation non seulement entre les compagnies aériennes, mais entre les fabricants d'avions, afin qu'ils produisent des appareils plus sûrs, plus rapides, de plus grande capacité. Le gouvernement fédéral, qui suivait les progrès de l'aviation militaire en Europe, espérait également des retombées techniques profitables à l'U.S. Air Force. C'est pourquoi les autorités fédérales admettaient les accords entre compagnies et même les fusions d'entreprises. Un projet de loi, visant à limiter à

1. Ministre des Postes ayant autorité, à l'époque, sur toute l'aviation commerciale, parce que les appareils des compagnies privées transportaient le courrier.

1,25 dollar le coût au mile du transport aérien, était à l'étude[1].

Déjà, la concurrence jouait. Les compagnies s'efforçaient de réduire leurs tarifs, mais elles augmentaient les budgets publicitaires et proposaient des services nouveaux. Certaines, victimes de leur ambition, connaissaient, comme Western Air Express, des difficultés financières.

En Louisiane, même la Fox Airlines devait compter avec un concurrent dynamique, Wedell-Williams Air Service, dont l'aérodrome privé de Patterson, paroisse de Saint Mary, constituait un centre d'activités aériennes unique dans l'Etat. Entre Morgan City et Franklin, sur vingt-cinq hectares, en bordure de la route, s'élevaient, près des pistes, les hangars et les ateliers de Wedell-Williams Flying Corporation. De là venait de sortir le premier avion produit par la firme, le *We Will*[2], ainsi nommé d'après les premières lettres des patronymes des deux associés, Samuel R. Wedell et Harry P. Williams. Le *We Will,* monoplan à ailes basses, destiné au transport du courrier et à la compétition, avait, au cours d'un vol d'essai, parcouru les 144 kilomètres séparant Patterson de La Nouvelle-Orléans en vingt-sept minutes, soit à la vitesse prodigieuse de 321 kilomètres à l'heure. Déjà Jimmy Wedell, aussi bon mécanicien que pilote, préparait un *We Will Junior* capable de s'attaquer à certains records mondiaux.

Lors du mariage de Walter Wedell — frère de Jimmy et pilote comme ce dernier — avec Henriette Filiberta, le 25 juin 1929, Bob Meyer avait accompagné, avec son propre avion, comme treize autres pilotes louisianais, l'appareil des jeunes mariés. On se souvenait dans tout le delta, entre New Orleans et Patterson, de ce cortège nuptial aérien.

1. Connue sous le nom de ses promoteurs, McNary et Watres, cette loi fut votée le 29 avril 1930.

2. Jeu de mots entre les divers sens de *will* qui, selon le cas, peut exprimer la volonté et la détermination, annoncer le futur (auxiliaire), signer l'engagement, le consentement ou les dernières volontés. On dirait en français : « Nous vaincrons » ou « Nous réussirons ».

La Wedell-Williams Air Service, non seulement transportait le courrier et assurait des lignes régulières vers Memphis, Saint Louis, La Havane et Dallas, mais disposait d'une école de pilotage, d'un département de photographie aérienne et organisait, à la demande, des vols charters. Elle pouvait recruter un personnel très qualifié, grâce aux salaires alloués : 75 dollars par semaine à un chef mécanicien, 51,90 dollars à un magasinier, 36 dollars à un mécanicien, 18 dollars à un porteur. Bob Meyer reconnaissait à ses concurrents directs autant de capacités que d'ambitions. La grande fortune de Harry Williams, à qui certains prêtaient l'intention de courir sa chance, comme gouverneur, aux élections de 1932, facilitait, certes le développement de l'entreprise, mais l'argent ne suffisait pas à expliquer le succès. Osmond de Vigors considérait, de surcroît, que les Wedell et les Williams étaient des gens chanceux.

En août 1929, un avion amphibie, construit par la firme louisianaise et baptisé à New York, sur l'East River, *Bayou Teche* par Mrs. Williams, ancienne star du cinéma muet, s'était abîmé sur la King's Mountain, en Caroline du Nord, lors du vol inaugural, à la suite d'une panne d'allumage. Ce jour-là, Jimmy Wedell, qui était aux commandes, avait réussi à éviter la catastrophe. Les six occupants de l'avion, dont sa belle marraine, s'étaient tirés sans une égratignure de l'accident. Un mois plus tard, le 7 septembre, les huit passagers et les trois membres d'équipage d'un trimoteur Fokker de Transportation Air Service avaient eu moins de chance. L'appareil, un de ceux qui assuraient la ligne *Coast to Coast,* s'était écrasé sur le mont Taylor, en Arizona. La première catastrophe de l'aviation commerciale américaine n'avait pas laissé de survivant.

Quand Bob Meyer, assuré que son ami et associé approuvait ses plans, eut épuisé le thème de l'aviation, qui lui tenait le plus à cœur, il voulut tout savoir du séjour d'Osmond à New York. Si M. de Vigors révéla la ruine de Félix de Castel-Brajac et sa fuite, il tut le crime de ce dernier et ne prononça pas le nom de Charmide. En revanche, peut-être parce qu'il souhaitait une approbation que Bob ne pouvait manquer d'accorder, il révéla tout de ses nouveaux rapports avec Mlle Murray. Il ne s'agissait pas d'une vantardise ou d'un manque de discrétion indigne d'un gentleman, mais, connaissant la propension de Bob à plaisanter, il tenait à lui éviter de commettre un impair, si l'aviateur venait à se trouver bientôt en présence de Cordelia.

Comme Osmond s'y attendait, Meyer manifesta sa satisfaction :

— Enfin, tu commences à t'accepter et à saisir les bons moments de la vie, petit vieux ! Mais ne va pas devenir juponnier, à la manière de ton illustre grand-père Charles ! Une octavonne à La Nouvelle-Orléans pour les urgences, une Blanche parfumée et élégante pour les récréations en pays yankee..., il ne reste qu'à pourvoir Bagatelle ! Et là, j'ai mon idée...

— Oh ! Je t'en prie !

— Coquin, va ! Je comprends, maintenant, pourquoi tu voudrais voir notre future ligne vers le Nord prolongée jusqu'à New York ! Ça t'arrangerait !

— Je ne suis pas décidé à poursuivre avec Cordelia. Un épisode réussi ne se vit pas deux fois. Vois-tu, Bob, je ne suis pas fier de moi.

— Ah ! non ! Tu ne vas pas recommencer à te culpabiliser ! Tu es libre, elle est libre. Vous ne faites de tort à personne. En plus, elle est loin, vissée à son vieux père, donc pas de présence abusive. Et puis cesse d'attacher autant d'importance à l'acte le plus commun... Mais peut-être pense-t-elle au mariage ? Si tu venais à lui faire un bébé... par inadvertance !

— J'ai évoqué cette éventualité.

— Quoi, le mariage ? Déjà !

— Non, l'accident... génétique. Elle m'a dit de ne pas m'en soucier, que nous ne sommes plus au XVIIIe siècle. Il y a des méthodes, paraît-il.

— Parfait. Cette Cordelia, c'est une vraie amoureuse et qui a de la fierté. Je sens que tu deviens comme moi : incapable d'aimer au sens physique celles que tu respectes, incapable de respecter celles que tu désires. Non ?

M. de Vigors demeura un instant pensif, puis il emplit les verres.

— Ce n'est pas aussi simple que cela. Depuis quelques jours, je me suis beaucoup interrogé sur mon comportement, tu t'en doutes. D'abord, je me suis répété la phrase d'oncle Gus, quand il faisait de la morale : « Ne papillonne pas. Préfère l'amour aux amourettes, l'amitié au copinage, l'approfondissement au succès, la densité à la prolixité, l'action à l'agitation, la réflexion à la musardise, le bonheur au plaisir. » Alors, je me suis trouvé bien trivial, tout à fait indigne de l'enseignement du cher vieux mentor. Mais, dans le climat euphorisant où m'a plongé l'aventure avec Cordelia, je me suis vite rassuré, puis absous...

— Et tu as bien fait, coupa Meyer.

— Te souviens-tu de ce pétrarquisant du XVIe siècle, dont nous tentions en cachette, chez les jéses, de déchiffrer les vers obscurs, auxquels nous prêtions un sens libertin ?

— Maurice Scève[1], je me rappelle :

En devisant un soir me dit ma Dame
Prens ceste pomme en sa tendresse dure,
Qui estaindra ton amoureuse flamme,
Veu que tel fruict est de froide nature :
Adonc aura congrue nourriture
L'ardeur, qui tant d'humeur te fait pleuvoir.
Mais toy, luy dy je, ainsi que je puis veoir,
Tu es si froide, et tellement en somme,
Que si tu veulx de mon mal cure avoir,
Tu estaindras mon feu mieulx que la pomme[2].

1. Poète lyonnais (1501 ?-1560).
2. *Délie, object de plus haulte vertu*. Publié pour la première fois en 1544 (librairie Marcel-Didier, Paris, 1961, édition critique avec une introduction et des notes par Eugène Parturier).

— Quelle mémoire ! Eh bien, comme ce Lyonnais, je suis prêt à parer du nom unique de Délie toutes les femmes que je puis aimer et qui, fondues dans la seule réalité de la féminité, composeront la Femme, déclara Osmond en s'animant.

— C'est commode, romantique, médiéval même... et très sudiste, parce que légèrement hypocrite ! Avec ce principe, tu peux passer allégrement d'une femme à l'autre ! Mais crois-tu que les femmes puissent comprendre cela ? lança joyeusement Meyer.

— « Cache ta vie », a dit Epicure, acheva Osmond.

Evoquant ensuite la disparition de Javotte, les deux amis mirent au point un plan de recherche consistant à interroger les bureaux de placement de la ville, les fournisseurs de la famille de Vigors et à alerter la police, ce dont se chargea M. de Vigors. Depuis l'arrivée au pouvoir de M. Long, « gouverneur de la Louisiane par la grâce du peuple », ainsi qu'il s'était proclamé lui-même après avoir échappé à *l'impeachment,* la police avait reçu pour consigne d'éviter les incidents raciaux. Les conservateurs déçus, qui le nommaient « Sa Truculence le Kingfish », se souvenaient qu'autrefois, lors d'une réunion électorale à Alexandria, le candidat Long avait félicité les démocrates pour avoir fait de la Louisiane un Etat blanc et s'était dit convaincu qu'en cas d'échec du parti « la domination des nègres et l'égalité sociale seraient immédiatement instituées ». C'était un langage que les Sudistes aimaient à entendre. Devenu gouverneur, Long se montrait moins catégorique. Il évitait soigneusement d'aborder la question raciale, un des sujets de discussion favoris des démagogues, qui constituaient aussi une partie de son électorat. Il estimait que moins on parlerait de la ségrégation et de ses injustices, mieux cela vaudrait, pour la tranquillité de tout le monde.

Aussi, quand Osmond de Vigors se présenta chez le shérif du quartier, pour lui demander de diffuser parmi ses hommes le signalement de Javotte, fut-il reçu avec circonspection. Aucun membre d'aucune administration ne pouvait se permettre, en Louisiane, d'éconduire un Vigors. Le nom de cette famille appartenait à l'histoire de l'Etat et Osmond, *judge advocate,* juriste éminent et ancien combattant décoré, était un notable respecté. Les politiciens, qu'ils soient *Longist* au pouvoir ou animateurs de l'opposition, regrettaient seulement qu'une telle personnalité n'apportât pas sa caution à leur camp.

— De nos jours, monsieur, il est bien difficile, et même illégal, de faire rechercher une négresse qui n'a pas commis de délit. Si votre cuisinière était partie avec l'argenterie, nous pourrions...

— Nous craignons que cette excellente domestique, d'une scrupuleuse honnêteté et qui vient d'essuyer une déception, ne soit malheureuse et ne se laisse aller à quelque geste inconsidéré. Je la recherche dans son seul intérêt, coupa Osmond.

Le policier, un fort gaillard, dont le dévouement au nouveau gouverneur venait d'être récompensé par un avancement sans rapport avec sa compétence, savait que les Vigors appartenaient à la vieille aristocratie, dont son protecteur ne pouvait rien espérer. Aussi se fit-il persifleur :

— Autrefois, il y a bien longtemps, on poursuivait les esclaves marrons et on les ramenait à leur maître. Mais depuis, il y a eu l'émancipation. Les nègres sont libres d'aller où bon leur semble, comme les Blancs. Surtout s'ils n'ont rien à se reprocher. Cette négresse, dont vous parlez, est majeure, célibataire, saine de corps et d'esprit... Peut-être a-t-elle trouvé une meilleure place ?

Sans un mot, M. de Vigors tourna les talons et se dirigea sans hâte, mais avec décision, vers la sortie. Surpris par cette réaction, le gros homme au teint coloré, bardé d'insignes, contourna son bureau et rejoignit le visiteur au moment où ce dernier saisissait la poignée de la porte.

— Voyons, monsieur, ne le prenez pas ainsi... Je vous

ai rappelé la loi, le règlement..., mais il est bien évident que par faveur...

M. de Vigors fit brusquement face au fonctionnaire, qu'il dominait de sa haute taille, et le fixa d'un regard glacé.

— Les Vigors n'acceptent jamais de faveurs. Mais les prostituées accordent les leurs à ceux qui les paient. Or je ne suis pas disposé à payer !

Avant d'avoir encaissé l'insulte, le shérif entendit claquer la porte de son bureau. Furieux, il expédia d'un coup de pied le porte-parapluies à l'autre bout de la pièce.

En quittant le commissariat, M. de Vigors se rendit chez Alexis Sheep, un avocat mulâtre avec qui il entretenait de bonnes relations. Défenseur attitré des Noirs, marins, dockers, agents des chemins de fer et serveurs de restaurant, le juriste écouta patiemment l'exposé de son confrère blanc.

— Je vais rédiger une circulaire donnant le signalement de la personne que vous recherchez. Je la ferai diffuser par les délégués des syndicats. Si vous disposiez d'une photographie que nous pourrions multiplier, l'identification de Mlle Javotte serait facilitée. De nombreux Noirs ne savent pas encore lire, dit le juriste.

— Je vous fournirai une photographie, dit Osmond, se souvenant des clichés pris par Hector lors du mariage d'Harriet, à Bagatelle.

Quelques jours plus tard, dans toutes les gares, les compagnies de tramways et d'autobus, sur les quais des ports, des travailleurs noirs se disaient capables de reconnaître Javotte. La police obtenait habituellement moins de concours, même quand il s'agissait de retrouver un ennemi public dont la prise ouvrait droit à récompense.

Si Noël fut célébré dans la joie, autour d'un sapin décoré par Doris et surchargé de cadeaux pour Gusy, Clem et David Meyer — enfant sans mère qu'on ne laissait jamais seul avec son père les jours de fête — il n'en fut pas de même dans de nombreux foyers américains. *Christmas*[1], temps de l'espérance, ouvrait une période d'inquiétude économique.

Les conséquences du krach financier d'octobre commençaient à se faire sentir. Au Stock Exchange, les valeurs avaient continué à baisser jusqu'au milieu du mois de décembre. La légère remontée des cours, constatée pendant quelques jours, ne s'était pas poursuivie. La Bourse, essoufflée, semblait maintenant stabilisée au plancher. Les uns y voyaient un assainissement du marché financier devant entraîner une réforme des structures archaïques des sociétés ; une transformation du système bancaire ; une amélioration de la balance commerciale ; la formation d'économistes-prévisionnistes plus sérieux et, même, une meilleure répartition des revenus. D'autres ne se souciaient que des répercussions concrètes et immédiates de la crise boursière. A New York, on vendait deux fois moins de récepteurs de radio ; les commandes d'automobiles diminuaient, ce qui incitait les aciéries à réduire leur production. Les compagnies de chemin de fer transportaient moins de marchandises et les prix des denrées les plus courantes baissaient, ce qui ne faisait pas l'affaire des producteurs ni des commerçants. Bien que le président Hoover, toujours rassurant, répétât : « La prospérité va revenir, elle est au coin de la rue », après avoir signé une réduction de 1 point du taux de l'impôt sur le revenu des particuliers, ce qui enlevait 160 millions de dollars de recette au Trésor, beaucoup de gens paraissaient inquiets.

M. Andrew Mellon[2], secrétaire au Trésor depuis 1921, qui avait déjà servi les présidents Harding et Coolidge, paraissait plus conscient de la crise qui se préparait : « Je

1. Noël.

2. Andrew William Mellon (1855-1937). Financier, secrétaire d'Etat au Trésor de 1921 à 1932. Il fut, en 1923, le troisième contribuable américain, après J. D. Rockefeller et Henry Ford. Sa collection de tableaux, léguée à la National Gallery, musée de Washington, comprend notamment des œuvres de Monet, Cézanne, Gauguin, Seurat, Renoir, Cassatt, Van Gogh, Stubbs.

ne crois pas à un remède rapide et spectaculaire, applicable aux maux dont souffre le monde », avait-il déclaré.

M. de Vigors craignait que la Louisiane, Etat figurant parmi les plus pauvres de l'Union, ne connût des jours difficiles, même si le gouverneur Huey Long exposait de grands projets : construction d'un nouveau capitole à Bàton Rouge, d'un pont reliant La Nouvelle-Orléans à Gretna et Algiers, sur la rive droite du Mississippi, développement du réseau routier et autres travaux qui devaient occuper des milliers de gens pendant des mois.

Au lendemain de Noël, Osmond, déjeunant au Boston Club, apprit qu'une aile de la Maison-Blanche venait d'être détruite par le feu. A la radio, les commentateurs annonçaient déjà que le bâtiment serait reconstruit et équipé d'un système de conditionnement d'air, qui coûterait 30 000 dollars.

Un haut fonctionnaire de Washington, invité d'un membre du Club, expliqua au fumoir qu'on envisageait depuis longtemps de doter la Chambre des représentants et le Sénat des Etats-Unis de l'air conditionné[1]. Installé depuis 1924 au Granman's Metropolitan Theater, à Los Angeles, et depuis 1927 au Théâtre Rivoli, à New York, ainsi que dans deux hôtels, à Dallas et Houston, au Texas, le système avait fait ses preuves.

— Mais, quand l'entreprise Carrier fit savoir que le coût de l'installation s'élèverait à 300 000 dollars, les élus s'interrogèrent sur la nécessité de cet élément de confort, précisa le visiteur. Devant une commission du Congrès, un médecin, le docteur Leonard Greenburg, affirma que la

1. La première machine à réfrigérer l'air fut mise au point, en 1851, par un médecin de l'hôpital de la marine à Apalachicola (Floride), le docteur John Gorrie, qui souhaitait maintenir dans une atmosphère fraîche les malades atteints de malaria. En 1872, un Texan, David Boyle, améliora le système, en inventant le compresseur à ammoniaque. Thomas Edison apporta aussi sa contribution à cette invention qui connut, grâce à l'électricité, un développement économique. C'est cependant Willis Haviland Carrier (1877-1950), un imprimeur de Brooklyn, qui, dès 1902, mit sur le marché un *apparatus for treating air*, ancêtre reconnu des systèmes de conditionnement d'air modernes.

mauvaise qualité et l'humidité de l'air de Washington pendant les mois d'été pouvaient compromettre la santé physique et affecter les facultés mentales et intellectuelles des membres du parlement. Aussitôt, la discussion s'ouvrit et un représentant de l'Illinois, M. William Holaday, soutint qu'il n'avait jamais ressenti aucun malaise en siégeant. M. Frank Murphy, de l'Ohio, assura le contraire et constata que plusieurs parlementaires avaient succombé récemment à des maladies respiratoires. « Leur mort a plutôt été causée par le dur labeur que s'imposent les représentants que par l'air de la salle des séances », répliqua sans rire l'homme de l'Illinois. Il faisait allusion à la fois à l'absentéisme des députés et à la joyeuse vie nocturne que certains mènent, loin de leur famille, dans la capitale fédérale. Finalement, messieurs, c'est un démocrate louisianais, M. John Sandlin, de Minden, paroisse de Webster, qui, d'une phrase, convainquit ses collègues de l'urgente nécessité qu'il y avait à purifier l'atmosphère du Congrès. « Je pense que de nombreux parlementaires ont eu jusque-là le sentiment et la conviction qu'il y avait une importante quantité d'air vicié dans la Chambre », dit-il avec le sourire. Son propos ambigu donna lieu à une interprétation politique peu aimable pour les républicains, mais l'installation de l'air conditionné a été votée. Aussi, l'été prochain, les élus du peuple seront au frais ! conclut le narrateur.

On convint aisément, au cours de la conversation générale qui suivit l'anecdote, que l'air conditionné serait le bienvenu dans les maisons et les bureaux de Louisiane, où le thermomètre atteignait facilement 40 degrés centigrades à l'ombre en été, au moment où la teneur en humidité de l'air se situait entre 95 et 98 %. Mais rares étaient, dans le Sud, les gens assez riches pour s'offrir une installation encore très coûteuse et qui consommait beaucoup d'électricité.

Ce même jour, tard dans la soirée, Osmond et Doris de Castel-Brajac jetaient un dernier regard sur la liste des invités à la réception de fin d'année, tradition mondaine interrompue par la mort de Lorna, mais que M. de Vigors venait de rétablir, quand la sonnerie du téléphone retentit.

Doris se précipita pour répondre, laissant Osmond pester contre les gens sans éducation, qui sonnent chez vous à toute heure. La jeune fille revint rapidement, avec un grand sourire aux lèvres.

— C'est votre confrère, l'avocat des dockers. Il vous prie de l'excuser pour ce dérangement tardif, mais il a pensé que vous aimeriez savoir qu'on a retrouvé Javotte. Elle est femme de chambre à bord d'un paquebot fluvial, le *Daisy Belle II,* qui fait des croisières pour touristes entre La Nouvelle-Orléans et Saint Louis. Il est amarré pour la nuit à Natchez. C'est là qu'un employé de la douane a identifié Javotte.

M. de Vigors n'eut pas un instant d'hésitation.

— Appelez Hector, dites-lui d'avancer la voiture, nous allons la chercher !

— Mais... il est près de onze heures ! Il fait froid, il pleut et Natchez est à plus de deux cent cinquante kilomètres.

— Faites-nous préparer un panier avec des sandwiches, de la bière... et une bouteille de bourbon. Nous allons cueillir la belle au saut du lit ! compléta Osmond, sans tenir compte des considérations de la jeune fille.

Le sergent ne se fit pas prier pour prendre le volant, pas plus qu'il n'eut besoin d'être stimulé, une fois que la Duesenberg fut lancée sur la route. Osmond, bien calé sur la banquette arrière, s'endormit malgré les cahots, comme au temps où, en France, pendant la guerre, Hector le conduisait, à l'arrière du front, entre deux états-majors.

Il faisait encore nuit quand l'automobile traversa Baton Rouge et prit la direction de Saint Francisville. Une heure plus tard, alors qu'une aube grise semblait émerger des forêts embrumées et gorgées de pluie, les voyageurs passèrent devant la bascule de l'octroi et entrèrent dans l'Etat du Mississippi. La « majestueuse Natchez », ainsi que les guides nommaient la ville aux belles demeures, qui en 1830 comptait presque autant de millionnaires que New York, somnolait encore au moment où la Duesie, souillée par la boue jaune des chemins, descendit vers le port.

Le *Daisy Belle II,* copie moderne d'un vieux *steamboat*[1], pourvu d'une roue à aubes des plus décoratives, mais propulsé par des hélices cachées, était à quai. A bord de ces bateaux, plus sûrs et confortables que leurs ancêtres, les jeunes mariés venus du Nord et les étrangers en croisière croyaient découvrir l'ambiance romantique et la rusticité naturelle du fleuve cher à Mark Twain. Tel un décor d'opérette, l'hôtel flottant offrait un bel aspect avec ses ponts-promenades à colonnettes blanches, ses bastingages ouvragés, ses deux hautes cheminées, frêles et noires, couronnées d'un feston de tôle dorée. Il avait été fort judicieusement amarré, comme à chacune de ses escales, devant la taverne Connelly, autre piège à touristes. Dans cette auberge, devenue tout à fait fréquentable, les pirates du Mississippi s'étaient autrefois donné rendez-vous et Aaron Burr, ancien vice-président des Etats-Unis, avait trouvé refuge quand il avait été poursuivi pour trahison.

Déjà, un Noir balayait la salle et Osmond réclama du café pour deux. Le serveur suffoqua d'étonnement quand il vit ce consommateur matinal porter un bol de café à son chauffeur, resté près de l'automobile.

— Je vais la chercher, *Major?* demanda Hector, visiblement impatient.

— Non. Il vaut mieux que ce soit moi. Nous ne sommes pas en Louisiane et, si Javotte refuse de te suivre, tu pourrais avoir des ennuis.

Hector se résigna et M. de Vigors, empruntant le chemin-planche, monta à bord du *Daisy Belle II.* Il dut avancer jusqu'au grand hall qui servait, le soir, de salle de danse, avant de rencontrer un membre de l'équipage. L'homme, un chef d'équipe blanc, houspillait des Noirs

1. Bateau à vapeur.

occupés à dérouler le grand tapis qui, dans la journée, recouvrait le parquet ciré.

— Pouvez-vous faire dire à une femme de chambre nommée Javotte qu'on la demande, dit Osmond, après un bref salut.

L'homme considéra d'un œil méfiant cet étranger aux longues jambes, bien vêtu et qui semblait avoir l'habitude du commandement.

— Mais je ne sais pas si je peux...

M. de Vigors ne voulait pas perdre de temps. Il tira un dollar de sa poche et le glissa au marin. Le message fut immédiatement compris et un Noir fut dépêché aux dortoirs des employées. Il revint au bout de quelques minutes, pressant Javotte d'avancer, en plaisantant avec un rire niais. Dès qu'elle aperçut M. de Vigors, la cuisinière baissa les yeux et s'immobilisa, les bras ballants, comme accablée.

— Venez, Javotte, nous rentrons à la maison. Hector est là, qui vous attend..., et les enfants vous réclament... Venez.

Javotte se mit à sangloter sans retenue.

— Mais, m'sieur..., j'ai un engagement avec le bateau.

— Vous avez d'abord un engagement envers moi. Allez chercher vos affaires. Nous partons.

— Mais... y me doivent des sous. J'ai travaillé... Je veux pas partir sans !

En voyant s'avancer un grand barbu, vêtu d'une vareuse à galons et boutons dorés, ouverte sur un tricot blanc, M. de Vigors comprit qu'il allait avoir affaire au commandant.

— Qu'est-ce que vous lui voulez, à cette négresse, hein ?... Vous n'êtes pas un passager !

— Je ne suis pas un passager, capitaine, et j'aimerais vous parler sans témoin.

Sur le pont, Osmond ne mit que quelques minutes à convaincre le marin de libérer Javotte de son engagement. Ce dernier refusa toutefois de payer le salaire complet de la femme de chambre.

— Nous sommes le 29 décembre… Je retiens trois jours. Normal, n'est-ce pas ?

— Le contrat dit que toute semaine commencée doit être payée, intervint aigrement Javotte, toujours attentive à ses intérêts !

Osmond lui fit signe de se taire et remercia le capitaine de sa compréhension.

Son balluchon à la main, la Noire commençait à descendre vers le quai, quand le marin retint M. de Vigors par le bras.

— Je comprends que vous y teniez… Beau brin de fille…, des seins comme une figure de proue… Vous devez pas vous ennuyer, quand il fait un temps comme aujourd'hui. Les Sudistes, toujours les mêmes, hein, la Blanche pour les enfants, la Noire pour le plaisir. Je prendrais bien ma retraite dans ce pays, s'il n'y avait pas autant de cafards !

Osmond sourit et attira l'attention du capitaine vers la scène qui se déroulait sur le quai, près de la Duesenberg. Hector et Javotte, enlacés, pleuraient tous les deux en s'embrassant.

— Vous voyez, je voulais seulement la rendre à son amoureux. Et, croyez-moi, ils seront mariés avant la fin de l'année !

— Ça leur laisse pas beaucoup de temps ! constata l'officier avec un rire qui dissimulait sa confusion.

3

L'animation des fêtes de fin d'année venait à peine de retomber que La Nouvelle-Orléans se mit à la préparation de Mardi gras 1930.

On attendait, cette année-là, des hôtes de marque : l'ancien président des Etats-Unis, Calvin Coolidge [1], et son épouse. Le couple se rendait de Californie en Floride et souhaitait faire étape sur les bords du Mississippi, afin d'assister aux parades du carnaval le plus fameux de l'Union. Dès l'annonce de cette visite, les cercles mondains et politiques de la ville s'étaient mobilisés.

On avait retrouvé, dans les archives, le protocole utilisé lors de la visite, en 1909, du président William Howard Taft [2] à qui la ville avait offert un banquet de quatre cents couverts. Certes, M. Taft était alors président en exercice, mais était-ce une raison pour traiter de façon différente un président en retraite ? Les avis, là-dessus, restaient partagés, pour des raisons parfois étrangères à l'étiquette. Les opposants à Huey Long souhaitaient en effet que Coolidge soit reçu d'une façon plus fastueuse que son prédécesseur. Ce caprice mondain tenait à un effet du hasard, qui aime à organiser des concomitances inopportunes. Le gouverneur de Louisiane avait été amené récemment à plaider, devant la Cour suprême des Etats-Unis, la constitutionnalité d'un

1. Trentième président des Etats-Unis, de 1923 à 1929.
2. Vingt-septième président des Etats-Unis, de 1909 à 1913.

code de droit que les tribunaux ordinaires contestaient. Seul, sans notes ni assistance d'un spécialiste, le Kingfish s'était montré convaincant, défendant brillamment sa thèse devant les juristes les plus éminents. Cela lui avait valu l'admiration du *Chief Justice* des Etats-Unis. Or ce premier magistrat de l'Union n'était autre que William Howard Taft, nommé en 1921 par le président Harding[1].

L'approbation donnée par M. Taft au démagogue, beau parleur, qui gouvernait la Louisiane, déplaisait aux juristes de La Nouvelle-Orléans. Cela expliquait que ces derniers veuillent faire à Coolidge un accueil exceptionnel.

Toutes ces considérations paraissaient bien mesquines à M. de Vigors, mais elles révélaient les thèmes agités dans les salons et les clubs d'une société souvent cancanière et intolérante.

Les aristocrates et les hommes d'affaires louisianais avaient voté, comme la majorité des électeurs du Sud, contre le républicain Coolidge en 1924. Ils reconnaissaient cependant qu'une relative prospérité avait marqué le mandat de ce président. Ils avaient également apprécié l'une de ses phrases demeurées célèbres : « Quand les choses vont bien, le mieux à faire est de les laisser aller. » Cette philosophie politique des plus primaires avait plu à tous ceux, nombreux dans le Sud, qui redoutaient l'ingérence de l'administration fédérale dans leurs affaires. Or la nostalgie de ce passé encore proche prenait d'autant plus de relief que la situation économique commençait à se dégrader, dans le Sud plus qu'ailleurs. Trois mois après le krach de Wall Street, on comptait plus de quatre millions de chômeurs dans l'Union et, depuis septembre 1929, le nombre des demandeurs d'aide sociale s'était accru de 250 %. Déjà le spectre de la misère se profilait sur les campagnes louisianaises, réputées les plus pauvres du pays. A La Nouvelle-Orléans, on proposait maintenant aux chômeurs des travaux d'utilité publique tels que la cons-

1. Vingt-neuvième président des Etats-Unis, de 1921 à 1923.

truction d'un nouvel auditorium municipal, la rénovation des chaussées et trottoirs de Canal Street, l'installation de l'éclairage électrique des grandes artères.

Mais il est dans le tempérament sudiste de ne retenir des perspectives immédiates que les plus faciles ou les plus agréables à vivre. C'est pourquoi on se réjouissait, dans les familles et les bureaux, de la venue pour Mardi gras de la sémillante Mme Coolidge, dont la présence donnerait à Carnaval un lustre supplémentaire.

Née Grace Goodhue, l'épouse de l'ancien président restait la plus populaire des *First Ladies* [1]. Professeur, avant son mariage, dans un collège pour sourds du Massachusetts, elle continuait à marquer son intérêt pour tous les enfants handicapés. La reproduction d'un portrait, peint par Howard Chandler, la représentant vêtue d'une longue robe de soie ponceau et en train de caresser un lévrier dans le jardin de la Maison-Blanche figurait déjà dans les vitrines. C'était une belle image de cette femme au charme radieux.

Charles-Gustave et Clément-Gratien de Vigors s'associaient à leur façon à l'excitation générale. Pour la première fois, ils participeraient à un bal costumé pour enfants, avec leurs cousins Pic et Poc Dubard et d'autres filles et fils de bourbons. Les petits Dubard, toujours influencés par leur mère, la sœur d'Osmond, avaient déjà choisi de se déguiser en Indiens.

Malgré la diminution du pouvoir d'achat, qui devenait sensible pour les commerces de luxe, les couturières se disaient, comme chaque année à cette saison, accablées de travail. Les jeunes filles réclamaient des robes à danser à la mode de Harlem, sortes de chasubles souples sans manches, en lamé or ou argent, assez courtes pour découvrir le genou. Leurs mères, qui n'eussent pas toléré une telle licence en dehors du temps de Carnaval, préféraient

1. Littéralement : premières dames. Epouses des présidents des Etats-Unis.

les toilettes plus raffinées, créées par les couturiers français dont les mannequins venaient, chaque année, présenter les modèles à New York. Les plus jeunes, qui donnaient le ton à la saison, appréciaient les vêtements portés à l'écran comme à la ville par les vedettes des comédies musicales. Ainsi, les robes de Jeanette MacDonald créées pour *The Love Parade,* où la jolie chanteuse dansait avec le séduisant Maurice Chevalier, étaient copiées, avec plus ou moins de bonheur, dans les ateliers de la ville.

Quand Doris de Castel-Brajac fut certaine que Cordelia Murray ne viendrait pas à La Nouvelle-Orléans pour Mardi gras et quand M. de Vigors lui eut donné à entendre qu'il la conduirait à plusieurs bals, où leur présence ne soulèverait aucun commentaire malicieux, elle choisit deux toilettes de Jean Patou : une housse de mousseline vert d'eau à pans et à nœuds, passée sur un fourreau court d'un vert plus soutenu, et une longue robe de soie blanche, agrémentée d'un plissé en cascade et d'une écharpe drapée.

Quand vinrent les jours de fête tant attendus par les enfants, Clem et Gusy ne ratèrent pas une parade. Le bal costumé où ils se rendirent — Gusy déguisé en pirate de Laffite, Clem en d'Artagnan — leur laissa une moisson de souvenirs qu'ils égrenèrent, dès leur retour, devant leur père. Gusy, dont le cache-œil noir avait donné des frissons aux fillettes quand il menaçait de le relever pour montrer une orbite prétendue vide, tenait toutes ses cavalières pour mijaurées. Clem, beaucoup plus ému, rapporta qu'il avait offert sa moustache postiche de mousquetaire à la fille d'un riche Texan, nommée Linda.

— Linda danse rudement bien. D'ailleurs, elle veut danser à l'Opéra. Elle me l'a dit. Mais son papa, M. Dixon, je crois bien qu'il vend des vaches, parle très fort et rit tout le temps. Et puis elle a quatre frères, qui couraient partout pendant le bal et qui savent même pas danser le *reel* de Virginie. Mais Linda...

— Eh bien, tu as l'air entiché de cette demoiselle, mon garçon. Fais attention, les Texanes ne sont pas commodes, dit Osmond.

Clem rougit jusqu'aux oreilles. Et Gusy intervint :

— Elle a la peau pas très blanche, cette Linda. On dirait bien une métis. Une dame l'a regardée et a dit comme ça : « D'où sort-elle ? Comment l'a-t-on laissée entrer avec nos enfants ? » Mais Mme Finley a répondu comme ça : « Son père, c'est un des hommes les plus riches du Texas », et elle a montré M. Dixon. N'empêche que Linda elle a la peau...

Clem, qui s'était contenu, éclata en bafouillant d'indignation :

— Tais-toi... Linda, c'est pas une métis ni sa mère non plus... et sa peau, elle est de cette couleur dorée à cause du soleil. Elle m'a dit qu'elle a un poney et une piscine et qu'elle passe toute la journée dehors quand elle n'est pas avec son institutrice...

— Et puis elle est plus grande que toi d'au moins deux pouces, dit Gusy, à court d'arguments.

— Pff ! Pff ! Tu dis ça parce qu'elle n'a pas voulu danser avec toi ! Tu es jaloux !

M. de Vigors et Doris sourirent.

— Voici notre Clem amoureux d'une Texane, Osmond !

— Les amours enfantines sont pures et fugaces. Dans une semaine, il aura oublié.

Javotte et Hector, depuis leur mariage — conclu, organisé et consommé sans beaucoup de cérémonie — habitaient deux pièces confortablement aménagées, au-dessus des anciennes remises transformées en garage.

Le couple constituait, pour les petits Vigors, un auditoire de choix. Le récit du bal costumé, sans cesse augmenté de nouveaux détails, fut pendant quelques jours le thème des monologues alternés des deux frères. La représentation du *Jongleur de Notre-Dame* leur fournit bientôt un nouveau sujet de conversation et d'enthousiasme. Ils préférèrent cependant, au miracle mis en musique par Jules Massenet, ouvrage dépourvu de rôle féminin mais où celui de Jean le naïf, jongleur, était cependant tenu par Mary Garden [1], la comédie de Germaine Acremant : *Ces dames aux chapeaux verts*. Les personnages des vieilles filles maniaques leur rappelèrent les demoiselles Oriane et Olympe Oswald, dont les atours démodés amusaient les garçons. M. de Vigors refusa, en revanche, de conduire ses fils à la représentation de *Lucie de Lammermoor* de Donizetti, donnée à l'auditorium municipal par The Formichi's Chicago Civic Opera. Le planteur jugea cette histoire d'amour, de folie et de mort un peu trop osée pour des garçons de neuf et dix ans.

Au cours de la saison de carnaval, Osmond et Doris de Castel-Brajac passèrent quelques soirées agréables en compagnie de gens que Mardi gras leur donnait l'occasion de revoir ou de rencontrer. M. de Vigors avait jugé inutile de commander à son tailleur une nouvelle tenue de soirée d'hiver. Son allure Vieux Sud, à laquelle aucun apprêt vestimentaire ne pouvait ajouter ou retrancher, lui permettait d'être partout à l'aise. Les jeunes filles romanesques trouvèrent du charme à cet homme distant, aux tempes précocement argentées. Les gens de son milieu et de sa génération virent dans l'habit de coupe austère porté comme un uniforme un signe d'indépendance aristocratique à l'égard des modes.

Au bras de cet être longiligne, au visage osseux marqué d'un sourire énigmatique, la sage beauté de Doris de Castel-Brajac prenait une fraîcheur et un orient remarqués. Les réflexions entendues sur le passage du couple eussent amusé autant Osmond que Doris. Elles relevaient toutes de la spéculation mondaine la plus banale.

— Il sort la cousine de la pauvre Lorna, c'est pour la marier, dit une dame âgée.

1. Cantatrice née à Aberdeen (Ecosse), 1877-1967. Elle créa le rôle de Mélisande dans *Pelléas et Mélisande*, de Debussy, à l'Opéra de Paris, le 27 avril 1922.

— Ce ne sera pas difficile, elle est superbe. Vous avez vu cette taille et cette démarche ! En plus, c'est une fille unique, ajouta sa voisine.

— On dit que son père a été durement éprouvé par le krach et que ses affaires de Floride ne sont pas brillantes. Alors, la dot..., fit un magistrat avec une moue dubitative.

— S'appeler Castel-Brajac et être la cousine, même par alliance, d'Osmond de Vigors, mon cher, c'est la plus belle dot. Elle pourrait bien décrocher un de ces Texans cousus d'or qui nous ont envahis cette année, observa la mère de deux filles à marier.

— Il pourrait aussi bien l'épouser lui-même, imagina, l'air pensif, une de ces demoiselles.

— On dit que les femmes ne l'intéressent plus... et puis je le trouve... réfrigérant, trancha sa sœur.

Au cours des soirées, Mlle de Castel-Brajac ne put éviter une seule danse. Les jeunes hommes des meilleures familles se précipitèrent pour obtenir une inscription sur le carnet de bal de Doris. Plus d'un risqua une cour feutrée. Certains, plus audacieux, voulurent savoir à quel bal le mari de sa défunte tante la conduirait les jours suivants. Doris prit plaisir à ces jeux mondains sans conséquence mais ne connut de vrai contentement qu'en dansant quelquefois avec Osmond. Ce dernier passait le plus clair de son temps à évoquer la situation économique avec des juristes ou des élus de l'opposition, les amis de M. Long n'étant jamais invités aux réunions où se rencontraient les descendants des vieilles familles.

Le gouverneur détestait Mardi gras qui lui ôtait la vedette. Sans influence sur l'organisation des multiples divertissements, il redoutait la liberté d'expression de ceux qui, sous couvert des parades, comédies, farces, pitreries et canulars communément admis pendant cette période, caricaturaient sa personne, ses attitudes et, parfois même, sa politique. Pour Huey Long, qui proclamait « chaque homme est un roi », il était vexant de ne pas pouvoir faire agréer par tel ou tel club un roi de Carnaval !

Les *Krewes*[1], organisateurs des bals et défilés, vieilles institutions conservatrices dont les membres se cooptaient dans l'aristocratie, les professions libérales et les milieux d'affaires huppés, ignoraient le Kingfish et ses partisans. Mais ce dernier, en démagogue avisé, ne pouvait mésestimer l'impact populaire de réjouissances qui rassemblaient tous les Louisianais. Aussi critiquait-il en termes vigoureux le snobisme des clubs et ne cachait-il pas son intention de réformer Mardi gras. Son tempérament autoritaire et ses méthodes dictatoriales ne pouvaient s'exercer dans un domaine où l'Administration n'avait rien à voir.

On murmurait cependant que des juristes, à la solde du gouverneur, préparaient une nouvelle réglementation de la circulation urbaine qui permettrait de contrôler, voire d'interdire, au nom de l'ordre public, certaines parades de caractère trop nettement oppositionnel.

Les plus chauds supporters du Kingfish refusaient d'envisager de telles actions. Priver les Louisianais de leur Mardi gras traditionnel, célébré depuis le jour de février 1697 qui avait vu Iberville camper au bord du Mississippi sur le futur site de La Nouvelle-Orléans, déclencherait à coup sûr une révolution, chez les Noirs comme chez les Blancs. Ce serait, pour Huey Long, un suicide politique.

De temps à autre, au cours des bals, M. de Vigors abandonnait les petits cercles où l'on évoquait avec ironie ces questions en annonçant à la cantonade : « Il faut tout de même que je fasse danser, moi aussi, la petite Doris ! »

Cette phrase déclenchait fréquemment une série de réflexions moqueuses : « C'est cela ! Plaignez-vous ! » ou papelardes : « Eh, eh ! ce n'est tout de même pas une corvée ! » ou encore patelines : « Voulez-vous, mon cher, que je vous remplace ? »

Osmond s'en tirait par une boutade et enlevait Doris

1. Terme de La Nouvelle-Orléans utilisé pour la première fois par le Mistick Krew of Comus en 1857. Il peut s'agir d'une déformation du mot anglais *crew* qui signifie : équipe ou équipage. Les Orléanais, divisés sur l'origine de ce mot, le traduisent en général par : organisation.

pour une valse, qu'aucun des admirateurs de la jeune fille ne dansait mieux que lui.

Si les représentants des vieilles familles, mis à part quelques opportunistes prêts à trahir leur classe pour des sinécures, refusaient de fréquenter Huey Long et son entourage, ils ne purent se dispenser d'inviter ès qualités le gouverneur au banquet offert le 3 février, à l'hôtel Roosevelt, aux époux Coolidge.

Se souvenant des circonstances qui, en 1923, avaient permis au vice-président Coolidge d'accéder à la présidence, Osmond de Vigors et ses amis s'étaient assurés d'un menu sans crabe[1]. Mais personne ne s'attendait au scandale que causa l'apparition de M. Long. Vêtu d'un costume marron, d'une chemise bleu pâle et arborant fièrement une de ces cravates bariolées aux tons agressifs que portent le dimanche les fermiers, le gouverneur, ainsi accoutré, prit place, avec trente minutes de retard, près de la très élégante Mme Coolidge. Tous les convives en tenue de soirée eurent un haut-le-corps, mais le Kingfish, nullement désarmé et plein de verve, commença à poser à sa voisine des questions sur la vie quotidienne à la Maison-Blanche.

A la fin du dîner et pour répondre au désir des journalistes, les Coolidge ayant accepté de se faire photographier avec Huey Long, on entendit ce dernier lancer aux opérateurs : « C'est une photo de l'ancien et du futur présidents. » Cette phrase, reprise par les journaux, amusa les lecteurs, mais ceux qui commençaient à évaluer la mégalomanie de Huey Long y virent la première manifestation publique d'une ambition démesurée.

De surcroît, depuis son accession au pouvoir, Huey se prenait volontiers pour un play-boy. Il n'en possédait ni le physique ni le savoir-faire mondain. A trente-sept ans, avec une face ronde et colorée, un gros nez en trompette, un

1. C'est au cours d'un voyage à San Francisco, en août 1923 que le président Warren Gamaliel Harding fut intoxiqué par un plat de crabe. Il succomba, quelques jours plus tard, à une attaque d'apoplexie et Calvin Coolidge, alors vice-président, fut appelé à lui succéder.

toupet de cheveux brun-roux frisottés, qui sautillait sur le front quand il s'animait, le menton dodu, partagé par une fossette verticale, l'œil égrillard et le verbe haut, le gouverneur de Louisiane ressemblait à un fils de paysan enrichi, entreprenant et retors. Le canotier ou le feutre incliné sur le sourcil, il adorait se faire photographier au milieu de ses amis ou des officiers de la garde nationale dont il avait fait dessiner les nouveaux uniformes. Un des derniers clichés publiés le montrait assis sur une murette, au milieu des jolies étudiantes de la L.S.U.[1] vêtues de shorts et coiffées de chapeaux texans. Sur une autre image, M. Long serrait gravement la main d'un chômeur. Il venait de répéter, une fois de plus, à un électeur : « Les riches doivent payer et nous partagerons leur fortune ! »

Le petit scandale du banquet Coolidge était à peine oublié que le gouverneur donna une nouvelle preuve de son mépris des convenances. Cette fois-ci, le manquement à l'étiquette faillit avoir des conséquences diplomatiques, l'offensé étant le commandant du croiseur allemand *Emden,* en visite à La Nouvelle-Orléans, Lothar von Arnauld de La Périère[2]. Ce descendant d'une vieille famille protestante française, au service de la Prusse depuis le XVIIIe siècle, était considéré, dans la marine allemande vaincue, comme un héros. Bert Belman, le beau-frère de Bob Meyer, ne se priva pas de rendre visite à l'*Emden* et de clamer son admiration pour un compatriote célèbre.

Von Arnauld de La Périère, successivement commandant des sous-marins *U35* et *U139* pendant la guerre de 1914-1918, avait coulé plus de cinq cent mille tonnes de bateaux alliés. Il s'enorgueillissait notamment d'avoir envoyé par le fond un inoffensif voilier britannique chargé

1. Louisiana State University.
2. 1886-1941. Il quitta la marine allemande en 1931, pour devenir conseiller technique de la marine turque. Rappelé en 1939 comme vice-amiral, il commandait la marine allemande à Dantzig puis, après la défaite de la France en 1940, le front de mer, des Pays-Bas à la frontière espagnole. Il périt dans un accident d'avion, en 1941.

de tortues destinées à la soupe des Londoniens ! Cet aimable Prussien, héritier d'une particule française, méprisait les lois de la mer. Il torpillait les cargos désarmés sans donner le temps aux équipages de mettre à l'eau les chaloupes de sauvetage et cochait sur le registre des Lloyds les bateaux détruits. Chaque « victoire » était arrosée au champagne à bord de son sous-marin.

Quant au croiseur léger *Emden,* il avait fait partie, le 21 novembre 1918, des soixante-douze navires de guerre remis aux Alliés à Firth of Forth, au large des côtes anglaises, au cours de la grandiose et humiliante reddition des restes de la flotte allemande. Ce bâtiment accosté quai Saint-Pierre, à New Orleans, était aussi l'un des rescapés de cette même flotte qui, généreusement laissée à la garde des marins allemands à Scapa Flow jusqu'au traité de paix, avait reçu l'ordre de son chef, le vice-amiral Reuter, de se saborder le 21 juin 1919.

Si le mari de Margaret Foxley et son fils, Carl Heinrich, se réjouissaient de voir le pavillon du Reich mêlé aux pavois des navires américains et étrangers, nombreux furent les anciens combattants qui se tinrent à l'écart de la réception offerte à Lothar von Arnauld de La Périère. Mais le réflexe patriotique de ceux qui avaient eu l'occasion, à Saint-Mihiel et dans l'Argonne, d'en découdre avec les Allemands n'entra pas en ligne de compte dans l'humiliation protocolaire que le Kingfish fit subir au commandant de l'*Emden.*

Quand ce dernier, en grand uniforme, arborant toutes ses décorations et accompagné du consul d'Allemagne, M. Rolf L. Jaeger, se présenta à l'hôtel Roosevelt, un dimanche matin, pour saluer le gouverneur dûment averti de cette visite, il ne fut pas peu surpris d'être accueilli par un Huey Long en pyjama vert ! La robe de chambre rouge et bleu que le Kingfish s'empressa d'enfiler, non plus que les mules qu'il chaussa n'atténuèrent l'impression causée sur ses visiteurs. Un reporter présent à l'entrevue raconta que le Kingfish était, ce jour-là, comme *an explosion in a paint factory*[1]. Le commandant et le consul considérèrent aussitôt que leur pays venait d'être insulté et le firent savoir à M. Seymour Weiss, directeur de l'hôtel Roosevelt. Colonel de la milice et ardent supporter de Huey Long, Weiss, après bien des palabres, obtint que les Allemands n'informent pas leur gouvernement et fit admettre comme une excuse suffisante une visite officielle du gouverneur à bord du croiseur *Emden*.

« Nous n'allons tout de même pas commencer une nouvelle guerre avec l'Allemagne pour une question de pyjama », dit un témoin.

Le lendemain, quand Huey Long, résigné à faire amende honorable, se présenta devant son ami Seymour Weiss, avant de se rendre au port, le directeur du Roosevelt faillit avoir une syncope. Le gouverneur portait une queue-de-pie, un pantalon rayé et des guêtres, ce qui était bien..., mais il arborait sur son plastron une cravate... rouge ! Weiss offrit sa cravate grise, mais il dut emprunter un *fedora*[2] à un ami : le gouverneur, ne possédant aucun couvre-chef de cérémonie, menaçait de coiffer son canotier favori !

L'incident, abondamment commenté par la presse nationale, amusa pendant une semaine les salons conservateurs de La Nouvelle-Orléans. Quand une belle Polonaise, en visite pour Mardi gras, prit la défense de Huey Long, l'hilarité fut générale. Cette dame soutint que les dictateurs, Benito Mussolini, en Italie, et Miguel Primo de Rivera, en Espagne, recevaient communément leurs visiteurs en pyjama !

Bob Meyer, que la fureur de Bert Belman, jusque-là supporter de Huey Long, avait réjoui, trouva matière à exercer sa causticité habituelle.

— Désormais, aux réceptions du gouverneur, tous les

1. Littéralement : une explosion dans une fabrique de peinture.
2. Chapeau de feutre à bord roulé, ainsi nommé par les Américains d'après la coiffure portée par un personnage de la pièce en quatre actes de Victorien Sardou (1831-1908) *Fédora*.

messieurs seront en pyjama et les dames en chemise de nuit... On ne va pas s'ennuyer.

Osmond, qui ne mésestimait ni l'intelligence ni la ruse de Huey Long, refusa de mettre sur le compte de l'ignorance des convenances les impairs du gouverneur.

— Il viole le protocole pour se faire de la publicité. Le bon peuple apprécie sa simplicité rustique et le fait que ni les puissants ni leurs conventions bourgeoises n'impressionnent le champion. Le « marxiste des clochards », comme le nomment certains, sait ce qu'il fait.

— Il se conduit souvent comme un cul-terreux, reprit Bob.

— Je ne nie pas les lacunes apparentes et cachées de l'éducation de notre gouverneur, ni ses goûts vulgaires, ni ses façons de bateleur, mais je suis certain qu'il sait exploiter ses déficiences aussi bien que ses dons. C'est cela, l'intelligence.

Et d'ailleurs, quand ses familiers ou ses supporters les mieux intentionnés tentaient de convaincre Huey de prendre davantage soin de son image sociale, le gouverneur répondait avec un gros rire : « Je suis *sui generis ;* je suis comme je suis ! »

Quand parut, le 26 mars 1930, le premier numéro de l'hebdomadaire lancé par le gouverneur, *The Louisiana Progress,* tous ses adversaires comprirent que le Kingfish allait développer une nouvelle offensive de séduction. Puisque les grands journaux de l'Etat, aux mains des conservateurs, étaient hostiles à sa politique, Long, comme d'autres gouverneurs d'Etat, aurait désormais un organe de presse à sa dévotion.

Dès le premier éditorial, les objectifs de *The Louisiana Progress* apparaissaient clairement : enterrer les fossiles conservateurs, chasser les politiciens véreux, éliminer ceux qui font obstruction au progrès social, démasquer les foutres et les profiteurs, faire en sorte que les citoyens aient les oreilles et les yeux ouverts, ne craignent pas d'exprimer une opinion et tiennent leur main prête à glisser un bulletin dans l'urne !

Pour diriger l'équipe rédactionnelle de ce journal de huit pages, Huey Long avait recruté un ancien rédacteur en chef du *Times-Picayune* et débauché du *New Orleans Item* l'excellent dessinateur humoriste Trist Wood.

Aux curieux qui s'intéressaient au financement de l'hebdomadaire, il fut répondu que le gouverneur avait trouvé trois commanditaires ayant investi chacun huit mille dollars. Bientôt les fonctionnaires qui devaient leur poste à M. Long furent invités à verser 20 % de leur salaire au journal et tous les employés de l'Etat durent non seulement souscrire un abonnement personnel, mais, de surcroît, suivant leurs émoluments, acheter deux ou trois exemplaires avec mission de les offrir à des opposants. Le docteur Pugh, le très estimé médecin de Napoleonville qui, en 1920, avait donné les premiers soins à Bob Meyer après son accident d'avion, recevait chaque semaine cinq numéros de *The Louisiana Progress*. Car, afin d'augmenter la diffusion de l'hebdomadaire, Long utilisait les listes électorales. Il sollicitait fréquemment les membres du parti démocrate. Il punissait, à l'occasion, les employés de l'Administration qui ne se montraient pas assez coopératifs. Une veuve, secrétaire dans un service public, perdit son emploi pour avoir, à plusieurs reprises et ostensiblement, jeté dans la corbeille à papier du bureau de poste le journal qu'elle trouvait chaque semaine dans sa boîte postale.

De tels faits indignaient les citoyens, conscients du danger que Long faisait courir à la démocratie.

— L'intimidation relève des méthodes dictatoriales, constata Bob Meyer.

— M. Long ne cache pas que ses modèles sont MM. Mussolini et Hitler. Le premier est déjà bien installé en Italie et le second, avec le parti nazi, rêve de prendre le pouvoir, compléta Osmond.

Cependant, M. de Vigors, comme tous les propriétaires terriens de Louisiane, était plus préoccupé par les nouveaux impôts imaginés par le gouverneur pour faire, suivant son expression familière, « payer les riches ». Au mois de mai, alors que la famille se préparait à regagner Bagatelle pour l'été, un haut fonctionnaire de l'administration fiscale, ancien condisciple d'Osmond à la faculté de droit, se présenta avenue Prytania. Osmond admit volontiers que ce fils de banquier se soit, par idéalisme, rallié à la cause défendue par M. Long : faire de la Louisiane un Etat moderne et prospère, en construisant des routes et des ponts, en agrandissant les universités, en créant de nouvelles activités industrielles, en assurant un meilleur niveau de vie aux plus modestes, afin de stimuler le commerce.

— Pour faire comprendre et admettre ces buts aussi bien aux possédants qu'aux intellectuels, il est nécessaire que des gens connus, dont la façon de vivre inspire confiance, dont les noms sont des phares et qui ne sont pas des politiciens, cessent de soutenir une opposition rétrograde et égoïste. Ils doivent même renoncer à l'indifférence que leurs moyens rendent confortable...

— Cet exorde me paraît prometteur. Que venez-vous me proposer ? coupa Osmond.

— Eh bien, il est probable que le taux de vos impôts, fonciers notamment, pourrait être reconsidéré si vous souteniez l'effort politique de notre gouverneur. Au lieu de participer financièrement, contraint et forcé, à l'œuvre entreprise, vous pourriez apporter, en publiant votre confiance, une collaboration plus efficace et... moins coûteuse.

Jusque-là, M. de Vigors s'était montré courtois avec ce juriste dont il connaissait la famille, mais la proposition qu'il venait d'entendre le fit sursauter. Le regard dur, les maxillaires noués, il quitta vivement son fauteuil pour signifier la fin de l'entretien. Surpris, le fonctionnaire se leva à son tour.

D'un geste, Osmond lui indiqua la porte.

— Je préfère mille fois payer les impôts et les taxes démesurés que vous nous infligez plutôt qu'encourager la mégalomanie de votre maître. Et souvenez-vous de cette phrase de Montesquieu : « Quand les sauvages de la Louisiane veulent avoir du fruit, ils coupent l'arbre au pied et cueillent le fruit. Voilà le gouvernement despotique [1]. » Ne dirait-on pas que ce grand magistrat du XVIIIe siècle avait prévu Huey Long ?

Décontenancé, l'envoyé du parti *Longist* salua et s'en fut sans répliquer.

En dépit de la crise économique qui s'aggravait de mois en mois et malgré les menées inquisitoriales des fonctionnaires du fisc, l'été fut animé et gai à Bagatelle. Dès le mois de juin, on vit revenir les habitués, parents ou amis, et une foule d'enfants, cousins, cousines, fils et filles des familiers pour qui le domaine, la vieille demeure et ses dépendances constituaient un univers de liberté. Javotte régnait sur ce petit monde turbulent par la générosité des goûters au cours desquels s'exerçait sa compétence pâtissière et, quelquefois, par la menace d'en appeler à m'sieur Osmond quand la sottise devenait dangereuse.

Stella, la mère de M. de Vigors, qui, au fil des ans, semblait s'amenuiser, se réduire, en prenant l'aspect fripé mais respectable d'une momie indienne, tenait le rôle mondain de la maîtresse de maison. Toujours vêtue avec recherche, dans les tons pastel, elle apparaissait au bras de son fils pour présider les réceptions et les dîners importants. Chacun se faisait un devoir de s'asseoir un moment près d'elle sur la galerie, pour parler de la famille, des amis, préciser l'âge du dernier des Dubard ou rappeler le souvenir de quelque défunt. Faustin, son mari, veillait à ce qu'elle ne se fatiguât pas, le cœur de cette femme de cinquante-sept ans étant devenu fragile.

Doris de Castel-Brajac et Alix, la sœur d'Osmond, se partageaient les responsabilités matérielles, qui n'étaient

1. *De l'esprit des lois* (1748).

pas minces quand la maison et ses annexes se remplissaient d'invités. Cet été-là, les courts de tennis ayant été rénovés, le tournoi du Baga Club donna l'occasion aux enfants de plus de dix ans de faire leurs débuts dans un sport depuis longtemps pratiqué à Bagatelle. Quant aux adultes, ils disputèrent avec acharnement, malgré la chaleur encore forte des fins d'après-midi, des séries de matches arbitrés par le docteur Dubard.

Ce fut à Mark Alvin Allerton, associé à sa belle-sœur, Aude Oswald, que Stella remit la coupe des vainqueurs du double mixte. Clary Barthew, le plus jeune frère de Lorna, reçut le trophée Castel-Brajac toujours destiné, suivant le vœu exprimé autrefois par oncle Gus, au joueur le plus malchanceux. Le fonctionnaire fédéral s'était en effet foulé le poignet au cours de la finale du double mixte qu'il était en passe de remporter avec sa partenaire, nouvelle venue dans le cercle des Bagatelliens.

Orpheline de mère, Deborah Merrit, que tout le monde appelait Debbie, avait été tout de suite adoptée. Pensionnaire à Grand Coteau, la jeune fille aurait dû passer l'été seule en compagnie des dames du Sacré-Cœur si les Oswald ne l'avaient invitée pour les vacances. Son père, Archibald Madison Merrit, fabricant de conserves et brasseur à Saint Louis (Missouri), passait l'été dans le Massachusetts, où dix épiciers venaient de s'associer pour produire et vendre des aliments surgelés. M. Merrit comptait bien, après étude et expérimentation, conclure un accord commercial avec ces novateurs. Il avait été fort aise de confier Debbie aux Oswald, à la suggestion de la supérieure du collège de Grand Coteau. Il semblait avoir ses raisons pour tenir Deborah éloignée de la famille louisianaise de sa défunte épouse. La jeune fille, née et élevée à Saint Louis, n'avait d'ailleurs jamais eu de contact avec sa parenté maternelle, que l'on supposait de modeste extraction.

Clary Barthew, avec l'assurance d'un agent du Trésor promis à de hautes fonctions fédérales et l'aisance du célibataire bien installé dans son célibat, avait aussitôt pris l'orpheline sous sa protection. Osmond et Doris supposèrent rapidement qu'il n'était pas insensible au charme de cette fille de dix-sept ans, agréable à regarder et d'une parfaite éducation.

Bien que cela n'eût pas l'heur de plaire à Mlle de Castel-Brajac, dont Nicholas Benton, le médecin, fut souvent le chevalier servant, M. de Vigors convainquit Cordelia Murray de confier, pendant deux semaines, son père à une garde et de venir se reposer à Bagatelle. La jeune femme accepta mais tint, pour des raisons évidentes, à loger hors de la plantation. Osmond, qui s'attendait à cette réserve et l'approuvait, demanda aux Oswald d'héberger la New-Yorkaise.

Bob Meyer, au fait des relations particulières de son ami avec Cordelia, facilita les tête-à-tête, mais les amants ne purent passer qu'une seule et breve nuit ensemble, lors d'une escapade aérienne à Grand Isle, à l'embouchure du Mississippi. Sous prétexte de voir et photographier les maisons sur pilotis des pêcheurs rustiques que connaissait M. de Vigors, le couple fut transporté en avion par Bob à Morgan City d'où il se rendit, par la route, jusqu'à un hôtel fréquenté par les touristes.

— Toutes ces cachotteries me mettent mal à l'aise, dit Osmond à l'heure du petit déjeuner.

— Cette nuit, vous ne sembliez pas mal à l'aise pourtant, répliqua Cordelia en riant.

— Comprenez ce que je veux dire. La dissimulation n'est pas mon fort et...

— ... Et il ne faut pas que la soupçonneuse Doris puisse s'émouvoir, n'est-ce pas ?

— Votre réputation est en jeu, Cordelia !

— Et la vôtre donc, cher Cavalier ! Si j'avais la peau noire ça ne ferait pas scandale..., mais, pensez donc, une Yankee blonde !

— Pourquoi dites-vous cela ? intervint vivement Osmond, se demandant ce que Cordelia pouvait savoir de ses rapports avec Liz Bogen.

— Parce qu'il est bien connu, depuis deux siècles, qu'un Cavalier, célibataire ou non, peut avoir une maîtresse noire sans que cela tire à conséquence ni suscite de commentaires désobligeants. M. Thomas Jefferson lui-même... Mais je vous crois incapable de pousser l'hypocrisie jusque-là, Osmond.

M. de Vigors se tut. Son orgueil autant que son amour-propre souffraient d'une situation qui pouvait, d'un jour à l'autre, tourner au vaudeville.

Quand Mlle Murray eut regagné New York, avec la promesse d'une prochaine visite de son amant, Osmond fit part, à l'heure du cigare d'après dîner, de ses alarmes à Bob, le seul être au monde à recevoir ses confidences intimes.

Après un instant d'hésitation silencieuse, Meyer se pinça plusieurs fois le nez entre pouce et index. Osmond savait que ce geste traduisait depuis l'enfance chez son ami une gêne quelconque. Nul doute que l'aviateur avait à dire des phrases délicates.

— Cordelia et moi, nous avons eu, à ton sujet, une conversation sérieuse, commença-t-il.

— Aïe !

— Oui, cette fille de banquier est beaucoup plus intelligente et réfléchie qu'il ne paraît. Une chose est certaine : elle t'aime. Une deuxième chose est sûre : elle t'aime assez pour se satisfaire du peu que tu lui apportes. Une troisième chose, enfin, lui paraît inéluctable : un jour ou l'autre, tu épouseras Doris !

Osmond, interloqué, prit le temps de tirer une longue bouffée de son havane.

— Et d'où lui vient cette idée ?

— Je lui ai posé la question, figure-toi !

— Et alors ?

— Cordelia estime que l'héritière des Castel-Brajac est la seule épouse qui puisse te convenir. La seule femme capable de t'aider à élever tes fils, ce qu'elle fait déjà ! Avec beaucoup de franchise, Cordelia a ajouté qu'elle n'accepterait jamais de vivre ici, entre Bagatelle et La Nouvelle-Orléans ; qu'elle ne pourrait jamais se satisfaire, comme les dames sudistes, du rôle d'épouse qui fait les enfants, sert de présentoir élégant à son mari, donne des thés et des dîners. Elle m'a dit textuellement : « J'ai un cerveau, des capacités, des compétences acquises et même une sorte de profession. Je tiens à ma façon de vivre et j'ai horreur de l'indolence protégée. » En somme, tu n'as pas de souci à te faire, tu lui vas comme amant, mais elle ne cherche pas de mari. Ça t'arrange plutôt, non ?

— « L'amour naquit entre deux êtres qui se demandaient le même plaisir [1] », cita Osmond.

— Elle m'a cependant confié : « Je l'aime assez pour l'épouser, si un jour il est seul et malheureux. Mais je crois sincèrement qu'en dehors de ce cas notre union ne serait pas une bonne chose. »

— Eh bien, laissons les choses aller et jouissons, mes frères, des plaisirs de la vie ! conclut Osmond avec un peu d'amertume.

L'indépendance ainsi affirmée de Cordelia le décevait.

Le 16 juillet, *The Louisiana Progress* annonça la candidature de Huey Pierce Long au Sénat des Etats-Unis. Les élections devant avoir lieu en novembre, le Kingfish n'avait que la fin de l'été et le commencement de l'automne pour mener campagne. Avec le manque de modestie qui le caractérisait, il proclama bientôt : « J'ai donné tout ce que je pouvais à la Louisiane, maintenant je désire apporter mon aide au reste du pays. »

— Et allez donc ! un messie nous est promis, commenta Omer Oscar Oswald, dont l'indulgence passée pour le gouverneur avait été sérieusement entamée par les dernières augmentations des taxes et impôts !

— La dette publique de la Louisiane, qui était de 11 millions de dollars en 1928, a triplé et le projet du

1. Rivarol, *Fragments et pensées philosophiques* (éditions Mercure de France, Paris, 1923).

nouveau capitole venant après la nouvelle résidence du gouverneur, où le Kingfish s'est maintenant installé, va vous coûter cher, mes amis, ajouta Clary qui, fonctionnaire du Trésor fédéral, possédait des données exactes sur les finances louisianaises.

Osmond de Vigors se tut, gardant pour lui ses inquiétudes quant à l'avenir de Bagatelle, dont il faudrait l'an prochain réduire le train.

La dernière semaine des vacances, alors que les Bagatelliens envisageaient déjà la dispersion de la rentrée, fut endeuillée par la mort soudaine et discrète du Vétéran. Un matin, David Meyer remarqua, avant tout le monde, que les couleurs — la bannière étoilée et le drapeau de la Confédération — n'avaient pas été hissées aux mâts dressés face à la maison du vieil homme.

— C'est toujours lui, avec ses lunettes, qui voit les choses avant les autres, constata Gusy, aussitôt prévenu par le fils de Bob.

Les deux garçons, auxquels se joignit une petite Dubard, coururent frapper à la porte de leur vieil ami. Celle-ci n'était pas verrouillée et les enfants pénétrèrent dans la maison en appelant le Vétéran.

— Général, général, dormez-vous encore ? L'ennemi doit voir nos couleurs, ho ho, ho ho, cria Gusy.

— Ho ho, ho ho, général, réveillez-vous ! reprirent les autres.

Ce fut la fillette qui, en entrant dans la chambre, trouva le vieil homme, immobile et les yeux clos, dans son lit. Les appels demeurant vains, Gusy s'enhardit jusqu'à lui prendre la main pour le secouer, imaginant que leur ami mimait le sommeil. Mais l'enfant laissa retomber le membre inerte avec effroi. La main était froide et les doigts raides. Dominant son émotion, il se tourna vers ses compagnons.

— Y dort pas..., je crois bien... qu'il... est... mort ! articula-t-il avec difficulté.

Aussitôt, tous prirent leur course vers la maison où l'heure du petit déjeuner venait de rassembler les adultes.

Osmond remarqua tout de suite la pâleur de son fils.

— Que se passe-t-il, Gusy ?

— Je crois bien que le Vétéran, il est mort cette nuit, lança le garçon d'une voix forte, conscient d'annoncer une nouvelle grave.

Ayant parlé, il se jeta dans le giron de Javotte et se mit à pleurer. Souvent, au cours des semaines écoulées, l'ancien soldat confédéré avait distrait les enfants, assis en cercle autour de son fauteuil d'osier, à l'ombre d'un chêne, par des anecdotes épiques. Grâce à lui, tous se souviendraient, au long de leur vie, qu'ils avaient entendu, de la bouche d'un témoin direct, le récit coloré des batailles de Bull Run, de Gettysburg ou de Mansfield, la chronique des exploits de Jeb Stuart, l'évocation de la mort de Stonewall Jackson, l'odyssée d'Alexander Mouton et les faits d'armes de cent autres valeureux fils du Sud. Même si ces héros de chair et de sang rejoignaient, dans la mémoire collective des Bagatelliens de cette génération, grands lecteurs de romans de chevalerie et d'aventures, d'Artagnan, Ivanhoé, Robinson Crusoé, le capitaine Nemo et Phileas Fogg, les évocations, parfois emphatiques, du Vétéran resteraient à jamais pour Gusy, Clem, David et les autres marquées du sceau de l'authenticité.

M. de Vigors voulut que le Vétéran soit inhumé au milieu des soldats confédérés, dans le cimetière militaire de Port Hudson, à proximité du lieu où, durant le printemps et l'été 1863, s'étaient affrontées l'armée nordiste du général Nathaniel P. Banks et les troupes sudistes du général Frank Gardner. Le site, sur la rive gauche du Mississippi, en face de False River, appartenait maintenant aux 3 804 morts de l'Union et aux 3 262 morts confédérés, dont les tombes portaient souvent la mention *unknown* [1].

Afin de donner aux funérailles un caractère militaire, Osmond obtint la présence d'un détachement du Washington Artillery, le plus ancien régiment de La Nouvelle-

1. Inconnu.

Orléans, et c'est à bord d'un remorqueur, loué pour la circonstance, que le cercueil du vieux soldat traversa le Mississippi. En débarquant sur la rive gauche du fleuve, les Bagatelliens découvrirent que des délégations se préparaient à suivre le cortège : Daughters of the American Revolution, Daughters of the Confederacy, Sons of the Confederate Veterans s'étaient rassemblés derrière leurs drapeaux et emblèmes.

M. de Vigors, revêtu de son uniforme de *Major,* le docteur Dubard portant sa tenue blanche de vice-amiral et Mark Allerton arborant ses récents galons de premier lieutenant conduisaient le deuil. Une vingtaine d'enfants, entraînés en bon ordre par Gusy et Clem présentant sur des coussins l'un le sabre, l'autre les décorations du défunt, précédaient le char funèbre. Ces garçonnets et ces fillettes avaient été les meilleurs amis du dernier confédéré vivant de la paroisse. La tête encore bourdonnante de tous les rêves de gloire dont le Vétéran avait abreuvé leurs jeunes imaginations, les petits Bagatelliens avançaient à pas lents, dominant avec fierté leur pur chagrin. Comme on avait toujours supposé le Vétéran catholique, le curé de Saint Francisville donna l'absoute, au cimetière, devant le cercueil couvert du drapeau confédéré, sur lequel avait été posé le chapeau gris à glands d'or du disparu.

Après la salve d'honneur et l'observation d'un silence, le corps fut mis en terre. Les Bagatelliens attendirent que la tombe fût refermée, puis M. de Vigors dévoila une petite stèle déjà dressée à sa demande. Sur le marbre se détachaient des lettres d'or :

Simon BAMBERGER
dit « le Vétéran » (1845-1930)
Il fut la fierté et l'exemple
du 2e bataillon des Rangers de Louisiane.

Plusieurs personnes découvrirent alors que le Vétéran avait un nom et un prénom d'origine française.

Le lendemain, tôt dans la matinée, les Vigors prirent place dans la Duesenberg et quittèrent Bagatelle pour La Nouvelle-Orléans. Charles-Gustave et Clément-Gratien étaient attendus comme demi-pensionnaires chez les pères jésuites de Loyola, où leurs grand-père et arrière-grand-père avaient fait leurs études. Une pluie fine et tiède tirait un rideau opaque sur le paysage et les vacances.

Avec la disparition du Vétéran, l'entrée au collège et le départ probable de Doris, qui estimait la mission confiée par Lorna terminée, les deux garçons pressentirent que venait de s'achever le prologue heureux de leur existence.

— Ce sera plus comme avant, dit Clem à voix basse à son frère.

Gusy, le dur, renifla bien fort et envoya une bourrade à son cadet. Il voulait éviter de pleurer.

4

Osmond n'eut aucun mal, après que ses fils furent entrés au collège, fin août 1930, à convaincre Doris de Castel-Brajac de rester avec la famille. Il fut aidé en cela par les deux garçons, qui développèrent des arguments sentimentaux dont il n'aurait pu, personnellement, faire usage. Habitués à la présence constante et affectueuse de la jeune fille, les enfants redoutaient son éloignement et la nouvelle frustration qui ne manquerait pas d'en résulter pour eux. M. de Vigors, pour pallier la perte de revenus due à la baisse des prix agricoles et des royalties pétrolières, conséquences de la crise économique, avait en effet décidé de reprendre une pleine activité d'avocat. Les affaires l'obligeraient, avait-il déjà annoncé, à se rendre fréquemment dans le Nord, à Baltimore, à New York, à Washington, pour traiter des litiges pétroliers ou maritimes dont il s'était fait une spécialité. Son ami l'avocat new-yorkais Butler venait même de lui proposer un cabinet de travail dans son étude de Fulton Street. Il existait des raisons extra-professionnelles aux séjours envisagés à New York, mais seul Bob Meyer pouvait les subodorer.

Informés des dispositions de leur père, Gusy et Clem craignaient de trouver souvent la maison vide à leur retour du collège Loyola. Aussi s'employèrent-ils à retenir près d'eux celle qu'ils considéraient comme une grande sœur devenue, par le jeu de circonstances tragiques, une mère adoptée.

A vingt et un ans, Doris de Castel-Brajac gérait avec doigté et compétence un train de maison important, à Bagatelle comme à La Nouvelle-Orléans. Elle commandait aux domestiques, organisait, à la demande d'Osmond, dîners et réceptions, dirigeait les études des enfants, avait l'œil aux mille détails de la vie quotidienne de la famille, résolvait sur-le-champ les problèmes que posent les vieilles demeures. Sans revendiquer d'autre statut que celui d'intérimaire dévouée, elle occupait cependant, à cause de son lien de parenté avec la défunte, dont elle assumait depuis trois ans les responsabilités, une position particulière que Clem de Vigors définit un jour avec sincérité et une involontaire maladresse.

Quand il fut confirmé que Doris restait sous leur toit, le garçonnet ne cacha pas son soulagement :

— Tous les quatre, on est bien, Dad. Doris et nous, les enfants, on fait une famille comme les autres !

— Sûr qu'on peut pas être mieux ! renchérit Gusy.

Entendant ces propos, Osmond sourit et Doris, assise près de lui sur un canapé, face aux garçons, baissa la tête pour dissimuler son trouble et son émotion. Elle ne se trouvait jamais aussi heureuse que dans ces moments où le quatuor paraissait soudé.

Egoïstement serein, Osmond de Vigors prit, le 3 septembre, le train pour New York, où l'appelait le procès intenté par un armateur de New Orleans à un assureur maritime. Il retrouva Cordelia Murray avec délectation et loua un pied-à-terre meublé dans une résidence de Park Avenue. Bien que cette installation risquât de donner une tonalité néo-conjugale à sa liaison — Cordelia s'empressa d'apporter quelques objets d'art, du linge de maison marqué à son chiffre et couvrit les tablettes de la salle de bains de ses produits de maquillage — M. de Vigors préféra le risque à celui de rencontres importunes dans le hall d'un palace. Et puis — et ce fut la raison donnée à Mlle Murray, qui n'en demandait pas tant — faire l'amour à l'hôtel le mettait mal à l'aise et heurtait sa dignité sudiste.

New York était encore sous le coup de l'émotion suscitée par la gigantesque parade offerte, quelques jours plus tôt, à deux aviateurs français, le capitaine Dieudonné Costes et le lieutenant Maurice Bellonte. Renouvelant d'est en ouest l'exploit de Charles Lindbergh, les deux hommes avaient relié, d'un seul coup d'aile, Paris à Curtiss Field, dans le Connecticut, en 37 heures et 18 minutes. En les accueillant à leur descente d'avion, Charles Lindbergh avait sportivement reconnu que l'exploit qu'ils venaient d'accomplir était supérieur au sien. Pendant la traversée ouest-est de 1927, l'Américain avait bénéficié de l'aide des vents, alors que ceux-ci étaient contraires aux vols est-ouest. Mais, pour tous, Lindbergh restait le premier vainqueur de l'Atlantique Nord et sa prouesse ne pouvait être comparée à aucune autre dans la mémoire du peuple américain. Cela n'avait pas empêché les New-Yorkais de faire, sur Broadway et la Ve Avenue, un accueil délirant aux aviateurs français. A cette occasion, des milliers d'annuaires téléphoniques avaient été transformés en confetti. Lancés par poignées, du haut des fenêtres, sur les héros du jour, assis à l'arrière d'une énorme Packard décapotable, encadrée de policiers à cheval, ces « papillons de la gloire », comme les nommait Cordelia, jonchaient encore les trottoirs bien après qu'eut retenti, à Time Square, la dernière *Marseillaise*.

Ce n'est cependant qu'à La Nouvelle-Orléans, après son retour en Louisiane, que M. de Vigors put saluer, en compagnie d'un Bob Meyer enthousiaste, ceux qui venaient de prouver de façon péremptoire la fiabilité du plus lourd que l'air. Les 4, 5 et 6 octobre, Dieudonné Costes et Maurice Bellonte furent les hôtes de la Louisiane. Quand leur appareil, le *Point d'Interrogation* — un Breguet XIX équipé d'un moteur Hispano-Suiza de 700 chevaux et dont les ailes offraient 60 mètres carrés de surface portante — se posa sur le terrain de La Nouvelle-Orléans, Meyer n'eut de cesse d'interroger les Français.

Pour le spécialiste, Costes n'était pas un inconnu.

Breveté en 1912, il avait été pilote de guerre, puis pilote de ligne et pilote d'essai. Entre le 27 et le 29 septembre 1929, il avait battu, avec Bellonte, le record du monde de distance en ligne droite sur 7 905 kilomètres, de Paris à Tsitsihar, en Mandchourie. A trente-huit ans, Costes paraissait un véritable athlète près de son navigateur, Maurice Bellonte. Ce dernier, petit homme d'aspect fragile, pourvu d'un long nez, posait sur tout et tous un regard vif et curieux.

Les aviateurs ne tiraient vanité ni de leur exploit ni des réceptions chaleureuses qui leur avaient été réservées par le président Hoover, le général Pershing, l'amiral Byrd et, après New York, Chicago, Milwaukee, Salt Lake City, San Francisco, Los Angeles, Oklahoma, Dallas, dix autres villes américaines. Le maire de New Orleans, M. Semmes Walmsley, une des notabilités françaises de la ville, M. André Lafargue, le consul général de France, Maurice de Simonin, le colonel John Jouett et d'autres personnalités accueillirent les héros, aussitôt assiégés par des journalistes, des élèves pilotes et de jolies femmes qui voulaient des autographes.

Un reporter ayant demandé à Costes s'il fallait maintenant préférer l'avion au dirigeable pour les voyages transatlantiques s'entendit répondre : « Il faut encore tenter d'autres expériences avant de prendre parti. » Cette prudence de jugement déçut un peu Bob Meyer, ennemi juré du dirigeable.

Invité à choisir une activité de détente, Dieudonné Costes, grand amateur de pêche à la ligne, demanda qu'on lui organisât une partie au lac Pontchartrain. Ayant trempé son fil dans l'eau, il sauva de la noyade un désespéré désireux, ce jour-là, d'en finir avec la vie. Ce sauvetage valut au Français l'estime des hommes et les soupirs admiratifs des dames sudistes, sensibles à un geste courageux et chevaleresque.

La visite des aviateurs se termina par un banquet. Le

repas, servi au restaurant La Louisiane, 735, rue d'Iberville, célébrait par son menu l'entente franco-américaine :

Canapés Lorenzo à la Hoover
Tortues au madère à la Doumergue

Turbans de filets de truite à la Costes

Filet mignon sauce Périgueux à la Bellonte
Petits pois français à la Lindbergh

Salade d'asperges à la Byrd

Bombe glacée tricolore à la Nungesser et Coli

Le dessert voulait être un hommage à François Coli et à Charles Nungesser, l'as aux 45 victoires homologuées en 1914-1918. Moins heureux que Costes et Bellonte, ces deux aviateurs français étaient disparus dans l'Atlantique, en mai 1927, avec leur appareil l'*Oiseau blanc,* alors qu'ils tentaient la traversée que venaient maintenant de réussir leurs camarades.

Gratifiés d'innombrables discours, nantis de cadeaux dont un plan aérien de La Nouvelle-Orléans, un peu étonnés d'être invités à se cacher pour boire un verre de champagne dans une ville où l'on venait de fermer soixante *speakeasies* [1], par décision du juge fédéral Dawkins, après le meurtre d'un bootlegger [2], les Français s'envolèrent pour New York. Ils devaient, quelques jours plus tard, embarquer sur le paquebot *La France* pour regagner leur pays.

M. Huey Long, engagé dans sa campagne électorale de candidat au Sénat des Etats-Unis, ne s'était pas mêlé aux réjouissances. Les aviateurs, qui eussent été bien incapables de s'y retrouver dans les arcanes de la politique louisianaise, avaient cependant entendu comparer le gouverneur de l'Etat à Mussolini. Mais, en Louisiane, les

1. *Speakeasy :* bar clandestin.
2. Fabricant ou vendeur d'alcool clandestin.

électeurs ne semblaient pas avoir, pour les dictateurs, autant de méfiance que les Français. Le 4 novembre, Huey Pierce Long devint sénateur des Etats-Unis. Il l'avait emporté en septembre après une campagne animée, par 149 640 voix sur le sénateur sortant Joseph E. Randsell, qui avait recueilli 111 451 suffrages. Il ne fit nul doute, pour M. de Vigors et ses amis, que Randsell, ancien combattant de la guerre de 1914-1918 et commandeur de l'American Legion, démocrate conservateur, avait été battu par la machine Long. Le moteur de celle-ci était l'Association démocratique de Louisiane [1], fondée par le gouverneur et calquée sur l'organisation des Old Regulars, aile marchante du parti démocrate. L'association pro-Long regroupait, au côté des démocrates progressistes, tous les supporters militants du gouverneur, auxquels on devait ajouter les fonctionnaires dépendant de son bon vouloir, les opportunistes et une quantité de citoyens entraînés par l'instinct moutonnier. Grâce à son journal *The Louisiana Progress,* à des millions de tracts diffusés par les militants, à la radio, où la verve du Kingfish faisait merveille, Huey l'avait emporté et fait ainsi prendre conscience aux gens de Washington de la réalité de son influence. Au cours des réunions électorales, M. Long, qui traitait couramment ses opposants de fils de chienne, avait donné une nouvelle démonstration de son talent de démagogue.

Cajun avec les Cajuns, modeste prolétaire avec les trappeurs et les petits cultivateurs des bayous, ardent promoteur de l'industrialisation avec les chômeurs citadins, catholique avec les catholiques, protestant avec les protestants, il ne pensait qu'à réunir des suffrages, en clamant son désir de faire de la Louisiane un Etat prospère par une redistribution de la fortune.

— Bientôt, nous le verrons se barbouiller les joues de cirage, comme les *minstrels* [2] d'autrefois, pour se dire Noir

1. The Louisiana Democratic Association.
2. Blancs grimés en Noirs, qui chantaient en s'accompagnant d'un banjo.

avec les Noirs, lança Omer Oswald au cours du déjeuner de *Thanksgiving Day*[1], chez les Vigors.

Les jumelles Oswald, bien que très accablées par les résultats désastreux des placements floridiens recommandés par Félix de Castel-Brajac, n'avaient rien perdu de leur agressivité à l'égard d'un politicien qui n'était pas de leur monde.

— C'est le nouveau Benjamin Butler[2] de Louisiane, s'écria Olympe.

— Jesse James avait plus de conscience que cet homme, renchérit Oriane.

— C'est un ultra-socialiste, un disciple de Marx, de Lénine, de Trotski, ajouta Faustin Dubard.

— Peut-être un jour se déguisera-t-il en Washita pour obtenir plus de suffrages, risqua Osmond, afin de provoquer sa sœur Alix, de plus en plus engagée dans le mouvement de défense des minorités indiennes.

— Quel que soit, en tout cas, le déguisement qu'il choisisse, une chose est certaine, on ne le prendra jamais pour un gentleman, remarqua Stella, habituellement plus tolérante.

— Quelle misère, tout de même, de voir notre Etat représenté par un tel pitre ! Heureusement que notre second sénateur, Edwin Broussard, a plus de classe, reprit Faustin Dubard.

— Personnellement, je vois à cette élection au moins un avantage : le Kingfish va devoir céder le poste de gouverneur à Paul Cyr. C'est un *Longist* repenti. Pendant que Huey fera le jobard à Washington, les démocrates de tradition pourront peut-être reprendre les choses en main,

1. Journée d'action de grâces commémorant la bonne récolte de 1621, à Plymouth (Massachusetts). Proclamé jour férié en 1863 par Abraham Lincoln, *Thanksgiving Day* est maintenant célébré, dans tous les Etats-Unis, le quatrième jeudi de novembre.

2. 1818-1893. Général nordiste, gouverneur militaire de La Nouvelle-Orléans de mai à décembre 1862, pendant la guerre de Sécession, surnommé « le Boucher de New Orleans » ; sa mémoire se voit toujours reprocher l'affiche par laquelle il fit prévenir les dames et demoiselles de la ville qu'elles seraient traitées comme des prostituées si, d'aventure, elles manquaient de respect aux officiers et aux soldats fédéraux.

imagina Osmond, approuvé d'un signe de tête par Bob Meyer.

Mais le nouveau sénateur, qui normalement devait entrer en fonction en mars 1931, réservait encore aux Louisianais une surprise que ni M. de Vigors ni l'administration fédérale n'avaient prévue. M. Long refusa d'abandonner ses fonctions de gouverneur, sous prétexte que le lieutenant-gouverneur normalement appelé à lui succéder était un « ennemi politique ». Bien que Cyr, conformément à la loi, se fût proclamé gouverneur, Long, ayant la haute main sur l'Administration, l'empêcha d'exercer ses prérogatives et, s'appliquant à ne jamais quitter le territoire de l'Etat, maintint son pouvoir dictatorial en répétant que le Sénat pouvait bien attendre, qu'il y avait encore beaucoup à faire en Louisiane : routes, ponts, développements de la L.S.U. et surtout construction d'un nouveau capitole qui serait le plus haut des Etats-Unis !

Peu de temps après ce coup d'éclat, qui renforça l'admiration de ses supporters, Huey Long, plus sûr de lui que jamais, gravit encore un degré dans le mépris des règles et du qu'en-dira-t-on. En octobre, le secrétaire d'Etat de Louisiane, James J. Bailey, en poste depuis 1916, adversaire politique du gouverneur, avait succombé à une crise cardiaque. Si tout le monde s'attendait à voir le Kingfish nommer à sa place un de ses fidèles, personne n'aurait osé imaginer que le gouverneur pût confier l'une des plus importantes fonctions administratives de l'Etat à celle qui, de notoriété publique, passait pour sa maîtresse : Alice Lee Grosjean. C'est cependant ce qu'il fit, à la stupéfaction générale, en déclarant que sa secrétaire possédait les capacités requises.

La jeune femme, âgée de vingt-quatre ans, se déclara ravie de l'attribution d'un poste qu'elle assumerait, dit-elle aux journalistes, jusqu'à ce que son patron en décidât autrement.

Dans les clubs, comme dans les salons de La Nouvelle-Orléans, on fit des gorges chaudes d'un tel choix.

— Il est tout de même formidable, notre Bonaparte des bayous. Il réussit à faire payer sa maîtresse par les contribuables, comme d'ailleurs ses frères, beaux-frères, neveux, nièces, oncles et cousins[1] ! Je trouve cela très fort, dit Bob Meyer, après un déjeuner au Pickwick Club avec Osmond de Vigors.

— Qui ne souhaiterait en faire autant ! observa un membre.

— On se demande jusqu'où le conduiront son audace, sa mégalomanie et sa vanité. Il a obtenu de l'université Loyola un titre de docteur en droit en présentant une thèse écrite par un autre[2] ! Il a fait séquestrer par ses gardes du corps un témoin gênant[3] que l'on savait prêt à révéler au tribunal, saisi d'une plainte, la corruption qui règne au service des Ponts et Chaussées. Il vient d'octroyer à Russ Cohen, l'entraîneur de l'équipe de football de la L.S.U., un salaire de 750 dollars en exigeant que les Tigers battent l'équipe de l'université Tulane qui n'a pas voulu faire de M. Long un docteur en droit ! Le cas de notre Kingfish relève de la psychiatrie ! conclut avec véhémence un médecin, après avoir brossé le portrait de celui qui ne craignait pas de répéter « ce pays a besoin d'un dictateur » et de se comporter comme tel.

M. de Vigors, qui entendait au Pickwick Club les mêmes propos qu'au Boston Club, était las de ces indignations inutiles puisque le suffrage universel donnait, depuis 1928, une majorité à Huey Long. Et puis, n'y avait-il pas une bonne dose de pharisaïsme dans le dénigrement systématique du Kingfish et de son action ? Si cet homme se

1. D'après les confidences faites à l'auteur par un juriste de l'époque, vingt-trois parents ou alliés de Huey Long émargeaient au compte de l'Etat.

2. *Constitution of the State of Louisiana,* Baton Rouge, 1930. Tirée à mille exemplaires, cette thèse est en fait le travail d'une équipe de jeunes juristes, dirigée par George Wallace, avocat à Winnfield.

3. Sam Irby, oncle par alliance d'Alice Lee Grosjean et employé des Ponts et Chaussées. Dans ses souvenirs, il raconte comment, en 1930, il fut enlevé par des hommes de main du gouverneur et tenu un temps, contre son gré, éloigné de La Nouvelle-Orléans, où le procureur enquêtait sur la corruption du service des Ponts et Chaussées.

retrouvait à la tête de l'Etat et sénateur, c'était bien aux bourbons conservateurs qu'il le devait. Cette classe dirigeante ne veillait qu'au maintien de privilèges surannés, refusait le progrès social, vivait dans l'immobilisme et l'indifférence à tout ce qui ne concernait pas ses affaires et ses plaisirs. La crise, la misère des campagnes, le chômage dans les villes allaient pousser vers Huey Long le progressiste de nouveaux malheureux et mécontents. Les dictateurs européens, pour atteindre le pouvoir, gravissaient des marches qu'on aurait pu nommer : ruines de la guerre, inflation, marasme industriel, mévente des produits agricoles, ruine du commerce, endettement, pauvreté ! Solidaire, par sa naissance, son éducation, ses goûts, sa façon de vivre, de ces bourbons qui avaient fait autrefois la prospérité du pays en adoptant l'institution particulière de l'esclavage, Osmond ne pouvait que mettre en garde les plus libéraux de ses amis, sans grand espoir de les voir évoluer.

Pour la plupart d'entre eux, toute critique de la politique passée apparaissait comme une approbation déguisée de celle de Long, ce qu'ils ne pouvaient admettre. La reconquête du pouvoir restait le seul but des démocrates conservateurs, sorte d'insulaires naïfs qui refusaient de voir l'évolution du monde. Le réveil serait douloureux quand ils découvriraient ce qu'Osmond savait déjà : le Sud n'était plus qu'une entité historique alliée à une banale notion de géographie.

Au moment de quitter le Pickwick Club, ce jour-là, il fut pris d'une soudaine envie de fuir, de plonger dans l'oubli. Il téléphona à Liz Bogen. L'octavonne ne tenta pas de dissimuler la joie que lui causait cet appel, ni la plaisante perspective qu'il ouvrait. M. de Vigors se rendit aussitôt chez l'artiste et n'en sortit qu'à la tombée de la nuit le corps las, l'esprit vacant.

En novembre, alors que des pluies torrentielles s'abattaient sur le delta, on vit en Louisiane se préciser de façon alarmante les effets de la crise économique. Les journalistes du Nord pouvaient bien écrire que le Sud souffrait moins que les Etats industrialisés du marasme des affaires, ces gens-là ignoraient tout de la misère des campagnes du pays acadien.

Le nombre des chômeurs augmentait chaque jour à La Nouvelle-Orléans, car aux citadins inemployés s'ajoutaient maintenant les Blancs et les Noirs venus des campagnes et du delta. Ouvriers agricoles licenciés, trappeurs et pêcheurs sans clients, petits cultivateurs chassés de leurs terres hypothéquées par leurs créanciers, manœuvres, journaliers, domestiques remerciés par des maîtres qui ne pouvaient plus les payer ni même les nourrir, campaient dans les bas quartiers. Ils espéraient subsister grâce aux petits métiers des rues, aux besognes, corvées, bricolages et expédients que seule procure une grande ville.

Lors de la dernière récolte de coton, Osmond s'était obstiné, bien que cela augmentât le déficit du domaine agricole de Bagatelle, à payer 10 dollars par semaine les ramasseurs engagés. Cette générosité lui avait valu, de la part de planteurs ne disposant pas, comme lui, de revenus pétroliers, des remarques acerbes. La plupart des exploitants calculaient chaque soir le salaire de leurs ouvriers d'après la quantité de coton cueilli par chacun au cours de la journée de travail. Un homme ou une femme habile, travaillant du lever au coucher du soleil, c'est-à-dire au moins quatorze heures, pouvait ensacher 200 livres de coton et percevoir 65 cents. Les jeunes Noirs trouvaient, à juste titre, ce salaire saisonnier insuffisant. Les plus hardis osaient dire que leurs grands-parents esclaves, assurés d'un toit, d'un vêtement, de souliers et d'un plat de porc salé aux haricots, connaissaient, un siècle plus tôt, une vie moins difficile.

A ceux qui risquaient de timides revendications, les employeurs répliquaient qu'on ne fixe pas le salaire d'un ouvrier en fonction de ses besoins mais selon son rendement et les cours de vente des produits agricoles. Ceux-ci ne cessaient de baisser : le coton valait maintenant 6 cents la livre, la mélasse 3 cents la livre, le froment 25 cents le boisseau. Les revenus des planteurs et agriculteurs ne pouvaient que diminuer. Les Noirs réclamaient aux propriétaires une prise en considération de leur sort. Ils s'entendaient répondre la phrase dogmatique des patrons : « Si tu trouves mieux ailleurs, je ne te retiens pas, tu es libre, mon gars ! » Mais ailleurs, ce n'était pas mieux, quelquefois pire, et un travail dur et mal rémunéré restait préférable à pas de travail du tout.

Lors de leurs parties de chasse dans le delta du Mississippi ou le pays cajun, M. de Vigors et Bob Meyer constataient l'emprise de la misère sur une population habituée à des conditions de vie modestes mais qui connaissait maintenant le véritable dénuement. Parmi les petits Blancs des bayous, les fermiers et les métayers endettés, les Noirs désœuvrés, les trappeurs dont personne n'achetait plus les peaux de loutres ou de rats musqués, beaucoup ne possédaient plus un dollar.

Comme aux premiers temps de la colonisation, les pauvres arrachaient aux branches des chênes et des cyprès la mousse espagnole pour bourrer les matelas, les coussins et les oreillers. La chasse et la pêche permettaient aux gens de la campagne de ne pas mourir de faim, mais, malgré la baisse des prix, les produits d'épicerie leur étaient devenus inaccessibles. Le café valait 35 cents la livre, le jambon 23 cents la livre, le beurre 45 cents la livre, la douzaine d'œufs 10 cents.

Les femmes vêtues de robes délavées et rapiécées, les hommes de salopettes élimées, les enfants de hardes sans taille, dont aucun chiffonnier n'eût voulu, tous chaussés de souliers percés, rafistolés avec des morceaux de chambres à air, coiffés de casquettes graisseuses ou de feutres informes, constituaient une pitoyable nouvelle classe de citoyens : les nécessiteux. The American Red Cross[1], le

1. La Croix-Rouge américaine, qui dépensa en 1930-1931 12 millions de dollars en Louisiane.

Rotary Club, l'Armée du Salut, les orphelinats catholiques pour Noirs et Blancs, le Kiwanis Club, The Unemployed Relief Committee[1] et des associations charitables locales s'efforçaient de soutenir, par des secours en argent, des distributions de vivres, des dons de vêtements collectés de-ci, de-là, les plus démunis. Un Texan de Port Arthur, M. Harvey H. Haines, membre d'une commission fédérale du chômage créée par le président Hoover, venu dire aux rotariens de Baton Rouge que la solution était *Jobs, not charity*[2], n'eut qu'un succès mitigé, les emplois étant la denrée la plus rare du moment.

A Morgan City, le jour où Osmond vit des enfants disputer à de vieilles femmes le contenu de la poubelle d'une cafétéria, comme l'eussent fait des chiens, il eut honte pour son pays. Il envoya Hector acheter des biscuits et du chocolat et les fit distribuer aux affamés. Mais, en roulant dans la Duesie, vers sa confortable demeure où l'attendaient une table bien garnie et ses fils qui ne manquaient de rien, il eut conscience d'avoir accompli un geste sans portée réelle et destiné davantage à apaiser sa conscience de nanti qu'à secourir efficacement les malheureux.

La formule de Huey Long : *Share our wealth*[3], prenait soudain une signification particulière, même si le démagogue n'y voyait qu'un slogan mobilisateur pour son électorat.

En cette période, toutes les idées permettant aux chômeurs de gagner quelques dollars étaient bien accueillies. C'est ainsi que le maire de La Nouvelle-Orléans, M. Walmsley, s'inspirant d'une campagne de la pomme lancée à New York, organisa la vente, par qui voulait y participer, des surplus d'oranges de Louisiane. Acheter les *Louisiana's golden oranges*[4] constituait une bonne action. Soutenu

1. Comité d'aide aux chômeurs de Louisiane.
2. Des emplois, pas la charité.
3. Partageons notre fortune.
4. Oranges dorées de Louisiane.

par une campagne de publicité gratuite dans les journaux et par les radios, l'opération, bien que de portée financière modeste, permit à 265 vendeurs bénévoles d'écouler en une seule journée 512 caisses d'oranges à 2,70 dollars la caisse. Les journalistes s'employaient de leur côté, avec civisme et poussés par les annonceurs, à soutenir le moral de leurs lecteurs. « Cramponnez-vous à l'idée que des temps meilleurs arriveront bientôt », répétaient-ils en substance. Mais cet écho à la phrase optimiste, maintes fois reprise, du président Hoover : « La prospérité est au coin de la rue », rencontrait plus de sceptiques que de confiants. « La prospérité est peut-être au coin de la rue, mais, à mon avis, elle nous tourne le dos et s'en va ailleurs », remarqua le banquier de M. de Vigors. Il invita discrètement ce dernier à retirer un peu d'argent avant que la banque ne cesse ses paiements.

Osmond refusa ce comportement défaitiste.

— Si je vide subitement mon compte, comme certains de vos bons clients, que vous allez sans doute prévenir, cela se saura et nous créerons la panique, votre établissement étant considéré comme le plus sérieux. Aussi, je n'en ferai rien.

— Je suis heureux de vous entendre parler ainsi, monsieur. Je ne préviendrai personne. Espérons que nous pourrons faire face.

— Voyez-vous, le temps est venu, pour ceux que l'on croit toujours plus riches qu'ils ne sont, de retourner le principe cher à notre gouverneur : « Partageons notre infortune. »

Ce fut la manière dont M. de Vigors participa, ce jour-là, à l'action psychologique indispensable en cette période de disette. Le rédacteur en chef du *States Item,* James M. Thompson, s'était engagé, dès le 5 octobre, dans cette même voie. Son éditorial, intitulé *Prosperitygram,* avait fait grand bruit et amorcé une campagne de presse. « Une amélioration des affaires peut seule nous conduire à un retour à la normale. Ne laissons pas le bateau échoué mais poussons tous ensemble pour la prospérité », écrivait-il.

Depuis, les quotidiens et les magazines invitaient ceux qui pouvaient encore s'offrir le luxe de dépenser quelques dollars à les mettre dans le commerce. On vit, dans les rues de La Nouvelle-Orléans, une parade de la prospérité exposant, sur des chars, les produits à vendre dont les prix, par suite de la mévente, devenaient intéressants.

Un magazine offrait trois dollars à toutes les mères de famille qui donneraient des conseils judicieux pour faire des économies. Un autre attribuait plus modestement un dollar à celles qui enverraient la meilleure et la moins coûteuse recette de gâteau au chocolat. Mais l'idée la plus géniale, due à un publicitaire, était le *duty dollar*. Fournis par des annonceurs, des billets de un dollar, collés sur des feuilles de papier, furent mis en circulation par l'intermédiaire des commerçants. Celui qui recevait ce dollar prisonnier, mais tout aussi valable qu'un autre, devait s'empresser de le dépenser après avoir indiqué son nom sur le papier attaché au billet vert. « Un dollar qui circule vaut trois dollars et demi », affirmaient les économistes. Ces *duty dollars,* emphatiquement promus « éperons de la prospérité », circulaient bien et se multipliaient car les annonceurs promoteurs de l'opération étaient rejoints par d'autres.

Aux misères visibles des uns s'ajoutaient les dénuements cachés des plus fiers : vieillards sans ressources, chômeurs honteux de leur oisiveté, propriétaires ruinés par le krach. L'un de ces derniers, Alexander Julius Heinemann, président du New Orleans Baseball and Amusement Company, s'était tiré une balle dans la bouche, parce qu'il se trouvait dans l'incapacité de reprendre une activité rentable, après avoir perdu 300 000 dollars à la Bourse. Mais le public s'apitoyait davantage sur le sort d'un aveugle en train de mourir d'inaction et qui avait obtenu d'un journal l'insertion gratuite d'une annonce pour essayer de trouver un nouveau maître à son chien, ou sur le geste d'un tailleur de La Nouvelle-Orléans qui venait d'habiller gratuitement, de pied en cap, les quatre enfants d'un chômeur. On citait aussi le cas de ceux qui profitaient de la gêne des autres pour réaliser de bonnes affaires. Tel amateur avait acheté, pour 5 dollars, le piano d'un musicien, tel propriétaire venait d'agrandir son domaine en payant quelques dizaines de dollars les terres de son voisin contraint à vendre, tel restaurateur faisait travailler, seize heures par jour, une serveuse payée 5 dollars par semaine, telle bourgeoise donnait 75 cents par semaine à celle qui repassait le linge de toute la famille.

Ces *unemployed*[1], ainsi que les classait l'Administration, passaient leurs journées à déambuler dans les rues ou sur les quais du Mississippi, se reposant sur les bancs des squares ou assis à même les trottoirs, d'où les délogeait parfois un policier soucieux de maintenir une bonne image de sa ville. Les chômeurs se mêlaient aux touristes, aux gens affairés, aux campagnards venus en ville pour profiter des braderies organisées par des commerçants en difficulté. Car les privilégiés qui disposaient d'un peu d'argent pouvaient, grâce à la récession, réaliser de bonnes affaires. C'est ainsi que Werlein, le marchand d'instruments de musique et de disques installé depuis 1842 sur Canal Street, vendait 137 dollars un récepteur de radio dernier cri. Fabriqué par Atwater Ken, cet appareil permettait d'entendre, chaque soir à 19 heures, le feuilleton radiophonique *Amos and Andy*[2] diffusé de New York et écouté, d'après les journaux, par plus de vingt millions d'Américains. Le vendeur expliquait à ceux que les plaisanteries, un peu lourdes et souvent teintées de racisme, d'Amos et Andy n'intéressaient pas qu'ils pouvaient, en changeant de station, entendre les méfaits quotidiens du docteur

1. Sans-emploi : chômeurs.

2. Dans la tradition des *minstrel shows* inaugurée en 1828 par T. D. Rice au cours desquels des artistes blancs grimés en Noirs chantaient et récitaient des monologues, Amos et Andy compères de couleur, incarnés au micro par les acteurs blancs Freeman F. Godden et Charles J. Corell, échangeaient des propos sur l'actualité, la crise notamment. Ils contrefaisaient de façon grotesque le parler des Noirs du Sud.

Fu Manchu, héros de Sax Rohmer et incarnation du péril jaune.

Un tailleur, sans doute pressé par des échéances, proposait aux messieurs un costume avec deux pantalons pour 22,50 dollars et aux dames une robe du soir pour 9,95 dollars.

La cafétéria Badlow, dans Gravier Street, servait une portion de rôti de dinde en sauce pour 35 cents, une de rôti de bœuf aux pommes de terre pour 25 cents et une part de tarte aux pommes pour un *nickel*[1]. Un étudiant en médecine de l'université Tulane, dont les frais annuels de scolarité atteignaient 300 dollars, travaillait comme porteur de bagages à la Fox Airlines entre deux cours. Il se nourrissait le plus souvent d'un sandwich au jambon et d'un *milkshake*[2] ou d'une poignée de crevettes arrosée d'une bière sans alcool, repas qui lui revenait, dans les deux cas, à 25 cents au drugstore K and B situé à l'angle de Broadway Street et de l'avenue Saint-Charles. Comme beaucoup d'étudiants, ce garçon économisait sur tout pour emmener, de temps à autre, sa petite amie au cinéma dont les tarifs avaient, eux aussi, baissé.

Deux fauteuils au Globe ou au Trianon et un sachet de *popcorn*[3] coûtaient 2 dollars. Pour ce prix, les amoureux pouvaient non seulement flirter dans l'obscurité mais prendre sur l'écran une leçon de baiser donnée par Marlène Dietrich, l'ange bleu fraîchement débarqué d'Allemagne, et Gary Cooper, le séduisant légionnaire de *Cœurs brûlés* de Josef Sternberg. Ils avaient aussi l'occasion de pleurer, avec Jean Harlow, la mort d'un aviateur de la guerre de 14-18 dans *les Anges de l'enfer,* de Howard Hughes, film qui comportait des séquences en technicolor, tournées par James Whale. Il leur était encore permis de s'écrier, avec toute l'Amérique, « *Garbo talks*[4] » en voyant la divine

1. Pièce de 5 cents en nickel.
2. Boisson frappée, à base de lait.
3. Maïs grillé et éclaté.
4. « Garbo parle. »

dans son premier film parlant, *Anna Christie,* de Clarence Brown. Cette année-là, venait d'apparaître sur l'écran un nouveau cow-boy, John Wayne, qui dans *la Piste des géants,* au côté de Tyrone Power[1], était dirigé par Raoul Walsh. Mais, même sans ouvrir la bouche, Joan Crawford, la Texane née Lucile Le Sueur, mariée depuis un an à Douglas Fairbanks junior, restait la plus envoûtante des stars. Scott Fitzgerald, le romancier à la mode de *Gatsby le Magnifique,* n'avait-il pas écrit : « Joan Crawford est sans doute le prototype de la *flapper,* la femme que vous voyez dans un cabaret élégant, habillée de la façon la plus sophistiquée... »

Les chômeurs, ceux qui n'étaient pas certains de pouvoir manger le lendemain, ne pouvaient que regarder les affiches des cinémas et les menus des restaurants. Ces hommes hâves, au teint blême, que les touristes prévenus contre les paresseux du Sud prenaient parfois pour des clochards, M. de Vigors les identifiait aisément comme *unemployed.* Leur attitude modeste, craintive, les coups d'œil furtifs qu'ils jetaient aux devantures, la façon qu'ils avaient de compter leur monnaie devant un bar à soda, avant de commander le Coca-Cola ou le jus de fruits qui serait leur réconfort de la journée, les désignaient infailliblement.

En novembre, les dockers, de plus en plus mal payés, se mirent en grève. Après le meeting quotidien, au cours duquel les délégués ranimaient par des discours véhéments la confiance de leur troupe en se faisant traiter de Rouges ou de révolutionnaires par les passants, des groupes d'hommes descendaient Canal Street jusqu'à la rue du Rempart. Ils parlaient fort, gesticulaient, invectivaient ceux qui les apostrophaient. Certains paraissaient éméchés par le tafia qu'ils se procuraient aisément auprès des marins étrangers.

Un soir, en sortant du Boston Club, Osmond et Bob entendirent un délégué qui avait déjà conduit des grèves

1. Frederick Tyrone Power, acteur de théâtre et du cinéma muet, tourna cet unique film parlant ; père de Tyrone Edmund Power (1913-1958), célèbre acteur de cinéma, interprète, notamment d'*Arènes sanglantes, le Signe de Zorro, Tu seras un homme, mon fils,* et *Le Soleil se lève aussi.*

dures, en 1918 et en 1923, calmer ses camarades et leur faire part de ses inquiétudes quant à l'issue du présent conflit.

— Les armateurs ne céderont pas. Les industriels du Nord baissent de dix pour cent les salaires de leurs ouvriers et rien ne bouge. Si notre grève se prolonge, les armateurs trouveront des centaines de chômeurs pour nous remplacer...

Une grande houle de cris hostiles interrompit l'orateur, qui fut traité de *yellow dog*[1] et dut interrompre sa péroraison.

— Il a cependant raison, observa Bob Meyer.

— Les autres n'ont pas tort. Je sais que les armateurs se préparent à embaucher des chômeurs pour remplacer les grévistes.

— Les dockers ne se laisseront pas faire. Ce sera la bagarre.

— Ainsi commencent parfois les guerres civiles, mon vieux. J'ai conseillé à deux armateurs de ma connaissance de transiger avec les grévistes. C'est l'intérêt de tous. Nous abordons une époque de solidarité forcée, Bob.

— Tu ne vas pas te mettre à parler comme le Kingfish !

— Certes pas, mais il faut être réaliste et conscient des dangers que peut courir la paix publique. Un homme affamé n'est ni démocrate, ni républicain, ni socialiste, ni conservateur. Il est affamé et aucun discours politique n'est convertible en sandwiches !

Les gens de la classe moyenne connaissaient, eux aussi, des difficultés. Chaque fermeture de banque provoquait des conflits. Les commerçants, trop confiants, négligents ou peu pressés d'encaisser les chèques de leurs clients, découvraient, souvent avec stupéfaction, que la banque de tel ou tel de leurs débiteurs venait de cesser ses paiements. Ils réclamaient aussitôt de l'argent liquide contre restitu-

1. Littéralement : chien jaune. Argot américain : briseur de grève. En France, on disait à la même époque : un jaune.

tion d'un chèque qui ne pouvait être honoré. Rares étaient les créanciers qui obtenaient satisfaction, les débiteurs se trouvant souvent dans l'incapacité de réunir des espèces. Une telle situation favorisait la multiplication des chèques sans provision, signés par des filous tirant sur leur compte vide, dans une banque dont ils savaient la fermeture imminente.

La misère des chômeurs se révéla rentable pour des escrocs organisés. C'est ainsi que M. de Vigors fut conduit à prononcer devant le tribunal une plaidoirie qui fit quelque bruit. Les inculpés, au nombre de trois ou quatre cents, étaient des ouvriers, blancs et noirs, poursuivis pour trouble de l'ordre public et résistance à la police, au cours d'une brève émeute qui s'était déroulée au mois de mars 1930, rue Dauphine. Osmond entra dans l'affaire à la demande de son confrère, l'avocat noir qui avait permis de retrouver Javotte.

— Si je suis le seul à plaider cette cause, les pauvres types, noirs pour la plupart, seront condamnés. Si vous êtes à mon côté et si vous intervenez, le prestige de votre nom, votre qualité connue de *judge advocate* de l'armée des Etats-Unis inciteront peut-être le juge à dispenser mes clients d'une amende qu'ils seraient d'ailleurs bien incapables de payer. Evidemment, plaider en duo avec un confrère de couleur peut vous gêner, aussi je...

— Il n'y a pas de ségrégation devant la justice. Surtout pas du côté de la défense, dit Osmond. Passez-moi le dossier et faites fixer une date par le tribunal. Je plaiderai avec vous.

Les ouvriers poursuivis avaient été les victimes un peu naïves d'un escroc devenu introuvable. Tous ces sans-emploi avaient répondu à une annonce, publiée dans la presse et censée émaner d'une société pétrolière texane, prête à embaucher un grand nombre d'ouvriers.

Quelques jours plus tard, un homme de belle prestance, se disant représentant du bureau de placement, chargé par la société texane de recruter du personnel, avait convoqué plus de quatre cents candidats. Chacun avait dû lui verser une commission de 5 dollars. Certains chômeurs s'étaient endettés pour réunir cette somme. Le recruteur n'était, hélas ! qu'un habile escroc, qui venait d'empocher plus de 2000 dollars. Quant à la compagnie pétrolière, très connue, dont on avait abusivement utilisé la référence et le papier à lettres, elle ne publiait pas d'annonce et n'embauchait personne. Rapidement informés par une enquête de police, les chômeurs victimes de cette odieuse arnaque se réunirent pour manifester leur indignation et exiger que la police fasse diligence pour retrouver l'aigrefin. La manifestation avait été dispersée sans douceur, les autorités imaginant toujours, derrière ce genre de rassemblement, les Rouges tant redoutés. Quelques jours avant ce meeting impromptu, le communiste William Zebulon Foster n'avait-il pas réuni, le 5 mars, à Union Square, en plein New York, quarante mille personnes qui l'avaient entendu dénoncer les abus et les artifices du capitalisme ? Aussi, quelques incidents entre policiers et manifestants avaient suffi à justifier, à La Nouvelle-Orléans, les poursuites engagées pour trouble de l'ordre public.

Au jour de l'audience, succédant à Alexis Sheep, son confrère mulâtre qui s'était borné à démonter le mécanisme de l'escroquerie, M. de Vigors surprit le tribunal et le public par la vigueur de sa plaidoirie.

— Nous ne devons pas perdre de vue que la majorité de nos concitoyens, blancs ou noirs, est composée d'hommes qui ne disposent, pour assurer leur subsistance et celle de leur famille, que du travail de leurs bras. La crise, ouverte il y a un an et dont les conséquences tombent en cascade sur nos têtes, prive de plus en plus d'ouvriers de leur travail. On compte 8 millions de chômeurs dans l'Union et, d'après ce que je crois savoir, plus de 20000 dans notre Etat de Louisiane. L'aide publique s'organise lentement, l'aide privée, bien que généreuse, est insuffisante.

» En admettant qu'une assistance efficace assure aux sans-emploi l'indispensable pain quotidien, elle ne leur rendra pas un bien aussi précieux : la fierté du citoyen libre et utile à son pays.

» Le cas des ouvriers en colère que votre justice voudrait poursuivre ne peut être apprécié de façon banale et ordinaire. Le désordre, au sens strict du terme, est imputable aux spéculateurs de Wall Street, aux économistes ignares, aux politiciens imprévoyants. Tous ont prêché l'évangile de la prospérité irréversible et nous ont dupés, en se dupant eux-mêmes. Certains mythes, en s'effondrant, font autant de dégâts qu'une guerre.

Un silence tout à fait inhabituel dans une enceinte de justice sudiste s'était établi, dès les premières phrases de M. de Vigors. Il se fit plus attentif et plus pesant quand, à la fin de sa harangue, l'avocat redressa sa haute taille, quitta sa place et s'avança, dans l'allée centrale, face au juge.

— Les misères du chômage ne datent pas d'aujourd'hui et chaque société a connu des crises économiques. C'est pourquoi je vous demande de garder en mémoire la phrase prononcée, en décembre 1889, devant le Eighty Club, à Londres, par John Morley[1] : « Un travailleur qui ne peut trouver d'emploi est un personnage infiniment plus tragique que n'importe quel Hamlet ou Œdipe. » Cette appréciation vaut pour tous les temps, pour le nôtre et pour le Sud en particulier.

Quelques applaudissements spontanés ponctuèrent la fin du discours. Le juge les réprima d'un coup de maillet, mais l'émotion resta vive jusqu'au moment où M. de Vigors quitta la salle du tribunal. Alexis Sheep avait les larmes aux yeux en remerciant son confrère blanc.

— C'est moi qui vous remercie. Vous m'avez donné l'occasion de dire publiquement à nos concitoyens qu'il est

1. John Morley of Blackburn (1838-1923), écrivain et homme politique britannique. Elu député en 1883, il fut l'un des fondateurs du libéralisme radical. Premier secrétaire pour l'Irlande (1886), puis secrétaire d'Etat pour l'Inde où il introduisit des réformes libérales. Hostile à la guerre avec l'Allemagne, il démissionna en 1914.

temps de renoncer à une certaine forme d'égoïsme, dit simplement Osmond.

Les victimes de l'escroc bénéficièrent d'un non-lieu et les journaux commentèrent la plaidoirie du petit-fils du sénateur Charles de Vigors, en regrettant que l'avocat se tînt, au contraire de son aïeul, à l'écart de la politique.

5

En mai 1931, M. de Vigors se rendit une nouvelle fois à New York, où ses affaires l'appelaient de plus en plus souvent, ce qui réjouissait Cordelia Murray.

Au commencement du séjour, il visita, avec Willy Butler, l'Empire State Building que venait d'inaugurer, le 1er mai, M. Alfred E. Smith, ancien gouverneur de l'Etat de New York, candidat malheureux à la Maison-Blanche en 1928, membre influent de Tammany Hall, qui se consolait de ses échecs politiques en présidant le conseil d'administration de l'immeuble le plus haut du monde.

Après avoir admiré, de la terrasse ventée du 102e étage, à 381 mètres au-dessus de la Ve Avenue, le prodigieux panorama de la presqu'île de Manhattan, de l'East River à l'Hudson, Osmond se laissa convaincre par Willy de louer un bureau près de ceux de l'avocat new-yorkais, au 43e étage. Pour un Louisianais né dans l'Etat le plus plat de l'Union, dicter une lettre à 150 mètres du sol parut, le premier jour, une activité insolite.

Bob Meyer rejoignit son ami une semaine après l'installation de ce dernier. Il fut moins impressionné par le point de vue que par la densité de jolies filles — secrétaires, dactylos, employées ou vendeuses — que transportaient les ascenseurs.

— Mazette ! fit-il d'un air gourmand, ces parfums enivrants, ces rondeurs frôlées et frôlantes, ces sourires, ces regards ! Je souhaite une panne entre deux étages avec une demi-douzaine de biches captives et apeurées !

En tant que président et chef pilote de la Fox Airlines, Bob venait négocier un accord de correspondance avec la Transcontinental and Western Airlines, connue maintenant sous le sigle T.W.A. Depuis le 1er octobre 1930, la nouvelle compagnie, née d'une association entre Transcontinental Air Transport et Western Air Express, assurait l'acheminement du courrier entre New York et Los Angeles. Bob Meyer, dont le passé de pilote de guerre et les compétences de gestionnaire étaient connus dans le milieu aéronautique, n'eut aucune difficulté à s'entendre avec les dirigeants d'une entreprise dont les ambitieux projets d'expansion ne pouvaient que séduire les professionnels confiants dans l'avenir de l'aviation commerciale.

Au lendemain des accords, un événement qui inquiétait les gens de la T.W.A. refroidit l'enthousiasme de Bob. Il en fit aussitôt part à Osmond, son principal associé :

— Le gouvernement fédéral impose maintenant à tous les utilisateurs de Fokker une inspection périodique et approfondie des structures internes des ailes et le remplacement des panneaux de contre-plaqué qui les habillent. Ce genre d'opération coûte cher, immobilise un avion pendant plusieurs semaines et nos Fokker cessent d'être rentables. Il va donc falloir trouver un autre appareil et nous sommes quelques-uns à avoir une idée de ce que doit être un avion moderne tout métal et pouvant transporter, dans les meilleures conditions de vitesse, de confort et de sécurité, au moins une douzaine de passagers d'une côte à l'autre. C'est une colle passionnante pour les techniciens, mais c'est une colle qu'il faut résoudre avant que nos compagnies équipées de Fokker ne fassent faillite...

— Mais d'où vient cette subite méfiance pour l'appareil allemand ?

— De ce que, le 31 mars dernier, un trimoteur Fokker, volant de Kansas City (Missouri) à Hollywood (Californie), s'est écrasé près de Bazaar, au Kansas. Il y a eu huit morts, dont mon vieil ami le capitaine Bob Fry et son copilote,

Jessie Mathis. Le gouvernement et la presse ne se seraient pas particulièrement intéressés à l'accident s'il n'y avait eu, parmi les passagers tués, la star des *coaches* [1] du football américain, Knute Kenneth Rockne [2]. Un cinéaste de Hollywood venait de l'engager comme conseiller technique pour un film. Cette mort a fait tant de bruit qu'une enquête a été ordonnée par Washington. Messieurs les commissaires, en examinant les débris du Fokker, ont, paraît-il, découvert que le bois des bras d'aile et des nervures était pourri ! D'où leur exigence d'inspections poussées... et ruineuses.

— Sans être un spécialiste, je pense que l'avion en bois a vécu, Bob. Avec des alliages légers, le métal, plus sûr, doit normalement...

— Ouais, mais je pense qu'il y a une autre raison à l'élimination du Fokker, car c'est à cela que l'affaire va aboutir. J'ai dans l'idée que le gouvernement souhaite voir les compagnies américaines s'équiper d'avions américains.

— Au moment où l'on compte 9 millions de chômeurs, de telles perspectives ne peuvent que satisfaire les industriels de l'aéronautique. Non ?

— Peut-être. C'est pourquoi nous sommes quelques-uns à plancher sur les caractéristiques de l'avion idéal. Ensuite, ce sera aux constructeurs de jouer.

Pendant leur séjour, les deux amis, guidés par William Butler, passèrent de joyeuses soirées dans les restaurants, les théâtres de Broadway et les cabarets de Harlem. Ceux que la crise épargnait et les étrangers de passage trouvaient à New York une vie nocturne élégante, animée et féconde en surprises. Cordelia, admise par Bob et Willy comme *fiancee* d'Osmond — au sens sudiste du terme [3] — ce qui ne déplaisait pas à la jeune femme, participait à toutes les expéditions. Butler, généralement accompagné de femmes

1. Entraîneurs.
2. 1888-1931. D'origine norvégienne ; encore considéré comme le plus grand entraîneur qu'ait connu le football américain.
3. Les Sudistes appellent *fiancee* la maîtresse d'un homme célibataire. Le terme *mistress* est plutôt réservé aux maîtresses d'hommes mariés.

agréables et distinguées, du type bourgeoise discrètement dévergondée qu'il affectionnait, avait proposé à Bob de lui trouver une gentille cavalière. Mais c'était ne pas connaître l'aviateur que d'imaginer la nécessité d'un entremetteur. Dès la première sortie, Bob se présenta au bar du Biltmore flanqué d'une superbe rousse à peau laiteuse, aux yeux verts et dont on pouvait redouter à tout instant que les seins, contraints à la captivité, ne jaillissent du décolleté comme deux faons épris de liberté.

— Je vous présente Sophie, Sophie O'Casey. Elle est irlandaise et secrétaire d'un évêque.

— Ça se voit tout de suite, dit Willy Butler en s'inclinant, le regard fixé sur le buste de la jeune fille.

— Où as-tu trouvé cette *sweater girl*[1] ? demanda Osmond à Bob, un moment plus tard, pendant que les autres bavardaient.

— Dans l'ascenseur ! Un type qui se croyait malin l'a interrogée grossièrement sur la marque de son soutien-gorge, sous prétexte qu'il voulait offrir le même à sa femme. Tout le monde a ri, sauf elle, qui a rougi jusqu'à faire fondre ses taches de son. Alors, galant Sudiste, je suis intervenu. « La Vénus de Milo n'a jamais eu besoin de la pièce de lingerie à laquelle il vient d'être fait allusion », ai-je lancé à la cantonade. Sophie m'a remercié d'un sourire éblouissant, comprenant qu'elle avait affaire à un connaisseur... Quand nous sommes sortis de l'ascenseur, je l'ai invitée à dîner. C'est aussi simple que ça, vieux, à New York !

Au cours de la soirée, la conquête de Bob se révéla plus fine et plus instruite qu'il ne paraissait. Butler et Cordelia, qui l'avaient prise pour une jolie dinde, lui trouvèrent du tact et de l'esprit. Osmond estima que les principales qualités de Sophie semblaient être la douceur et la gentillesse.

1. Jeune fille qui porte un pull-over très collant, pour mettre ses charmes en valeur. Toute jeune fille possédant un buste développé.

Vers une heure du matin, alors que l'on dansait au Cotton Club, où l'orchestre de Cab Calloway venait de remplacer celui de Duke Ellington, Bob, tenant Sophie par la main, s'approcha d'Osmond.

— Nous filons à l'anglaise. Sophie dit ne pas craindre la comparaison avec la Vénus de Milo…

— Et en plus, moi, j'ai des bras, souffla la jolie rousse en riant.

M. de Vigors regarda s'éloigner le couple, tandis que l'orchestre attaquait *Saint James Infirmary,* le grand succès de Cab Calloway.

Osmond de Vigors se sentait chez lui à New York. Au fil des mois, Cordelia, discrète mais obstinée comme un oiseau qui fait son nid, avait amélioré l'installation du pied-à-terre de Park Avenue. En imposant, des papiers peints aux meubles laqués, un décor à son goût, moderne et douillet, elle avait pris le risque de déplaire à son amant. Mais à chaque séjour celui-ci appréciait, au contraire, les changements survenus. Il trouvait normal de voir, dans un *dressing room* parfaitement aménagé, ses costumes près des robes et tailleurs de Cordelia. Car M. de Vigors s'était constitué une garde-robe new-yorkaise qui n'eût pas été de mise dans le Sud. Cette existence néo-conjugale plaisait à Osmond pendant quelques semaines. Vivre dans l'intimité parfumée de Cordelia ; apercevoir au matin, sur un pouf, la combinaison de soie et les bas abandonnés la veille ; entendre la jeune femme chantonner dans son bain ; humer à l'heure du petit déjeuner la bonne odeur du café et des œufs brouillés ; partager, les soirs où l'on restait « à la maison », une dînette faite de saumon fumé, de chauds-froids de dinde et arrosée de champagne ; trouver une rose dans une flûte de cristal sur la commode aux chemises ; recevoir sans autre raison que la tendresse une nouvelle cravate de Lord and Taylor ou une pochette d'Arnold and Constable, tout concourait, par la grâce et les attentions de Mlle Murray, à faire d'une quinzaine à New York une suite d'heureux moments comme en connaissent les amoureux.

Osmond jouissait de ces jours et ces nuits où tous les sens s'abreuvent de plaisir, mais l'euphorie qui s'emparait de lui, chaque fois qu'il quittait La Nouvelle-Orléans pour le Nord, se diluait en une semaine. Soudain, un matin, parce qu'il y avait trop d'automobiles et trop de bruit sur Park Avenue, parce qu'un brouillard sale se glissait dans les rues de Manhattan, parce que le vent plaquait aux jambes des passants des journaux souillés arrachés aux poubelles, Osmond aspirait brusquement à retrouver le Sud, sa maison, ses fils, l'avenue Saint-Charles, le bar du Boston Club.

Lorsque Cordelia, après un dernier baiser dissimulé, regardait démarrer le Crescent Limited dans une grande exhalaison blanche, Osmond, calé dans le fauteuil du pullman, connaissait l'allégresse du voyageur sur le chemin du retour.

Quand arriva l'année 1932, cette double vie, avec ses alternances organisées, prit d'autant plus aisément le rythme des habitudes que l'avion mit La Nouvelle-Orléans à quelques heures de New York.

Le 14 janvier, tout le Sud avait pleuré Grace Elizabeth King, décédée à l'âge de quatre-vingts ans. Ecrivain le plus représentatif de la Louisiane de la fin du XIXe siècle, cette femme, un peu moquée dans les années vingt par les jeunes rédacteurs du *Double Dealer,* laissait des œuvres qui survivraient. Ses romans, pleins de sensibilité, racontant la vie de plantation [1] ou les durs moments de la Reconstruction [2], figuraient dans toutes les bibliothèques sudistes, près de son ouvrage scrupuleusement documenté *Creoles Families of New Orleans* [3], véritable Gotha louisianais. Mais à peine avait-on rendu les derniers hommages à Grace King que les fils d'Osmond de Vigors furent mobilisés, comme tous leurs camarades du collège Loyola, pour une neuvaine

1. *Tales of a Time and Place* (1892), *The Pleasant Way of Saint Medard* (1916).
2. *Monsieur Motte* (1888).
3. Réédité par Claitor's Publishing Division, Baton Rouge, 1971.

de prières à l'intention des malheureux jésuites espagnols. Les conséquences de la révolution qui, en 1931, avait amené les républicains au pouvoir à Madrid et contraint le roi Alphonse XIII à l'exil commençaient à se faire sentir. C'est ainsi que les jésuites venaient d'être expulsés d'Espagne, leur ordre dissous et leurs biens confisqués. On ne comptait plus, par ailleurs, les exactions commises contre les prêtres et les moines, les religieuses violées, les couvents pillés, les églises incendiées par des révolutionnaires fanatiques et assurés de l'impunité. En Louisiane, où les jésuites enseignaient et éduquaient, depuis 1837, les fils des meilleures familles et dont les écoles et collèges constituaient maintenant une université rivale de Tulane, l'émotion fut vive. Le consul d'Espagne, assailli de protestations, ne pouvait que se taire. A travers les paroisses, les prêcheurs stigmatisaient l'outrecuidance sacrilège des Rouges qui osaient chasser les fils de saint Ignace du pays natal de ce dernier. « Les soi-disant républicains d'Espagne, soutenus par les bolcheviques, livrent à l'antéchrist l'héritage d'Isabelle la Catholique », clamaient les plus ardents défenseurs de la foi, prêts à partir en croisade contre les nouveaux infidèles.

Mais, au cours du printemps, trop d'événements eurent lieu qui emplirent les colonnes des journaux et firent bourdonner les ondes pour que le sort des jésuites espagnols retînt bien longtemps l'attention.

Il y eut d'abord, le 22 février, la célébration du bicentenaire de la naissance de George Washington radiodiffusée dans tous les Etats-Unis. Ce jour-là, des messes à la mémoire du premier président furent dites dans 232 000 églises de l'Union et 2 000 écoliers, rassemblés à Washington dans les jardins du Capitole, chantèrent en chœur l'hymne national *The Star Spangled Banner*[1].

Si les photographies du navire porte-avions français

1. Chant patriotique, écrit en 1814 par Francis Scott Key, pendant la bataille du fort McHenry, à Baltimore, devenu hymne national par décision du Congrès, le 3 mars 1931.

Béarn, capable d'embarquer, faire décoller et récupérer quarante appareils, n'intéressèrent vraiment que les marins et les aviateurs comme Faustin Dubard et Bob Meyer, le rapt de Charles Augustus Lindbergh, âgé de deux ans et fils de Charles Lindbergh, le héros du premier vol transatlantique, tint toutes les familles américaines en haleine du 1er mars au 13 mai. Ce jour-là, le *Times-Picayune,* à La Nouvelle-Orléans, annonça sur toute la largeur de la une la découverte du cadavre de l'enfant dans un bois, à quelques kilomètres du domicile de ses parents, à East Amwell, dans le New Jersey.

Le ravisseur[1], qui avait empoché, quelques jours plus tôt, la rançon de 50000 dollars, en promettant de rendre l'enfant sain et sauf, était devenu un assassin recherché par toutes les polices. En constatant que le bébé avait été étouffé lors de son enlèvement, les médecins ajoutèrent encore à l'horreur du drame vécu par les Lindbergh.

Peu de temps après la découverte du crime, un couple appartenant à la faune artistique d'avant-garde parisienne souleva l'indignation des Américains, en donnant le plus déplorable exemple de mauvais goût. Une muse surréaliste d'origine russe, nommée Gala, ex-compagne du poète Paul Eluard, épouse du peintre catalan Salvador Dali, se présenta dans un bal costumé, donné par un millionnaire américain, déguisée en bébé Lindbergh[2]. La presse unanime condamna ce geste de dérision, indigne de toute femme sensible et sensée. Le couple, avide de publicité, ne souhaitait, paraît-il, que faire un coup d'éclat pour attirer l'attention sur le peintre, à la recherche de mécènes. A dater de ce jour, les snobs fortunés se piquant de surréalisme tinrent les Dali à l'écart.

Sans doute par l'effet d'un chauvinisme maintes fois

1. Bruno Richard Hauptmann, Allemand entré en fraude aux Etats-Unis en 1923. Il fut arrêté le 19 septembre 1933, jugé en 1935, condamné à la chaise électrique et exécuté le 3 avril 1936.

2. Le scandale est rapporté par José Corti dans ses *Souvenirs désordonnés* (librairie José Corti, Paris, 1983).

constaté, les Louisianais attachaient souvent plus d'importance aux affaires régionales qu'aux événements de portée nationale ou internationale. Plus que le suicide de George Eastman, inventeur de la pellicule sensible et fondateur de la société Kodak, plus que les jeux Olympiques d'hiver à Lake Placid, plus que l'assassinat, à Paris, du président de la République Paul Doumer par le Russe Gorguloff, plus que l'annexion de la Mandchourie par les Japonais, plus que la conférence du désarmement à Genève et la mort d'Aristide Briand, un des meilleurs défenseurs de la paix que le monde ait connus, un sujet, en ce printemps où l'on comptait 12 millions de chômeurs dans l'Union, passionnait les Louisianais : le comportement, à Washington, du sénateur Huey Long. Ce dernier s'était enfin décidé à occuper son siège au Sénat des Etats-Unis, depuis qu'il avait fait élire en Louisiane un gouverneur tout dévoué à sa personne, Oscar Kelly Allen. Ce politicien démocrate, que les anti-*Longist* n'appelaient plus que *the Puppet Governor*[1], avait été président de la commission des Ponts et Chaussées, poste particulièrement lucratif en pots-de-vin de toute sorte. Assuré de continuer à gouverner la Louisiane par l'intermédiaire de O. K. Allen, le Kingfish s'était fait conduire à Washington, au mois de février, par un convoi spécial du Crescent Limited. Entouré de ses gardes du corps, toujours vêtu de façon voyante, Huey avait tout de suite retenu l'attention des journalistes et des photographes, enchantés de trouver un cabotin prêt à tout pour un peu de publicité. Depuis son installation, tous étaient stupéfaits d'entendre le Louisianais répéter à tout propos : « Attention ! Le Kingfish est arrivé ! » Huey Long ne cessait d'étonner la docte assemblée, sorte de club ayant ses règles courtoises et où tout nouveau venu se doit, pendant quelques semaines, de faire preuve de discrétion, presque d'humilité, en tout cas, de se taire et, si possible, de se rendre invisible. Au lieu de cela, M. Long, violant

1. Le gouverneur fantoche.

ouvertement le règlement intérieur, entrait en séance en tirant sur un énorme cigare, puis, faisant le tour de la salle, embrassait un sénateur, en insultait un autre, tapait sur l'épaule du doyen, bourrait les côtes d'un garde, désignait un collègue du doigt, interpellait à distance un élu somnolent et s'exprimait en des termes jamais entendus sous les fresques de la Chambre haute.

Dès la fin de la première semaine, tout Washington connaissait M. Huey Pierce Long. Le sénateur de l'Etat le plus pauvre de l'Union, où régnait le plus fort taux d'analphabétisme, ne semblait souffrir d'aucun complexe. Il entendait donner des leçons à tous avec outrecuidance. Certains politiciens envieux lui reconnaissaient la faculté de focaliser aisément sur sa personne l'attention de tous. On se répétait ses phrases lapidaires, que les journaux reproduisaient pour amuser leurs lecteurs. « D'accord, je suis Hitler et Mussolini dans la même personne ! Mussolini leur a donné l'huile de ricin, moi, je leur donnerai du Tabasco [1], et alors ils aimeront la Louisiane ! » ou : « Les grands magasins font les prix et c'est Wall Street qui encaisse ! » ou encore : « Le pays a besoin d'un dictateur ! »

En attendant, le chômage se développait. Le président Hoover, qui allait briguer un second mandat, répétait qu'il fallait augmenter les impôts pour combler le déficit record du Trésor : 902 millions de dollars ! L'Etat de New York devait emprunter 12 500 000 dollars pendant onze jours aux banques et à 6 % d'intérêt pour payer ses fonctionnaires, tandis que la Virginie diminuait de 10 % les salaires des siens.

1. Condiment à base de baies de *Capsicum,* fruit du piment rouge à saveur piquante, de différentes variétés : chili, cayenne, oiseau. Les graines de solanacées furent initialement rapportées de Tabasco, en Louisiane, par un soldat rentrant de la guerre du Mexique. Un membre de la famille McIlhenny commença à cultiver ce poivrier à Avery Island — de nos jours jardin exotique, réserve animale — près de New Iberia. Le produit fut mis sur le marché en 1868. La production de Tabasco, condiment mondialement connu, fut augmentée grâce à la récolte des arbustes de Cypress Island, dans la paroisse Saint Martin.

Pendant ce temps-là, M. Long expliquait, sans rire, à ses collègues que si la Louisiane avait été économiquement indépendante, elle aurait moins souffert de la crise. Les grands travaux, lancés par ses soins, comme le nouveau capitole en cours d'achèvement, les bâtiments ajoutés à l'université, les ponts prévus sur le Mississippi, le développement du réseau routier asphalté ne fournissaient-ils pas du travail à ceux qui ne profitaient pas de la dépression pour s'adonner à la paresse ?

A ces considérations, qui faisaient dire à certains que le sénateur envisageait peut-être une nouvelle sécession de la Louisiane, le Kingfish ajoutait des projets applicables au pays tout entier. Au mois de mars, en proposant à ses collègues une résolution visant à taxer toutes les fortunes supérieures à 5 millions de dollars et à relever très sensiblement les droits successoraux, il crut bon de les mettre en garde : « Les nations qui se donnent au communisme sont celles où la fortune reste concentrée en quelques mains. » Un peu déçu de ne pas susciter l'enthousiasme escompté, il récidiva le 4 avril, dans un discours qui fut imprimé sous le titre *The Doom of America's Dream*[1]. Plus élaborée que ses précédentes interventions — Huey, conseillé par un journaliste[2], avait pris le temps de lire quelques ouvrages récents d'économie politique — l'adresse fut attentivement écoutée. Après avoir redéfini les principes de la démocratie américaine inscrits dans la constitution et qui, tous, tendent à assurer le bonheur des citoyens, il montra comment, au fil des ans, on s'en était éloigné en courant maintenant le risque de les voir disparaître, submergés par la dépression. Le buste gonflé « comme le boxeur Jack Dempsey montant sur le ring », écrivit un reporter, la voix puissante, le sénateur conclut en affirmant que la grande lumière projetée par le rêve américain n'était plus qu'une chandelle

1. Le sort malheureux du rêve américain.
2. Raymond Daniell du *New York Times*, d'après T. Harry Williams, dans sa monumentale biographie de Huey Long (éditions Alfred Knopf, New York, 1969).

vacillante. Beaucoup l'approuvèrent tristement. Le Kingfish, que d'aucuns tenaient pour un clown sans envergure, prouva qu'il était un homme sensé, conscient du destin de l'Union et, aussi, un authentique tribun.

Mais, non content de se singulariser de toutes les façons, bonnes ou mauvaises, devant le Sénat et de boire entouré de jolies filles dans les bars de la capitale fédérale, Huey se mêla de la campagne pour l'élection présidentielle avec son effronterie habituelle. Très vite, il renonça à soutenir, au sein du parti démocrate, un sénateur sudiste, candidat à l'investiture. Il venait, après quelques tergiversations, de rallier le camp de ceux qui proposaient comme candidat à la Maison-Blanche Franklin Delano Roosevelt, gouverneur de l'Etat de New York. Cousin au cinquième degré du grand Theodore Roosevelt[1], ce patricien de cinquante ans s'ingéniait à rappeler que Theodore était son oncle par alliance, ce qui amusait le fils de ce dernier, récemment installé à Manille comme gouverneur des Philippines. Marié à Anna Eleanor Roosevelt, une cousine éloignée, fière elle aussi de sa parenté avec Theodore et très active, Franklin Delano Roosevelt — F. D. R., comme l'imprimaient les journalistes — se déplaçait le plus souvent dans un fauteuil roulant depuis qu'en 1921 la poliomyélite l'avait partiellement privé de l'usage de ses jambes. En se ralliant à ce candidat qui s'était autrefois rebellé contre les caciques de Tammany Hall et qui, progressiste, n'en acceptait pas moins le soutien discret des banquiers de Wall Street, Huey Long comptait faire admettre une partie au moins de sa théorie du partage des richesses. « Je n'aime pas votre fils de chienne, mais je serai pour lui », avait-il déclaré tout à trac à un sénateur organisateur de la campagne de F. D. R.

Bien qu'il se soit engagé à faire voter pour Roosevelt lors des primaires démocrates de la Louisiane et du Mississippi où il comptait des amis influents, Huey Long ne semblait avoir qu'une confiance mitigée en « son » candidat :

1. 1858-1919. Vingt-sixième président des Etats-Unis, de 1901 à 1909.

« Comment puis-je expliquer aux électeurs, qui le croient l'héritier des populistes, que tous les banquiers de New York regardent de son côté ? Quand je lui parle, Frankie dit : " D'accord, à la bonne heure, épatant ! " mais il dit cela à tout le monde ! »

Le Kingfish, qui se vantait de pouvoir acheter des voix démocrates comme des pommes de terre, avait espéré participer activement à la campagne en faveur de Roosevelt. Cela lui aurait permis de développer devant de vastes auditoires, à travers l'Union, ses propres théories du partage des richesses. Ses idées différaient sur bien des points de celles prônées par l'homme qu'il était censé soutenir. Ni Franklin Roosevelt ni son chef de campagne, le président du Comité national démocrate, James Aloysius Farley, n'avaient été dupes de cet empressement. Ils venaient de refuser au Kingfish le train spécial qu'il réclamait pour une tournée dans le Middle West.

De retour en Louisiane, Huey eut, le 16 mai, de quoi se consoler de sa déconvenue et se réjouir de sa popularité. Il présida, ce jour-là, l'inauguration du nouveau capitole qui, avec ses 150 mètres de haut et ses 34 étages, était le plus élevé des Etats-Unis.

C'était une des idées fixes du maître de la Louisiane que de faire de Baton Rouge une ville administrative moderne et bien équipée. Cela n'allait pas sans difficulté en dépit des efforts de séduction déployés par Long depuis son accession au pouvoir. La capitale restait, avec La Nouvelle-Orléans, l'un des foyers les plus actifs de l'opposition. A Baton Rouge, les élections étaient toujours défavorables au Kingfish et à ses amis. Le gouverneur de paille, O. K. Allen, n'y avait recueilli que 34,6 % des suffrages.

— M. Long est un hôte que nous n'avons pas invité, disait-on dans les vieilles familles qui avaient donné, au cours des générations, quantité de fonctionnaires à l'Etat.

Il arrivait d'ailleurs au sénateur d'avancer l'idée farfelue de transformer la capitale de la Louisiane en un district autonome soumis au seul gouvernement. Il pensait au district de Columbia, qui fait de Washington une cité dont les habitants ne sont pas représentés au Congrès et ne participent à aucune élection[1]. La gestion de la capitale fédérale est confiée à trois administrateurs nommés par le président des Etats-Unis et agréés par les sénateurs en exercice.

M. Long, qui faisait voter à tour de bras des lois destinées à étendre son emprise sur tous les services de l'Etat, des pompiers à la police en passant par la justice, l'éducation et la santé, comprit cependant que Baton Rouge n'accepterait jamais d'être un petit district de Columbia. En attendant, le nouveau capitole, construit en quatorze mois, devait rester le monument de Huey Long. Ce gratte-ciel dominant le Mississippi, visible à cinquante kilomètres à la ronde, traduisait en béton, en marbre, en bronze et en pierre taillée le goût du faste et du gigantesque, commun aux dictateurs qui entendent marquer leur passage de signes inoubliables.

Si, sur North Boulevard, la nouvelle maison du gouverneur, dont le péristyle imposé par Huey Long rappelait celui de la Maison-Blanche, avait paru à beaucoup un investissement inutile, il n'en était pas de même pour le nouveau capitole. Tous les Louisianais de bonne foi reconnaissaient depuis longtemps que l'ancien capitole, sorte de castel néo-gothique, construit en 1847 par un architecte new-yorkais influencé par les descriptions de Walter Scott, n'était plus adapté aux besoins de l'administration.

M. de Vigors et les Bagatelliens s'abstinrent de se mêler à la foule des femmes en bonnets et des hommes en bretelles qui vint acclamer Huey Long au jour de l'inauguration. Seuls les obligés du gouverneur et du sénateur firent le voyage de La Nouvelle-Orléans à Baton Rouge pour

1. Depuis l'adoption, en 1961, du 23e amendement de la Constitution, les habitants du district de Columbia votent pour l'élection du président et du vice-président des Etats-Unis. Un autre projet d'amendement, en cours de ratification (1986), pourrait leur permettre d'être représentés au Congrès.

assister à ce que les demoiselles Oswald définirent comme « la kermesse autour du pain de sucre à Long » ! Mais en juin, dès leur installation pour l'été à Bagatelle, les petits Vigors, leurs cousins et amis, qui avaient vu les photographies du gratte-ciel, insistèrent pour qu'on les conduisît à Baton Rouge. Avec Doris pour guide et Hector pour chauffeur, la petite bande prit place dans la Duesenberg. Osmond autorisa un arrêt pour le goûter à Saint Francisville, où l'on passait le Mississippi sur un bac.

Plus encore que les adultes, les enfants furent impressionnés par ce bâtiment unique dans le Sud. Dressé au milieu des jardins aménagés sur l'ancien campus de l'université, l'immeuble géant projetait son ombre jusqu'au fleuve. Entre les vieilles casernes à colonnades, datant de 1824, où le général Zachary Taylor[1] avait commandé et l'arsenal à demi enterré et pour lequel on s'était tant battu pendant la guerre civile, le capitole ressemblait à un phare géant.

Les enfants gravirent les quarante-huit marches monumentales du perron en récitant les noms des Etats de l'Union gravés dans le granit du Minnesota[2]. Hector, armé de son Kodak, photographia la bande devant les groupes de statues placées de chaque côté de l'entrée et représentant les pionniers et les patriotes. Ces puissants personnages : guerriers, marins, paysans, vieillards chenus, sortaient de l'atelier de Loredo Taft[3] de l'Art Institute, à Chicago.

Excités par tant de découvertes, les garçons firent pivoter trois fois le tambour vitré, placé derrière les portes de bronze, avant de pénétrer avec un respect soudain dans le hall immense, au sol revêtu de dalles en lave du Vésuve, polies par des artisans napolitains.

1. 1784-1850. Douzième président des Etats-Unis (1849-1850).
2. L'Alaska et Hawaii, 49e et 50e Etat, ne furent admis dans l'Union qu'en 1959.
3. 1860-1936. Elève de l'Ecole des beaux-arts, à Paris, de 1883 à 1886. On lui doit une des plus belles fontaines de Chicago : *le Temps*.

— On se croirait dans une église, dit Poc Dubard à voix basse.

— Tu as vu tous ces drapeaux ? souffla David Meyer.

— Et le plafond peint, remarqua Gusy.

Un peu aidés par Doris, les enfants identifièrent la plupart des bannières suspendues. Celles-ci rappelaient aux visiteurs que la Louisiane, depuis la prise de possession par Cavelier de La Salle, en 1682, au nom du roi de France, avait été aussi, au gré des conquêtes, des allégeances et des rébellions, française, anglaise, espagnole, indépendante, américaine et sécessionniste, avant d'appartenir définitivement à l'Union.

Si, parmi les statues, tout le monde reconnut Bienville, fondateur de La Nouvelle-Orléans, personne n'identifia spontanément les trois plus célèbres gouverneurs du passé : William Charles Coles Claiborne, Henry Watkins Allen et Francis Redding Tillou Nicholls.

Seul Clem désigna, un peu plus tard, au milieu des effigies des célébrités louisianaises, Louis Moreau Gottschalk, le pianiste-compositeur dont il jouait maintenant aisément les œuvres. La Chambre des représentants et le Sénat, avec leurs marbres, boiseries, lanternes de bronze et bureaux d'acajou, les retinrent moins longtemps que les fresques, bas-reliefs, panneaux décoratifs racontant l'histoire de la Louisiane. Néanmoins, le clou de la visite fut l'ascenseur, qui les éleva du hall à la terrasse du 27e étage, d'où les enfants émerveillés découvrirent l'immense et plat pays, les forêts jusqu'à l'horizon, le fleuve, grand écoulement d'argent liquide sous le soleil, les réservoirs et les tubulures tarabiscotées des raffineries, les maisons de la basse ville semblables, vues de si haut, aux chaumières de terre cuite des crèches.

Au retour à Bagatelle, nantis de prospectus, de dépliants, de cartes postales, d'insignes destinés à faire valoir le plus haut capitole de l'Union, les enfants tinrent des propos intarissables.

— On dit que ce gratte-ciel a coûté 5 millions de dollars. Qui a payé ? demanda naïvement Clem à son père.

— Ben, c'est M. Long, pardi ! répondit précipitamment Pic Dubard, ce qui fit rire toute la compagnie.

6

Le fumoir du Boston Club, récemment pourvu d'un système de conditionnement d'air, était, en cet été torride, l'endroit le plus frais de La Nouvelle-Orléans. Aussi, quelques membres du cercle, contraints par leurs affaires, comme M. de Vigors, à un séjour estival en ville, y prolongeaient-ils les conversations d'après déjeuner. La seule pensée de se retrouver dans l'atmosphère d'étuve malodorante de Canal Street aidait Osmond à supporter les propos des fumeurs de cigares. Les sujets abordés touchaient à l'actualité : l'élection présidentielle de novembre, la mévente du coton, l'agitation sociale.

— En désignant Franklin Roosevelt comme candidat à la présidence, la convention démocrate de Chicago s'est montrée d'une naïveté coupable, décréta un banquier.

— L'homme a belle allure et de l'assurance, malgré son infirmité, et c'est un gentleman, à ce qu'on dit. Mais ses discours manquent de conviction et il emprunte des idées à droite et à gauche..., renchérit son voisin.

— Plutôt à gauche ! fit un autre.

— Il en emprunte même au sénateur Long ! Roosevelt n'est pas un candidat démocrate, c'est un patricien devenu populiste par opportunisme. Il trahit sa classe d'origine comme Hoover, fils de forgeron, a trahi la sienne. On dit qu'il subit l'influence des intellectuels socialistes...

— Communistes..., communistes, voulez-vous dire ! lança véhémentement un colonel en retraite.

Un armateur, qui jusque-là s'était tu, cessa de s'éventer avec un journal plié.

— Roosevelt semble, en effet, tenir en haute estime ces jeunes radicaux qui ne parlent que révolution. Dos Passos, Erskine Caldwell, Malcolm Cowley et d'autres voient chez les bolcheviques un modèle de démocratie moderne. Même Sherwood Anderson, qui a vécu chez nous, trouve que les Russes ont de bonnes idées. Et Scott Fitzgerald[1] s'est mis avec enthousiasme à la lecture de Marx, entre deux whiskies !

Osmond de Vigors, peu enclin à porter des jugements aussi catégoriques sur des gens qu'il ne connaissait pas, savait par la presse et la radio tout ce que l'on disait et écrivait du gouverneur de New York. Pour Edmund Wilson, critique littéraire redouté, Franklin Roosevelt était un boy-scout plein de bonne volonté. Si un journaliste qui ne penchait pas à gauche le traitait de « candidat tire-bouchon », un commentateur de C.B.S.[2] considérait que la convention avait désigné « celui qui ferait probablement le plus faible président ». Quant à Walter Lippmann, il le trouvait mou et ne voyait pas de différence entre le candidat démocrate et Hoover, le républicain sortant, invité par son parti à briguer un nouveau mandat.

De son côté, Henry Louis Mencken, critique et essayiste détesté des Sudistes, fulminait depuis longtemps contre l'affairisme américain et l'influence des juifs. Plus attiré par la solution nationale-socialiste prônée en Allemagne, pays de ses ancêtres, que par l'idée communiste, il définissait le service de l'Etat comme « un refuge pour de pauvres imbéciles aux dents longues ».

La méfiance innée qu'éveillait chez Osmond de Vigors toute croisade politique l'incitait plutôt à approuver la

1. Le membre du Boston Club aurait encore pu citer : Lincoln Steffens, Granville Hicks, Clifton Fadiman, Upton Sinclair et Edmund Wilson qui, comme André Gide, André Malraux et Paul Nizan, en France, à la même époque, criaient bien haut leur sympathie pour les Soviétiques.

2. Columbia Broadcasting System.

constatation faite par Will Rogers[1], dont le patriotisme ne pouvait être mis en doute : « Le désenchantement des citoyens est tel que, s'ils le pouvaient, ils voteraient contre tous les candidats. » Le juriste avait conscience d'avoir rempli jusque-là ses obligations envers la société et la démocratie sans s'être laissé embrigader.

Tout citoyen américain épris de liberté ne pouvait que rejeter, avec la même force, le fascisme et le communisme. De la même façon qu'il se méfiait des intellectuels de gauche, soucieux d'élargir leur audience, prêts à signer tous les manifestes, à enfourcher toutes les idéologies pour ne pas rester en dehors des courants de la mode, il redoutait le conservatisme aveugle des *lily-whites*[2], nombreux en Louisiane.

L'homme Roosevelt ne lui déplaisait pas. Ce quinquagénaire de haute taille, de forte carrure, aux mains puissantes et velues, savait faire oublier la faiblesse de ses jambes. Quand il se mettait debout pour effectuer quelques pas, soutenu par son fils aîné James, tout le monde regrettait qu'il ne possédât pas une parfaite mobilité. Lui, indifférent à l'émotion suscitée, mais conscient de cet atout très personnel, souriait. Ses yeux bleus, toujours cernés de bistre, parcouraient l'assistance, jaugeaient l'auditoire. Quand il parlait, sa voix chaude et harmonieuse donnait un charme neuf aux banalités électorales. « F.D.R. possède la voix la plus radiophonique jamais entendue sur les ondes », affirmait un journaliste français venu couvrir la campagne présidentielle.

Les rides profondes qui marquaient le visage de Roosevelt, ses sourcils fournis, ses cheveux grisonnants et courts, son vaste front, composaient un faciès viril de marin ou d'homme de l'Ouest.

Osmond, au contraire des membres du Boston Club,

1. William Penn Adair Rogers (1879-1935), ancien cow-boy devenu funambule, puis aviateur et journaliste.

2. Groupe des républicains des Etats du Sud, qui se distinguaient par leur intransigeance dans le domaine politique, surtout vis-à-vis des Noirs.

décelait chez le gouverneur de New York une force, une faculté de persuasion, une rigueur courtoise et une rassurante absence de vulgarité. La pondération du candidat démocrate, sa tranquille assurance de patricien dont la fortune personnelle est établie n'excluaient pas une certaine malignité, perceptible dans le regard plissé et le sourire oblique. Ne venait-il pas de ravir l'investiture du parti démocrate à l'ami de toujours, le très méritant Al Smith[1], après avoir négocié le soutien des pontes de Tammany Hall jusque-là méprisés !

Grâce à des qualités typiquement nordistes et parce qu'il n'était pas talonné par de médiocres ambitions, mais par le désir d'acquérir le prestige durable, peut-être historique, d'un réformateur, ce politicien pouvait tenter de recoller les morceaux épars du grand rêve américain.

Certes, M. de Vigors savait, comme ceux qui se tenaient au courant des affaires économiques, que le fameux *New Deal*[2], proposé par Roosevelt dans tous ses discours, était directement emprunté à l'écrivain Stuart Chase, qui venait de publier un livre sous ce titre. Les journalistes fouineurs avaient aussi décelé, derrière cette formule bienvenue, vite reprise et répandue, un souvenir quasi familial du *Square Deal*[3] proposé autrefois par le cher cousin Teddy Roosevelt et une réminiscence du *New Freedom*[4] de Woodrow Wilson dont Franklin Delano Roosevelt avait été, comme *Assistant Secretary of the Navy*[5], un des proches collaborateurs pendant la guerre de 1914-1918.

Mais n'était-ce pas le devoir d'un candidat aux responsa-

1. Alfred Emmanuel Smith (1873-1944), membre influent du parti démocrate, quatre fois gouverneur de l'Etat de New York de 1918 à 1929. Candidat malheureux à la présidence des Etats-Unis en 1928 face à Hoover qui l'emporta.
2. Littéralement : nouvelle donne. Par extension, nouvelle politique pour la réforme et la restauration de l'économie prévoyant l'aide sociale.
3. Littéralement : une donne équitable. « Par extension, un arrangement fondé sur la justice », écrit Robert Lacour-Gayet dans son *Histoire des Etats-Unis,* volume II (éditions Fayard, Paris, 1977).
4. Littéralement : nouvelle liberté.
5. Vice-ministre de la Marine (de guerre).

bilités suprêmes, décidé à prendre en charge une économie nationale en crise et une nation en plein désarroi, que de proposer une nouvelle politique « en rupture avec des traditions absurdes[1] » ?

Aussi, quand Osmond de Vigors, agacé par les propos des bostoniens, sortit de sa réserve, ce fut pour dire que Franklin Roosevelt, qui semblait s'engager formellement, méritait plus de considération que les politiciens velléitaires et sans courage dont le pays ne voulait plus.

— Même si sa politique ne semble inspirée que par d'anciennes initiatives avortées, il se peut qu'elle soit la seule raisonnable. Je vous invite, messieurs, à y réfléchir !

— En somme, vous soutiendrez F.D.R., comme le Kingfish ?

— Et comme vous, messieurs, car la convention démocrate de Louisiane a envoyé à Chicago des délégués qui ont voté pour Roosevelt, n'est-ce pas ? Et ce sont bien *vos* délégués ? observa Osmond avec ironie.

Un silence gêné s'établit dans le fumoir. Le ronronnement du conditionneur d'air prit soudain toute son importance, jusqu'à ce que M. de Vigors achevât son propos :

— Quant au Kingfish, qui ne soutient personne gratuitement et ne pense qu'à son avenir national, je ne donne pas un an avant qu'il soit un ennemi déclaré de Roosevelt. Aujourd'hui partenaires par intérêt immédiat, ces deux hommes, si différents à tous points de vue, apparaîtront demain comme des rivaux évidents. Plaise à Dieu, messieurs, que Roosevelt, s'il est élu, réussisse à redresser la situation, sinon nous courons le risque de voir en 1936 un dictateur à la Maison-Blanche !

— Notre ami a peut-être raison. F.D.R. est le moins mauvais des présidents possibles : nous avons assez vu Hoover, trop entêté pour accepter des réformes, nous

1. Franklin Roosevelt devant la convention de Chicago, en juillet 1932.

n'allons pas voter pour le socialiste Norman Thomas ni pour Foster, le communiste. Alors que reste-t-il ? demanda le banquier.

— Au royaume des aveugles, les borgnes sont rois, reconnut d'un ton résigné le colonel en retraite.

Quand on en vint à parler coton, M. de Vigors fut naturellement au centre du débat.

— On m'a dit, cher ami, que vous avez laissé cette année votre cotonnerie en friche, risqua un négociant, maintenant retiré des affaires mais qui, pendant un demi-siècle, avait commercialisé le coton de Bagatelle.

— C'est exact et je ne fais que respecter la loi.

— Foutue loi ! Permettez-moi de le dire. Elle n'a pas fait remonter les cours et les banquiers n'avancent plus un dollar aux planteurs. Notre Kingfish peut être fier ! Nous sommes les seuls à n'avoir pas ensemencé nos cotonneries, ce qui fait l'affaire des Texans et des Mississippiens, grogna le colonel.

— Eh ! c'est que nous n'avons plus d'argent ! lâcha mezza voce le banquier, émergeant d'un bref assoupissement.

Malgré les mesures draconiennes prises l'année précédente, la mévente du coton menaçait d'asphyxie de nombreuses exploitations familiales. Certains fermiers du delta créaient des rizières sur les champs autrefois dévolus à l'or blanc, mais beaucoup, trop endettés pour tenter une reconversion, vendaient leurs terres et devenaient salariés, souvent chômeurs. La Louisiane, étant le seul Etat à appliquer, avec une certaine loyauté, le *drop a crop*[1] proposé un an plus tôt par Huey Long, souffrait plus que les autres. En 1931, la récolte, pour l'ensemble des Etats cotonniers de l'Union, avait été de 15 800 000 balles, soit 2 millions de balles de plus que les prévisions officielles. Les achats pratiqués par le Federal Farm Board[2], à la demande

1. Sauter une récolte.
2. Office fédéral agricole.

du ministère de l'Agriculture soucieux d'absorber les surplus, s'étaient révélés sans effet sur les prix. C'est pourquoi Huey Long, sénateur élu depuis 1930, mais toujours gouverneur de fait en Louisiane avait, au cours de l'été 1931, pris l'initiative de propositions radicales : destruction immédiate du coton de l'année encore sur pied — soit un tiers environ de la récolte attendue — abandon de l'ensemencement pour 1932. Le Sud connaîtrait ainsi une année sans production cotonnière, une sorte de *cotton holiday*[1], d'après la formule lancée par le Kingfish. Ces mesures faciliteraient l'écoulement des stocks qui se détérioraient sous les hangars et provoqueraient la remontée des cours[2].

Un tel plan avait aussitôt reçu l'agrément des grands planteurs. Ces derniers pouvaient, plus facilement que les fermiers, petits producteurs, sauter une récolte. Les plus réticents, qui étaient aussi les plus modestes, avaient fini par se rallier aux vues du gouverneur, les experts laissant entendre que la raréfaction permettrait de vendre les stocks de coton de 15 à 18 cents la livre.

Sans être dupe de l'intérêt soudain porté aux planteurs par un politicien qui cherchait surtout à se mettre en vedette, avant d'aller enfin occuper son siège de sénateur à Washington, le maître de Bagatelle avait estimé que seule une réglementation de la production devenue anarchique sauverait le coton de Louisiane. Les propositions de Long n'avaient pas obtenu, en revanche, l'adhésion escomptée des autres Etats producteurs. Conviés le 21 août 1931 à une conférence à La Nouvelle-Orléans, le gouverneur du Texas, Ross Sterling, et celui du Mississippi, Theodore Bilbo, avaient décliné l'invitation. Blackwood, gouverneur de la Caroline du Sud, et Parnell, gouverneur de l'Arkansas, avaient fait le voyage et participé aux réunions organisées avec faste à l'hôtel Roosevelt. Quant à

1. Vacance du coton.
2. Entre 1929 et 1931, le prix payé aux planteurs pour une livre de coton était passé de 18 cents à 5,60 cents.

M. Murray, gouverneur de l'Oklahoma, sans lien de parenté avec le père de Cordelia, il avait simplement fait savoir qu'il était favorable à une limitation des surfaces dévolues au coton. Les défections des uns et l'indifférence des autres avaient mis le Kingfish en colère et, malgré l'âpre saveur populaire de ses harangues, il n'avait reçu que de vagues promesses au lieu des engagements espérés. Il avait pesté particulièrement contre Ross Sterling et les parlementaires texans, gestionnaires d'un Etat qui produisait, à lui seul, un quart du coton américain.

C'est ainsi que la Louisiane avait été seule à s'engager à ne pas produire une balle de coton en 1932. Au cours de la nuit du 29 août 1931, Huey Long, dans sa chambre de l'hôtel Heidelberg, à Baton Rouge, avait aussi été le seul à signer une loi qu'il avait vainement tenté de faire adopter par les Etats cotonniers. Souhaitant donner à cet acte un éclat particulier, il avait reçu les journalistes et les photographes en pyjama vert, pieds nus, assis sur le bord de son lit. Quelqu'un lui ayant fait remarquer *in extremis* qu'il portait un vêtement de nuit en soie, il avait troqué aussitôt sa veste contre un tee-shirt de coton avant d'apposer, sous les flashes, sa signature au bas du texte officiel. Le lendemain, il avait fait envoyer cette photographie à toutes les agences de presse et expédié des agrandissements aux gouverneurs timorés.

L'opposition, conduite par Paul Cyr, dont Long n'avait pas voulu pour successeur au poste de gouverneur, faisait encore des gorges chaudes de cet échec. Un an après l'événement, M. de Vigors décelait, dans les propos aigres-doux de certains, le reproche qu'ils n'osaient formuler.

— C'est très loyal de votre part, cher ami, de respecter le *cotton holiday* du Kingfish. Tout le monde sait que votre *middling* est le meilleur du Sud. Il est vrai que...

— Que j'ai la chance de tirer quelques revenus du pétrole, n'est-ce pas ? dit sèchement Osmond, interrompant l'ancien militaire.

— Ceux qui n'ont que le coton sont en effet aujourd'hui

bien à plaindre, concéda le banquier d'une voix doucereuse.

— Ce n'est heureusement pas le cas du colonel. Sa plantation de tabac *perique*[1] vaut largement une douzaine de puits de pétrole ! enchaîna Osmond sur le même ton.

— C'est mon âcre tabac et votre pétrole visqueux qui nous permettent, mon petit, d'entretenir nos cotonneries. Nous devons respect et fidélité au roi Coton. Tous ces tissus que l'on fabrique dans les usines chimiques avec du charbon, de l'air et de l'eau, et qui ne sont pas sains pour la peau, seront un jour abandonnés. La fibre blanche, soyeuse et naturelle, retrouvera sa suprématie. Après un temps de vogue, la soie véritable n'a-t-elle pas renvoyé la soie artificielle dans les garde-robes des négresses et des femmes ordinaires ?

— Reverrons-nous jamais un âge d'or semblable à *antebellum* qu'ont connu nos pères et votre grand-père, Osmond ? soupira le banquier en désignant d'un mouvement de tête le portrait du sénateur Charles de Vigors, suspendu parmi ceux d'autres célébrités défuntes, au mur du fumoir.

Dès que les bostoniens évoquaient l'or blanc, comme les spirites évoquent les fantômes, les propos échangés devenaient lyriques. Ces hommes, dont les ancêtres s'étaient échinés à défricher les rives du Mississippi offertes par le roi de France pour y faire pousser, avec l'aide contrainte des esclaves, le coton dont l'Europe et le Nouveau Monde avaient besoin, ne se résignaient pas

1. Tabac noir et fort, très apprécié en Angleterre, au Canada et en Norvège. Il est surtout utilisé dans des mélanges avec des variétés plus douces. Initialement cultivé par les Indiens, il tire son nom d'un colon d'origine française, arrivé en Louisiane en 1776, Pierre Chenet, dit Périque, qui fut le premier à commercialiser cette « herbe à Nicot ». Le *perique* met trois ans à pousser, ce qui justifie, avec sa rareté, son coût élevé. Une terre de quatre cents hectares située sur la paroisse Saint James, près de Lutcher, est, affirment les Louisianais, le seul endroit au monde où l'on cultive encore cette solanacée.

à l'abandon d'un mythe matérialisé sous la forme d'une boule de fibre blanche.

Osmond, bien qu'il connût leurs travers, leurs défauts, leurs vices parfois, les considérait, en cet instant, avec sympathie. Lui-même maintenait, au mépris de tout réalisme économique, la cotonnerie de Bagatelle, fondée au XVIIIe siècle par le premier marquis de Damvilliers.

Ce colonel de quatre-vingts ans perclus de rhumatismes, ce banquier poussif et retors, ce négociant bigot, propriétaire de cent *cribs* [1] misérables, loués à des prostituées, cet ancien collecteur des douanes enrichi par les pots-de-vin, ce chirurgien triste et froid, petit-fils du dernier encanteur de la ville, cet armateur pingre, tous savaient, au-delà des générations, ce qu'ils devaient au roi Coton. Louisianais bon teint, c'est-à-dire indolents, velléitaires, vaniteux, susceptibles, aimant jongler avec les idées mais atteints de procrastination climatique, intrépides à la chasse, à la guerre et au plaisir, tous représentaient l'arrière-garde d'une force économique et sociale exténuée.

Lassé par les jérémiades des uns et des autres, M. de Vigors déploya ses longues jambes et quitta son fauteuil. Avant de renoncer à la fraîcheur du fumoir, il éprouvait le besoin de tirer la leçon de la situation. Tous se turent pour l'écouter.

— Nous avons tendance, dans le Sud, à nous cantonner avec nostalgie dans un univers mythique, imperméable aux réalités du moment. A l'époque où le fait économique prime, vouloir assumer le romantisme hérité d'un autre âge coûte cher. Certes, un certain nombre d'excentriques, dont je suis, font semblant de croire encore, par honneur et tradition, qu'ensemencer chaque saison leurs terres en coton invendable est un geste rituel presque sacré. C'est aujourd'hui, messieurs, un luxe de sentiment que peu d'entre nous ont capacité de se permettre. Et il y a tous

1. Minuscules studios aménagés dans des baraquements de bois où les prostituées recevaient leurs clients. Le loyer payé au propriétaire était, à cette époque, de 20 dollars par mois.

ceux, nombreux, pour qui le coton n'est pas symbole désuet d'un art de vivre révolu mais simple produit agricole, dont ils attendent le pain quotidien. Un homme de cœur ne voit pas de romantisme dans le spectacle d'un enfant affamé, d'une mère trop chétive pour allaiter son bébé ou d'un fermier chassé de sa terre par un créancier à peine moins pauvre que lui ? Messieurs, c'est par solidarité avec ces sujets souffrants du roi déchu que Bagatelle, cette année, ne produira pas de coton !

Salué par tous avec le respect accordé à un Cavalier dont le réalisme n'entachait en rien l'esprit sudiste, M. de Vigors régla ses consommations et sortit.

— Les Vigors ont toujours eu des idées avancées ! commenta le colonel.

Les autres se turent, craignant que leur opinion, s'ils en exprimaient une, ne soit rapportée par l'un d'entre eux, voire par le barman noir, au maître de Bagatelle.

En quittant les bostoniens, celui-ci se rendit, par le trottoir le plus ombragé de Canal Street, jusqu'aux nouveaux bureaux de la Fox Airlines, situés à trois blocs du club. Par télégramme expédié de New York, une semaine plus tôt, Bob Meyer avait annoncé son retour d'Europe, mais il ne semblait pas pressé de regagner la Louisiane. M. de Vigors espérait chaque jour la présence de l'ami et effectuait des incursions quotidiennes au siège de la compagnie aérienne. L'aviateur, laissant son fils David aux bons soins de Doris de Castel-Brajac et en compagnie des enfants de Vigors, s'était embarqué, en juin, pour Rome, afin d'assister au congrès des as de la chasse rescapés de la guerre de 1914-1918.

Cet après-midi-là, Osmond trouva enfin Meyer dans son bureau, houspillant secrétaires et employés qui, d'après lui, avaient paressé pendant sa longue absence.

— Je suis arrivé il y a une heure et regarde ce que je trouve : un monceau de courrier resté sans réponse, des factures impayées, des litiges à résoudre, la pagaille, quoi ! Heureusement que les volants et mes gars de l'aéroport sont plus sérieux et moins fainéants !

— Il a fait très chaud, Bob. Le thermomètre indique encore 104 degrés[1] à l'ombre, une sorte de record, paraît-il. Nous devrions peut-être installer ici l'air conditionné, comme au club.

— Il y a des dépenses plus urgentes à envisager, mon vieux. D'ici un an, si tout va bien, nous aurons enfin...

Osmond interrompit Bob d'une bourrade affectueuse.

— Dis-moi, tu as mis plus longtemps pour venir de New York en avion que pour traverser l'Atlantique en bateau !

— Ben..., j'ai été retenu par les gens de la T.W.A., dit Meyer en se pinçant le bout du nez.

Osmond connaissait trop ce tic pour ne pas comprendre la gêne soudaine de Bob.

— Tiens !... les gens de la T.W.A. ! Le siège de cette honorable compagnie n'est-il plus dans le Missouri ? insista-t-il avec ironie, pour agacer l'aviateur.

— Leurs ingénieurs passaient par New York... pour me voir... Quand tu m'as interrompu, j'allais te dire que, si tout se passe comme prévu, nous disposerons, dans un an ou deux, d'un avion commercial révolutionnaire, rapide et sûr. Nous avons mis ses spécifications au point et nous les avons soumises à cinq constructeurs. Douglas Aicraft Corporation a relevé le défi. Il faudra faire vite, car Boeing met en fabrication, à Seattle, un nouvel appareil, le Model 247, dont United Airlines aurait déjà commandé soixante exemplaires. Or United Airlines est le concurrent direct de la T.W.A. sur les lignes transcontinentales.

— Pourquoi ne pas choisir le long-courrier britannique Atlanta de 1400 chevaux ? On en dit grand bien, il vole déjà et les Anglais vont l'envoyer aux Indes !

— Si Douglas tient vraiment compte de toutes nos exigences, formulées par Jack Frye, l'ancien pilote, chef des opérations de la T.W.A., nous aurons le meilleur avion

1. Fahrenheit ; soit 40 degrés Celsius ou centigrades.

du monde : un monoplan tout métal, tiré par trois moteurs de 500 chevaux, ayant une autonomie de vol de 1 800 kilomètres, avec double commande de pilotage, pouvant transporter au moins dix passagers à 230 kilomètres à l'heure, avec des pointes à 300 à l'heure, hein, quel progrès sur nos Fokker[1] !

— Et combien coûtera cette merveille ?

— La T.W.A. paie le prototype 125 000 dollars, mais le prix de l'appareil ne dépassera pas 110 000 dollars. J'en ai retenu deux. Ils ne seront pas livrés avant un an. Ai-je eu tort ? ajouta vivement Meyer.

— Vous êtes le seul compétent, monsieur le Président. Mais ne me tapez pas pour une augmentation de capital ! La mévente du coton, la réduction, imposée par la raffinerie, de notre production de pétrole, les frais de scolarité de Clem et Gusy font apparaître pour la première fois un déficit chez les Vigors !

— Sois sans crainte. La trésorerie de la Fox est excellente, j'ai le soutien financier de la banque Morgan et nous venons de transporter notre cinq millième passager depuis la fondation de la compagnie. Je compte bien, avec les nouvelles lignes vers Atlanta, Washington, Dallas et Miami, transporter bientôt plus de cinq mille passagers par an et tripler le fret. Tu vois que la crise ne nous gêne guère... pour le moment. Je peux même t'offrir un verre ! conclut Bob, en donnant une tape amicale sur l'épaule d'Osmond.

Quand, un moment plus tard, les deux amis furent installés au Sazerac, le bar de l'hôtel Roosevelt, devant des *mint juleps* tout à fait illégaux mais parfaitement dosés, Meyer se détendit.

— J'ai cru subodorer, tout à l'heure, que tu mets en

1. Le Douglas DC-1 (DC pour Douglas Civil), ancêtre du fameux DC-3, dit *Dakota*, de 1935, resta à l'état de prototype. Après les vols d'essai de 1933, Charles Lindbergh, alors conseiller technique de la T.W.A., exigea que l'avion puisse décoller et atterrir avec un seul moteur. Les modifications donnèrent naissance au DC-2, qui entra en service en mai 1934.

doute les raisons de la prolongation de mon séjour à New York...

— Pas vraiment..., je t'assure ! s'empressa de couper Osmond.

Mais le ton persifleur confirmait le soupçon évoqué.

— Eh bien ! tu as raison. Les entretiens avec les ingénieurs de T.W.A. ne m'ont pris que vingt-quatre heures... Sophie O'Casey a pris le reste ! Je suis amoureux !

— Non ! Sophie O'Casey ?... Attends..., la plantureuse gamine à chevelure flamboyante et buste marmoréen ?... Celle que tu as trouvée dans l'ascenseur ?

— Oui. C'est elle. C'est Sophie, mon vieux !

Osmond retint la délectation avec laquelle Bob prononçait « Sophie ».

— Malgré son prénom, elle ne paraît pas très sage ! Si j'ai bonne mémoire, elle a succombé à ton charme, exceptionnel il est vrai, dès le premier soir. Quand vous vous êtes esquivés du Cotton Club... Butler, Cordelia et moi, nous avons même craint, en constatant la rapidité de la reddition, que cette secrétaire d'évêque ne soit pas très catholique !

— J'en ai été surpris moi-même. Mais, ce soir-là, Sophie a trompé tout le monde, moi y compris. Etant en compagnie de gens à la page, mais bien élevés, elle a voulu jouer les jeunes affranchies. Mais, quand elle s'est trouvée au pied... du lit, elle s'est mise à pleurer et m'a avoué que ça ne lui était jamais arrivé. Oui, mon vieux, Sophie est vierge !

— Etait...

— Non, est toujours. Car tu penses bien que je me suis abstenu de la... connaître... au sens biblique du terme ! C'eût été un viol !

— Et tu viens de passer une semaine à New York, en sa chaste compagnie, à lui tenir la main et en débitant des fadaises pour *girlfriend ?*

— Oui. Et je n'en suis pas fier ! Tu peux te moquer de moi. Je suis amoureux, respectueux, prévenant et niais comme un collégien... et de surcroît malheureux et jaloux !

— Jaloux !

— Jaloux de cet évêque, dont Sophie assure le secrétariat. C'est son cousin, un grand type sanguin, prognathe et velu comme un orang-outan. Il joue au base-ball et ses mains sont larges comme des battoirs. On lui a interdit de donner la confirmation aux communiants, ses gifles rituelles leur démontaient la tête...

— Charmant jeune homme !

— Et il a une façon de regarder Sophie qui ne me plaît guère.

— Tu as été présenté ?

— Non. Mais je l'ai vu de près, sans qu'il remarque ma présence, un jour où il accompagnait Sophie jusqu'à la porte du drugstore où nous avions rendez-vous. Elle m'a dit : « Si mon cousin savait que je sors avec un juif divorcé, il me donnerait une fessée et vous fendrait la tête avec une batte de base-ball ! »

— Et tu comptes, père de David, poursuivre des relations innocentes avec cette vierge défendue par Goliath ?

— Tu n'imagines pas la gentillesse et la droiture de Sophie. Elle m'est très attachée, parce que je n'ai pas profité de la situation où l'avait mise son imprudence..., mais elle a la moitié de mon âge et le plus sage serait évidemment de couper court, d'en rester là !

Bob se mit à siroter pensivement son *julep* en fixant la fresque peinte au mur du bar. L'artiste avait représenté, dans un rassemblement hétéroclite et violemment coloré, tous les types, masculin, féminin, blanc, mulâtre, qu'on pouvait rencontrer dans les rues du Vieux Carré où, depuis des générations, le brassage hasardeux des ethnies avait produit une population dont l'homogénéité ne devait rien aux races. Le cireur, le bourgeois en goguette, l'octavonne à chapeau fleuri, le marin éméché, la vendeuse de pralines, le gandin noir, le jazzman, le marchand de hot dogs, personnages que Caroline Durieux[1] peignait ou dessinait

1. Artiste peintre de La Nouvelle-Orléans, dont le père était d'origine française. Elle vit actuellement à Baton Rouge.

magistralement, constituaient des archétypes louisianais, au même titre que les membres fortunés du Boston Club.

— Je suis tout de même heureux de me retrouver chez moi, vieux frère, finit par lâcher Bob en frappant le genou d'Osmond.

Il se mit ensuite à parler de l'Europe, du congrès des aviateurs à Rome, où il avait retrouvé ses compagnons d'armes, anglais, français et italiens, et s'étendit, avec le lyrisme qui lui était propre, sur les avions civils et militaires les plus récents, approchés pendant son séjour. Le nouveau Blériot 111 à train d'atterrissage éclipsable et hélice tripale ; le Lioré et Olivier 20, bimoteur à bord duquel il avait volé entre Paris et Londres ; le Junkers G 38 de la compagnie allemande Lufthansa, dont les Français craignaient que leurs voisins ne fassent un jour un bombardier ; le Handley-Page britannique, qui transportait à 216 kilomètres à l'heure quarante passagers ou quatre tonnes de bombes ; le Latécoère 28, avion rapide assurant les liaisons entre la France et le Maroc, furent successivement commentés pour Osmond.

— Mais ce qui m'a le plus emballé, c'est l'autogire [1], dit Meyer. Imagine un engin volant doté d'ailes courtes, d'un fuselage et d'un moteur comme un avion, mais dont la sustentation est assurée par une voilure tournante, sorte de grande hélice à axe vertical, dont la rotation libre est entretenue par le vent dû au déplacement horizontal de l'appareil. L'autogire décolle sur une courte distance et se pose quasi verticalement. Tiens, il pourrait atterrir sans encombre au milieu de la rue du Canal !

— Pendant que tu béais devant l'autogire, ton ami Jimmy Wedell ne perdait pas son temps. A bord du nouvel avion — un véritable obus, à ce qu'on dit — construit par Wedell-Williams Air Service, Jimmy a volé à plus de 300

1. Compromis entre l'avion et le futur hélicoptère ; inventé par Juan de la Cerva en 1923.

miles à l'heure [1]. D'après lui, ce monoplan trapu à ailes courtes — dont le moteur Pratt et Whitney Wasp de 16 litres développe 550 chevaux — est « chaud comme un *44* [2] » mais deux fois plus rapide. Il a d'ailleurs baptisé ce modèle *44*. Afin que nul n'ignore ses ambitions, il a déjà annoncé son engagement dans la course des Trois Drapeaux qui aura lieu, en septembre, entre Ottawa et Mexico, soit 4000 kilomètres avec escale à Washington [3]. Je dois aussi t'apprendre que les Wedell-Williams se sont adjugé les trois premières places de la coupe *Coast to Coast* Los Angeles-New York, le premier étant James Haizlip, en 10 heures 19 minutes, le second, notre Jimmy, le troisième, le colonel Roscoe Turner.

— Jimmy ne pense qu'à construire des avions de plus en plus rapides pour battre des records et Harry Williams finance les prototypes de course. Mais c'est un jeu dangereux. Wedell en vient à rogner les ailes, en augmentant la puissance du moteur. A mon avis, il rêve d'une fusée. Sais-tu qu'il a failli se tuer, au mois d'avril, à Patterson, devant deux cents personnes, en essayant l'avion construit pour Roscoe Turner ! Quand l'aile droite s'est détachée du fuselage, à moins de cent mètres du sol, s'il n'avait pas réussi à gagner un peu d'altitude pour pouvoir sauter en parachute, il serait allé au tapis ! Il s'en est tiré avec une cheville foulée. Mais la chance peut un jour oublier d'être au rendez-vous. Remarque bien que la passion de ce brave Jimmy nous arrange. Pendant qu'il vole d'un record à l'autre, il ne s'occupe guère des lignes de Wedell-Williams Air Service qui est notre concurrent direct sur Shreveport et Dallas notamment, conclut Bob Meyer.

Les deux amis choisirent ce soir-là d'aller dîner au bord

1. Jimmy Wedell vola ce jour-là, autour du terrain de Glenview (Illinois) et sous contrôle, à 304, 8 miles à l'heure, soit 490,42 kilomètres à l'heure.

2. Ainsi nommé par analogie avec le revolver Remington, calibre 44, considéré comme l'arme de poing la plus rapide et la plus efficace pendant la guerre de Sécession.

3. Jimmy Wedell fit le parcours en 11 h 53 mn à la vitesse moyenne de 336,60 kilomètres à l'heure.

du lac Ponchartrain, où ils trouvèrent un peu de fraîcheur. Osmond de Vigors entendit avec flegme vanter les charmes et mérites de Mlle O'Casey. L'aviateur paraissait sérieusement entiché de l'Irlandaise et, bien qu'il reconnût l'inanité de ses sentiments, il ne trouvait pas le courage d'interrompre la relation.

— J'ai le sentiment que je puis lui être utile en lui révélant une conception de la vie différente de celle que son milieu hypocrite et bigot lui propose. Elle m'a d'ailleurs dit : « Depuis que je vous connais, je me sens enfin comprise par un homme ! »...

— Attention, Bob Meyer ! Dans son journal de 1860, Amiel, qui supporta avec noblesse son incapacité à choisir une compagne parmi ses admiratrices, a écrit : « Une femme comprise se croit une femme aimée et toute attention lui paraît volontiers une promesse. »

— Sophie sait qu'elle est aimée, mais pour ce qui est de l'incapacité à choisir une femme parmi celles qui t'entourent, toi, mon vieux, tu vaux le narcissique barbu genevois dont tu me rebats les oreilles depuis 1923 ! Qu'attends-tu pour refaire ta vie..., comme on dit ?

— « Refaire ma vie » est une expression stupide, Bob. Comme si l'on pouvait, en amour, défaire et refaire ce qui a été une fois fait ! Je n'espère ni ne souhaite la passion unique qui me pousserait au mariage. Je me contente de la menue monnaie de l'amour : le plaisir physique, les petites attentions tendres, l'aimable cohabitation temporaire !

— Finalement, tu es très organisé... et parfaitement égoïste... Liz, Cordelia, Doris... et les occasions !

— Chaque femme, Bob, développe une pulsion au sens psychique du terme : Liz est une pulsion sexuelle, Cordelia une pulsion sociale, Doris une pulsion sentimentale et...

— Et quelle pulsion contient, à ton avis, docteur Freud, la gentille Sophie O'Casey ?

Surpris par l'interruption autant que par la question, M. de Vigors hésita un instant à répondre. Quand il s'y décida, son ton fut volontairement badin :

— Une pulsion de vie..., bien sûr !

Mais l'opulente rousse venait d'apparaître dans son souvenir comme une sœur jumelle de l'Astarté Syriaca de Dante Gabriel Rossetti. A la fatale Vénus assyrienne aux formes pleines et d'une sensualité morbide, le peintre préraphaélite n'avait-il pas donné les traits de son modèle préféré, cette Jane Morris, à la crinière flamboyante, qui l'avait torturé à mort ?

7

Le 22 juillet 1932, alors que les Bagatelliens attendaient le déclin de la canicule pour ouvrir le tournoi de tennis du Baga Club, le *Judge Advocate General* de l'armée des Etats-Unis convoqua, par pli confidentiel, M. de Vigors à Washington.

Le juriste louisianais, ancien officier-interprète à l'état-major du général Pershing, blessé à Saint-Mihiel, décoré et promu *judge advocate* avec le grade de *Major* dans la réserve, avait déjà été sollicité par le gouvernement pour des missions de confiance. Il pourrait, cette fois-ci, estimait-on en haut lieu, donner un avis sur la façon dont il convenait de répondre aux revendications des anciens combattants venus de tous les Etats de l'Union pour manifester à Washington.

D'après les journaux, vingt-cinq ou trente mille anciens du corps expéditionnaire américain de 1917 ou mobilisés dans les camps d'entraînement voulaient faire pression sur le Congrès pour obtenir le paiement anticipé de leur prime de guerre, dont le versement était prévu en 1945. La plupart des vétérans, qui depuis le mois de juin se rassemblaient dans la capitale fédérale, figuraient aussi parmi les 12 millions de chômeurs recensés dans l'Union.

La loi du *Bonus*, votée en 1924, après avoir été deux fois contrée, en 1922 et 1923, par les vetos des présidents Harding et Coolidge, attribuait aux 4 255 000 ayants droit — dont 2 millions seulement avaient traversé l'Atlantique

— des sommes variant de 400 à 1 000 dollars. Le montant de l'indemnité dévolue à chacun était en effet calculé d'après le temps passé sous les drapeaux et au combat, un intérêt de 4 % par an donnant aux sommes promises l'attrait d'un placement. Il devait en coûter au gouvernement fédéral 3 641 millions de dollars.

Pour l'instant, les vétérans ne disposaient que de certificats d'une valeur nominale précise, qu'ils souhaitaient voir transformer au plus vite en billets verts : 1945 paraissait à la plupart une échéance aussi aléatoire que lointaine. Les bénéficiaires du *Bonus* auraient en moyenne une cinquantaine d'années le jour où la manne tomberait dans leur escarcelle et tous n'atteindraient pas cet âge-là.

La crise économique, le chômage, les difficultés grandissantes qu'ils éprouvaient pour nourrir leur famille incitaient les plus misérables à se rebeller contre la Veterans Administration [1]. Jusqu'à présent, la Bonus Expeditionary Force [2], ainsi nommée par analogie ironique avec l'American Expeditionary Force (A.E.F.) envoyée en France en 1917, n'avait ni transgressé les lois ni causé de notables désordres. Mais les agents des services secrets — souvent anciens combattants eux-mêmes — intégrés dans les rangs de l'armée du *Bonus* envoyaient des rapports inquiétants. Des militants communistes connus, comme Earl Russell Browder, qui venait de succéder à la tête du parti communiste américain à William Z. Foster, candidat à l'élection présidentielle, ou John Pace, un ancien *marine* venu de Detroit avec des militants décidés, ou encore Emmanuel Levin, rédacteur en chef du *Daily Worker,* s'efforçaient de prendre la tête du mouvement. Le bruit courait à Washington qu'un représentant du Komintern, envoyé de Moscou, donnait aux camarades américains des consignes alarmantes : prendre la direction de l'armée du *Bonus,* créer un comité national des travailleurs, attiser chez les vétérans

1. Créée en 1931. Elle correspond, en France, au ministère des Anciens Combattants.
2. Corps expéditionnaire de la prime.

la haine du gouvernement fédéral et du Sénat, susciter des heurts avec la police jusqu'à ce qu'il en résulte un massacre des manifestants. On userait du ressentiment pour développer l'influence du parti communiste. Tenter, en un mot, d'allumer la révolte prolétarienne. Le parti venait d'ailleurs d'ouvrir un bureau à Washington, 905 First Street, à un jet de fronde du Capitole.

Les gens sensés ne croyaient ni à la vague rouge ni à la prise du pouvoir par les communistes, officiellement constitués en parti depuis 1919. Le candidat à l'élection présidentielle de 1928, William Z. Foster — qui récidivait en 1932 — n'avait obtenu que 48 000 voix sur plus de 38 millions de suffrages exprimés ! Toutefois, il n'était pas déraisonnable de craindre des provocations de la part de meneurs formés à ce genre d'exercice. De leur côté, les résidents du district fédéral de Columbia, où l'on comptait 19 000 chômeurs sur 486 000 habitants, en avaient assez de voir les rues, les squares, les belles esplanades et avenues de Washington, ainsi que les berges du Potomac et de l'Anacostia envahis par des hordes de gens hâves, mal vêtus, souvent sales et quelquefois braillards. Quant à ceux qui marchaient, de jour et de nuit, silencieusement et en file indienne, autour du Capitole, ils constituaient avec leurs banderoles et leurs drapeaux une attraction dont les fonctionnaires se seraient volontiers passés. Fort heureusement, l'homme qui avait autorité sur cette troupe disparate paraissait respectueux de la loi et de l'ordre. Walter W. Waters était un ancien combattant authentique, qualité que la police déniait à certains manifestants. Agé de trente-quatre ans, grand, fort et blond, Waters avait combattu en France comme sergent au 146e régiment d'artillerie de campagne. Face à l'armée de ses compagnons de misère, il se donnait maintenant des allures d'officier, portait culottes de cheval, bottes et ne lâchait jamais sa canne. Dès le premier jour, il avait imposé à tous une discipline militaire, exigeant de chacun le serment qu'il ne boirait pas d'alcool, ne mendierait pas et se comporterait en véritable citoyen des Etats-Unis, pas en anarchiste ou Rouge. Cet homme, dont tout Washington connaissait maintenant le nom, se disait le véritable instigateur de la marche du *Bonus*. L'idée de cette manifestation d'ampleur nationale lui était venue quand il avait entendu parler des *lobbyists*[1] qui, d'après le président Hoover lui-même, hantaient les couloirs du Congrès comme « une nuée de sauterelles » pour contraindre sénateurs et représentants à prendre en considération les intérêts de telle ou telle caste disposant d'une influence électorale. « Nous serons, nous aussi, des *lobbyists* », avait décidé Waters en s'adressant aux vétérans de Portland (Oregon). Aussitôt, trois cents hommes avaient décidé de se rendre à Washington. Partis le 11 mai, ils n'avaient pas eu un voyage facile au long des 4 800 kilomètres qui séparent les rives du Pacifique des berges du Potomac.

Les compagnies de chemin de fer n'étaient pas toujours disposées à transporter gratuitement ces excursionnistes dont la fortune collective ne dépassait pas trente dollars ! Les marcheurs de la prime, dont la troupe grossissait chaque jour, avaient eu leurs premiers démêlés avec la garde nationale de l'Illinois, à East Saint Louis, quand ils avaient forcé un convoi de marchandises du Baltimore and Ohio Railroad à s'arrêter. Tantôt entassés dans des fourgons rappelant à ceux qui avaient combattu en France les fameux « hommes 40, chevaux 8 en long » des trains conduisant au front, tantôt à bord de camions prêtés ou loués, quelquefois en charrette comme les pionniers de l'Ouest, souvent à pied, les vétérans avaient rapidement obtenu la première page des journaux.

En quelques jours, toute l'Amérique avait ainsi connu l'armée du *Bonus*, sa progression, l'accroissement et le déploiement de ses effectifs. Car, à l'exemple de ceux de l'Oregon, des milliers d'anciens combattants nécessiteux, du nord au sud, de la côte ouest à la côte est s'étaient mis

1. De *lobby :* couloir, antichambre ; d'où *lobbyist :* intrigant et représentant des groupes de pression qui fréquentent les couloirs du Congrès.

en marche, parfois avec femmes et enfants, vers Washington. Ce remue-ménage continental avait tout de suite éveillé la méfiance des autorités des Etats et du gouvernement fédéral. Beaucoup d'élus voyaient dans une telle mobilisation les prémices d'une révolution. Cela n'avait pas empêché des citoyens généreux de se dévouer pour soutenir, nourrir, transporter et héberger aux étapes les marcheurs, dont le patriotisme ne faisait pas plus de doute que la misère.

Bien avant que lui parvienne la convocation du *Judge Advocate General,* Osmond de Vigors avait eu l'occasion d'apprécier l'état d'esprit des anciens combattants et de tester leur détermination. Dès le 25 mai, quatre cent cinquante vétérans louisianais, blancs et noirs, dockers, employés du port, ouvriers des chantiers pétroliers ou marins du commerce sans travail, ayant eu connaissance du mouvement parti de Portland, avaient décidé de se joindre à l'expédition du *Bonus.*

Le 28 mai, à peine avaient-ils commencé à se rassembler à l'angle des rues Clio et Baronne pour se rendre à la gare des marchandises du Louisville and Nashville Railroad que la police envoyée par le maire, T. Semmes Walmsley, était intervenue. Un télégramme, dont les signataires, dirigeants de l'Association of Commerce [1], du Board of Trade [2] et de la Clearing House Association [3], ne devaient pas être fiers, avait stimulé le zèle du surintendant de la police George Reyer, qui voyait en tout manifestant un Rouge. La dépêche était ainsi conçue : « La presse annonce ce matin qu'une foule estimée à trois cents Blancs et un nombre égal de Noirs se réunira à 19 h 30, ce soir, 1201, rue Carondelet, pour défiler à travers la ville jusqu'à l'avenue Franklin et aux voies de chemin de fer, avec l'intention avouée de réquisitionner du matériel ferroviaire pour un voyage gratuit à Washington. Un tel procédé sera préjudiciable

1. Association de commerçants.
2. Chambre de commerce.
3. Chambre de compensation.

aux meilleurs intérêts de la ville de La Nouvelle-Orléans et nous demandons respectueusement que le défilé soit empêché par les autorités responsables[1]. » Ce jour-là, l'intervention de la police avait été vigoureuse. Les vétérans, déjà installés dans les wagons, s'étaient vu expulser sans ménagement. Le seul coup de feu tiré « par un Noir », assura le lendemain le *Times-Picayune*, « par un policier », écrivit le reporter du *New Orleans Item*, n'avait heureusement pas fait de victime.

Après la dispersion des candidats au voyage, une centaine d'entre eux, qui ne voulaient pas renoncer à l'expédition, purent prendre place dans quelques camions loués par des anciens combattants ayant assez d'autorité morale et de crédit pour convaincre les responsables du service d'ordre de faciliter le départ d'une délégation louisianaise. M. de Vigors figurait parmi ceux qui s'étaient entremis.

Escortés par des motocyclistes de la police, les vétérans avaient pris la route du nord. A Slidell, près de la frontière du Mississippi, un shérif généreux leur avait offert du café, tandis qu'un gros camion envoyé de La Nouvelle-Orléans par des donateurs anonymes livrait au bivouac des voyageurs des bananes, des pommes et des oranges. Grâce à l'American Legion, les Louisianais avaient pu prendre le train pour Alexandria, en Virginie. A Bay Saint Louis (Mississippi), les catholiques leur avaient présenté des steaks cuits par les prisonniers du pénitencier de Biloxi. A Atlanta, où ils dormirent sur l'herbe d'un beau parc, des baptistes charitables leur avaient servi au petit déjeuner des sandwiches et du lait. A Alexandria (Virginie), terminus du voyage en chemin de fer, quelques pieux vétérans avaient voulu voir dans l'église du Christ la stalle n° 59, souvent occupée à partir de 1773 par le grand George Washington. En bons Sudistes, ils s'étaient aussi recueillis devant la stalle n° 46 réservée à Robert E. Lee quand le futur général

1. Cité par Roman Heleniak dans son article : *Local Reaction to the Great Depression in New Orleans, 1919-1933* (*Louisiana History*, volume X, Baton Rouge, hiver 1969).

résidait à Arlington, avant la guerre de Sécession. Puis tous avaient décidé de parcourir à pied les douze kilomètres qui séparent Alexandria de la capitale fédérale, sans doute pour justifier, aux yeux de l'opinion publique, l'appellation de « marcheurs de la prime » que leur appliquaient parfois les journalistes. Entré dans Washington par le pont qui enjambe le Potomac, en face de Maryland Avenue, leur petit groupe s'était perdu dans le flot grouillant des milliers de vétérans répandus dans la ville.

Après leur rencontre amicale et chaleureuse avec ceux qui tentaient d'organiser l'hébergement des nouveaux arrivants, les Louisianais avaient pris leurs quartiers sur la rive droite de la rivière Anacostia, entre le pont du même nom et le terrain d'aviation militaire de Bolling Field. Là, au confluent du Potomac et de l'Anacostia, jusqu'où s'était avancée, au printemps 1861, l'armée sudiste menaçant Washington, s'étendait de jour en jour, dans une zone de marais et de prairies, le principal cantonnement de la B.E.F.[1]. Les tentes, les cabanes bancales, les carrosseries d'automobiles, les abris de fortune construits avec des barils, des planches, des cartons, faisaient plutôt penser à un campement de bohémiens qu'à un camp d'anciens soldats.

Quand, le 24 juillet, M. de Vigors, répondant à la convocation du *Judge Advocate General,* prit l'avion pour Washington, la situation n'était plus celle que les vétérans louisianais avaient trouvée à leur arrivée. En juin, plusieurs événements avaient fait des paisibles marcheurs du *Bonus* des citoyens en colère, criant famine et réclamant véhémentement « la prime ou du travail ».

Le 15 juin, la Chambre des représentants avait approuvé, par 209 voix contre 176 le paiement immédiat du *Bonus* après qu'un de ses membres eut succombé à une crise cardiaque, alors qu'il défendait à la tribune le point de vue des anciens combattants.

1. Bonus Expeditionary Force.

La mort de ce *congressman,* âgé de soixante ans, M. Edward E. Elsick, du Tennessee, pas plus que la présence autour du Capitole de 10 000 vétérans contenus par la police, n'avait empêché, le 17 juin, les sénateurs d'émettre un vote contraire à celui des représentants. La Haute Assemblée s'était en effet nettement prononcée, par 62 voix contre 18 et 16 abstentions, pour le rejet de la demande présentée par les anciens *doughboys*[1]. Ces derniers, immédiatement informés par Walter Waters, avaient hué les sénateurs prudemment conduits hors du Capitole par un passage souterrain. La foule, déçue mais civique, avait entonné *America,* mais, au moment de la dispersion, la majorité des assistants s'était refusée à quitter la capitale : « Nous attendrons ici jusqu'en 1945 s'il le faut », répétaient, depuis ce jour-là, les vétérans. La plupart de ces obstinés ne pouvaient d'ailleurs rentrer chez eux pour retrouver chômage et misère faute de ressources et de moyens de transport. Les plus combatifs semblaient prêts à suivre la stratégie communiste, révélée par un tract tiré à 250 000 exemplaires : « Seule une action de masse permettra de gagner la bataille du *Bonus.* » En attendant les lendemains enchanteurs promis par les zélateurs de la révolution prolétarienne, qui s'efforçaient par tous les moyens, y compris les plus douteux, de prendre la direction du mouvement, trente mille hommes, des centaines de femmes et d'enfants piétinaient à Washington, accablés par la chaleur moite et uniquement préoccupés de se nourrir. Dans les camps et cantonnements, les conditions d'hygiène passaient pour si médiocres que les médecins de l'Administration craignaient l'éclosion d'épidémies meurtrières. Quant aux Washingtoniens, ils ne souhaitaient que voir leur ville rendue au calme et à la propreté.

En arrivant dans la capitale fédérale, Osmond s'en fut immédiatement déposer la valise contenant son uniforme à

1. Simples soldats ; en français : poilus. Soldats américains de l'infanterie, pendant la Première Guerre mondiale.

l'hôtel Mayflower, résidence habituelle des membres du parti démocrate, sur Connecticut Avenue. De là, il téléphona au premier lieutenant Mark Alvin Allerton. Grâce aux relations paternelles, le mari d'Hortense Oswald avait été affecté au bureau des transmissions du chef de l'état-major général de l'armée, le général Douglas MacArthur. Toutes les permissions ayant été supprimées pour les officiers en poste à Washington, Mark n'avait pu accompagner, comme chaque été, sa femme en Louisiane.

— Je m'attendais à votre visite. Tous les *judge advocates* anciens combattants ont été convoqués par le ministre, dit le jeune officier d'un ton joyeux.

— Je croyais qu'il s'agissait d'un secret militaire, lieutenant.

— Au service des transmissions, nous sommes dans tous les secrets, *Major !*

— Javotte m'a confié pour vous une boîte de ses inimitables pralines. Où puis-je la faire déposer ?

— Nous pouvons dîner ensemble ce soir... si vous n'avez rien prévu.

— Avec plaisir. Je vous invite au Mayflower.

— Je préfère un autre restaurant. Au Mayflower, je vais tomber sur tous les vieux crocodiles, amis de mon père... Mettez votre uniforme et venez dîner au mess de l'état-major ; c'est la meilleure table de la capitale et je serai fier de présenter un ancien combattant, véritable et décoré... Il y en a pas mal de faux actuellement par ici[1] !

— Tant que je ne sais pas ce que l'on attend de moi, je préfère me montrer discret. Voici ma dernière proposition, lieutenant : le Harvey, sept heures et demie, costume de ville, s'il vous plaît !

— A vos ordres, *Major*... N'oubliez pas les pralines !

1. D'après une enquête de la Veterans Administration citée par William Manchester dans *The Glory and The Dream* (Little Brown and Company, 1973, Boston), 94 % des manifestants du *Bonus* avaient servi dans l'armée ou la marine, 67 % avaient combattu en Europe, 20 % étaient revenus invalides ou mutilés.

M. de Vigors aimait à humer les ambiances. Il mit à profit les heures qui le séparaient de son rendez-vous avec Allerton pour déambuler dans la ville, après avoir signalé sa présence au secrétariat du *Judge Advocate General.* Certains journalistes stigmatisaient l'occupation de la capitale fédérale par l'armée du *Bonus,* mais il ne s'en trouvait pas deux pour être d'accord sur le nombre exact des anciens combattants présents à Washington. Les évaluations allaient de 20 à 80 000. Les services de la Maison-Blanche considéraient raisonnablement que 30 000 vétérans environ se trouvaient répartis dans les bivouacs à la périphérie de la ville. Dans les parcs, des familles qui avaient suivi leur chef, engagé dans la manifestation, flânaient devant les monuments, pique-niquaient sur les pelouses, s'esbaudissaient devant l'obélisque de 159 mètres, en marbre du Maryland, dédié à George Washington, la statue de Benjamin Franklin ou celle de l'amiral Farragut. Au long des avenues cheminaient, en bandes moutonnières, parfois en groupes formés de gens d'un même Etat, des hommes désœuvrés et las. Par moments, des cortèges organisés avec banderoles et clairons défilaient vers le Capitole, s'avançaient jusqu'aux pelouses de la Maison-Blanche. On ne percevait aucune agressivité de mauvais aloi dans ces va-et-vient et les seuls slogans hostiles étaient destinés aux sénateurs qui avaient refusé le paiement du *Bonus*. Cependant, Osmond de Vigors sentit, à chaque instant au cours de sa promenade, une tension diffuse, mal dissimulée par la feinte désinvolture des uns et l'indifférence forcée des autres. Il perçut, en suspension dans l'air moite, la présence immatérielle du mélange détonant que constituent la misère méprisée, le préjugé politique, le parti pris de tout subordonner à l'ordre. L'édacité du mécontentement constituait une menace que tout le monde semblait ignorer. Pour parfaire son information, M. de Vigors se rendit au camp principal, dit Anacostia Flats, afin de rencontrer les vétérans louisianais. Sur la rive gauche de l'affluent du Potomac, la ville faite de cabanes, de tentes, de planches, d'abris de toute sorte, rappelant parfois les tugures pastorales décrites par Rabelais et les gourbis des champs de bataille ardennais, lui apparut comme la plus honteuse blessure jamais infligée au rêve américain. A moins de trois kilomètres de là, le dôme blanc du Capitole, surmonté de la Liberté dorée de Thomas Crawford, semblait narguer de son impavide splendeur ceux qui avaient cru, depuis toujours, voir en lui le temple de la plus généreuse démocratie.

Cependant, avec bonne humeur et dignité, malgré la chaleur accablante, la poussière jaune et les mauvaises odeurs, des hommes arborant toutes les tenues, de la salopette du mécanicien au complet fripé du petit employé, en passant par le bourgeron de l'ouvrier agricole et le sarrau gris du vendeur, s'étaient adaptés à la vie communautaire. Anciens soldats, ils retrouvaient les gestes des corvées d'eau, de bois, d'épluchage. Du linge séchait sur les cordes tendues, des chaudrons soupiraient sur des feux de bois, des enfants se poursuivaient entre les « guitounes » devant lesquelles des femmes aux yeux tristes papotaient sans entrain. Des cordonniers amateurs ressemelaient les chaussures avec des morceaux de pneumatiques, un solitaire désinvolte dormait dans un cercueil, un autre dans la caisse d'un piano à queue, un troisième, tel Diogène, avait élu domicile dans une barrique !

Des hommes en uniforme plus ou moins complet appartenant à la milice organisée par Walter Waters et dirigée par W. D. Artwell écoutaient les doléances, transmettaient des consignes, distribuaient des secours, recensaient les malades. Grâce à ces trois cents miliciens, déjà nommés « les chemises kaki » par référence douteuse aux chemises brunes des nazis et aux chemises noires des fascistes, Walter Waters maintenait un minimum de discipline, faisait hisser les couleurs le matin, sonner la diane et l'extinction des feux. Sous son autorité, on avait creusé des latrines, aussitôt surnommées *Hoover villas,* et des équipes allaient en ville recueillir les dons, en marchandises et en espèces, que les bonnes âmes destinaient aux vétérans. Car ces derniers jouissaient encore, après plus d'un mois de présence en ville, de la sympathie d'une majorité de Washingtoniens.

Osmond de Vigors apprit très vite que le général Pelham D. Glassford, superintendant de la police métropolitaine, était pour beaucoup dans la bonne entente qui régnait entre les marcheurs du *Bonus* d'une part, la population et les autorités d'autre part. Condisciple de MacArthur à West Point, Glassford s'était battu aux Philippines, sur la frontière mexicaine et en France où il était devenu, à trente-quatre ans, le plus jeune général du corps expéditionnaire américain. C'était un homme droit, un guerrier valeureux, un cœur charitable.

Grâce à lui, les anciens combattants avaient reçu des tentes, des provisions, des médicaments et plus de 2500 dollars collectés parmi les policiers et les soldats de la garde nationale. Le superintendant entretenait des rapports confiants avec Waters et, pour lui prouver leur estime, les anciens combattants du camp Anacostia l'avaient élu secrétaire-trésorier du B.E.F. Chargé, avec 660 policiers, de contenir les débordements éventuels des manifestations et de faire respecter la loi, Glassford restait l'intermédiaire écouté entre les vétérans et les autorités fédérales. Avec sa casquette plate, ses épaulettes à étoile d'or sur sa chemisette blanche, ses culottes de cheval et ses bandes molletières impeccablement serrées, Pelham Glassford, chevauchant sa grosse moto, s'imposait comme le policier le plus populaire de Washington. En relation permanente avec John Barton Payne, directeur de la Croix-Rouge, et les officiers de l'Armée du Salut, il s'efforçait de canaliser les bonnes volontés et d'harmoniser les aides.

Osmond apprit qu'il avait obtenu un don de Jimmy Lake, le propriétaire du théâtre burlesque, et fait distribuer mille sandwiches et mille paquets de cigarettes offerts par Mrs. Evalyn Walsh McLean, épouse du propriétaire du *Washington Post*, connue pour posséder le fameux diamant Hope estimé deux millions de dollars !

Osmond ne put, dans le grouillement du camp, retrouver les Louisianais, mais il recueillit assez de confidences qui corroborèrent ses constatations. Dans Anacostia Flats, camp proche de l'endroit où les égouts de la capitale fédérale se déversaient dans la rivière, toutes les mouches et les moustiques du district semblaient s'être donné rendez-vous. Non seulement la nourriture restait aléatoire, mais la potabilité de l'eau paraissait douteuse. Les cas de dysenterie se multipliaient. On redoutait l'apparition du choléra. Dans cette ambiance méphitique, des rixes éclataient de plus en plus fréquemment entre les vétérans qui, en majorité, reconnaissaient l'autorité de Waters et les agitateurs communistes qui la contestaient et poussaient à la révolte. Sept militants du parti, venus avec John Pace, l'instigateur des grèves chez Ford à Detroit[1], avaient été jetés dans l'Anacostia. Les leaders s'étaient vu infliger quinze coups de ceinturon sur le dos avant d'être expulsés du camp. La police avait dû intervenir pour les protéger. Quand les communistes avaient convoqué les vétérans pour un grand meeting de protestation, cent soixante personnes seulement s'étaient réunies, soit environ la moitié des trois cents militants communistes que l'on disait présents à Washington[2].

En dînant avec Mark Allerton, M. de Vigors connut l'opinion et les estimations des autorités.

— M. Hoover, qui des fenêtres du bureau ovale peut voir les anciens combattants défiler, est préoccupé par l'élection de novembre. Il craint par-dessus tout de commettre un impair qui lui ferait perdre des voix, dit le jeune officier.

— On peut s'attendre en effet à ce que Roosevelt exploite

1. Quatre ouvriers avaient été tués et plusieurs blessés lors des affrontements entre grévistes et policiers, le 7 mars 1932, devant l'usine Ford, à Dearborn (Michigan).

2. Plus tard, quand il eut quitté le parti communiste, John Pace reconnut qu'il n'y avait jamais eu plus de cent communistes parmi les marcheurs du *Bonus* (cité par Edward Robb Ellis dans *A Nation in Torment*, Coward-McCann, 1970, New York).

la situation. On dit à La Nouvelle-Orléans que Huey Long a téléphoné au challenger de Hoover pour lui conseiller de prendre l'engagement formel de faire payer le *Bonus* et supprimer la prohibition s'il est élu, commenta Osmond.

Mark Allerton leva avec soin les filets de la truite qu'on venait de servir. Il prit encore le temps de les napper de beurre fondu, d'y ajouter un trait de jus de citron et d'en savourer une bouchée.

— Fameux..., hein !... Dans l'armée, nous sommes nombreux à souhaiter que Hoover soit battu en novembre. On l'a assez vu. Il a fait autrefois du bon travail, mais il est dépassé par les problèmes économiques de l'époque. J'imagine qu'il est en train d'endosser son smoking comme chaque soir pour dîner, alors que la capitale grouille de gens affamés !

Osmond sourit.

— Cette pensée ne semble pas non plus vous couper l'appétit.

Mark rougit et déglutit précipitamment.

— Euh..., non..., bien sûr. Mais je ne suis pas président des Etats-Unis ! Je n'ai aucun pouvoir.

— Et, à supposer que vous l'ayez, que feriez-vous ?

— Je donnerais à ces gens la moitié de ce qu'ils demandent et je les renverrais chez eux... après toutefois qu'ils auraient nettoyé la ville de leurs ordures ! Voilà ce que je ferais !

— Et où trouveriez-vous les deux milliards de dollars nécessaires à cette générosité ?

— On pourrait lancer un emprunt national. Les citoyens américains ont bien souscrit, pendant la guerre, aux bons de la liberté. Ne pourraient-ils pas souscrire, par solidarité, aux bons du *Bonus ?*

— Que l'Etat rembourserait en 1945 avec intérêt ?

— Pourquoi non !

— C'est une idée qui pourrait plaire à votre banquier de père...

— Certes non ! Pour mon père et les hommes de finance

ou d'affaires, tous les gens qui défilent dans les rues, protestent, réclament du travail, brandissent des banderoles et crient misère, sont des Rouges qui concourent à la destruction de la démocratie américaine ! Il est de l'avis du général Moseley[1] qui veut envoyer les marcheurs du *Bonus* et quantité d'autres pauvres types avec femmes et enfants dans les îles inhabitées de l'archipel Hawaii. « Les clochards, les bons à rien, les toxicomanes, les dégénérés de toute sorte pourraient, dit-il, y construire des cabanes, cultiver la canne à sucre, brailler tout leur soûl et réfléchir... Quand ils auraient repris goût au travail et à la discipline, ils pourraient rentrer au pays. » Voilà ce que proposent papa et ses amis !

Ayant ainsi exhalé sa noble et gratuite indignation, le lieutenant Allerton acheva avec délectation son poisson.

M. de Vigors prenait conscience des risques que la crise économique, le chômage et le mécontentement social faisaient courir à la démocratie américaine. Certains symptômes justifiaient, en effet, les craintes des gens avertis : 30 % des impôts restaient impayés ; les saisies se multipliaient dans les régions agricoles et donnaient souvent lieu à des bagarres quand les paysans, métayers ou petits cultivateurs s'unissaient pour défendre leurs terres contre les créanciers et les hommes de loi. Ils perturbaient aussi les ventes aux enchères, inondaient les routes de lait devenu invendable et chantaient parfois *l'Internationale*. A l'entrée des hôpitaux, on exigeait qu'un malade prouvât sa solvabilité avant de lui donner des soins ; les accoucheurs et les sages-femmes refusaient leurs services aux parturientes désargentées. Dans les villes, les propriétaires faisaient expulser les locataires incapables de payer le loyer. En Louisiane, on citait le cas de familles ne disposant que de trois dollars par semaine et d'instituteurs si mal rétribués qu'ils devaient accepter d'être nourris par les parents de

1. George Van Horne Moseley, général de brigade, alors adjoint au chef d'état-major Douglas MacArthur et confident du secrétaire à la Guerre Patrick J. Hurley.

leurs élèves. Mais, à Washington, Osmond venait de découvrir que la menace la plus inquiétante ne venait pas des révolutionnaires communistes ou anarchistes que l'on disait encouragés et soutenus par les Soviétiques. L'audience des Rouges restait trop faible pour que les marxistes puissent jamais imposer leur idéologie et leurs méthodes à un peuple jouissant, malgré le dénuement présent, de toutes les libertés.

Les anciens combattants eux-mêmes avaient évincé les agitateurs communistes et les fauteurs de troubles. Le vrai péril, aux yeux d'Osmond, résidait dans les conceptions autoritaires que Moseley, comme le père de Mark Allerton et ceux de sa caste, se faisait de l'organisation républicaine. Un sénateur de l'Etat de New York proposait que soit confié aux militaires le maintien de l'ordre public et que l'armée jouisse, pour faire appliquer la loi, d'une prépotence reconnue. Un prêtre suggérait, pour remédier aux mollesses de l'Administration, une simplification des procédures qui entravaient l'action rapide de la justice. Sans s'être concertés, ces farouches zélateurs de l'ordre rejoignaient Huey Long, le turbulent sénateur de Louisiane. Ce dernier laissait deviner ses vastes ambitions et suivait avec intérêt l'évolution, en Allemagne et en Italie, des mouvements nazi et fasciste. Il osait dire ouvertement : « Le pays a besoin d'un dictateur. » Pour le moment, un très petit nombre de citoyens pensaient comme le Kingfish, mais, que la contestation populaire se développât, et l'on verrait grossir les rangs des partisans d'un régime autoritaire.

Le lieutenant Mark Alvin Allerton n'était pas homme à spéculer longtemps sur l'avenir de la démocratie. Jeune, robuste, jouisseur, il manquait trop de maturité pour soutenir une conversation sérieuse avec son aîné. Aussi ce soir-là, dès la fin du dîner, il proposa à Osmond une séance de cinéma. Les deux hommes hésitèrent un instant entre un mélodrame de Frank Borzage, joué par Janet Gaynor et Charles Farrell, et une comédie policière interprétée par William Powell, dans le rôle du fameux détective Nick

Carter, et la jolie Kay Francis. Pour se mettre une heure à l'abri de la moiteur accablante de l'atmosphère, ils optèrent pour le second film, projeté dans une salle réfrigérée.

La consultation des *judge advocates* anciens combattants, à laquelle fut convié M. de Vigors le lendemain, déçut beaucoup le Louisianais. Elle ne donna pas d'autre résultat que l'engagement des autorités à tout faire pour permettre aux vétérans présents à Washington de rentrer chez eux. Ces derniers, tout le monde en convint, devaient s'incliner devant la décision du Sénat. « Même si certains d'entre nous regrettent le refus des sénateurs d'autoriser le paiement du *Bonus,* la rigueur démocratique ne peut souffrir d'exception », observa un représentant de la Veterans Administration.

Au cours des conversations officieuses qui suivirent, M. de Vigors démontra son indépendance d'esprit et de jugement. Sans se laisser influencer par les recommandations particulières ou collectives ni impressionner par les déclarations officielles, il rappela à ses confrères que les vétérans avaient droit au respect et à la sympathie de la nation.

— Des officiers généraux qui savent ce qu'est la fraternité angoissée des champs de bataille comme le général Glassford, chef de la police, Billy Mitchell[1], premier aviateur américain qui survola les lignes allemandes en 1917, Smedley Butler, commandant des *marines,* ne cessent depuis des semaines de témoigner leur bienveillance aux marcheurs du *Bonus,* tout en les invitant à rester dans la légalité.

Puis, à la stupéfaction de son auditoire, il ajouta plus sèchement :

1. William Lendrum Mitchell (1879-1936). Il fut jugé et condamné en janvier 1926 pour avoir vivement critiqué en paroles et par des articles l'absence d'aviation militaire indépendante de l'armée et de la marine. Il démontra, en coulant devant des journalistes un croiseur réformé, qu'un avion larguant une torpille pouvait détruire un vaisseau de guerre. Billy Mitchell était mort depuis cinq ans quand l'attaque japonaise sur Pearl Harbor prouva douloureusement la justesse de ses vues.

— L'actuel secrétaire à la Guerre, que nous appelions autrefois Pat Hurley, devrait se souvenir qu'il est né dans une modeste tribu choctaw de l'Oklahoma, qu'il a travaillé dur comme conducteur de mules et comme cow-boy pour payer ses études. Quand je l'ai connu, en 1918, en Argonne, sous un déluge de feu, tandis que les avions de Billy Mitchell emplissaient le ciel, la situation, croyez-moi, paraissait plus dangereuse qu'aujourd'hui à Washington ! M. Hurley était alors *judge advocate* de l'artillerie de la Ire armée américaine, dans laquelle combattaient certains de ceux qui foulent maintenant les pelouses fédérales. Le courage qui valut au jeune officier Pat Hurley de recevoir à Saint-Mihiel, où j'étais aussi, l'étoile d'argent ferait-il aujourd'hui défaut au ministre, pour résister aux politiciens apeurés qui proposent d'utiliser la force contre nos camarades de combat ?

Cette question parut tout à fait incongrue à la plupart des assistants. Quelques-uns, cependant, osèrent applaudir le Louisianais.

Un vieil homme à toison blanche et allure patricienne s'approcha d'Osmond :

— Comment pensez-vous que le secrétaire à la Guerre prendra cette déclaration, qu'on ne manquera pas de lui rapporter ?

— Comme il lui plaira de la prendre. Il pourra même, s'il s'estime offensé, vous demander de réunir une cour martiale comme vous le fîtes en 1926 pour juger Billy Mitchell, répliqua avec un sourire persifleur M. de Vigors.

Il venait de reconnaître dans l'interpellateur un des douze généraux qui, avec Douglas MacArthur, avaient relevé le brigadier général Mitchell de son commandement et suspendu sa solde.

Fixant sans insolence, mais avec une froide assurance, le vieillard dont il connaissait la subordination à l'ordre établi, Osmond attendit une riposte. Elle fut lente à venir et ne l'étonna guère.

— Mon pauvre ami, vous ignorez sans doute qu'une enquête conduite, à la demande du chef d'état-major de l'armée, par des officiers de confiance dans les neuf régions militaires de l'Union a démontré la mainmise des Rouges sur ce que les journalistes nomment la B.E.F. Si tous ces gens, honnêtes pour la plupart, ne sont pas renvoyés chez eux dans les meilleurs délais, ils serviront, bon gré, mal gré, d'aile marchante à la révolution. Les provocateurs sont à l'affût et leur plan prévoit que les membres du cabinet devront être pendus sous le péristyle du Capitole ! Voilà ce qu'il faut savoir, avant de faire du sentiment !

— Vous parlez sérieusement ?

— Je n'ai jamais été aussi sérieux et j'aimerais que vous le fussiez aussi, conclut le général en claudiquant vers la sortie.

Au cours des heures qui suivirent, la tension monta davantage à la Maison-Blanche que dans la rue. Même les meilleurs supporters des vétérans commençaient à se faire à l'idée d'une expulsion de ces derniers hors de la capitale fédérale, puisque les mesures prises en leur faveur ne les incitaient pas au départ volontaire. Dès le 14 juillet, le président Hoover avait fait savoir qu'il acceptait une amputation de 20 % de ses émoluments. Le geste, considéré par certains comme une attitude démagogique en période électorale, avait fait admettre aux membres du cabinet présidentiel une réduction de 15 % de leur traitement. Dans le même temps, le Congrès avait alloué 100 000 dollars à la Veterans Administration pour faciliter le retour des campeurs du *Bonus*. Il était prévu qu'on avancerait à chacun le prix du billet de chemin de fer et une indemnité de 75 cents par jour de voyage. Le viatique ainsi versé à chaque vétéran serait déduit de la prime payable en 1945 ! Le général Glassford avait obtenu des compagnies de chemin de fer un tarif spécial : un cent par mile pour le transport des vétérans et des membres de leur famille. Ces propositions n'avaient rien résolu. Les manifestants du *Bonus,* n'ayant pour toute perspective que retrouver chez eux la même misère, boudaient les offres de retour. Quelques centaines seulement avaient retiré leur billet de chemin de fer. Les autres, au nombre de dix-sept mille au moins, annonçaient les journaux, semblaient décidés, ou plutôt résignés, à demeurer dans les camps autour de Washington, sans trop savoir ce qu'ils attendaient.

Le président Hoover ne pouvait admettre cette situation. Il avait refusé de recevoir une délégation des anciens combattants, alors qu'il venait d'accueillir à la Maison-Blanche un champion de lutte participant aux jeux Olympiques d'été à Los Angeles. Depuis que le Congrès s'était ajourné, le 16 juillet, aucun incident notable n'avait été constaté. Les trois cents *marines* armés chargés de la garde de l'arsenal ne redoutaient aucune attaque. Seuls trois manifestants, qui refusaient de quitter les abords de la Maison-Blanche, avaient été interpellés.

Le 26 juillet, Osmond de Vigors, informé par Mark Allerton de l'évolution de la situation, estima que l'épreuve de force, souhaitée par certains et redoutée par d'autres, ne pouvait être évitée. Ce jour-là eut lieu une conférence significative du nouvel état d'esprit des autorités. Présidée par le secrétaire à la Guerre Patrick J. Hurley, la réunion dura cinq heures. Le chef d'état-major de l'armée, le chef de la police de Washington, le directeur de la Croix-Rouge, des fonctionnaires de la Veterans Administration et des représentants des anciens combattants, dont Walter Waters, chef de la Bonus Expeditionary Force, participaient à cette rencontre.

Les officiels firent immédiatement savoir que le gouvernement des Etats-Unis ne pouvait tolérer plus longtemps la présence encombrante, et désormais inutile, de milliers de manifestants dans la capitale. Waters, maintenant connu sous le sobriquet de *Hot Waters* [1], ayant refusé d'ordonner à ses camarades de quitter la ville — par crainte sans doute de n'être pas obéi — il lui fut signifié que tout désordre serait réprimé par la police et éventuellement par l'armée. Un fonctionnaire du Trésor l'informa également que les trois ou quatre cents anciens combattants, la plupart venus du Texas, qui occupaient depuis deux mois quatre vieux bâtiments voués à la destruction, entre Pennsylvania Avenue et Missouri Avenue, devraient évacuer les lieux avant le 31 juillet, afin que les démolisseurs puissent mener leur tâche à terme. Personne ne croyait au prétexte invoqué, mais, les immeubles à détruire étant situés dans le triangle fédéral où le gouvernement avait prévu la construction de nouveaux bâtiments administratifs [2], la mise en demeure ne pouvait être négligée.

Par leurs informateurs, les responsables du maintien de l'ordre savaient que les squatters de Pennsylvania Avenue ne reconnaissaient pas tous l'autorité de *Hot Waters*. Certains d'entre eux avaient même adopté les thèses des agitateurs communistes.

Aussi, en choisissant de s'attaquer d'abord à ce poste avancé de la B.E.F. que constituaient les vieux immeubles situés à cinq cents mètres du Capitole, les autorités fédérales entendaient commencer ce qu'on appelait déjà, à la Maison-Blanche, le nettoyage de la capitale.

Au matin du 28 juillet, deux fonctionnaires du Trésor, au nom de l'Etat, propriétaire des bâtiments et terrains occupés, vinrent signifier aux squatters d'avoir à vider les lieux dans les meilleurs délais. Comme on pouvait s'y attendre, les deux envoyés du gouvernement furent copieu-

1. Littéralement : eaux chaudes. Probablement un jeu de mots fondé sur l'expression familière américaine *to be in hot water*, que l'on peut traduire par « être dans le pétrin », et sur le patronyme, Waters, de l'animateur du mouvement revendicatif des anciens combattants. Walter W. Waters était, sans doute, considéré par les autorités comme le gêneur, celui qui peut « mettre dans le pétrin ».

2. On y trouve aujourd'hui, avec le musée des Beaux-Arts, les Archives nationales, les ministères des Postes et de la Justice, le siège du F.B.I., etc.

sement houspillés. Walter Waters, qui évaluait le danger d'affrontement, ne fut pas davantage entendu. Ce matin-là, le thermomètre marquait 29° centigrades, une brume de chaleur exhalée par le Potomac, l'Anacostia et les forêts avoisinantes rendant l'atmosphère opaque et oppressante. Les efforts du soleil pour aspirer le brouillard gluant s'épuisaient en une clarté blême. M. de Vigors, quittant son hôtel pour une promenade matinale, comprit pourquoi les diplomates britanniques du XIXe siècle avaient classé le poste de Washington dans les régions insalubres !

Le Louisianais, que ses pas portèrent vers le Capitole, autour duquel se déroulaient toujours les manifestations, fut surpris de reconnaître le général Glassford chevauchant sa grosse motocyclette bleue, aussi connue à Washington que la limousine du président Hoover. En approchant du triangle fédéral, Osmond vit que l'officier ne faisait que rejoindre, à l'angle de la 3e Rue et de Pennsylvania Avenue, une troupe d'une centaine de policiers. Chemise blanche à manches longues, cravate noire, casquette à écusson doré bien enfoncée sur le front, ces hommes tenaient en main la longue matraque de bois dur qu'ils aimaient à faire tinter en rebonds sonores sur l'asphalte des trottoirs, comme dans les films de Charlie Chaplin.

A quelques dizaines de mètres de ce détachement, par les ouvertures béantes d'un immeuble de briques de trois étages, ancienne armurerie déjà réduite à un squelette de maçonnerie, des vétérans observaient les policiers.

Osmond se mêla aux badauds guettant l'événement.

— Ils vont donner l'assaut pour chasser cette racaille rouge, dit une femme âgée et chapeautée comme pour une garden-party.

— Waters a obtenu l'aide de gens très riches pour équiper le camp Barlett, sur Alabama Avenue. Mais ceux qui occupent ces vieilles maisons ne veulent pas s'y rendre, expliqua un policier.

— Ce que veulent les Rouges, c'est déclencher une autre guerre civile entre Américains... On sait ce que la première nous a coûté, reprit l'élégante vieille dame.

— Mais ces gens ont fait la guerre, ce sont de bons citoyens. Ils sont trop pauvres, c'est tout, madame, répliqua un homme.

— Mon fils aussi, monsieur, a fait la guerre. Il a même été blessé au bois Belleau. Il ne réclame rien, lui. Sa croix française et la médaille d'argent lui suffisent !

— Fallait pas leur promettre une prime qu'on veut pas leur donner, maintenant qu'ils sont sans un cent et sans travail, commenta un jeune postier.

Malgré quelques réflexions acides de la part des Washingtoniens lors des manifestations quotidiennes, la plupart des passants exprimaient leur pitié pour ces hommes en plein désarroi et ces familles faméliques.

Le général Glassford, abandonnant sa motocyclette, se dirigea, le visage grave, vers les bâtiments délabrés, afin de prévenir les occupants qu'il venait de recevoir l'ordre de procéder à l'évacuation immédiate des lieux.

— On a dit avant le 31 juillet, rien ne presse, lança un vétéran.

— On nous a encore roulés, s'écria un autre.

Glassford répéta la consigne et revint vers ses hommes, qu'il fit se déployer autour de l'immeuble le plus proche. Dix minutes plus tard, il donna l'ordre de marche, les policiers encadrant les fonctionnaires du Trésor habilités à prendre possession des immeubles libérés.

Osmond constata que l'intervention des policiers n'avait rien d'une charge brutale. Malgré les invectives et les quolibets, ils pénétrèrent dans l'immeuble et investirent le rez-de-chaussée. On en vit bientôt ressortir, quelques-uns poussant avec plus ou moins de vigueur les squatters récalcitrants. Ces derniers semblaient d'ailleurs avoir prévu l'évacuation car ils portaient valises, balluchons et les lampes à pétrole qui leur avaient servi pour s'éclairer pendant leur séjour. On vit une femme, qui refusait d'obtempérer, portée à l'extérieur de l'immeuble par un agent fédéral. Elle souriait et tout indiquait autour d'elle que la résistance des anciens combattants paraissait de pure forme. Les choses se gâtèrent quand les policiers atteignirent le premier étage. Un Noir, couché sur le plancher, refusa de descendre. Trois policiers s'emparèrent de lui et le forcèrent, sans ménagement, à dévaler l'escalier avant de l'embarquer dans une voiture. D'autres policiers avaient découvert à cet étage des paniers pleins de briques cassées, destinées, sans aucun doute, à servir de projectiles. Au second étage, les anciens combattants du Texas essayèrent de résister, mais la détermination de Glassford les contraignit à rejoindre leurs camarades maintenant rassemblés devant l'immeuble vide. L'évacuation s'était déroulée sans incident notable et Osmond de Vigors allait quitter les lieux quand une rumeur se répandit : les vétérans des camps suburbains arrivaient par milliers pour soutenir leurs camarades. Dans le même temps, on apprenait de source officielle que l'*attorney general* des Etats-Unis[1] venait d'ordonner l'évacuation totale et immédiate, par les anciens combattants, de tous les terrains et immeubles fédéraux situés dans le district de Columbia. Réconfortés par les renforts qui commençaient à arriver par les avenues et les rues, les squatters de l'ancienne armurerie se regroupèrent et prirent l'offensive en lançant des pierres sur les policiers qui tentaient de les contenir. Leur intention semblait être de reconquérir l'immeuble dont on venait de les chasser.

M. de Vigors eut l'impression que cette soudaine flambée d'agressivité n'était pas aussi spontanée qu'il paraissait. Peut-être y avait-il, dans les rangs des anciens combattants, d'insaisissables agitateurs qui voulaient l'émeute. Au cours des affrontements, le général Glassford fut le premier blessé. Il reçut une pierre au visage. Un de ses lieutenants, assommé par une brique, dut être évacué par une ambu-

1. Equivalent du ministre de la Justice.

lance. Les policiers, jusque-là fort calmes, répliquèrent à coups de matraque. Des manifestants furent jetés à terre, maîtrisés et enfermés dans les fourgons cellulaires. Pelham Glassford comprit tout de suite que les six cents hommes dont il pouvait disposer, en rassemblant tous les effectifs de la police de Washington, ne tiendraient pas tête longtemps aux milliers de manifestants qui convergeaient vers Pennsylvania Avenue. Ceux du camp principal d'Anacostia avaient déjà franchi le pont et leur troupe, drapeaux en tête, débouchait de la 11e Rue.

Quant à Walter Waters et aux trois cents membres de son service d'ordre bénévole, ils étaient incapables de freiner les cortèges et se faisaient traiter de jaunes par leurs camarades.

Sa légère blessure pansée, le général Glassford s'en fut faire son rapport au ministère. En revenant sur le lieu des bagarres, maintenant à peu près terminées, il aperçut quelques vétérans particulièrement vindicatifs qui, du haut d'un immeuble encore occupé, bombardaient les policiers avec des pierres et des briques. Il donna aussitôt l'ordre de les déloger et un officier, suivi de quelques hommes, s'élança. On ne sut qu'un peu plus tard, après qu'une série de détonations eurent retenti, ce qui s'était passé dans l'immeuble. L'officier n'eut pas le temps d'atteindre le deuxième étage ; accablé de projectiles, il fut roué de coups et jeté dans l'escalier. Un de ses hommes, le crâne fêlé par une brique, s'effondra dans une mare de sang au pied d'un autre policier. Se voyant menacé, ce dernier sortit son arme et tira sur les énergumènes. Glassford, qui, de la rue, avait, comme tout le monde, reconnu le claquement sec d'un revolver, hurla : « Ne tirez pas, bon Dieu ! » Mais l'irréparable était accompli. La consternation remplaça brusquement la curiosité, quand on sut qu'il y avait deux morts.

Identifiés par leurs camarades, tous deux furent reconnus comme anciens combattants authentiques. William Hushka, de Chicago, garçon boucher au chômage, avait servi au 41e régiment d'infanterie ; Eric Carlson, d'Oakland

(Californie), avait été gazé en France. Quant aux blessés, John Olson, de Sacramento (Californie), J. A. Bingham, de Harlau (Kentucky), et Charles Ruby, ils avaient tous été décorés pour faits de guerre en 1918.

Deux policiers étaient donnés comme mourants. Avec plusieurs de leurs camarades moins grièvement atteints, ils avaient été transportés à l'hôpital Gallinger. Le drame semblait avoir dégrisé les plus agressifs des manifestants. Tous découvraient soudain que la mort s'était invitée à la grande kermesse du *Bonus,* que les pugilats pouvaient dégénérer en rixes sanglantes, que le sang répandu par les uns ou les autres sur l'asphalte de la cité était du même rouge que celui autrefois versé en France sur les champs de bataille.

Tandis qu'un calme précaire succédait à l'exaltation coléreuse de la matinée, à la Maison-Blanche, le président Hoover réunissait ses conseillers et décidait de « mettre fin à une situation d'émeute et au défi lancé à l'autorité civile [1] ».

A l'heure du déjeuner, Osmond, ayant rejoint Mark Allerton au mess de l'état-major, apprit ce qui se préparait pour l'après-midi.

— Hoover a décidé d'user de la Federal Injunction [2] et de faire appel à l'armée pour chasser les vétérans de Washington, dit le lieutenant.

— Envoyer l'armée contre les civils ? Mais cela ne s'est produit qu'une seule fois dans l'histoire des Etats-Unis, en 1894, quand James Coxey a rassemblé cinq cents chômeurs à Washington [3] ! s'étonna Osmond.

1. Communiqué de la Maison-Blanche du 28 juillet 1932.

2. Littéralement : l'injonction fédérale. Disposition légale qui permet au président des Etats-Unis « d'enjoindre à quiconque d'assumer ses devoirs ou de s'abstenir d'une action quelconque » (*The Oxford Companion of American History,* Oxford University Press, New York, 1966).

3. James S. Coxey (1854-1951), militant populiste, auteur d'un programme social destiné à juguler la crise économique de 1893. Le président Grover Cleveland envoya la troupe pour disperser la manifestation que Coxey avait organisée devant le capitole.

— En tout cas, la décision est prise et MacArthur, qui désapprouve depuis le début la mansuétude du gouvernement pour les marcheurs du *Bonus,* n'attendait qu'un ordre du secrétaire à la Guerre. Hurley vient de le lui envoyer. Maintenant on mobilise, Osmond !

— On mobilise !... qui ?... quoi ? fit M. de Vigors, incrédule.

— Oui, on mobilise ! Le général Douglas MacArthur, ancien chef d'état-major de la 42e division Arc-en-Ciel, qui s'est si bien battue en France, est en train d'organiser la répression contre ceux qu'il a autrefois commandés. Il croit qu'ils sont tous devenus communistes ! C'est cocasse !

— Non, c'est lamentable ! renchérit Osmond.

— Et il compte diriger lui-même les opérations. Il a envoyé un officier d'ordonnance chercher son uniforme, ses bottes et ses décorations !

— Le chef d'état-major de l'armée des Etats-Unis va conduire une opération de police ! Se mêler à des bagarres de rues !

— Son adjoint, le *Major* Dwight David Eisenhower [1], qui n'a jamais fait la guerre mais possède un vrai sens des réalités, l'a mis en garde : « C'est une affaire politique, n'apparaissez pas », lui a-t-il dit. Mais le grand chef n'a rien voulu savoir. Il a noblement répondu : « Une mission aussi désagréable ne peut être imposée à un subalterne. » Et puis, il croit dur comme fer qu'il y a de la révolution dans l'air ! conclut Allerton.

Pendant que les deux hommes commentaient les décisions du gouvernement fédéral, les ordres parvenaient dans les casernes situées autour de Washington. Le chef d'esca-

1. 1890-1969. Devait diriger les débarquements alliés en Afrique du Nord (1942), en Italie (1943), en Normandie (1944) et commander les forces alliées qui, avec les Russes, défirent la Wehrmacht (1945). Il allait devenir le trente-quatrième président des Etats-Unis (1953-1961), mettre fin à la guerre de Corée (1953) et rétablir les relations directes avec l'U.R.S.S.

dron George S. Patton [1], qui, en 1918, avait commandé une unité blindée engagée à Saint-Mihiel, rassemblait le 2e escadron de hussards du 3e régiment de cavalerie à Fort Myers. Des bataillons des 12e et 34e régiments d'infanterie et les sapeurs du 13e génie quittaient Fort Howard. Six chars d'assaut du 1er peloton blindé, basé à Fort Arcade, roulaient déjà vers le centre de la cité. Ils devaient prendre position, avec la cavalerie et sous les ordres du *Major* Patton, près du monument à George Washington. Le reste des troupes, soit un millier d'hommes environ, devait être rassemblé à 16 heures 30 sur les pelouses sud de la Maison-Blanche, devant les fenêtres du président Hoover.

Mark Allerton avait aussi annoncé à Osmond, avec un frémissement d'indignation, que le général MacArthur avait demandé à l'arsenal d'Edgewood d'envoyer 3 000 grenades à gaz lacrymogène et suffocant et de tenir à sa disposition 4 sections de mitrailleuses.

Quand le mari d'Hortense Oswald regagna le service des transmissions de l'état-major, M. de Vigors se rendit à son hôtel et endossa son uniforme. Celui-ci et son insigne de *judge advocate* lui permettraient, pensa-t-il, de circuler plus librement dans une ville que l'armée allait mettre en état de siège.

Le mercure montait encore dans le thermomètre et l'atmosphère paraissait capitonnée de moiteur quand il se dirigea vers Pennsylvania Avenue où, étant donné la concentration des marcheurs du *Bonus,* il risquait de se passer quelque chose. Déjà, les soldats piétinaient devant la Maison-Blanche, mais les anciens combattants, informés d'une intervention possible de l'armée, ne semblaient pas inquiets. Personne ne croyait sérieusement à une épreuve de force entre anciens et nouveaux soldats. Les bannières étoilées brandies par les manifestants immobiles et

1. George Smith Patton (1885-1945), capitaine à l'état-major du général Pershing en 1917-1918, puis commandant de blindés. Il devait commander la IIIe armée américaine lors du débarquement, en 1944, en Normandie. Il périt dans un accident d'automobile, en Allemagne, le 21 décembre 1945.

entourés de badauds parurent à Osmond beaucoup plus nombreuses que les banderoles revendicatives. On était entre citoyens et patriotes. Il aurait peut-être suffi qu'un orateur, intelligent et sensible, sût trouver les arguments et les mots propres à toucher les anciens combattants pour rendre à ces derniers assez d'espoir et les inciter à retourner chez eux attendre des jours meilleurs.

D'assez loin, M. de Vigors vit s'arrêter, à l'angle de la 6e Rue et de Pennsylvania Avenue, l'automobile du chef d'état-major de l'armée. MacArthur portait la culotte de cheval en whipcord clair, la longue vareuse kaki et, sur le côté gauche de la poitrine, une constellation de décorations montant jusqu'à l'épaule. Près de lui, Dwight Eisenhower, dans la même tenue, mais le dolman vierge de décorations, subissait passivement l'assaut des photographes et des journalistes.

— Qu'allez-vous faire ? demanda l'un d'eux.

— Vous allez voir, dit MacArthur.

— Qu'attendez-vous ? questionna un second.

— Les chars, lui répondit calmement le chef d'état-major, seul à ne pas transpirer.

Les événements se déroulèrent ensuite si vite que M. de Vigors, cependant au courant des intentions des autorités, fut surpris par la stratégie adoptée. Comme s'il s'agissait d'un défilé édifiant, il vit arriver, sur Pennsylvania Avenue, les cavaliers de Patton. Au pas de parade et sabre au clair, ils occupaient toute la largeur de l'avenue et précédaient un détachement de fantassins, dont les baïonnettes étincelaient au bout des fusils. Les anciens combattants et les badauds observaient avec curiosité, mais sans inquiétude, ce déploiement de forces, quand les hussards, éperonnant leurs montures, foncèrent au grand trot dans la foule. En un instant, fuyant devant les chevaux, tentant de se protéger des coups distribués du plat du sabre par les cavaliers, hommes et femmes furent bousculés, poursuivis, chassés, parfois culbutés. Aux insultes, aux cris se mêlaient les hennissements des chevaux et les injonctions brutales des soldats : « *Buzz off! Clear off*[1] *!* » Le premier moment de surprise passé, les anciens combattants se regroupèrent autour de leurs drapeaux. Ils huaient copieusement les militaires et comptaient leurs blessés quand une nouvelle charge, conduite comme à la manœuvre, fut ordonnée par les officiers. Cette fois, les fantassins entrèrent en action.

— L'ordre est de dégager le périmètre fédéral, allez-y, virez-les, lança un sergent à ses hommes.

Osmond vit un jeune soldat jeter à terre un vétéran porte-drapeau. La bannière étoilée roula dans la poussière, une houle d'imprécations monta de la foule en colère devant cette violence démesurée.

— Que leur a-t-on raconté pour qu'ils agissent ainsi ? s'étonna un fonctionnaire de passage.

Les vétérans sifflaient, injuriaient, maudissaient l'armée. Ils traitaient de blancs-becs les officiers, réclamaient leurs états de service, citaient les batailles auxquelles eux avaient participé, criaient leur indignation. Battus et humiliés, ils s'efforçaient de résister en serrant les rangs, mais les soldats casqués mettaient leur masque à gaz et se passaient déjà les grenades lacrymogènes. Un homme à cheveux gris se mit à pleurer avant qu'une seule grenade ait été lancée. Ses larmes ne devaient rien au bromure de benzyle, elles étaient celles du chagrin, de la honte, du dégoût.

— Vous déshonorez le drapeau et l'uniforme que vous portez ! lança-t-il en passant près d'Osmond.

Ce dernier reçut les mots comme une gifle et s'éloigna.

Les grenades suffocantes eurent vite raison de la résistance des manifestants, qui toussaient, pleuraient, titubaient en nouant leur mouchoir sur le bas du visage. Mais, à demi aveuglés et respirant avec peine, ils ne pouvaient que fuir sous les coups et devant les pointes acérées des baïonnettes. Leur fuite s'accéléra encore lorsque apparurent, dans la brume bleuâtre des gaz, les silhouettes trapues des chars d'assaut.

1. Familier : « Va-t'en ! Barre-toi ! Dégage ! »

— Ils vont nous écraser ! hurla une femme.

Ceux qui avaient trouvé refuge, contre les charges de cavalerie, dans les immeubles en démolition en ressortaient les yeux rougis, délogés à coups de grenades lacrymogènes par les soldats, à qui les masques de toile, à groin de métal et hublots, donnaient une inquiétante ressemblance et l'aspect de guerriers automates venus d'une autre planète.

A 18 heures, l'armée du *Bonus* en déroute, chassée de ses cantonnements urbains, refluait vers le camp principal et traversait la rivière Anacostia. Sur l'autre rive, on trouverait un peu de repos, un lieu pour panser les plaies des uns et des autres. L'avenue de Pennsylvanie, jonchée de pierres, de morceaux de briques, de chaussures abandonnées, de valises éventrées, de gamelles échappées des balluchons, était vide de manifestants. Le général MacArthur put l'emprunter sans courir le risque d'une insulte, tandis que les unités qui venaient, au nom de l'ordre, d'obtenir sans péril cette victoire sans gloire se regroupaient à proximité.

Aucun coup de feu n'avait été tiré, mais un élégant sénateur du Connecticut, pris dans la mêlée, déplorait la perte de son panama. Dans les hôpitaux, on baignait les yeux irrités par les gaz, on soignait les bosses, les plaies et les entorses. Ceux qui considéraient l'affaire comme terminée ignoraient encore les consignes données aux militaires. Maintenant que les campements étaient évacués, il fallait détruire cabanes et abris de fortune. Et rien mieux que les flammes ne pouvait anéantir ces résidences dérisoires, purifier les sites des ordures amoncelées et ôter toute envie aux campeurs de revenir. Les soldats, pourvus de torches, se chargèrent de la besogne et bientôt une odeur d'incendie se répandit dans la ville, tandis que de grises et nauséabondes fumées ajoutaient aux ombres du crépuscule.

En s'éloignant du lieu des affrontements, Osmond aperçut un photographe de presse qui s'efforçait de cerner, dans le champ de son objectif, le dôme lointain du Capitole et un premier plan de flammes et de volutes.

— Pour qui travaillez-vous ? demanda M. de Vigors.

Reconnaissant l'insigne du *judge advocate*, l'opérateur répondit sans se faire prier :

— Je travaille pour un grand magazine français, *l'Illustration*, ça les intéresse à Paris...

Osmond reprit sa marche. Ainsi les Français, anciens camarades de combat des vaincus du jour, auraient bientôt sous les yeux, dans leurs journaux, les honteuses images d'une Amérique écartelée entre ses souvenirs et la misère.

Jusqu'à la tombée du jour, les quelques milliers de vétérans réfugiés dans le camp principal de la rive gauche de l'Anacostia s'étaient crus à l'abri. Quand ils virent des soldats installer des mitrailleuses sur le pont de la 11ᵉ Rue enjambant la rivière, afin d'interdire tout reflux vers le centre de la ville, ils comprirent qu'on voulait les chasser hors des frontières du district de Columbia. Beaucoup se résignèrent, rassemblèrent en hâte leurs pauvres bagages et prirent la route du Maryland, tournant le dos à Washington et à leur défaite. Quelques-uns, cependant, décidèrent de résister. Ils barrèrent le pont avec de vieilles automobiles, des arbres abattus, les matériaux les plus hétéroclites qu'ils rassemblèrent. Certains trouvèrent, on ne sait où, des fusils et des revolvers. Consterné par la tournure que prenaient l'affaire et le renforcement de la barricade improvisée, Walter Waters adjura ses camarades de renoncer à toute résistance. Le général Glassford, venu sur sa motocyclette bleue, prévint les vétérans qu'ils couraient maintenant le risque de se faire massacrer. Le général MacArthur fit savoir, de son côté, à un délégué des anciens combattants qu'il y avait 3 000 soldats en réserve à Washington et que l'assaut serait donné à 10 heures si les manifestants ne détruisaient pas, eux-mêmes, le barrage qu'ils avaient élevé. Les intéressés ayant refusé d'obtempérer, le chef d'état-major ordonna l'attaque à l'heure dite. Sous les faisceaux des projecteurs de l'armée et des phares des camions, les chars d'assaut eurent vite raison de la barricade pendant que les fantassins, jetant des grenades lacrymogènes et chargeant au pas de course, baïonnette au canon, sur les berges de l'Anacostia, se répandaient dans le camp. Sans se soucier de savoir si les baraques étaient encore ou non occupées, les soldats du génie, munis de brûlots, y mirent le feu. Ils incendièrent aussi le podium — sur lequel, depuis des semaines, s'étaient succédé les orateurs de la prime — et toutes les installations administratives du camp. Celles-ci avaient abrité, entre autres, la rédaction du journal créé pour les besoins de leur cause par les vétérans : *The B.E.F. News.*

A la lueur des multiples foyers, des ombres fuyaient, poursuivies par d'autres. Des hommes piétinés criaient leur fureur ; les soldats, mâchoires crispées, distribuaient des coups, repoussaient loin de la rivière les indésirables. Tout Washington, cette nuit-là, vit l'incendie, dont les lueurs rosissaient le ciel et striaient de reflets mouvants les eaux calmes du Potomac et de l'Anacostia. Une brise complice, du sud-ouest, attisant les incendies, les lieux devinrent rapidement intenables. A minuit, le camp Anacostia n'existait plus. Chassés du district fédéral, les vétérans battaient en retraite derrière leurs derniers drapeaux intacts, sur les routes du Maryland. Une riche propriétaire offrait, disaient les uns, un terrain de cent hectares ; le maire de Johnstown (Pennsylvanie) proposait, disaient les autres, d'accueillir dans sa ville les familles miséreuses, mais les gens informés savaient déjà que les gouverneurs des Etats concernés étaient prêts à mobiliser la garde nationale pour envoyer ailleurs les parias de la prime !

Osmond de Vigors avait suivi de loin le dernier épisode de la répression. En regagnant son hôtel, il put constater que le calme régnait dans la ville. La stupeur dissipée, les gens étaient rentrés chez eux pour dîner et dormir. Les patrouilles de police n'interpellaient que des vétérans égarés. On attendait les balayeurs, qui nettoieraient les rues ; les militaires en réserve fumaient et plaisantaient autour du Capitole et de la Maison-Blanche.

Mark Allerton attendait M. de Vigors dans le hall de

l'hôtel. Dès qu'il vit entrer le *judge advocate,* il se précipita à sa rencontre, une feuille de papier à la main.

— Osmond, lisez ça, lança-t-il sans préambule.

— Qu'est-ce ? Un ordre de mobilisation ou un billet doux de Pat Hurley ?

— C'est ma lettre de démission. Je quitte l'armée ! Après ce que j'ai vu et entendu aujourd'hui, je ne peux plus servir sous de tels chefs. C'est la fin de l'Amérique que j'ai connue... Dites-moi que vous m'approuvez ?

Osmond eut un sourire las et prit le temps de lire la lettre. Le texte, comme on pouvait s'y attendre de la part d'Allerton, était grandiloquent, irrespectueux pour le secrétaire à la Guerre et émaillé de fautes.

— Déchirez ça et venez boire un verre. J'ai du bourbon dans ma chambre, ordonna Osmond en rendant le feuillet au lieutenant.

— Comment ? fit l'autre, incrédule, presque indigné.

— Oui. Déchirez ça. Assez de bêtises ont été commises aujourd'hui. N'y ajoutez pas !

Le ton était sec, le regard tranchant.

— Je ne pourrai jamais oublier ce qu'a fait l'armée, gémit Allerton.

— Qui vous parle d'oublier ! Souvenez-vous, au contraire, des paroles que Shakespeare fit prononcer à Henry V la veille d'Azincourt. « Qui survivra à ce jour et rentrera sauf chez lui se dressera de tout son haut quand on évoquera ce jour [1]. » Nous frémirons désormais à l'évocation de la marche du *Bonus,* mais est-ce une raison pour renoncer ! Vous avez assisté aujourd'hui à une opération de police. Elle n'aurait jamais dû être confiée à l'armée. Un général que nous connaissons, et dont la valeur est certaine, aurait dû refuser de la conduire. La patrie, ce matin, n'était pas en danger, n'est-ce pas ? Mais, le jour où cela arrivera, peut-être aura-t-on besoin de quelques géné-

1. *Henry V.* Acte IV, scène 3, vers 41-43. Traduction de Sylvère Monod (Club français du livre, Paris, 1967).

raux comme MacArthur et de beaucoup de lieutenants Allerton ! Vous aurez alors à accomplir de vraies et dangereuses missions de soldats. Aujourd'hui, vous avez honte. Mais vous démettre serait trop facile. L'avenir vous fournira peut-être, à vous et à d'autres, l'occasion de faire oublier cette journée.

Allerton ne demandait qu'à être raisonné et consolé de manière virile.

Dans la chambre de M. de Vigors, quand le bourbon ambré fit crisser les glaçons jetés dans les verres, la lettre fut enflammée de la même allumette qui alluma les cigares.

— C'est, j'espère, le dernier incendie de la journée, commenta Osmond en secouant l'épaule du mari d'Hortense.

Lorsque le lieutenant se retira, et bien qu'il fût près de deux heures du matin, M. de Vigors appela Cordelia au téléphone et lui annonça son arrivée à New York en fin de matinée. Il avait, lui aussi, besoin de consolation.

8

Cordelia Murray tenait avec tact et finesse le rôle subrogatoire que M. de Vigors lui avait assigné. Maîtresse toujours disponible, ayant épisodiquement les devoirs et privilèges limités d'une épouse morganatique, la jeune femme paraissait à l'aise dans son emploi et satisfaite de son statut. Elle semblait inaccessible à la jalousie et ne faisait jamais allusion aux relations féminines que son amant pouvait entretenir en Louisiane. La vague rivalité qui l'avait autrefois dressée contre Doris de Castel-Brajac était devenue indifférence polie. Elle ne parlait jamais avenir et fidélité. Elle n'espérait plus entendre M. de Vigors susurrer les mots que toutes les femmes prennent pour un engagement : « Je vous aime. » En somme, la charmante Yankee, intelligente et cultivée, se conduisait exactement comme le souhaitait Osmond, épicurien tempéré et misogame. Confidente attentive et tendre, elle comprit l'amertume du Sudiste après les échauffourées de Washington dont les journaux détaillaient le bilan. Aux deux morts de Pennsylvania Avenue, on devait maintenant ajouter un bébé de douze semaines, le petit Bernie Myers, qui, déjà atteint d'une pneumonie, avait succombé à une inhalation de gaz lacrymogène. On citait le cas émouvant d'un garçonnet de sept ans et demi, Eugene King, fils d'un ancien combattant, blessé d'un coup de baïonnette au mollet, alors qu'il tentait de rattraper, au milieu des soldats, son lapin apprivoisé. Un enfant de huit ans était, par ailleurs, menacé de cécité ; soixante-trois personnes restaient en observation dans les hôpitaux ; un millier d'autres avaient mal supporté les gaz suffocants et cent trente-cinq manifestants se trouvaient en prison. En écho à ces statistiques, les journaux publiaient les protestations, plus ou moins désintéressées, de sénateurs et de représentants engagés dans la campagne électorale. Les intellectuels et artistes qui affichaient leur sympathie pour les communistes signaient des pétitions, participaient à des meetings, adressaient des lettres ouvertes aux journaux et supputaient béatement entre eux les chances d'une révolution prolétarienne dont ils ignoraient les risques et négligeaient les conséquences. Sherwood Anderson, ami de William Faulkner au temps de la bohème des années vingt à La Nouvelle-Orléans, avait demandé, accompagné de quelques écrivains et artistes, une audience à la Maison-Blanche pour formuler des remontrances au président Hoover. Ce dernier, en faisant éconduire la délégation par son secrétaire, avait rappelé de façon nette aux importuns : « Le premier devoir du président des Etats-Unis est de maintenir l'ordre républicain, ce qui a été fait avec un minimum de dégâts ! »

Si Osmond avait tout de suite désapprouvé l'intervention de l'armée, Cordelia, rejoignant l'opinion des craintifs, considérait, au contraire, avec le général MacArthur, que la marche du *Bonus* constituait les prémices d'une entreprise révolutionnaire : on avait donc bien agi en étouffant celle-ci dans l'œuf. Tout en regrettant le sang versé et les violences, elle appréciait la fermeté du gouvernement et s'en prenait ironiquement aux intellectuels irréfléchis qui en contestaient le bien-fondé.

— Prenez votre cher Anderson, par exemple. Il a découvert qu'il existe des ouvriers et des paysans malheureux. Il leur rend visite comme on va au zoo. Il tire de ses rencontres des poèmes et des livres dans lesquels, avec une certaine confusion, il reconnaît les vertus de la machine qui libère l'homme, tout en redoutant l'asservissement de ce dernier par la même machine, outil éminemment capitaliste.

— Jobby[1] a quitté l'école à quatorze ans. Il sait depuis longtemps ce qu'est le travail et, s'il prêche contre le capitalisme, c'est par générosité ..

— N'empêche qu'avec ses amis, John Dos Passos, défenseur de Sacco et Vanzetti, Edmund Wilson, Theodore Dreiser, Waldo Frank et toute la bande de *The New Masses*[2], il aide les communistes qui soutiennent les grévistes dans les filatures et les usines. Quand les nantis ont bien incité les travailleurs à la rébellion, ce qui vaut à ces derniers des coups et quelquefois la prison, nos orateurs de carrefours, grands consommateurs d'encre rouge, rentrent chez eux, prennent un bain, dînent confortablement, s'endorment près de femmes parfumées ! Après un repos bien gagné, ils perçoivent leurs droits d'auteur et, dans des cabinets de travail ouatés, loin du souffle brûlant des aciéries, de la poussière corrosive des mines, du tintamarre des ateliers, ils se remettent à fignoler des phrases creuses et ronflantes que de pauvres types prendront pour paroles d'évangile révolutionnaire !

Osmond rit franchement à l'audition de cette évocation pindarique de la condition de l'intellectuel d'avant-garde, telle que l'imaginait la fille d'un homme d'affaires conservateur. Cordelia avait été souvent en désaccord avec son père, quand celui-ci, actif et en bonne santé, exprimait avec raideur ses opinions traditionnelles. Mais, depuis qu'Edward John Murray, ex-éminence grise de Tammany Hall, maintenant impotent et gâteux, menait une vie végétative, la jeune femme, tout en militant pour l'émancipation de ses sœurs, l'abolition de la prohibition et une société plus juste, prônait, dans certains domaines, des théories réactionnaires.

M. de Vigors enchaîna :

1. Sobriquet de Sherwood Anderson.
2. Revue d'avant-garde pro-communiste.

— Je suis moins catégorique ou plus indulgent que vous pour les artistes sensibles que révoltent des inégalités sociales trop criantes et mises en évidence par la crise que traverse le pays. Il y a, certes, dans les paroles, les écrits, les attitudes de plusieurs une part de naïveté, de cabotinage, peut-être, de tartuferie, mais les sincères sont les vrais chiens de garde de la démocratie, même si leurs aboiements déplaisent ou irritent !

— Ils mordent quelquefois la main qui les nourrit ! conclut Cordelia en donnant un baiser appuyé à Osmond.

Après l'amour, ils convinrent qu'il n'existait pas de solution de rechange politique à la démocratie américaine.

Dix semaines plus tard, le 8 novembre 1932, quand Osmond apprit à La Nouvelle-Orléans et par la radio, comme toute l'Amérique, l'élection du démocrate Franklin Delano Roosevelt à la présidence des Etats-Unis et la défaite spectaculaire de Herbert Hoover[1], il téléphona aussitôt à Cordelia.

— Mon candidat l'a emporté sur le vôtre. Et jamais un président n'a été mieux élu depuis Lincoln, dit-il perfidement, sachant que sa maîtresse avait voté pour Hoover, bien qu'il soit républicain.

— C'est incroyable ce que nos concitoyens sont ingrats ! L'affaire du *Bonus* a constitué pour Hoover un véritable suicide politique. Mais un suicide digne d'un vrai défenseur de la démocratie ! Quand je pense que dans l'Etat de New York, Roosevelt l'emporte de plus de 600 000 voix !

— En Louisiane, nous avons été encore plus catégoriques. 249 000 voix pour Roosevelt, 18 000 seulement pour Hoover... Mais nous n'avons même pas eu à compter les voix socialistes et communistes, ce qui devrait vous rassurer !

1. Roosevelt obtint 22 821 857 voix et les suffrages de 472 grands électeurs. Hoover ne recueillit que 15 016 443 voix et les suffrages de 59 grands électeurs. Le nouveau président avait la majorité dans 42 Etats sur 48. Le socialiste Norman Thomas n'eut que 824 781 voix et le candidat communiste, William Zebulon Foster, 102 000 voix.

— Roosevelt est un révolutionnaire... Vous avez entendu ce qu'il a dit des banquiers, des capitalistes et des riches, non ! Et il enverra sa femme, la grande Eleanor, visiter les anciens combattants... pour les consoler sans doute ! C'est facile, maintenant que l'ordre est rétabli !

— C'est mieux que d'envoyer l'armée !

— Bon. Mais, à partir du mois de mars, on verra ce qu'il sera capable de faire. Pour l'instant, il refuse de se concerter avec Hoover. Il veut lui laisser les sales besognes jusqu'au bout !

Mlle Murray n'avait pas complètement tort. Le président élu travaillait depuis longtemps avec des experts, constitués en un consortium que les journaux nommaient brain-trust, mais il se garda bien de dévoiler ses batteries avant d'être installé à la Maison-Blanche. Il faillit d'ailleurs ne jamais prendre place dans le bureau présidentiel. Le 15 février 1933, à Miami (Floride), un communiste italien, Giuseppe Zangara, depuis neuf ans installé aux Etats-Unis, avait tiré six balles de revolver sur Franklin Roosevelt[1]. Si le président, qui rentrait d'une croisière aux Bahamas à bord du yacht de son ami Vincent Astor, était sorti indemne de l'attentat, le maire de Chicago, Anton Cermak, assis près de lui dans une automobile décapotable, avait été grièvement blessé[2].

Le fait qu'au contraire de Lincoln, de Garfield et de McKinley le nouveau président ait, comme son cousin Theodore Roosevelt, échappé à un assassin, fut reçu comme un heureux présage par les citoyens. Quant à l'infirme, qui se sentait investi, grâce à la plus forte majorité jamais obtenue par un candidat à la présidence, « d'un mandat directement reçu du peuple américain », il y vit la mansuétude divine.

Osmond, comme tous les gens sensés, savait que l'Amé-

1. Immédiatement arrêté, Giuseppe Zangara fut condamné à la chaise électrique et exécuté le 20 mars 1933 dans la prison de Raiford (Floride).

2. Le maire de Chicago succomba à ses blessures le 6 mars, deux jours après la prestation de serment de Franklin Roosevelt.

rique, désorientée par la cruelle infortune économique qui succédait à l'euphorie de la prospérité était prête à suivre un nouveau guide. En tant que démocrate, on pouvait être certain de l'attachement de F.D.R. aux valeurs traditionnelles américaines, mais le nouveau chef de l'exécutif inquiétait par son exigence d'expériences nouvelles.

— Il va trouver l'Union en piètre état, dit Bob Meyer, commentant, au jour de la prestation de serment du nouveau président, les premières déclarations de ce dernier.

— La démonstration est faite que notre système est faillible, ajouta le docteur Benton, de passage à La Nouvelle-Orléans sur le chemin de Cuba qu'il voulait visiter « avant de mourir ».

Bob Meyer, pour étayer son assertion, énuméra ce qu'il avait, le matin même, retenu de la lecture des journaux :

— Plus de 13 millions de chômeurs, dont 1 million à New York où l'on compte au long des rues 7000 cireurs de chaussures et autant de vendeurs de pommes à la pièce ! 350000 enfants américains ne vont plus à l'école, plus de 20000 diplômés des grandes universités cherchent des emplois...

— Et l'or ? Il quitte les coffres des banques à un rythme ahurissant. 120 millions de dollars de métal précieux s'en vont chaque jour on ne sait où ! coupa M. Oswald.

— On dit que les cales des transatlantiques à destination de l'Europe en sont pleines ! précisa Doris de Castel-Brajac qui servait le thé.

Le vieux John Benton estimait, depuis toujours, que tout homme vivant sur la planète ne pouvait que souhaiter devenir américain. Aussi ce fut d'une voix lamentable qu'il ajouta aux considérations pessimistes de ses amis la plus grande désillusion ressentie depuis qu'il était en âge de saluer la bannière étoilée !

— Pour la première fois dans l'histoire du pays, l'émigration l'emporte sur l'immigration. Ouais, des gens s'en vont ! J'ai même lu quelque part que cent vingt résidents américains demandent chaque jour à émigrer en Russie ! C'est un comble... En Russie... Chez les bolcheviques !

— Ah ! bon docteur ! ils sont peut-être influencés par ce bavard de Will Rogers, l'ancien cow-boy. Il dit partout : « Ces diables de Russes, en dépit de toutes leurs âneries, ont quand même des idées bougrement bonnes. Rendez-vous compte, c'est un pays où tout le monde travaille », cita Bob Meyer.

— Et pour pas cher ! compléta Oswald en riant de la mine déconfite du vieux médecin.

Osmond de Vigors parla plus gravement :

— Pour ce qui est de l'immigration, cher John, ne vous faites pas de souci. Nous allons voir arriver bientôt beaucoup d'Allemands, et des meilleurs, qui ne supportent pas les méthodes nazies. Le cinéaste Fritz Lang, les écrivains Heinrich et Thomas Mann, le dramaturge Bertolt Brecht, et bien d'autres poètes, musiciens, philosophes ont déjà quitté l'Allemagne pour la Suisse ou la France. Le grand physicien Albert Einstein, prix Nobel 1921, a obtenu à notre ambassade, à Berlin, un visa pour les Etats-Unis. Il est attendu comme professeur de physique à l'institut d'études supérieures de Princeton [1].

— Adolf Hitler, devenu chancelier, ne plaît pas à tout le monde comme à notre insupportable Bert Belman. Depuis sa nomination par le vieil Hindenburg, le gnome moustachu a déjà éliminé les communistes, accusés d'avoir mis le feu au Reichstag ! Il est appuyé maintenant par 288 députés et une foule de militants disciplinés. Il ne cache plus son ambition d'être le dictateur de l'Allemagne nouvelle, le rédempteur du peuple asservi par le capitalisme international, le régénérateur de la belle race aryenne, polluée par le sang juif. A beaucoup, ce programme quasi mystique peut paraître exaltant, commenta Omer Oscar Oswald.

Bob Meyer fronça le sourcil :

1. Albert Einstein (1879-1956) enseigna à Princeton de 1933 à 1940. Il acquit, cette année-là, la nationalité américaine.

— Une nouvelle et cruelle inquisition se met en place en Allemagne. Les communistes et les juifs sont considérés comme les principaux adversaires du national-socialisme. Les juifs, surtout, car il ne s'agit pas, dans leur cas, d'un engagement politique, mais d'une question de race. Déjà, dans les universités et l'Administration, les juifs sont mis en disponibilité d'office et, dans les entreprises industrielles comme au barreau ou dans les professions artistiques, mes coreligionnaires sont fermement invités à céder spontanément leur place à des Aryens désignés par les nazis ! Ceux qui ne comprennent pas assez vite ou s'obstinent sont envoyés dans des camps d'internement, comme celui qu'on vient d'ouvrir à Dachau, près de Munich !

— C'est incroyable ! s'étonna le bon docteur Benton.

— J'ai appris beaucoup par un pilote d'essai de Fokker, qui ne veut pas retourner en Allemagne. Les journaux ne disent pas tout ce qui se passe dans ce pays... avec l'assentiment d'une majorité du peuple teuton, conclut Meyer.

Benton, visiblement scandalisé par ce qu'il venait d'entendre, quitta son fauteuil et, les pouces aux emmanchures du gilet, vint se planter au milieu du salon.

— Ces Européens sont incorrigibles ! Ils sont à peine remis d'une guerre qu'ils pataugent à nouveau dans leurs dissensions familières ou se donnent pour chefs des césars de pacotille !

— La France et la Grande-Bretagne, Dieu merci, restent des pays raisonnables, reconnaissez-le, cher John ? dit Osmond.

— Ah ! vous trouvez ! En France, un anarchiste a tué le président de la République ; les gouvernements durent trois mois ; les Rouges sont dans la coulisse et les députés refusent de nous payer les dettes contractées pendant la guerre ! Quant à l'Angleterre, elle revient au protectionnisme, se bat en Irlande, tandis que des chômeurs affamés envahissent Londres et que la Royal Navy se mutine pour une question de réduction de solde, ce qui ne s'est pas vù depuis 1797... Ah ! nous pouvons être fiers de nos alliés... Heureusement qu'il y a l'Atlantique entre l'Europe et nous !

En concluant ainsi sa diatribe, le vieux Benton traduisait assez bien l'opinion des Américains les plus attentifs aux événements du monde. Mais la plupart des citoyens de l'Union, préoccupés par la crise intérieure et impatients de voir agir leur nouveau président, affichaient une indifférence tranquille vis-à-vis de l'Europe.

En ce premier jour de mars où s'annonçait déjà un printemps tiède à la mode louisianaise, la nouvelle la plus alarmante fut apportée par Clary Barthew, beau-frère d'Osmond.

— C'est peut-être commettre une indiscrétion, mais je puis vous dire confidentiellement que nous savons de façon certaine, au département du Trésor, que la situation des banques est catastrophique. Les 18000 établissements de l'Union ne disposent plus ensemble que de 6 milliards de dollars dans leurs caisses. Si, demain, les déposants s'avisent de réclamer ne serait-ce qu'un quart des 41 milliards qu'ils ont confiés à leurs banquiers, c'est la banqueroute. Une banqueroute dont le capitalisme pourrait bien ne pas se remettre !

Cette menace jeta la consternation dans le cercle des Bagatelliens.

A trente-cinq ans, Clary, directeur des services fiscaux fédéraux du Maryland, était un fonctionnaire compétent, à l'abri des fluctuations politiques. On le voyait plus fréquemment à La Nouvelle-Orléans ou à Bagatelle depuis que Deborah Merrit, déjà orpheline de mère, avait perdu son père. Archibald Merrit, fabricant de conserves et brasseur à Saint Louis, passionné de boxe et conducteur sportif, avait trouvé la mort dans un accident d'automobile, le 20 juin précédent, alors qu'il se rendait de Boston à New York pour assister au match Jack Sharkey-Max Schmeling[1]. La jeune fille, reçue chaque été par les Oswald, était maintenant adoptée par ces derniers comme un membre de la famille et étudiait à l'université Tulane pour devenir généalogiste. Le plus jeune frère de la défunte Lorna ne cachait plus qu'il était amoureux d'elle, ce qui ne déplaisait pas à l'intéressée. Il attendait la fin du deuil de Debbie pour faire officiellement sa demande. Ce délai satisfaisait aux convenances et donnait à Clary le temps de mettre fin, d'une manière élégante et courtoise, à la liaison qu'il avait avec une dame de Baltimore et d'interrompre certains flirts vaguement entretenus avec des demoiselles en quête d'un mari.

Bob Meyer portait au jeune frère de Silas une grande affection. Il connaissait les succès répétés de ce beau garçon, assez volage, auprès des femmes. Aussi ne prenait-il pas au sérieux ses projets matrimoniaux et le taquinait-il volontiers au sujet de Debbie.

— Toi, fier Sudiste, descendant — par les femmes, certes, mais descendant tout de même — des illustres Castel-Brajac, tu vas épouser la fille d'un épicier ! Que dis-je une épicière, car la gentille Deborah Merrit, fille unique, a hérité les usines de conserves et brasseries de papa, d'après ce que dit Osmond.

— Un épicier en gros est un industriel, Bob, et je délaisserai volontiers l'administration fiscale pour l'industrie alimentaire, la seule dont on ne peut se passer, même en temps de crise. Et puis, n'oublie pas que, dans quelques jours, grâce à ce bon M. Roosevelt, nous allons pouvoir fabriquer de la bière avec 3,2 % d'alcool... en attendant la fin probable de la prohibition[2].

Le président Franklin Delano Roosevelt, souvent

1. Le 21 juin 1932, à New York, lors d'une rencontre comptant pour le championnat du monde des poids lourds, l'Américain Sharkey battit, en quinze rounds, l'Allemand Schmeling.

2. Le 21e amendement à la Constitution, abrogeant le 18e qui, le 17 janvier 1920, instaurait la prohibition, avait été proposé par le Congrès dès le 20 février 1933. Il ne fut ratifié que le 5 décembre 1933, mais dès le mois d'avril la fabrication de la bière avait repris dans de nombreux Etats.

désigné par les initiales F. D. R. dans les titres des journaux, prêta serment sur sa bible familiale le samedi 4 mars. Plus de cent mille personnes s'étaient rassemblées à Washington, malgré une brise glaciale qui faisait tourbillonner quelques flocons de neige. Deux jours plus tard, ayant convoqué le Congrès en session extraordinaire et se référant à une vieille loi de 1917, le nouveau chef de l'exécutif décidait de fermer toutes les banques pendant quatre jours, mettait l'embargo sur l'or et l'argent et suspendait la convertibilité du dollar. Déjà, depuis la fin février, dans plusieurs Etats, les gouverneurs avaient donné l'ordre aux établissements financiers de clore leurs guichets. La plupart des autres banques avaient, dès lors, limité les retraits pour chaque client à 5 % de la somme déposée sur leur compte. Osmond et ses amis se souvinrent des prédictions inquiétantes de Clary Barthew. L'Amérique sans banques n'était plus l'Amérique. L'événement surprit le monde entier, mais prouva le courage du nouveau président. Tous les citoyens américains, conscients du risque encouru, approuvèrent la décision du Congrès et bien peu crièrent à la dictature quand ce même Congrès accorda à Roosevelt les pleins pouvoirs. Aussitôt, maître du jeu, F. D. R. autorisa l'émission de 2 milliards de dollars en billets verts, suspendit les transactions sur l'or et interdit aux particuliers d'en détenir, en menaçant les contrevenants de dix ans de prison et 10 000 dollars d'amende ! L'effet psychologique de ces mesures brutales fut excellent, comme l'entretien au « coin du feu » auquel le président convia tous les Américains par le truchement de la radio, le dimanche 12 mars. C'était la première fois qu'un président des Etats-Unis s'invitait dans les foyers en appelant ses hôtes *my friends* [1] pour leur dire : « La civilisation est un arbre dont le bois mort et les branches pourries se multiplient à mesure qu'il grandit. Les radicaux disent :

1. Mes amis.

“ Abattez-le ”, les conservateurs disent : “ N’y touchez pas. ” Nous, libéraux, cherchons le moyen de sauver le vieux tronc et les jeunes rameaux. » De la même façon qu’il avait ainsi livré la philosophie de son action, il s’était engagé, ce jour-là, à divulguer ses buts, à expliquer sa politique, à définir ses méthodes. Quand le Congrès, à sa demande, l’autorisa à réduire de 15 % tous les traitements, pensions et retraites et à envoyer 250 000 jeunes chômeurs travailler pour 30 dollars par mois au nettoyage et au reboisement des forêts, les grognements des anciens combattants et les récriminations des intellectuels furent couverts par l’approbation de tous ceux « qui voulaient en sortir ».

Wall Street même donna raison aux supporters de Roosevelt. A la réouverture des banques, les cours remontèrent de 15 % en une seule séance, les détenteurs d’or venant échanger pièces et lingots contre des actions industrielles ou des obligations.

Pendant les semaines sans banques, Osmond avait voulu que ses fils soient, comme tous les autres petits Américains moins fortunés, privés d’argent de poche. A l’exemple de leurs camarades, Clem et Gusy avaient redécouvert les avantages du troc, payant leur *Pierce-Arrow candy* [1], que le concierge du collège vendait avec d’autres friandises aux élèves à l’heure de la récréation, avec des boutons d’uniformes confédérés dont ils possédaient une pleine boîte.

A La Nouvelle-Orléans, la crise bancaire couvait depuis longtemps. La Hibernica Bank, notamment, avait perdu tout crédit depuis que son président, Rudolph Hetcht, un ami personnel de Huey Long, avait été soupçonné de trafic d’influence. Ce banquier, également président du conseil d’administration régional de la Reconstruction Finance

1. Barre de caramel au chocolat valant 5 cents et vendue sous le nom d’une marque d’automobiles de luxe réputée à cette époque.

Corporation[1], avait usé de cette dernière qualité pour soutirer à l'organisme fédéral de quoi alimenter les caisses vides de sociétés qu'il contrôlait. A cette occasion, le sénateur Huey Long prouva une nouvelle fois sa débrouillardise et l'élasticité de sa conscience. Il fit décréter un nouveau *bank holiday*[2], afin de commémorer, affirmait-il, le 3 février 1917, jour, à ses yeux, fameux, où le président Woodrow Wilson avait rompu les relations diplomatiques avec l'Allemagne ! Toute la ville avait ri de cette soudaine et tardive manifestation du souvenir, mais le 3 février 1933 tombait un samedi. La Hibernica Bank, menacée dès le vendredi, avait eu un long week-end pour mettre de l'ordre dans ses comptes et réunir, le lundi suivant, de quoi éviter la banqueroute.

Les scandales de ce genre étaient trop fréquents dans l'histoire de l'Etat pour que les Louisianais s'en étonnent. Ils furent offusqués, en revanche, par le comportement inélégant et pusillanime de leur gouverneur, Oscar K. Allen.

Ce dernier, peu soucieux de déplaire à ses électeurs et supporters en décrétant, à partir du 6 mars, la fermeture des banques pendant une semaine, comme l'exigeait le président Roosevelt, avait vidé son compte et pris le train pour Washington. Il laissait le soin à sa secrétaire de diffuser, après son départ, une proclamation qu'il avait été obligé de rédiger.

Avenue Prytania, chez les Vigors, on critiqua vivement cette attitude peu sudiste, mais d'autres événements alimentèrent les conversations et firent passer à l'arrière-plan les turpitudes chroniques des politiciens louisianais. Le 3 mars, un tremblement de terre avait fait 2500 morts au Japon et le 11 mars la Californie fut secouée par le séisme

1. Etablissement fédéral de prêt et d'assistance aux entreprises en difficulté, créé en 1932 par le Congrès des Etats-Unis, sur la recommandation du président Hoover. Pendant la première année de l'administration Roosevelt, la R.F.C. soutint financièrement plus de 7000 banques.

2. Jour de fermeture des banques : jour férié.

le plus violent depuis le cataclysme de 1906, qui avait détruit San Francisco. A Hollywood, l'acteur français Maurice Chevalier raconta qu'il avait vu le sol se boursoufler en larges ondulations sous ses pas. Si la cité du cinéma et Los Angeles ne subirent pas de gros dégâts, Long Beach et Compton, situées au bord du Pacifique, furent partiellement détruites. On comptait 123 morts, des milliers de blessés légers et plus de 100000 sans-abri.

Osmond de Vigors et Bob Meyer furent encore plus émus, début avril, par la catastrophe de l'*Akron*. Le plus grand dirigeable du monde — 240 mètres de long et 185000 m^3 de capacité — appartenant à la Marine, s'écrasa en mer au large des côtes du New Jersey, au cours de la nuit du 3 au 4 avril. Sur les 77 membres de l'équipage, trois seulement avaient pu être sauvés par un pétrolier allemand. Au nombre des victimes figurait l'amiral Moffett, responsable de l'aéronautique navale au ministère de la Marine.

Le commandant en second de l'*Akron*, le lieutenant de vaisseau Willey figurant parmi les rescapés, on sut très vite qu'un orage d'une exceptionnelle violence était à l'origine de la chute du dirigeable.

L'aviateur Bob Meyer trouva, dans le récit de cette catastrophe, de quoi alimenter la véhémente opposition au plus léger que l'air, qu'il avait été amené à développer devant une commission parlementaire en tant qu'as de la guerre de 1917-1918 et président de la Fox Airlines.

Osmond, son confident naturel, était habitué aux sorties de son ami.

— Combien de morts faudra-t-il encore pour que les états-majors comprennent que le dirigeable est un engin révolu ? On passe à peu près sous silence qu'un autre petit dirigeable de la marine, le *J3*, a heurté une ligne à haute tension en tentant de porter secours à l'*Akron*. Encore deux morts ! Et on semble vouloir ignorer, de ce côté-ci de l'Atlantique, que, le jour même où l'*Akron* s'est disloqué, le dirigeable français *E9* a dû faire un atterrissage forcé dans un champ, près de Saint-Nazaire ! Cette fois, par bonheur, il n'y eut qu'un blessé. Boundiou, comme disait votre cher oncle Gus, il faut qu'on en finisse avec ce qu'il appelait des boules de gaz... indirrrigeables !

Tous les aviateurs, anciens combattants ou non, partageaient les préventions de Meyer, mais au ministère de la Marine le dirigeable conservait des partisans convaincus. Au contraire des Britanniques, qui, scandalisés par les catastrophes répétées, avaient renoncé à construire des dirigeables et venaient d'envoyer à la ferraille les aéronefs en service, les amiraux américains comptaient sur les vaisseaux gonflables pour surveiller le Pacifique et même pour transporter des avions !

En Louisiane, l'avion venait de permettre au pilote Jimmy Wedell, ami de Bob, non seulement de battre un record imprévu mais de conserver à la vie une jeune Texane de trois ans. Sue Trammel, de Houston, luttait désespérément contre la mort et seule une intervention chirurgicale immédiate qui n'était pratiquée qu'à l'hôpital Johns Hopkins, à Baltimore, pouvait la sauver. Malgré une pluie diluvienne et des conditions de vol à « ne pas mettre un pélican dehors », précisa Bob, Jimmy avait transporté la malade du Texas au Maryland en un minimum de temps. Tous les aviateurs envoyèrent des félicitations chaleureuses au chef pilote de la Wedell-Williams Air Service, quand on sut, par la presse, que Mlle Trammel avait été opérée avec succès.

Mais tous ces événements tragiques, déplaisants ou attendrissants furent noyés dans la gigantesque beuverie qui marqua, à La Nouvelle-Orléans, ce que Javotte appela « le commencement de la fin de la prohibition ». La législature louisianaise s'était empressée, dès le 24 mars, d'entériner la décision du Congrès autorisant à nouveau la fabrication de la bière alcoolisée et la consommation du vin. Cette libération ne prit cependant effet que le 13 avril, l'*attorney general* de l'Etat ayant exigé que soit respecté le délai de vingt jours qui doit séparer le vote d'une loi de sa mise en application. Ces trois semaines furent mises à profit par les brasseurs, trop longtemps frustrés, pour fabriquer un million de gallons [1] de bière à 3,2 % d'alcool. Dès le 7 avril, à Washington, un avion avait apporté de Milwaukee quelques caisses de la bière d'avril. Un camion enrubanné aux couleurs de l'Union les avait transportées jusqu'à la Maison-Blanche avec ce message : *Mr. President, the first beer is for you* [2], mais Eleanor Roosevelt, résolument prohibitionniste, et qui savait que les journalistes ne l'étaient pas, avait fait porter les caisses au Press Club.

Le jeudi 13 avril, aux douze coups de midi, Osmond de Vigors, qui sortait du tribunal pour aller retrouver Bob au Pickwick Club, fut saisi par l'animation soudaine qui s'empara de la ville. Tandis que sonnaient à toute volée les cloches de la cathédrale Saint-Louis et celles de l'église de l'Immaculée Conception, les sirènes des usines et bateaux à quai mugissaient, les grelots des tramways tintaient frénétiquement, les gros autobus barrissaient de toutes leurs trompes, les avertisseurs des taxis et des automobiles coqueriquaient, les voitures de police ululaient et les passants hilares s'interpellaient sans se connaître. Cette excitation rappela à Osmond celle qui l'avait accueilli, presque jour pour jour, quatorze ans plus tôt, le 28 avril 1919, quand il était rentré de la guerre avec les autres Louisianais du corps expéditionnaire. Ce temps lui parut incroyablement distant et l'effervescence du moment d'une bouffonnerie saugrenue. La fin d'une guerre et le retour de la bière donnaient une joie identique au peuple. Brusquement, les images du bonheur d'autrefois, projetées par la mémoire, lui nouèrent la gorge : Lorna en tenue d'infirmière lui sautant au cou — la larme tiède qu'il avait sentie sur sa joue — Otis Foxley courant au-devant de Bob, si frêle dans son uniforme noir d'aviateur français ; la rose qu'une jeune inconnue lui avait tendue ; Stella, oncle Gus,

1. 45 000 hectolitres environ.
2. Monsieur le Président, la première bière est pour vous.

tante Gloria… Que restait-il aujourd'hui des promesses de bonheur de ce matin d'avril ?

Dans la foule exubérante de 1919, la mort aux aguets avait choisi ses proies à venir. Osmond, marchant vers la rue du Canal, imagina que l'Insatiable était encore à l'affût parmi les buveurs de bière ! Mais tous semblaient l'ignorer et l'agitation ne faisait que croître. Plus de trois cents camions, chargés le matin même dans les brasseries et pavoisés comme des chars de carnaval, sillonnaient les rues et les avenues, pour livrer le breuvage que toute la ville semblait attendre comme s'il se fût agi d'un indispensable élixir de vie.

Dans les bars et les restaurants, il y avait foule pour accueillir l'arrivée de la bière licite. On applaudissait à l'apparition des livreurs ; on faisait sauter les capsules ; on vidait goulûment verres et bouteilles. Quantité de gens, qui n'avaient pas montré jusque-là un goût prononcé pour la boisson fermentée faite d'eau, d'orge germée et de houblon, réclamaient à cor et à cri des chopes mousseuses. Les anciens combattants de la guerre de 1917-1918, comme s'ils avaient vu dans ce jour les mêmes souvenirs qu'Osmond, se réunissaient au square La Fayette. Dans une brasserie traditionnellement fréquentée par les Louisianais d'origine allemande, un orchestre jouait alternativement des chansons à boire bavaroises et *The Star Spangled Banner.*

Comme il allait pénétrer au Pickwick Club où l'attendait Bob Meyer pour déjeuner, Osmond de Vigors se heurta à l'inspecteur Horace Gibson, du F.B.I., avec qui il entretenait des relations cordiales depuis la mésaventure de Silas Barthew, en 1929.

— Alors, inspecteur, bientôt au chômage ? dit-il en désignant au policier un camion de bière, arrêté devant un bar et pris d'assaut par des consommateurs devenus manutentionnaires bénévoles et braillards.

Le petit homme brun, au visage de fouine, repoussa d'une pichenette son chapeau sur la nuque et sourit. Un éclair malicieux fit scintiller son regard sombre et aigu comme un éclat d'anthracite.

— Mes gars et moi, nous allons sans doute bientôt rentrer à Washington, mais ne croyez pas que nous aurons des loisirs. La fin de la prohibition est proche et vous trouvez peut-être que c'est une bonne chose, mais elle va priver de leurs moyens d'existence les fabricants, trafiquants et convoyeurs de whisky de lune. Quelques-uns reprendront d'honnêtes occupations, mais les plus paresseux et les plus cupides entreront dans le monde dangereux du crime organisé. Déjà, nous en connaissons qui créent des réseaux pour écouler les narcotiques, l'opium, la cocaïne, le peyotl et autres drogues, qui leur fourniront des revenus, pour peu qu'ils sachent développer la clientèle.

» Nous allons aussi vers une nouvelle guerre des gangs. Dans le Tennessee et le Mississippi, où l'on veut maintenir la prohibition, les bootleggers se disputent les derniers territoires. Dans quelques mois, nos statisticiens prouveront peut-être que les treize années que nous venons de vivre, malgré plus de 60 000 arrestations opérées en Louisiane, ont été, dans le domaine de la criminalité, une période tranquille.

— Vous n'êtes guère optimiste pour l'avenir, inspecteur.

— Ni optimiste ni pessimiste. Les hors-la-loi sont ce qu'ils sont. Lorsqu'on prive l'un d'eux de revenus illégaux, relativement faciles à obtenir dans le trafic d'alcool, il ne va pas le lendemain s'embaucher chez Ford ou à la U.S. Steel, ni s'asseoir derrière le guichet du postier ou le comptoir de l'épicier. Trop fatigant et trop peu payé, tout ça ! Il attaque les banques, pille les bijouteries, pratique le racket, le chantage, monte des arnaques, fait de la fausse monnaie, se fait tueur à gages ! Voyez-vous, monsieur, je ne crois pas à la rédemption des criminels !

Comme une ondée s'annonçait, les deux hommes se

réfugièrent dans l'entrée du club. M. de Vigors, qui avait de l'estime pour le policier, proposa aussitôt :

— Un ami m'attend pour déjeuner, voulez-vous vous joindre à nous ? Vous serez mon invité.

Gibson parut surpris par l'invitation.

— Vous seriez obligés de ne boire que de l'eau ou de la bière légale et je ne voudrais en rien contrecarrer vos habitudes... surtout un jour comme aujourd'hui ! ajouta malicieusement l'inspecteur.

— Laissons cela. Mon ami Meyer et moi, nous détestons faire en même temps que les autres ce que les autres font. Aussi, aujourd'hui, alors que toute la ville boit de la bière..., nous boirons de l'eau avec vous !

Bob ne cacha pas son étonnement en voyant se diriger vers la table Osmond flanqué du chef du F.B.I. à La Nouvelle-Orléans, qu'il connaissait lui aussi.

— Enfin, inspecteur, la justice se décide à agir ! Vous avez fini par arrêter cet individu dangereux, lança-t-il gaiement.

Gibson entra dans le jeu avec complaisance :

— C'est exact, monsieur, votre ami a refusé de boire de la bière à 3,2 % et j'ai dû l'interpeller !

Les trois hommes s'amusèrent un instant du nombre de bouteilles de bière que l'on comptait sur les tables.

— Je suis à peu près certain que la plupart des membres de ce club ont horreur de boire de la bière au déjeuner, dit Bob mezza voce.

— Ils boivent... pour boire, constata Gibson.

— Détrompez-vous, messieurs, l'intempérance a toujours été considérée comme fléau américain. J'ai relevé une phrase significative écrite par M. Hepworth Dixon en... 1877. Je l'ai notée hier pour en faire profiter Bob en craignant qu'il ne s'abandonne aujourd'hui à la...

— Et que dit ce Dixon..., un Anglais sans doute ? interrompit l'aviateur.

Osmond tira une fiche de sa poche intérieure et lut :

— « Issus d'ancêtres anglais et allemands » — français

et espagnols en Louisiane, compléta-t-il — « les Américains appartiennent à une race chez laquelle boire librement constitue une œuvre pie et une courtoisie sociale aussi bien que la satisfaction donnée à un appétit physique. Nos dieux étaient non moins déterminés buveurs que rudes lutteurs et les belles jeunes filles qui charmaient ces héros d'un autre âge avaient pour mission de remplir continuellement leurs hanaps d'hydromel et d'ale ! »

— C'est dur mais bien observé, commenta l'inspecteur Gibson.

— Où sont les jeunes filles d'antan !... soupira Bob Meyer.

— Je n'ai pas noté la suite, qui est un éloge de l'insupportable Carry Nation alors au commencement de sa carrière. Ce Dixon était prohibitionniste avant l'heure. Il souhaitait que la vente des liqueurs fortes soit assimilée à un délit et punie comme tel !

— Ce qui est arrivé en 1920, constata le policier.

A la fin du déjeuner, au moment de quitter le club, Horace Gibson tira de son portefeuille deux billets de théâtre et les tendit à Osmond.

— Voici deux places pour entendre, le 23 avril, la cantatrice française Lily Pons. Je sais qu'il est impossible d'en obtenir depuis un mois. Ma femme et moi, nous serons à Washington le jour de la représentation. Je suis convoqué au quartier général. Acceptez ces tickets, je vous prie, le récital promet d'être un grand moment de la saison lyrique.

M. de Vigors ne se fit pas prier. La chanteuse ne donnait qu'une soirée à laquelle, faute de place, Doris de Castel-Brajac se désolait de ne pouvoir assister.

— C'est étonnant que ce flic, avec sa tête fureteuse de musaraigne, ait autant d'humour et connaisse aussi bien l'opéra français, remarqua Bob quand l'inspecteur eut disparu.

— Horace Gibson n'est pas un policier ordinaire. J'ai appris qu'il avait, autrefois, dû interrompre ses études de droit pour élever ses frères et sœurs. Son père, pharmacien à Chicago, avait été tué par des voyous qui rançonnaient les commerçants du quartier.

— Et il a voulu le venger, dit ironiquement Bob.

— Je crois que tu te trompes, Bob. Gibson veut surtout démontrer que le romantisme niais, dont une certaine presse crédite les gangsters, est un signe de dégénérescence sociale. Quand un pays fait des assassins et des voleurs des héros susceptibles d'attirer la sympathie, il est bien près de perdre ses références morales. Il n'y a pas de bons malfaiteurs ni de prostituées honorables !

Au cours de l'après-midi, Osmond de Vigors plaida, devant la Cour suprême de l'Etat, un procès opposant deux propriétaires de domaines mitoyens. Ces derniers se disputaient la répartition des royalties produites par l'exploitation d'un gisement de pétrole dont on ne pouvait, avec certitude, établir s'il était plus abondant dans le sous-sol de l'une ou de l'autre propriété. La législation étant des plus floues, ce genre de conflit, très fréquent en Louisiane, faisait le bonheur des procéduriers, la prospérité des avocats et le tourment des magistrats.

Le fait que la Louisiane soit dépourvue d'un cadastre [1] compliquait singulièrement les expertises. Les enquêteurs devaient, pour déterminer les limites des domaines, se fier à la tradition ou faire confiance à de vieux coureurs de bois connaissant parfaitement la topographie d'une paroisse et les repères propres à telle ou telle exploitation. Ces arpenteurs ou « géomètres des broussailles », comme les nommait parfois M. de Vigors, ne résistaient pas toujours aux interventions discrètes mais accompagnées de gracieusetés des propriétaires en désaccord.

Quand, après la guerre, le pétrole était devenu une vraie richesse du pays, les législateurs s'étaient mollement intéressés à la mise au point d'une réglementation. Les permis de forage accordés par le service de Conservation des

1. Il en est toujours ainsi.

ressources naturelles n'autorisaient qu'un puits par 15 hectares. Mais des dérogations pouvaient être obtenues par influence politique ou relations privilégiées avec les fonctionnaires de la toute-puissante Commission d'attribution des permis.

Les choses se compliquaient encore quand le capricieux Mississippi, déposant des alluvions et déplaçant son lit, agrandissait des domaines mitoyens. Là encore, le partage de ces terres nouvelles, dont la superficie ajoutée à celle des propriétés riveraines pouvait donner lieu à l'attribution d'un forage productif, faisait l'objet de litiges sans fin. En cette période de crise, où les avocats voyaient se raréfier les plaideurs ordinaires, les procès pétroliers constituaient de bonnes affaires. M. de Vigors ne dédaignait pas de s'occuper d'un dossier important quand le conflit montait jusqu'à la cour d'appel.

Ce soir-là, fatigué par une longue audience et écœuré par le spectacle d'une ville livrée aux ivrognes de toutes classes à l'occasion du *Beer Day*[1], Osmond, après s'être annoncé par téléphone, se rendit chez Liz Bogen.

La jeune artiste noire le reçut avec sa simplicité et sa gentillesse habituelles.

— Je vous prépare un *julep,* dit-elle, pendant qu'Osmond s'affalait dans un fauteuil.

— Je viens seulement prendre un verre qui ne soit pas de bière, voir un visage souriant et agréable, entendre une voix mélodieuse, regarder vos dernières œuvres et bavarder d'autre chose que de concessions pétrolières !

— Et... c'est tout ? dit malicieusement Liz en déposant sur le guéridon un grand gobelet de métal argenté déjà embué par le breuvage glacé.

Osmond lui embrassa le bout des doigts.

— Oui..., c'est tout. Je ne fais que passer. J'ai là du travail pour ma soirée, ajouta-t-il en donnant de la pointe

1. Littéralement : jour de la bière. Journée mémorable marquant le retour à la libre consommation de la bière.

du pied dans la grosse serviette de cuir noir, déposée au pied du fauteuil.

Liz lui sourit, quitta le canapé, croisa et décroisa plusieurs fois les mains en levant au plafond des yeux soudain pleins de larmes.

— Alors, il me sera plus facile de vous dire... ce que je dois vous annoncer, Osmond... Je vais me marier... et quitter La Nouvelle-Orléans.

Osmond demeura un instant silencieux, fixant la jeune femme debout devant lui.

— C'est dans l'ordre des choses, finit-il par dire d'un ton las.

9

— C'est en effet dans l'ordre des choses, si tant est que les choses aient un ordre ! convint Bob Meyer, quand Osmond, des semaines plus tard, lui apprit la fin de ses relations avec Liz Bogen.

— Elle a épousé un médecin noir de grande réputation. Ils vivent maintenant à Philadelphie, précisa-t-il.

— On ne peut que lui souhaiter le bonheur.

— Je le lui souhaite aussi. Pendant quatre ans, elle fut pour moi l'amie parfaite : jamais une question, jamais une faute de tact, jamais une exigence !

— Et vous vous êtes séparés comme ça ? *Good bye, little wheedler*[1]..., pas même un échange de petits souvenirs..., non ? Ça se fait, cependant !

— Après l'avoir quittée, cet après-midi-là, j'ai fait livrer à son atelier une commode ancienne qu'elle avait remarquée chez un antiquaire de la rue Royale et qui lui plaisait. Ce fut mon cadeau de mariage.

— Tu veux dire de rupture, ironisa Bob.

D'un mouvement de tête, Osmond rejeta l'impertinence.

— Il ne s'agit pas de l'épilogue d'un vaudeville de Feydeau, Bob, mais d'une tendre complaisance qui s'interrompt sagement. Nous avons, Liz et moi, joué à l'amour sans prononcer le mot, en sachant l'un et l'autre que la sincérité était dans le silence et l'agrément, dans le jeu

1. Au revoir, petite câline.

romanesque autant que dans le partage du plaisir. Le rideau est tombé. J'en ressens quelque mélancolie.

Bob tira une longue bouffée de son cigare et jeta à l'ami un regard ironique.

— Allons ! c'est la mélancolie du jouisseur égoïste, soudain privé de son divertissement ! Avoue que cette Vénus à peau noire fut pour toi, le Sudiste, un exutoire docile et charmant. Autrefois, les octavonnes lascives distrayaient tes ancêtres, libertins cagots, de la monotonie conjugale ! Non ?

— Avec Liz, c'était tout de même un peu plus que cela, protesta Osmond.

— Je n'ai jamais pensé que votre liaison était d'un côté vénale et de l'autre dénuée de tout sentiment. Mais ne va pas construire, autour du lit brûlant d'une demoiselle noire, artiste certes, mais peu farouche, un univers mythique ! Je connais assez Liz, femme intelligente, désintéressée, mais réaliste, pour deviner qu'elle a su apprendre de toi beaucoup de manières qu'elle ignorait et augmenter ses connaissances. Tu lui as certainement apporté autant qu'elle t'a donné.

M. de Vigors se tut. La franchise décapante de Bob, qu'il aimait comme un frère, le forçait à remettre ses fantasmes en place, à ne plus parer d'une auréole sentimentale ce qui avait été une relation charnelle enveloppée de gentillesse et de civilité.

Cette conversation se déroulait à la fin d'une journée chaude de juillet sur la galerie de Bagatelle. Le crépuscule mauve, le silence, troublé parfois par le froissement soyeux des ailes d'une chauve-souris ou le coassement d'un crapaud, incitaient aux confidences. Sur le vieux plancher de cyprès, maintes fois repeint de gris, les patins rongés des rocking-chairs grinçaient à chaque mouvement du corps. C'était l'heure où M. de Vigors goûtait le plus intensément le plaisir ancestral du planteur, dégustant son *mint julep* en guettant le souffle de la brise de nuit toute chargée des senteurs sauvages du delta.

— Demain j'emmène Clem, Gusy et David visiter la réserve d'Avery Island. Nous emporterons de quoi faire un pique-nique au milieu des oiseaux aquatiques et des crocodiles. Javotte a déjà prévu le menu et Hector nous conduira.

— Je regrette de ne pas être de la promenade, mais je tiens demain à piloter notre premier vol charter pour Chicago, où l'exposition internationale est ouverte depuis un mois. Si tout va bien, nous remplirons un avion par semaine. J'ai eu, cet après-midi, l'autorisation de faire, pour ce premier vol, une escale à New York.

— Tu dois embarquer des passagers ?

— Une seule passagère, petit vieux. J'offre à Sophie O'Casey une balade à Chicago. On en profite : le cousin évêque est en Irlande, dans sa famille.

— Coquin... Je croyais que tu respectais la virginité de l'Irlandaise !

— Je la respecte toujours. Elle habitera chez une tante. As-tu remarqué que les *Irish beauties* [1] ont partout des oncles, des tantes, des cousins, tous et toutes chaperons sourcilleux ?

— C'est ainsi que les Irlandais mettent leurs oiselles à l'abri des entreprises de lascars de ton acabit ! persifla Osmond.

— Je ne passe d'ailleurs qu'une nuit à Chicago. Je ramène l'avion dès le lendemain, une agence de voyages, qui organise des séjours pour les gens des Etats du Sud, me garantit l'avion plein, au moins à 85 %, à chaque vol, tant à l'aller qu'au retour. Si tout va bien, cette exposition, qui est un acte de foi dans les destinées économiques du pays, sera aussi, pour la Fox, une bonne affaire. Il se pourrait qu'à la fin de l'année nous puissions commander un troisième DC-2.

Chicago, grande métropole du Middle West, fêtait, en cette année 1933, le centenaire de sa fondation, assez

1. Beautés irlandaises.

arbitrairement datée. En ce temps-là, trois cents colons intrépides, qui ne craignaient ni les expéditions des Indiens, ni les incursions des loups affamés, ni la piqûre des moustiques nés dans les marécages, autour du lac Michigan, avaient construit un village sur l'emplacement de l'ancien fort Dearborn. L'agglomération approchait maintenant les 2 500 000 habitants, ce qui la mettait au deuxième rang, derrière New York, des villes américaines.

Entre 1860 et 1900, la population de Chicago avait doublé tous les dix ans et, de 1920 à 1926, on y avait construit, en moyenne, 3 400 maisons par an. Capitale de la viande de boucherie, aux abattoirs immenses où l'on tuait plus de 2 500 000 bêtes à cornes et 8 millions de porcs par an ; ville du fer où l'on traitait, chaque année, près de 3 millions de tonnes de minerai ; carrefour commercial qu'aucune ligne de chemin de fer ne pouvait négliger ; première bourse des céréales, la cité se voulait encore centre de culture américaine. Ses universités, son musée d'art abritant de beaux Rubens, des Corot, des Rembrandt et des Monet fameux et, surtout, son musée d'histoire naturelle, dédié à Eugene Field [1] et reconnu comme le plus vaste bâtiment public du monde, constituaient déjà des attractions permanentes. Et l'on pouvait ajouter à ces atouts le décor urbain le plus étonnant avec ses nombreux gratte-ciel dont le célèbre Wrigley, de trente-six étages, élevé à la gloire du chewing-gum.

L'exposition universelle de 1933 voulait faire de Chicago la capitale mondiale du progrès humain, en présentant, dans tous les domaines, les dernières découvertes et réalisations techniques qui devaient permettre de réduire la peine des hommes et d'augmenter le confort de leur vie quotidienne. Aux pavillons construits par quarante-quatre des quarante-huit Etats américains s'ajoutaient ceux de dix-huit pays étrangers, dont la France. Cette dernière, à l'enseigne du *Gay Paris,* offrait les productions raffinées de

1. 1850-1895. Journaliste et poète.

ses joailliers, de ses couturiers et la maquette du paquebot *Normandie,* lancé le 29 octobre 1932 et en voie d'achèvement au Havre. Mais l'attraction française qui avait, dès l'ouverture, obtenu le plus grand succès était la reconstitution, grandeur nature, de la place du Tertre, de la place des Vosges et surtout des cafés du boulevard du Montparnasse, si chers aux Américains.

La précédente exposition, en 1893, avait attiré, dans l'Etat de l'Illinois, 22 millions de visiteurs. On escomptait qu'ils seraient cette fois plus de 50 millions. Bob Meyer, qui très tôt avait mis la Fox Airlines sur les rangs pour assurer le transport, à partir de La Nouvelle-Orléans, des touristes du Sud, pouvait donc se montrer confiant. Osmond l'était moins. Il s'abstint toutefois de doucher l'enthousiasme commercial de son ami et associé.

M. de Vigors savait, par les avocats de Chicago qui venaient souvent plaider des affaires touchant aux transports maritimes et fluviaux, que tout n'allait pas pour le mieux dans la ville traditionnellement considérée comme la plus sale, la plus enfumée, la plus puante et la plus ventée de l'Union. De nombreux contribuables, indignés par les prodigalités municipales qui avaient fait apparaître un déficit de 23 millions de dollars en 1930, pratiquaient encore la grève de l'impôt. On avait révoqué 1 500 instituteurs pour faire des économies. Les policiers et les pompiers attendaient parfois pendant plusieurs semaines leur salaire déjà amputé.

M. Al Capone, toujours en quête de respectabilité, bien qu'il se trouvât en prison, avait offert cent vingt repas à des nécessiteux et prévoyait d'envoyer pour *Thanksgiving* cinq mille dindes à ses compatriotes chômeurs du quartier de la Petite Italie ! Peut-être espérait-il ainsi apitoyer l'administration pénitentiaire. Depuis la condamnation du gangster, le 17 octobre 1931, à onze ans de prison pour fraude fiscale, le procureur général Cummings n'attendait que la rénovation de la prison d'Alcatraz pour y expédier le criminel. Situé sur une île rocheuse fortifiée, à deux kilomètres de la côte, dans la baie de San Francisco, le nouveau pénitencier serait le plus sûr de l'Union, la prison insulaire dont le comte de Monte-Cristo soi-même n'aurait pu s'évader.

Quand les enfants Vigors, accompagnés de leur père et de l'inséparable compagnon des mois d'été, David Meyer, montèrent tôt, un matin, dans la Duesenberg, pour l'excursion à Avery Island, tous étaient préparés à vivre une belle journée.

Hector, au volant de la longue limousine laquée dont il avait rabattu la capote, conduisit, en moins de deux heures, le groupe de Bagatelle aux rivages inhabités du golfe du Mexique. Les derniers kilomètres, entre Abbeville et Pecan Island, sur un mauvais chemin ensablé, permirent aux enfants de vérifier la prédiction de Doris de Castel-Brajac. « Vous verrez, leur avait-elle dit la veille, c'est un endroit où le ciel n'est jamais vide. » Il paraissait même si rempli d'oiseaux de toute espèce, de toute taille, de toute couleur, se frôlant dans un grand ballet aérien confus et cacophonique, que les garçons en furent impressionnés.

— Heureusement qu'ils ne sont pas méchants, dit David, rentrant instinctivement la tête dans les épaules.

Quand l'automobile atteignit la réserve, le guide prévu par Osmond monta à bord. Il eut fort à faire, durant toute la matinée, pour répondre aux questions des enfants. Ceux-ci avaient écouté sagement le préambule d'usage :

— Vous vous trouvez ici dans la plus grande réserve ornithologique du monde et aussi la plus ancienne, commença le garde.

» C'est en 1919 que M. John Davidson Rockefeller, pour faire plaisir à son ami McIlhenny, donna à la Louisiane les terres vierges que vous voyez autour de vous jusqu'à l'horizon. M. Rockefeller est âgé aujourd'hui de quatre-vingt-quatorze ans. On l'appelait autrefois The Oil Baron [1]. Aujourd'hui, c'est son fils qui dirige les affaires de la famille ; il a construit à New York le Rockefeller Center

1. Le baron du pétrole.

dont vous avez peut-être vu les photographies dans les magazines. Les Rockefeller ont gagné beaucoup d'argent avec le pétrole et d'autres choses, mais ils ont toujours été généreux. Par exemple, les 85 000 acres[1] de la réserve ont coûté 212 000 dollars qui ont été payés cash ! C'est beaucoup d'argent, n'est-ce pas, pour faire nicher les oiseaux !

Cet hommage au donateur étant rendu, le guide poursuivit :

— Sur ces terres sauvages et marécageuses vivent des milliers de pélicans blancs et quelques centaines seulement de pélicans bruns qui sont l'emblème de notre Etat. Au printemps, ils se rassemblent pour nicher en si grand nombre que les œufs des uns sont parfois couvés par les autres ! Si vous voulez marcher un peu avec moi sans faire de bruit, je vous montrerai des mamans pélicans en train de nourrir leurs petits. Mais attention, suivez exactement mes traces, car il y a des endroits dangereux où le sable vous avale...

Les garçons, accroupis dans les herbes aquatiques, en partie desséchées par l'été, jouirent du spectacle des mères pélicans allant pêcher près du rivage et régurgitant pour les plus jeunes, au plumage sombre, le poisson cueilli avec leur long bec à poche. Ils assistèrent aussi au premier vol de quelques lourdauds et admirèrent la puissance des aînés aux ailes impressionnantes.

— Certains ont trois mètres d'envergure, précisa le garde.

Au cours de l'expédition, Gusy, Clem et David apprirent à repérer la timide aigrette blanche. Au XIXe siècle, les chasseurs travaillant pour les modistes de New Orleans avaient décimé cette variété d'oiseaux.

— Il est maintenant interdit de tuer une aigrette sous peine d'amende, même pour satisfaire les élégantes qui voudraient encore mettre des plumes à leurs chapeaux, précisa M. de Vigors.

1. 34 350 hectares environ.

Les visiteurs eurent plus de difficultés à différencier les canards, dont le refuge contenait une centaine de variétés, grosse partie de la population ailée représentée à Avery Island par plus de quatre cents espèces. Hérons bleu et roux, flamants roses aux pattes de verre filé et au long cou souple, ibis sur le qui-vive, mouettes effrontées et criardes, faucons hiératiques, fournirent l'occasion d'une leçon de sciences naturelles attractive. Les visiteurs eurent même la chance d'apercevoir une stourne à tête fine dont la poitrine jaune, frappée d'un chevron noir, rappela aux élèves des pères jésuites le gilet rayé de l'appariteur du collège.

Après le déjeuner, en plein air, sous une paillote abritant table de bois et sièges de rondins, au cours duquel chacun tenta d'imiter tel ou tel cri d'oiseau, les garçons exubérants et joyeux, voulurent voir les crocodiliens. Pour approcher, il fallut embarquer dans le canot à moteur du garde et se glisser jusqu'au bayou considéré comme la nursery des alligators mississippiens[1] que les Louisianais nomment couramment crocodiles.

— Quand les petits sortent de l'œuf, ils mesurent à peu près vingt-cinq centimètres de long et ressemblent à de gros lézards. Mais ils ont déjà des dents aiguës.

Si Gusy et Clem, au cours de leurs promenades dans les bayous, avaient déjà vu des alligators, David Meyer, qui découvrait cet animal, le trouva hideux et répugnant. Il le condamna sans appel quand il apprit que l'alligator est le plus terrible ennemi des gentils castors, des loutres et des rats musqués. A la fin de l'après-midi, si les enfants cherchèrent vainement à voir un cougouar ou un chat sauvage, ils eurent la chance de déranger des coyottes qui s'enfuirent en hurlant et de suivre, dans sa course bondissante, une famille de daims.

1. L'alligator *Mississippiensis,* reptile crocodilien d'Amérique, se distingue des vrais crocodiles par un museau court, large et par sa quatrième dent inférieure qui, de chaque côté de la mâchoire, se loge dans un alvéole — et non dans une encoche — de la mâchoire supérieure. Au contraire du caïman, l'alligator ne porte pas d'écailles ventrales ossifiées.

Au retour, fatigués par la chaleur et l'effort d'attention dont ils avaient fait preuve toute la journée, Gusy et David s'endormirent au fond de la voiture, épaule contre épaule. Clem, silencieux, les yeux grands ouverts, regardait le ciel où s'amoncelaient, comme souvent au crépuscule, de gros nuages cotonneux.

— A quoi rêves-tu ? demanda Osmond.

— Je voudrais ne jamais oublier un jour comme ce jour. On a été bien heureux ensemble et on a vu beaucoup d'oiseaux. Oui, faudra jamais oublier ça ! Je peux dire « c'est le bonheur » ! n'est-ce pas ?

— Quelle idée te fais-tu du bonheur, Clem ? Peux-tu risquer une définition ?

Le garçon réfléchit un instant, comme celui qui tient à choisir les mots les plus aptes à traduire sa pensée.

— Le bonheur, c'est quand on est bien avec soi et avec les autres et que les autres aussi sont bien avec eux-mêmes et avec vous... et que les oiseaux sont gais ! ajouta Clem, pour ôter à sa phrase ce qu'elle pouvait avoir de pédant, de « dogmatique », aurait dit son professeur de français.

— C'est une assez bonne définition. Mais tu verras, au cours de la vie, que l'homme sensible est conduit à réviser plusieurs fois sa définition du bonheur. Je souhaite que celle que tu proposes convienne longtemps à Clément-Gratien de Vigors !

Osmond venait de découvrir que son fils cadet avait franchi, précocement peut-être, mais sans qu'il s'en rendît compte, la frontière ténue qui sépare l'enfance de la prime adolescence.

Ce soir-là, au cours du dîner où l'on admit les enfants, Doris de Castel-Brajac fut abreuvée de récits épiques et de commentaires péremptoires sur les mœurs des castors, la cruauté de la dinde-vautour, la reproduction des alligators, l'épaisseur de la carapace des tortues grises et, entre autres sujets, la migration des canards de Chesapeake Bay au golfe du Mexique.

Quand les garçons, toujours discutant, furent envoyés au

lit, Osmond se prépara à regagner l'appartement de l'intendant Dandrige, qu'il occupait autant par convenance, à cause de la présence de Doris sous son toit, que par goût de l'isolement.

Mlle de Castel-Brajac l'accompagna sur la galerie.

— Les enfants sont enchantés de leur journée, constata-t-elle.

— Oui, je le crois. En fait, j'aurais dû insister pour que vous veniez avec nous. Vous seule avez manqué à leur bonheur.

— Croyez-vous ? dit-elle d'une voix morne.

Elle avait parlé si bas que M. de Vigors put bien ne pas l'entendre : déjà il s'éloignait, martelant d'un pas net le parquet sonore de la galerie, comme autrefois Clarence Dandrige après avoir pris congé de Virginie.

Quelques jours après l'excursion, au début d'un après-midi pluvieux, Clem fit, en courant, irruption dans le salon où son père, en compagnie de Doris et Aude Oswald, prenait le café. Le garçon serrait dans la main quelques feuilles de papier à musique.

D'un regard sévère, Osmond immobilisa son fils, dont les claquements de pied, interdits dans la maison, avaient fait gémir le vieux parquet et tintinnabuler les pendeloques du lustre. Clem rougit jusqu'aux oreilles mais expliqua, sans se démonter, la raison de sa précipitation.

— Dad, Doris, Aude ! Voulez-vous entendre ce que j'ai composé ? Ça s'appelle *Avery Island Rhapsody*... J'y ai mis toute notre journée chez les oiseaux et...

Le garçon bafouillait, frétillait, vibrait, comme parcouru par un fluide électrique. Un tel enthousiasme méritait considération. Chaque fois que le jeune pianiste produisait une pièce ou découvrait une œuvre nouvelle, on pouvait s'attendre à une telle manifestation, à la limite de l'exaltation nerveuse.

Doris suivait depuis des années, plus attentivement qu'Osmond, les progrès du garçon qu'elle avait initié à la musique. Pour elle et pour le meilleur professeur de piano de La Nouvelle-Orléans, il ne faisait aucun doute que le cadet des Vigors possédait des dons exceptionnels. Depuis qu'il prenait des cours d'harmonie et de contrepoint avec Pat Shiney, on le voyait crayonner sur des portées en fredonnant. Il délaissait les jeux où Gusy tentait encore de l'entraîner : le tir à l'arc, la pêche à la grenouille, le croquet, le base-ball.

— Nous t'écouterons volontiers, maestro, mais cesse de te prendre pour un cheval quand tu descends l'escalier, dit Osmond.

Clem, déjà, s'était mis au clavier. Il attendit d'avoir l'attention de tous puis commença à jouer, avec sa fougue habituelle. Les accords qu'il tirait du Steinway, un quart de queue ayant appartenu à Corinne Tampleton, pouvaient choquer une oreille habituée aux mélodies classiques et à la gamme tempérée, mais ils retenaient l'auditeur. Très vite apparut un leitmotiv léger, bucolique, sans cesse repris, avec des variantes aussi bien dans le rythme que dans les modulations, et dans lequel se trouvaient enchâssées des tirades sonores descriptives et évocatrices. Les lamentations du crocodile, les nasillements des canards, le gloussement de la gelinotte, les criailleries des jars et des oies sauvages, les appels autoritaires et secs du grand héron bleu, ceux plus doux de l'aigrette soustraite aux modistes et même le sifflement angoissant de l'anhinga, l'oiseau-serpent porteur de mauvais présages d'après les gens des bayous, pouvaient être reconnus par un chasseur mélomane. La pièce, après avoir viré un instant aux dissonances d'un charivari syncopé, s'acheva sur le leitmotiv, exagérément ralenti jusqu'à créer la sensation mélancolique de la fin d'une réjouissance.

Quand Clem pivota sur le tabouret pour faire face à son public, Osmond vit qu'il avait des larmes plein les yeux. Doris, elle aussi émue, se leva et vint embrasser le garçonnet. Aux applaudissements de M. de Vigors et des jeunes femmes se joignirent ceux de Javotte entrée pendant l'exécution de *Avery Island Rhapsody* pour desservir le café.

— Si j'ai bien reconnu, assez justement rendus par la musique, les cris des oiseaux et retrouvé notre retour un peu grimaud au crépuscule, je ne suis pas parvenu à mettre une image sur l'explosion quasi polyphonique qui précède le finale, commenta Osmond.

— Mais, Dad, c'est notre pique-nique ! Souviens-toi comme nous avons chahuté et ri quand Gusy a senti les fourmis qui grimpaient à ses jambes ! Tu veux que je rejoue ce motif ?

— Non, reprends tout, exigea Osmond, assez fier que son fils, âgé de moins de treize ans, soit capable d'une telle création.

— Certes, il y a bien un peu du *Carnaval des animaux* de Saint-Saëns que nous avons entendu en concert, il y a un mois, et des accords qui rappellent George Gershwin, le compositeur préféré de Clem en ce moment, mais c'est tout de même un travail que peu de nos musiciens du Sud seraient capables de concevoir et de mener à bien, souffla Doris de Castel-Brajac.

La seconde audition fut encore plus appréciée que la première.

— Recopie très proprement ta partition et signe-la. Je vais la faire imprimer. Si tu deviens un jour célèbre, tu pourras montrer ta première œuvre, dit M. de Vigors.

Clem se jeta dans les bras de son père pour le remercier. Ce mouvement affectueux et spontané, tout à fait inhabituel chez les Vigors, surprit Osmond et fit sourire Doris. Elle imagina l'embarras de ce père distant, peu enclin aux manifestations sentimentales. Javotte, qui commentait avec Aude Oswald l'événement musical, se tourna vers M. de Vigors.

— Savez-vous pas, m'sieur Osmond, que votre Clem nous a composé un cantique pour la chorale de Sainte Marie ? Non, vous savez pas, bien sûr ! Ça s'appelle *Jésus revient toujours*. Les paroles sont d'une vieille prière que récitait souvent not'e pauvre Harriet, c'est dommage que vous alliez pas à la messe des Noirs à Sainte Marie, m'sieur, on chante cette hymne tous les dimanches !

— Je peux jouer, Dad, et Javotte chantera... si tu veux bien ? proposa Clem, retenant son enthousiasme.

— Va, joue. Il n'est jamais mauvais d'entendre un cantique, dit gaiement Osmond.

Clem, avec beaucoup de sérieux, préluda un peu solennellement puis fit un signe de tête à Javotte qui, les mains croisées sur le ventre et les yeux clos, entonna aussitôt :

Jésus revient
Jésus revient
Jésus revient toujours.

Le rythme syncopé et les accords, simples comme ceux d'une rengaine, se retenaient facilement. Au couplet, la femme d'Hector détailla le texte, d'une voix de contralto chaleureuse et vibrante, et tous les assistants reprirent en chœur :

Jésus revient
Jésus revient
Jésus revient toujours.

Intrigués par le chant qu'on entendait jusque sous les chênes, Gusy de Vigors et David Meyer, absorbés par la construction d'une maquette de voilier sur la galerie, apparurent dans le salon, les doigts poisseux de colle, la chemisette constellée de sciure de bois.

Ils furent bientôt rejoints par Pic et Poc, les neveux d'Osmond, occupés, eux, à bourrer de mousse espagnole de vieilles taies d'oreiller pour faire des coussins destinés aux Indiens pauvres, protégés de leur mère.

Quand Javotte, saisie par le rythme, se mit à frapper dans ses mains en se balançant d'un pied sur l'autre, les enfants l'imitèrent et bientôt toute l'assemblée, y compris

M. de Vigors, se joignit au concert. Les femmes de chambre puis un jardinier osèrent s'aventurer jusqu'au seuil du salon. Eux connaissaient le cantique pour l'avoir chanté à l'église noire de Sainte Marie. L'hymne avait pris maintenant une ampleur nouvelle, un lyrisme inattendu.

— Gilda ! cria Clem ! interpellant une jeune femme de chambre sans cesser de jouer, Gilda, tu connais la seconde voix, alors chante !

Le timbre aigu de la Noire ajouta à la qualité harmonique et le chant devint une incantation envoûtante. Le chœur, dirigé par l'enfant au piano, se faisait murmure quand Javotte, soliste aux yeux clos, entonnait un couplet avec une mimique de diva :

Toi qui as perdu l'ami
Et qui tends les bras
Toi qui as perdu la joie
Ne perds pas ta foi.
Toi qui vois finir l'été
Ne va pas pleurer
L'été, l'ami et la joie
Jésus t' les rendra !

Au dernier couplet, Clem ralentit le tempo jusqu'à faire de la rengaine une de ces mélopées que chantaient autrefois les esclaves, complainte plus proche du blues que du cantique et que l'on nommait negro spiritual.

Tous, parfaitement au diapason, reprirent une dernière fois :

Jésus revient
Jésus revient
Jésus revient toujours.

Un silence plus religieux que le récital succéda au chant et Clem se retourna, une fois encore, vers son père, le regard interrogateur.

— C'est un très beau cantique, Clem, très simple et très optimiste. Je crois, puisque nous ne sommes pas à l'église, qu'il faut applaudir.

Javotte, qui venait d'essuyer une larme avant de chasser les femmes de chambre et le jardinier, s'enhardit :

— Vous savez pas, non plus, m'sieur, que la radio W.K.X.S. de Baton Rouge, ils nous ont demandé d'aller chanter c't' hymne dans leur studio avec toute la chorale. Paraît que toute la Louisiane nous entendra ! Ça serait bien si Hector pouvait nous amener Clem. C'est toujours mieux quand c'est lui qu'est à l'harmonium, m'sieur ! Permettez, dites, m'sieur !

— Bien sûr, je permets, Javotte. Mais je ne voudrais pas que notre Clem, qui connaît deux ovations dans la même journée, se prenne pour Bach et Beethoven réunis, n'est-ce pas ?

Le garçon baissa la tête et rabattit le couvercle du clavier. A quoi servait donc le succès s'il fallait cacher le plaisir neuf et délicat qu'il procurait ?

Avec un peu d'avance, Mlle de Castel-Brajac fit servir le goûter des enfants. Javotte y ajouta, de son propre chef, une coupe de ses inimitables pralines. Osmond avait ouvert un journal et suivait, derrière les feuilles déployées, la conversation des garçons.

— David a chanté le cantique, remarqua Poc Dubard.

— Oui, j'ai chanté, c'est pas difficile ! Ça se retient bien, cet air-là, dit le fils de Bob Meyer.

— C'est pas ce que je veux dire, s'impatienta Poc.

— Ben !

— Je veux dire que David a chanté une prière qui n'est pas de sa religion..., une prière à Jésus.

— Ben !

— T'es juif, non ! et Jésus, c'est les juifs qui l'ont tué. Notre curé l'a dit à Lake Charles. Pas vrai, Javotte, que c'est les juifs qui ont cloué Jésus sur la croix ?

— C'est les méchants qui ont tué Jésus. Ça, je le sais.

Mais je sais pas si c'était des juifs, des pharisiens ou des Romains.

— En tout cas, les juifs, y peuvent pas prier Jésus parce que Jésus, c'est le messie des chrétiens. Le messie des juifs, il n'est pas encore venu. On sait pas s'il viendra. Ils attendent toujours, pas vrai, David ? demanda Gusy.

— Oui. On dit ça. Mais personne n'est sûr de rien et mon père dit qu'il faut respecter le messie des autres si on veut qu'ils respectent le vôtre.

— Et si le tien y vient jamais, alors ? demanda Poc, inquiet.

David Meyer ne trouva rien à répondre et Clem prit la parole, après avoir vidé sa tasse de chocolat au lait :

— David et moi, on a souvent parlé de ces choses-là.

— Et alors ? intervinrent Poc et Pic d'une seule voix.

— Alors, on est d'accord pour dire que chacun prie le messie qui lui plaît et, en attendant l'arrivée du messie des juifs, nous mettons David sous la protection du nôtre..., de Jésus. Vous êtes d'accord ?

L'acceptation chaleureuse de tous fut donnée avec entrain.

— C'est bien, *boys*..., plus tard on verra ! conclut Clem.

Il entoura de son bras l'épaule de David, que ce genre de discussion troublait toujours. Plus encore depuis que son père lui avait raconté qu'en Allemagne on mettait les juifs en prison après les avoir dépouillés de leurs biens.

A l'abri de son journal, Osmond avait savouré la conversation. L'accommodement imaginé par Clem entre le monothéisme juif et le dogme trinitaire des catholiques romains avait certes de quoi scandaliser le théologien le plus tolérant. Il prouvait, en revanche, la médiocre instruction religieuse des enfants et l'affection fraternelle qui les unissait au fils de Bob. Osmond avait eu autrefois à prendre la défense de Meyer face aux sectaires et aux imbéciles. Aussi trouvait-il l'attitude de son fils noble et rassurante, même si elle constituait une double hérésie.

Cet été-là, le tournoi du Baga Club fut bref et terne. Trop de Bagatelliens étaient en proie à des difficultés matérielles dues à ce qu'on nommait maintenant la dépression, pour prendre des vacances et consacrer deux ou trois semaines au tennis. Pour les familiers, les Oswald, les Dubard, les Barthew, les Benton, père et fils, les sujets de conversation et même de controverse ne manquèrent pas lors des réunions, quasi quotidiennes, sous les chênes ou à l'ombre de la galerie.

Au cours des premiers cent jours de la nouvelle administration fédérale — durée arbitraitement fixée par les journalistes pour juger les choix de Franklin Roosevelt et l'amorce du *New Deal* — le président n'avait pas perdu de temps. En plus de la loi de réglementation de l'activité des banques, de l'abandon de l'étalon-or, de l'abrogation de la prohibition, il s'était attaqué à la réorganisation des secteurs agricole, industriel et commercial. Par l'intermédiaire d'une série d'offices spécialisés, que les Louisianais, un peu déroutés par la multiplication des sigles à trois initiales, appelaient « les agences alphabétiques », Roosevelt, conseillé par les experts, développait une planification souple, destinée à rendre à l'économie américaine un équilibre sain. Pour concilier les intérêts, souvent divergents, des travailleurs et des milieux d'affaires rendus méfiants par les réformes parfois qualifiées de socialistes, le président venait de confier au général Hugh Johnson, surnommé *Ironpants* [1], chargé en 1917 d'organiser la conscription, le soin de convaincre les industriels, les négociants et les syndicats d'adopter un code commun. Celui-ci, défini par le National Industrial Recovery Act [2] et appliqué par la National Recovery Administration [3], consistait en une série d'accords par lesquels les industriels et commerçants s'engageaient à pratiquer des prix justes, à respecter des quotas de production et à garantir aux ouvriers et employés des salaires minimaux. Sous le symbole de l'aigle bleu, les Américains s'étaient mobilisés avec patriotisme pour la

1. Culottes de fer.
2. Loi pour le redressement industriel national.
3. N.R.A. : administration du redressement national.

restauration économique de l'Union. Après les discours du président et de ses ministres, les journaux, les radios, les cinémas, les théâtres, les églises, les clubs et les compagnies aériennes s'étaient faits les propagandistes de cette croisade, élément de la nouvelle donne capable de tirer le pays du marasme. Les banquiers de Wall Street et les grands industriels n'hésitaient pas à comparer le mouvement populaire à l'expérience soviétique.

A Washington, on avait vu un aigle bleu gigantesque, étendant ses ailes déployées sur toute la largeur des avenues, circuler à travers la ville sur un camion. Des photographies montraient Mme Roosevelt en train d'apposer l'emblème de la N.R.A. sur la vitrine d'un commerçant. D'autres, prises d'avion, présentaient le rassemblement des étudiants d'une université de San Francisco groupés sur leur stade pour former l'aigle de l'espérance. Au mois d'octobre, on annonça que les premières mesures rooseveltiennes portaient leurs fruits. Deux millions de chômeurs, sur les quatorze millions recensés au printemps, avaient repris une activité, surtout, il est vrai, grâce aux travaux d'intérêt public, financés par une autre « agence alphabétique » la Public Works Administration[1].

A la fin de l'automne, en vertu des accords passés, Bob Meyer payait les pilotes de ligne de la Fox Airlines 8000 dollars par an, soit seulement 663 dollars de moins qu'un membre de la Chambre des représentants. Mais un mineur ne pouvait espérer gagner, dans l'année, que 800 dollars, une sténographe 1000 dollars, une femme de chambre, logée et nourrie, 260 dollars, un ouvrier agricole 216 dollars. Le billet d'avion New Orleans-New York coûtait 92 dollars. On pouvait trouver une machine électrique à laver le linge pour 47 dollars, un récepteur de radio pour 35 dollars, un Kodak Brownie pour 2,50 dollars.

Dans le Sud, la confiance dans les destinées économiques de la nation ne revenait pas aussi vite que dans le Nord. On

1. Administration des travaux publics.

se méfiait de l'engouement causé par la croisade de l'aigle bleu et une fraction très agissante de l'opinion publique, s'estimant désavantagée par la politique « bolcheviste » de Roosevelt, commençait à réclamer un examen, par la Cour suprême, des lois nouvelles et des pouvoirs exorbitants que s'arrogeait le président.

Le nouveau locataire de la Maison-Blanche avait, en Louisiane, perdu l'appui de Huey Long. Cette défection, après un soutien électoral accordé du bout des lèvres, n'aurait eu aucun caractère de gravité pour le chef de l'exécutif si le bouillant sénateur n'était maintenant devenu une personnalité d'envergure nationale. Au *New Deal* rooseveltien, il opposait sa théorie du partage de la fortune américaine entre tous les Américains. En juin, les actualités avaient montré le Kingfish défilant avec les majorettes de l'université d'Etat de Louisiane et diffusé ce commentaire : « Voici Huey Long qui vient rendre les pauvres riches et les riches pauvres ! » En octobre, Long avait transformé son journal *Louisiana Progress* en *American Progress* afin d'étendre l'audience de cette feuille qui, le 23 novembre, annonça un ouvrage autobiographique du Kingfish, *Every Man a King*[1], publié par une maison d'édition, The National Book Company, hâtivement fondée par des hommes liges du sénateur : T. Semmes Walmsley, maire de La Nouvelle-Orléans, et Abe Shushan, président du Conseil d'administration des Levées et promoteur d'un vaste aéroport en cours de construction.

Ayant rompu avec le Choctaw Club, état-major du parti démocrate de Louisiane, Huey Long ne perdait pas une occasion de se mettre en valeur, parfois de façon scandaleuse. Hors des frontières de l'Etat, la presse rapportait

1. « Chaque homme, un roi. » Emprunté à un discours de William Jennings Bryan, leader démocrate, candidat trois fois malheureux à la Maison-Blanche, avocat des fondamentalistes au procès du singe, en 1925. La phrase complète est : *Behold a Republic ! Whose every man is a King, but no one wears a crown.* (Voici la république ! Chaque homme y est un roi, mais aucun n'y porte la couronne.)

avec complaisance les agissements de ce sénateur jovial et pas comme les autres. M. Long avait reçu un diplomate étranger en croquant une pomme à belles dents. On l'avait vu dans un dîner laper son potage parce que sa voisine de table lui avait suggéré d'en user ainsi. A Sand's-Point, une station balnéaire de Long Island, il était ressorti des toilettes avec un œil poché et saignant du nez. A demi ivre, l'honorable parlementaire avait simplement uriné sur un client qui ne lui cédait pas la place assez vite[1] ! Il s'était rendu à la Maison-Blanche, portant un canotier qu'il n'avait ôté que pour en donner une tape au président. M. Roosevelt s'était contenu, mais, ayant écouté patiemment l'exposé des idées politiques de son visiteur, celui qui tentait de redresser le pays avait confié à l'un de ses proches que les deux hommes les plus dangereux pour la démocratie américaine étaient Huey Long et le général MacArthur !

Les facéties, d'un goût douteux, du sénateur auraient amusé M. de Vigors autant que les Bagatelliens si l'Administration, toute dévouée au Kingfish, n'avait décidé d'écorner, à l'est, le domaine de Bagatelle pour tracer une nouvelle route. Osmond s'était empressé de réagir, mais une procédure d'utilité publique était en cours et il savait qu'il devrait céder à l'Etat quelques dizaines d'acres, au prix fixé par des experts dont l'indépendance restait à démontrer.

La chronique de l'hiver fut alimentée par le passage à La Nouvelle-Orléans du train blindé transportant M. Al Capone d'Atlanta à San Francisco, l'arrivée en Floride du président Gerardo Machado, chassé de La Havane par une révolution fomentée par des militaires, le divorce de Douglas Fairbanks accusé par son épouse, Mary Pickford, de cruauté mentale, l'entrée aux Etats-Unis du premier ambassadeur soviétique, M. Alexander Troyanovsky, autrefois emprisonné par le tsar.

Si, étant donné la situation financière de la plupart des

1. Les amis de Huey Long firent frapper une médaille pour commémorer cet... exploit !

familles, les cadeaux de fin d'année furent moins nombreux et plus modestes, on but, en revanche, la conscience tranquille, beaucoup de champagne envoyé de France.

Les premiers jours de l'année 1934 allaient offrir à Osmond matière à préoccupations nouvelles. Alors qu'il rentrait d'un court séjour à New York, rapportant dans ses bagages le rasoir électrique inventé par Jacob Schick que Cordelia Murray lui avait offert et, pour ses fils, le dernier disque de Cole Porter, Silas Barthew, dont on était sans nouvelles depuis plus de trois ans, l'appela au téléphone.

— Je te croyais au paradis des bootleggers, dit Osmond, en reconnaissant la voix du frère de Lorna.

— S'il en avait été ainsi, tu aurais reçu un faire-part... Mais je dois te voir d'urgence et je préfère ne pas entrer en Louisiane. Peux-tu venir jusqu'à Biloxi, dans le Mississippi ?

— Je viendrai, j'adore les mystères !

— Viens seul, s'il te plaît..., je veux dire sans Hector..., sans chauffeur..., sans personne, quoi !

— J'ai compris ! Je peux encore conduire quatre-vingts miles.

Rendez-vous fut pris pour le surlendemain, au bar du yacht-club de la station balnéaire surtout fameuse parce que ses habitants avaient peint leur phare en noir après l'assassinat d'Abraham Lincoln, le 14 avril 1865[1].

Avant de raccrocher, Osmond s'enquit de la santé d'Otis Foxley, ex-épouse de Bob Meyer.

— Elle va bien..., je t'en parlerai... Mais pas un mot de notre rendez-vous à Bob, s'il te plaît.

Au jour fixé, M. de Vigors, arrivé en avance, après un trajet rapide au volant de la Duesie, choisit, pour passer le temps, de faire un bref pèlerinage à Beauvoir House, le dernier domicile de Jefferson Davis, président de la défunte Confédération des Etats du Sud.

1. Ils firent de même en apprenant l'assassinat du président John F. Kennedy, le 22 novembre 1963.

Libéré en 1867 de la forteresse de Monroe (Virginie) où les Nordistes l'avaient emprisonné, Jefferson Davis, alors âgé de cinquante-neuf ans, s'était installé à Beauvoir, chez Mrs. Sarah Dorsey. Il y avait vécu jusqu'à sa mort, en 1889. Bien qu'accablée de difficultés financières, Mrs. Dorsey avait refusé, en 1903, de vendre, pour 90 000 dollars, sa maison à un promoteur qui souhaitait en faire un hôtel. Grâce aux dons d'anciens confédérés, Beauvoir était devenu, peu après, le mémorial de la Confédération, puis le musée officieux de Jefferson Davis.

Comme il quittait la maison, pleine de souvenirs touchants du vénérable rebelle et de sa famille, M. de Vigors fut abordé par une jeune fille. Elle lui tendit, ouvert, un gros cahier.

— Voulez-vous signer, s'il vous plaît, monsieur, la pétition pour la restitution à Jefferson Davis de la citoyenneté américaine [1]. Nous comptons envoyer des milliers de signatures à Washington.

Osmond signa de bonne grâce et glissa son obole dans un tronc pour l'entretien de la vieille demeure passablement délabrée.

Ce site émouvant constituait un point d'ancrage du Vieux Sud et défiait l'oubli des nouvelles générations. Par les objets rassemblés, un peu d'humanité ordinaire, quotidienne et palpable donnait réalité aux récits historiques du temps de la désunion des Etats et des combats fratricides. M. de Vigors se promit d'amener ses fils à Beauvoir House.

En retrouvant son beau-frère au bar du yacht-club, Osmond remarqua tout de suite combien Silas avait changé. En mieux, dut-il mentalement reconnaître.

A trente-sept ans, le frère de Lorna n'offrait plus l'aspect du jeune jouisseur bouffi au teint rose des années vingt. Allégé de son embonpoint, solide, bien campé, les traits

1. Ce n'est que le 17 octobre 1978 que le président James Earl Carter signa la loi, adoptée à l'unanimité par le Congrès, qui rendit à Jefferson Davis la nationalité américaine, qu'Abraham Lincoln lui avait retirée pendant la guerre de Sécession.

fermes, la chevelure toujours épaisse mais déjà niellée de gris, il apparut à Osmond comme le mâle en pleine maturité que les femmes regardent à la dérobée. Les tenues excentriques, un peu trop mode, qu'il arborait autrefois semblaient abandonnées. Silas portait une veste de sport en tweed, un pantalon beige, des chaussures à fortes semelles. Sa cravate de tricotine marron était des plus classiques. Seul un mouchoir de soie jaune tombant en cascade de la poche de poitrine signalait l'homme élégant attaché au détail raffiné qui distingue le provincial de l'habitué de Madison Avenue.

Dans le décor tout cuir, acajou et cuivre d'un établissement cossu, fréquenté par les propriétaires de voiliers et les amateurs de pêche au gros, dont les cabin-cruisers hérissés de lignes se balançaient au mouillage, Silas Barthew paraissait à l'aise.

Les deux hommes, un peu émus par les retrouvailles, échangèrent une accolade fraternelle, puis sourirent en découvrant qu'ils étaient vêtus de façon à peu près identique.

— Abercrombie and Fitch ? interrogea Osmond en tâtant le tweed de son beau-frère.

— Même provenance sans doute ? répliqua Silas, en palpant l'épaisse veste de peigné vert bouteille d'Osmond.

Ce dernier, toutefois, n'arborait pas de pochette. A la place de celle-ci, un étui à cigares fait de maroquin patiné et ayant appartenu au sénateur Charles de Vigors émergeait de la poche de poitrine. Au même titre que la soierie au ton étudié, l'étui du fumeur de havane était signe de caste.

Sans perdre de temps, Silas entraîna son beau-frère vers une table à l'écart. Le 18e amendement ayant été officiellement abrogé le 5 décembre, le bootlegger commanda du bourbon et du *ginger ale.* Puis celui qui avait enlevé la femme de Bob donna les raisons de ce rendez-vous clandestin.

— Réserve tes questions. Ne m'interromps pas ! exigea Silas en préambule.

— Je te garantis un silence attentif, sinon bienveillant et compréhensif, promit ironiquement Osmond.

Le frère de Lorna parut soudain gêné. Il ne savait pas par où commencer ses confidences. Quand il se décida à parler, ce fut avec une sorte de lenteur forcée.

— Voilà, Osmond : Otis et moi avons un enfant, une petite fille superbe de six mois. Otis a voulu la nommer Dany en souvenir de son frère, notre pauvre Dan, mort noyé en 1912. Quand, après la naissance, j'ai proposé à Otis de l'épouser et de reconnaître l'enfant, elle s'est fâchée. Ça n'allait plus très bien entre nous d'ailleurs, depuis qu'elle se savait enceinte. Elle m'en voulait de l'avoir rendue mère, mais, quand le bébé est né, elle parut heureuse de sa présence, plus que de la mienne. Bref, de dispute en dispute autour du berceau de Dany, que je ne supporte pas de voir classée « née de père inconnu », les choses se sont aggravées. En décembre, Otis est partie en emportant la petite. J'ignore maintenant où elles se trouvent toutes deux et je suis inquiet. Peut-être Otis va-t-elle retourner à La Nouvelle-Orléans. Elle se reprochait souvent d'avoir quitté son fils David et son mari pour me suivre, mais, cela, surtout quand elle avait bu trop de porto ! Je voulais que tu sois au courant, dans le cas où Otis réapparaîtrait au bayou Saint Jean ou avenue de l'Esplanade.

— C'est tout ? demanda froidement Osmond.

— Si tu veux des détails...

— Ecoute, Silas, il faut que tu saches ce qu'Otis ignore peut-être encore, car je ne sais pas moi-même si elle a des nouvelles de ses parents : le père Foxley est gâteux et impotent et sa femme ne vaut guère mieux. De plus, ils considèrent leur fille comme morte et ne voudront pas la revoir — je sais cela par Margaret — et l'enfant de l'adultère n'arrangera rien ! Quant à Bob, sans vouloir préjuger sa réaction, s'il devait se trouver face à Otis avec un enfant de toi dans les bras, j'imagine qu'il lui claquerait la porte au nez et te la renverrait !

— Otis ne reviendrait pas à moi. Notre histoire est finie, Osmond. D'ailleurs, moi, je rendrais volontiers Otis à son mari, mais je veux garder Dany, tu comprends ! Je lui trouverai une bonne nurse et, plus tard, je confierai son éducation au meilleur pensionnat pour jeunes filles : les ursulines, ou les dames du Sacré-Cœur, ou Vassar.

M. de Vigors contint avec peine son indignation.

— Tu n'as vraiment pas changé ! Tu continues à régler les choses à ta façon, sans tenir aucun compte de l'existence des autres ni de leurs sentiments. Je trouve même que la paternité perfectionne ton égoïsme ! Tu enlèves la femme d'un ami et, après quatre ans d'usage, tu la lui rends en t'arrogeant le droit de garder l'enfant que tu lui as fait !... comme un souvenir ! La vie ne t'a donc rien appris ?

— Est-ce ma faute si elle est mal faite ?

— Ah ! le Créateur ne t'a pas demandé ton avis, certes ! Emerson laissait entendre que, s'il avait vécu pendant les jours où le monde a été créé, il aurait pu avancer quelques suggestions précieuses[1]. J'imagine les tiennes !

— Les enfants appartiennent aux pères. Les mères ne sont que des réceptacles, des ateliers de transformation.

— Mais indispensables, tout de même, hein, reconnais-le ! Même si la vie est mal faite, comme tu le dis, la loi, elle, me paraît catégorique. Tu n'as présentement aucun droit sur la petite Dany. Otis peut en attribuer la paternité à un autre amant anonyme.

— Il suffit de voir Dany, mon vieux, pour savoir que c'est bien ma fille. Elle ressemble à Augustine, ma mère. C'est une Castel-Brajac plus qu'une Barthew. En tout cas, elle n'a rien, mais rien des Foxley !

Osmond, détenteur du secret de la naissance d'Augustine de Castel-Brajac, goûta l'humour involontaire caché dans l'affirmation de Silas.

Ce dernier ne semblait guère plus scrupuleux que le

1. Rapporté par Herman Melville dans une lettre à Evert A. Duyckinck, son conseiller littéraire, du 3 mars 1849. Traduction de Pierre Leyris dans *D'où viens-tu, Hawthorne ?* (éditions Gallimard, Paris, 1986).

sénateur de Vigors qui était, sans qu'il s'en doutât, leur commun grand-père ! Même si le bootlegger possédait vraiment la fibre paternelle et en admettant qu'Otis renonçât à sa fille pour la confier à un tel père, M. de Vigors imaginait mal comment un homme comme Silas pourrait s'encombrer d'un enfant. Et puis la fin de la prohibition allait priver le frère de Lorna de revenus.

— Que vas-tu faire, maintenant que l'alcool n'est plus un produit de contrebande ? Comment vas-tu gagner ta vie ?

— Avec mes associés de Chicago, nous venons de monter quelques affaires qui seront d'un rapport au moins égal, sinon supérieur, à la vente du whisky. Je ne me fais pas de souci pour l'argent.

— Quel genre d'affaires ?

— D'un genre que tu réprouverais certainement. Aussi je n'en parlerai pas, disons qu'il s'agit d'activités de... distractions qui mêlent music-hall, jeux, bonne chère... avec des petits plaisirs annexes... pas toujours licites...

— Un genre dangereux ?

— Faut défendre son territoire, petit vieux. Mais sais-tu que ces derniers mois, dans le *bootlegging*, c'était dur... et risqué. Des rancunes subsistent et toutes les reconversions ne se font pas sans dégâts.

— Tu sais donc parfaitement ce à quoi tu t'exposes ?

— Parfaitement. C'est aussi pourquoi j'ai voulu te voir.

Silas se pencha, saisit le sac de toile imperméable bleu marine — du genre de ceux que les sportifs utilisaient pour transporter un équipement léger — et le posa aux pieds d'Osmond.

— Il y a là-dedans deux cent mille dollars bien comptés. C'est pour Dany, s'il m'arrivait quelque chose. Je veux que tu places cet argent au mieux. Il est destiné à couvrir les frais de son éducation. Cette somme n'est qu'un acompte. Dans six mois j'aurai transféré certaines affaires de Chicago à Miami. Si je n'ai pas récupéré ma fille, je t'en rapporterai autant, jusqu'à ce qu'elle puisse disposer d'un million de dollars. Tu seras son banquier et, si je disparais, tu t'occuperas de la petite... avec Doris.

— Comment donc ! Tout cela est simple ! Belle responsabilité que tu me donnes là. Mon cher Silas, cette enfant a une mère et si tu te fais tuer bêtement, comme on peut le prévoir, je n'irai pas disputer sa fille à Otis. Quant à l'argent, tu peux le confier à un notaire pour la future orpheline de père...

Silas blêmit et serra les poings.

— Mais, boundiou ! tu ne peux pas me refuser ça ! Si Lorna vivait encore, elle n'hésiterait pas une seconde. Un enfant, c'est sacré, non ?

— C'est bien pourquoi des gens de ton espèce doivent s'abstenir d'en faire à des femmes de l'espèce d'Otis.

— D'accord..., d'accord, mais Dany est là, hein ! Elle existe ! Je veux qu'elle puisse avoir une éducation normale et toutes chances d'entrer confortablement dans la vie. Je lui donnerai tout ce que je peux lui donner.

Osmond considéra son beau-frère d'un regard apitoyé.

— Mon pauvre Silas, tu ne peux lui donner que ça ! dit-il en repoussant du pied le sac aux dollars.

Le frère de Lorna se tut. A le voir ainsi, tête baissée, les bras croisés reposant sur le bord de la table, Osmond retrouva dans l'homme accablé l'écolier d'autrefois, qui faisait le dos rond sous les réprimandes d'un professeur. Non, Silas n'avait pas changé. « Elève très dissipé, capable d'imaginer n'importe quelle sottise et de l'accomplir sans tenir compte du danger qu'il peut courir ou faire courir à d'autres », avait écrit un jour le père jésuite, préfet de discipline du collège Loyola, sur le carnet de semaine de Silas Barthew. L'appréciation, aggravée par la potentialité de l'âge adulte, restait juste.

— C'est bon, dit finalement Osmond, je déposerai cet argent dans le coffre de mon étude.

— Pourquoi pas à ta banque ?

— Parce que je crains qu'elle ne ferme à nouveau comme d'autres. Depuis quinze jours, beaucoup ne paient plus. On compte 400 000 déposants lésés. La Chelsea Bank vient de clore ses guichets et d'autres vont en faire autant. Mais rassure-toi. Par lettre cachetée, jointe à mon testament, j'indiquerai à mon notaire les identités du donateur et de la bénéficiaire. Bien que moins exposé que toi à une soudaine sollicitude de la grande faucheuse, je puis, comme tout mortel en bonne santé, être contraint de quitter ce monde sans prévenir. Et, si la situation financière devient plus saine, l'argent sera placé à 3,5 %.

Silas prit la main de son beau-frère et la serra fortement dans les siennes.

TROISIÈME ÉPOQUE

Le Temps des soldats

1

L'avion fut le véritable roi du carnaval 1934 à La Nouvelle-Orléans. Dès la mi-janvier, des affiches colorées illustrant l'envol impétueux, sur fond de pistes, du fameux *44* de Jimmy Wedell recouvraient les murs de la ville. Elles annonçaient, avec l'inauguration officielle du nouvel aéroport — Shushan Airport, du nom de son principal promoteur — un meeting aérien de cinq jours, du 9 au 13 février inclus. Pompeusement promues Pan American Air Races [1], les épreuves attiraient en Louisiane d'illustres aviateurs comme Michel Détroyat, champion du monde d'acrobatie, le *Major* James H. Doolittle [2], James Haizlip, Roscoe Turner, qui appartenaient, avec Jimmy Wedell, le Louisianais, à l'élite des pilotes de course, les seuls à voler entre 475 et 500 kilomètres à l'heure. Les empoignades entre ces as promettaient d'être chaudes : les prix s'échelonnaient de 25 à 650 dollars. C'est pourquoi le meeting amenait aussi à La Nouvelle-Orléans bon nombre de pilotes de foire, casse-cou nécessiteux volant sur des coucous rafistolés, parachutistes téméraires, cascadeurs audacieux dont le risque était à la fois le plaisir et le gagne-pain. Entre les vedettes aux records homologués et les saltimbanques faméliques se glissait une troisième catégorie d'aviateurs, plus discrète et

1. Compétitions aériennes panaméricaines.
2. James Harold Doolittle, général pendant la Seconde Guerre mondiale, commanda l'escadrille de seize B-25 qui, le 18 avril 1942, bombarda pour la première fois Tokyo et d'autres villes japonaises.

plus fortunée que les deux autres : les amateurs sportifs. Dans cette dernière figurait, depuis un an, un ancien de la bohème du Vieux Carré, devenu écrivain coté et scénariste hollywoodien à 650 dollars la semaine : William Cuthbert Faulkner.

L'auteur de *Monnaie de Singe, Sartoris, Tandis que j'agonise,* autres romans et nouvelles lus par des milliers d'Américains, mais diversement appréciés dans le Sud, avait obtenu, en décembre 1933, son brevet de pilote. Afin de réaliser un rêve d'adolescent et peut-être pour compenser la déception lancinante de n'avoir pas eu l'occasion de s'illustrer, comme certains de ses héros, dans la glorieuse cohorte des chevaliers du ciel pendant la guerre européenne, William Faulkner venait de s'offrir un avion. Les droits cinématographiques — 6000 dollars — de *Sanctuaire* [1], un de ses derniers livres, avaient permis cette folie.

Devenu aviateur à part entière, l'écrivain montait des spectacles aériens avec son moniteur, Vernon Omlie, pilote confirmé, et son jeune frère de vingt-sept ans, Dean Swift Faulkner [2]. L'arrivée à La Nouvelle-Orléans de l'ancien chroniqueur du *Times-Picayune* et du *Double Dealer* flattait les Louisianais, d'autant plus qu'il avait déjà séjourné en ville l'année précédente, pour travailler au scénario d'un film intitulé *Louisiana Lou.*

Le nouvel aéroport de La Nouvelle-Orléans, construit au bord du lac Pontchartrain, à vingt minutes en autobus du centre de la ville, passait pour le plus moderne des Etats-Unis. Ses promoteurs voulaient en faire le carrefour des liaisons aériennes avec l'Amérique du Sud et n'avaient rien négligé pour le doter des équipements techniques les plus perfectionnés et des installations les plus confortables.

Au commencement de février, Bob Meyer convia

1. *The Story Of Temple Drake,* film Paramount de Stephen Roberts — ancien pilote de guerre venu au cinéma — sorti sur les écrans américains le 12 mai 1933.

2. Dean S. Faulkner allait se tuer avec l'avion de son frère, le 10 novembre 1935, au cours d'un meeting à Thaxton (Mississippi).

Osmond à visiter les nouveaux bureaux de la Fox Airlines installés, comme ceux des autres compagnies aériennes, dans les ailes est et ouest de l'aérogare. M. de Vigors fut impressionné par la dimension des bâtiments, leur conception fonctionnelle, la qualité des matériaux employés et le souci que l'on semblait avoir du confort des voyageurs et des aviateurs. Il s'agissait bien d'un port aérien au plein sens du terme et non plus d'un aérodrome pourvu de hangars et d'une cantine.

Au centre du bâtiment principal de deux niveaux, dont les ailes formaient un angle obtus largement ouvert sur le terrain d'aviation proprement dit, s'élevait, à vingt mètres du sol, la tour de contrôle octogonale, sorte de mirador de verre et d'aluminium. De là le regard, au-delà des pistes, se perdait, au nord, sur la ville distante de dix kilomètres, au sud sur les eaux grises du lac Pontchartrain, à l'est et à l'ouest sur l'horizon plat et rectiligne des forêts et bayous. Les pistes formaient, entre le bâtiment et la rive du lac, un grand A de béton et les voies de circulation permettaient aux appareils d'approcher de l'aérogare pour embarquer ou débarquer les passagers.

Ces derniers disposaient d'une grande salle d'attente, au sol de marbre, meublée de sièges confortables. Autour de cet espace se trouvaient, soit au rez-de-chaussée, soit au premier étage, autour de la mezzanine surplombant le hall principal, les bureaux et guichets des compagnies aériennes, un bureau de poste, les services du télégraphe et du téléphone, un kiosque à journaux et un drugstore, les services de l'immigration et de la douane, une cafétéria, un restaurant pour repas rapides, un autre plus vaste et plus douillet pour gens moins pressés. Une infirmerie et une garderie pour enfants complétaient les installations publiques.

Au premier étage de l'aile est s'ouvraient des chambres avec salle de bains pour les passagers en transit et une salle de repos avec douche pour les équipages en escale. Proche de cet ensemble, dont les toits-terrasses étaient accessibles aux visiteurs, on reconnaissait, à ses anémomètres et manches à air, le pavillon du service météorologique.

Plus loin, à l'écart des pistes, les douze hangars à avions, abritant aussi les ateliers de réparation, ressemblaient à de grandes niches à chien alignées sur la pelouse. A la pointe du A formé par les pistes et à l'opposé de l'aérogare, un plan incliné en béton s'enfonçait dans les eaux du lac Pontchartrain. Cette large rampe, en partie immergée, devait permettre aux amphibies d'accéder à l'aéroport, un appontement spécial étant réservé aux hydravions.

Au cours de sa visite, quelques jours avant l'inauguration, fixée au vendredi 9 février, M. de Vigors fut intrigué par le sigle S's distribué à profusion, tant à l'intérieur qu'à l'extérieur des bâtiments. On le lisait sur toutes les portes, y compris celles des toilettes. Il était incrusté dans le parement de la salle d'attente et des terrasses. On le reconnaissait en relief au fronton des hangars, gravé dans le pied des lampadaires, peint sur les appliques, matérialisé par les compositions florales des massifs et même, tel un ferment endogène, inclus de façon indélébile dans la porcelaine des assiettes des restaurants.

— C'est une contraction abréviative et assez césarienne, ne trouves-tu pas, du nom Shushan, expliqua Bob Meyer en se moquant.

— Notre cher Abraham Shushan a ainsi paraphé, avec la modestie qui le caractérise, tous les éléments de son œuvre, constata Osmond.

— A cinq cents mètres d'altitude, au décollage ou à l'atterrissage, on peut lire son nom, complet cette fois, en lettres blanches au bord des pistes. On envisage même de peindre S's sur les mouettes qui folâtrent au-dessus du lac ! compléta Meyer.

L'infatuation du président du Conseil d'administration des Levées faisait beaucoup jaser, même si, maître d'œuvre d'un aéroport prestigieux qui avait coûté près de quatre millions de dollars, Abe, comme l'appelaient ses intimes, méritait la reconnaissance des Louisianais.

Entré dans la vie publique en 1920 comme membre du Conseil d'administration des Levées, qui avait la haute main sur tous les travaux publics de l'Etat, M. Shushan en était devenu président à l'avènement de Huey Long. Figure politique et homme d'affaires habile, il possédait une entreprise d'épicerie en gros qui fournissait traditionnellement les universités, les écoles et les services publics. Dès l'élection de Huey Long au poste de gouverneur, Abraham L. Shushan s'était lié d'amitié avec le Kingfish. Ce dernier en avait bientôt fait un de ses lieutenants, l'autre étant le fidèle Seymour Weiss. Collecteur de fonds patenté, bailleur de fonds en cas d'urgence, ce petit homme d'origine juive, au visage poupin, aux cheveux de jais, jovial, obséquieux et roué comme un marchand levantin, n'avait pas son pareil pour recruter de généreux donateurs et convaincre ceux qui manquaient de spontanéité de verser leur obole pour graisser les rouages de la machine politique du sénateur Long. Abe trouvait naturellement des compensations à cette activité parfois un peu humiliante de quémandeur. Au cours des adjudications, les marchés d'Etat finissaient toujours par lui revenir, à moins qu'ils n'aillent, de temps en temps, à des amis sûrs.

On murmurait dans les salons de La Nouvelle-Orléans que M. Shushan versait au fisc des sommes dérisoires, hors de proportion avec des revenus incontrôlables. Les opposants à Long et à ses amis assuraient que ce promoteur avait touché non seulement des pots-de-vin des sociétés de travaux publics engagées dans l'opération de l'aéroport, mais aussi un pourcentage sur chaque tonne de béton et sur chaque mètre de la digue construite au bord du lac Pontchartrain pour garantir le terrain d'aviation des inondations.

— Notre aéroport lui a rapporté assez d'argent pour que, par gratitude, Abe lui donne, en contrepartie, son nom, ironisa Bob Meyer.

Ce jour-là, tandis que les deux amis inauguraient au champagne, avec le personnel de la Fox Airlines, les nouveaux bureaux de la compagnie, le président Meyer, verre en main, annonça à son ami qu'il participait au meeting du Mardi gras en mimant un combat aérien « comme en 1918 au-dessus de l'Argonne », précisa-t-il. Son adversaire serait un pilote de la Fox, ancien de l'escadrille Lafayette, qui avait abattu son contingent d'avions allemands.

— Je trouve ça idiot, permets-moi de le dire, souffla Osmond en tirant l'aviateur à l'écart des autres.

— Pourquoi idiot ? C'est un spectacle. Les organisateurs du meeting sont enthousiasmés par mon idée.

— Pense que David n'a que toi, que tes réflexes à quarante ans ne sont plus ceux de tes vingt ans, que tu prends des risques pour la plus grande gloire de M. Shushan !

— Rassure-toi, petit vieux, looping, tonneau, chandelle, feuille morte ne s'oublient pas. Nos Jennies[1] ont été parfaitement restaurés et dotés de moteurs neufs et deux fois plus puissants que ceux qui les équipaient en 1917... Quant aux mitrailleuses, elles seront chargées à blanc pour que les spectateurs entendent leur tac-tac et voient des petits flocons blancs sortir des canons.

— Ce ne sont pas les mitrailleuses que je crains, Bob, mais...

— Mais tu deviens timoré comme une vieille fille ! Puisque tu m'en fournis l'occasion, laisse-moi te dire, Osmond, que tu m'inquiètes. Depuis que tu as dépassé la quarantaine, j'ai le sentiment que tu mènes une vie de plus en plus routinière. Tu sembles aller à tes affaires avec lassitude, tu fuis les dîners en ville. A Bagatelle, l'été dernier, tu ne t'es même pas intéressé au tournoi de tennis du Baga Club et tu as passé ton temps à lire aux Trois-Chênes, à sermonner tes fils, à dépouiller les papiers de Dandrige, à chevaucher, dès l'aurore, à travers champs,

1. Curtiss J N-4. Appareils d'entraînement de l'aviation américaine pendant la Première Guerre mondiale.

comme un fantôme de planteur ruiné. Et je ne suis pas le seul à m'être aperçu de ce désintérêt. Doris l'a constaté, Clary et Nicholas Benton aussi. Seulement, comme tu terrorises tout le monde, personne n'ose t'en parler. Moi qui sais de ta vie ce que les autres ignorent et qui t'aime comme un frère, j'ai l'impression que même tes escapades hygiéniques à New York deviennent une fade habitude et que tes rapports avec Cordelia virent à la liaison provinciale et pantouflarde. Il y a dans tout cela une absence de passion qui n'est pas dans ton caractère. Souviens-toi de nos veillées au bord de la rivière Chitto. Ne le prends pas mal, mais je constate avec inquiétude que l'arrière-petit-fils de l'ardente Virginie s'est tellement assagi qu'il sera bientôt assez falot pour se faire élire marguillier de la cathédrale, comme un petit-bourgeois rangé.

— C'est tout ? demanda sèchement M. de Vigors.

— Oh ! il y aurait encore à dire... Par exemple, sur le peu de cas que tu fais des autres, notamment d'une femme qui t'admire, élève tes fils depuis bientôt dix ans et que tu traites comme une gouvernante au pair et aussi...

— Cette fois, c'est trop, Bob ! coupa Osmond, les maxillaires noués et le regard farouche.

Il posa brutalement sa coupe de champagne sur le comptoir et tourna vivement les talons, laissant Meyer pantois. C'était la première fois, depuis l'enfance, que les amis se séparaient ainsi, l'un courroucé et mécontent, l'autre malheureux et regrettant déjà sa franchise.

En regagnant seul l'avenue Prytania, à travers une ville apprêtée pour la fête dans son décor de Mardi gras, aux rues pavoisées et barrées, à hauteur du premier étage, de calicots annonçant l'inauguration de l'aéroport et les joutes aériennes, Osmond se demandait encore ce qui avait pu pousser Bob à l'analyse cruelle et désobligeante qu'il avait faite de sa façon de vivre. Ainsi, la lassitude morale, le manque d'intérêt pour une existence banale, plus étriquée depuis la crise, la résignation aux devoirs quotidiens qu'il ne se dissimulait plus à lui-même avaient été décelés par d'autres. Sa réaction aux discours toujours un peu véhéments de Bob, dont il connaissait la sincérité et l'affection, avait été celle d'un Vigors qui ne permet à personne de juger ses attitudes et de disséquer ses états d'âme.

Invité à l'inauguration officielle, M. de Vigors refusa d'y paraître. Cependant, pour ne pas priver Gusy et Clem du spectacle aérien, il les fit conduire à l'aéroport par Hector avec Doris de Castel-Brajac. Sur la terrasse de l'aérogare aménagée en tribune, les enfants retrouvèrent David Meyer, amené par son père. Ce dernier remarqua aussitôt l'absence de son ami.

— Osmond et moi, nous sommes en froid depuis quelques jours. C'est une situation stupide. D'autant plus stupide aujourd'hui qu'il s'est privé du plaisir d'accompagner une femme ravissante, que tous nos vieux sénateurs dévorent des yeux.

Doris, saluée avec complaisance par des officiels louangeurs qui connaissaient les liens de la jeune femme avec les Vigors, paraissait, ce jour-là, particulièrement en beauté. Taille haute, jambes longues, nuque droite, allure aisée et sportive, elle enlevait avec élégance un ensemble feuille-morte ouvert sur une blouse chocolat et saumon, fermée au col par un gros nœud bicolore. Un tricorne recouvert de faille dans les tons du chemisier et hardiment incliné sur le front ajoutait à la désinvolture de bon ton qui lui était naturelle.

Le compliment un peu appuyé de Bob Meyer la fit sourire.

— Merci. Mais ne croyez pas que votre supposée fâcherie explique l'absence de mon cousin. Vous savez combien il fuit ce genre de manifestation plus mondaine que sportive et toujours chez nous politiquement exploitable. Quand nous quittions l'avenue Prytania avec les enfants, il m'a dit : « On se passera de moi, comme de Roosevelt. »

— Roosevelt, lui, est en froid avec Huey Long, constata Bob.

Le président des Etats-Unis avait en effet décliné l'invitation du gouverneur O.K. Allen, arguant, fort justement, que la situation du pays exigeait sa présence constante à Washington.

Assis au milieu des personnalités qui comptaient dans l'Etat, entre le gouverneur Allen et le général Flemming, commandant de la garde nationale, Abe Shushan connut cet après-midi-là son heure de gloire. A recevoir tant de congratulations plus ou moins sincères, il put croire un instant que son nom resterait éternellement attaché à l'histoire de l'aviation louisianaise. Sa fatuité était telle qu'il interpréta comme approbation les sourires de ceux et de celles qui se poussaient du coude en découvrant partout l'estampille S's qui avait tant intrigué Osmond. Le promoteur n'entendit pas non plus les créoles chauvins qui s'étonnaient qu'on ait construit la plus grande aérogare du Sud dans le goût italo-mauresque des hôtels californiens, alors qu'il eût été plus élégant de choisir le style *Greek Revival* des belles maisons de plantation du XIXᵉ siècle, si prisées des touristes.

La fanfare de la L.S.U., les étudiantes aux belles cuisses, en jupe ultra-courte, chaussées des bottes blanches et coiffées du shako des majorettes, les footballeurs promus huissiers, quelques débutantes de l'année — dont aucune n'appartenait aux premières familles, remarqua Doris — assuraient l'accueil sous un ciel lourd de nuages.

Quand les fantassins du Washington Artillery eurent tiré une salve d'honneur et que le révérend père J. J. Walsh, aumônier jésuite de l'université Loyola, eut récité la prière et béni la foule, commença l'inévitable série des allocutions redondantes, laudatives ou ampoulées. Clem, Gusy et David, qui tous portaient maintenant gilet et veston croisé, esquissaient des trémoussements d'impatience quand l'averse diluvienne, comme seul le delta du Mississippi peut en offrir, contraignit l'orateur du moment à écourter son discours. Doris de Castel-Brajac disparut, entraînée vers un abri par Bob, qui connaissait les lieux. Les trois garçons, peu soucieux de leur costume, restèrent à leur place, tandis que, respectant l'horaire prévu — fait exceptionnel en Louisiane — les avions de chasse de la 20e escadrille apparaissaient dans le ciel, au ras du lac Pontchartrain. Les dix-huit Boeing à ailes basses équipés de moteurs de 600 chevaux étaient les plus récents appareils de l'aviation militaire. Impeccablement formés en Y derrière leur leader, le *Major* Millard F. Harmon, ils frôlèrent la tribune officielle à plus de 350 kilomètres à l'heure. Le vrombissement métallique de ces bolides volants lancés à plein régime et leurs évolutions lors d'un ballet spectaculaire arrachèrent à la foule trempée des hourras répétés.

La première exhibition proposée par le pilote F. J. Whitman, chargé de reconnaître le circuit aérien délimité par de hauts pylônes, faillit se terminer tragiquement. Ayant pris un virage trop court, l'aviateur ne put éviter que l'aile et la dérive de son appareil ne heurtent le pylône de fer proche de l'aérogare. L'avion, déséquilibré, accomplit un véritable saut périlleux avant de se poser un peu brutalement en dehors des pistes. La foule avait retenu son souffle pendant les secondes d'incertitude. Elle applaudit l'aviateur indemne quand le speaker, dont de nombreux haut-parleurs transmettaient les annonces et commentaires, déclara que Whitman allait réparer son avion afin de participer aux compétitions des jours suivants.

L'une de celles-ci, la plus prestigieuse aux yeux des pilotes de course, fut remportée, le 10 février, par le nouvel appareil sorti des ateliers Wedell-Williams, à Patterson. Aux commandes du *45,* à train d'atterrissage escamotable, peint en rouge et noir, Jimmy Wedell s'adjugea le record des cent kilomètres en circuit fermé en tournant entre le pylône de l'aéroport et celui dressé à Reserve, à 25 miles[1] de là, à la moyenne de

1. Environ 40 kilomètres.

264,703 miles[1] à l'heure. Le bruit courut, ce jour-là, que l'armée de l'air des Etats-Unis avait commandé quarante avions de ce type à Wedell-Williams.

Plus tragique fut le meeting du 12 février, au cours duquel le capitaine Nelson, ancien pilote de guerre, trouva la mort. Son avion-fusée, après un vertigineux piqué, percuta le sol avec fracas dans une gerbe de flammes. Le corps disloqué de l'aviateur fut ramené à l'infirmerie toute neuve de l'aérogare, devant une foule consternée.

En apprenant l'accident de la bouche de ses fils qui, au grand dam de Doris, ne voulaient manquer aucun meeting, Osmond décida d'appeler Bob Meyer au téléphone. Il était temps de mettre fin à une brouille aussi sotte que futile. Et puis, Bob pouvait avoir besoin de réconfort après la mort d'un de ses compagnons d'armes.

Le président de la Fox Airlines ne fit aucune allusion à la fâcherie, ni au long silence d'Osmond. Ce dernier comprit que leur amitié était intacte et écouta les commentaires du pilote sur la fin du capitaine Nelson.

— Le moteur de son zinc était beaucoup trop puissant pour la cellule et les ailes. Jamais je n'aurais fait de piqué à plein régime avec un tel engin. Il devait être incontrôlable. C'était une bombe, mon vieux. Et, comme toutes les bombes, elle avait de fortes chances d'exploser, ce qui est arrivé. Nelson était un peu farfelu, mais tout le monde l'aimait. Un vrai chic type, qui est mort aujourd'hui.

Les deux amis évoquèrent ensuite les événements de France qui faisaient depuis quelques jours, malgré les fêtes de La Nouvelle-Orléans, la une du *Times-Picayune* et de la plupart des journaux. A la suite du suicide, mal établi et contesté, d'un escroc notoire, nommé Stavisky, auteur de gros détournements de fonds organisés avec la complicité supposée de parlementaires et d'hommes politiques, les émeutes se multipliaient à Paris. Le 6 février, des décisions gouvernementales avaient incité les ligues nationalistes et

1. Environ 426 kilomètres à l'heure.

patriotiques à organiser des manifestations auxquelles s'étaient joints les partis de droite, les anciens combattants et quantité de Parisiens écœurés par le comportement de leurs dirigeants politiques. Les heurts avec la police, qui avait dû faire usage de ses armes pour défendre la Chambre des députés, s'étaient soldés par une vingtaine de morts et plus de mille blessés. Depuis ces échauffourées, il ne se passait pas de jour sans qu'à Paris, en banlieue ou en province les communistes, prêts à installer des soviets partout, et les socialistes, qui voyaient enfin le pouvoir à portée de leurs ambitions, déclenchent des grèves ou organisent des défilés pour sauver une république prétendument menacée. Les provocateurs de tous bords s'appliquaient chaque fois à faire dégénérer en émeutes sanglantes ces mouvements que seuls naïfs et imbéciles pouvaient croire spontanés et patriotiques.

— Tu vois, Osmond, qu'il n'y a pas qu'à Washington qu'on tire sur les anciens combattants ! ironisa Bob.

— Si Gaston Doumergue, l'ancien président de la République, qu'Albert Lebrun a convaincu de quitter sa retraite de Tournefeuille pour former un gouvernement d'union nationale, ne réussit pas, la France peut connaître une guerre civile, mon vieux.

— Eh bien ! qu'ils se débrouillent entre eux, les Français !

— Tu n'as pas renoncé à présenter demain ton simulacre de combat aérien ? demanda Osmond.

— Certes non ! Tout est au point, les coucous et les figures... J'espère que tu viendras me voir dans mon numéro de haute voltige. Il est prévu à trois heures de l'après-midi.

— J'y serai avec nos fils. Doris en a assez de passer ses après-midi le nez en l'air avec les enfants, surtout quand il pleut...

Osmond allait raccrocher quand Bob le retint.

— Allô... allô... Bon, tu es encore là. J'ai oublié de te dire, le père Foxley est en train de mourir, paraît qu'il n'en a plus pour très longtemps. Il m'a envoyé Margaret. Il souhaite me voir. J'irai demain en fin de matinée, avant le meeting. C'est un vieux pingre et je n'ai jamais eu de sympathie pour lui, mais je ne peux pas me défiler devant un mourant, n'est-ce pas ?

— Non. Je crois que tu dois y aller. A demain.

Le Mardi gras, 13 février, jour de l'exhibition de Bob Meyer et de son partenaire Sam Foster, premier pilote de guerre recruté, des années plus tôt, par la Fox Airlines, le temps était sec et ensoleillé, le ciel vide de nuages et le vent nul.

— Les conditions météorologiques sont provisoirement excellentes, confirma le speaker en annonçant les épreuves du dernier meeting.

Osmond avait pris place un peu à l'écart des personnalités qui, chaque après-midi, venaient assister à la fête aérienne. Tandis que David Meyer se faufilait, en trompant la vigilance d'un service d'ordre un peu las, jusqu'au hangar abritant l'avion de son père, Gusy et Clem suivaient, bouche ouverte et souffle court, le saut avec ouverture retardée d'un parachutiste célèbre pour sa témérité.

A 16000 pieds d'altitude, on avait à peine vu l'homme jaillir de la carlingue de l'avion. Il n'était qu'un point noir qu'on eût à peine distingué si le sillage de sa chute verticale n'avait été marqué par une traînée blanche : la farine que le champion laissait s'échapper d'un sac de vingt kilos tenu à bras-le-corps.

Quand, à quelques centaines de mètres du sol, alors que l'on distinguait la silhouette de l'homme, se déploya la corolle boursouflée du parachute, la foule exhala un soupir de soulagement. Des applaudissements, exutoire de la tension collective et jusque-là contenue, déferlèrent des tribunes jusqu'aux pelouses.

— Si son parachute ne s'était pas ouvert, Dad, l'homme se serait enfoncé dans le sol... comme un aérolithe, commenta Clem en avalant sa salive, tant il avait craint pour le parachutiste.

— On pourrait même savoir de combien de mètres il se serait enfoncé, expliqua Gusy.

— Oh ! bien sûr !... c'est pas possible ! contesta le cadet.

— Si, parfaitement ! ça se calcule avec les formules qu'on a apprises la semaine dernière. Il suffit de connaître le poids de l'objet qui tombe, la hauteur d'où il tombe et la résistance du sol à l'endroit où il tombe. C'est simple !

— Tu dis n'importe quoi ! C'est pas parce que tu es premier en physique qu'il faut...

— Si tu apprenais tes leçons et faisais tes exercices de maths, tu saurais que ce que je dis est vrai. N'est-ce pas, Dad ?

Osmond, pris à témoin, ne put qu'approuver :

— Gusy a raison, Clem, tout se calcule..., même le nombre de mauvais points que peut recevoir un garçon qui ne sait pas ses leçons !

La conversation commençait de prendre une tournure gênante pour Clem de Vigors quand David Meyer réapparut. Essoufflé par sa course dans les escaliers de l'aérogare, il paraissait aussi désorienté.

— J'ai pas vu papa !... Il n'est pas encore arrivé au terrain... Sam Foster et les mécaniciens l'attendent !

— Ne t'inquiète pas, Dave, ton père est toujours à l'heure, dit Gusy.

Comme pour donner raison à l'aîné des Vigors et chasser l'anxiété de David Meyer, la camionnette de service de la Fox Airlines s'engagea à toute allure sur le *taxiway* qui conduisait au hangar de la compagnie.

— Le voilà ! lança Clem en désignant la mince silhouette de Bob, vêtu d'une combinaison de vol.

Sans se retourner, l'aviateur disparut au pas de course dans le bâtiment où l'attendaient, près des Jennies repeints à neuf, Foster et ses compagnons.

A trois heures précises, comme s'ils répondaient docilement à l'appel du speaker, les deux avions sortirent en trombe du hangar et, moteurs à plein régime, décollèrent sur le gazon. Comme des faucons d'argent soudainement libérés de leur cage, ils s'élevèrent côte à côte puis, opérant des virages opposés, s'éloignèrent l'un à l'est, l'autre à l'ouest, en continuant à prendre de l'altitude. On les vit bientôt faire demi-tour et errer au ralenti dans le ciel, comme des rapaces à la recherche d'une proie.

— L'avion de Bob a des étoiles bleues sur les ailes et le fuselage, celui de Sam, des étoiles blanches, dit Osmond aux enfants.

Les appareils, volant à des altitudes différentes, s'étaient rapprochés de l'aéroport quand soudain le pilote du Jenny aux étoiles blanches parut découvrir la présence, à deux cents pieds sous ses ailes, du Jenny aux étoiles bleues, l'ennemi. Par un jeu savamment calculé, l'avion de Bob se trouvait, à ce moment-là, face aux tribunes officielles. Un piqué, suivi d'une longue glissade sur l'aile, plaça l'attaquant derrière son adversaire.

— Il l'a pas vu ! cria David, tout frémissant.

Déjà les mitrailleuses inoffensives de Foster crépitaient, en crachant un chapelet de flocons blancs, quand Bob, grâce à un retournement suivi d'un *immelmann* [1] impeccablement décrit, se déroba et, par un renversement rapide, se retrouva surplombant son adversaire et l'arrosant à son tour de balles sifflantes.

La foule applaudit cette chorégraphie en trois dimensions. Dès lors, poursuites, loopings, piqués, ressources, tonneaux lents ou déclenchés, vol sur le dos, tinrent les spectateurs en haleine. Les vieux Jennies, après la cure de jouvence méticuleusement administrée par les mécaniciens de la Fox, se montraient d'une parfaite docilité et, si les moteurs s'époumonaient un peu dans les chandelles, ils semblaient hurler de plaisir dans les piqués.

Osmond pensa que cette démonstration d'acrobatie de chasse devait rappeler aux aviateurs engagés dans ce duel-

1. Figure de voltige aérienne — une demi-boucle suivie d'un demi-tonneau — du nom de Max Immelmann (1890-1916), as de l'aviation allemande, abattu en 1916, près de Calais, qui fut le premier à réussir cette arabesque.

spectacle des exercices plus périlleux, quand, au-dessus de la Marne, de la Meuse ou de l'Argonne, ils affrontaient des pilotes allemands qui, eux, ne tiraient pas à blanc.

— On sait qui va gagner, Dad ? demanda Clem.

— Eux le savent. Par élégance, ils ont tiré la victoire à pile ou face avant de commencer, mais personne d'autre ne le sait, expliqua Osmond.

— Moi, je parie pour Bob, cria Gusy.

— Moi aussi, bien sûr, ajouta David.

— Eh bien ! je souhaite au contraire que l'avion de Bob soit abattu, dit Clem avec conviction.

— Et pourquoi, s'il te plaît ? demanda vivement David.

— Pour qu'il se mette encore mieux en valeur, bien sûr ! J'ai vu des photos des combats aériens de la guerre et c'est certainement plus difficile de donner l'impression qu'un avion tombe que de s'éloigner tranquillement en vainqueur dans le ciel. Voilà !

— Clem a raison, David, et c'est bien pourquoi Bob et Sam ont tiré au sort la dernière figure. D'ailleurs regardez..., regardez..., c'est l'avion de Bob qui paraît touché..., dit Osmond, saisi lui aussi par l'excitation.

Après une montée, au cours de laquelle il parut s'offrir comme cible aux mitrailleuses du Jenny aux étoiles blanches, l'avion piloté par Meyer bascula et se mit en vrille.

— Papa va faire la feuille morte. Vous allez voir, cria David en se mordant les lèvres.

Instinctivement, le garçon avait saisi la main d'Osmond et la serrait fortement.

L'avion tombait en effet, en tournoyant sur lui-même, comme une feuille sèche d'un arbre. On voyait déjà l'appareil s'écraser au centre du terrain, entre les longs jambages de béton du grand A que formaient les pistes convergentes de Shushan Airport.

Osmond, tout en admirant la maîtrise de son ami, eut soudain l'impression que Bob ne contrôlait plus le Jenny. L'avion désemparé, comme privé de commandes, se rapprochait dangereusement du sol. La simulation, car il s'agissait bien sûr d'une simulation, était si parfaite que la foule se taisait, saisie par l'appréhension du malheur possible.

— Il va au tapis..., ne put s'empêcher de lancer un aviateur français qui participait au meeting.

Brusquement, le vrombissement du moteur du Jenny s'intensifia jusqu'à devenir une sorte de miaulement métallique insupportable et Meyer réussit, à quelques mètres du gazon, un redressement qui souleva l'enthousiasme des spectateurs, d'emblée soulagés de leurs craintes. En s'éloignant vers le lac, le pilote amorça un *immelmann* très osé à si basse altitude. Il parut vouloir ajouter encore aux risques d'un décrochage en interrompant le déroulement classique de la figure. La demi-boucle achevée, il n'enchaîna pas sur le demi-tonneau horizontal. On vit ainsi le Jenny, la pointe de l'aile gauche frôlant le sol, offrir aux regards de la foule toute sa voilure. On eût dit une croix argentée filant vers l'est.

Quand, au bout du terrain, l'aile pendante heurta la digue du lac, l'avion, tel un cascadeur faisant la roue, parut pirouetter sur l'eau avant de se briser.

L'accident avait échappé aux regards des spectateurs du parterre, qui, déjà, dans un joyeux brouhaha, commentaient l'exhibition. Mais, des tribunes surélevées et des terrasses, des centaines de gens venaient d'être témoins du drame, et, parmi eux, Osmond et les trois enfants. Ces derniers, rendus muets par la stupeur, semblaient ne pas entendre autour d'eux les exclamations plaintives des femmes. Clem et Gusy serraient David contre eux et interrogeaient leur père des yeux.

— Sacré Bob, il a dû prendre un bon bain, dit Osmond, se forçant à l'optimisme.

Les regards des enfants lui prouvèrent qu'ils n'étaient pas dupes. Tous avaient trop souvent entendu raconter des morts tragiques d'aviateurs pour admettre la bénignité de ce qui venait d'arriver au père de David. Déjà, les ambulances et voitures de police roulaient, sirènes hurlantes, vers les berges du lac, suivies par la camionnette de la Fox Airlines dans laquelle Sam Foster avait sauté aussitôt après son atterrissage.

Hector, doué pour la resquille, assistait à tous les meetings. Il avait vu, lui aussi, s'abattre l'avion de Bob. En jouant des coudes pour se frayer un passage au milieu des Blancs, il parvint jusqu'aux Vigors. Osmond vit à ce compagnon des jours dangereux le teint de cendre qui est la pâleur des Noirs.

— On y va, m'sieur. Je peux passer avec l'auto !

— On y va, jeta Osmond en se tournant vers les garçons. Ne quittez pas David et allez m'attendre avec lui aux bureaux de la Fox, dans l'aérogare.

— Je peux pas aller avec vous ? demanda le fils de Bob.

— Non. Attends ici avec Clem et Gusy. Je te promets de revenir vite avec des nouvelles de ton père. Mais ne pleure pas. Il est solide, tu sais, Bob.

Quand la Duesenberg de M. de Vigors se rangea près des voitures de police, au bord du lac, le long de la rampe de béton construite pour la réception des amphibies, on avait déjà tiré au sec la carlingue éclatée de l'avion.

Bob, inconscient, venait d'être placé dans l'ambulance. Sam Foster, livide, n'avait pas quitté sa combinaison de vol. Il s'apprêtait à monter dans le véhicule pour accompagner son patron.

— Comment est-il ? s'enquit Osmond en retenant l'aviateur par la manche.

— C'est plutôt moche ! Il respire mais ne parle pas et ses yeux... ses yeux sont fixes et grands ouverts... Je l'emmène à l'hôpital maritime, c'est ce qu'il y a de mieux, n'est-ce pas ?

Osmond eut à peine le temps de jeter un regard à la civière où Bob reposait, sous un drap taché de sang, que l'ambulance démarra derrière deux motocyclistes de la police. Très vite, les hurlements des sirènes décrurent. Un silence pesant remplaça l'agitation des minutes précédentes. Le shérif connaissait M. de Vigors : il lui amena aussitôt le jeune médecin responsable de l'infirmerie de l'aéroport qui avait assisté au sauvetage de Bob Meyer.

— Je pense qu'il serait sage de prévenir la famille. Votre ami peut fort bien ne pas arriver vivant à l'hôpital...

— Avez-vous une idée de la gravité de ses blessures ? coupa Osmond, un peu sèchement.

— La tête paraît intacte : il avait un bon casque ; mais je crains pour la colonne vertébrale ou le bassin. Et il est certain qu'il a le fémur brisé. Fracture ouverte. Mais cela peut ne pas être le pire. On ne saura que plus tard s'il y a des hémorragies internes. L'avion a percuté l'eau à quelques mètres du rivage. Il n'a pas eu le temps de s'enfoncer. Vingt mètres plus loin, on ne sortait pas votre ami de là. Il se serait noyé.

Osmond remercia et rejoignit sa voiture. Hector était toujours au volant.

— Tu vas me conduire à l'aérogare, il faut que je voie David. Ensuite, tu me déposeras à l'hôpital maritime, puis tu conduiras les garçons à la maison. Tu raconteras à Mlle Doris ce qui se passe et tu lui demanderas de prévenir le docteur Dubard. A l'hôpital maritime, il fait la pluie et le beau temps. J'aurai besoin de lui. Tu n'oublieras rien ?

— Non, m'sieur..., et après que j'aurais fait tout ça, je reviens à l'hôpital vers vous ?

— Si tu veux. On ne sait pas comment vont tourner les choses. Sacré Bob ! S'il s'en tire cette fois encore, nous aurons de la chance, Hector !

— On va prier le bon Dieu, m'sieur. Je vais mettre un cierge à sainte Rita.

Osmond sut trois jours plus tard que l'aviateur survivrait à ses blessures. Les médecins et chirurgiens de l'hôpital maritime, stimulés et conseillés par Faustin Dubard, réussirent à tirer Bob du coma, mais le bilan était lourd : double fracture du bassin, enfoncement du thorax, fracture du fémur et de la clavicule gauches, fracture du péroné droit, traumatismes divers.

Après une intervention chirurgicale de plusieurs heures, dès que le blessé eut repris conscience, il réclama son fils. Osmond, qui accompagnait David, vit autant de larmes dans les yeux du père que dans ceux de l'enfant. Il entendit, avec quelque étonnement, Bob demander pardon à David, comme si l'aviateur se sentait coupable d'avoir pris le risque exagéré de rendre l'enfant orphelin. Cette culpabilisation n'était pas dans le caractère de Bob, même si l'on tenait compte de l'énorme choc qu'il venait de subir. Ajoutée aux confidences de Sam Foster — l'aviateur avait trouvé Meyer d'une humeur exécrable et d'une nervosité anormale quand celui-ci s'était présenté, à la dernière minute, au terrain — et au peu de cas que semblait faire le rescapé de la chance qu'il avait d'être encore vivant, l'attitude de Bob troublait Osmond. Il en vint à se demander si son ami n'avait pas eu l'idée, le 13 février, d'en finir avec la vie.

C'est pour tenter de répondre à cette question qu'il appela Margaret Foxley au téléphone.

— Bob peut maintenant recevoir des visites, Margot.

— Je ne suis pas certaine qu'il aurait plaisir à voir une Foxley... maintenant. Et puis je ne quitte plus le chevet de mon père. Il est en train de mourir, Osmond. Le dernier coup que lui a porté Otis l'a achevé.

— Le dernier coup d'Otis ? Que voulez-vous dire ?

— Vous ne savez pas ? Bob ne vous a rien dit ?

— Je n'ai pas eu l'occasion de parler à Bob entre la visite qu'il a faite à votre père et le moment, il y a trois jours, où il est sorti du coma.

— Alors, vous ignorez encore qu'Otis a eu un enfant, une fille, d'on ne sait qui, car elle n'est plus avec Silas. Elle a téléphoné à notre père pour lui demander de l'argent, un avancement d'hoirie... Quelle audace ! Papa a eu la force de la renier et de lui raccrocher au nez !

— Et M. Foxley a rapporté cette conversation à Bob ?

— Bien sûr, c'est pour le prévenir qu'il a voulu le voir. Papa se rend compte, maintenant, que Bob n'a pas eu tous les torts... Otis est une fille dénaturée. Papa m'a dit qu'elle devait être ivre quand elle a appelé la maison... Elle n'a même pas demandé des nouvelles de David. C'est incroyable !

Osmond se garda bien de dire qu'il connaissait la situation de la sœur de Margaret, mais il se souvint de l'inquiétude manifestée par Silas quant au sort de sa fille.

— Et sait-on où vit Otis maintenant... avec cette enfant ?

— Comme papa lui a tout de suite refusé l'argent, elle n'a pas donné d'adresse précise. Elle a seulement dit qu'elle appelait de l'Iowa... mais c'était peut-être un mensonge. Je la crois maintenant capable de tout et de n'importe quoi.

— Comment va le petit Carl Heinrich ? demanda Osmond pour changer de sujet.

— Le petit, cher Osmond, va sur ses vingt ans et mesure près de six pieds. Il est toujours à Princeton. Mais Bert continue à soutenir qu'il faudra l'envoyer en Allemagne, patrie de ses ancêtres et, paraît-il, de grand avenir, dès qu'il aura obtenu ses diplômes de droit. Vous savez ce que j'ai promis à Belman s'il m'enlève mon fils ?

— Le jour où Carl Heinrich sera majeur...

— Pour une mère, Osmond, un fils n'est jamais majeur. Je ne veux pas qu'on fasse du mien un collaborateur de M. Hitler... Bert n'a qu'à bien s'en souvenir.

Osmond de Vigors raccrocha le téléphone, convaincu que Bob, informé de la nouvelle maternité d'Otis, l'avait ressentie comme une humiliation insupportable. De là à jouer avec sa vie, comme les aristocrates ivrognes du temps des tsars jouaient avec la leur à la roulette russe, il n'y avait qu'un geste de provocation vis-à-vis du destin. Un jour, peut-être, ils pourraient ensemble évoquer ce sujet. Peut-être lors de ce voyage à la rivière Chitto qu'ils se promettaient l'un et l'autre, depuis tant d'années, de refaire.

Souvent, en regagnant l'avenue Prytania, après sa visite

quotidienne à l'hôpital, Osmond réfléchissait à l'avenir de Bob. Bien que tout aille pour le mieux, au dire des médecins, plusieurs mois de réadaptation à la marche seraient nécessaires avant que l'aviateur puisse retrouver une activité normale. La perspective de rester handicapé pendant une longue période rendait Bob mélancolique et comme indifférent à son propre sort. Signe certain de cet abattement, il ne parlait plus d'aviation, alors que l'administration Roosevelt venait de retirer le transport du courrier aux compagnies aériennes pour le confier aux militaires. Cette décision du *Postmaster general* James A. Farley allait priver de ressources fixes quantité de sociétés d'aviation. En d'autres temps, le président de la Fox Airlines aurait brandi l'étendard de la révolte et violemment critiqué l'organisation mise en place par le général Benjamin D. Foulis, chef de l'armée de l'air, qui venait de mobiliser cent cinquante avions de tous types, deux cents pilotes et trois cents rampants pour assurer un service confié jusque-là aux civils. Quand Osmond avait évoqué cette situation, Bob s'était contenté de dire : « Ça ne durera qu'un temps. Le temps de briser les monopoles que certaines compagnies s'étaient arrogés et que les militaires comprennent qu'ils ne sont pas faits pour être postiers[1] ! »

Pour tranquilliser son ami, Osmond avait accepté d'assurer l'intérim de la direction financière et commerciale de la Fox, Sam Foster, le chef pilote, assumant les responsabilités techniques d'une exploitation qui ne cessait de se développer. Mais débarrasser Bob de ses préoccupations professionnelles ne suffisait pas. Il fallait trouver le moyen de rendre à cet épicurien le goût de vivre qu'il semblait avoir perdu. Un appel téléphonique de New York, reçu un soir avenue Prytania, fournit à Osmond l'opportunité qu'il espérait.

1. Le transport du courrier fut en effet rendu aux compagnies aériennes le 20 avril 1934, après que dix pilotes de l'armée de l'air eurent trouvé la mort au cours de vols postaux.

— Désolée de vous déranger chez vous à pareille heure, monsieur. Mon nom ne vous rappellera peut-être rien. Je m'appelle Sophie O'Casey, je suis...

— Je me souviens parfaitement de vous et mon ami Bob Meyer...

— Alors, je vous en prie, monsieur, dites-moi ce qui lui est arrivé. Comme j'étais sans nouvelles, j'ai téléphoné à son bureau. On m'a répondu qu'il a eu un accident, qu'il est à l'hôpital pour plusieurs mois... et qu'il restera sans doute paralysé... C'est affreux ! Dites-moi que ça n'est pas vrai !

L'accent irlandais de Sophie, amplifié par l'émotion sincère que percevait Osmond, avait de quoi écorcher une oreille sudiste. M. de Vigors éloigna un peu l'écouteur et s'employa à rassurer la jeune fille :

— On a beaucoup exagéré. Bob pourra marcher dans quelque temps, mais il est certain qu'il revient de loin. Il sera handicapé pendant des semaines. De surcroît, il n'a pas un très bon moral. Il est assez seul, vous savez. Il se tourmente pour son fils, pour la compagnie, pour son propre avenir. Bref, il ne voit que des papillons noirs ! Vous pourriez peut-être lui téléphoner à l'hôpital. Je suis certain qu'il serait très heureux de vous entendre. Il m'a souvent parlé de vous et...

— Je vais venir m'occuper de lui. Oui, je vais venir m'installer le temps qu'il faudra à La Nouvelle-Orléans, dit d'un ton décidé Sophie O'Casey.

— C'est...

— Sauf, bien sûr, si vous trouvez cela incorrect ou si d'autres personnes peuvent prendre ombrage de...

— Il n'y a pas d'autres... personnes, Sophie, et votre idée est excellente... Mais comment votre employeur, votre cousin l'évêque, assez conformiste, d'après ce que m'a dit Bob, prendra-t-il ce... cette... la chose ?

— Comme il lui plaira ! J'ai refusé deux fois de l'épouser... Le seul homme que j'aime, c'est Bob... Pardonnez-moi de parler ainsi, vous allez me trouver bien audacieuse... et effrontée.

— Rien de tout cela, je vous assure, Sophie. A nous

deux, nous pourrons aider Bob. Faites savoir le jour et l'heure de votre arrivée. Je vous attendrai.

Osmond perçut dans l'écouteur les sanglots que la jeune fille avait retenus jusque-là.

— Dites-lui... que j'arrive..., monsieur, parvint-elle à articuler avant de raccrocher.

Osmond se renversa dans son fauteuil puis, après un instant de réflexion, se rendit au salon, où il trouva Doris en conversation, comme souvent, avec Aude Oswald.

— Chère Doris, croyez-vous que nous puissions héberger, quelque temps, une jeune Irlandaise qui s'intéresse à notre ami Meyer ? demanda-t-il d'un ton enjoué.

— Si elle s'intéresse à Bob, nous pouvons lui donner la chambre sur le jardin..., elle a une sortie privée, répliqua malicieusement Mlle de Castel-Brajac.

2

— On a livré un tableau pour vous cet après-midi, annonça Doris de Castel-Brajac à Osmond.

— Un tableau ! Que représente-t-il ?

— Je l'ignore. Je l'ai fait déposer dans votre cabinet de travail. Il n'a pas été déballé. Le livreur a seulement dit : « C'est fragile, c'est une toile peinte. » D'après le bulletin de livraison, que j'ai dû signer, le colis a été expédié de Philadelphie.

— De Philadelphie ?

M. de Vigors, qui venait de rentrer pour dîner, abandonna le fauteuil où il avait l'habitude de s'asseoir à l'heure de l'apéritif. Intrigué, il se dirigea vers son bureau. Un coffre rectangulaire et bien clos était appuyé contre un mur. Il sonna Hector.

— Va chercher de quoi ouvrir cette caisse, ordonna-t-il.

Le Noir revint avec une pince et fit sauter quelques clous. Il tira, avec précaution, d'entre les planches un objet plat, enveloppé de papier kraft.

— C'est rudement léger, m'sieur.

Osmond congédia Hector et déchira l'emballage. Il reconnut tout de suite une peinture de Liz Bogen, représentant un de ces patios du Vieux Carré qui attestent du passé espagnol de la ville. En observant la toile de plus près, il vit qu'il ne s'agissait pas d'un patio quelconque mais de celui qu'il avait si souvent traversé pour se rendre chez Liz. Une simple carte de visite, coincée dans un angle du cadre, accompagnait le cadeau. *Je ne suis pas Holbein le Jeune, mais acceptez, je vous en prie, en souvenir d'heureux moments, cet ambassadeur très personnel.*

Osmond sourit. Cet envoi sibyllin était bien dans la manière d'une artiste qui aurait voulu faire de chacune de ses œuvres un message. Contrainte par les marchands de peindre pour des amateurs qui demandent à l'art une représentation décorative de leur univers familier, elle avait souffert, enfermée dans le figuratif commercial. Ce patio envoyé à Osmond, et dans lequel apparaissait l'amorce du sombre escalier en colimaçon qui conduisait à l'appartement du peintre, voulait être une évocation allusive au passé. Malgré la qualité de la peinture, dont les couleurs étalées au couteau chantaient dans le contraste ombre-lumière, très habilement rendu, des patios louisianais, M. de Vigors estima la composition banale. Il l'aurait préférée moins formelle, plus savante, plus quintessenciée. La mention du très subtil peintre de la Renaissance lui parut dérisoire. Mais les références et l'humour de Liz Bogen avaient souvent dérouté Osmond. Aussi, quand Mlle de Castel-Brajac, ayant passé la tête dans l'entrebâillement de la porte, dit avec la feinte timidité des femmes curieuses : « On peut voir... si ce n'est pas indiscret ? » M. de Vigors la tira par le bras.

— C'est tout à fait montrable à une jeune fille, venez.

— Ah ! il est superbe..., très lumineux... Une peinture intelligente et distinguée... pour un sujet mille fois traité par les barbouilleurs de Jackson Square. Quel est l'artiste ?

— Une Noire qui illustrait autrefois le *Double Dealer*.

— Et c'est... une commande ?

— Non, un cadeau... J'ai rendu quelques services à cette personne... autrefois, dit Osmond, déguisant la vérité avec une légère gêne.

— Et où allez-vous le faire accrocher ? demanda Doris en jetant un regard sur les toiles qui ornaient les murs du cabinet de travail : le portrait de Gratianne de Damvilliers par Sargent, ceux du sénateur Charles de Vigors et de

Mme Grigné-Castrus et une grande gouache de Marie-Adrien Persac, représentant Bagatelle en 1860.

— Peut-être dans l'antichambre. Qu'en pensez-vous ? La pièce n'est pas très gaie.

Mlle de Castel-Brajac approuva. Hector fut convoqué avec pitons et marteau et l'on suspendit l'œuvre de Liz Bogen dans le petit salon où l'on faisait attendre, quelquefois, les clients du juriste.

M. de Vigors mit plus d'un mois à percevoir le message que Liz avait caché dans sa toile et à comprendre que l'allusion à Holbein le Jeune n'était pas gratuite. Il fallut pour cela le hasard d'un regard oblique. Alors qu'il accompagnait un plaideur jusqu'à la porte-fenêtre ouvrant sur le jardin et qui permettait un accès direct des visiteurs au salon d'attente de l'avocat, M. de Vigors, frôlant le mur auquel était accrochée la toile, fut sollicité par une vision furtive et insolite. Son œil venait de saisir, sous un certain angle, une image surprenante qui pouvait n'être qu'une malignité du subconscient. Ayant pris congé de son client, Osmond voulut en avoir le cœur net. Il revint sur ses pas et se planta contre le tableau en dirigeant son regard parallèlement à la toile. Ce qu'il vit lui tira un murmure de surprise. Il venait de reconnaître le visage souriant de Liz, ses grands yeux doux couleur ardoise, ses lèvres charnues. Avec un émoi mêlé d'attendrissement, il demeura un instant immobile à contempler ce portrait révélé. Dès qu'il s'éloigna, le visage disparut dans l'anodin buisson d'azalées et le dallage, moucheté d'ombres, du patio. Aussitôt, Osmond comprit la référence à Holbein le Jeune et l'emploi inattendu du mot ambassadeur [1]. Les phrases de Liz constituaient une sorte de mode d'emploi codé. Le

1. Hans Holbein le Jeune (1497-1543) a peint en 1533 un tableau connu sous le titre *les Ambassadeurs* qui se trouve à Londres, à la National Gallery. Cette œuvre est considérée comme l'exemple pictural le plus célèbre d'anamorphose. Au pied des ambassadeurs, Jean de Dinteville et Georges de Selve, apparaît un objet étrange qui se révèle être une tête de mort quand on regarde la toile de près et de côté.

texte aurait dû inciter M. de Vigors à se montrer plus curieux devant une toile qu'il avait jugée banale. Il se reprocha d'avoir mésestimé, non seulement le talent, mais l'ambition de sa maîtresse noire.

L'artiste, comme Holbein, avait usé avec science de l'anamorphose, subterfuge optique basé sur l'élongation et la dilatation des perspectives, procédé fantastique déjà utilisé et expliqué par Léonard de Vinci dans son codex *Atlanticus*.

Ainsi, Liz s'imposait au souvenir d'Osmond dans une demeure où sa présence physique eût été inimaginable. Restait pour M. de Vigors à interpréter l'intention profonde de la jeune femme, maintenant mariée, et sans doute heureuse de l'être, à un homme de sa race.

Fallait-il voir dans cette altération combinée des apparences, destinée à produire son portrait dissimulé, le simple souhait de Liz de ne jamais être oubliée de son amant blanc ? Pouvait-il imaginer une certaine nostalgie de l'alliance impossible traduite en prouesse picturale ? Ne devait-il pas plutôt y reconnaître l'illustration un peu perverse et teintée d'amertume de l'hypocrisie sexuelle des Blancs, de leurs préjugés raciaux, que les meilleurs n'avaient pas le courage d'enfreindre ?

Osmond accorda finalement à Liz Bogen l'interprétation la plus généreuse, en retenant de l'exercice anamorphique ironie, tendresse, humour. Ainsi, à jamais — peut-être était-ce le sens profond et quasi mystique du message de l'artiste — Liz resterait à la fois la Dissimulée et la Présente.

Ce soir-là, le premier du printemps 1934, M. de Vigors fit transporter le tableau dans son appartement du premier étage. Il ne tenait pas à ce que le hasard d'un regard lancé de biais révélât le mystère du portrait caché.

Longtemps, avant de gagner son lit, il joua à faire disparaître le visage de la belle octavonne dont tous ses sens gardaient la mémoire. Il lui plut de croire qu'elle l'avait aimé.

Osmond de Vigors, sans nouvelles de Silas Barthew, s'attendait, d'un jour à l'autre, à voir apparaître le nom de son beau-frère dans la chronique des faits divers. Le développement de la criminalité depuis la fin de la prohibition, dans un pays accablé par le chômage et la récession économique, donnait lieu, chaque jour, à de sanglants règlements de comptes. En ce mois de mai 1934, deux noms fameux dans les annales du crime faisaient la une des journaux louisianais. Le 23 mai à 21 h 15, entre Gibsland et Arcadia, villages situés sur la route de Monroe à Shreveport, dans la paroisse Bienville, le ranger texan Frank Hamer et le shérif Henderson Jordan avaient mis fin à la carrière de deux pilleurs de banques, assassins dénués de toute humanité : Bonnie Parker et Clyde Barrow. Le couple avait à son actif les meurtres de douze personnes parmi lesquelles neuf policiers. Bonnie et Clyde, dont les journaux publiaient souvent des portraits avec avis de recherche, avaient été repérés dans le nord-ouest de la Louisiane et signalés aux *Texas rangers,* sur leur piste depuis trois mois. Quand le shérif de la paroisse Bienville avait décidé de monter une embuscade pour capturer les criminels, il ne restait à ces derniers qu'une alternative : se rendre ou mourir.

On avait constaté, lors de leurs méfaits, combien cet homme et cette femme, âgés de 27 et 24 ans, semblaient éprouver de plaisir à tuer et même à frapper leurs victimes quand celles-ci avaient cessé de vivre. Le 23 mai, au crépuscule, quand la Ford De Luxe V8, modèle de l'année, conduite par Clyde Champion Barrow était apparue au sommet d'une côte entre les pins bordant la route n° 80, les policiers avaient déjà le doigt sur la détente. Comme on pouvait s'y attendre, les bandits avaient tenté de forcer le barrage, Bonnie en brandissant une carabine, Clyde en saisissant un fusil à canon scié, son arme favorite. Aussitôt Frank Hamer, le Texan, et Henderson Jordan, le Louisianais, avaient ouvert le feu, imités par leurs hommes. Le couple avait péri en quelques secondes sous une grêle de balles. Sur la centaine de projectiles tirés par les policiers, soixante et onze avaient atteint la Ford que les photographies des journaux montraient percée comme une écumoire[1].

Ainsi s'était terminée la folle aventure des tueurs qui avaient terrorisé six Etats du Sud pendant quatre ans. En tant que juriste soucieux de comprendre le comportement des malfaiteurs, M. de Vigors s'intéressa au cas de Bonnie et Clyde. Ce dernier, un petit homme nerveux au visage de fouine, était fils d'un métayer texan qui avait élevé quatre garçons et deux filles. Les trois frères de Clyde avaient eu, comme lui, dès leur plus jeune âge, maille à partir avec la justice[2].

Bonnie Parker était, elle aussi, texane, née à Rowena, au foyer d'un ouvrier maçon. Elle avait toujours eu un comportement étrange. Hypersensible, violente, passionnée, cette créature fragile, d'une beauté vulgaire, blonde aux yeux bleus, se donnait des allures de *flapper*, fumait comme un homme et adorait se faire photographier, avec Clyde Barrow, les armes à la main. A quinze ans, elle avait failli trancher, avec une lame de rasoir, la gorge d'un garçon dont elle était amoureuse et qui la négligeait. Mariée à seize ans, elle s'était rendue insupportable à son mari Roy Thornton, qui l'avait quittée peu avant d'être arrêté à Red Oak pour trouble de l'ordre public. Devenue serveuse au café Marco, à Dallas, Bonnie Parker avait, pour son malheur, rencontré Clyde Champion Barrow, voleur d'automobiles et cambrioleur. Dès lors, le couple,

1. Cette automobile devait être vendue aux enchères le 30 juillet 1973 lors d'une exposition organisée à Princeton (New Jersey). L'acquéreur, Peter A. Simon, propriétaire du casino de Jean (Nevada), l'a payée 175 000 dollars.

2. Le frère aîné de Clyde, Jack Barrow, est mort en prison où il purgeait une peine de quatre-vingt-dix-neuf ans, pour avoir commis, en 1939, une tuerie dans un bar du Texas. Le second frère, Martin Ivan Barrow, dit Buck, avait été tué avant Clyde, en juillet 1933, lors de l'attaque d'une banque. Quant au plus jeune des Barrow, dont on ne donne que les initiales : L. C., il est mort le 5 septembre 1979 à Athens (Texas) dans un hospice pour indigents. D'après ceux qui l'ont connu, « il n'avait eu que de petits ennuis avec la justice au cours de sa jeunesse ».

avec des fortunes diverses — Barrow avait été plusieurs fois arrêté et condamné — s'était engagé dans la voie criminelle, ne reculant devant rien pour se procurer de l'argent. La jeune femme, passionnément amoureuse du bandit, semblait avoir admis la fin inéluctable et tragique promise aux assassins comme aux fauves. En fouillant l'automobile où venaient de périr les criminels, les policiers avaient découvert deux mitraillettes, un fusil de gros calibre, six pistolets automatiques, un revolver et aussi, dans une poche du tailleur de Bonnie, un poème écrit par la jeune femme. La première strophe constituait un aveu cynique :

Et maintenant, voici le gang Barrow
Avec Bonnie et Clyde.
Je suis sûre que vous avez tous lu
Comment ils volent et détroussent
Et comment ceux qui mouchardent
Sont généralement trouvés mourants ou morts.

Quant aux derniers vers, ils auraient pu servir d'épitaphe aux amants maudits :

Un jour ils tomberont ensemble
Et on les verra côte à côte.
Pour quelques-uns ce sera tourment
Et pour la loi soulagement.
Mais, à coup sûr, la mort
Pour Bonnie et Clyde.

La presse populaire, pour satisfaire des lecteurs avides de romantisme niais, s'était aussitôt appliquée à faire du destin des deux malfaiteurs texans une épopée malsaine où la perversité, le désespoir et le crime composaient un cocktail délétère. Pendant plusieurs jours, des centaines d'automobilistes avaient emprunté la route n° 80 sans autre raison que visiter le lieu de l'embuscade[1].

Ceux qui, le premier soir, avaient eu la chance d'arriver avant que le *coroner*[2] ait permis d'emporter les corps s'étaient empressés de prélever des reliques. Ils avaient taillé dans les vêtements des morts et coupé des mèches de cheveux sur la tête ensanglantée de Bonnie. Un policier s'était tout de même interposé quand un quidam avait tenté d'enlever du doigt de la femme-gangster l'anneau serti de diamant qui lui tenait lieu d'alliance. Le 25 mai, quand, à Dallas, les dépouilles de ceux qui venaient si brutalement d'expier leurs crimes avaient été rendues aux familles, plus de 20000 personnes assiégeaient le *funeral home*. Les marchands de saucisses et de limonade avaient fait de bonnes affaires, tandis que l'on embaumait Bonnie Parker. Sa mère l'avait revêtue d'un négligé bleu et fait placer dans un cercueil capitonné de peluche rose. Cheveux ondulés, lèvres peintes, ongles vernis, Bonnie, pleurée par une foule de gens qu'elle eût peut-être, de son vivant, tirés comme des lapins pour quelques dollars, avait pris seule le chemin de l'ultime refuge. La veuve Parker, qui avait des principes, s'était opposée à ce que sa fille reposât près de Clyde Barrow !

Ecœuré par l'exploitation triviale qu'une certaine presse faisait du destin de deux criminels hors du commun, Osmond de Vigors prenait plaisir, en revanche, au spectacle des progrès de Bob Meyer depuis l'arrivée de Sophie O'Casey à La Nouvelle-Orléans. La jeune fille logeait avenue Prytania, mais passait le plus clair de son temps près de l'aviateur, qui commençait à marcher avec des

1. Une stèle de granit gris, érigée par le jury de la paroisse Bienville, marque l'endroit où Bonnie et Clyde trouvèrent la mort. L'inscription indique : « En ce lieu, le 23 mai 1934, Clyde Barrow et Bonnie Parker furent tués par les représentants de la loi. » En 1967, Arthur Penn tourna un film qui, sous le titre *Bonnie and Clyde,* retrace, avec quelque complaisance et pas mal d'inexactitudes, le destin des amants criminels. Warren Beatty et Faye Dunaway personnifiaient Clyde et Bonnie.

2. Fonctionnaire de justice, chargé d'instruire, assisté d'un jury, des affaires criminelles. Tient un rôle semblable à celui du juge d'instruction en France.

béquilles. Elle l'accompagnait aux séances d'hydrothérapie ordonnées par Faustin Dubard, prenait ses repas avec le convalescent, améliorant l'ordinaire de l'hôpital avec la complicité de Doris et de Javotte. Quand Sophie rencontrait M. de Vigors, elle parlait de Bob avec une telle chaleur qu'Osmond se demandait ce qu'il adviendrait de cette infirmière amoureuse quand l'aviateur serait rendu à la vie active. La gaieté et la vivacité de la plantureuse Irlandaise plaisaient à tous, notamment à Gusy, Clem et David, qui la traitaient familièrement et se chargeaient de lui faire découvrir la ville.

Bob se laissait dorloter, tout en maugréant contre les médecins incapables de le remettre sur pied aussi vite qu'il eût souhaité.

— Je comptais rentrer chez moi à Pâques. La Trinité est passée et je suis encore là ! C'est long, bon Dieu ! Et puis tu as vu, je perds mes cheveux. Je n'étais déjà pas séduisant, me voilà couturé de partout, raide comme un pylône, je boite ! Quand je tousse, les côtes me font mal et...

— Cela n'a pas l'air de rebuter Sophie, coupa Osmond.

Bob avait été ravi de voir arriver la jeune fille, mais il s'inquiétait de son sort.

— Tu te rends compte : elle a tout plaqué pour me soigner ! Comme ça, pftt ! L'évêque doit être dans une de ces fureurs ! C'est un costaud, genre King Kong, le monstre à la mode, en moins souriant. S'il vient pour la récupérer, je serai incapable de faire quoi que ce soit... Tu t'arrangeras avec lui !... Après tout, elle habite sous ton toit !

Osmond rit franchement puis redevint sérieux :

— Sophie a vingt-deux ans, le cousin évêque n'a rien à dire et ses parents sont au courant de votre... amitié et de sa subite vocation d'infirmière pour un héros de la guerre.

— Ouais, mais elle ne leur a pas dit que je suis juif, père de famille et quadragénaire ! Quand il va apprendre ça, papa O'Casey, sûr qu'il va faire chorus avec l'évêque ! Deux malabars irlandais, qui ont des mains comme des battoirs... Je leur rends Sophie... Je ne veux pas rester à l'hôpital six mois de plus ! Paraît que papa O'Casey soulève un piano comme nous une caisse de bière !

— Tu m'avais habitué à plus d'obstination, à plus de *gallantry* [1], observa Osmond, un peu railleur.

Bob eut un sourire mélancolique.

— Si j'avais dix ans de moins, je me battrais contre toutes les familles réunies pour garder Sophie. Elle me plaît de plus en plus et je commence à penser à elle d'une façon moins innocente..., tu vois ce que je veux dire ?... Je récupère, quoi..., des forces me reviennent, que j'aimerais assez employer agréablement avec elle...

— Je comprends parfaitement, vieux. C'est très bon signe. Tu vas bientôt gambader comme un jeune homme.

Mais la première sortie de Bob Meyer, le 25 juin 1934, eut lieu en de tristes circonstances. Ce jour-là, en effet, le président de la Fox Airlines, appuyé sur des béquilles et accompagné par Osmond et Sophie, tint à assister, avec tous les aviateurs louisianais, aux funérailles de son ami Jimmy Wedell. A trente-quatre ans, le détenteur de tant de records, le premier Américain ayant volé à plus de 500 kilomètres à l'heure, le génial concepteur d'avions rapides et qui totalisait plus d'un millier d'heures de vol, s'était tué, la veille, aux commandes d'un petit avion-école, en donnant une leçon de pilotage !

Le dimanche 24 juin, vers 17 h 15, Jimmy avait accepté de faire un vol de routine avec l'élève-pilote Frank Sneeringer, de Mobile (Alabama). L'appareil, un De Havilland, biplan du type Gipsy Moth, construit en Angleterre, était l'avion d'entraînement des pilotes de la Royal Air Force. Il passait pour sûr et maniable. Or à peine avait-il décollé de l'aérodrome de Patterson et atteint l'altitude de 400 pieds [2] que l'appareil, après une glissade sur l'aile, avait piqué du nez dans une rizière. La malchance avait voulu qu'un tronc d'arbre se trouvât sur la trajectoire de

1. Vaillance.
2. 125 mètres environ.

l'avion. Ce dernier s'y était fracassé et Jimmy Wedell avait été tué sur le coup. Les jours de l'élève pilote, grièvement blessé, ne paraissaient pas en danger. D'après son témoignage, les commandes du Gipsy Moth, alors aux mains de Jimmy, s'étaient soudainement bloquées.

Il y avait foule le lundi 25 juin devant le *funeral home,* 2305 Canal Street, et les gerbes de fleurs, comme les télégrammes, arrivaient de tous les Etats de l'Union [1]. Au moment de la levée du corps, avant que le convoi funéraire prenne la route de West Columbia (Texas) où Jimmy Wedell devait être inhumé, le maire de La Nouvelle-Orléans avait rappelé la carrière de l'aviateur et affirmé qu'il personnifiait l'apport du Sud à la grande et dangereuse aventure de l'aviation. Harry Williams, le riche associé de Jimmy, Mme Harry Williams — plus connue sous son nom d'actrice du cinéma muet : Marguerite Clark — les pilotes, les mécaniciens et tout le personnel de Wedell-Williams Air Service entouraient la famille du disparu. Quelqu'un confia à Bob que, quelques heures avant l'accident fatal, les Wedell avaient fêté le cinquième anniversaire du mariage aérien du frère de Jimmy, Walter Wedell, avec Henrietta, mariage dont tous les pilotes louisianais se souvenaient.

Meyer et ses amis passèrent un moment dans les locaux de la Fox Airlines à évoquer les exploits de Jimmy. On rappela qu'il avait échappé miraculeusement à la mort, en 1931, quand son avion avait perdu une aile en plein vol.

— Ce jour-là, comme pour toi lors du meeting de Mardi gras, l'ange gardien des casse-cou veillait, dit un pilote à Bob.

— Hier, c'était dimanche et l'ange gardien devait être à la pêche… Il a oublié Jimmy, murmura le rescapé.

Après la dispersion, Osmond de Vigors insista pour que Bob vienne dîner avenue Prytania au lieu de rentrer chez

1. Un monument représentant, sur un piédestal, un aigle prêt à l'envol a été élevé en 1935 à la mémoire de James (Jimmy) Wedell, à l'angle de Canal Boulevard et City Park Avenue, à La Nouvelle-Orléans.

lui avenue de l'Esplanade, où Sophie ne pouvait décemment l'accompagner. C'eût été la première fois, depuis plusieurs mois, que Meyer se fût retrouvé seul avec David et la gouvernante qui tenait sa maison.

— Il faudra bien reprendre les habitudes, dit-il d'un ton las en acceptant l'invitation de son ami.

Pendant le repas, où l'on parla davantage du développement de l'aviation commerciale que des pilotes défunts, Sophie O'Casey demeura silencieuse. Osmond avait deviné la cause d'un vague à l'âme qui n'était pas lié à la mort de James Wedell, dont la jeune fille ignorait tout. L'Irlandaise savait son rôle auprès de Bob Meyer terminé et se devait d'envisager un retour à New York qui ne lui plaisait guère.

Bob n'avait pas encore abordé le sujet, mais cela ne pouvait manquer d'arriver dans les prochains jours. Jusque-là, il s'était appliqué à traiter Sophie comme l'amie dévouée à qui l'on doit déférence et gratitude. L'aviateur manifestait à l'Irlandaise de l'affection, de la sollicitude et parfois un bref et tendre empressement. Il affectait un ton badin, quelquefois protecteur, rarement galant. Sophie, chaleureuse et expansive, avait cru percevoir chez Bob une sorte de régression des sentiments autrefois exprimés à New York et pendant le voyage à Chicago. A La Nouvelle-Orléans, elle avait espéré, étant donné les circonstances, un abandon plus intime qui eût nourri son amour et satisfait le besoin physique de câlineries dû à son ardente nature. Or Bob ne se laissait aller à lui prendre la main que pour la remercier ou la rassurer ; ses baisers, quand elle arrivait ou prenait congé, restaient d'une chasteté déroutante. Il paraissait encore plus distant quand il y avait des visiteurs même aussi familiers que M. de Vigors.

Ce soir-là, après le repas, quand Bob et David, reconduits par Hector, eurent regagné la maison Meyer et que M. de Vigors se fut enfermé dans son cabinet de travail, Mlle O'Casey s'épancha auprès de Doris.

Sans que Sophie puisse le soupçonner, personne mieux que Mlle de Castel-Brajac ne pouvait évaluer la déception avouée avec une impudeur touchante par la candide Irlandaise.

— « Il arrive que des êtres qui s'aiment soient comme les deux seaux d'un puits : attachés à la même chaîne, se frôlant à chaque instant et sans jamais s'arrêter sur la même margelle » : voilà ce que disait mon grand-père Gustave, cita Doris en caressant la flamboyante toison de l'Irlandaise.

— C'est bien malheureux, ne trouvez-vous pas ?

— Je suis certaine, Sophie, que Bob vous aime, mais il pense que son âge, le vôtre et sa situation lui défendent de vous le dire. Certains hommes ont ainsi des excès de scrupules qui font se méprendre les femmes sur leurs véritables sentiments.

— Je ne peux tout de même pas, moi, le demander en mariage ! s'écria Sophie, les larmes aux yeux.

Mlle de Castel-Brajac se retint de répondre « Pourquoi non ? » et Sophie, résignée à faire ses bagages le lendemain, s'en fut méditer dans sa chambre la parabole des seaux.

Comme souvent, ce fut M. de Vigors, placé par la fatalité au carrefour de tant de destins, qui dut intervenir pour inciter Bob Meyer à sortir, d'une façon ou de l'autre, d'une situation ambiguë.

Quand, au petit déjeuner, Osmond vit les yeux rougis par les larmes de la gentille Sophie, sa décision fut prise. Une heure plus tard, il était assis en face de Meyer, qui venait de retrouver avec une évidente satisfaction son fauteuil de président de la Fox Airlines.

— Sais-tu que Sophie nous quitte demain ? dit Osmond sans préambule.

Bob parut réfléchir un instant.

— Je devrais lui faire un cadeau somptueux, hein, c'est ce que tu veux dire... Elle m'a consacré quatre mois de sa vie, au mépris des convenances. J'ai bien peur que l'évêque...

— Tu te moques de moi ! Tu sais ce qu'elle espère. Tu

dois être franc et loyal avec elle. Ton attitude, tes visites, tes attentions ont fait naître des espérances que tu n'as plus le droit d'entretenir... ou alors, si tu tiens à elle, épouse-la..., elle t'adore.

— Avec la tête et l'âge que j'ai...

— Elle seule peut s'en émouvoir et ce n'est pas le cas ! Alors prends une décision.

Bob Meyer s'extirpa péniblement de son fauteuil. Négligeant les béquilles, mais prenant appui sur le bureau, il s'en fut jusqu'à la fenêtre qui donnait sur l'animation de la rue du Canal.

— J'aime Sophie... comme un imbécile ! J'ai foi en elle et je suis sûr que si le terme idiot « refaire sa vie » a une signification, c'est bien avec elle que je pourrais reconstruire un foyer où David serait à l'aise. Mais c'est impossible...

— Ecoute, noble vieillard infirme, tu ne vas pas...

— Là n'est pas la vraie raison, Osmond !

— Où est-elle, alors ?

— Le divorce avec Otis n'a jamais été prononcé. Je ne peux pas devenir bigame !

M. de Vigors, décontenancé par cette révélation, rejoignit son ami devant la fenêtre et le prit par l'épaule. En contrebas, les passants — les hommes en costume de coton gaufré, les femmes en robe légère — arpentaient le trottoir ombragé par les immeubles. L'autre, ensoleillé, était à peu près désert. Ceux qui l'empruntaient marchaient à l'abri des grands auvents de toile des boutiques pareils à des paupières baissées.

Le bruit de la circulation automobile et des tramways, intense en ce début de matinée, pénétrait, malgré les fenêtres closes, jusque dans le bureau où ronronnait le conditionneur d'air récemment installé.

Comme Osmond ne savait que dire, Bob expliqua en regagnant son fauteuil :

— J'ai entamé la procédure en 29 et puis j'ai laissé tomber... D'ailleurs on ne savait pas où était Otis.

— J'aurais pu la faire rechercher !

— Etant donné tes liens avec Silas, tu ne pouvais, comme avocat, entrer dans l'affaire... et puis je pensais qu'elle pourrait revenir un jour, pour David... Pas pour moi qui n'ai plus que mépris pour elle... mais pour David, tu comprends ?

— J'essaie... Mais maintenant ?

— J'ai aussi appris, en février, qu'Otis avait eu un enfant de Silas... par le vieux Foxley...

— Je le savais depuis plusieurs semaines...

— Bon Dieu, Osmond, et tu ne m'as rien dit ?

— J'avais pris l'engagement de me taire et puis ça ne changeait rien, non ?

Bob Meyer saisit un coupe-papier et commença nerveusement à piqueter le buvard de son sous-main. Soudain, Osmond eut la révélation de ce qui s'était exactement passé lors du meeting aérien de Mardi gras à Shushan Airport et la confirmation de ses soupçons.

— C'est parce que tu venais d'apprendre qu'Otis avait une fille que tu as voulu en finir, dis ?

Bob leva sur l'ami un regard las.

— Tu me croiras si tu veux, mais je n'ai pas vraiment voulu me tuer ce jour-là. Non, j'ai voulu agacer la faucheuse, attirer son attention, lui tirer sur la barbichette. Idiot, n'est-ce pas ? J'ai décidé de prendre tous les risques pour offrir un beau spectacle aux anciens embusqués, venus assister à la parodie d'un duel à mort. A la fin, j'ai fait l'impasse, souhaitant plus ou moins y rester mais tout en jouant le jeu. Au dernier moment, j'ai eu le réflexe, l'instinct de conservation, sans doute, qui m'a expédié dans le lac..., mais il y avait la digue !

— As-tu pensé à David à ce moment-là ?

— Oui..., mais je me suis toujours dit que s'il m'arrivait quelque chose il serait élevé avec tes fils, alors...

— En somme, tu as failli te tuer par dépit parce que Otis avait eu un enfant d'un autre.

— Non... J'ai failli me tuer par dégoût des êtres et des

choses… et si j'avais pu deviner que tu savais… pour Otis, ton silence me serait apparu comme une trahison supplémentaire. Tu peux comprendre ça…, non ! conclut Bob avec colère.

Osmond demeura impassible.

— Ton reproche est injuste, Bob. Silas avait ma promesse. Un Cavalier n'a qu'une parole. Une fois donnée, elle vaut pour le scélérat comme pour l'ami, souviens-t'en !

Bob se pinça le bout du nez et sourit timidement.

— Pardonne-moi si je t'ai offensé. Telle n'était pas mon intention… Sacré Sudiste ! Oublions cet épisode dont je ne suis pas fier. Je pense plutôt à Sophie… A vrai dire, je ne pense plus qu'à elle… Il va falloir…

— Il va falloir décider si tu l'épouses ou la renvoies à New York. C'est tout ! Le reste, je m'en charge.

— Que peux-tu faire, petit vieux ?

— Obtenir le jugement de divorce, ce qui sera facile, et le faire signifier à Otis, ce qui le sera moins…, mais j'ai mon idée. Maintenant que tu as tous les éléments, je te laisse à tes réflexions. Je te signale que le Crescent quitte New Orleans ce soir à dix heures et que j'ai fait retenir une cabine de wagon-lit pour la charmante Irlandaise que tu as trouvée un jour, dans un ascenseur, à New York !

Les deux amis se donnèrent gaiement l'accolade et Osmond laissa Bob à son délibéré. Il retrouva Hector, qui avait réussi à ranger la Duesenberg à l'ombre d'un porche. D'un geste, il arrêta le Noir qui, reboutonnant en hâte son dolman de toile, allait lui ouvrir la portière.

— J'ai à faire au tribunal. C'est à deux pas. Mais rentre tout de suite avenue Prytania, il se pourrait que Mlle O'Casey ait besoin d'une automobile rapide pour venir à la Fox. Je déjeunerai au Boston Club.

— Avec m'sieur Bob, m'sieur ? Je pourrais l'amener… parce que avec ses béquilles, m'sieur…

— Je pense que M. Meyer aura mieux à faire aujourd'hui, Hector…

Quand, à la fin de l'après-midi, M. de Vigors, qui avait

repris un cabinet en ville dans un immeuble proche du palais de justice, téléphona avenue Prytania pour qu'on lui envoie sa voiture, Javotte lui passa aussitôt Doris. La jeune femme lui parut joyeuse et excitée.

— Savez-vous la nouvelle, Osmond ? Bob a demandé Sophie en mariage... par téléphone... Elle a failli s'évanouir de joie. Hector, qui avait, paraît-il, des consignes, l'a aussitôt conduite à la Fox. Personne n'est encore rentré, ni Sophie, ni la Duesie, ni votre nègre, bien sûr... Je peux venir vous chercher à l'étude, avec ma voiture, si vous voulez.

— Une bonne nouvelle... et une bonne idée ! Mettez la robe bleu Nattier avec les pois blancs que j'aime vous voir et dites à Beppa et à Javotte que nous ne dînerons pas à la maison. Nous irons au bord du lac, au Southern, c'est l'endroit le plus frais...

Le Southern Yacht Club, avec ses salles à air conditionné donnant sur le lac, était l'établissement le plus couru pendant la saison chaude par la société huppée de La Nouvelle-Orléans. Osmond et Doris, que l'on s'étonnait de voir en ville cet été-là, ne passèrent pas inaperçus et durent saluer de nombreuses relations et connaissances, suscitant des interrogations, des supputations, des cancans.

Les gens les mieux intentionnés, sans rien connaître de leurs sentiments et de leur vie privée, voyaient en eux de futurs époux, mais la plupart, incapables d'imaginer une situation autre que triviale, les tenaient pour amant et maîtresse, parce qu'ils vivaient sous le même toit, formaient un couple assorti et d'une évidente complicité. Des tempes grisonnantes, une haute taille, une élégante minceur — son tailleur assurait qu'il n'avait jamais eu à reprendre les mesures de ce client depuis le premier costume coupé pour lui — maintenaient chez Osmond de Vigors l'allure racée tant prisée par les créoles. Une réserve un peu hautaine, une inimitable aisance pour baiser la main des dames ajoutaient à une séduction qu'il semblait ignorer. Plus d'une mère en quête d'un gendre aurait accepté avec fierté de marier sa fille à ce veuf de quarante et un ans qui réunissait tous les atouts du Vieux Sud — un nom illustre, une réputation de parfait Cavalier, un passé de guerrier décoré, un domaine ancestral, une exploitation pétrolière, un cabinet d'avocat — et qui, suprême grandeur, se tenait à l'écart des menées politiques.

De son côté, Doris de Castel-Brajac, bien que jalousée par bon nombre de demoiselles moins jolies qui, cette année-là, allaient, comme elle, coiffer sainte Catherine, pour n'avoir pas trouvé de mari, ne faisait l'objet d'aucune critique. On savait que, chargée de l'éducation des enfants Vigors, elle s'acquittait parfaitement de sa tâche et l'on estimait que le veuf avait beaucoup de chance de pouvoir compter, pour diriger sa maison et élever ses enfants, sur une Castel-Brajac agréable à regarder, instruite, musicienne accomplie et d'une grande modestie. Les marieuses de salon, aussi nombreuses dans la société créole que dans les tribus acadiennes, s'étonnaient que M. de Vigors ne convolât pas avec la charmante cousine de sa défunte épouse.

A la table d'un magistrat, autour duquel se trouvaient, réunies avec leur mari, quelques-unes des commères les plus prolixes, sinon les mieux informées, du Garden District, les langues allaient bon train.

— Seize années ne constituent pas une telle différence d'âge, surtout pour des gens qui se connaissent depuis si longtemps, observa une dame d'un ton apitoyé.

Une autre, qui lui faisait face et toujours la contredisait, enchaîna :

— Je crois justement qu'ils se connaissent trop et depuis trop longtemps pour se marier. Pensez, chère amie, qu'Osmond de Vigors a fait sauter cette petite Doris sur ses genoux. Vous ne le voyez pas aujourd'hui la mettre dans son lit, ce serait...

— Une sorte de détournement de mineure... différé ! proposa, en pouffant, le magistrat, satisfait de sa boutade.

Quand le serveur se fut éloigné, une dame, se penchant vers son vis-à-vis, requit l'attention.

— Mon gendre, le diamantaire, qui va souvent à New York, raconte que le bel Osmond a un fil à la patte du côté de la Ve Avenue. Il l'a rencontré plusieurs fois, au théâtre et dans des restaurants chics, avec une blonde, genre *flapper,* assez quelconque, mais élégante et portant de beaux bijoux.

— Une petite actrice de Broadway sans doute, c'est la maîtresse à la mode, souffla avec mépris une grosse femme dont tout le monde connaissait les infortunes conjugales répétées.

— Mon gendre pense plutôt à une femme mariée... Elle avait une alliance.

Sans prêter attention aux dîneurs auxquels ils fournissaient, séparément ou en commun, des thèmes de conversation, Doris et Osmond évoquèrent la décision de Bob Meyer d'épouser Sophie O'Casey.

— Je suis certaine qu'elle saura rendre Bob heureux, dit la jeune femme.

— J'imagine qu'elle va vouloir des enfants, marmonna Osmond.

Doris sourit devant la mine boudeuse de son compagnon.

— Ainsi, David aura peut-être un demi-frère ou une demi-sœur, peut-être les deux, qui sait ? En tout cas, ce sera une bonne chose... à condition que Bob ne joue plus les casse-cou.

— Il n'est plus apte à piloter et le sait. De ce côté-là, nous pouvons, je crois, être tranquilles.

Osmond avait dû différer jusqu'à la mi-juillet le départ pour Bagatelle, à cause d'un examen que devait passer Clem.

Ce dernier ayant enfin réussi — « par la grâce de saint Ignace », reconnut-il — son passage en dernière année de collège, toute la famille se transporta à la plantation. Bob Meyer, maintenant capable de marcher avec une simple canne, s'était envolé pour le Nord avec Sophie et David, afin de faire la connaissance des parents de sa fiancée. Ces derniers, qui redoutaient le caractère déterminé de leur fille, n'avaient pas fait opposition à son mariage. La mère de Sophie s'était contentée d'exiger de Bob la promesse que les enfants de Sophie seraient élevés dans la religion catholique, apostolique et romaine. Bob avait accepté cette clause, sans regimber. « Sophie vaut bien une messe », avait-il dit à l'intention d'Osmond, un peu surpris par l'attitude aussi accommodante de son ami dans un domaine où il l'eût cru plus intransigeant.

M. de Vigors comprit, ce jour-là, combien Bob était amoureux de Sophie, malicieusement nommée Softy[1] par tous les Bagatelliens sensibles au charme, à la gentillesse et au tempérament volontaire de l'opulente Irlandaise.

Il ne s'était pas passé de jours, depuis les accordailles de Mlle O'Casey et de Meyer, sans que ce dernier relançât Osmond pour que soit accélérée la procédure de son divorce. Durant l'été louisianais, il était impossible d'obtenir de la justice un fonctionnement normal. Les greffiers, comme les avocats et les magistrats, réclamaient l'installation d'un système de conditionnement d'air qui, prétendait le président de la Cour suprême, permettrait d'augmenter d'au moins 50 % le rendement des tribunaux.

Quand, au milieu de septembre, M. de Vigors put enfin annoncer à Bob qu'il pourrait bientôt épouser Sophie, un coup de téléphone de Silas apprit à l'avocat l'inanité de la procédure engagée : Otis et sa fille, Dany, avaient péri en mer, le 8 septembre, avec cent vingt-cinq des cinq cent quarante passagers du *Morro Castle,* un paquebot reliant Cuba à New York. Ce serait un veuf, et non un divorcé, que Sophie épouserait avec la bénédiction de son Eglise.

Silas, très affecté par la disparition d'Otis, expliqua comment cette dernière lui était revenue, après plusieurs mois d'absence, malade et démunie. Il l'avait d'abord

1. Personne fragile, frêle.

convaincue de suivre une cure de désintoxication dans une clinique spécialisée. Sortie de l'établissement en meilleure santé et résolue à ne plus boire une goutte de porto, Otis s'était vu offrir par son amant, plein de prévenances, un mois de vacances à La Havane avec sa fille.

— Je l'avais envoyée chez des amis, propriétaires d'une villa au bord de la mer, en pensant qu'elle achèverait de se remettre et reprendrait goût à une vie normale, expliqua Silas. J'attendais, à New York, l'arrivée du *Morro Castle* quand la catastrophe maritime a été annoncée. Le bateau approchait des côtes du New Jersey et se trouvait en vue d'Asbury Park, quand un incendie s'est déclaré à bord. Malgré la promptitude des secours, tous les passagers n'ont pu être sauvés. Otis et Dany figuraient sur la liste des disparus… J'étais presque redevenu heureux, dit Silas d'une voix sourde.

Osmond comprit que l'ancien bootlegger s'efforçait de dominer un réel chagrin et attendit qu'il puisse poursuivre.

— Oui, Osmond, Otis avait joint à sa dernière lettre des photos d'elle et de Dany, prises sur la plage. Elle avait retrouvé toute sa beauté et l'enfant souriait. Otis me disait qu'elle était décidée à légitimer notre union, à condition que je prenne un job honnête… J'y étais bien décidé, tu penses. J'avais dans ma poche, le 8 septembre, une bague de fiançailles, achetée chez Tiffany. J'allais la lui passer au doigt le soir même. Mais, milledious, tout ça…, fini !

— Puisque tu t'étais engagé vis-à-vis d'Otis à vivre d'activités légales, tu pourrais essayer de tenir cette promesse par respect pour sa mémoire…, suggéra Osmond.

— Oh ! ta morale Vieux Sud, Cavalier, magnolia et compagnie, je m'en fous… J'ai une bonne affaire dans le Loop[1]. Pour Otis, j'aurais tout plaqué et je me serais fait vendeur d'autos ou agent immobilier…, mais vivre seul et chichement… J'ai rien à perdre, moi…, je ne suis pas comme toi !

1. Quartier des affaires à Chicago.

Osmond comprit qu'il ne parviendrait pas à raisonner un homme en colère parce que le sort venait de lui ravir la seule chance qu'il eût accepté de saisir pour mener une vie normale.

— J'ai toujours en dépôt les deux cent mille dollars que tu destinais à ta fille, en cas de malheur. J'aimerais te rendre cet argent le plus vite possible. Ou dis-moi ce que je dois en faire.

— Bof ! j'en sais rien !... Tiens, place-le donc au nom du petit David..., tu pourras toujours lui dire que c'est l'héritage de sa mère... Après tout, hein, on peut considérer ça comme l'héritage de sa mère, pas vrai, Osmond ?

— Plutôt comme l'héritage produit par les remords de l'homme qui lui a pris sa mère... Tu n'es pas d'accord ?

Il n'y eut pas de réponse. Silas Barthew venait de raccrocher brutalement. M. de Vigors se dit qu'il n'entendrait pas de sitôt la voix de cet homme, qui avait peut-être aimé Otis Foxley à sa façon.

3

Aussitôt après leur mariage, M. et Mme Meyer avaient émigré de l'avenue de l'Esplanade, quartier des riches familles de l'époque coloniale, situé près du bayou Saint John, vers la nouvelle zone résidentielle de Carrollton, à l'ouest de la ville. Bob avait acquis là une longue maison moderne à un seul étage, posée au milieu d'un tertre gazonné. Quelques beaux chênes, vestiges de la splendeur d'un ancien domaine loti par les promoteurs, répandaient leur ombre rassurante.

Faite de briques safranées, portes et fenêtres aux encadrements laqués blanc, couverte de tuiles mécaniques, une demeure de ce genre pouvait être vue dans la banlieue de Washington aussi bien qu'en Californie ou au Texas. Le constructeur, sans doute pour justifier l'appellation *New South* donnée à ce qu'il voulait faire passer pour innovation architecturale, avait greffé sur l'entrée principale une sorte de tétrastyle nain à fronton triangulaire.

Sophie — Osmond le comprit vite — était de ces femmes du Nord qui attachent plus d'importance au confort, à l'hygiène et à la facilité de la vie domestique qu'au décor emblématique du Sud. Un garage pour automobiles, une laverie, le chauffage par l'électricité et, surtout, l'air conditionné assuraient aux occupants d'une telle résidence, tirée à des milliers d'exemplaires, le bien-être tant vanté par les magazines.

Dans la périphérie de New Orleans et même à partir de

Louisiana Avenue, frontière occidentale de l'intouchable District [1], chaque fois qu'une vieille maison tombait sous la pioche des démolisseurs ou que les héritiers impécunieux d'une ancienne plantation cédaient aux offres alléchantes des lotisseurs, les constructions de ce genre poussaient en quelques jours. Les animateurs des sociétés historiques et les descendants des vieilles familles s'insurgeaient contre le grignotage constant de la personnalité de la Louisiane. En revanche, les jeunes ménages peu soucieux de dormir sous des plafonds fendus, de marcher sur des parquets disjoints, de lutter contre les courants d'air, de courir, les jours d'orage, d'une gouttière à l'autre, abandonnaient à leurs aînés les maisons-musées, d'un entretien coûteux. M. de Vigors, dont la demeure de ville, sur Prytania Avenue, la plus noble artère du Garden District, constituait un véritable gouffre financier, avait admis le choix des Meyer, tout en regrettant que Bob eût si aisément renoncé aux charmes désuets d'une maison de bois.

Parmi les avantages que le président de la Fox Airlines voyait à sa nouvelle résidence figurait la proximité de l'université Tulane, où David préparerait, pendant un an ou deux, son entrée à Harvard. Le choix du garçon était fait : il suivrait les cours de la Business School de la plus ancienne université d'Amérique du Nord [2], d'où sortaient les hommes d'affaires entreprenants.

— Sa mauvaise vue lui interdit de piloter un avion mais ne le gênera pas pour gérer, avec efficacité, une compagnie aérienne, expliquait Bob.

Chez les Vigors, l'avenir de Charles-Gustave paraissait, lui aussi, tout tracé et en parfaite harmonie avec la tradition

1. Quartier classé où l'on peut voir, aujourd'hui encore, les plus belles demeures construites au XIXe siècle par les familles de la ville, enrichies par le négoce et les affaires. Il est limité au sud par l'avenue Saint-Charles, au nord, du côté du Mississippi, par la rue Magazine, à l'est par Jackson Avenue, à l'ouest par Louisiana Avenue. C'est dans ce quartier que réside le consul général de France à La Nouvelle-Orléans.

2. Fondé cent quarante ans avant la création des Etats-Unis, le 28 octobre 1636, Harvard College fut, à l'origine, un lycée de Boston (Massachusetts).

sudiste, qui exige au moins un officier par famille. Attiré depuis toujours par la mer et les bateaux, Gusy se présenterait au concours d'entrée à l'Académie navale d'Annapolis (Maryland) après un an d'entraînement au Bryan College, à Dayton (Tennessee), spécialisé dans ce genre de préparation. Les temps étaient en effet révolus où, lors de la fondation de l'école, en 1845, on ne demandait aux postulants que « savoir lire, écrire, être familier avec l'arithmétique et la géographie ». Et puis, M. de Vigors tenait à ce que son fils figurât parmi les 10 % de jeunes Américains qui, chaque année, y entraient après examen et non parmi les 90 % admis sur simple recommandation d'un gouverneur, d'un sénateur ou d'un ministre.

Depuis longtemps, l'Académie navale était l'école militaire la plus convoitée par les fils de famille et les rejetons des nouveaux riches. La vocation de marin paraissait toutefois assez accessoire et l'on devait, dans la plupart des cas, rechercher ailleurs les motivations d'un candidat. L'uniforme d'officier de marine classait un homme et lui assurait d'emblée une position sociale et mondaine enviable. Pour les snobs, entrer à l'Académie navale équivalait à sortir de la cuisse de Jupiter. Les riches héritières se montraient souvent plus sensibles au prestige d'un midship qu'à celui d'un *West Pointer*[1]. Depuis la guerre de 1914-1918, mieux valait épouser un enseigne de deuxième classe que le fils d'un banquier de Wall Street ou le neveu d'un sénateur. Il entrait dans cette préférence des demoiselles un peu de romantisme exotique, un certain goût de l'indépendance et une bonne dose d'ostentation : la femme du marin ne sacrifie-t-elle pas à la nation son bonheur familial et n'offre-t-elle pas le spectacle édifiant d'une solitude pitoyable et distinguée ? Elle bénéficie de cette situation même si l'enseigne ne fait pas de service à la mer, se trouve envoyé dans un ministère à Washington, voire

1. Elève de l'Académie militaire de West Point qui forme les officiers de l'armée de terre.

dans un port agréable où l'on peut aussi bien — sinon mieux — faire carrière que sur la passerelle d'un contre-torpilleur ou dans le kiosque d'un sous-marin. Or l'accès à l'Académie navale, depuis sa fondation, dépendait des relations politiques de la famille du candidat. Chaque sénateur, chaque membre de la Chambre des représentants pouvait proposer, voire imposer, deux garçons auxquels il avait quelque raison de vouloir faire plaisir : ceux dont le père avait financé leur campagne électorale, par exemple. Le président des Etats-Unis avait la possibilité d'envoyer une douzaine d'élèves officiers à Annapolis, le vice-président cinq. Les gouverneurs d'Etat, s'ils détenaient quelque influence au Congrès ou à la Maison-Blanche, représentaient aussi des entremetteurs de choix. Certains hommes politiques, plus scrupuleux et plus soucieux de donner à la marine américaine de bons officiers que de plaire à des supporters versatiles, organisaient dans les capitales d'Etat des examens afin de ne soutenir que les meilleurs candidats. Ce curieux mode de recrutement[1] ne laissait qu'un petit nombre de places accessibles aux jeunes gens de condition modeste, sans relations ou dont le père se refusait, comme M. de Vigors, à solliciter l'appui d'un politicien.

— Ce qu'il y a de plus surprenant, c'est que des garçons entrés à l'Académie sans aucun goût pour les choses de la mer et uniquement par protection politique arrivent néanmoins à faire de bons marins et de bons officiers, avait observé Faustin Dubard, sorti d'Annapolis en 1890.

Le cas de Clément-Gratien préoccupait davantage Osmond. Les résultats scolaires du cadet des Vigors ne

1. Il n'a pas changé. Sur les 3400 élèves admis chaque année à l'Académie navale : 75 sont désignés par le président des Etats-Unis ; le vice-président et les membres du Congrès (sénateurs et représentants) en désignent cinq chacun ; d'autres candidats sont sélectionnés parmi les fils des membres du personnel de la marine ; quelques places sont réservées à des étrangers.

laissaient augurer aucune disposition pour les carrières du droit, des affaires ou des sciences. A quatorze ans, Clem restait un rêveur folâtre, sentimental et charmant. Il ne s'intéressait qu'à la musique, la poésie et la danse. Pendant que Gusy évoluait aux premières places dans les matières primordiales, son frère se maintenait péniblement dans le dernier cinquième de la classe. Cependant, les professeurs toléraient le dilettantisme aimable de ce garçon intelligent, doué, discipliné et serviable, qui ne s'animait que devant un clavier.

Clem semblait considérer la classe comme un club, où la bonne éducation exigeait que l'on s'intéressât vaguement aux activités proposées, sans toutefois y participer pleinement. Les appréciations portées sur son travail scolaire eussent été moins flatteuses si le jeune Vigors n'avait joui, dans tout le collège, d'une immense popularité. Depuis qu'il avait écrit, mis en scène et dirigé une revue de fin d'année, dont la musique était de son cru, ses camarades voyaient en lui le nouveau Gershwin. Certains l'invitaient à jouer devant leurs parents. L'équipe de football défilait au son d'une marche de sa composition, le propriétaire du restaurant le plus coté de l'avenue Saint-Charles lui avait offert quinze dollars par soirée pour jouer du piano pendant le dîner. M. de Vigors admettait de voir son fils tenir l'harmonium à l'église de Sainte Marie pendant les mariages et les enterrements, mais il s'était opposé à une exhibition qu'il rapprochait, dans ses souvenirs, de l'emploi des pianistes noirs jouant autrefois dans les bordels de Storyville. Clem n'avait pas insisté, mais il s'était empressé de faire remarquer à son père que le métier de musicien pouvait nourrir son homme.

— Te rends-tu compte, Dad, que quinze dollars, c'est ce que l'on donnait par semaine à George Gershwin à ses débuts pour jouer, pendant dix heures, chez un marchand de musique de Tin Pan Alley[1], les chansons de Shapiro, Jerome Kern ou Irving Berlin...

Personne ne doutait de la vocation de Clément-Gratien, mais Osmond se demandait encore s'il convenait de l'encourager et comment canaliser cet incontestable don, pour que le garçon devînt un compositeur professionnel et non un saltimbanque.

En attendant, Clem s'était engagé à obtenir en juin, comme son frère aîné, son *High School Diploma*[2]. Il travaillait comme un forcené pour parvenir à ses fins et satisfaire son père.

— Nous y arriverons, disait Doris de Castel-Brajac pour encourager son préféré.

De son côté, Gusy s'efforçait de faire admettre à son frère qu'il n'y a aucune malveillance particulière dans une équation du second degré et qu'il n'est pas plus difficile d'imaginer la rencontre d'un cylindre avec un tronc de cône que de concevoir une chorégraphie sur l'air de *Malbrough s'en va-t'en guerre !*

De leur avenir, les garçons ne parlaient guère quand ils s'adonnaient, avec leur père, aux plaisirs rustiques — et ataviques chez les Louisianais — de la chasse, de la pêche et des grandes chevauchées à travers la campagne.

Les trois Vigors étaient connus de tous les habitants du delta. Trappeurs, bûcherons, petits cultivateurs ou grands propriétaires, métayers noirs, gens des bayous, marins-pêcheurs ou crevettiers du golfe les rencontraient souvent dans les zones les plus inhospitalières, vêtus comme des coureurs de bois : veste-chemise de daim aux empiècements frangés, bottes de caoutchouc, gants de coutil renforcés de cuir, casquette de toile à longue visière. Leur Springfield ou leur Mannlicher au creux du bras ou à la bretelle, ceinturés de cartouchières, la gourde et le carnier

1. Littéralement : l'allée des plats en fer-blanc. Nom donné vers 1900, par un journaliste, au quartier des éditeurs, compositeurs et marchands de musique populaire, alors situé autour de la 14e Rue, à New York.
2. Diplôme de fin d'études secondaires.

en bandoulière, toujours accompagnés d'un couple de dalmatiens insolents, M. de Vigors et ses fils saluaient au passage, mais jamais ne s'arrêtaient pour bavarder avec l'un ou avec l'autre. On les voyait parfois, à l'aube, guetter les vols de canards au lac Verret ou sur le bayou Six Mile, courir le daim du côté de Thistlethwaite, traquer la dinde sauvage sur les berges de la Pearl, tirer la bécasse dans le secteur de Pointe au Chien.

Tout le pays acadien connaissait la vieille camionnette Ford dépouillée de ses garde-boue, qu'ils avaient chaussée de pneus énormes pour rouler à travers champs et derrière laquelle ils traînaient, sur son berceau, un canot à fond plat, équipé d'un petit moteur hors bord. Suivant la saison et le lieu, ceux qui voyaient passer cet équipage disaient à leur voisin : « Les Vigors s'en vont pêcher la truite arc-en-ciel et le brochet dans la Pearl », ou : « C'est le temps des perches au lac Henderson », ou encore : « Ils emportent leurs balances, sûr qu'on mangera un gratin d'écrevisses à Bagatelle. »

Au retour de ces expéditions, on désinfectait les égratignures et, après la douche, Hector comptait les prises, pesait et mesurait truites et brochets devant Doris et Javotte. Il alignait canards et bécasses sous le regard des chiens exténués. Gusy se montrait meilleur tireur que Clem, mais ce dernier battait largement son frère à la pêche. Osmond, pour satisfaire ses deux garçons, avait promis qu'on irait en famille à la chasse à l'ours dans le Michigan et aux Bahamas pour pêcher le marlin et le tarpon.

Ces soirs-là, les jeunes Vigors se sentaient devenir des hommes, parce qu'on leur autorisait un demi-verre de bière. Osmond écoutait ses fils discourir avec virilité sur des sujets empruntés aux conversations des adultes et se disait que, bientôt, il ne verrait ses garçons, à Bagatelle ou à La Nouvelle-Orléans, qu'au moment des vacances.

Depuis que la taille de Gusy approchait la sienne et que Clem, moins grand et moins puissant que son frère, lui arrivait à l'épaule, M. de Vigors avait pris conscience d'une sensible accélération de la marche du temps. Comme un traîneau lancé sur une pente enneigée prend de la vitesse, sa propre vie lui paraissait s'écouler selon un rythme plus rapide. Hier, Gusy jouait avec un fusil de bois devant le Vétéran, aujourd'hui, il avait abattu avec sa Springfield un daim à plus de 300 yards[1]. Osmond voyait encore Clem, âgé de cinq ans, remplir plus ou moins des verres d'eau pour faire un xylophone et il venait de jouer de mémoire et parfaitement un mouvement d'une sonate de Beethoven.

Dans l'univers bagatellien, chaque saison creusait des vides. Otis était morte, son père venait de succomber, Augustine Barthew paraissait condamnée par le cancer. Bob, très amoureux de sa femme qui détestait la campagne à cause des *roaches*[2], des araignées, des serpents, des moustiques « et de toutes ces bestioles qui piquent », n'apparaissait plus que rarement à la plantation. Quand Gusy s'en irait à Annapolis, Clem à l'école de musique de Philadelphie, le meilleur conservatoire de l'Union, et David à Harvard, la nouvelle génération serait en marche vers l'indépendance. Rien ne permettait de croire qu'il se trouverait un Vigors pour continuer Bagatelle. Toutes ces pensées, Osmond les gardait pour lui et voyait dans la deuxième saison sans coton sur le domaine un détestable signe de démission.

Bob choisit le 13 février 1935, jour anniversaire de l'accident qui avait failli lui coûter la vie, lors du meeting d'inauguration de Shushan Airport, pour annoncer à son ami que Sophie attendait un enfant. Il ajouta qu'il venait aussi de récupérer sa licence de pilote, les examens

1. 275 mètres environ.

2. Gros cafards de la famille des blattidés, dont le nom exact est *cockroaches*. De son vrai nom français blatte, quelquefois appelé cancrelat, cet insecte peut subsister des semaines sans boire et des mois sans manger. Chaque femelle connaît plusieurs cycles de reproduction annuels et donne plus d'un millier d'œufs. Dans les Etats du Sud, les champions des concours peuvent atteindre une longueur de six à huit centimètres !

médicaux ne laissant apparaître aucune déficience musculaire ni détérioration des réflexes.

— Et tu vas voler à nouveau ? dit un peu vivement Osmond.

— Uniquement pour faire mes heures réglementaires, afin de ne pas perdre ma licence... On ne sait jamais, s'il y avait une guerre et que la nation ait besoin des vieilles tiges ! J'ai promis à Sophie de m'en tenir là.

M. de Vigors put se dispenser, cette année-là, des manifestations mondaines de Mardi gras. Il prétexta une affaire urgente à traiter à New York et prit l'avion de la Fox Airlines pour rejoindre Cordelia. Gusy et Clem ayant été autorisés à sortir seuls, ils inaugurèrent leur premier smoking et décidèrent, pour rassurer leur père et par gentillesse pour celle qu'ils considéraient comme une sœur aînée, de choisir pour cavalières Doris de Castel-Brajac et Aude Oswald, son inséparable amie. Ainsi, les jeunes femmes ne manquèrent pas une fête et, quand Osmond revint à La Nouvelle-Orléans, Doris lui dit combien elle s'était amusée.

— C'était épatant, car non seulement Gusy et Clem sont des danseurs infatigables, qui ne nous ont que rarement délaissées, Aude et moi, pour des débutantes, mais encore ont-ils su éloigner de nous, avec beaucoup de tact, les vieux beaux et les don Juan de passage !

Comme s'il voulait ne pas être en reste sur ses fils et faire oublier sa dérobade de Mardi gras, M. de Vigors conduisit Doris à une conférence de Mme Gertrude Stein. Cette femme de lettres américaine, résidant en France depuis un quart de siècle, donnait à entendre, par l'intermédiaire de son amie très intime Alice B. Toklas, le faire-valoir attaché à sa carrière, qu'elle avait appris à écrire à Hemingway, à Fitzgerald, à Sherwood Anderson et que des peintres comme Picasso, Juan Gris et Braque lui devaient leur réputation. M. de Vigors gardait un souvenir déplaisant de la visite qu'il avait rendue au couple saphique, à Paris, au printemps 1923, en compagnie d'un jeune Américain de l'Iowa, Kenneth Matthews, qui se croyait une vocation de poète. Kenneth avait, depuis, renoncé à la poésie pour prendre la succession de son père, propriétaire des abattoirs de Sioux City et fabricant de conserves alimentaires. Dans sa lettre annuelle, ce garçon du Middle West, qui n'avait jamais oublié sa rencontre avec le Sudiste dans une brasserie de Montparnasse, expliquait comment il s'était fait un supplément de bénéfices en organisant, à la demande du gouvernement fédéral, ce qu'il nommait la Saint-Barthélemy des cochons[1].

Avant l'étape de La Nouvelle-Orléans, où elle était arrivée, par avion, le 20 février, Mme Stein avait pris la parole à Birmingham (Alabama), devant des étudiants enthousiastes.

En Louisiane, où l'accueillit Sherwood Anderson qui venait de convoler pour la quatrième fois, la réception risquait d'être moins chaleureuse. La conférencière apparaissait aux yeux des opposants à Huey Long, de plus en plus nombreux et décidés, comme un supporter du Kingfish. Elle disait en effet du bouillant sénateur : « Huey Long a le sens de l'humain et ses façons ne sont pas ennuyeuses comme celles de Harding, Roosevelt et Al Smith. » Pour un homme politique qui ne cachait plus son intention d'être candidat à la Maison-Blanche en 1936, une telle comparaison ne pouvait qu'être encourageante et poser son bénéficiaire. Il est vrai qu'à cette époque le célèbre écrivain britannique Herbert George Wells[2], en voyage d'étude dans le Tennessee, s'était exclamé après avoir rencontré M. Long : « Il est deux cents pour cent américain. »

Descendue à l'hôtel Roosevelt, Mme Stein s'était étonnée de n'y voir que des hommes remuants y tenir des concilia-

1. Dans le cadre de l'*Agricultural Adjustment Act* — loi de réorganisation de l'agriculture — le président Roosevelt, pour restaurer le pouvoir d'achat des éleveurs par une réduction de la production, avait fait égorger 6 millions de jeunes porcs et 2 millions de truies.
2. 1866-1946.

bules politiques comme dans les couloirs de la Chambre des députés, à Paris. Elle ignorait que l'établissement était la résidence habituelle de Huey Long et le siège du comité *Share our Wealth*, créé par l'ambitieux sénateur pour faire pièce au *New Deal* du président des Etats-Unis. La visiteuse avait apprécié, par-dessus tout, les oranges sucrées de Louisiane, offertes par Sherwood Anderson. Ce cadeau n'avait pas donné lieu à incident comme chez les Fitzgerald, dans le Maryland. Les gens informés rapportaient en effet qu'à Noël Gertrude et Alice avaient été reçues par Zelda et Scott Fitzgerald dans leur maison de Park Avenue, à Baltimore. On avait évoqué les années parisiennes de l'écrivain en vidant de nombreux verres. Mais, quand Scott avait voulu offrir à Gertrude une toile récemment peinte par Zelda, cette dernière était entrée dans une violente colère et le cadeau n'avait pas été remis. On disait encore que Mlle Toklas, qui passait des heures chaque matin à s'émerveiller devant les étals de légumes et de fruits du marché français au bord du Mississippi, avait réussi à extorquer au chef du restaurant Antoine la recette des huîtres à la Rockefeller.

Les étudiants de l'université Tulane firent à l'auteur d'*Autobiographie d'Alice Toklas* [1] et d'*Américains d'Amérique* [2] un accueil des plus courtois mais peu d'auditeurs comprirent ce que pouvait être, en matière d'écriture, une structure propre à accueillir à la fois des illuminations, des heurts et des tâtonnements. Doris de Castel-Brajac fut tout de même impressionnée par le regard intelligent, la voix prenante et l'élocution de cette femme lourde, aux traits masculins, aux oreilles démesurées, qui ne tentait rien pour améliorer son aspect physique.

Osmond, après la conférence de Mme Stein, envoya à Ken Matthews, « en souvenir du bon vieux temps », son carton d'invitation et des coupures de presse relatant le

1. Publiée aux Etats-Unis en 1933. Edition française : Gallimard, 1934.
2. Publiés aux Etats-Unis en 1925. Edition française : Stock, 1933.

séjour à La Nouvelle-Orléans de celle qui passait, aux yeux de certains intellectuels, pour la papesse des Lettres américaines d'après-guerre. N'avait-elle pas qualifié de « génération perdue » les écrivains qui, tels Ernest Hemingway, Ezra Pound ou McAlmon, s'étaient expatriés pour fuir la civilisation américaine ?

Gusy et Clem, ayant obtenu l'un et l'autre — le premier brillamment, le second de justesse — leur diplôme de fin d'études secondaires, furent envoyés, comme ils le souhaitaient cet été-là, dans un camp de vacances en Floride. Il s'agissait d'un établissement balnéaire des plus huppés, que fréquentaient les garçons amateurs de sports nautiques et dont la conduite était garantie irréprochable. Pic et Poc Dubard, habitués de ce bivouac de luxe, en avaient tellement vanté les avantages à leurs cousins germains que les fils Vigors ne rêvaient que d'y être admis. David Meyer n'eut aucune peine à convaincre son père de lui offrir le même séjour.

Pendant un mois, les cinq garçons venus de Louisiane connurent le plaisir, nouveau pour trois d'entre eux, des baignades en mer et des jeux de plage. Ils furent initiés à la voile, au surfing, à la pêche sportive, pratiquèrent le tennis, le volley-ball et le tir au pigeon d'argile, dansèrent et flirtèrent au cours des *parties* organisées sous la haute surveillance des mères de famille en villégiature. Ces dernières, pour distraire leurs filles et éventuellement repérer de possibles futurs gendres, invitaient, après une discrète sélection — dont les critères principaux restaient la fortune et le nom — les jeunes gens du camp. Les Louisianais eurent ainsi l'occasion de connaître des garçons de leur âge venus des villes du Nord et découvrirent que les demoiselles de Pittsburgh, Kansas City et Denver étaient tout aussi coquettes, mijaurées, pimbêches, chipies, gracieuses, sentimentales ou bécasses que celles de Shreveport, La Nouvelle-Orléans ou Baton Rouge. Cependant, la plupart des

« petites Yankees », ainsi que les désignait Gusy, paraissaient assez sensibles à ce qu'elles nommaient entre elles *the Dixie difference*[1].

Au cours d'une de ces soirées dansantes, qui se terminaient irrévocablement à vingt-deux heures en vertu du règlement du camp, Clem fut interpellé par une brune fort plaisante, dont il avait remarqué l'air déluré. Bien qu'assiégée par de jeunes cavaliers, elle s'approcha de Clem.

— Mais, dites-moi, ne venez-vous pas de New Orleans ?

— Si. Pourquoi me demandez-vous ça, mademoiselle ? s'étonna Clem, déjà sur le qui-vive.

— Je crois que nous nous sommes rencontrés à un bal d'enfants de Mardi gras, il y a longtemps... Vous m'avez même offert votre moustache de mousquetaire... Je l'ai conservée en souvenir.

— Linda... Linda Dixon ! s'écria le garçon.

— Et vous êtes..., attendez que je me souvienne !

— Clément-Gratien de Vigors, mais on m'appelle Clem.

— Clem, c'est ça..., je me souviens, vous étiez le seul qui dansiez en mesure !

— Je crois que je sais encore. Voulez-vous essayer ?

— *O.K.*, Clem. C'est un *black bottom*, allons-y, dit la jeune fille en rejetant d'un mouvement de tête la masse brune et indisciplinée de ses cheveux bouclés.

Le garçon et la fille, absorbés par la danse vive et trépidante, goûtèrent un vrai moment de plaisir.

— Vous vouliez, je crois, être danseuse, dit Clem.

— J'ai réussi à convaincre mon père et je vais entrer dans une école de danse à Dallas.

— Moi, j'entre à l'école de musique de Philadelphie.

— En somme, nous serons tous deux des artistes, dit joyeusement Linda.

Clem se souvint de la longue discussion qu'il avait eue avec son propre père à cause de ce mot, si lourd de méfiances accumulées dans les vieilles familles aristocrati-

1. La singularité sudiste.

ques du Sud. Il eut une pensée pour Doris de Castel-Brajac, dont l'appui avait été décisif.

— En général, les parents n'aiment pas que leurs fils et leurs filles soient musiciens ou danseuses, dit-il.

— Les parents, on s'en fout, Clem... Nous sommes en train de rater mon paso doble préféré, venez-vous ?

Clem et Linda devinrent rapidement de bons amis, sans que rien dans leur attitude puisse susciter commentaires ou plaisanteries. Seule une commune passion pour la musique et la danse les rapprochait. Il y avait une telle harmonie dans leurs pas et une complicité si spontanée dans la cadence de leurs évolutions, souvent improvisées, que tous les danseurs et danseuses de la bande enviaient leur souplesse et leur élégance.

Mme Dixon, la belle-mère de Linda, qui ne ratait pas une comédie musicale, comparait Clem et la fille de son mari à Fred Astaire et Ginger Rogers, dansant *Night and Day* dans *The Gay Divorcee*[1] ou évoluant sur l'air de *Smoke Gets In Your Eyes,* l'exquise chanson de Jerome Kern, dans *Roberta*[2].

Le flirt, considéré comme sport de vacances par beaucoup d'adolescents, n'entrait pas en ligne de compte dans l'entente du Louisianais et de la Texane. Clem n'était pas de ceux qui, sous prétexte de prendre l'air, entraînaient une fille dans un bosquet d'althéas pour lui voler un baiser de cinéma. Linda ne minaudait pas en roulant des yeux de biche effarouchée quand un garçon la regardait. Sportive, gaie, volontiers moqueuse, Mlle Dixon avait hérité de ses ancêtres, éleveurs texans, une assurance virile, une pugnacité agreste, un goût très vif pour la fête, et de sa mère, d'origine espagnole, un tempérament fougueux et passionné. Son langage imagé, parfois rude, avait de quoi surprendre dans la bouche d'une personne de bonne éducation.

1. *La Gaie Divorcée.* Film R.K.O. de Mark Sandrich (1934).
2. *Roberta,* film R.K.O. de William A. Seiter (1935), musique de Jerome Kern. Figuraient aussi dans la distribution Irene Dunne et Randolph Scott.

— Linda et son père usent du même vocabulaire et du même ton pour parler à leurs chevaux et aux gens ! constatait, en pinçant les lèvres, Mme Dixon.

Elle tenait ainsi à marquer, devant Gusy et Clem, dont le nom à particule l'impressionnait, que Linda n'était qu'une Dixon née de mère étrangère. En revanche, les quatre fils qu'elle, née Melba Hackett, avait donnés au Texan pouvaient se targuer de posséder dans leurs veines le sang distingué d'un compagnon de Sam Houston.

Cette femme s'était prise de sympathie pour Clément-Gratien, ce qui valait aux Vigors d'être invités à la villa des Dixon. Clem jouait du piano, Linda chantait d'une voix que le jeune Vigors qualifia de *cello*[1]; Gusy s'ennuyait dans la compagnie des quatre fils Dixon. Theodore, dit Teddy, Thomas, dit Tom, Andrew, dit Andy, et Ulysses, dit Kid, âgés respectivement de quatorze, douze, onze et neuf ans, ne s'intéressaient qu'à la boxe et au baseball et se querellaient sans cesse au sujet du nombre de bêtes à cornes et de puits de pétrole que possédait leur père.

Ce dernier fit une apparition en Floride, à la fin du séjour des Vigors. Sa familiarité, ses mains velues et la façon qu'il avait de renifler son whisky — qu'il buvait pur et sans glaçons — avant de porter son verre à la bouche, déplurent à Gusy. Clem le trouva plutôt sympathique, bien qu'il s'avouât dérouté par son accent, sa voix tonitruante, les exclamations du genre : *Gee*[2] ou *Dammit*[3], dont il ponctuait ses propos. Il fut surpris de s'entendre qualifié de *classy*[4] et de voir que Linda répondait au surnom de Kewpie[5].

Quand les Louisianais vinrent prendre congé de cette

1. Violoncelle. Argot de Hollywood. Actrice ayant une voix chaude et grave.
2. Argot : Jésus.
3. Argot ; peut se traduire par : nom d'un chien !
4. Argot : élégant, qui a de la classe.
5. Argot : poupée de porcelaine ou de celluloïd.

famille si accueillante, Gene Harry Dixon dit son souhait de voir se maintenir des relations si heureusement amorcées.

— Laissez-moi le téléphone de votre père. Il se pourrait bien que nous allions à New Orleans aux environs de *Thanksgiving*. On irait vous faire une petite visite. J'aimerais connaître le géniteur de garçons tels que vous. Savez-vous, vous deux, que vous plaisez à la fois à ma femme et à ma fille... Ah... Ah ! et croyez-moi, *boys,* c'est pas tous les jours qu'on voit ça !

Les garçons, de retour à Bagatelle, racontèrent avec force détails les événements de leurs vacances. Clem ne manqua pas de faire l'éloge de Linda, mais Gusy révéla que M. Dixon avait employé pour parler de M. de Vigors le terme dont il devait user habituellement pour désigner un fameux taureau reproducteur.

— Et nous sommes menacés d'une visite de ces gens en novembre ! conclut Charles-Gustave.

— Eh bien ! nous recevrons de notre mieux des personnes qui vous ont aussi généreusement accueillis. Et si M. Dixon est curieux de connaître votre... géniteur, je ne serais pas mécontent, de mon côté, d'être présenté à l'impétueuse Linda, dit Osmond avec un clin d'œil à l'adresse de Clem.

— Linda est une fille de caractère, sa belle-mère est un peu chichiteuse, mais pleine de générosité. Dixon et ses fils, en revanche, sont franchement insupportables, hâbleurs, bruyants, se mettant toujours en avant, sûrs de faire toujours mieux que les autres..., renchérit Gusy.

— Ce sont des Texans, mes enfants. Ils ont aussi leurs qualités, sans aucun doute : durs au travail, courageux, hospitaliers. Il faut vous faire à l'idée que les Etats-Unis sont constitués de quarante-sept Etats auxquels un grand pays, rude et riche, appelé Texas, a accepté de se joindre pour parfaire l'unité du continent américain ! Le Texas est aujourd'hui l'Etat le plus vaste de l'Union [1], cinq fois notre Louisiane. Pensez qu'il pourrait contenir la Nouvelle-Angleterre, l'Ohio, l'Illinois, la Pennsylvanie et le New Jersey réunis. Et puis, les Texans n'ont jamais oublié qu'ils ont vécu pendant dix années sous une république indépendante. Tous leurs rapports avec le reste de l'Union sont encore influencés par ce souvenir. Leur drapeau le prouve : le *Lone Star State Flag* [2] était déjà celui de la république de Sam Houston, en 1836, conclut Osmond.

L'été apporta chez les Vigors, comme dans toutes les familles louisianaises, un sujet de conversation beaucoup plus excitant. Le 13 août, Huey Long, sénateur des Etats-Unis et « tsar de Louisiane », d'après les journalistes, annonça officiellement qu'il serait candidat à l'élection présidentielle de 1936. Il s'efforcerait d'obtenir l'investiture du parti démocrate et s'il n'y parvenait pas, ce qui était probable puisque Franklin Roosevelt avait l'intention de briguer un second mandat, il tenterait sa chance comme candidat indépendant. Les gens de l'entourage du sénateur glissaient confidentiellement à leurs amis que M. Long ne croyait pas à un succès en 1936, mais qu'en revanche il se disait très capable de l'emporter en 1940, pour peu que le second *New Deal* réclamé par Roosevelt donne d'aussi piètres résultats que le premier.

On constatait, en effet, que les efforts du gouvernement fédéral étaient rarement couronnés de succès en dépit d'une législation audacieuse. Le programme d'aide aux chômeurs sous l'égide d'une nouvelle agence, Works Progress Administration [3], plus connue sous son sigle W.P.A., permettait certes de donner une occupation aux gens dépourvus de ressources, qui acceptaient de devenir maçons ou terrassiers pour ne pas mourir de faim. Mais leurs activités ne pouvaient constituer un apport économi-

1. Ce n'est plus vrai, depuis l'entrée de l'Alaska dans l'Union, le 3 janvier 1959.
2. Drapeau à une seule étoile.
3. Administration pour le développement du travail.

que ni produire de richesses. Les choix des Etats et des municipalités qui recevaient des subventions fédérales pour effectuer des travaux d'utilité publique étaient souvent influencés par des considérations politiques locales.

Cependant, en 1935, deux millions de chômeurs s'étaient remis au travail sur des chantiers. A New York, ils asphaltaient les rues ; à Washington, ils assuraient les terrassements du nouveau mail et construisaient un zoo ; à Fort Knox, dans le Kentucky, ils édifiaient le plus grand coffre-fort du monde, destiné à recevoir les réserves d'or de l'Union ; ils élevaient des barrages dans le Tennessee et le Colorado ; ils creusaient un tunnel routier dans le New Jersey ; ils bâtissaient un conservatoire floral à Saint Louis (Missouri), un auditorium à Phoenix (Arizona). Des villes se dotaient de piscines, de réservoirs d'eau, d'immeubles administratifs.

En Louisiane, les fonds du W.P.A. étaient investis dans de nouveaux ponts. Le plus impressionnant enjamberait le Mississippi entre La Nouvelle-Orléans et la paroisse Jefferson. Il ferait franchir le fleuve à la voie ferrée du Public Belt Railroad et à la route n° 90. Avec ses rampes d'accès sur chaque rive, l'ouvrage atteindrait la longueur de 5 kilomètres. Suspendu à 45 mètres au-dessus du fleuve, supporté par huit piles, il devait être ouvert à la circulation avant Noël 1935. Plus de mille ouvriers y travaillaient et son coût dépasserait 13 millions de dollars. D'autres ponts, comme celui franchissant la rivière Red entre Shreveport et Bossier, étaient entrés en service dès 1934 et la construction d'un nouvel ouvrage destiné à la traversée du Mississippi, au nord de Baton Rouge, allait commencer. 10 millions de dollars seraient nécessaires pour mener à bien ce projet.

Pour M. Huey Long, les ponts, les nouvelles routes et le capitole grandiose, que tous les gouverneurs d'Etat venaient visiter, constituaient l'apport architectural de son règne.

En attendant une inauguration qu'il voulait inoubliable,

le Kingfish avait à tenir tête à une administration fédérale de plus en plus harcelante depuis qu'il avait proclamé, le 9 avril à la radio, que Roosevelt était *a liar and a faker*[1]. Au lendemain de cette déclaration de guerre, un journal de Washington, prenant la défense du président insulté, énumérait les pouvoirs exorbitants que Long s'était attribués : il contrôlait les élections ; usait de la garde nationale comme d'une garde prétorienne ; nommait des fonctionnaires qui auraient dû être élus ; supervisait les finances de l'Etat et des paroisses ; embauchait et licenciait les maîtres d'école ; suspendait à son gré les lois qui le gênaient et en faisait voter, comme le 16 novembre 1934, quarante-quatre de son cru en deux heures ! Il tenait sous sa coupe 50 000 contribuables, les policiers, les pompiers, les dockers, les employés des hôpitaux et 12 000 instituteurs, dont les salaires étaient fixés par une commission qu'il présidait. Un journal d'Indianapolis avait publié une photographie de Huey Long devant un portrait de Hitler avec la légende : *N'y a-t-il pas une ressemblance ?*

Plus sérieusement, des fonctionnaires du Trésor fédéral enquêtaient en Louisiane sur l'usage qui était fait des fonds destinés aux chômeurs. On murmurait que des ponctions non négligeables avaient été opérées par Huey Long, en prévision peut-être d'une campagne présidentielle.

Tout ce qui pouvait ternir l'image du Kingfish réjouissait ses opposants et encourageait la résistance aux ukases du démagogue. Au mois de janvier 1935, à Baton Rouge, une révolte des anti-*Longist* n'avait pu être contrée que par la garde nationale appelée par le gouverneur et la proclamation de la loi martiale dans la paroisse. Le 26 janvier, 300 citoyens avaient pris d'assaut le palais de justice et s'y étaient barricadés pour protester contre le remplacement arbitraire d'un procureur qui refusait les ordres de Huey Long et le licenciement de 225 employés de la paroisse, jugés peu coopératifs. Mais, le soutien de la population

1. Un menteur et un truqueur.

ayant fait défaut à ceux que le sénateur nommait déjà « insurgés », les manifestants, en échange de la promesse qu'ils ne feraient l'objet d'aucune poursuite, étaient rentrés chez eux. L'échauffourée avait donné à réfléchir à Long, qui, depuis ce jour-là, voyait partout des complots, non seulement contre sa politique mais contre sa personne.

Quelques jours après la confirmation de sa candidature à l'élection présidentielle, Long révéla à sa manière théâtrale, au cours d'une conférence de presse, les menaces qui pesaient sur sa vie. Le dimanche 21 juillet, il avait fait placer des microphones et un *dictagraph* [1] dans une chambre de l'Hôtel de Soto, à La Nouvelle-Orléans. Là se trouvaient réunis les amis de celui qu'il nommait avec mépris *Roosevelt le Petit* et ceux qui, d'après lui, souhaitaient se débarrasser du Kingfish avant l'élection présidentielle de 1936. En vérité, ces opposants à Long discutaient, sans se cacher, pour savoir quel serait le meilleur candidat à opposer à Huey lors des élections sénatoriales. Mais le Kingfish n'en était pas à une approximation ni à une rouerie près. Pour conforter ses révélations, il fit diffuser l'enregistrement du *dictagraph*. Les journalistes, tendant l'oreille, entendirent une voix non identifiable dire : « J'organiserais volontiers une tombola pour désigner celui qui irait tuer Long. Il suffirait d'un fusil, d'une balle. » Puis une autre voix, que personne ne put reconnaître, ajoutait : « Il ne fait pour moi aucun doute que Roosevelt pardonnerait quiconque aurait tué Long. »

La gravité même de ces phrases rendit les auditeurs sceptiques. Huey Long constituait-il un candidat si redoutable pour Franklin Delano Roosevelt que ce dernier puisse permettre que soient proférées, avec son accord, de telles paroles ? L'affaire n'eut pas le retentissement souhaité par le Kingfish.

Et cependant, tous les Louisianais qui avaient souri, l'air plus ou moins narquois, en apprenant l'existence de ce

1. Ancêtre du dictaphone.

complot et en voyant, depuis, M. Long serré de près par ses gardes du corps se souvinrent de l'étrange enregistrement, le 9 septembre 1935.

Ce soir-là, toutes les radios interrompirent soudain leurs émissions pour annoncer, vers 22 h 30, que le sénateur Long venait d'être victime d'un attentat, qu'il avait été transporté pour une blessure par balle à l'hôpital Lady of The Lake[1], à Baton Rouge. Il ne semblait pas que les jours du sénateur fussent en danger.

En fait, Huey Pierce Long avait déjà commencé de mourir sous les yeux de médecins affolés et incompétents. Le 10 septembre, vers 4 h 15 du matin, trente heures après l'attentat, celui qui avait été, à trente-quatre ans, le plus jeune sénateur de son époque et qui se croyait promis aux plus hautes destinées politiques de son pays s'éteignit en demandant à un ami, dans une ultime demi-conscience, quand il pourrait entrer en campagne électorale pour la présidence. Quatre jours plus tôt, à New York, il avait joyeusement fêté son quarante-deuxième anniversaire.

Grâce au docteur Nicholas Benton, qui se trouvait à l'hôpital de Baton Rouge, au chevet d'une de ses patientes, pendant les dernières heures de Long, les Bagatelliens bénéficièrent d'une version objective des faits.

Le dimanche 8 septembre, le Kingfish était rentré d'un meeting à Oklahoma City, au cours duquel il avait développé avec succès son programme « partageons notre fortune » et promis à chaque famille américaine un revenu minimal annuel de 5000 dollars.

Dès son arrivée en Louisiane, il avait décidé de convoquer, pour le soir même, une session extraordinaire de la législature, la quatrième de l'année. Il tenait à faire voter, en hâte, quelques lois supplémentaires, notamment l'adoption par les sénateurs et représentants réunis d'une modification du découpage des circonscriptions judiciaires. Il

1. Notre-Dame-du-Lac. Cet hôpital était alors situé à cinq cents mètres du capitole.

s'agissait en fait d'éliminer un magistrat très estimé et très populaire, opposant des plus actifs, le juge Benjamin Pavy, de Saint Landry, régulièrement réélu à son poste depuis vingt-huit ans. La paroisse Saint Landry constituait, avec la paroisse Evangeline, le treizième district judiciaire. En retirant Saint Landry du treizième district et en la plaçant dans le quinzième, où Long comptait une large majorité d'électeurs, le cas Pavy serait réglé et Huey Long pourrait faire élire un magistrat de plus à sa dévotion. Un tel procédé avait un nom anglais souvent prononcé depuis le règne de Long : *Gerrymandering*[1].

La législature ayant, ce soir-là, suspendu ses travaux vers 21 h 15, Long, qui portait un costume en coton et soie de couleur crème, quitta aussitôt la salle des séances où il avait bavardé avec les journalistes et se rendit, escorté de quelques amis, dans son bureau ouvrant sur un large couloir, en arrière du hall d'honneur. Il en ressortit presque aussitôt, encadré par ses gardes du corps et suivi de ses fidèles, pour se diriger vers l'ascenseur réservé à l'usage exclusif du gouverneur, afin de gagner son appartement au 24ᵉ étage de la tour capitoline. C'est au moment où, dans le couloir aux parois de marbre vert à ramages gris, le Kingfish allait accéder à l'ascenseur qu'un homme d'aspect anodin, portant lunettes, vêtu d'un costume de toile blanche et tenant un panama à la main, se détacha du mur contre lequel il était adossé et s'approcha du sénateur.

Avant même qu'on eût réalisé sa présence, l'inconnu découvrit un petit pistolet et, à moins d'un mètre, tira, sans viser, dans l'abdomen de Huey Long. Ce dernier pivota sur lui-même et, saisi d'effroi, jeta plaintivement : « *I am shot*[2] » à l'ami qui s'était précipité pour le soutenir.

Le Kingfish, plié en deux, fit quelques pas en direction de l'escalier, avant de se laisser aller sur le sol. Entre-temps, une fusillade digne d'un règlement de comptes à

1. Truquage électoral.
2. « Je suis touché ! »

Chicago emplit le hall de l'écho des détonations. Les gardes du corps, furieux de s'être laissé surprendre, réagissaient avec colère. Le pistolet mitrailleur de l'un et les revolvers des autres crachaient des balles[1] qui ricochaient sur le marbre ou s'y incrustaient[2]. Par miracle, aucun des témoins du drame ni les parlementaires accourus après les premiers coups de feu ne furent atteints. L'agresseur du Kingfish, lui, avait cessé de vivre quelques secondes après son forfait. Rageusement, les policiers vidèrent tout de même leurs chargeurs sur le corps inerte. Ceux qui examinèrent le cadavre constatèrent que l'homme avait reçu vingt-neuf balles tirées de face et trente dans le dos. Certains projectiles avaient peut-être traversé le corps de part en part.

Dans l'automobile qui le transportait à l'hôpital le plus proche, Huey Long demanda d'un ton incrédule : « Pourquoi m'a-t-on tiré dessus ? » Venant de la part d'un homme qui, depuis des années, avait suscité tant d'inimitiés, la question pouvait surprendre. Huey Long s'était toujours cru aimé de la plupart de ses concitoyens et assez redouté des autres pour décourager les comploteurs qu'il dénonçait périodiquement.

Alors que le blessé attendait encore dans le hall de l'hôpital qu'on lui donnât une chambre, un policier vint au rapport. L'agresseur du sénateur venait d'être identifié : Carl Austin Weiss, docteur en médecine, oto-rhino-laryngologiste réputé de Baton Rouge.

— Connais pas ! Le seul Weiss que je connaisse en politique, c'est vous, dit Long en se tournant vers son ami de toujours, Seymour Weiss, qui venait d'arriver.

Cette nuit-là, Huey Long fut sans doute abattu par un tueur résolu à sacrifier sa propre vie, mais il fut aussi victime, par les négligences incroyables des médecins appelés à le soigner, de ses méthodes dictatoriales de

1. Plus de soixante-dix coups furent tirés par les gardes.
2. On peut encore voir, près de l'ascenseur réservé au gouverneur, l'impact de quatre projectiles dans le revêtement de marbre du mur.

gouvernement. Le premier médecin qui l'examina, Arthur Vidrine, récemment promu par le sénateur surintendant de l'hôpital de la Charité à La Nouvelle-Orléans, se trouvait à Baton Rouge au moment de l'attentat. Ce praticien était, hélas ! meilleur supporter politique que médecin. Le blessé avait peu saigné et présentait deux petites plaies, une sous le sein gauche et une dans le dos. M. Vidrine en conclut hâtivement que la balle avait dû traverser le corps de Huey sans toucher au passage un organe vital. Il n'imagina pas que la blessure au dos pouvait peut-être indiquer l'entrée d'un second projectile plutôt que l'émergence du premier. Il ne prit pas en considération le risque d'hémorragie interne, fréquent chez les blessés par balles.

Un autre médecin, le docteur Cecil O. Lorio, appelé par une amie du sénateur, voyant baisser la tension et sentant filer le pouls, pensa, lui, à l'hémorragie sournoise. Vidrine finit par reconnaître qu'il fallait opérer le Kingfish pour évaluer les dégâts. A la demande du sénateur, il fit appeler les deux meilleurs chirurgiens de La Nouvelle-Orléans, les docteurs Maes et Rives. Le voyage jusqu'à Baton Rouge devait prendre deux heures. Mais, cette nuit-là, la chance qui, si souvent, avait servi Long fut impuissante à juguler les forces malignes mobilisées par Carl Austin Weiss. A la sortie de La Nouvelle-Orléans, l'automobile du docteur Rives rata un virage et s'embourba. Quant au docteur Maes, il se trouva, lui aussi, considérablement retardé. A Baton Rouge, on commençait à craindre pour la vie du sénateur et le docteur Vidrine décida d'opérer lui-même, avec l'assistance du docteur Ben Chamberlain et du meilleur anesthésiste de la ville, Henry McKeown, qui passait pour un des plus vindicatifs opposants à Huey Long. Quelques jours plus tôt, par boutade de carabin, McKeown n'avait-il pas lancé, lors d'une soirée à l'Elk's Club : « Si je dois jamais anesthésier Long, je l'endormirai pour de bon. » Au moment d'assumer ses responsabilités, il se souvint, devant l'illustre patient, de la phrase stupide qu'il avait prononcée : si le sénateur succombait en cours d'intervention, certains soupçonneraient peut-être qu'il l'avait achevé.

Rien, depuis l'attentat, ne s'était déroulé normalement et les choses continuèrent à suivre un cours vicieux. Ainsi, le bloc opératoire où Vidrine et ses assistants tentaient de sauver la vie de Huey Long devint, pendant l'opération, une sorte de salon. Des gens entraient, sortaient, donnaient leur opinion. On reconnaissait, autour du gouverneur O.K. Allen et du lieutenant-gouverneur, des sénateurs, des hauts fonctionnaires, des successeurs possibles du Kingfish.

— On se serait cru à Versailles quand le roi allait mourir et que les courtisans venaient assister aux coups de lancette et à l'administration des lavements ! commenta Nicholas Benton.

En sa qualité de médecin, il avait approché ses confrères, assez outrés par le comportement des politiciens. La mère Henrietta, infirmière chef de l'hôpital, avait vainement tenté de s'opposer à cet envahissement de la salle d'opération. « Ce n'était pas normal », reconnut-elle plus tard, usant d'un prudent euphémisme.

L'opération, commencée à 23 h 22, après anesthésie au N_2O[1], fit apparaître une perforation du poumon, une déchirure du côlon et quelques autres dégâts non précisés. Quand Huey Long reprit connaissance, le lendemain matin, le docteur Maes était à son chevet. Le chirurgien s'étonna tout d'abord que le blessé n'eût pas été sondé. Il pratiqua l'examen, qui fit apparaître du sang dans les urines. Une ponction rénale, effectuée par un urologue convoqué en hâte, le docteur Jorda Kahle, confirma les craintes exprimées par Maes : M. Long souffrait d'une hémorragie « massive et continue ».

Nicholas Benton commenta :

— Il aurait fallu tenter l'ablation du rein, mais, dans

1. Protoxyde d'azote. Appliqué à l'anesthésie par le dentiste Horace Wells dès 1844.

l'état où se trouvait maintenant le sénateur, personne ne s'y serait risqué. D'ailleurs, il commençait à délirer : l'homme qui, avec Lindbergh et Roosevelt, avait été le plus photographié en Amérique croyait voir des photographes s'activer autour de son lit.

Les transfusions sanguines — le sénateur James A. Noe fut le premier à offrir son sang — n'apportèrent que peu d'amélioration, pas plus, en tout cas, qu'une instillation par voie rectale d'un étrange cocktail composé par le docteur Maes : laudanum, aspirine, brandy et solution saline.

On sut bientôt que rien ne pourrait plus conserver le Kingfish à la vie. Il fut placé sous une tente à oxygène. Dès qu'il ouvrait un œil et paraissait retrouver un peu de lucidité, ceux qui possédaient sa confiance, comme Seymour Weiss, se penchaient sur lui pour demander anxieusement : « Dans quelle banque et dans quel coffre avez-vous déposé les fonds secrets ? » Produit de prélèvements, prétendument acceptés, sur les salaires des employés de l'Etat[1], de dons des supporters fortunés et peut-être de recettes obtenues par des moyens moins avouables, des sommes considérables, destinées au financement de sa campagne électorale, étaient détenues par le mourant. Longtemps, ce magot avait été placé dans un coffre d'une banque de New York dont seul Long possédait la combinaison et la clef. Mais, peu de temps avant sa mort, il avait confié à Seymour Weiss qu'il venait de transférer les fonds dans une autre banque, sans donner toutefois plus de précisions. A l'hôpital de Baton Rouge, dans la chambre 325, on s'inquiétait donc beaucoup. Le Kingfish pouvait fort bien emporter dans la tombe l'adresse de son trésor politique[2].

1. Officiellement 2 %.

2. En novembre 1936, à la Rigg's National Bank, à Washington, il fut procédé, en présence de Mme Long, d'un officier d'état civil et d'un fonctionnaire du Trésor, à l'ouverture d'un coffre loué par Huey Long. Il était vide. D'autre part, on avait trouvé, attachée au trousseau de clefs du défunt, une clef de coffre. La Yale and Town Company (Stamford, Connecticut), interrogée, révéla que cette clef correspondait au coffre

Tandis que Huey Long, inconscient, glissait doucement dans la mort, veillé par sa femme, sa fille, ses deux fils et ses fidèles, le meurtrier prenait le profil redoutable d'un justicier. Le docteur Carl Austin Weiss était le gendre du juge Benjamin Pavy, que Long tenait à chasser du tribunal de Saint Landry. Dès que l'on eut connaissance de ce détail, le mobile de l'attentat parut évident : écœuré par le procédé employé contre le père de sa femme, Carl Weiss avait voulu punir le sénateur. Dans le milieu médical, où le jeune médecin jouissait de l'estime générale, on refusa de croire que Weiss avait été tiré au sort par les comploteurs de La Nouvelle-Orléans pour tuer le Kingfish. Le praticien passait pour un homme calme, indifférent à la politique. S'il avait exécuté Long avec son pistolet belge, calibre 32, c'était sous l'emprise d'une colère subite. Le porte-parole de la famille Weiss, le docteur Pavy, membre de la Chambre des représentants et oncle par alliance du meurtrier, déclara aux reporters : « Je doute que Carl ait tiré sur Long. » Mais le juge Pavy, interrogé par d'autres journalistes, expliqua : « Ce fut un acte de pur patriotisme de la part de Carl, qui était prêt à sacrifier sa vie pour sauver la Louisiane, et peut-être la nation tout entière, de la dictature que Long voulait imposer. »

On se demanda si le vieux magistrat n'entendait pas profiter politiquement du geste de son gendre, dont tout le monde s'accordait à dire qu'il n'avait pas le profil d'un assassin. Quelques minutes avant l'attentat, le docteur Weiss avait mis au point par téléphone, avec un confrère, le processus opératoire d'une intervention prévue pour le lendemain. En quittant son domicile, très proche du capitole, pour répondre, d'après sa femme, à l'appel d'un

n° 3401 C de la Withney National Bank, à La Nouvelle-Orléans. Or la clef ne put ouvrir aucun des coffres de cette banque. A ce jour, le magot de Huey Long — plusieurs millions de dollars, dit-on — ne semble pas avoir été retrouvé.

malade, il avait dit : « J'en ai pour peu de temps. » Tout cela ne cadrait pas avec la préméditation d'un assassinat politique. Et cependant, c'était bien le même Carl Weiss qui avait tiré sur Huey Long. John B. Fournet, ancien speaker de la Chambre des représentants, lieutenant-gouverneur de 1932 à 1934, depuis peu président de la Cour suprême de l'Etat, se trouvait près du sénateur au moment de l'agression : il avait vu Weiss tirer. Le magistrat était certes un parfait féal du sénateur, à qui il devait toute sa carrière, mais son témoignage, corroboré par d'autres, ne laissait aucun doute sur la responsabilité du médecin dans l'agression. En revanche, un doute subsistait sur le nombre de coups de feu tirés par le meurtrier. Certains disaient deux, mais un des gardes du corps, nommé Roden, avait cru entendre une seule détonation avant la fusillade vengeresse, à laquelle d'ailleurs il avait participé avec Joe Messina et Voitier, les deux autres gardes du corps de Huey.

La personnalité de l'assassin ne comportait nul mystère. Fils du président de l'Association médicale de Louisiane, d'origine bavaroise et catholique pratiquant, excellent musicien, Carl Austin Weiss n'était pas un athlète : un mètre soixante-douze, soixante-cinq kilos, le teint olivâtre, myope, il ressemblait à un étudiant maladif attardé. Après de brillantes études à l'université Tulane, il avait été interne à l'hôpital Bellevue, à New York. Il en était sorti pour aller se perfectionner en Europe, à Paris, à l'hôpital américain, puis à Vienne, en Autriche.

Quand Benton évoqua, devant les Bagatelliens, les études parisiennes de son confrère, un souvenir revint à l'esprit d'Osmond. Il s'agissait d'une conversation entendue en 1927, à la brasserie Lipp, boulevard Saint-Germain. Le nom de Carl Weiss avait été prononcé ce jour-là, parce que le médecin venait de recoudre le cuir chevelu de l'écrivain Ernest Hemingway, blessé par la chute d'un vasistas[1]. C'est d'ailleurs à Paris que Weiss avait rencontré Yvonne Pavy, fille du juge. La jolie Louisianaise, fraîchement diplômée du Newcomb College, à La Nouvelle-Orléans, voyageait en France avec un groupe folklorique acadien. Elle devait ensuite rester à Paris quelques mois pour perfectionner son français. Carl et Yvonne s'étaient mariés à leur retour au pays, en 1933.

Tous les Louisianais n'admettaient pas aussi facilement que les amis du défunt sénateur la thèse, à leur avis trop évidente, de l'attentat politique. Si bon nombre de citoyens, attachés aux règles de la démocratie, estimaient que les dictateurs européens, comme Hitler et Mussolini, et leurs émules américains, comme Long, Hearst[2], le père Coughlin[3] ou Townsend[4], forgeaient eux-mêmes l'instrument de leur mort avec les haines qu'ils suscitaient, quelques-uns imaginaient d'autres mobiles au geste de Carl Weiss. Les mieux informés, mais aussi les plus discrets, se rappelaient qu'en 1908 le shérif Sword avait osé dire que les Pavy avaient *a taint of the tarbrush*[5].

Huey Long, reprenant à son compte cette insinuation considérée comme insultante par les Blancs, aurait

1. Dans son ouvrage *Papa Hemingway* (Mercure de France, Paris, 1966), A. E. Hotchner rapporte que l'écrivain lui confia, à la fin de sa vie, qu'ayant reçu une verrière sur la tête à la suite de la manœuvre inconsidérée d'une corde il avait dû faire appel à un médecin de l'hôpital américain, ami de Archibald MacLeish : « Il fit une sale besogne sur mon crâne et me laissa avec ce morceau de peau soulevé qui s'agrandit lorsque je suis en colère... Le médecin fit certainement du meilleur travail sur Huey Long que sur moi. » Ernest Hemingway conserva en effet, toute sa vie, un lipome dont un médecin plus habile que Weiss aurait pu prévenir la formation.

2. William Randolph Hearst (1863-1951), magnat des mines et de la presse, conservateur, défenseur intransigeant de l'ordre.

3. Charles Edward Coughlin, prêtre catholique d'origine canadienne, fondateur en 1934 de l'Union nationale pour la justice sociale, aux tendances antisémites et fascistes. Son émission hebdomadaire retransmise par vingt-cinq stations de radio, « l'Heure d'or de la petite fleur », était écoutée par trente millions d'Américains.

4. Francis Everett Townsend (1867-1960), médecin californien. Il s'allia au père Coughlin et à Gerald L. K. Smith, prêtre, disciple de Huey Long, pour fonder l'Union Party.

5. Littéralement : une souillure de la brosse à goudron. En argot : une trace de sang noir.

déclenché la colère de Carl Weiss. Ce dernier ne pouvait supporter d'entendre dire que du sang noir coulait dans les veines de son épouse, donc dans celles de leur bébé, né trois mois plus tôt. Il se trouvait même des commères pour ajouter que la très belle Yvonne avait repoussé les avances du sénateur, grand coureur de jupons. Ainsi, le dépit amoureux autant que l'antagonisme politique auraient pu expliquer la rancœur de Huey Long à l'égard de la famille Pavy.

Ces spéculations, typiquement sudistes, ne détournèrent pas les Louisianais du deuil édifiant qu'ils s'imposèrent. Pendant quarante-huit heures, le corps du Kingfish fut exposé dans un cercueil, ouvert au milieu du hall du capitole, à quelques pas du lieu de l'attentat fatal. Des dizaines de milliers de gens vinrent se pencher sur le visage crayeux de l'homme que personne, jusque-là, n'avait vu immobile et silencieux.

Le gouvernement choisit d'enterrer le sénateur dans les jardins, en face de l'escalier monumental du capitole qu'il avait voulu le plus haut de l'Union et tel un monument à sa gloire. Au jour des funérailles, on dut tripler les services des bacs sur le Mississippi pour transporter, d'une rive à l'autre, des milliers d'automobiles. Des trains spéciaux firent la navette entre La Nouvelle-Orléans et Baton Rouge. La police évalua à plus de 200 000 personnes le nombre des Louisianais qui assistèrent aux funérailles et à 25 000 dollars la valeur des milliers de gerbes et de bouquets de fleurs envoyés au capitole.

Prononcée face à la foule, sous un immense portrait du Kingfish, l'oraison funèbre du révérend Gerald L. K. Smith, retransmise par de puissants haut-parleurs, s'acheva sur une audacieuse comparaison. D'après le ministre baptiste, ardent supporter du disparu : « Huey était un Stradivarius dont la mélodie s'élevait contre le tintamarre des tambours jaloux et des tam-tams envieux. Sa musique fut une symphonie inachevée. »

Quand le lourd cercueil de bronze, porté par des officiers

de la garde nationale, fut descendu dans la tombe fraîchement creusée dans l'allée principale des jardins, la foule se dispersa. On imaginait déjà que Rose Long briguerait, à la demande des amis du défunt, le siège laissé vacant par la mort de son époux et que d'autres Long, frères ou fils du Kingfish, s'engageraient un jour ou l'autre dans la vie politique[1].

Le corps de Carl Austin Weiss fut bientôt rendu à sa famille, l'action de la justice ayant été éteinte par l'exécution du meurtrier sur les lieux du crime.

Au lendemain des funérailles du Kingfish, un service religieux, célébré à la cathédrale Saint-Joseph à Baton Rouge, à quatre blocs du capitole, rassembla autour des familles Weiss et Pavy les intimes affligés. On reconnut aussi, dans l'assistance, deux anciens gouverneurs de Louisiane, adversaires résolus de Huey Long et de sa politique : John M. Parker et J. Y. Sanders, ainsi que l'anesthésiste Henry McKeown.

Nicholas Benton et son père, les médecins des Bagatelliens, qui condamnaient l'un et l'autre le geste criminel de leur confrère, se rendirent cependant à ses funérailles par sympathie pour les Weiss accablés de chagrin : le père du meurtrier, médecin lui aussi, était unanimement respecté et la jeune sœur de Carl venait d'ouvrir un cabinet de dentiste à La Nouvelle-Orléans.

A la sortie de l'office, Clary Barthew, venu en curieux, rapporta à ses amis un propos édifiant du chef du Treasury Department Intelligence Division[2], Elmer Irey. Ce fonctionnaire fédéral, chargé d'enquêter sur l'usage fait en Louisiane des fonds d'aide aux chômeurs et sur les fraudes

1. Rose Long fut sénateur des Etats-Unis du 10 février 1936 au 3 janvier 1937. Earl K. Long, frère de Huey, fut gouverneur de la Louisiane de 1939 à 1940, de 1948 à 1952 et de 1956 à 1960. Russell B. Long, fils de Huey, a été régulièrement réélu sénateur des Etats-Unis de 1948 à 1986, année où il a cessé d'être candidat, à l'âge de 69 ans. Il prévoyait alors d'ouvrir, avec Paul Laxalt, sénateur républicain du Nevada et ami de Ronald Reagan, un cabinet juridique.

2. Service de renseignements du ministère des Finances.

fiscales du Kingfish et des gens de son entourage, répétait à qui voulait entendre : « La balle qui a tué Long l'a sauvé de la prison ! »

Pendant des semaines, on discuta encore, dans les plantations et dans les salons de La Nouvelle-Orléans, de la fin tragique du Bonaparte des bayous. Beaucoup d'éléments, qui eussent permis de clarifier pour la postérité le déroulement du meurtre et l'exécution hâtive du meurtrier, faisaient bizarrement défaut. Par exemple, l'absence d'autopsie des corps de Huey Long et de Carl Weiss. La balle ou les balles tirées sur le sénateur et celles dont le cadavre de l'assassin était truffé n'avaient pas été extraites. Si elles l'avaient été, personne ne savait où les trouver et les journalistes semblaient ignorer leur existence. Weiss avait tiré avec un calibre 32 et la police disait posséder l'arme. Mais les gardes disposaient de colts 45. Ces deux types d'armes ne font pas, à courte distance, les mêmes dégâts. Le *coroner* ne s'était pas soucié de faire procéder à une étude balistique. Celle-ci eût cependant été instructive, car, étant donné la hauteur à laquelle se situaient les impacts des projectiles sur les murs du hall, on pouvait penser que les gardes du corps n'avaient pas pris le temps de viser. Toutes ces considérations et quelques autres accréditèrent peu à peu la thèse suivant laquelle Huey, blessé de face par Weiss, avait peut-être été tué par une balle expédiée dans son dos par un garde du corps [1]. D'où les regrets que pouvaient formuler la plupart des juristes devant l'absence d'autopsie... et de balles !

Il s'était rencontré en Louisiane des gens assez abjects

1. Cette thèse a été reprise et développée, en 1985, à l'occasion du cinquantième anniversaire de l'assassinat de H. Long. Des journalistes et des historiens ont publié des articles notamment dans *Morning Advocate* de Baton Rouge (18 octobre 1985) *State-Times* (18 octobre 1985), *Sunday Advocate* (8 septembre 1985) posant une nouvelle fois la question : « Long a-t-il été tué par son garde du corps ? » Dans *The Southern Review*, Charles Earst reconnaît qu'un « doute raisonnable » subsiste. Enfin, un avocat louisianais a confié à l'auteur qu'un des gardes du corps de Huey Long, interné plus tard dans un asile psychiatrique, répétait sans cesse en parlant de son défunt *boss :* « J'ai tué mon meilleur ami. »

pour manifester publiquement leur joie à la mort du Kingfish. Un habitant de Napoleonville, qui venait d'entendre à la radio l'annonce de l'attentat, avait sauté au volant de son automobile et parcouru la ville en jouant de l'avertisseur sonore et en criant : « Réjouissez-vous, le dictateur est mort ! »

On s'aperçut aussi, en Louisiane, que la notoriété du Kingfish avait franchi les océans. Un écrivain français, André Maurois, souvent invité dans les grandes universités américaines, brossa un portrait assez objectif du défunt sénateur.

Les vrais démocrates et les opposants, moins désintéressés, au régime imposé par Huey Long redoutaient de voir la puissante machine politique qu'il avait mise en place continuer à fonctionner et promouvoir un successeur de même acabit. L'aura de l'assassiné, devenu martyr, semblait justifier le système. Les gens simples et sentimentaux sont prompts à croire que la mort rend estimable ce qui ne l'était pas. Ainsi, pour montrer aux Louisianais toujours attentifs à l'opinion qu'on pouvait avoir en France du premier Etat francophone de l'Union, le texte de M. Maurois fut diffusé dans les clubs, les universités et les salons.

Osmond de Vigors en prit connaissance au Boston Club :

C'était le démagogue américain, modèle 1935, écrivait de Huey Long André Maurois. *Un Cléon qui n'avait pas encore trouvé son Aristophane. Le démagogue grec était un sophiste ; le démagogue du Moyen Age un poète ou un saint ; Huey Long un grand homme d'affaires. « Quand Adam bêchait, quand Eve filait, où était alors le gentleman ? » chantait le démagogue du* XIV*e siècle. Le démagogue du* XX*e siècle avait remplacé l'estrade par le microphone : « Hello ! friends, this is Huey Long speaking... »* [...]

Bien que, comme sénateur, il n'eût aucun droit à assister aux séances de la Chambre de son Etat, il était toujours là, assis à côté du président qui lui passait les projets de loi, tout frais arrivés de l'imprimerie. « Cette loi, commentait Huey Long... Peuh !... ce n'est qu'une formalité... Adopté ! » Le marteau du président s'abattait. Deuxième loi : « Ceci est un impôt sur le revenu... Approuvé ?... Oui ?... » Le marteau tombait.

— Ah ! ceci est la création d'une nouvelle école de dentistes à l'Université de Louisiane... Au lieu de trois fauteuils gratuits, nous en aurons soixante-quinze et nous permettrons aux jeunes gens d'apprendre le métier de dentiste à peu de frais.

— A peu de frais pour le contribuable ? demandait un des deux opposants.

— Le petit contribuable ne le sentira pas, expliquait Huey... Nous ferons payer les grandes affaires.

Le marteau tombait. Cadence : trois lois en six minutes.

[...]

Ce despote s'était fait des ennemis si puissants qu'il avait peur d'être assassiné. Deux hommes sûrs l'escortaient partout et avaient ordre de tirer à toute alerte. Mais la garde qui veille aux barrières du Louvre... Les gunmen *de Huey Long ont tiré une seconde trop tard. Sa mort transforme la carte politique des Etats-Unis. Quelques-uns disent : « Un démagogue perdu, deux retrouvés. » Mais il ne suffit pas d'être un démagogue pour avoir le prestige d'un Huey Long. La cote de Roosevelt remonte*[1].

Si M. Maurois s'était trouvé à La Nouvelle-Orléans le 16 décembre, il aurait compris, comme le comprirent Osmond de Vigors et Bob Meyer, que Huey Long était entré dans la légende de la Louisiane, non comme le démagogue aux outrances dictatoriales, mais comme un héros tutélaire : *Le plus grand bâtisseur de l'économie de l'Etat depuis 225 ans !* écrivait un journaliste.

Ce jour-là, on inaugurait le nouveau pont reliant la ville

1. *Le Figaro,* 17 septembre 1935.

en forme de croissant à la paroisse Jefferson, en plein développement, sur la rive droite du Mississippi. Il avait été décidé, à l'unanimité, par les amis du disparu encore en poste, que l'ouvrage d'art s'appellerait Huey Long Bridge, le pont Huey-Long. Osmond et Bob figuraient parmi les invités à une cérémonie montée comme un spectacle. La voie ferrée fut ouverte par une vieille locomotive C. P. Huntington construite en 1863, pendant la guerre de Sécession et qui avait assuré le trafic sur la ligne de La Nouvelle-Orléans à Sacramento.

Après les discours du gouverneur O. K. Allen, les vingt et un coups de canon tirés par le Washington Artillery, le concert donné par l'orchestre de Joe Fulco, l'hymne américain chanté par deux mille écoliers, la veuve de Huey Long, la gentille et insignifiante Rose, si souvent tenue à l'écart par son mari, coupa avec émotion le ruban symbolique, ouvrant ainsi le pont à la circulation routière et ferroviaire. Comme toujours en Louisiane, l'inauguration se termina sur l'air de Dixie, l'hymne sudiste, puis les invités au banquet se rendirent à l'hôtel Roosevelt, où Huey Long avait laissé tant de souvenirs cocasses.

Bob et Osmond, contraints de représenter la Fox Airlines, première compagnie aérienne de l'Etat, dégustèrent la soupe de tortue à l'espagnole, le poulet frit à la créole et le biscuit glacé Sainte Alliance en écoutant autour d'eux vanter, par des gens sans mémoire, les innombrables qualités d'un apprenti dictateur dont l'ambition avouée était de conduire un jour prochain les destinées de l'Union.

Les pronostiqueurs politiques assuraient, quelques jours avant sa mort, que le sénateur de Louisiane, s'il se présentait à l'élection présidentielle comme démocrate indépendant ou candidat de l'Union Party, recueillerait au moins six millions de voix. C'eût été insuffisant pour accéder à la Maison-Blanche, mais le score de ce galop d'essai aurait pu handicaper Roosevelt face à son concurrent républicain.

Le Kingfish croyait tellement à sa chance de devenir

président des Etats-Unis, peut-être en 1940, qu'il avait signé, au commencement du mois de septembre, un livre écrit par deux journalistes dévoués à sa cause : Earl Christenberry et Raymond Daniel du *New York Times*. Sous le titre : *My First Days in the White House*[1], l'ouvrage, illustré par le dessinateur français Cléanthe, était une pochade politique assez drôle : « Un livre sans malice, destiné à présenter aux lecteurs une Amérique future sous la conduite de l'auteur. » Huey y prononçait son premier discours de président, promulguait des lois pour assurer le partage des fortunes et supprimer la pauvreté. Il désignait aussi les membres de son gouvernement : secrétaire d'Etat, William E. Borah, de l'Idaho ; trésorier, James Couzens, du Michigan ; secrétaire à la Marine, Franklin Delano Roosevelt, de New York ; secrétaire au Commerce, Herbert Hoover, de Californie. Il fallait bien sûr connaître les inimitiés existant entre ces hommes pour apprécier toute la cocasserie de ce cabinet de fantaisie. On murmurait que cet ouvrage de politique-fiction avait sérieusement irrité Roosevelt. Ce dernier avait appris l'assassinat du Kingfish alors qu'il déjeunait discrètement à la Maison-Blanche avec le père Coughlin, le fasciste le plus mielleux et le plus écouté de l'Union, et Joseph P. Kennedy, spéculateur notoire, que le président venait de nommer à la tête de la Commission de surveillance de la Bourse.

En quittant la salle du banquet, Bob Meyer se dit un peu écœuré par la flagornerie des uns et le pharisaïsme des autres.

— Les plus durs opposants d'hier versent des larmes de crocodile sur un homme qu'ils sont bien aises de voir éliminé de la vie politique et, parmi ses partisans, certains qui lui doivent tant commencent à prendre des distances avec sa mémoire, redoutant un changement de

1. *Mes premiers jours à la Maison-Blanche* (The Telegraph Press, Harrisburg, Pennsylvanie, septembre 1935.)

régime qui leur serait défavorable ! Car nous allons, mon petit vieux, vers d'aimables règlements de comptes !

Osmond de Vigors parut s'interroger un instant.

— A moins, dit-il, que Huey ne fasse, par le jeu des compensations hypocrites, une sorte d'unanimité posthume. Il aura partout sa statue, des rues porteront son nom, les enfants des écoles chanteront ses chansons, on célébrera son anniversaire, il se trouvera un écrivain pour rédiger une biographie de référence, les historiens locaux retiendront seulement qu'il a construit des routes, des ponts, des asiles pour sourds-muets ou épileptiques, qu'il a amené le gaz naturel à La Nouvelle-Orléans, qu'il a fait de la L.S.U. une université moderne de première classe...

— N'oublie pas le capitole et ses recettes de cuisine ! coupa Bob.

— Mais ce n'est pas tout. On se répétera ses bons mots à la fin des dîners, on rappellera ses gaffes, ses cravates bariolées, son canotier. Les dames bien-pensantes seront pleines de déférence pour ses maîtresses et l'on collectionnera ses lettres autographes et ses photographies. Vois-tu, Bob, pour le bien de l'Amérique, mais aussi pour la qualité de l'image qu'il lègue à la postérité, Huey Long a bénéficié, si j'ose dire, de la grâce de mourir d'une manière que tout honnête homme réprouve et avant de commettre d'irréparables bêtises.

— Tous les dictateurs, sous toutes les latitudes, se veulent bâtisseurs : Hitler crée des autoroutes, Mussolini assèche les marais Pontins, Staline élève des gratte-ciel..., lança Meyer.

— Gageons qu'ils finiront comme Huey mais en ne laissant que de mauvais souvenirs, conclut M. de Vigors.

En regagnant, un peu plus tard, sa maison de l'avenue Prytania, Osmond éprouva le sentiment amer que le Sud, son Sud, perdait depuis quelques années sa substance. Le règne de Huey Long mais aussi le meurtre du politicien n'étaient pas dans la tonalité sudiste, non plus que l'évolution des attitudes et des mentalités.

La grosse pluie d'hiver sur l'avenue Saint-Charles, le sautillement des gouttes dans les flaques, entre les rails du tramway, les feuilles mortes arrachées par le vent, hachées par l'averse ou collées comme des timbres aux pare-brise et aux carrosseries des automobiles, les nuages boursouflés, couleur ardoise, venus du delta pour coiffer la ville, le rassurèrent un peu. Le climat subtropical, lui, ne changeait pas. Les routes, les ponts, les constructions monumentales voulus par des politiciens prompts à embrasser leur époque ne pouvaient longtemps masquer la vraie nature du pays ni tromper les hommes. Il suffisait d'un coup de revolver et d'un ouragan pour que soient rappelées à tous la fragilité de la vie et la vanité des ambitions.

4

L'hiver 1935-1936 fut le plus rigoureux qu'on ait connu en Louisiane depuis trente-cinq ans. A Baton Rouge, à Shreveport, à La Nouvelle-Orléans, comme dans le delta et le pays acadien, des gens qui n'avaient jamais vu un flocon de neige se réveillèrent un matin dans un décor méconnaissable. Au cours de la nuit, un géant, consciencieux barbouilleur, semblait s'être appliqué à passer au blanc les champs, les forêts, les toits et les automobiles. Seuls le Mississippi, les rivières et les bayous s'étaient montrés réfractaires à ce blanchiment du pays. Les photographes se précipitèrent, avant que la mince couche devienne boue, pour prendre des instantanés préconçus : jeunes filles rieuses lançant des boules de neige au *policeman* emmitouflé du carrefour ; écoliers sculptant un bonhomme à demi fondant ; cantonniers transis balayant la ouate glacée au seuil des maisons. Ces « attaques de neige », ainsi que les nommaient en gros titres les journalistes, durèrent quelques jours. Le temps de permettre au gel de suspendre des stalactites de cristal aux gouttières et de faire éclater un grand nombre de canalisations d'eau sans protection. Les gros cafards cuivrés, les araignées et autres bestioles recherchèrent aussitôt l'abri des demeures chauffées. Les marchands d'insecticides et les plombiers firent de bonnes affaires.

Stella, la mère d'Osmond, se souvint que la plus basse température qu'elle ait connue était de moins 16° Fahrenheit[1], en février 1899. Jeune veuve de Gratien de Vigors, elle habitait alors Bagatelle et avait eu bien du mal à obtenir un chauffage suffisant dans la maison, givrée comme un sorbet.

— Tu n'avais que trois ans et tes doigts bleuissaient de froid. Harriet entretenait un feu d'enfer dans la cheminée du salon, au risque de provoquer un incendie, raconta-t-elle à son fils venu lui rendre visite.

Car l'épouse en secondes noces du docteur Faustin Dubard ne quittait plus la chambre depuis qu'un malaise cardiaque avait failli l'emporter, entre Noël et le jour de l'an.

Avec ses bandeaux gris, strictement lissés, son visage maigre aux pommettes saillantes et strié de mille rides fines, sa peau ivoire et ses yeux couleur bruyère, cette femme de soixante-trois ans en paraissait dix de plus. Peut-être fallait-il voir, dans cette sorte de momification prématurée d'une vivante, l'atavisme indien légué par une grand-mère choctaw. Ou le rude climat de la prairie avait-il façonné, pour des générations, les descendants de ceux qui s'en étaient éloignés.

La mère d'Osmond avait regretté de ne pouvoir se rendre aux funérailles à quinze jours d'intervalle, de M. et de Mme Foxley. La mère d'Otis et de Margaret s'était éteinte quelques jours après son mari. A quatre-vingts et soixante-dix-huit ans, ils n'avaient pas supporté la tragique disparition, en mer, de leur plus jeune fille.

— Ils auraient voulu lui pardonner, avant de mourir, le déshonneur qu'elle avait introduit dans leur famille, en s'enfuyant avec Silas et en mettant au monde un enfant adultérin. Ce qui les tourmentait le plus était la pensée qu'Otis avait péri en état de péché mortel et sans doute pleine d'aversion à leur égard, commenta Stella.

La mort, cet hiver-là, frappa aussi le monde politique de l'Etat. Le 26 janvier 1936, le gouverneur Oscar K. Allen

1. Moins 26° centigrades environ.

succomba à une embolie. James A. Noe, le lieutenant-gouverneur, celui qui avait offert son sang à Huey Long pour une ultime transfusion, succéda, en attendant les élections, à l'homme aimable et docile que le défunt Kingfish avait fait élire en 1932.

Depuis la disparition de Long, une grande agitation régnait, tant au Choctaw Club que dans les comités démocrates des paroisses. En choisissant comme lieutenant-gouverneur Richard W. Leche, James Noe donna une garantie de continuité à ceux qui entendaient maintenir en Louisiane l'influence de la machine politique créée par le Kingfish. Les autres, écartés du pouvoir et des postes lucratifs depuis six ans, souhaitaient au contraire l'élimination des précédents et le retour à des mœurs plus démocratiques. C'est ainsi que les représentants de vingt paroisses, sans illusion sur la façon dont seraient conduites les élections par les gens en place, venaient d'effectuer une démarche à Washington pour obtenir du gouvernement fédéral « qu'il restaure les garanties républicaines des élections libres ».

On citait, à titre d'exemple du truquage électoral pratiqué par les amis de Huey Long, le cas de la paroisse Plaquemines, où régnait en seigneur féodal, depuis 1919, le juge Leander Perez[1]. En 1930, le Kingfish, candidat gouverneur, avait recueilli dans cette circonscription 3 979 voix sur... 2 454 votants ! Ceux qui eurent la curiosité, à l'époque, de consulter les listes électorales reconnurent les noms de nombreux occupants du cimetière, mais découvrirent aussi qu'avaient émargé sur les rôles de cette paroisse du delta sauvage Clara Bow, Babe Ruth, Jack Dempsey et Charlie Chaplin ! Aucune de ces vedettes du sport ou de l'écran n'avait jamais mis les pieds à Plaquemines. En revanche, Leander Perez, ardent ségrégationniste, n'acceptait aucun Noir sur les listes électorales. « Les nègres sont

1. Son « règne » ne s'acheva qu'en 1969, quand il mourut d'une crise cardiaque.

des animaux qui arrivent tout droit de la jungle. Qu'ils restent à leur place et tout ira bien », avait-il coutume de dire à ceux qui s'étonnaient d'un tel ostracisme racial.

M. de Vigors se montrait moins optimiste que Bob Meyer et la plupart de leurs amis, qui croyaient à l'assainissement de la vie politique louisianaise. L'emprise de la puissante organisation créée par le sénateur assassiné était si forte que les fonctionnaires fédéraux, envoyés de Washington pour enquêter sur la gestion des fonds publics, ne pouvaient accomplir leur mission. Le réseau des complicités, structuré comme un véritable gang, contrecarrait les investigations les plus officielles. Suprême habileté, les héritiers de Huey avaient réussi, au prix de quelques prouesses électorales, à refaire l'unité entre les Old Regulars du Choctaw Club, aile marchante traditionaliste du parti démocrate, et les dissidents de la Louisiana Democratic Association, fondée par le Kingfish en 1929 pour faire pièce aux ultra-conservateurs.

— Si tout fonctionne comme la bande à Long l'espère, le parti démocrate, qui tient le pays depuis 1874, n'est pas près de passer la main ! constata Osmond.

— Seule la justice fédérale peut troubler le jeu. A mon avis, quelques-uns des messieurs qui tiennent le haut du pavé aujourd'hui finiront en prison. Le président Roosevelt ne porte pas la Louisiane dans son cœur. Il la considère comme un foyer de corruption. Le grand nettoyage est peut-être plus proche que tu ne crois, répliqua Bob Meyer, approuvé ce jour-là par Omer Oscar Oswald et quelques membres du Pickwick Club.

Quelqu'un allait sans doute renchérir quand le chasseur pénétra dans le bar et, ayant repéré M. de Vigors, vint droit à lui, sa casquette à la main.

— Y a en bas, m'sieur, une g'ande nég'esse qui veut

vous pâ'ler tout de suite. J'ai dit : « On dérange pas les gentlemen ici. » Mais elle a dit comme ça : « Je pâ'tirai pas tant que j'ai pas pâ'lé à m'sieur Vigors... » C'est sa maîtresse qui l'envoie, m'sieur, qu'elle dit.. M'âme Belman, qu'elle dit.

— Je descends, décida aussitôt Osmond en quittant son fauteuil.

Bob Meyer avait entendu les propos indignés du chasseur : il leva sur son ami un regard interrogateur. Osmond y répondit par une mimique de perplexité.

Dans le hall du club, le juriste reconnut Hermione, la gouvernante des Belman. Elle paraissait très émue. On pouvait voir qu'elle avait pleuré.

— Que se passe-t-il ?

— Un grand malheur, m'sieur..., la police a emmené m'âme Margaret en prison... et m'sieur Bert à l'hôpital... M'âme lui a tiré dessus... trois fois, m'sieur. Elle m'a dit comme ça : « Va-t'en tout de suite dire tout à m'sieur Vigors. » J'ai allé à votre office, là on m'a dit que vous aviez le *luncheon* au Picvique, m'sieur... Voilà.

— M. Belman est grièvement blessé ?

— Je sais pas, m'sieur... D'abord il est tombé, mais après y s'est relevé et y tenait bien debout..., même qu'y riait..., mais il avait plein de sang qui coulait de sa manche, m'sieur. Oh ! là, là ! c'est pas bon, m'sieur, tout ça... Et quoi je va dire à notre petit Carl qu'arrive ce soir du Nord, m'sieur ?

— Rentrez chez vos maîtres... je vais m'occuper de Mme Belman, dit Osmond en congédiant la Noire.

Il gravit rapidement l'escalier, retrouva Bob au bar et lui annonça ce qui venait de se passer chez la sœur d'Otis.

— Bon Dieu ! J'espère que Margot l'a proprement truffé, ce salaud ! Sais-tu qu'il a pavoisé, le 7 mars, quand Hitler et les nazis ont réoccupé la Rhénanie ?

Après avoir fait appeler Hector, pour qu'il vienne promptement le prendre au club, Osmond téléphona au poste de police de bayou Saint John qui avait traité l'affaire. Il se présenta comme l'avocat de Mme Belman.

— M'est avis qu'elle va avoir un sérieux besoin d'avocat, en effet. Une vraie tigresse, cette dame. Elle m'a dit : « Je recommencerai, personne pourra m'empêcher de tuer Belman ! »

Le shérif expliqua qu'au cours d'une querelle, dont il ignorait la cause, Margaret avait tiré trois coups de revolver, à moins de deux mètres, sur son mari et l'avait raté de peu. Bert n'était que légèrement blessé à la main.

— La seule balle qui l'a touché a atteint sa jambe artificielle, parce que c'est un mutilé de guerre, ce pauvre gars ! Alors, il a été déséquilibré, et, en tombant, il s'est ouvert le dessus de la main sur un meuble. Il a été pansé et va regagner son domicile dès qu'il aura signé sa déclaration. La femme, bien sûr, on la garde. Elle a reconnu les faits sans discuter. Nous avons l'arme, les balles. Enfin, c'est simple, hein : tentative de meurtre. On va la présenter au juge du district dès demain. Mais, bien sûr, vous pouvez la voir… et essayer de la calmer.

— Dites à Mme Belman que je passerai en fin d'après-midi. En attendant, je compte que vous ne traiterez pas cette dame comme une criminelle et que vous ne donnerez aucune information aux journalistes s'il s'en présente.

Le ton d'Osmond était plutôt celui de l'exigence que de la demande courtoise. Le policier réagit :

— Nous savons ce que nous avons à faire…

— Faites-le… mais pas plus, n'est-ce pas ? Et puis, si Belman se trouve encore au poste, demandez-lui donc où, dans quelles circonstances et avec quelle armée il combattait quand il a perdu sa jambe, en 1918 ! Vous pouvez aussi lui dire qu'Osmond de Vigors prend la défense de sa femme.

Le nom de l'avocat rendit le shérif circonspect. L'homme avait le souci de sa carrière. Il comprit que cette banale affaire de querelle entre époux devait être abordée avec prudence.

En quittant la cabine téléphonique, l'avocat aperçut Hector, qui l'attendait près de la Duesenberg en bavardant avec le portier du club. Il se fit aussitôt conduire au tribunal de district, à l'angle de Tulane Avenue et de Broad Street. Il demanda une audience au *District Attorney*[1], avec qui il entretenait de bonnes relations.

Quand M. de Vigors eut exposé le cas Belman, le magistrat se montra aussi conciliant que prévu. Depuis la disparition de Huey Long, la magistrature louisianaise semblait reprendre goût à l'indépendance.

— Il est peu courant, cher maître, qu'un avocat vienne ainsi m'informer d'un acte criminel, avant même que la police ait envoyé un rapport. Mais je comprends vos raisons. Je connaissais les Foxley et la malheureuse Otis, qui leur a donné tant de souci. Ce nouveau scandale les tracassera jusque dans la tombe. Si ce Belman ne porte pas plainte, il n'y aura pas lieu à poursuite. Nous dirons que Mme Belman ignorait que le pistolet était chargé..., que les coups sont partis accidentellement. Mais si le mari ou des témoins contredisent cette thèse, je serai contraint de poursuivre et... vous de plaider avec éloquence le cas de cette dame... C'est tout ce que je puis faire.

— C'est beaucoup et je vous en remercie, dit aimablement Osmond en prenant congé.

Du palais de justice, M. de Vigors se fit conduire au domicile des Belman, à l'autre bout de la ville. Il fut un peu déçu de constater que Bert n'était pas encore rentré chez lui. Il s'installa dans le salon, où Hermione avait déjà fait disparaître les traces des récentes violences. En jetant un regard à la grosse pendule allemande posée sur la cheminée, il constata que le cadran était brisé et les aiguilles tordues.

— Racontez-moi exactement ce qui s'est passé, exigea-t-il de la gouvernante, qui lui apportait un verre d'eau en gémissant.

1. Equivalent du procureur.

La Noire avait en effet vécu la scène de bout en bout et en connaissait les causes : au moment où elle allait annoncer à ses maîtres, dont les éclats de voix ne l'étonnaient plus, que le déjeuner était servi, elle avait vu sa maîtresse tirer sur Belman.

La querelle entre les époux avait eu pour origine, comme toujours, Carl Heinrich et l'Allemagne nouvelle. A vingt-trois ans, le fils de Margaret se présentait comme un superbe garçon de carrure athlétique, blond aux yeux bleus comme sa mère et soucieux de sa prestance comme son père. Il avait obtenu à Princeton son diplôme de *Master of Arts*[1] et venait de passer une partie de l'hiver à skier et à chasser l'ours dans l'Idaho. Le défunt Foxley aurait souhaité voir ce petit-fils entrer à West Point et devenir officier, mais le garçon, très influencé par son père, montrait d'autres ambitions. Les deux Belman se préparaient en effet à prendre en avril, à New York, le paquebot *Bremen* pour se rendre à Hambourg, où Bert avait des cousins. De là, ils iraient à Berlin. Il s'agissait, en principe, pour Carl Heinrich d'un long séjour d'étude, au cours duquel le jeune homme perfectionnerait son allemand et donnerait des cours d'anglais. Mais Margaret avait surpris une conversation téléphonique, entre le jeune homme et son père, qui l'avait éclairée sur les véritables raisons du voyage. Bert souhaitait que son fils mette ses compétences et sa formation américaine au service du parti national-socialiste réformateur des mœurs, restaurateur de l'honneur et des vertus germaniques, protecteur de la race aryenne et qui préparait la revanche du peuple allemand sur les vaniteux triomphateurs de 1918. Imaginant qu'elle pourrait ne jamais revoir son fils, ce qui lui était insupportable, Margaret avait décidé de mettre une vieille menace à exécution. N'avait-elle pas dit à Osmond et à Bob : « Si Bert veut m'enlever mon fils, je le tuerai. » Elle s'était donc armée du vieux revolver du père Foxley, remis en état

1. Littéralement : maître ès arts ; équivalent d'une licence française.

par un armurier et chargé par ses soins, et, à bout d'arguments, en avait menacé Bert. Ce dernier s'était moqué d'elle, de la « vieille pétoire de cow-boy » dont elle n'oserait jamais se servir. Il avait aussi tourné en dérision ses sentiments décadents de « femelle-mère sudiste », ajouté qu'elle lui paraissait aussi folle que la défunte Otis, « scélérate vouée aux abysses ». Puis il avait annoncé clairement qu'il entendait soustraire Carl Heinrich à la société dégénérée et paresseuse que préparait Roosevelt avec les communistes. D'ailleurs, le garçon tenait à participer de toutes ses forces, comme lui-même, à l'avènement du Grand Reich, patrie de ses glorieux ancêtres les chevaliers Teutoniques, afin de sauver la civilisation partout menacée par les Rouges, les juifs et l'antéchrist siégeant à Moscou ! Excédée, Margaret avait tiré. Une première balle, brisant une vitre, était allée siffler sous le menton d'un passant. La deuxième avait fait éclater le cadran de la pendule. L'hilarité de Belman devait inciter l'épouse furieuse à mieux ajuster son tir. Le troisième projectile, frappant la jambe en aluminium de Bert, avait fait chuter ce dernier sur un guéridon. A peine s'était-il relevé, la main ensanglantée, pour désarmer sa femme médusée par la vue du sang, qu'un policier, prévenu par le promeneur indigné, avait fait irruption dans la maison. La suite, Osmond la connaissait.

Vers le milieu de l'après-midi, Bert Belman, ouvrant brusquement la porte du salon, ne parut pas autrement étonné d'y trouver M. de Vigors. Le mari de Margaret portait un léger pansement à la main gauche mais ne semblait pas avoir été très affecté par l'événement de la matinée. Il négligea de saluer l'avocat et jeta d'un ton rogue :

— Si vous êtes venu dans l'intention de me demander de ne pas porter plainte contre la femme qui a voulu me tuer, vous perdez votre temps, c'est fait !

— Je ne vous demanderai rien..., c'est vous qui me proposerez de la retirer dans un instant.

— Ça m'étonnerait diablement... et j'ai l'intention, cet après-midi, d'introduire une demande en divorce. Après ça...

— Après ça ? souligna Osmond.

— Après ça, je quitterai ce foutu pays, avec mon fils, pour n'y plus revenir.

— C'est évidemment le meilleur service que vous pourriez rendre aux Etats-Unis, qui ont accueilli autrefois votre famille. Mais les choses, Belman, ne seront pas aussi simples. John McCormack, président du Comité des activités antiaméricaines, à la Chambre des représentants, s'intéresse beaucoup aux mouvements pro-nazis...

— Il ferait mieux de s'intéresser aux espions soviétiques !

Osmond négligea l'interruption.

— Il s'intéresse spécialement, ainsi que le F.B.I., au camp Hindenburg, près de Milwaukee, où deux mille nazis américains marchent au pas de l'oie, font l'exercice derrière des drapeaux à croix gammée, lèvent le bras en criant *Sieg Heil*[1]. On vous y voit, de temps en temps, stimulant l'ardeur politique de ces petits-fils de brasseurs et de marchands de saucisses !

— L'existence de ce camp de jeunes est connue des autorités. Elle n'a rien d'illégale. On y apprend la discipline. Les garçons pratiquent des exercices physiques, la gymnastique suédoise, la course, la boxe, la natation...

— ... et ils effectuent des marches de vingt-cinq kilomètres avec des charges de vingt-cinq kilos, à l'allure de un kilomètre en douze minutes..., comme dans dix-sept camps qui ont été recensés en Allemagne par les services de notre ambassade à Berlin, à Nidden, notamment, sur la Baltique, où vous vous êtes rendu l'an dernier ! N'est-ce pas ?

— Où est le mal... pour l'Amérique ?

— Allons, Belman, cessez de me prendre pour un naïf ! Ce type de formation conduit au militarisme le plus

1. A la victoire ou Salut victoire.

avilissant pour un homme libre et le plus dangereux pour les démocraties. Je connais les aspirations de vos amis du parti national-socialiste américain, de l'alliance germano-américaine, qui a fait campagne pour la neutralité des Etats-Unis en 1914, et du nouveau *Bund*[1] que préside M. Fritz Kuhn, grand zélateur de Hitler. Où croyez-vous que cela nous mènera ?

Le mari de Margaret changea brusquement d'attitude. Abandonnant toute agressivité, il se laissa aller dans un fauteuil, allongeant devant lui sa jambe artificielle autour de laquelle flottait son pantalon.

— Je vais vous parler franchement, Osmond. Ici, dans ce pays enjuivé, ça ne mènera à rien. Les Américains ont perdu la notion de l'effort et le goût du sacrifice. Tenez, il a suffi que des corporations égoïstes, soutenues par une presse à leur solde, harcellent les juges de la Cour suprême pour que ces derniers déclarent inconstitutionnelles sept décisions de Roosevelt et que la croisade de l'Aigle bleu, une bonne idée cependant, soit anéantie.

Osmond se garda de répliquer. Il savait que les opposants au *New Deal* avaient réussi, par l'intermédiaire de groupes de pression comme les producteurs de lait ou les volaillers de Brooklyn, à influencer l'opinion des neuf sages, âgés de soixante-trois à quatre-vingt-un ans et payés 25 000 dollars par an. Cette assemblée de gérontes olympiens, qui siégeait à Washington, avait la confiance béate du peuple. Le fait que ses arrêts annulant les innovations rooseveltiennes aient été rendus le plus souvent à la majorité de cinq voix contre quatre flattait l'ingénuité démocratique des citoyens ordinaires. Ce qui était sain au temps où M. de Tocqueville visitait l'Amérique devenait dérisoire dans une société industrielle en crise.

Encouragé par le silence de l'avocat, Bert Belman reprit son discours.

— C'est en Europe que va naître le monde neuf dont

1. Ligue.

l'Allemagne, après son épreuve, a conçu le modèle. Pour le construire, il faut miser sur une génération virile et robuste. C'est pourquoi on apprend aux jeunes à obéir pour mieux servir un idéal. Ils retrouvent la nature, l'eau fraîche des sources, les montagnes, tout ce qui exalte l'hybris[1]. On leur apprend aussi les chants et danses de la vieille Allemagne. Force, endurance, détermination, morale, beauté permettent à l'homme d'accéder à la pleine maîtrise du corps et de la pensée. Cette conjonction n'appartient qu'à la race aryenne. Le juif n'est qu'un mélange de boutiquier profiteur, de socialiste hypocrite, d'intellectuel superstitieux et geignard. Et il a l'ambition de gouverner le monde. La réaction de la jeunesse allemande à travers les *Wandervögel*[2] est un véritable soulèvement. Vous ne comprenez pas qu'il s'agit d'une manifestation de l'instinct de conservation culturel et politique. On ne peut composer avec les juifs. Il faut avoir envers eux une attitude médiévale. Les Allemands ont pris conscience, grâce à Adolf Hitler, du fait que leur germanité retrouvée est le ferment sacré de la renaissance aryenne. Croyez-moi, Osmond, le Grand Reich allemand est en marche. Il est révolu, le temps où vous échangiez un dollar contre neuf millions de marks, où, en 1923, des juifs yankees achetaient un Dürer pour deux bouteilles de whisky... Finies, les fangeuses saturnales berlinoises et les dépravations qui amusaient l'Europe. La restauration morale du peuple allemand est en train de s'accomplir grâce au christianisme, à la famille et aux saines traditions du passé.

En prononçant les dernières phrases, Bert Belman s'était levé, en proie à une exaltation quasi mystique. Osmond savait qu'il était inutile de répliquer, ou de tenter de raisonner cet homme. Il consulta sa montre et revint à l'affaire du jour.

1. Désir de se dépasser soi-même.
2. Littéralement, oiseaux migrateurs. Mouvement de jeunesse paramilitaire, vaguement inspiré du scoutisme.

— Vous tenez à partir pour l'Allemagne avec votre fils, malgré les protestations de Margaret ?

— Protestations... armées ! persifla Belman en se rasseyant.

— Répondez à ma question.

— Ma décision est prise. Quant à Carl Heinrich, il est majeur, n'est-ce pas ? Même sa mère ne peut l'en empêcher... Personne ne peut nous retenir, ni lui, ni moi... Après ce qui s'est passé aujourd'hui, nous aurons même l'approbation des imbéciles, conclut Belman en riant.

— Personne, en effet, ne peut vous en empêcher, sauf moi...

— Hein... comment... pourquoi ?

— Vous avez la mémoire courte, Belman. Rappelez-vous, pendant la guerre, alors que vous étiez citoyen américain, vous vous êtes engagé et vous vous êtes battu dans l'armée allemande...

— C'était en 1916, et c'est vous qui m'avez expédié en Allemagne, via la Norvège, à bord d'un mauvais rafiot... le *Carmania !* Vous pensez si je m'en souviens !

— J'admire votre façon de présenter les choses. Votre mémoire a vraiment des failles. Vous étiez alors recherché comme espion, n'est-ce pas ? Quand, en 1917, l'Amérique est entrée en guerre, vous étiez major au 17ᵉ régiment de chasseurs mecklembourgeois et donc rebelle et traître à votre pays : les Etats-Unis. Vous étiez aussi amputé d'une jambe et prisonnier des Anglais. Or votre cas... d'ancien combattant n'a jamais été étudié. En tant que *judge advocate,* je peux demander qu'on l'instruise enfin. Belman, il suffit que je produise certains documents en ma possession pour vous envoyer devant une cour martiale.

— C'est du chantage ! dit Bert mollement.

— Avec un type de votre espèce, on ne regarde pas aux moyens. Je vous ai autrefois tiré d'un guêpier..., je peux vous y replonger... car la prescription ne joue pas, pour le crime de trahison en temps de guerre.

Bert Belman, qui dès les premières allusions d'Osmond

savait qu'il devrait en passer par où voudrait l'avocat, soupira.

— Qu'attendez-vous en échange de votre silence ?

— Premièrement, que vous retourniez immédiatement au poste de police et retiriez votre plainte, en expliquant que vous pardonnez à votre femme son geste de colère, que vous savez qu'elle n'a pas voulu vous tuer, bref, ce que vous voudrez. Dites au shérif, s'il est réticent, de téléphoner au procureur général du district. Dites-lui aussi que je viendrai chercher Mme Belman, avec un document le déchargeant de toute responsabilité. Je conduirai Margaret chez moi, où Doris s'occupera d'elle. Deuxièmement, dès que Carl Heinrich arrivera, vous l'enverrez avenue Prytania. Je veux qu'il dise lui-même à sa mère, hors de votre présence, mais devant témoin, qu'il souhaite vous suivre en Allemagne...

— Je suis tranquille, il le dira !

— S'il en est ainsi, je vous renverrai votre fils et vous aurez trois jours pour quitter le territoire des Etats-Unis... définitivement ! Passé ce délai, je transmettrai votre dossier aux services de l'immigration. Vous figurerez désormais sur la liste des indésirables. Je suis certain que nous n'aurons plus jamais l'occasion de nous revoir ! conclut Osmond en se dirigeant vers la porte.

Bert grommela, en allemand, un juron que M. de Vigors n'aurait pu comprendre. Quittant la demeure de Belman, l'avocat se rendit à son étude, d'où il téléphona au procureur du district, lui annonça qu'il n'y aurait pas plainte de la part de Belman et obtint sur-le-champ une autorisation d'élargissement pour Margaret. Cette dernière devrait acquitter une amende de quinze dollars, pour usage dangereux d'une arme à feu et trouble de l'ordre public, puisque la police avait été dérangée. Un don à l'amicale des *policemen* serait certainement bien reçu.

A la tombée de la nuit, tout était rentré dans l'ordre. Margaret, hébergée chez les Vigors, s'évanouit quand son fils lui confirma sans ménagement, en présence d'Osmond et de Doris, qu'il avait l'intention de renoncer à la citoyenneté américaine pour prendre la nationalité allemande et servir de son mieux ce qu'il nommait la révolution nationale-socialiste.

— Je pense qu'un jour tu seras fière de moi et honteuse vis-à-vis de papa, dit le garçon en quittant la maison, après avoir donné du bout des lèvres à sa mère le baiser d'adieu qu'elle implorait.

Margaret, hébétée par les événements de la journée et accablée de chagrin, ne cessait de répéter qu'elle avait, en peu de semaines, tout perdu : sa sœur Otis, ses parents, son fils et un foyer, bien qu'elle n'eût plus, depuis longtemps, que des relations verbales avec son mari. Elle refusa de dîner et Doris, l'ayant installée dans une chambre du premier étage, décida de rester à son chevet.

Quand, ce soir-là, la maison fut devenue silencieuse, M. de Vigors s'interrogea longuement sur l'attirance que ressentaient certains hommes pour les régimes dictatoriaux et le peu d'échos qu'éveillaient chez les citoyens épris d'ordre les avertissements lancés par des Américains lucides et mieux informés, face aux nouvelles menaces qui pesaient, en Europe, sur la paix et la liberté des peuples.

Au commencement de l'année 1935, un événement avait paru à Osmond particulièrement révélateur de l'état d'esprit de nombreux Germano-Américains, première communauté de l'Union[1], vis-à-vis du régime hitlérien. En janvier, des milliers d'Américains d'origine sarroise avaient dépensé toutes leurs économies pour traverser l'Atlantique, afin de participer au plébiscite qui, à 90,36 % des voix, devait consacrer la réunion de la Sarre au Reich[2]. Ces gens croyaient manifestement à la restauration de la puissance allemande et, bien que citoyens américains,

1. Environ six millions de personnes.

2. Sur 539 541 électeurs inscrits, on compta 528 005 votants et 11 536 abstentions. 477 119 se prononcèrent pour la réunion à l'Allemagne ; 46 513 pour le *statu quo ;* 2 124 seulement pour la réunion de la Sarre à la France, soit 0,40 %.

avaient prouvé un attachement réel et actif à la mère patrie. Certes, les nouveaux immigrants allemands, écrivains, savants, artistes, cinéastes, intellectuels, clamaient partout l'outrecuidance et les rigueurs du nazisme, mais ils n'étaient encore que quelques centaines et le plus souvent juifs. Cependant, une réaction typiquement américaine, bien que timide, se dessinait.

Au printemps 1935, M. de Vigors avait dû intervenir pour tirer de la prison de La Nouvelle-Orléans neuf hommes et deux femmes qui s'étaient réunis devant le Crescent Theater, rue Baronne, pour protester contre la projection d'un film à la gloire de Mussolini : *Homme de courage*. Ces antifascistes, les premiers Sudistes assez audacieux pour manifester, avaient été arrêtés par la police de Huey Long, grand admirateur du Duce, et condamnés, le 19 mars, à cinq dollars d'amende.

En septembre, à New York, un plus grand nombre de citoyens s'étaient indignés lors de l'accostage du paquebot *Bremen* à la vue du pavillon à croix gammée. Ce dernier ayant été amené de force par des manifestants, la police avait dû intervenir. Six hommes, dont aucun n'était juif, avaient été arrêtés et traduits en justice. Le juge Brodsky, estimant que « le fait de montrer l'étendard nazi dans le port de New York pouvait être perçu comme exhibition éhontée de l'emblème qui symbolise tout ce qui contredit les idéaux américains », s'était empressé de relaxer les prévenus[1].

La majorité du peuple américain, préoccupée par les conséquences d'une crise économique dont le *New Deal* ne semblait pas capable de venir à bout, suivait d'un œil indifférent les événements d'Europe. Il s'en trouvait d'autres qui ne cachaient pas leur sympathie pour les régimes forts, à leurs yeux meilleurs remparts contre le commu-

1. Hitler devait se référer à cette sentence quand il proclama, le 15 septembre 1935 à Nuremberg, les lois antisémites « destinées à protéger le sang et l'honneur allemands ». C'est le 16 septembre que le drapeau à croix gammée fut officiellement promu pavillon national du IIIᵉ Reich.

nisme. Le courant germanophile, animé par des exaltés comme Belman ou Fritz Kuhn, était plus ou moins discrètement soutenu par des politiciens ultra-conservateurs, comme le père Coughlin qui déclarait publiquement : « Je prends la route du fascisme », le docteur Townsend ou le révérend Smith, ami du défunt sénateur Long. Sans approuver les méthodes hitlériennes, d'autres personnalités, plus par crainte de voir un jour ou l'autre l'Amérique entraînée dans une nouvelle aventure européenne que par tendance idéologique, ne cachaient pas leur antipathie pour les Anglais, les Français et les juifs. On comptait parmi les irréfléchis Charles Lindbergh, Henry Ford et le propriétaire du très influent *Chicago Tribune,* Robert Rutherford McCormick.

Sur tous ces thèmes, Osmond de Vigors avait maintenant trop de temps pour méditer. Depuis que Clem, à Philadelphie, suivait des cours d'harmonie et de composition, que Gusy préparait dans un collège du Tennessee son entrée à l'Académie navale, la maison de l'avenue Prytania baignait dans une atmosphère bonasse. Les dîners ordinaires, en compagnie de Doris et de la plaintive Margaret, qu'on ne parvenait pas à distraire de ses chagrins, les mornes soirées, que tous souhaitaient écourter, pesaient à Osmond. Les sorties — cinéma, théâtre, concert — de Mlle de Castel-Brajac avec Aude Oswald, qu'elle voyait chaque jour, laissaient souvent M. de Vigors tête à tête avec Mme Belman, qui ressassait ses griefs. A cela s'ajoutait le relatif éloignement de Bob Meyer. Absorbé par son nouveau bonheur, occupé de son foyer — Sophie attendait un bébé — de plus en plus accaparé par le développement de la Fox Airlines, qui venait d'acquérir trois DC-3, l'ami de toujours s'écartait insensiblement d'Osmond.

Ce dernier avait toujours apprécié la solitude, quand elle ne lui était pas imposée. Souvent il chassait seul le canard au lac Verret, le chevreuil dans le delta ou la dinde sauvage dans les paroisses du Nord. Parfois il se faisait accompagner par Hector, car à la présence d'autres chasseurs il préférait celle de ce satellite, témoin de toutes les époques de sa vie. En dépit de la démarcation raciale et de la hiérarchie sociale, une complicité remontant à l'enfance, soudée par la guerre et maintes aventures, faisait du Noir un être plus proche de M. de Vigors que beaucoup de Blancs de sa caste.

Au cours de leurs expéditions, quand ils partageaient, assis sur un arbre abattu ou au fond de leur bateau plat, les sandwiches et les boissons, Hector confiait à son maître les soucis qui le tenaillaient. Non seulement son union avec Javotte ne lui avait pas apporté un bonheur durable, mais elle se délitait au fil des mois. D'abord le couple restait stérile. Si Hector s'accommodait assez bien de ne pas avoir de descendance, Javotte en concevait une honte inexprimable. Cachée mais lancinante, cette déficience s'ajoutait au souvenir humiliant des spéculations boursières de 1929, qui avaient ruiné les projets d'indépendance caressés par la domestique. La présente crise les rendait plus illusoires encore et Javotte savait qu'elle ne posséderait jamais la laverie ou l'épicerie de ses rêves. Elle avait trouvé dans l'alcool une évasion et un peu d'euphorie artificielle lui permettant de supporter ses déceptions. Au temps de la prohibition, la modestie de ses ressources et le prix des alcools de contrebande avaient limité sa consommation, mais, depuis deux ans, elle buvait à satiété du rhum et de la bière. Osmond, informé par Doris, avait remarqué à maintes reprises le dandinement exagéré de Javotte, ses paupières lourdes, l'imprécision de ses gestes, ses fredonnements intempestifs, mais, par égard pour Hector, il s'était abstenu de toute remarque. On s'était accoutumé à ne plus solliciter Javotte entre trois heures et cinq ou six heures de l'après-midi. Elle s'esquivait discrètement pour se remettre de ses libations. Son attitude, ou sa tenue, ne provoquait aucun scandale. Doris tolérait cette situation assez répandue chez les Noirs. Beppa, à La Nouvelle-Orléans, et les femmes de chambre, à Bagatelle, se gardaient de toute critique. On disait simplement : « C'est mieux d'avoir une buveuse à la maison qu'une voleuse à la pénitentiaire d'Angola. »

Un matin, alors qu'Osmond et son factotum pêchaient le patassas[1] et la truite dans le bayou Choctaw, près de Marksville, Hector ne put retenir sa tristesse et sa rancœur :

— Je crois bien qu' maintenant que les gâ'çons sont pa'tis aux universités et que si m'amselle Doris s'en va, Javotte, elle va plus se tenir du tout, m'sieur.

— Crois-tu cela ?

— Oui, m'sieur, et moi, je peux pas rester avec une femme qui est *drunk*[2] tous les soirs dans mon lit ! M'sieur, vous comprenez ça ?

— Veux-tu que je lui parle ? Que je la raisonne ? On peut, paraît-il maintenant, provoquer, avec certains remèdes, le dégoût de la boisson.

— Oh ! m'sieur, si elle savait que je vous parle de ça, elle me donnerait du pique-feu ! Elle croit qu'y a que m'amselle Doris qui s'est aperçue qu'elle godaille, m'sieur !

Pour rassurer Hector sur l'évolution de l'éthylisme de Javotte et pour se rassurer soi-même, Osmond se fit ce jour-là lénifiant.

— Il faut patienter, Hector. Javotte se ressaisira. Et puis les garçons vont revenir régulièrement aux vacances... et Mlle de Castel-Brajac n'est pas encore partie !

— Ah ! pour ça, c'est bien sûr, m'sieur, qu'elle s'en va en Europe l'hiver prochain, avec m'amselle Oswald. Je les ai conduites toutes deux, l'autre jour, pour chercher leur passeport et à l'agence de la French Line pour retenir leur passage : elles étaient joyeuses comme des échappées marronnes[3], m'sieur. Même qu'elles ont déjà l'idée de passer l'hiver sur la Côte d'Azur, comme les Fitzgerald et les Murphy, a dit m'amselle Aude. C'est des gens qu'elle

1. Perche, en acadien.
2. Ivre.
3. Gaies comme des prisonnières évadées. Au temps de l'esclavage, on disait d'un Noir en fuite qu'il était un échappé marron.

doit connaître. Et puis elles vont aller à Venise, à Rome et je sais où encore..., même en Autriche, m'sieur.

Osmond savait que Doris préparait un voyage en Europe avec Aude Oswald, à l'occasion de l'exposition internationale qui devait se tenir à Paris à partir du printemps 1937. Mais il n'imaginait pas que cette excursion, même si elle devait durer plusieurs mois, puisse être le prélude à une démission définitive de celle qui, depuis la mort de Lorna, dirigeait sa maison. Certes, Doris répétait souvent que son rôle serait terminé le jour où les garçons qu'elle avait élevés quitteraient le toit paternel, mais elle ne formulait aucun projet précis qui l'eût éloignée du cercle des Vigors.

Des événements imprévus allaient contraindre, en quelques semaines, les uns et les autres à prendre des décisions engageant leur avenir.

Le 22 mai, Bob Meyer, revenant des obsèques de Harry P. Williams et Johnny « Red » Worthern, dont l'avion s'était écrasé, trois jours plus tôt, au décollage à Baton Rouge [1], trouva Osmond de Vigors qui l'attendait dans son bureau de la Fox Airlines.

— Rien de cassé, petit vieux ? s'enquit aussitôt l'aviateur.

— J'ai reçu ce radiocâble à l'étude, il y a une heure, dit M. de Vigors en tendant la dépêche à son ami.

Bob fronça les sourcils, se pinça le bout du nez. Le message émanait du commissaire principal du paquebot français *Normandie* qui faisait route vers les Etats-Unis. Il lut à haute voix :

1. Cet accident, dont les causes ne furent jamais déterminées, marqua le déclin de la firme louisianaise d'aviation Wedell-Williams Air Service, qui venait de perdre en deux ans ses fondateurs et animateurs. Walter Wedell, frère de Jimmy, mort en juin 1934, s'était tué, lui aussi, en avion, le 20 juillet 1935, dans les bouches du Mississippi. Devenue présidente de la société fondée par son mari, la veuve de Harry Williams, l'actrice de cinéma Marguerite Clark, vendit la firme à la compagnie Eastern Airlines, en 1938, pour 175 000 dollars. Elle fit don du terrain d'aviation de Patterson à l'Etat de Louisiane. C'est là qu'a été construit le Wedell-Williams Memorial Aviation Museum of Louisiana, que des milliers d'Américains et de touristes étrangers visitent chaque année.

— *Passager Félix de Castel-Brajac gravement malade. Présence famille indispensable à New York le 25 mai.* Curieuse façon de réapparaître, ce cher Félix ! Tu y vas... et tu emmènes Doris, j'imagine ?

— Difficile de faire autrement, non ?

Bob posa la main sur le téléphone.

— Je bloque deux places sur l'avion de demain matin. Vous serez à New York vingt-quatre heures avant l'arrivée du bateau... Mais, si tu veux mon avis, c'est un télégramme... préparatoire, Félix est déjà mort...

M. de Vigors se rendit à son bureau pour alerter Willy Butler, qui pourrait être d'un précieux secours à New York, du fait de ses relations. Puis il fit des réservations pour Doris et lui-même au Waldorf Astoria. Bien que le pied-à-terre de Park Avenue, dont Mlle de Castel-Brajac connaissait l'existence, comportât deux chambres et deux salles de bains, Osmond ne souhaitait pas y introduire la jeune femme. La bienséance sudiste, qui interdit à un homme et une femme, non mariés, de dormir sous le même toit en l'absence de tout chaperon, n'entrait pas en ligne de compte. M. de Vigors avait renoncé à de tels principes qui ne relevaient plus aujourd'hui de la rigueur morale, mais d'une tartuferie maintes fois constatée. Il entendait plutôt protéger, par égoïsme, un petit univers privilégié, sa part secrète d'insouciance et de plaisir. Dans l'appartement new-yorkais, tout, des déshabillés suspendus dans le *dressing room* à la lingerie fine rangée dans certaines commodes, dénonçait la présence fréquente d'une femme. Une femme que Doris eût aisément identifiée. Il ignorait ce que savait exactement Mlle de Castel-Brajac de ses relations avec Cordelia Murray, mais n'eût-elle rien pu soupçonner de sa liaison qu'il ne se fût jamais permis, par respect pour sa maîtresse, d'amener une autre femme dans ce lieu d'intimité. Car, au fil des années, la garçonnière était devenue pour Cordelia une sorte de refuge. Elle y venait seule parfois pour lire, écrire des lettres, rêver, quand l'absence de l'amant devenait trop pesante.

Normandie, l'immense transatlantique français, titulaire du ruban bleu — depuis qu'il avait traversé l'Océan en quatre jours, trois heures et quatorze minutes entre le 29 mai et le 3 juin 1935 — accosta le 25 mai, en fin de matinée, devant la gare maritime de la French Line. Mlle de Castel-Brajac était préparée au pire. Elle ne s'attendait pas à revoir vivant l'étrange esthète, fils de l'oncle Gus, qui, à défaut de lui avoir donné la vie, lui avait offert son nom. En exhibant le câble envoyé par le commissaire principal, M. de Vigors et sa compagne furent immédiatement autorisés à monter à bord. L'officier et le médecin les attendaient à la réception. Les présentations furent rapides.

— Je crains maintenant de m'être montré un peu trop alarmiste, madame, monsieur. Depuis hier, l'état de M. de Castel-Brajac semble s'être amélioré, mais j'avais peu d'espoir, quand j'ai demandé au commissaire de vous envoyer un câble, de lui conserver la vie jusqu'à New York. Nous ne pouvons que nous réjouir de cette rémission de son mal. Veuillez me pardonner l'inquiétude majeure que j'ai pu vous causer, dit le médecin en s'inclinant.

Le commissaire intervint, en s'adressant plus spécialement à Doris :

— Votre père doit néanmoins être hospitalisé sans délai. Dès que les passagers auront quitté le bord, une ambulance viendra le prendre discrètement et vous pourrez le conduire dans la clinique de votre choix. En attendant, vous pouvez rester près de lui dans son appartement, un groom va vous conduire.

— Je vous accompagne, dit le médecin.

Tandis que Doris emboîtait le pas au jeune marin, Osmond retint le médecin.

— De quel mal souffre M. de Castel-Brajac, docteur ?

Le praticien parut hésiter à répondre.

— Je puis entendre certaines choses que vous n'oseriez peut-être pas dire à sa fille. Je sais tout de la vie et des mœurs de votre malade, docteur, glissa Osmond pour encourager le médecin.

Ce dernier comprit parfaitement les sous-entendus des propos.

— M. de Castel-Brajac sait qu'il est au dernier stade d'un mal dont on déteste entendre le nom, bien qu'il n'ait pas toujours des implications vénériennes. Mais enfin, dans son cas..., vous me comprenez ?

— Syphilis ?

— Nous avons dépassé le simple tabès. Je pense à une tumeur au cerveau. D'après ce que m'a dit M. de Castel-Brajac, qui, au contraire de beaucoup de malades de cette espèce, domine sa répugnance à parler de son cas, les accidents tertiaires se sont manifestés il y a plusieurs mois : vertiges, troubles de l'audition et de l'élocution, douleurs en éclairs, démarche ataxique, etc. Récemment sont apparues les migraines insupportables...

— Quel traitement appliquez-vous ?

— Les médications classiques à base de mercure, arsenic, bismuth... mais nous en sommes à la morphine. L'abus du bismuth a provoqué des lésions rénales. En fait, il ne s'agit plus que d'atténuer ses souffrances.

— Mais, le mieux constaté...

— A mettre au compte d'une volonté exceptionnelle de survivre quelques jours..., peut-être quelques heures. Il ne souhaite que revoir sa fille et vous qui êtes, m'a-t-il dit, « une sorte de neveu ».

Comme le groupe arrivait à la porte de l'appartement, le médecin retint Osmond par le bras.

— Il serait peut-être opportun de contraindre, sous un prétexte ou un autre, Mlle de Castel-Brajac d'accepter un examen sérologique. La maladie de son père a certainement une origine très ancienne, mais elle est héréditaire, dit doucement le médecin.

Osmond, appréciant l'inquiétude inutile, acquiesça cependant d'un signe de tête. Le praticien ignorait bien sûr qu'il n'y avait aucun lien de sang entre le malade et la jeune femme.

Dans le somptueux décor de l'appartement de luxe du

pont principal nommé *Fécamp,* Doris reconnut à peine, sous les traits de l'homme livide et décharné adossé à des oreillers, le bel enchanteur fringant et primesautier qui avait façonné son esprit, formé ses goûts, fait d'un continent à l'autre son éducation mondaine. A cinquante-huit ans, le fils de Gustave de Castel-Brajac, à demi chauve et la peau fripée, ressemblait à un vieillard souffreteux.

Tandis que la jeune femme se penchait pour embrasser le front moite du malade en s'efforçant de dissimuler son émotion, Félix, d'un regard implorant, invita Osmond à jouer avec lui l'ultime scène d'une farce tragique, pleine de passions scandaleuses et d'appels désespérés à l'amour. En serrant dans ses mains celle diaphane et brûlante de fièvre de l'oncle de Lorna, M. de Vigors donna son acceptation. Il resterait, jusqu'au dénouement proche, le charitable complice de cet homme qu'il ne parvenait pas à mépriser. Félix en fut rasséréné. Il sourit et désigna les panneaux décoratifs ornant les cloisons de sycomore :

— C'est gai, n'est-ce pas, et clair. Voyez ces compositions de Georges Lepape, lumineuses et fraîches. C'est la Provence. On entend chanter les cigales, on sent la terre chaude entre les oliviers. J'ai eu le temps de les apprécier. Car, sitôt embarqué, j'ai dû m'aliter. Je ne tenais pas debout. La fatigue, bien sûr. Mais j'ai été bien soigné. Un personnel admirable de gentillesse, un médecin très compétent, des repas succulents pour réveiller mon appétit. Savez-vous que j'ai craint un moment de mourir en mer ! Vous m'auriez glissé dans un sac et jeté dans l'Océan comme un marin, n'est-ce pas, docteur ?

— Je suis très heureux que vous nous ayez épargné cette cérémonie, dit le médecin.

Grâce à une intervention de William Butler, une chambre avait été retenue pour Félix dans la meilleure clinique de New York. Il y fut installé au commencement de l'après-midi. Les médecins, dont celui qui le soignait depuis des années pendant ses séjours aux Etats-Unis et connaissait sa maladie, vinrent ausculter M. de Castel-Brajac. Leur diagnostic confirma celui du médecin de *Normandie.* Leur pronostic ne laissa aucun espoir.

A la tombée de la nuit, Félix, à demi conscient, réclama lui-même une piqûre de morphine. Quand elle fut administrée, il se tourna vers Doris :

— Je me sens un peu mieux... Sais-tu ce qui me ferait plaisir, ma chérie ?

— Dites vite.

— Eh bien ! j'aimerais que tu ailles chez Grimaldi, dans la Petite Italie, me chercher quelques grosses oranges jaunes...

— Je me rappelle, nous allions en acheter, quand j'étais enfant, à New York, avec vous... J'y cours.

Dès que la jeune femme eut quitté la chambre, Félix fit signe à Osmond d'approcher.

— Vous avez été scandalisé quand je suis parti en 29... après le... la mort de Charmide ? J'aurais dû me tuer comme un aristocrate déclassé, hein, question d'honneur sudiste ?

— Chacun estime à sa façon le prix de l'honneur. Il n'y a pas eu de scandale. C'est la seule chose qui m'importait. Néanmoins, à votre place, j'aurais préféré une balle dans la tête au châtiment qui vous est dévolu, dit Osmond un peu sèchement.

— Vous n'avez pas changé, toujours aussi dur !

— Vous vous trompez. J'ai vieilli et l'âge érode les principes, Félix.

— Mon péché, Osmond, a été de vivre uniquement pour la beauté et le plaisir sensuel qu'elle procure. Aujourd'hui je paie..., mais, contrairement à beaucoup de gens ternes et quelconques, je sais, moi, ce que je paie.

— Et vous ne trouvez pas la facture trop élevée ?

— C'est le juste prix. Dieu est un bon comptable, Osmond. Mais l'important n'est pas là. Si je suis parti pour l'Europe en 29, c'était d'abord pour essayer de rétablir mes affaires, réparer quelques injustices commises en mon nom. Je me suis remis au travail avec des prête-noms et j'ai réglé toutes les factures... Moi aussi, je suis un bon comptable !

Le malade se prit soudain les tempes entre les mains avec un gémissement douloureux.

— Donnez-moi... l'eau... avec la pilule... là, dit-il à Osmond en désignant la table de chevet.

Ayant pris le calmant, il demeura quelques minutes les yeux clos. La pâleur du visage s'était accentuée, le souffle devenait court et sifflant. Il finit par relever les paupières.

— Ça se calme un peu... Le temps presse, maintenant. Sachez que mon testament est déposé chez Ramsay et Borstin, ce sont des notaires connus. Doris aura de quoi vivre..., vous verrez ça plus tard... et d'abord pourquoi ne l'épousez-vous pas ? hein ?... Bon, enfin... Ah ! je veux être enterré en Louisiane, à Sainte Marie, avec mon père et ma mère... Je compte sur vous. Je compte aussi que, sachant ce que vous savez, vous ne permettrez à personne de me juger sur ce que tous ignorent... Maintenant, laissez-moi un moment.

— Voulez-vous un prêtre, Félix ?

— Je n'accepterais qu'un jeune séminariste... comme ceux que l'on trouve à Rome. Mais bientôt, si j'en crois mes souvenirs du catéchisme..., je serai accueilli par d'aimables diablotins... Ce n'est pas la mort qui me fera faire le premier pas sur le chemin de la vertu ! Il est vain, pour un homme, de chercher à se séparer de son ombre !

M. de Vigors admira le courage morbide de celui qui trouvait encore la force d'ironiser au seuil de l'agonie.

Quand Mlle de Castel-Brajac revint avec un sachet d'oranges blondes, Félix ouvrit un œil et sourit. Une infirmière pressa un fruit. La jeune femme, aidée par Doris, en fit boire une gorgée au mourant, qui déglutit avec difficulté. A la mimique de la garde, Osmond comprit qu'il y avait là un nouveau signe inquiétant. Doris s'assit près du lit et prit la main de Félix, qui parut s'endormir. Un peu plus tard, sa respiration se fit haletante, il ouvrit les yeux, mais rien n'indiqua qu'il entendait les paroles qu'on lui adressait. Son regard, devenu fixe et exorbité, effraya la jeune femme. Osmond sortit précipitamment pour demander le médecin. Quand il revint dans la chambre, Félix de Castel-Brajac offrait un visage apaisé. Ses yeux violets avaient retrouvé leur limpidité, sur sa bouche entrouverte était figé un dernier sourire de défi.

— Il vient de passer, dit doucement Doris en reposant la main inerte de son père sur le drap.

Le 4 juin, Félix de Castel-Brajac, dernier représentant des seigneurs de Lupiac et Contrenac (Gers), descendant d'un mousquetaire tué à Maëstricht à côté du célèbre d'Artagnan, fut placé dans le caveau familial, au cimetière de Sainte Marie, paroisse de Fausse-Rivière. Comme le disparu l'avait exigé dans son testament, Mlle Doris de Castel-Brajac, sa fille et seule héritière, fit graver sur le soubassement du monument, au-dessous du nom

FÉLIX ANET DE CASTEL-BRAJAC (1878-1936)

le texte d'Oscar Wilde choisi comme épitaphe par le défunt :

Tout art est à la fois surface et symbole.
Ceux qui plongent sous la surface le font à leurs risques et périls.
Ceux qui sondent le symbole le font à leurs risques et périls[1].

Dix jours après les funérailles de Félix, Sophie Meyer mit au monde une petite fille, que Bob tint absolument à nommer Dany en souvenir de Dan Foxley. En apprenant le choix du premier prénom de cet enfant, Osmond frémit. C'était celui qu'Otis avait donné, et pour la même raison, à la fille née de ses amours avec Silas. Mais cela, bien sûr, Bob l'ignorait encore.

1. Préface pour *le Portrait de Dorian Gray* (librairie Stock, Paris, 1954).

5

Il n'y eut pas, cette année-là, de saison d'été à Bagatelle. En quittant ce monde, dans un climat de respectabilité consentie, Félix de Castel-Brajac ouvrit le chemin des tombeaux à plusieurs Bagatelliens qui l'avaient connu et aimé. Augustine Barthew, sa sœur suivant l'état civil, depuis longtemps condamnée, mourut en juillet d'une affection du foie. Cette Castel-Brajac disparut sans avoir jamais fait allusion, ni peut-être même soupçonné, le mystère de sa naissance. Elle laissa ce doute en héritage aux rares survivants informés, dont Osmond de Vigors.

Son mari, Clarence, filleul de Dandridge, avait toujours donné à entendre qu'il ne survivrait pas à sa femme. Quelques heures après le décès de celle-ci, trompant la surveillance de Clary — le seul de ses fils présent, car personne ne connaissait l'adresse de Silas — le veuf se tira un coup de fusil sous le menton. Les époux Barthew furent inhumés ensemble dans le cimetière de Sainte Marie, où reposaient déjà tant de leurs parents et amis.

— Depuis le jour de leur mariage, il y a quarante-quatre ans, ils ne s'étaient jamais séparés plus de quelques heures, commenta Clary, en revenant du cimetière dans l'automobile d'Osmond.

— Ils formaient en effet un couple dont l'union, on devrait dire l'unité, paraissait naturelle. Tes parents constituent à mes yeux le plus bel exemple d'amour conjugal. Je ne pense pas que leurs sentiments, leurs pensées même, se soient jamais égarés au-delà de l'un et de l'autre, dit M. de Vigors.

— Oui. Ils étaient un peu Philémon et Baucis, conclut, avec un triste sourire, le frère de Silas et Lorna.

Ce deuil et d'autres circonstances devaient retarder encore le mariage, annoncé pour l'automne, de Clary Barthew et Deborah Merrit.

— Nous ne pourrons pas nous marier avant le printemps prochain, expliqua Clary à Osmond.

— Debbie me paraît cependant assez impatiente, observa M. de Vigors.

— Impatiente certes, mais réaliste. Si Roosevelt est réélu, j'aurai un poste important aux Philippines. Une mission de plusieurs mois. On m'a fait comprendre qu'il vaut mieux différer mon mariage, car l'administration du Trésor préfère envoyer en mission des célibataires. En revanche, on m'a promis, au retour, une direction de service à Washington. Debbie mettra ce contretemps à profit pour terminer son diplôme de *Master of Arts*.

— J'ai oublié de te dire que nous aurons de la visite pour *Thanksgiving :* les Dixon, père, mère, fille et fils. Ils s'annoncent depuis deux ans, mais cette année nous avons de vraies chances de les voir arriver. Clem entretient une correspondance régulière avec la farouche Linda...

— Ça nous promet un mariage dans quelques années, non ? Heureux Clem : la fille est superbe et le père cent fois millionnaire !

— D'après ce que je sais, leurs relations sont, si j'ose dire, artistiques. Ils échangent plus de partitions que de mots tendres. Sais-tu que Clem, dont la sensibilité est certaine quand il s'agit de musique, me paraît étonnamment réservé, presque froid, dans ses rapports avec les femmes ?

— Linda le réchauffera, Osmond. Il n'est pas fait autrement que les autres ! Et Gusy, où en est-il ?

— Il entre à l'Académie navale d'Annapolis fin août...

et *without backstair influence*[1]. Il s'est présenté à l'examen et a été reçu brillamment...

— Le voilà enfermé pour quatre années dans de sinistres bâtiments. Avec Clem à Philadelphie et Gusy dans le Maryland, tu vas être vraiment seul... Peut-être iras-tu plus souvent à New York ? ajouta malicieusement Clary.

— Il se pourrait, en effet, que j'y... plaide plus fréquemment : Butler m'envoie de plus en plus d'affaires.

— Vraiment un chic type, Willy... Il tient à ce que tu amortisses ton pied-à-terre, pas vrai !

Osmond envoya une bourrade à son compagnon. William Butler était certes un chic type, comme disait Clary, mais peut-être manquait-il quelquefois de discrétion.

En août, de nombreux Louisianais furent scandalisés par la désignation, comme maire de La Nouvelle-Orléans, de Robert S. Maestri. Non seulement l'homme n'inspirait pas confiance, mais son accession à la tête de la première municipalité de l'Etat était l'aboutissement d'une manœuvre honteuse. Ami intime de Huey Long, dont le sculpteur, Charles Keck, de New York, venait de commencer une statue de dix-sept pieds de haut qui, coulée dans le bronze, coûterait 50000 dollars[2], Bob Maestri avait eu jusque-là vocation d'éminence grise.

Le Kingfish, en dépit de l'opposition de la Cour suprême, l'avait imposé, en 1929, comme président de la Conservation Commission[3], une des agences les plus riches de l'Etat et particulièrement rémunératrice en dessous-de-table et pots-de-vin. Depuis l'assassinat de son protecteur, Bob Maestri conservait la haute main sur la machine politique créée par Long. Celle-ci continuait à fonctionner

1. Sans piston.

2. Cette statue a été érigée sur la tombe de Huey Long, en face du capitole, à Baton Rouge.

3. Service de protection et de conservation des ressources naturelles, animales, végétales et minérales. La chasse, la pêche, le commerce de la fourrure, les exploitations forestières et pétrolières, la recherche géologique, les pêcheries, les conserveries sont soumis au contrôle de cette commission.

pour le plus grand profit des politiciens héritiers idéologiques et vénaux du sénateur. Homme de coulisses et de couloirs, le nouveau maire, dont la carrure, l'élégance et le feutre mou faisaient parfois penser aux *mafiosi* des films policiers, s'employait à réconcilier Roosevelt avec la Louisiane. Les enquêteurs envoyés de Washington inquiétaient, car de leurs appréciations dépendrait la suppression ou le maintien de certaines aides fédérales. Bob Maestri avait la réputation de tirer profit des maisons de jeu des paroisses Saint Bernard et Jefferson et, même, de la prostitution. Mais aucune accusation publique n'était formulée contre cet homme puissant et silencieux, obstiné, dur en affaires, d'un flegme étudié, mais timide dans ses rapports avec les gens en groupe. Il n'avait jamais prononcé un discours.

Et cependant, les démocrates, toutes tendances confondues, des Old Regulars aux jeunes loups, l'avaient désigné comme maire. Un de leurs porte-parole ayant déclaré qu'il n'y avait pas d'autre candidat au poste de premier magistrat municipal, l'homme qui faisait la loi aussi bien au Choctaw Club que dans les quartiers malfamés de la basse ville avait été déclaré élu... sans élections. Par-delà la mort, Huey Long faisait se perpétuer les méthodes politiques les plus contestables, insultes à la démocratie, dont se réclamaient cependant sans vergogne corrupteurs et corrompus.

Le soir où fut rendue publique l'installation de Bob Maestri comme maire de La Nouvelle-Orléans, première ville du Sud, avec près de cinq cent mille habitants, et deuxième port de l'Union, Osmond de Vigors décida qu'il ne voterait plus, sauf à l'élection présidentielle, jusqu'au jour où le personnel politique cesserait d'être un rassemblement de coquins, de profiteurs et de couards. La population de La Nouvelle-Orléans, composée de 355 000 Blancs — parmi lesquels les descendants d'Italiens et d'Allemands étaient maintenant beaucoup plus nombreux que les descendants de Français[1] — et de 135 00 Noirs, acceptait passivement d'être représentée par un maire qu'elle n'avait pas choisi mais que lui imposait le syndicat des proxénètes, combinards et margoulins de tout poil. Se désintéressant de la politique avec un sentiment d'impuissance, beaucoup de citoyens louisianais ne cherchaient que des expédients pour survivre à la dépression économique. Depuis 1933, on avait réduit de 500 000 acres[2], sur 56 000 exploitations de toute taille, les surfaces ensemencées en coton et les cours n'étaient pas remontés pour autant. On renonçait à dénombrer les chômeurs, dans les campagnes comme dans les villes. Cependant, grâce aux agences fédérales qui occupaient les sans-emploi à des travaux d'utilité publique et surtout grâce à la loi sur la *Social Security*[3] votée un an plus tôt, les gens étaient à peu près assurés de ne plus mourir de faim. La loi de solidarité, proposée par Roosevelt et votée par le Congrès, constituait, d'après les observateurs étrangers, la plus importante décision sociale jamais prise par un gouvernement dans le domaine de la politique intérieure. En Louisiane, les planteurs, déjà très éprouvés par la mévente du coton, de la canne à sucre et du riz, regimbaient à payer la taxe de 1 % sur les salaires, destinée à alimenter, avec une participation égale des ouvriers et employés, la caisse fédérale d'entraide aux chômeurs indigents, vieillards, malades, retraités sans ressources. Les travailleurs, en revanche, en abandonnant 1 % de leur paye, semblaient comprendre l'utilité de cette solidarité organisée dont ils seraient un jour les bénéficiaires.

Contrairement aux autres étés où la grande maison et ses annexes étaient remplies de parents et d'amis jusqu'en septembre, Bagatelle se vida dès les premiers jours d'août.

1. D'après le recensement de l'Etat de Louisiane, en 1935, on comptait à La Nouvelle-Orléans 17 190 personnes d'origine italienne, 15 953 d'origine allemande et 9 648 d'origine française.
2. Environ 200 000 hectares.
3. Sécurité sociale organisée par la loi du 14 août 1935.

Les fils Vigors, conviés par les Dixon à passer deux semaines dans leur propriété de Miami Beach, se trouvaient en Floride. L'invitation avait plu à Clem, enchanté de retrouver Linda, mais elle n'avait pas enthousiasmé Gusy. Ce dernier eût préféré séjourner, comme l'année précédente, dans le camp de vacances où il aurait retrouvé Pic et Poc Dubard, ses cousins. Stella, trop affaiblie par des malaises cardiaques répétés, préférait rester à La Nouvelle-Orléans. Alix, l'aînée des sœurs d'Osmond, visitait les réserves indiennes du Canada.

Quant à Céline, la cadette, elle n'avait pu se joindre, cette année-là encore, à la famille. Son mari, George Flanders, deuxième secrétaire de l'ambassade des Etats-Unis au Japon, n'était pas autorisé à quitter Tokyo, où régnaient une grande effervescence et une activité diplomatique constante. La guerre sino-japonaise pouvait reprendre ouvertement d'un jour à l'autre. Déjà, les troupes de Tchang Kaï-tchek, devenu président de la république de Chine, menaçaient Canton. Les représentants américains devaient aussi apprécier, au jour le jour, l'évolution politique de l'empire du Soleil-Levant après le coup d'Etat avorté monté par les militaires contre les libéraux et les socialistes venus au pouvoir en février.

Doris de Castel-Brajac, devenue propriétaire, à la mort de Félix, du domaine de Castelmore, au bord de Fausse-Rivière, et de l'hôtel particulier de la rue Cambon, à Paris, passait ses journées dans la belle maison où son grand-père, Gustave, avait vécu, entre le bras mort du Mississippi et sa tour-observatoire. Aidée de son inséparable compagne, Mlle Oswald, elle vidait les placards et les commodes, envisageait les travaux de sauvegarde de la demeure trop longtemps inhabitée. Elle discutait aussi, en catimini, avec Aude et Gogo Goldwyn, dit Gigi, petit-fils du défunt Jo, maintenant âgé de vingt-deux ans et promu factotum de Castelmore, des projets dont personne ne pouvait encore soupçonner la portée.

Bob Meyer avait accompagné Sophie et leur fille à la

plantation dès la fin juin, mais, malgré la chaleur intense qui régnait à La Nouvelle-Orléans, la jeune femme s'était fait reconduire en ville après quelques jours. Citadine née dans le béton d'une ville du Nord, ayant fait ses premiers pas sur l'asphalte de New York, elle n'avait pu s'habituer à l'environnement bagatellien. Javotte rit franchement quand Sophie lui confia qu'elle ne connaissait les vaches et les taureaux que par la photographie. L'inoffensif raton édenté, le rat musqué, la loutre, le renard gris, qui parfois traversaient l'allée de chênes, la faisaient rentrer précipitamment dans la maison. La vue d'une grosse araignée, le frôlement velouté d'une chauve-souris lui tiraient des cris de frayeur. Le jour où, berçant son bébé sur la galerie, elle vit un serpent gravir l'escalier et venir boire l'eau dans la gamelle des chiens, elle téléphona à Bob de venir la chercher.

— Je vous demande pardon, Osmond, mais je passe mon temps à sursauter et je ne ferme pas l'œil de la nuit : j'ai tellement peur qu'un de ces maringouins[1], comme disent les gens d'ici, vienne piquer Dany ! Et puis, ces *roaches* cuivrés me dégoûtent. Pensez que j'en ai trouvé un dans le berceau et un autre plus gros dans ma lingerie... Ah ! Cordelia Murray m'avait avertie : « A Bagatelle, plus qu'en ville, vous rencontrerez toutes sortes d'animaux ou bestioles qui courent, sautent, rampent, grimpent, piquent, volent. Vous entendrez les hiboux et les crapauds et vous verrez que les cafards, les fourmis, les frelons et même les lézards sont admis dans les maisons. » Voilà ce qu'elle m'a dit, Cordelia. Mais je pensais qu'elle exagérait. Eh bien ! par saint Patrick, elle était en dessous de la vérité.

Osmond, ce jour-là, avait souri et s'était incliné. Nombreuses étaient les femmes du Nord et les Européennes qui oubliaient, en venant en Louisiane, que la nature subtropicale a ses particularités. Quand Bob était apparu,

1. C'est ainsi que les Acadiens nomment les moustiques.

un peu moqueur, Sophie avait pleuré dans ses bras comme si l'aviateur venait l'arracher à la jungle hostile.

— Ces dames qui portent des altières [1] à élastique et des culottes à fristouilles grandes comme une bavette de prêcheur, c'est afouli [2] pour rien ! avait commenté Javotte, voyant avec tristesse partir le bébé de « m'sieur Bob ».

Au moment du départ, ce dernier avait pris Osmond à part :

— J'espère que tu ne tiendras pas rigueur à ma femme de répugnances qu'elle ne peut dominer.

M. de Vigors s'était empressé de rassurer son ami avant d'embrasser la jeune mère. Mais, de tout l'été, ni Bob ni Sophie ne remirent les pieds à Bagatelle.

Osmond, réduit à l'isolement, attendit le jour de la cueillette du premier coton pour annoncer au chef d'exploitation qu'il devrait arracher tous les cotonniers, dès la fin de la récolte, afin de rendre, après les labours, la terre à la prairie.

— C'est bien dommage, monsieur, notre coton est superbe, dit le jeune ingénieur agronome, féru de sciences, qui avait succédé à Lincoln Brent.

— Il était superbe l'an dernier aussi. Et cependant, il est là, en balles, sous les hangars, parce que j'ai refusé de le brader. Après le *cotton holiday* de 1934 décidé par Huey Long, nous n'aurions pas dû reprendre la production. Il faut être réaliste.

En soupirant, le chef d'exploitation tendit à Osmond la boule de coton qu'il était venu présenter. M. de Vigors considéra la blancheur neigeuse et la finesse de la fibre, puis, le regard vague, il se caressa le menton avec la houppette soyeuse.

— Autrefois, un jour comme celui-ci était une fête. Quand l'esclave le plus rapide arrivait à la maison du planteur avec les premières boules de coton, il était assuré

1. Jarretières.
2. Affolé.

d'avoir un dollar en or et un gros gâteau aux noix pacanes. Il en était encore ainsi il y a un siècle, en 1836, quand ma bisaïeule, Virginie, la dame de Bagatelle, recevait sous ces chênes l'hommage du coton de l'année. J'ai voulu maintenir la tradition. Aujourd'hui, nous sommes seuls, vous, agronome diplômé, et moi, propriétaire d'un domaine au bord de la faillite, à apprécier, dans l'indifférence générale, le fruit précieux de la terre louisianaise, devenu invendable au prix qu'il coûte. Alors, à quoi bon poursuivre ? Arrachons les cotonniers et trouvons des métayers ou des éleveurs à qui nous louerons les terres... Je sais que c'est bien mal récompenser vos efforts, mais je ne peux plus entretenir cette cotonnerie que M. de Castel-Brajac appelait déjà, il y a une douzaine d'années, « la danseuse des Vigors » !

Comme l'ingénieur se taisait, Osmond, appréciant ce silence, lui mit la main sur l'épaule.

— Vous êtes jeune et très compétent. Vous avez une femme et deux enfants. Or l'avenir de cette plantation n'offre guère de perspectives exaltantes pour un technicien de valeur. Si vous décidez de quitter Bagatelle, je comprendrai vos raisons...

— Je n'envisage pas de quitter le domaine, monsieur ! Des jours meilleurs viendront. On finira bien par sortir le pays de cette crise... et puis, ma femme et moi nous sommes heureux à Bagatelle. Cela tient peut-être à la jolie maison que vous nous avez fait construire, à la belle nature qui nous entoure, mais surtout à l'ambiance de la vie domaniale. Je ne sais comment l'exprimer... mais il règne ici un climat spécial. On a l'impression que rien n'est comme ailleurs. Tout a un sens, rien n'est banal... Ce microcosme chargé des souvenirs de longues vies consacrées au travail, agitées de passions souterraines que l'on devine sous les anecdotes qui circulent, pourrait bien rester longtemps encore un lieu privilégié... et ça, ça vaut quelque chose à mes yeux, monsieur.

— Merci de si bien comprendre Bagatelle, dit Osmond, ému par la confiance du jeune homme.

Ayant passé la fleur éclatée du coton à sa boutonnière, il appela d'un claquement de langue sa jument, jusque-là immobile à l'ombre d'un pacanier. Quand il fut en selle, Osmond se pencha vers l'agronome :

— Je dois cependant vous mettre en garde, mon ami : Bagatelle possède, il est vrai, une capacité quasi insulaire d'envoûtement, à laquelle il ne me déplaît pas que vous soyez sensible, mais on ne peut aimer impunément Calypso... ou Armide !

Fizz II se mit spontanément au petit trot et le chef d'exploitation, pensif, regarda s'éloigner le cavalier, dont il aurait voulu mieux pénétrer les sentiments et la pensée.

En décidant d'interrompre brutalement, et pour un temps indéterminé, la culture du *middling* qui faisait, depuis plus de cent cinquante ans, la réputation des cotons louisianais, Osmond rejeta l'idée qu'il venait de trahir une vocation ancestrale. Pour la première fois, il tenait tête à Bagatelle, imposait sa volonté et refusait la soumission romantique et naïve à la terre nourricière. Les transformations intervenues dans le monde et la prodigieuse évolution des sciences, des techniques et des mœurs contraignaient partout les êtres à reconsidérer méthodes de production et mode de vie. Le Sud, manifestement arriéré dans de nombreux domaines, avait survécu à la guerre civile. Il ne résisterait pas aux agressions économiques et à la crise s'il ne faisait pas preuve de réalisme.

Quand, après un déjeuner solitaire, M. de Vigors s'assit, dans l'ombre relativement fraîche du salon, pour prendre le café et fumer un cigare, face au portrait en pied de Virginie, il avait retrouvé sa tranquillité d'esprit. La décision prise le matin, non seulement le délivrait d'un souci majeur, mais lui rendait confiance dans sa propre maîtrise. Le vide qui, peu à peu, s'élargissait autour de lui, du fait des décès des uns, de l'éloignement des autres, du départ de ses fils pour les grandes écoles, lui offrait aussi une nouvelle liberté d'action.

En allumant son havane, il considéra, comme il le faisait

souvent à ces moments-là, sa bisaïeule, la dame de Bagatelle peinte par Dubufe, au temps de sa splendeur. Il ne reconnut pas, sur le visage à l'ovale parfait, encadré d'anglaises souples, l'air sévère qu'il croyait y voir, quand, garçonnet turbulent, il venait de commettre une sottise. Ce jour-là, il crut plutôt déceler, dans le sourire de la belle Virginie, la moue ironique d'une femme déçue par un amant timoré ou maladroit. Comme lorsqu'il était enfant, il adressa mentalement au portrait ses réflexions du moment.

— Souriez, ma chère ; raillez votre descendant, demeurez majestueuse et autoritaire face aux générations qui se succèdent à Bagatelle, vous ne freinerez pas l'évolution, bonne et mauvaise, du monde. Le Sud, votre Sud — esclaves dévoués, valses lentes, Cavaliers enamourés, coups de cœur sous les magnolias, coups d'épée sous les chênes, *barbecues* géants, croisières rêveuses sur le Mississippi, officiers gris et or immolés à Dixie — ce Sud-là, chère Virginie, est mort et embaumé. Exalté par des hagiographes nostalgiques, dépeint avec complaisance par des historiens louangeurs ou caricaturé par des polygraphes contempteurs, votre Sud ne revit plus aujourd'hui que sous la plume des romancières minaudantes et des journalistes à court d'inspiration. Parfois, il réapparaît, méconnaissable et fardé, sur les écrans de cinéma, quand de beaux Yankees, virils et indulgents, épris de belles Sudistes ruinées, fières mais repentantes, ressoudent dans une étreinte passionnée les deux parties de l'Union, vase sacré, brisé par la Sécession ! Alors, chère Virginie, occupez-vous de votre éternité !

Telle fut la diatribe adressée par M. de Vigors à l'ancêtre légendaire, tandis que le café refroidissait dans la cafetière d'argent, ciselée aux armes des Damvilliers, fondateurs de Bagatelle.

A l'heure de la sieste, la maison s'immergeait dans la torpeur et le silence. Osmond, pour parfaire sa conviction qu'accepter de vivre trop longtemps sous des lois et coutumes imposées par des morts constituait une dérobade devant les réalités de l'époque, décida d'affronter son propre passé.

L'instinct lui commanda de commencer l'étrange pèlerinage, dont la morbidité ne pouvait lui échapper, par la chambre conjugale, où Lorna était morte en 1928. Depuis cette date, il n'y avait fait que deux brèves incursions pour s'assurer de l'étanchéité d'une fenêtre battue par l'averse. Cette fois, mû par la volonté d'en finir avec les fantômes, il osa en faire le tour, avant de s'allonger sur la courtepointe du grand lit à baldaquin, véritable vaisseau d'acajou, aux colonnes lustrées comme des mâts, où tant de Damvilliers et de Vigors avaient vu le jour, s'étaient livrés aux jeux de l'amour, avant de connaître la souffrance et de rendre leur âme à Dieu.

Couché sur le dos, mains sous la nuque, le regard fixé sur la rosace de soie plissée, d'un bleu décoloré, qui ornait le ciel du lit, il s'abandonna aux choix arbitraires de la mémoire convoquant les souvenirs. Une image brusquement s'imposa : celle de sa mère, Stella, prête à défaillir et se dépouillant, avec l'aide d'Harriet, de son voile de veuve, au retour de l'enterrement de son père. Puis, par une bizarre association de gestes féminins, il revit Lorna retirant son voile de mariée, au soir de leurs noces. Il entendit le rire de la jeune femme prête à se livrer, presque impatiente, tandis qu'il s'efforçait maladroitement de faire passer dans d'étroites ganses les boutons de nacre qui fermaient, dans le dos, la robe de soie blanche. Les hanches rondes, les seins aux aréoles roses que ses baisers agaçaient, la taille si fluette qu'il avait pu l'enfermer dans le cercle de ses mains, les longues cuisses fermes de femme sportive, livrés à ses caresses, se trouvaient dans l'évocation cruellement associés au visage douloureux de la Lorna des derniers jours. Osmond dut faire un effort pour retrouver la jeune épousée haletante, se mordant les lèvres et les yeux clos, tandis qu'il l'approchait, puis, plus tard, son regard intense, radieux, comme agrandi par la surprise d'un plaisir jusque-là inconnu. Et ses longs cheveux bruns répandus sur la blancheur du drap.

Si, épargnée par la maladie, Lorna avait vécu, aurait-il été fidèle, de corps et de pensée, à l'amie d'enfance ? Le destin avait décidé que cette question ne serait jamais posée. Quittant le lit, Osmond parcourut la pièce, ouvrit les armoires, dans lesquelles on rangeait maintenant du linge de maison. Il tira les tiroirs des commodes, certain de les trouver vides, car, au lendemain de la disparition de sa femme, tous les vêtements et la lingerie de celle-ci avaient été brûlés. Seul le bonheur-du-jour lui livra un souvenir : un petit agenda, offert par la maison Chanel, où Lorna avait noté, lors de leur voyage en Europe, en 1923, des adresses de boutiques, des noms de vendeuses, des numéros de téléphone parisiens. Entre deux feuillets, il découvrit un ticket d'entrée au musée du Louvre. M. de Vigors mit ces déchets du passé dans sa poche en se promettant de les brûler. Rien de ce qui avait appartenu à Lorna et à Osmond ne devait tomber en des mains étrangères.

Pendant une partie de l'après-midi, tel un propriétaire depuis longtemps absent, Osmond explora la maison, retrouvant dans un couloir obscur l'ambiance d'une partie de cache-cache avec Alix et Céline, dans l'escalier l'émotion d'une chute mémorable, derrière la commode, dans la pièce qui avait été sa chambre, l'arc et les flèches interdits dans la maison.

Le crissement des pneus de la Chevrolet de Doris le surprit alors qu'il feuilletait un vieil album de daguerréotypes, dans lequel on avait ajouté des photographies plus récentes. De nombreux clichés du sénateur Charles de Vigors et de son épouse, Liponne, voisinaient avec des portraits d'oncle Gus et de Gloria et des instantanés pris lors de mariages ou de premières communions. Plusieurs portraits photographiques, tirés à Paris vers 1875 ou 1880, représentaient Gratianne, la dernière des Damvilliers, morte en 1908. Son buste marmoréen semblait avoir mieux inspiré Félix Nadar que le peintre John Singer Sargent.

En regagnant le salon, M. de Vigors constata que Mlle de Castel-Brajac n'était pas seule, mais il ne fut pas étonné de trouver près d'elle, comme souvent, Aude Oswald. A l'arrivée du maître de maison, les jeunes femmes firent mine de se dissimuler en riant :

— Oh ! par pitié, Osmond, ne nous regardez pas ! Nous sommes échevelées et grises de poussière, s'écria Doris.

— Sales comme des *roustabouts*[1], tu veux dire ! renchérit Aude.

— Toute la poussière d'un siècle à Castelmore est sur nous ! expliqua Mlle de Castel-Brajac.

— Tout est poussière, vient de la poussière et retourne à la poussière, lança sentencieusement Osmond.

— Accordez-nous le temps d'un bain, s'il vous plaît ! Ensuite, nous prendrons le thé avec vous, sur la galerie, et nous vous dirons tous nos merveilleux projets, annonça Doris, pour piquer la curiosité d'Osmond.

Aucune des deux amies ne vit le sourire de ce dernier. Il entendit l'une appeler l'introuvable Javotte, l'autre réclamer des serviettes, puis toutes deux s'enfermèrent dans la salle de bains. Non sans étonnement, M. de Vigors comprit que les deux amies allaient faire leur toilette ensemble. Bientôt, des rires clairs et des cris étouffés parvinrent jusqu'au salon. Autant parce qu'il ressentit une soudaine gêne que par simple discrétion, Osmond sortit sur la galerie. Le soleil commençait à baisser mais l'air restait chaud et moite. Tout en sirotant le verre d'eau glacée qu'une femme de chambre languide finit par lui apporter au dixième appel, le planteur, qui, d'ordinaire, n'avait pas de pensées licencieuses, se plut à imaginer Aude et Doris, nues, mouillées et couronnées de salicaires aux pétales chiffonnés, comme des naïades chatouilleuses et polissonnes.

Trois quarts d'heure plus tard, pomponnées, parfumées, les lèvres rouges et le regard avivé par des fards à paupières

1. Dockers, débardeurs.

rose perle ou cuivre doré, Aude et Doris traversèrent le salon et apparurent sous la véranda. Le claquement des talons de leurs escarpins de chevreau blanc incita Osmond à se retourner. Ce qu'il vit lui rappela l'entrée en scène de jolies duettistes dans une comédie musicale de Broadway. Les jeunes femmes portaient des robes d'indienne à fleurs sur fond blanc, profondément décolletées en V, ajustées à la taille et très amples du bas. Au rythme des pas accordés et du balancement des hanches, les virevoltes de la cotonnade dévoilaient la dentelle des jupons.

— Deux roses sur le même rosier ! lança gaiement M. de Vigors.

— C'est gentil ! Javotte nous a, moins aimablement, comparées aux Dolly Sisters[1], dit Aude Oswald en riant.

La table, dressée pour le thé, vers laquelle tous trois se dirigèrent aussitôt, parut à Osmond mieux garnie que d'habitude. Les confituriers d'argent, les plateaux de fruits, les toasts sur leur support, les fines porcelaines, l'argenterie donnaient à la collation un air de fête. Des fleurs d'hibiscus, flottant dans une vasque de cristal, ajoutaient au raffinement du décor.

— Que se passe-t-il, pourquoi ce thé... de gala, mesdemoiselles ?

— Savez-vous la date de ce jour, monsieur ? demanda cérémonieusement Doris en dépliant sa serviette.

M. de Vigors réfléchit un instant.

— Mais voyons, nous sommes le 29 août 1936... jusqu'à minuit !...

— Alors, n'est-ce pas votre anniversaire ? s'écrièrent en chœur les jeunes femmes.

— C'est gentil d'y avoir pensé. D'habitude les garçons ne manquent pas de me le rappeler, mais cette année...

— C'est nous qui vous le souhaitons, dit Doris en

1. Jennie (1892-1941) et Rosie (1892-1970) Dolly : célèbres duettistes jumelles.

tendant un grand paquet plat à Osmond, un peu interloqué.

Avant qu'il ne dénouât les rubans, M. de Vigors fut embrassé, félicité, congratulé. Il se déclara comblé par tant d'affection et de sollicitude et entendit le traditionnel *Happy birthday to You,* joliment chanté par les deux amies.

Le paquet-cadeau contenait le vieux sous-main de cuir vert, patiné et éraflé, de Gustave de Castel-Brajac : celui qui se trouvait sur le petit bureau, dans l'observatoire, sur lequel, au jour des vingt ans de Doris, à Castelmore, Osmond, venu en pèlerinage, avait griffonné quelques mots pour le plaisir d'user de la plume d'oncle Gus, l'inoubliable mentor. Le porte-plume ainsi que le plumier, le porte-lettre, la sébile d'acajou et le tampon-buvard à pommeau de vermeil étaient joints au sous-main.

— Je n'ai pas voulu y mettre un buvard neuf. J'ai pensé que vous aimeriez conserver celui-ci, qui porte les traces de la belle écriture de grand-père !

Osmond dit son émotion de recevoir un tel présent, évoqua le défunt Gascon pestant contre les plumes torses ou la mauvaise qualité des encres quand il rédigeait son courrier. Sur un appel d'Aude Oswald, Javotte s'avança, portant un énorme baba aux fruits — le dessert préféré d'Osmond — illuminé par une couronne de bougies dont aucun courant d'air, en cette fin d'après-midi torride, ne faisait vaciller les flammes.

Osmond dut s'y reprendre à trois fois pour souffler les chandelles.

— Ah ! vous ne vous marierez pas cette année, Osmond, déduisit Aude.

— Qui voudrait d'un mari de quarante-trois ans ? demanda M. de Vigors en riant.

— L'âge idéal pour un époux, croyez-moi, osa Doris.

— Savez-vous que mes tantes Oriane et Olympe disent que vous êtes le plus bel homme de la paroisse d'Orléans ?... Seul, à leurs yeux, Faustin Dubard pourrait vous disputer la palme... quand il est en grand uniforme d'amiral ! expliqua Aude en pouffant.

Quand Mlle de Castel-Brajac eut servi une deuxième tasse de thé, elle reprit sa place, avec un air soudain grave. Osmond connaissait parfaitement les manières de la cousine de Lorna. Il comprit qu'elle allait aborder un sujet sérieux.

— Le jour me paraît bien choisi, Osmond, pour vous révéler un projet auquel Aude et moi réfléchissons depuis longtemps. Jusqu'à la disparition de mon père et de tante Augustine, il n'était pas aisément réalisable. Je n'étais pas certaine d'être un jour la seule propriétaire de Castelmore. Mais maintenant que tante Lucile, la maman d'Aude, a renoncé à sa part de tout héritage Castel-Brajac en ma faveur, je puis disposer à mon gré de Castelmore et des autres biens qui me sont échus. Qu'en pense le juriste ?

— Absolument. Le testament de Félix est clair et formel. Vous êtes maintenant pleine et unique propriétaire de Castelmore, des terres de la paroisse de West Feliciana — sauf les ruchers qui appartenaient à Lorna et reviennent à ses fils — et de l'hôtel particulier de la rue Cambon, à Paris. De ses biens, Félix n'a distrait que le legs qu'il a voulu me faire : le bronze de John Donoghue que j'ai placé dans le hall de notre maison de La Nouvelle-Orléans.

— Je suis heureuse, Osmond, que mon père ait pensé à vous léguer cette statue. Je puis donc maintenant réaliser mes projets en ce qui concerne Castelmore, d'autant plus librement que ma présence n'est plus utile sous votre toit. Clem et Gusy sont presque des hommes. La mission que m'avait confiée Lorna est terminée.

M. de Vigors fut surpris, presque choqué, d'entendre Doris traiter cette question aussi légèrement devant Aude Oswald. L'éventuel départ de Mlle de Castel-Brajac avait été plusieurs fois évoqué, sans conviction et seulement au cours de tête-à-tête. Quand une affaire n'exigeait pas de solution immédiate, M. de Vigors s'abandonnait facilement à la passivité sudiste. Il n'avait jamais pris au sérieux les velléités d'indépendance de Doris. Il lui déplaisait, de surcroît, d'imaginer la vie domestique, tant à Bagatelle qu'à La Nouvelle-Orléans, sans cette jeune femme, excellente maîtresse de maison, qui, cousine par alliance, pouvait résider sous son toit sans prêter aux qu'en-dira-t-on. L'héritage de Félix fournissait à Mlle de Castel-Brajac les moyens d'une autonomie qu'elle semblait maintenant convoiter. Osmond réussit à dissimuler son agacement, en feignant de croire que le mot projet ne s'appliquait qu'à la destination future de Castelmore.

— Vous allez vendre, j'imagine ? dit-il d'un ton indifférent.

— Vendre ! jamais... Nous allons, Aude et moi, en réunissant nos ressources et nos idées, faire de Castelmore un hôtel de week-end pour les pêcheurs et les plaisanciers, de plus en plus nombreux à Fausse-Rivière.

— Nous avons déjà trouvé un nom : Tower's Inn, l'Auberge de la Tour. N'est-ce pas évocateur ? coupa Aude, très excitée.

La moue de M. de Vigors incita Doris à se montrer plus explicite :

— Nous considérons l'observatoire inutilisé de grand-père Gustave comme une attraction de premier ordre. C'est le bâtiment le plus élevé de la paroisse. Nous y ferons une plate-forme avec quatre longues-vues orientées vers les points cardinaux et nous ferons payer un dollar l'ascension de la tour. N'est-ce pas une bonne idée ?

— Elle me paraît assez séduisante et en tout cas très commerciale... Mais vos mânes ?...

— Que les Castel-Brajac reposent en paix ! Tous ont vécu leur vie à leur guise, sans toujours se soucier du bonheur et du confort de leur descendance directe... ou indirecte ! Personne ne le sait mieux que vous, Osmond, qui êtes la conscience de nos familles. La mort n'a pas fait de mon cher père un parangon de vertu, n'est-ce pas ?

Doris s'était animée et Osmond trouva piquante la coïncidence entre le discours de sa cousine et ses propres réflexions de la journée.

— Je pensais plutôt à oncle Gus..., à votre grand-père, dit-il.

— C'est le seul, avec tante Gloria, qui m'ait jamais inspiré du respect et une affection sincère. Eh bien ! je suis sûre qu'il trouverait notre idée fameuse et nullement déshonorante la destination que nous comptons donner à sa belle demeure et à sa tour de brique !

Pendant une heure, Doris et Aude, tour à tour, développèrent leurs plans d'aménagement du site et de transformation de la maison. L'architecte, convoqué par leurs soins, se faisait fort de créer trente chambres avec salles de bains en cloisonnant les immenses pièces. Les jeunes femmes se réservaient au rez-de-chaussée deux chambres et un salon.

— Et une seule salle de bains..., j'imagine ! lança Osmond avec ironie.

Les visages des deux amies s'empourprèrent et Doris se mit précipitamment à parler des cuisines et de la nécessité de trouver un bon chef.

— Et quand comptez-vous ouvrir ? demanda Osmond.

— A notre retour d'Europe, en juin 1937, mais nous nous installerons à Castelmore en octobre prochain, dès que notre appartement sera prêt. Nous pourrons ainsi surveiller les travaux jusqu'à notre départ pour la France.

— Je vois que vous êtes parfaitement organisée, chère Doris. Tout est prévu et votre calendrier est d'une rigueur biblique ! Il ne me reste qu'à souhaiter réussite et prospérité à l'Auberge de la Tour, où je compte bien me faire inviter pour mon quarante-quatrième anniversaire !

Les vœux pouvaient passer pour sincères, mais le ton de M. de Vigors était un peu pincé. Doris et Aude le perçurent ainsi et plus tard, tête à tête, le commentèrent :

— Nous l'avons vexé. Tu as été trop brutale et je suis certaine qu'Osmond a de la peine de te voir t'éloigner, dit Aude.

— Il n'y a pas trente-six façons de dire les choses, Aude, et Osmond m'a appris que tergiverser est inutile et lâche, alors !

— Je persiste à penser qu'il est amoureux de toi...

— Que fais-tu de la chère Cordelia ? Quinze jours par mois à New York, un appartement sur Park Avenue, qu'on ne m'a pas montré... et pour cause. J'ai fait ce que j'avais promis à cousine Lorna. J'ai amené ses fils jusqu'à l'université et, si Clem devient un jour un grand compositeur, je pourrai me dire que j'y suis pour quelque chose. Mais je n'ai pas la vocation de gouvernante de luxe pour monsieur seul !... Ensemble, nous serons heureuses ! Embrasse-moi !

Cette nuit-là, Osmond mit longtemps à trouver le sommeil. Il s'efforça d'examiner froidement, en juriste étudiant un dossier, ce qu'il appela, faute de disposer d'un terme plus approprié, le contentieux Osmond-Doris. Dans cette cause, l'action était unilatérale, puisque l'affaire avait pour origine les projets hôteliers de Doris et sa décision de quitter le toit des Vigors. Rien n'autorisait l'autre partie — Osmond — à tenter de détourner la jeune femme d'une nouvelle façon de vivre, ni d'une association avec Aude Oswald, sa cousine et amie, pour exploiter le domaine de Castelmore menacé d'abandon. Il ne disposait d'ailleurs d'aucun moyen de retenir à Bagatelle une personne de vingt-sept ans, qui avait donné à sa famille dix ans de sa vie, ses plus belles années. M. de Vigors finit par s'admonester.

Son égoïsme et son manque de considération pour un être dont il avait peut-être méconnu la nature sensible et les ambitions pouvaient constituer, aux yeux d'un juge impartial, une sorte de responsabilité morale. Habitué à la présence banalisée de Doris dans sa maison, il appréhendait un changement qui modifierait l'équilibre domestique et l'obligerait à une réorganisation. Mais Osmond était trop subtil et trop loyal vis-à-vis de lui-même pour ne pas subodorer d'autres frustrations. Doris lui offrait le spectacle charmant et quotidien de la vie d'une femme intelligente, agréable à regarder, désirable. L'aisance féline de ses évolutions, sa démarche légère, ses gestes rituels de maîtresse de maison, la façon qu'elle avait de mouiller son doigt et de relever sa jupe pour arrêter la maille filée d'un bas, son mouvement de tête quand elle balançait ses cheveux sur la nuque, le regard de biais qu'elle jetait à son reflet en passant devant un miroir, composaient une gracieuse chorégraphie. Sa mouvante plastique animait le décor et plus d'une fois Osmond avait connu le désir de caresser ce corps, non comme on câline une chatte de race, mais comme on effleure, du bout des doigts ou de la paume, une Vénus antique. Il s'assurait de la présence de Doris comme l'amateur couve du regard la plus belle pièce de sa collection. Il jouissait bourgeoisement de l'usufruit d'une beauté et d'une jeunesse que les circonstances avaient mises en dépôt sous son toit. Ne plus rencontrer Doris dès le matin au petit déjeuner ; ne plus commenter avec elle les nouvelles rapportées par la radio ou les journaux ; ne plus l'écouter parler de choses futiles : mode, maquillage, potins locaux ; ne plus entendre sa voix inquiète au téléphone quand il appelait de New York... lui paraissait aussi contrariant qu'être privé d'électricité ou d'eau chaude. Il serait sevré des soirées intimes et quiètes, Doris au piano ou feuilletant avec lui un livre d'art. Il ne sentirait plus la main légère posée sur son bras quand ils pénétraient, couple de convenance, dans un salon et qu'il lisait l'envie, parfois la convoitise, dans le regard des hommes. Pourrait-il encore emmener sa cousine dîner sans préavis au Southern Yacht Club ou chez Brennan's quand, à la fin d'un procès harassant, il décidait de s'octroyer une sortie impromptue ?

Toutes ces considérations, et quelques autres qu'il hésitait à formuler, troublaient M. de Vigors. Il refusait avec défiance de nommer le sentiment, jusque-là anodin, qu'il portait à Mlle de Castel-Brajac et que la perspective d'une séparation révélait de manière obsédante. « Un Cavalier ne doit jamais contourner l'obstacle mais l'affronter gaillardement », enseignait oncle Gus en roulant les *r*. Le principe était noble mais ne fournissait aucune méthode ! L'embarras d'Osmond se trouvait augmenté par son hésitation à faire confidence de la situation à l'ami de toujours, dont il redoutait autant les sarcasmes que les conseils péremptoires.

M. de Vigors mit une bonne semaine à concevoir la solution, de son point de vue la plus confortable, voire la plus agréable pour les deux parties. Il attendit toutefois que Gusy soit entré à l'Académie navale et que Clem ait regagné l'école de musique de Philadelphie pour aborder le sujet crucial avec l'intéressée. Un soir, au moment où la jeune femme allait se retirer dans sa chambre, il la retint par la main.

— Asseyez-vous un instant, j'ai une chose importante à vous dire.

Doris choisit le canapé placé sous le portrait de Virginie, croisa les jambes, arrangea sa robe et offrit à son vis-à-vis un sourire qui signifiait clairement : « Je suis prête à vous entendre. »

Osmond tira deux bouffées de cigare et parut intérieurement prendre son élan.

— Voilà..., j'ai beaucoup réfléchi à vos projets..., Doris.

— Pour Castelmore ? coupa-t-elle, déjà sur la défensive.

— A ceux-là et à d'autres, car tout est lié, n'est-ce pas : la création d'un hôtel, votre installation à Castelmore avec Aude Oswald et, donc, votre départ de chez moi où vous vivez depuis dix ans, dirigeant la maisonnée et vous comportant pour mes garçons comme une véritable mère. Jamais je ne pourrai exprimer toute la gratitude des Vigors pour ce que vous avez accompli, en sacrifiant les plus belles années de votre vie. Mais c'est la perspective de votre éloignement qui m'a fait découvrir l'attachement profond que j'ai pour vous. Ce n'est qu'au moment où il est menacé qu'on apprécie réellement son bonheur. Bref, Doris, je ne puis supporter l'idée d'une séparation ! Aussi, sans y mettre autant de cérémonie qu'il conviendrait, je vous demande, Doris : voulez-vous m'épouser ?

M. de Vigors fut déçu, presque offusqué, de constater que son discours et sa proposition, ayant pour un Cavalier valeur de déclaration d'amour, n'éveillaient chez Mlle de Castel-Brajac ni l'émotion, ni même la surprise qu'il escomptait.

Doris baissa les yeux, croisa calmement les mains sur son genou, chassa d'un mouvement de tête la mèche de cheveux qui lui barrait le front, puis, relevant le menton, fixa Osmond.

— Je m'attendais à cette... offre, dit-elle posément.

— Ah ! Dans ce cas, les choses sont plus faciles. Si vous vous attendiez à ma demande, c'est que vous-même la jugiez plausible... et, j'espère, acceptable.

— Vous pouvez imaginer aussi qu'elle me trouble, me flatte... et me révolte, tout à la fois !

— Vous révolte ? vous révolte ! répéta Osmond, ébahi.

— Oui, me révolte, car je vous ai toujours admiré, Osmond, depuis que j'ai dix ou douze ans. Vous représentez pour moi l'homme idéal, loyal, viril, sûr ; votre comportement avec Lorna malade, votre attitude dans le deuil et les épreuves, votre manière de juger les êtres et les événements ont prouvé la noblesse de votre caractère. Votre générosité à mon égard, la délicatesse de la protection accordée à l'orpheline de fait que j'ai toujours été m'inspirent, à moi aussi, de la gratitude à votre égard, mais... je ne veux pas être épousée par reconnaissance !... ni par commodité domestique !

— Commodité domestique ! Quelle vilaine expression, Doris ! Comment pouvez-vous penser que...

— J'ai attendu l'amour, Osmond, pendant des années. Parfois j'ai cru pouvoir l'inspirer... mais c'est à d'autres que vous l'avez porté...

— L'amour, Doris, nous n'en avons jamais parlé ! Comment aurais-je osé...

Mais elle n'entendit pas la dénégation un peu niaise, tout entière accaparée qu'elle était par la divulgation d'un drame intérieur qu'Osmond n'avait jamais soupçonné.

— L'amour..., il est entré en moi de façon insidieuse, déguisé et sous de nombreux prétextes et nécessités. Je pensais que vous alliez inconsciemment au-devant de lui, vous aussi. Il y avait des signes, des gestes, des regards, j'imaginais que cela devait vous causer une sorte d'angoisse, parce que j'étais très jeune, que vous étiez scrupuleux et que vous connaissiez l'aboutissement charnel, que, pauvre ignorante, je redoutais et désirais à la fois. Je savais qu'un jour ou l'autre nous serions confrontés à l'évolution de nos relations, qu'elles deviendraient celles d'un homme et d'une femme. Mais elles sont restées formelles, familiales. Celles qu'un cousin veuf, affectueux et disposant de maîtresses discrètes, entretient avec une cousine dévouée, aimante et pauvre, qu'il a recueillie !

— Mais l'amour, j'en ai pour vous, Doris..., puisque vous m'obligez à vous le dire !

La jeune femme ne put s'empêcher de sourire en entendant cette phrase, inattendue dans la bouche d'un homme se disant épris. Elle se dressa, le visage soudain grave, les lèvres trémulantes.

— Vous êtes impropre à l'amour par excès de lucidité..., voilà ce qui me révolte... Il y a dans toute existence humaine une partie inventée qui compense le réel inéluctable. C'est la seule partie de nos vies qui puisse avoir un sens !

M. de Vigors découvrait chez Doris une maturité de pensée et une autorité verbale qu'il n'avait jamais pressenties et qui le stupéfiaient.

— En somme, vous refusez de m'épouser ? demanda-t-il un peu sèchement.

— Nous conviendrons que votre demande n'a jamais été formulée et que je n'ai donc pas eu à répondre. Disons que cette discussion n'a jamais eu lieu, Osmond.

— C'est pour moi une fin de non-recevoir catégorique, Doris, et je la prends comme telle. Soyez assurée que je ne ferai jamais allusion à cette conversation. Elle m'a profondément humilié ! Bonne nuit, Doris.

Debout, au milieu du salon, elle eut une sorte de vacillation, un court balancement de tout le corps. Elle hésitait entre deux attitudes : se précipiter vers Osmond ou courir s'enfermer dans sa chambre. Finalement, elle se dirigea d'un pas ferme vers l'escalier et gravit vivement les marches. Il entendit grincer le parquet et se fermer la porte.

— Petite garce ! dit-il entre ses dents.

Car il était incapable d'inventer la scène qui se déroulait au-dessus de sa tête : Doris affalée en travers de son lit et pleurant à gros sanglots rageurs.

Ayant constaté que son cigare s'était éteint, M. de Vigors le ralluma, se servit une rasade d'armagnac et quitta la maison, son verre à la main, pour se rendre, par la galerie, dans l'appartement de l'intendant, devenu sa résidence depuis la mort de Lorna et l'installation de Doris à Bagatelle. Hector rêvassait sur l'escalier, en attendant que le maître soit rentré chez lui pour fermer la grande maison et lâcher les chiens. Osmond lui fit signe d'approcher.

— Nous partirons pour La Nouvelle-Orléans à cinq heures, demain matin. Tiens la voiture prête derrière la maison. Il est inutile de réveiller tout le monde. Et nous n'emmènerons pas Javotte. Dis-lui qu'elle doit rester, pour aider Mlle Doris jusqu'à ce qu'elle s'installe à Castelmore. Toi, tu pourras revenir à Bagatelle pour retrouver ta femme ou rester en ville avec moi. Comme tu voudras.

— J'aime mieux rester avec vous en ville, m'sieur !

— Alors, bonne nuit !

Tout en sirotant son alcool avant de se mettre au lit, Osmond revécut par la pensée la scène de la soirée. Il ne parvint pas à tirer une conclusion qui satisfasse son orgueil de mâle éconduit et de Cavalier évincé.

Quand, au petit matin, il prit place dans la Duesenberg, sans avoir fermé l'œil de la nuit, Hector lui apprit, en repoussant doucement la portière, que Mlle de Castel-Brajac était déjà debout.

— Elle vient d'ouvrir ses volets, m'sieur..., et pourtant, j'ai pas fait grand bruit, m'sieur.

— En route ! ordonna sèchement M. de Vigors en négligeant l'information et sans un regard à la maison.

Hector, devinant que Doris n'était pas étrangère à la mauvaise humeur du *Major,* conserva un silence prudent. Après quelques kilomètres, jetant un coup d'œil dans le rétroviseur, il constata avec soulagement que M. de Vigors s'était endormi. Il se mit à siffloter doucement. Javotte étant retenue à Bagatelle, il se promettait quelques bonnes soirées avec des copains au Pelican Billiard Hall [1]. La demoiselle du vestiaire, une jolie quarteronne de vingt ans, n'était pas insensible au charme d'un ancien sergent décoré. Elle s'appelait Brenda et avait déjà accepté le principe d'un pique-nique, un dimanche, au bord du lac Pontchartrain où une zone de baignade était, depuis peu, réservée aux Noirs. Hector avait promis, entre autres choses, de lui apprendre à nager.

1. Club de billard assez select, réservé aux Noirs pendant les années trente et situé 303, rue du Rempart, à La Nouvelle-Orléans.

6

Le 4 novembre 1936, Franklin Delano Roosevelt fut réélu président des Etats-Unis avec une majorité de 60,8 % des voix. Seul James Monroe, le cinquième président de l'Union, avait fait mieux en 1820.

En rassemblant 27 752 869 suffrages populaires et les voix de 523 grands électeurs d'Etat, alors que son adversaire républicain, Alfred M. Landon, obtenait 16 674 665 bulletins mais la confiance de huit grands électeurs seulement, le démocrate pouvait, à juste titre, voir dans ce scrutin une large approbation de sa politique. Seuls le Vermont et le Maine avaient donné une majorité aux républicains, battus au Sénat et à la Chambre des représentants où les démocrates s'adjugeaient 79 % et 77 % des sièges.

Quant au candidat communiste, Earl Russell Browder, identifié comme agitateur lors des émeutes du *Bonus,* en 1932, il n'avait recueilli que 80 000 suffrages. La Louisiane avait, de son côté, donné 292 894 voix à Roosevelt contre 36 791 à Landon : de quoi la faire rentrer en grâce auprès du président que le souvenir de Huey Long irritait encore.

Pour Osmond de Vigors et ses amis, la réélection de F.D.R. était une bonne chose pour le pays, qui, peu à peu, s'adaptait aux conditions économiques nées de la crise. Cette année-là, *Thanksgiving* serait célébré le 26 novembre et la fièvre électorale était depuis longtemps retombée en Louisiane quand la famille Dixon, au grand complet, s'annonça chez les Vigors. Javotte, rappelée d'urgence à La

Nouvelle-Orléans, arriva avec Doris de Castel-Brajac, que M. de Vigors ne s'attendait pas à voir.

— Vous n'imaginiez tout de même pas, je suppose, que j'allais vous laisser seul face à cette horde de Texans, sans personne pour diriger la maison, dit la jeune femme avec une gaieté un peu forcée.

Osmond ne l'avait pas revue depuis la mémorable soirée d'août, marquée pour lui par une si cuisante déception. Il apprécia que Doris jouât spontanément, comme si rien ne s'était passé, le rôle de maîtresse de maison qu'elle avait si longtemps tenu.

Il était de bon ton en Louisiane, dans les vieilles familles surtout, d'adopter vis-à-vis des Texans une attitude condescendante et une indulgence amusée. En vérité, même si l'on critiquait leur penchant pour le luxe clinquant, leur vanité tapageuse, leur lourdeur d'esprit et leur brutalité de langage et de comportement, les Sudistes enviaient leur dynamisme, leur indépendance d'esprit, leur résistance physique, leur ardeur à vivre et ce que Clem, qui commençait à les bien connaître, appelait : « la magnifique audace texane ».

Osmond avait tout de suite été séduit par Linda Dixon. La jeune fille s'était immédiatement sentie à l'aise avec cet homme plein d'attentions pour les femmes et qui ne semblait pas croire, comme son père, qu'écouter leurs propos équivalait à perdre son temps. Clem avait prévenu : « Tu verras, Dad, Linda a la majesté des grands fauves. »

En quelques jours, M. de Vigors affina cette définition. Il y avait de la gitane, dans Linda. Le sang andalou de la mère, mêlé au sang yankee du père, avait produit cette beauté, roturière mais triomphante, des brunes à peau mate qui ont fourni à Mérimée le modèle de Carmen. Certes, les dames créoles des vieilles familles, dont le sang s'était appauvri dans les unions consanguines, ne pouvaient trouver Linda Dixon distinguée, mais elles reconnaissaient en elle la santé, la vigueur et l'assurance des filles de pionniers. La fermeté de ses chairs, sa charpente, sa haute taille, ses immenses yeux noisette bordés de cils longs et drus qui se passaient aisément de Rimmel, ses lèvres sanguines et charnues, ses dents, d'un émail si blanc qu'on les aurait crues en surnombre, avaient inspiré à Gusy l'idée que Linda n'était peut-être qu'un redoutable carnassier, transformé en femme superbe par une fée ennemie des hommes. La seule imperfection décelable résidait dans les mains, que la Texane avait puissantes, larges, aux doigts trop courts. Elle réussissait à les rendre blanches et douces par l'usage répété des crèmes et faisait paraître ses doigts effilés en supportant des ongles démesurés, acérés comme des griffes et couverts de vernis sang-de-bœuf. Osmond remarqua tout de suite le pouce fort et cambré, quasi masculin. Ventre plat et musclé par le sport, poitrine haute et dure qui ne tressautait pas quand elle dansait, jambes interminables, taille étroite : telle apparaissait cette étonnante créature, sur qui les hommes se retournaient plus ou moins discrètement. Sa démarche, une succession de pas de danse, ajoutait à un sex-appeal qui inquiétait les épouses.

— Elle a une façon extrêmement élégante de poser les pieds. On dirait qu'elle avance sur un fil de cristal tendu au-dessus d'un précipice ! observa Doris.

— On devine que c'est un être à qui il faut de l'espace, de l'air, de la vie ; j'ai peur qu'elle ne dévore notre Clem, s'inquiéta Osmond.

— Ne craignez rien, Clem n'est pas amoureux d'elle. Il ne voit en Linda qu'une interprète, dit Mlle de Castel-Brajac, plus ouverte que leur père aux confidences des fils Vigors.

Osmond comprit mieux ce que signifiait cette phrase quand, la veille du départ des Texans, il trouva sur le plateau du courrier deux cartons d'invitation. Le premier était ainsi rédigé :

Mr. and Mrs. Gene Harry Dixon
request the honour of your presence
on Friday evening, November 28, 1936 at seven o'clock

for the first performance of the ballet Pralines.
Choregraphy, music and lyrics by Clem Vigor
Lead dancer : Linda Dixon.
White tie Tulane Theater[1]

M. de Vigors sursauta en découvrant que le nom de famille apparaissait sans particule et que le *s* terminal de Vigors avait été supprimé. Déjà, le fait d'utiliser sur un carton d'invitation le diminutif de Clem comme prénom, au lieu d'écrire Clément-Gratien, l'irritait.

— Clem Vigor..., Clem Vigor..., grogna-t-il.

Le second bristol était une invitation à dîner des Dixon, le même jour, chez Antoine, après le spectacle, *en compagnie des amis et des amies de la danseuse étoile et du compositeur,* précisait-on. Osmond, intrigué, se mit à la recherche d'un de ses fils ou de quelqu'un qui puisse le renseigner. Il trouva Doris à l'office, en train de donner des consignes à Javotte pour le déjeuner du samedi 29, dernier repas que prendraient les Dixon avenue Prytania.

— Que signifie ceci ? dit M. de Vigors en tendant les cartons à Mlle de Castel-Brajac.

— J'ai reçu les mêmes et, si vous voulez bien de moi pour cavalière, Osmond, je serai enchantée de répondre à ces invitations.

Javotte, qui avait déjà vidé quelques verres de bière, s'éloigna en gloussant.

— Mais que signifie ceci ? répéta véhémentement Osmond en agitant les bristols sous le nez de Doris.

— Cela signifie que vous êtes convié à la première, et sans doute unique, représentation d'un ballet conçu, écrit,

1. Monsieur et Madame Gene Harry Dixon
requièrent l'honneur de votre présence
le vendredi 28 novembre 1936 à dix-neuf heures
à l'occasion de la première représentation du ballet *Pralines.*
Chorégraphie, musique et paroles de Clem Vigor.
Danseuse étoile : Linda Dixon.
Tenue de soirée Théâtre Tulane

mis en musique par votre fils et produit par le richissime papa de la danseuse étoile, M. Harry Dixon. Il a loué le théâtre Tulane. Il paie les musiciens, que Clem fait répéter depuis trois jours. Les costumes, dessinés par Mme Dixon elle-même, coupés et cousus en un temps record, sont aussi des cadeaux de M. Dixon. Parmi les figurants, un seul a refusé son cachet : votre fils aîné...

— Gusy... sur la scène... c'est impossible, il est...

— Personne ne le reconnaîtra..., il fait un marin barbu !

— Tous les invités constateront, en revanche, que notre nom a été mal orthographié, amputé ! Est-ce une erreur de l'imprimeur ou une maladresse des Dixon ?

— Ni l'une ni l'autre, Osmond : c'est le choix de Clem. Il trouve que Clem Vigor sonne mieux pour un compositeur, se retient plus facilement et offre un graphisme plus concentré que Clément-Gratien de Vigors, qu'il estime un peu trop pompeux pour signer un spectacle !

— C'est son nom et celui de ses ancêtres. Avant de le tronquer, pour en faire un pseudonyme de saltimbanque, il aurait pu me demander un avis ! Je n'ai eu vent de rien, alors que vous me paraissez fort bien renseignée, dit M. de Vigors avec humeur.

— Les Dixon et Clem voulaient vous faire une surprise. Tout le monde vous trouve mélancolique et désabusé. Ne gâchez pas, je vous en prie, cette fête préparée pour vous !

— Si l'on voulait me surprendre, le but est atteint, croyez-moi. Je n'ai jamais trouvé la paternité exaltante, mais je découvre qu'elle peut être... déconcertante... C'est égal, mis à part l'extravagance de Clem, ce Dixon aime gaspiller son argent. Tous ces frais pour une fête intime !

— Intime, n'y comptez pas ! Les mille cinq cents places du théâtre Tulane ont été vendues par les amis de Clem et de Gusy, les étudiants de Loyola. David Meyer, avec la complicité de Bob, en a même proposé aux clients de la Fox Airlines et Debbie a mobilisé toute sa classe pour constituer une escouade de jolies ouvreuses !

— Ainsi, toute la ville sait, à l'heure qu'il est...

Doris de Castel-Brajac ne put s'empêcher de sourire à la vue du courroux d'Osmond.

— Soyez beau joueur. Vous serez fier de votre fils. Son talent éclate dans ce ballet...

— Payé par un marchand de vaches qui, pour épater, jette ses dollars par les fenêtres.

— La salle sera pleine, mon cher ! Quant à gaspiller de l'argent, vous connaissez mal notre Texan. Il compte bien, après s'être remboursé de ses frais, verser une somme coquette à la caisse des musiciens louisianais en chômage. C'est Linda qui l'a exigé.

M. de Vigors finit par se résigner.

— Très bien. Je vous accompagnerai à cette soirée et à ce dîner, mais permettez-moi d'estimer le procédé de M. Dixon un peu... un peu trop... texan !

Il allait quitter l'office d'un pas nerveux quand il se ravisa et revint vers Doris.

— Il faut néanmoins faire tout de suite envoyer des fleurs à Mme Dixon. Et en prévoir pour Linda au théâtre..., des roses, bien sûr..., qu'on lui portera en scène, avec ma carte, à la fin du spectacle. Si nous ne sommes pas gai, soyons au moins poli ! dit-il, avant de claquer la porte.

Comme Doris l'avait prévu, la salle du théâtre Tulane apparut archi-comble au soir de la représentation. Du parterre à la galerie, toute la bonne société créole de La Nouvelle-Orléans était présente. Les jeunes gens et les jeunes filles qui connaissaient les fils Vigors étaient bien décidés à s'amuser et souhaitaient ardemment le succès du spectacle monté par l'un des leurs. Les parents, plus sceptiques, restaient étonnés qu'un bourbon de vieille souche autorisât son rejeton à se livrer à de telles exhibitions. Tous avaient remarqué, bien sûr, l'altération d'un nom qui appartenait à l'histoire de la Louisiane.

M. Dixon, qui arborait un tuxedo bleu électrique et une chemise à jabot, était aux anges.

— Je n'en espérais pas tant ! Jamais vu une assemblée aussi élégante ! Nos enfants ont travaillé dur, croyez-moi.

Le divertissement, c'est un sacré travail ! Votre *boy*[1] a une autorité... incroyable ! Avec lui, on peut dire, tout marche à la baguette, ha, ha... Même Linda, ha, ha !

Quand le Texan eut fini de rire bruyamment, M. de Vigors, dominant son irritation, crut courtois de le féliciter pour son sens de l'organisation et de le remercier de sa générosité.

— Si vous m'aviez fait part de votre projet, j'aurais pu être utile, participer aux débours...

M. Dixon l'interrompit, en le prenant familièrement par l'épaule.

— Laissez, mon vieux. Vous n'êtes pas fait pour ça. Moi, ce genre de fiesta, ça me connaît ! Chaque année, j'organise un rodéo chez moi : cinq cents invités, un bœuf à la broche, oui, et des tonneaux de bière..., sans compter le spectacle... terrible, avec une demi-douzaine de bras cassés..., ha, ha ! Tout ça, bien sûr, c'est pas votre genre...

M. de Vigors put entrevoir son fils un instant, avant que le rideau se lève.

— Tu ne m'en veux pas, Dad, de t'avoir caché tous ces préparatifs ? demanda le garçon, visiblement embarrassé.

— Nous aurons à parler plus tard de la... des modifications aberrantes que tu as apportées à notre nom. Tâche de ne pas déshonorer ce qu'il en reste ! Et fais que Linda obtienne un succès.

— Je ferai tout pour que tu n'aies pas honte de moi, Dad.

— Ça va. Je te fais confiance, dit Osmond, pour rassurer le garçon qui allait affronter une dure épreuve.

— Merci, Dad, se hâta de conclure Clem en serrant fortement l'avant-bras de son père.

Ce dernier gagna la loge où Doris de Castel-Brajac était déjà assise près de Mme Dixon. La mère de Linda avait cru de bon ton de planter verticalement, dans un volumineux chignon, une aigrette retenue par un peigne serti de

1. Garçon.

diamants. M. de Vigors eut la fâcheuse impression que toute la salle avait les yeux fixés sur cette espèce de casoar frémissant.

Pendant que les retardataires prenaient place, Clem, sa partition sous le bras, avait disparu dans les coulisses.

Pour la première fois dans un spectacle mi-comédie musicale, mi-ballet, l'orchestre ne se tenait pas dans la fosse mais sur la scène. Un rideau de tulle, grâce à des jeux de lumière très étudiés, dissimulait la formation aux yeux du public. En revanche, le chef et les musiciens pouvaient suivre les évolutions des artistes sur le plateau.

Dès que la salle fut plongée dans l'obscurité, avant le lever du rideau, un air à la fois mélancolique et syncopé capta l'attention des spectateurs. La musique, tout d'abord lointaine, parut se rapprocher. Elle atteignit sa pleine sonorité quand le décor apparut sous une clarté lunaire. Un décor familier aux Orléanais : le large escalier qui, au bout de Canal Street, permet d'accéder à la levée, derrière laquelle coule le Mississippi. Habituel rendez-vous des amoureux, il avait été enrichi, pour les besoins du spectacle, d'une statue dédiée aux marins morts et représentant une femme voilée de la tête aux pieds, sorte de veuve universelle.

A droite de l'escalier brillait l'enseigne au néon d'un night-club d'où venait, tour à tour étouffée et tonitruante, quand un client passait la porte, la musique devenue maintenant dansante, rythmée, joyeuse. Au pied de l'escalier, un garçonnet noir — un de ceux qui, dans le Vieux Carré, vendaient des pralines fabriquées par les confiseurs ayant pignon sur rue — proposait ses bonbons. « C'est aujourd'hui la Saint-Valentin, aimez-vous et croquez des pralines », chantait-il aux passants. Ces derniers, flâneurs, touristes, marins en goguette, prostituées ou bourgeois, se dirigeaient tous en dansant vers le night-club.

Sur le seuil du beuglant, un gigantesque aboyeur noir, en uniforme chamarré, dont la voix de basse portait jusqu'au fond du théâtre, invitait les chalands à entrer dans l'établissement « le plus huppé de la flagrante capitale du vice ». La qualité de la mélodie, l'inimitable patois du Vieux Carré, l'accent typique du Noir louisianais soulevèrent d'emblée des applaudissements. L'artiste dut bisser l'air et déjà le refrain, *Give me Confidence* [1], était repris en chœur par les jeunes spectateurs.

— Quelle musique ! Impossible d'échapper à une mélodie aussi simple... C'est du Gershwin en plus candide, glissa Doris à Osmond.

Bientôt, la scène fut vide, tous les figurants, parmi lesquels Osmond eut du mal à reconnaître, en marin titubant, son fils aîné, ayant disparu dans la boîte de nuit. Seul, livré à lui-même, sous la lune, au pied de la levée que dépassaient les fanaux suspendus aux mâts des bateaux glissant sur le fleuve, le petit vendeur de pralines se mit à son tour à chanter, d'une voix fluette et douce, sa triste histoire : orphelin au service d'une commerçante acariâtre et avare, il craignait d'être battu si, en cette nuit des amoureux, il ne parvenait pas à vendre ses pralines. Peu à peu cependant, au rythme d'un charleston qui filtrait de l'établissement de plaisir, il retrouva l'insouciance de la jeunesse, oublia sa peine, ses craintes et se mit à danser en faisant crépiter ses claquettes.

— C'est un élève du Rhythm Club de l'avenue Jackson, souffla Doris à Osmond.

Mais, sur la scène, il se passait quelque chose. La statue venait de s'animer. Elle souleva puis rejeta son voile de veuve et Linda Dixon apparut, suscitant dans l'assistance un murmure de surprise et d'admiration. Sculpturale comme il convenait, moulée dans un fourreau de lamé à ramages orange, jaunes, rouges et bleu-vert, elle commença à se mouvoir sur l'escalier, descendant quelques marches en donnant l'impression de glisser sans un mouvement de pied, tournoyant, ondulant, s'inclinant, s'élevant à nouveau vers le piédestal déserté. Flamme lascive, feu

1. Faites-moi confiance.

follet vénusien, elle évolua ainsi sous le regard ébahi du petit marchand de pralines et devant un parterre de Louisianais subjugués par ce troublant amalgame du charnel le plus provocant et de l'élégance la plus pure. Le rythme envoûtant, la douceur insinuante de la mélodie ajoutaient encore à la fascination exercée par l'apparition. Captivé, le marchand de pralines, s'étant enhardi, accorda bientôt son pas à celui de la danseuse. La femme-flamme et le garçon noir jouèrent à se poursuivre du haut en bas des marches, se rejoignant, s'esquivant, se frôlant, en un savant pas de deux qu'aucun chorégraphe classique n'eût désavoué.

L'arrivée du fiacre, tiré par une haridelle que toute la ville connaissait, mit brusquement fin au ballet et souleva dans la salle une clameur amusée. Personne n'avait encore vu, sur scène, au théâtre Tulane, un tel équipage venu tout droit du Vieux Carré. Le cocher, un Noir volubile, dont le chapeau claque était aussi connu à La Nouvelle-Orléans que le bicorne d'Andrew Jackson[1] et qui promenait les touristes, reçut une véritable ovation quand il ouvrit la portière et abaissa l'escalier de sa voiture pour permettre à une énorme matrone d'en descendre. Rougeaude, emplumée, braillarde, c'était la patronne redoutée du vendeur de pralines, venue contrôler la recette.

La statue, avec une vélocité prodigieuse, regagna son piédestal, s'immobilisa sous son voile, tandis que le jeune Noir courait à son éventaire. Pas assez vite cependant pour que ses derniers entrechats aient échappé à l'œil fureteur de sa patronne, dont l'entrée avait déclenché l'hilarité générale. Tout le monde plaignait le petit vendeur.

— Avec qui dansais-tu, négro ? lança la femme.

— Avec c'te bil dame ! répliqua timidement le garçon, en désignant la statue.

Cette réflexion lui valut aussitôt une volée de coups de

1. Statue équestre du président Jackson, érigée devant la cathédrale Saint-Louis.

parapluie, tandis que la musique grondait comme l'orage tropical.

— Ouais, tu dansais avec une négresse qui se cache derrière le monument ; elle aura sa part, elle aussi, pour avoir distrait un paresseux !

Sur un rythme de marche pesante et grotesque, la grosse femme entreprit de gravir l'escalier. Elle arrivait près de la statue quand les cloches de la cathédrale Saint-Louis, dont Clem avait fait enregistrer les battements sur un disque, afin de pouvoir les restituer par des haut-parleurs, au moment choisi, sonnèrent les douze coups de minuit.

— Saint Valentin, patron des gens qui ont un cœur, protégez-moi, faites un miracle ! supplia le jeune Noir, retrouvant, pour chanter cette invocation, l'air de sa mélopée du premier tableau.

Et, comme on pouvait s'y attendre dans une comédie-ballet, le miracle s'accomplit. La musique, brusquement, s'amplifia jusqu'à suggérer à travers les harmonies ondoyantes d'un blues le prélude solennel à une décision céleste. Toutes les cordes de l'orchestre, les trompettes, les cors firent déferler sur le théâtre une énorme vague romantique.

— On reconnaît la passion de Clem pour Tchaïkovski, souffla Osmond à l'oreille de Doris.

— Aimez-vous ? s'enquit la jeune femme, inquiète.

— Superbe..., étonnant... Si ce n'était mon fils, je crierais au génie...

Sur la scène, la mégère était parvenue au sommet de l'escalier. Elle atteignait le piédestal de la statue quand un feu de Bengale orangé, aveuglant, accompagné d'un fracas de timbales, de cymbales et de trompettes, dissimula un instant la scène aux spectateurs. Quand la fumée se dissipa, la matrone, dont un voile gris ne parvenait pas à dissimuler les formes lourdes, avait pris la place de la statue. Sur un rythme de biguine fraîche et folâtre, la femme-flamme, devenue une jeune demoiselle exubérante en tutu de dentelle blanche, et le petit marchand de pralines disparurent en dansant, main dans la main, dans l'ombre de la levée.

Le cabaret, sur la droite du plateau, ouvrit ses portes et des couples joyeux apparurent qui, aussitôt, formèrent une ronde autour de la matrone au cœur de pierre statufiée par saint Valentin. La musique endiablée se calma pour permettre au Noir, portier à la voix de basse, de tirer la morale de l'histoire. *Give me Confidence* fut repris en chœur par un public debout, délirant, qui applaudissait à faire trembler les lustres. Des femmes pleuraient, d'autres trépignaient. Mme Dixon avait perdu son aigrette, Harry Dixon, écarlate, sifflait comme un Yankee sur un terrain de base-ball. Doris, l'air pensif, regardait cette foule transportée par la musique d'un garçon à qui elle avait appris le solfège. M. de Vigors, dans l'ombre de la loge, se mouchait discrètement. Il venait d'admettre que l'on puisse désormais, sans déroger, écrire de Vigors sans *s* ni particule.

Le soir, chez Antoine, on sabla le champagne du triomphe. Des dîneurs vinrent demander des autographes à Clem et à Linda. A l'hôtel Saint-Louis, l'orchestre jouait les airs du spectacle. Des fêtards, tard dans la nuit, chantèrent *Give me Confidence* en remontant Canal Street.

Le lendemain, tous les journaux publièrent des comptes rendus élogieux. Certains critiques dithyrambiques allèrent jusqu'à annoncer l'avènement d'un nouveau compositeur *aussi doué que Gershwin, Jerome Kern, Cole Porter ou Richard Rodgers, que Broadway ne tardera pas à réclamer.*

Le chroniqueur le plus exigeant écrivit : *Ce descendant d'une de nos plus anciennes familles louisianaises d'origine française n'a que dix-sept ans ! Et cependant, dès sa première œuvre, écrite pendant les vacances, il se montre capable de rénover la comédie musicale, de l'extirper de la mièvrerie et de la vulgarité où Hollywood l'a parfois plongée. Ses airs sont frais, distingués, entraînants, d'une simplicité inaltérable, passionnés et romantiques. C'est la musique de la jeunesse. Clem Vigor a pris au jazz ses audaces rythmiques et ses accords tonitruants, au blues sa douceur mélancolique, à la symphonie classique son emphase, au musicien des rues son art de l'improvisation. Il a versé tout cela dans le piano de Louis-Moreau Gottschalk et, tel un magicien, a tiré du clavier de son Steinway une musique qu'on reconnaîtra bientôt comme sienne, dès les premières mesures d'un air.*

De Linda, les journalistes écrivaient qu'elle était la plus étonnante danseuse de caractère qu'on ait vue sur une scène louisianaise depuis Ada Isaacs Menken[1]. Plusieurs évoquèrent *le galbe de ses jambes fuselées* entrevues à la fin du spectacle. L'un vantait *la plastique irréprochable d'un corps discipliné,* l'autre affirmait : *C'est de la dynamite qui n'attend qu'une étincelle pour exploser !*

Depuis Dorothy Lamour[2], élue Miss New Orleans en 1931, devenue maintenant la partenaire de Bing Crosby et de Bob Hope, à Broadway et à Hollywood, les Louisianais n'avaient pas vu une aussi belle fille.

Nullement grisés par leur succès, Clem et Linda reprirent sagement, mais avec des projets plein la tête, l'un la direction de l'école de musique de Philadelphie où ses maîtres lui promettaient une belle carrière, l'autre le chemin du Texas où l'attendait un professeur de danse émérite. Quant à M. Dixon, il se disait prêt à investir dans la production d'un spectacle dès que sa fille et Clem Vigor se sentiraient capables d'affronter le grand public et une tournée.

— Je les enverrai à Broadway avant un an, dit-il à Osmond en quittant La Nouvelle-Orléans.

En décembre, Doris de Castel-Brajac et Aude Oswald

1. Danseuse et comédienne, née à La Nouvelle-Orléans en 1835, morte à Paris en 1868, alors qu'elle répétait un nouveau spectacle. Elle fut l'amie de George Sand, Alexandre Dumas, Théophile Gautier, Charles Dickens. Elle est enterrée au cimetière Montparnasse.

2. Mary Leta Dorothy Kaumeyer, dite Dorothy Lamour, actrice américaine née à La Nouvelle-Orléans le 10 décembre 1914. Elle débuta comme chanteuse d'orchestre et vint au cinéma par la radio. Elle tint des rôles importants dans *Hurricane,* de John Ford, 1938 ; *Johnny Apollo,* de Henry Hathaway, 1940 ; *Le Plus Grand Chapiteau du monde,* de Cecil B. de Mille, 1952 ; *La Taverne de l'Irlandais,* John Ford, 1963.

annoncèrent leur départ pour la France. Osmond, qui devait se rendre à New York, prit l'avion avec elles afin de les accompagner jusqu'au bateau. Il avait espéré un tête-à-tête avec Doris avant la longue séparation, mais cette dernière fit tout, lui sembla-t-il, pour éviter un entretien sans témoin. Laissant les jeunes femmes à l'hôtel où elles avaient choisi de descendre pour quarante-huit heures, il retrouva avec plaisir son pied-à-terre douillet où Cordelia, plus tendre que jamais, le rejoignit aussitôt. La veille de l'embarquement des voyageuses, il invita celles-ci à dîner au Cotton Club, convia Willy Butler et sa compagne du moment et proposa à Mlle Murray de l'accompagner.

— J'aurai grand plaisir à revoir Doris. Elle m'a téléphoné hier pour me demander des nouvelles de mon père et m'apprendre qu'elle transforme Castelmore en hôtel. Elle m'a même conviée à l'inauguration, en juin prochain, à son retour d'Europe. Elle n'a pas osé, m'a-t-elle dit, me demander des conseils pour la décoration de son établissement. A son ton, j'ai cru comprendre qu'elle est au fait de nos relations.

— Ainsi, elle ne sera pas étonnée de vous voir ce soir avec moi, dit Osmond, bien résolu maintenant à ne plus ménager les susceptibilités.

La soirée fut détendue, plutôt joyeuse. La seule conversation sérieuse porta sur ce que Willy Butler nommait le syndrome européen. Il le définit, pour Aude et Doris qui allaient traverser l'Atlantique, comme une série de symptômes intéressant plusieurs nations et pouvant conduire à une nouvelle guerre européenne.

— Déjà les Espagnols se battent entre eux [1], observa Cordelia.

1. Le 13 juillet 1936, dans un pays voué à l'anarchie et à la violence, des policiers gouvernementaux, dont Victoriano Cuenca, ancien garde du corps d'un dictateur cubain, avaient sauvagement assassiné, à Madrid, Jose Calvo Sotelo, chef du parti monarchiste, député aux Cortes. Ce crime, perpétré par des policiers en uniforme, succédait à d'innombrables exactions, meurtres, incendies et spoliations commis par des groupes anarcho-marxistes ou des communistes avec, parfois, l'approbation des autorités. Considérant qu'il s'était créé en Espagne un état de légitime défense, dès le

— Ernest Hemingway, qui suit les combats et envoie des articles aux journaux de la North American Newspaper Alliance, considère que ce conflit fratricide, encouragé et soutenu d'un côté par les Russes, de l'autre par les Allemands et les Italiens, n'est qu'une répétition générale et un banc d'essai pour les armes nouvelles. D'après l'écrivain, qui collecte aussi des fonds pour envoyer des ambulances aux républicains, la prochaine guerre européenne pourrait éclater en 1938, ajouta Osmond.

— Il conviendra de tenir l'Amérique à l'écart d'un tel affrontement, si celui-ci doit se produire. Mais la Société des Nations permettra peut-être d'éviter ça, dit Aude Oswald.

— Il n'y a pas que l'affaire espagnole, mes amis. La France s'est donnée à la gauche socialo-communiste. Après les scandales financiers, l'affaire Stavisky, les émeutes de 1934, l'assassinat, à Marseille, du roi Alexandre Ier de Yougoslavie et du ministre Louis Barthou, le pays est en proie à l'inflation, aux grèves, aux surenchères syndicales. Rien n'indique que les travaux de l'Exposition internationale que vous voulez voir seront terminés en mai. Ce chantier est le champ d'application privilégié des syndicats, soutenus par le parti communiste. Mais j'imagine que vous pourrez, mesdemoiselles, faire de bons achats à Paris. M. Léon Blum, un bourgeois cultivé et raffiné venu à la gauche par générosité, vient de dévaluer le franc de 25 %. Vos dollars valent plus de quarante francs, expliqua Butler.

— Et vous oubliez ce que prépare Hitler. Il parle à chaque occasion de l'espace vital allemand, c'est une

9 juillet, le général Sanjurjo et d'autres militaires avaient préparé un soulèvement. Au Maroc, le général Franco avait pris la tête d'une rébellion qui devait le conduire à passer le détroit de Gibraltar avec une armée et à se faire reconnaître, le 30 septembre 1936, à Burgos, par une junte, comme chef du gouvernement nationaliste espagnol. Depuis, deux Espagne s'affrontaient en des combats cruels et sans concessions.

notion qui ne semble pas intéresser les Américains. Et cependant, associée à l'esprit de revanche, dont l'insupportable Belman rêvait de faire partager l'exaltation à nos compatriotes d'origine allemande, elle peut conduire à des annexions territoriales, que les Anglais et les Français semblent heureusement subodorer, remarqua Osmond.

— Ni les Français, ni les Anglais, ni la Société des Nations n'ont empêché Mussolini de prendre l'Ethiopie. Cela constitue un précieux encouragement pour les Allemands, qui ont déjà quitté la Société des Nations à laquelle n'appartiennent pas les Etats-Unis, précisa Butler.

— Si l'on ajoute à cela que le général — encore un ! — Joannis Metaxas a établi en Grèce une dictature sévère après avoir renvoyé les parlementaires dans leurs foyers, on peut vraiment se demander si les Européens comprendront jamais les leçons de l'Histoire ! conclut Cordelia.

Mais, à la fin de la soirée, les Louisianais et leurs amis oublièrent vite la guerre d'Espagne, les malheurs du Négus et les rodomontades hitlériennes pour débattre de l'affaire la plus romanesque du siècle qui, depuis le 3 décembre, date de sa révélation par la presse, passionnait l'Amérique : le roi d'Angleterre, Edouard VIII, allait-il ou non renoncer au trône, pour une Américaine deux fois divorcée ? Cette moderne version du prince amoureux de la bergère faisait rêver toutes les pensionnaires. Cependant, Wallis Warfield, née à Blue Ridge Summit (Pennsylvanie) le 18 juin 1896, n'avait rien d'une bergère candide. Issue d'une très honorable famille installée en Amérique depuis le XVIIIe siècle, elle avait reçu une éducation parfaite, de caractère sudiste. Aussi les Bagatelliennes, de Doris de Castel-Brajac à Stella, la mère d'Osmond, ne voyaient-elles dans ce drame cornélien à la mode anglaise qui se jouait à Londres, entre un roi prisonnier de la raison d'Etat et la descendante d'une famille de pionniers, qu'une belle histoire d'amour. Mariée une première fois, en 1927, à un aviateur américain, Earl Winfield Spencer, réputé alcoolique et dont elle avait rapidement divorcé, Wallis était devenue, en 1933, Mrs. Ernest Aldrich Simpson. Ce deuxième mari, citoyen britannique, résidait à Londres quand, en 1931, elle avait été présentée au prince de Galles. On murmurait que, pendant l'intermission conjugale, Wallis Warfield ne s'était pas ennuyée. On lui avait prêté plusieurs aventures, généralement avec des diplomates britanniques ou américains. Le flirt avec le fils du roi George V n'avait longtemps été connu que de quelques initiés. Au cours des week-ends princiers à Fort Belvedere, pendant les chasses mondaines, sur les pentes neigeuses de Kitzbühel, aux bals, à Vienne, comme sur les plages majorquines, Mme Simpson était le plus souvent accompagnée par son mari, homme discret, courtois et millionnaire. Elle venait néanmoins d'en divorcer, le 27 octobre, devant le tribunal d'Ipswich, afin d'être libre d'épouser son prince charmant, devenu maître d'un empire sur lequel le soleil ne se couchait jamais. Prudente, la loi anglaise ne lui assurerait cependant un divorce définitif que six mois plus tard, à la fin d'avril 1937, soit un mois avant le couronnement d'Edouard VIII, fixé au 12 mai.

Si l'on avait un peu jasé, en apprenant autrefois la liaison du joyeux prince de Galles, la noblesse s'était émue quand le prince, devenu roi, avait maintenu ses relations avec une Américaine dont la fidélité ne semblait pas être la vertu dominante. Maintenant, des châteaux aux chaumières de Grande-Bretagne, de Canberra à Jaipur, d'Ottawa à Capetown, du Caire à Rangoon, on s'indignait carrément, depuis que la perspective d'un mariage royal était ouvertement évoquée. A la cour de Saint James, au 10 Downing Street et au Parlement, tous s'accordaient pour qualifier d'infranchissables les barrières séparant désormais le souverain de l'empire britannique d'une amie qui ne pouvait, en aucun cas, devenir l'épouse dont le *Times* regrettait de voir le roi encore dépourvu.

Les Américains, ceux du Nord surtout, moins conformistes et nullement choqués par le fait qu'un homme, fût-il roi, épousât une femme de quarante ans deux fois divorcée, prenaient l'intransigeance du gouvernement, de la gentry et de la presse britanniques comme une attitude antidémocratique. Ils y voyaient aussi un certain mépris pour l'Amérique, dont on jugeait l'une de ses plus charmantes filles indigne du rejeton d'une famille anglaise où l'on ne comptait pas que des hommes vertueux.

— Je parie pour l'abdication, dit Willy Butler.

— Nous, pour la rupture avec Wallis, dit Aude Oswald.

— Avec indemnité... royale, bien sûr, renchérit Doris.

— Il ne l'épousera pas mais la gardera comme maîtresse. Elle vivra dans son ombre. Une sorte de *Back Street*[1] à l'anglaise ! murmura Cordelia.

— Et vous, Osmond, quel est votre pronostic ? demanda Butler.

— Je ne connais pas le caractère d'Edouard ni celui de Wallis Warfield, mais je sais la force des préjugés dans la bonne société et j'ai déjà eu l'occasion d'évaluer l'hypocrisie britannique. Pour moi, une seule chose est certaine, le roi ne pourra conserver, à la fois, la femme qu'il aime et le trône qui lui est échu ! Il devra faire un choix cruel. Et, quelle que soit sa décision, elle sera à jamais critiquée. Trouvera-t-il jamais le bonheur ?

Le 10 décembre, quand fut publié l'acte d'abdication d'Edouard VIII, par lequel ce dernier transmettait la succession à son frère, George, âgé de quarante et un ans, Doris et Aude étaient en mer. Willy Butler avait gagné son pari. Cordelia se prit, dès ce jour, d'une admiration passionnée pour le prince qui avait choisi

1. Titre d'un célèbre roman de l'écrivain américain Fannie Hurst (1889-1968). Publié en 1930 à New York, cet ouvrage, qui raconte la vie de la maîtresse d'un homme marié, connut un succès international. Il fut porté à l'écran en 1961 par David Miller avec, dans le rôle principal, Susan Hayward (1918-1975).

de se faire berger par amour. Elle rejeta l'anglophilie dans laquelle son père l'avait élevée et devint une féroce adversaire de M. Baldwin, le Premier ministre britannique.

— Que ça lui plaise ou non, notre Américaine sera tout de même duchesse de Windsor... [1].

Au commencement de l'année 1937, Clem transmit à son père l'offre d'un éditeur de musique new-yorkais, qui proposait d'acquérir les droits de *Pralines* et sollicitait une option prioritaire sur les œuvres à venir de Clem Vigor. « Si ton ami Butler, qui doit connaître les requins de Tin Pan Alley, veut bien se charger de mes intérêts, je le choisis comme agent, aux conditions habituelles de la profession. J'ai le sentiment que Linda et moi, nous sommes déjà repérés par les professionnels du spectacle. »

Lors d'un séjour à New York, Osmond n'eut aucune peine à faire accepter la demande de son fils. William Butler traitait de grosses affaires et ses clients habituels portaient des noms connus, mais devenir l'agent et le conseil d'un garçon de dix-sept ans, fils d'un ami, lui plut aussitôt.

— Et ce n'est peut-être pas une mauvaise affaire pour mon cabinet ! Même si, pendant quelques années, mes honoraires ne paient pas le papier que j'userai pour votre fils, il se pourrait bien qu'un jour dix pour cent de ses droits ne constituent pas des rentrées négligeables.

Déjà, des orchestres de Harlem jouaient les airs du spectacle créé le surlendemain de *Thanksgiving* à La Nouvelle-Orléans et les imprésarios de plusieurs chanteurs noirs cotés se disputaient, à coups de centaines de dollars, l'exclusivité de *Give me Confidence*.

En février, Willy put annoncer à M. de Vigors que le compte de Clem dépassait déjà les deux mille dollars.

1. Le duc de Windsor et Wallis Warfield se marièrent le 3 juin 1937, à Candé, près de Tours. Ils donnèrent toute leur vie l'image d'une union inaltérable. Le duc mourut à Paris, le 28 mai 1972. La duchesse lui survécut quatorze ans et disparut le 24 avril 1986.

— Il lui en restera à peu près les deux tiers après impôt, mais c'est un bon début dans le métier, dit l'avocat.

Tandis qu'une fois de plus l'Ohio et le Mississippi sortaient de leur lit, inondaient les Etats du Sud, noyaient neuf cents personnes, endommageaient plus de cinq cent mille habitations, la Louisiane échappait au désastre. Grâce aux déversoirs et zones inondables, créés par les ingénieurs militaires pour contrôler les crues, depuis la mise en application du *Flood Control Act* de 1928, le Père des Eaux était contraint à limiter ses débordements.

Depuis le départ de Doris et l'abandon de la culture du coton à Bagatelle, M. de Vigors séjournait de plus en plus souvent à New York. Il s'y trouvait au mois de mars quand il entendit pour la première fois, à la radio, le chanteur français Jean Sablon, sous contrat à la N.B.C. [1] depuis le 8 février.

Cet artiste, déjà une grande vedette en France, donnait deux récitals par semaine sous le titre *Coast to Coast.* Racé, tendre, charmeur, offrant ses refrains « à fleur de lèvres aux limites de la voix parlée [2] », mais avec une diction intelligente et distinguée, Jean Sablon était en train de conquérir l'Amérique. Accompagné de vingt-six musiciens — on lui en avait offert cinquante — il susurrait à l'oreille de plus de cinquante millions d'Américains, séduits par *The French Troubadour,* des mélodies pleines de poésie et d'humour comme *Rendez-vous sous la pluie, Ces petites choses, Il ne faut pas briser un rêve, Alone, Ce petit chemin* et les chansons que les grands compositeurs américains, Cole Porter, George Gershwin ou Richard Rodgers, lui demandaient de chanter. Invité hebdomadaire de l'émission *Hit-Parade* — programme musical très écouté de C.B.S. [3], une station concurrente de N.B.C., et patronné par une marque de cigarettes — Jean Sablon s'était vu offrir un carton de Lucky Strike par semaine, pendant un

1. National Broadcasting Corporation.
2. Robert Brissac.
3. Columbia Broadcasting System.

an. Ce cadeau à répétition avait surtout réjoui les amis américains du chanteur, car ce Français ne fumait que des Gauloises, obtenues en fraude à l'arrivée des paquebots de la Compagnie générale transatlantique. Sa chanson *Vous qui passez sans me voir* était, au printemps 1937, sur toutes les lèvres, bien avant d'être devenue l'indicatif de ses émissions. Clem, qui maintenant rejoignait parfois son père à New York, avait réussi à obtenir un autographe de la vedette, après avoir écrit à Doris, à Paris, de lui envoyer les disques de Jean Sablon.

En avril, alors que le printemps new-yorkais était dans sa plus belle période, M. de Vigors reçut un appel d'Omer Oscar Oswald. Très économe de nature, ce dernier n'usait que rarement du téléphone pour des appels longue distance, qu'il trouvait trop coûteux. Osmond comprit, lorsque sa secrétaire lui annonça la communication, qu'il se passait quelque chose de grave.

— Désolé de vous déranger, Osmond, mais, Lucile et moi, nous sommes très inquiets pour Debbie, la petite Merrit, vous voyez...

— Que lui arrive-t-il ?

— Elle a tenté de se noyer dans le bayou Creux... Nous en sommes à peu près certains.

— Qu'est-ce qui vous fait croire cela ? Pourquoi un geste de désespoir alors qu'elle doit épouser Clary dans un mois ?

— Lucile et moi, nous ne comprenons rien à ce geste, Osmond. C'est pourquoi je vous appelle. Debbie affirme qu'elle est tombée accidentellement dans le bayou, mais nous ne pouvons pas le croire. Si un pêcheur n'avait pas entendu le bruit d'une chute dans l'eau et ne s'était précipité pour l'en tirer... Elle avait passé ses avant-bras dans la ceinture de sa robe, bien serrée, un lien entourait ses chevilles... comme si elle avait voulu s'interdire tout mouvement..., tout réflexe. N'est-ce pas étrange ? Lucile et moi, nous ne savons que faire ni à qui nous adresser... Debbie n'a plus aucun parent, semble-t-il... Faut-il prévenir Clary à Manille ?

M. de Vigors eut tôt fait de prendre sa décision :

— Ne faites rien ! Veillez sur Debbie jour et nuit. Ne la laissez pas seule. J'arrive aussi vite que possible.

C'était exactement les mots qu'Omer Oscar Oswald souhaitait entendre : Osmond allait prendre en main une affaire probablement scabreuse. D'ailleurs, le planteur-juriste se sentait un peu responsable du plus jeune frère de la défunte Lorna. Les parents Barthew étaient morts, Silas, le frère aîné, ne pouvait être d'aucun secours. Quant à Debbie, elle était seule au monde et hébergée chez les Oswald depuis la mort de son père.

Quarante-huit heures après l'appel d'Omer Oscar, M. de Vigors arriva à Bagatelle, après un bref arrêt à La Nouvelle-Orléans où Hector était venu l'attendre avec l'automobile. Sa première visite fut pour Debbie, la demeure des Oswald étant proche de la plantation. La jeune fille se tenait prostrée dans un fauteuil, près d'une cheminée où, malgré la tiédeur du printemps, brûlait un feu de bois.

— Elle a toujours froid, depuis sa malencontreuse baignade. Et ce n'est pas étonnant, car elle refuse la nourriture, dit Lucile Oswald d'une voix lamentable.

— Laissez-moi seul avec elle, dit Osmond.

Il tira une chaise près du fauteuil et prit la main de Debbie.

— Alors, que se passe-t-il, petite fille ?

— Je suis tombée dans le bayou en allant cueillir des jacinthes d'eau. C'est tout... et j'ai pris froid.

— Très bien, ça, c'est la version... officielle, celle que nous donnerons à Clary pour expliquer votre triste mine. Il arrive la semaine prochaine pour votre mariage. L'aviez-vous oublié ?

— Je ne peux plus voir Clary... ni me marier avec lui... ni avec personne...

Le ton de la jeune fille était à la fois capricieux et désespéré.

— Le bain, que vous dites forcé, vous aurait-il fait

changer d'avis ? Clary, lui, compte bien que vous l'épouserez, comme cela est prévu depuis des mois. Il me l'a encore écrit il y a quelques jours. Il est impatient de vous emmener en voyage de noces. Il a même ajouté qu'il vous avait demandé de vous procurer un passeport et de rassembler tous les papiers nécessaires pour le mariage.

A l'allusion aux papiers d'état civil, Debbie avait jeté un regard inquiet à Osmond.

— Vous savez, Clary est un peu comme un jeune frère pour moi et je vous garderais rancune si vous le rendiez malheureux sans raison valable.

— J'ai une raison valable..., très valable, hélas ! fit-elle.

— Alors dites-la-moi, et nous verrons si elle est vraiment valable, cette raison qui vous a poussée à vous jeter, pieds et poings liés, dans un bayou.

— Ah ! les Oswald répandent cela...

— Voulez-vous dire qu'ils mentent..., qu'ils inventent ?

Debbie se prit le visage dans les mains et se mit à pleurer.

— Je vais vous aider. Avez-vous trompé Clary avec un autre garçon ?

— Oh ! jamais...

— Clary vous a-t-il avoué quelque turpitude cachée ? Serait-il déjà marié ? Serait-il père d'une demi-douzaine d'enfants répartis dans le Maine, le Maryland et la Louisiane ?

Mlle Merrit eut un pâle sourire, mais aussitôt se renfrogna en triturant nerveusement son mouchoir.

— Vous me décevez, Debbie. Seriez-vous une capricieuse ? Clary sera en droit d'exiger que vous lui donniez les raisons de cette brutale rupture, dit Osmond, mimant la mauvaise humeur soudaine et se préparant à quitter la pièce.

— Je vous en prie..., je vous en prie... Si vous vous engagez à convaincre Clary de ne pas chercher à me revoir, je vais vous dire la vérité...

— Je ne m'engage à rien, et si vos raisons touchent à l'honneur, je n'aurai pas à convaincre Clary de ne pas vous revoir. Il s'en abstiendra de lui-même. Maintenant, je vous écoute, conclut d'une voix plus douce M. de Vigors en s'asseyant.

Debbie parut hésiter encore, puis elle lança une phrase, en sanglotant si fort qu'Osmond ne put comprendre le sens des mots bafouillés.

— Pardon, je n'ai rien entendu. Voulez-vous répéter ?

— Ma mère était une négresse, dit lentement la jeune fille, avant de replonger dans son chagrin.

— Votre mère... noire ? Vous divaguez, Debbie... Il suffit de...

— C'est pour ça que mon père n'a jamais voulu que je connaisse la famille de maman. Ce sont tous des *colored Creoles* [1]... et moi aussi... Maintenant, je le sais.

— Comment, diantre, arrivez-vous à cette conclusion ?

— C'est le *registrar* [2] qui m'a mise sur la voie.

— Quel *registrar ?* Celui de Saint Louis, dans le Missouri ?

— Non, celui d'Opelousas, de la paroisse Saint Landry.

— Je ne comprends rien à votre affaire, Debbie !

— Elle est cependant simple. Mon père m'avait toujours dit que ma mère, morte quand j'avais deux ans, était louisianaise. Il ne m'avait jamais dit, en revanche, que je n'étais pas née à Saint Louis, comme je l'ai longtemps cru, mais en Louisiane, moi aussi. Ma mère, qui s'appelait Ludivine Potier, était venue accoucher dans sa famille pendant que mon père voyageait en Europe, pour placer ses conserves alimentaires. J'ai compris tout cela après le décès de mon père, quand j'ai eu en main ses papiers et de la vieille correspondance. J'ai même une lettre où papa fait des remontrances à maman, parce qu'elle est revenue dans

1. Créoles de couleur. Le mot créole — de l'espagnol *criar :* croître, élever, nourrir, éduquer — désigne toute personne de race blanche née dans les anciennes colonies et dont les parents, ou les ascendants, étaient français ou espagnols. En Louisiane, le sens est étendu à toute personne née de l'union de Créoles et de Noirs.

2. Officier de l'état civil.

sa famille pour me mettre au monde. Elle n'aurait pas dû quitter Saint Louis, où mes parents habitaient depuis leur mariage. En possession de ces informations, j'ai donc écrit au *registrar,* dans la paroisse Saint Landry pour lui demander *a certificate of live birth*[1]. Il m'a répondu qu'il souhaitait me voir, parce qu'il y avait un petit problème d'état civil. Je suis allée à Melville pour le rencontrer. En me voyant, cet homme m'a paru gêné. Il m'a dit textuellement : « Je crains qu'il n'y ait eu une petite erreur dans la déclaration de votre naissance. » Un petit carré de papier, un *flag*[2], comme il a dit, était épinglé à l'acte original.

— Il vous l'a montré ?

— Non. Il m'a dit qu'il ne pouvait pas me le communiquer ainsi, qu'il devait en référer au service des statistiques de l'Etat et qu'il serait mieux que j'en parle à mes parents. Quand je lui ai dit que je suis orpheline et que je ne connais personne de la famille de ma mère, il s'est étonné : « Les Potier sont nombreux dans la paroisse. C'est une vieille famille d'origine française très estimée », etc. Il a parlé pendant cinq minutes, puis il a fini par me conseiller d'aller consulter le registre des baptêmes de l'église de Melville.

— Et vous y êtes allée ? demanda Osmond, qui commençait à comprendre.

— Oui, immédiatement ; le curé m'a reçue très gentiment. Nous avons feuilleté le registre de 1913 et là... là..., à côté de mon nom, il y avait un gros C. Quand j'ai demandé ce que ça signifie le prêtre m'a regardée bizarrement et m'a dit : « *Colored*[3], bien sûr, vous ne le saviez pas ? » J'ai dû m'asseoir pour ne pas tomber et le curé, qui semblait un peu désorienté, m'a assurée qu'il n'y a pas de honte à ça, que d'ailleurs je peux passer pour blanche et que je ne suis pas la seule dans cette situation. Il a même ajouté : « Si je

1. Correspond à l'extrait de naissance français.

2. Littéralement : drapeau. En réalité, marque destinée à attirer l'attention. On dirait becquet.

3. Littéralement : coloré. Pour l'administration américaine : personne de couleur.

devais inviter à dîner tous les purs Blancs de la paroisse, un bol de riz suffirait à les nourrir ! Vous pensez, mon petit, depuis des siècles, depuis 1860 surtout, où l'on comptait dans la paroisse neuf cent cinquante-six chefs de famille noirs libres et souvent aisés, que les curés de Melville en ont baptisé, des mulâtres et des griffes. Il y en a, aujourd'hui, dont les noms sont accompagnés du W [1] sur nos registres, plus souvent du B [2] ambigu, et qui, croyez-moi, ont la peau moins blanche que la vôtre. » Comme il me voyait abattue et encore sceptique, il m'a donné l'adresse d'une des sœurs de ma mère, Angeline Potier, qui vit à Palmetto...

— Et vous avez rendu visite à cette tante ?

— Non. Je me suis enfuie. Je n'avais qu'une hâte : cacher ma honte ici, dans cette famille... Je n'ai pas eu le courage de leur dire... Que vais-je devenir ? Et Clary... C'est affreux, Osmond.

— Calmez-vous, Debbie. Ne parlez de rien et laissez-moi faire. Dans quarante-huit heures, je vous apporterai votre extrait de naissance. Vous vous marierez comme prévu avec Clary et vous serez heureuse... Et vous aurez beaucoup d'enfants... blancs !

— Dites, Osmond..., regardez ma peau, mes cheveux, mon nez, ma bouche..., suis-je noire ?

— Comme de la farine, Debbie. Promettez-moi de dîner normalement, de dormir et d'être sage.

— Je promets... Si vous pouviez tout arranger, mon Dieu !

— *Give me Confidence,* chantonna M. de Vigors qui, cependant, n'avait pas le cœur gai.

Le cas de Debbie Merrit n'était pas unique. Il arrivait qu'une personne s'étant toujours crue de race blanche découvrît, à l'occasion de l'établissement d'un extrait de

1. Pour *white :* blanc.
2. Pour blanc ou *black,* suivant que le scripteur était francophone ou anglophone.

naissance, qu'elle était administrativement classée *black*[1] ou *colored,* ce qui revient au même.

Depuis le commencement des années trente, des Noirs instruits, membres des professions libérales, enseignants, artistes rejetant tous les complexes d'infériorité hérités de l'esclavage, s'attachaient, par fierté ou vanité raciale, à valoriser leur afro-américanisme. Pour maintenir la pureté du sang noir, ils encourageaient leurs semblables à refuser toute *miscegenation*[2] et à respecter la loi louisianaise qui interdisait, depuis 1894, les mariages interraciaux. Ils agissaient ainsi comme les Blancs les plus conservateurs, ségrégationnistes intransigeants, soucieux de perpétuer la suprématie de la race blanche.

En revanche, beaucoup de gens de couleur, appartenant à ce qu'on a coutume d'appeler en Louisiane *Third Caste Society*[3], classe relativement aisée, composée de mulâtres et de leurs descendants à la peau assez claire, au nez assez aquilin et aux cheveux assez lisses pour « passer blancs », n'attendaient que l'occasion d'obtenir une consécration raciale officielle. Le passage d'une race à l'autre pouvait s'effectuer au moment de la naissance, pour peu que les parents du nouveau-né sachent s'y prendre et soient capables d'assumer le coût, non tarifé, d'une telle mutation administrative.

Les méthodes, tout le monde les connaissait. Les enfants d'une octavonne et d'un Blanc, qui n'avaient dans les veines qu'un seizième de sang noir, pouvaient souvent prétendre, avec quelques chances de succès, à passer pour blancs. Il suffisait, pour tromper le *registrar,* de faire déclarer — de préférence dans une paroisse éloignée du lieu de résidence des parents — le bébé né blanc, par un médecin compréhensif ou une sage-femme largement payée.

On pouvait aussi proposer plus directement à l'employé

1. Noir.
2. Mariages interraciaux.
3. Société de la troisième caste.

de l'état civil une somme suffisamment importante pour qu'il écrive *white* au lieu de *black* ou *colored.* Dans le premier cas, le *registrar* ne rencontrait pas les parents et laissait donc au médecin la responsabilité de l'indication raciale tout en sachant, à l'occasion, monnayer la confiance accordée au déclarant. Dans le second cas, pour prévenir les risques d'une enquête future, l'employé corrompu prenait la précaution d'épingler au *certificate of live birth* un papillon — *a flag* — sur lequel il portait la mention *do not issue*[1]. Ce signal indiquerait à ses successeurs qu'il avait eu, au moment de la déclaration de naissance, un doute sur la sincérité des informations fournies. Dans leur jargon, les juristes louisianais nomment *flagging* cette pratique très répandue et dont personne n'est dupe. Celle-ci n'offrait cependant que peu de garanties aux solliciteurs, alors qu'elle procurait à un employé foncièrement malhonnête la possibilité d'exercer un chantage, parfois reconduit d'une génération à l'autre, sur des familles dont la blancheur ne peut être assurée grand teint.

L'humidité subtropicale qui ronge les métaux, y compris les épingles et agrafes des archivistes louisianais, se faisait dans la circonstance complice de l'administration. Même si quelque bonne âme convenablement soudoyée, un ami zélé ou un fonctionnaire bien introduit détachait, pour le détruire, le *flag* compromettant, la trace rouillée de l'épingle resterait indélébile et attirerait fatalement l'attention des initiés[2]. L'idéal, bien sûr, était l'assurance qu'un bulletin obtenu par complaisance ou corruption ne recevrait ni marque ni mention particulière. Cela ne dépendait

1. Ne pas communiquer.

2. Aujourd'hui encore, on redoute, dans certaines familles, la divulgation de bulletins de naissance ou d'actes de décès portant de tels stigmates. En 1977, Mrs. Susie Guillory Phipps, de Lake Charles (Louisiane), demanda un extrait de naissance au *registrar* de la paroisse Acadia, où elle est née en 1934. Par suite d'une maladresse de l'employé de l'état civil, elle eut connaissance, ce jour-là, du volet — confidentiel et réservé aux services de santé et de statistiques, depuis les lois antiségrégationnistes de 1954 — portant indication de la race de ses parents. Non sans surprise, Mrs. Phipps,

que du bon vouloir d'un haut fonctionnaire, le *State Registrar,* ayant la haute main sur les services d'état civil des paroisses. Les nombreux Louisianais que l'inexactitude, admise ou oubliée, de leurs origines préoccupait encore — car toute goutte de sang noir rappelle, dans ce pays, l'exécrable condition d'esclave — savaient que seul le *State Registrar* avait pouvoir de dire qui était blanc et qui ne l'était pas.

L'Eglise catholique jouait aussi son rôle dans la classification raciale des nouveau-nés. Une obole pieusement dosée lors d'un baptême permettait d'obtenir, à la sacristie comme à la mairie, le label souhaité. Certains curés simoniaques, pris de remords, inscrivaient après coup sur leur registre la race exacte du baptisé. Osmond connaissait ces pratiques mais ignorait si l'officiant aux scrupules tardifs restituait ou non les trente deniers de la corruption.

Au cours de sa carrière, l'avocat avait étudié de nombreux cas, qui ne relevaient pas tous de la pure vanité. Celui de tel boxeur mulâtre au teint très clair, qui avait tout tenté pour faire modifier sa classification raciale afin de pouvoir combattre des pugilistes blancs, ce que la loi interdisait aux Noirs. Depuis que Joe Louis avait pu disputer, en 1936, un championnat du monde contre l'Allemand Max Schmeling[1], l'interdiction avait été levée pour les rencontres entre professionnels, mais maintenue pour les combats d'amateurs. Osmond avait aussi plaidé le cas d'un Blanc authentique, enfant illégitime qui, pour être mieux dissimulé, avait été déclaré noir et élevé dans une

qui a la peau claire et s'est toujours crue blanche, découvrit à cette occasion qu'elle est classée *colored* par l'Administration. Elle entama aussitôt une procédure pour obtenir rectification d'une classification qu'elle refuse. En 1986, sa demande ayant été rejetée par les tribunaux ordinaires, puis par la Cour suprême de Louisiane, Mrs. Phipps a manifesté l'intention de porter le litige devant la Cour suprême des Etats-Unis, à Washington.

1. Max Schmeling avait battu l'Américain et était devenu l'idole sportive des nazis. Les Noirs soutenaient que leur champion-symbole avait été drogué avant le match.

famille mulâtre. A l'âge d'homme, le faux Noir avait intenté un procès à l'Administration pour faire reconnaître sa race blanche, mais il avait été débouté et condamné aux dépens. Les juges, pour ordonner la modification d'un certificat de naissance, réclamaient en effet un faisceau de preuves qui ne laissât « nulle place au doute [1] ». La loi louisianaise, catégorique dans son énoncé — « toute personne ayant plus d'un trente-deuxième de sang noir doit être classée noire ou colorée » — apparaissait beaucoup plus floue dès qu'il s'agissait de cataloguer les gens suivant leur complexion.

A l'occasion d'un procès intenté à un Blanc et à une octavonne (1/8 de sang noir, 7/8 de sang blanc) qui vivaient en concubinage — crime alors puni des mêmes peines que l'incendie criminel ou le vol à main armée — la Cour suprême de Louisiane avait, le 25 avril 1910, donné quelques définitions qui faisaient jurisprudence. Les magistrats avaient d'abord élargi l'acception du qualificatif *colored* en décrétant : « Le mot coloré, par consentement général de l'opinion, signifie : de toute autre couleur que blanc. » Ils avaient rappelé le même jour : « Un griffe, résultat de l'union d'un Noir et d'une mulâtresse (elle-même résultat de l'union d'une Noire et d'un Blanc), est une personne de teint trop sombre pour être mulâtre et de teint trop clair pour être noire. » Il fallait entendre par mulâtre « une personne de teint trop foncé pour être blanche mais de teint trop clair pour être griffe ». Quant au quarteron (1/4 de sang noir), il devait être de teint « plus clair que le mulâtre ». Dans la hiérarchie des tons, les magistrats avaient oublié le *sacatra,* qui, ayant 7/8 de sang noir et 1/8 de sang blanc, offrait le teint le plus foncé après le pur noir.

Les enfants nés de l'union d'une octavonne et d'un Blanc ne bénéficiaient pas d'une appellation particulière. Avec 1/16 de sang noir et 15/16 de sang blanc, ils formaient la catégorie des gens de couleur au teint le plus clair qui

1. *No room fort doubt,* suivant la formule du droit anglo-saxon.

peuvent déjà passer pour blancs. Les bébés qu'ils engendreraient à leur tour, en s'unissant à des conjoints de race blanche, atteindraient la proportion de 1/32 de sang noir, ce qui leur permettrait de franchir la frontière administrative et les ferait admettre comme blancs.

Osmond, en écoutant le récit de Deborah Merrit, avait tout de suite subodoré qu'elle devait être la première de sa famille maternelle à « passer blanche ». Restait à savoir si sa mère était fille d'octavonne ou octavonne elle-même. Suivant le cas, Debbie pouvait avoir dans les veines soit 1/32, soit 1/16 de sang noir. Etait-elle encore en deçà de la stupide frontière raciale ou l'avait-elle franchie légalement ? La réticence du *registrar* de Melville et les indications du registre de baptême avaient de quoi inquiéter. Il décida d'aller rendre visite à la tante Potier.

Angeline Potier habitait la plus belle maison de Palmetto, un village de cinq cents habitants, situé entre Melville et Lebeau, dans la paroisse Saint Landry, au milieu des champs de canne à sucre et de soja. C'était une grande demeure cossue de l'époque coloniale, entourée d'une galerie aux balustrades ouvragées. Le parc qui la tenait à distance de la route était planté de chênes, d'ormes et de frênes donnant une ombre dense. Des palmiers nains, qui avaient autrefois inspiré aux premiers colons le nom de l'agglomération, des buissons d'azalées, des camélias et quelques *dogwoods* [1] en défloraison coloraient le décor. M. de Vigors s'était annoncé par téléphone. Au bruit du moteur de la Duesenberg, une domestique, portant bonnet et tablier de dentelle blanche, sortit sur la galerie. La maîtresse de maison ne tarda pas à paraître à son tour. Elle fit à Osmond un accueil affable avec l'aisance que confère une éducation mondaine. Angeline était une femme plantureuse, d'une soixantaine d'années, aux cheveux blancs bouclés. Elle se tenait très droite, le menton haut, vêtue

1. Arbre de la famille des cornacées, pouvant atteindre une hauteur de cinq mètres et qui donne des fleurs blanches ou roses.

d'une robe imprimée dans les tons mauves. Son face-à-main pendait à une chaîne d'or agrafée à sa ceinture. Osmond observa qu'elle portait des bas fins, ce qui n'était pas courant à la campagne où les femmes, même de bonne condition, allaient maintenant jambes nues dès les premières chaleurs. Il remarqua les mains fines et l'éclat des dents. Angeline ne se présentait pas comme une paysanne.

— Vigors... Vigors... Voyons, auriez-vous un lien de parenté avec le défunt sénateur Charles ? dit-elle, s'exprimant spontanément dans un français très fluide.

— Je suis son petit-fils, madame.

— Mademoiselle..., rectifia, avec un sourire, la tante de Debbie, avant d'inviter le visiteur à franchir le seuil.

Dans le salon garni de beaux meubles anciens, l'hôtesse désigna à Osmond un fauteuil aux accoudoirs protégés par des petites housses de dentelle au crochet. Elle s'assit sur un canapé surchargé de coussins.

— Mon père était un vaillant supporter du sénateur, votre grand-père. Un très bel homme... Je dois avoir quelque part une photographie. Et nous connaissions très bien la famille de votre grand-mère, une Dubard, je crois... Mais j'imagine que ce ne sont pas ces souvenirs qui motivent votre visite, maître.

— Je viens vous parler de votre nièce, Deborah Merrit, qui va épouser le plus jeune frère de ma défunte femme. Il se nomme Barthew, Clary Barthew. C'est un fonctionnaire du Trésor fédéral.

— Ah ! cette Debbie !... J'aurais tant aimé la connaître... Mais savez-vous que je ne l'ai jamais vue ? Son père a cessé toute relation avec sa belle-famille dès la mort de sa femme. La petite devait avoir deux ou trois ans. Peut-être s'est-il remarié ?

— Il est mort, veuf, il y a quelques mois et Debbie est orpheline. Ce que je dois évoquer devant vous, mademoiselle, est un peu délicat. Les questions raciales froissent tant de susceptibilités, n'est-ce pas ?...

— C'est une affaire de certificat de naissance, je suppose ? Je suis au courant.

— Vous avez été informée ? dit Osmond, incrédule.

— Mon cher maître, dans nos campagnes, tout se sait. Le fils de ma cuisinière est employé à la mairie de Melville. Vous pensez bien que le fait qu'une descendante des Potier vienne demander un papier pour se marier ne peut passer inaperçu. Nous sommes propriétaires de la moitié du pays, mes frères et moi.

— Alors, comment expliquez-vous que l'employé de l'état civil ait...

— C'est un timoré. Et n'oubliez pas que nous sommes dans la paroisse Saint Landry, celle du juge Pavy, le beau-père de Carl Weiss, l'exécuteur de Long. Depuis que certains racontent que le meurtrier a agi pour défendre l'honneur de sa femme, dont Huey Long donnait à entendre, paraît-il, qu'elle n'était pas pure caucasienne, notre *registrar* n'ose plus délivrer un extrait de naissance !

— Surtout quand l'original est *flagged,* comme nous disons familièrement.

Cette réflexion fit sursauter Mlle Potier.

— *Flagged... flagged...* Vous voulez bien dire avec un petit papier épinglé ?

— Exactement. C'est pourquoi, avant d'agir, en tant qu'avocat, auprès du *State Registrar* à Baton Rouge, je dois faire le point avec vous. C'est un service que je vous demande de rendre à votre nièce, qui est une charmante jeune fille.

— Voulez-vous prendre un verre de porto ou autre chose ? proposa la vieille fille pour se donner, sembla-t-il à Osmond, le temps de réfléchir.

Le cartel au cadran de porcelaine sonna très opportunément quatre heures.

— Si vous avez l'habitude de prendre du thé l'après-midi, j'en prendrai avec vous, dit M. de Vigors avec un large sourire.

Mlle Potier acquiesça et, quand elle eut coupé le cake aux fruits, elle se décida à revenir au sujet.

— En somme, il pourrait y avoir doute, d'après Dieu sait qui, sur la classification raciale de la petite Deborah. J'imagine que, pour épouser un fonctionnaire fédéral de quelque importance, il faut, si j'ose dire, montrer patte blanche, à Washington comme à La Nouvelle-Orléans ?

— Je crains qu'il n'en soit ainsi, mademoiselle.

— Vous connaissez, j'imagine, le moyen d'obtenir ce que vous souhaitez. Ce n'est pas à un avocat louisianais que je vais l'apprendre.

— J'en viendrai à ce moyen si la situation m'y contraint. Personnellement, je ne doute pas que Debbie soit administrativement blanche, dit M. de Vigors en fixant Angeline.

Cette dernière, comprenant parfaitement le sens des mots et du regard, ajouta un peu de lait dans sa tasse de thé.

— Ma sœur Ludivine, bien que née du même père et de la même mère que moi, avait un teint encore plus clair que le mien. Elle n'était pas blanche, elle était pâlichonne, comme disait Nounou. Adolescente, puis femme, elle se poudrait le visage, les épaules et même les bras, quand nous allions danser. Elle ne sortait jamais sans une ombrelle et des gants, se couvrait le visage d'une mousseline par grand soleil et se privait de nourriture pour n'avoir, disait-elle « ni hanches ni fesses ». Ludivine, peut-être l'ignorez-vous, est morte à Saint Louis, de la tuberculose. De tout cela, vous déduirez ce que vous voudrez. Moi, je suis restée une femme de la campagne et qui aime la bonne chère. Je n'ai jamais eu pareil souci de mon teint ou de ma ligne. Mon passeport et tous mes papiers me donnent comme étant de race blanche. Ça me suffit !

— Je comprends ; mais vos ancêtres, les Potier ?

— Tout le monde sait, dans la paroisse, que notre famille est issue de gens de couleur, libres depuis la fin du XVIIIe siècle. L'ancêtre, dont ma grand-mère nous racontait l'histoire quand grand-père n'entendait pas, était esclave de la maison chez un colon venu avec Juchereau de Saint-

Denys. Elle se nommait Adélaïde et passait pour jolie, dévouée, intelligente, débrouillarde. Elle devint vite la favorite de ses maîtres. Ma grand-mère employait le pluriel, mais nous pouvons penser, vous et moi, que les rapports de planteur à servante devaient être plutôt... singuliers.

Osmond apprécia l'humour d'Angeline et l'invita à poursuivre.

— Adélaïde était bien traitée et considérée, mais une chose manquait à son bonheur : la liberté. Or elle l'obtint de son maître, après avoir sauvé de la mort la fille de ce dernier, grâce à des médecines à base de plantes, que le père d'Adélaïde avait apportées d'Afrique. Non seulement le planteur lui octroya la liberté, mais il lui offrit une parcelle de terre très fertile, du côté de Lebeau, où l'on cultivait l'indigo, et lui attribua deux esclaves des champs pour travailler. Cela se passait, je crois, vers 1730 ou 1740.

— A l'époque où le marquis de Damvilliers défrichait le domaine de Bagatelle, fit observer Osmond.

— Notre Adélaïde, qui n'avait pas les deux pieds dans le même sabot, fit produire à sa terre, chaque année, assez d'indigo pour teindre les uniformes de dix régiments. Elle confiait sa production à son ancien maître, qui la vendait avec sa propre récolte. C'était aussi une forte femme, Adélaïde. Elle chassait l'ours, alors commun dans la région, pour sa viande ; elle vendait les peaux aux négociants en fourrures et la graisse aux artilleurs pour entretenir leurs canons. Chaque année, elle s'enrichissait et agrandissait son domaine. Elle finit par faire bâtir une maison et se maria avec un sergent français qui, ayant fini son temps, souhaitait devenir colon dans le pays. Il lui donna une douzaine d'enfants.

— Des mulâtres, j'imagine ? demanda Osmond.

Mlle Potier ne releva pas l'interruption.

— Tout le monde travailla beaucoup, pendant plusieurs générations, en agrandissant le domaine initial, puis en créant d'autres plantations, après des unions presque toujours contractées avec des Français blancs, quand il s'agissait des filles. En tout cas, le teint des descendants d'Adélaïde s'éclaircit au fil des générations. Certes, il dut bien y avoir quelques mariages, du côté des garçons, avec des demoiselles griffes ou mulâtres, qui foncèrent d'un ton ou d'un demi-ton les peaux devenues plus claires, mais personne, en ce temps-là, ne s'en étonnait. Et c'est bien ce qui rend aujourd'hui difficilement évaluable la proportion de sang blanc et de sang noir qui coule dans les veines des Potier. La règle du trente-deuxième est un leurre. Bien malin qui situera sans aucun doute ma jolie nièce ! Bien fort celui qui amènera sur ma galerie un pur Blanc louisianais descendant d'un Français de 1730 ! Il s'en est passé, mon cher maître, des choses, dans les plantations et dans les maisons acadiennes ! C'est bien pourquoi nous avons aujourd'hui, en Louisiane, toutes nuances de peau, du noir d'ébène, de plus en plus rare, au blanc crémeux !

— Surtout si l'on sait que les Indiens...

— Bien sûr ! Alors, que signifie ce classement ? Et d'abord, est-on certain, lorsqu'une Noire épouse un Blanc, que l'enfant a vraiment cinquante pour cent de sang de chacun de ses parents ? Le sang, qu'est-ce que ça signifie ? N'est-il pas rouge pour tous et de composition identique chez les Noirs et les Blancs ? Il faudrait plutôt parler de... principe noir ou principe blanc et ne pas négliger ce qu'a dit ce moine tchèque, voyons...

— Mendel, souffla Osmond.

— Oui, Mendel. N'a-t-il pas admis les types dominants et les types récessifs ? J'ai appris ça, à Londres, autrefois. La classification louisianaise n'a rien, ne peut rien avoir, de scientifique. Elle est arbitraire et mesquine !

— L'Administration fait confiance aux experts généalogistes, aux registres paroissiaux, à la tradition orale d'une région..., dit Osmond sans conviction.

— Que voilà de bons éléments de calcul ! Nous connaissons la probité des généalogistes, vous et moi, n'est-ce pas ? J'ai un neveu qui exerce cette honorable et lucrative profession, en Géorgie. Croyez-moi, il vous trouvera un lien de parenté avec Jeanne d'Arc, si vous y mettez le prix ! Quant aux registres des curés, à la tradition orale, vous savez mieux que moi ce qu'il faut en penser !

— Mais vos parents...

— Mon père, Ludovic Potier, était blond aux yeux bleus, comme son père et son oncle. Sa mère était, je crois, une quarteronne ou une octavonne. Nous détestons le terme mulâtre qui vient de mule [1]. Ce sont les Français et les Espagnols qui l'ont introduit en Louisiane.

— Peut-être pouvons-nous retrouver les registres paroissiaux ou d'état civil du temps de vos grands-parents ? risqua Osmond.

— Tout a brûlé pendant la guerre civile, mon cher maître.

— Ah ! Ceux intéressant vos parents, alors ?

— Tout a été emporté par la grande inondation de 1893. Le Mississippi a noyé deux mille personnes à Plaquemines, tandis que l'Atchafalaya ravageait notre paroisse et nos terres, mon cher maître.

— C'est bien dommage... Il ne reste plus, pour ces générations-là, que... la tradition orale, n'est-ce pas ?

— C'est bien pourquoi il se trouve périodiquement des employés d'état civil obtus ou malintentionnés, qui imaginent derrière tous les patronymes français de notre paroisse des croisements dissimulés, des mutations inachevées. Les Potier n'ont pas honte de leurs origines, ni de la vaillante Adélaïde, mais nous n'avons jamais pensé noir !

M. de Vigors était assez perspicace et connaissait suffisamment bien les caractéristiques, même très atténuées, de la morphologie des descendants de Noirs pour ne pas manquer de remarquer, chez Angeline Potier, la matité uniforme de la peau et les cheveux dont les boucles,

1. Hybride femelle née d'un âne et d'une jument. En espagnol, mulâtre se dit *mulato* : de *mulo*, mulet. Terme retenu par les Américains pour désigner l'enfant né d'une Noire et d'un Blanc ou d'une Blanche et d'un Noir.

adroitement arrangées, pouvaient passer pour une indéfrisable de bon coiffeur. Le nez petit, un peu court, aux ailes fines mais légèrement épaté, le renflement de la lèvre inférieure, les mains longues, le front plat et, quand la vieille demoiselle se déplaça à travers le salon, ses talons bombés confirmèrent pour l'avocat la présence ténue, mais indéniable, du sang de la légendaire Adélaïde dans les veines de cette femme. Cultivée, intelligente et assez subtile pour ne pas renier, devant un initié comme Osmond, une hérédité dont les vestiges eussent échappé à tout étranger au Vieux Sud, Angeline Potier tenait admirablement sa place dans une société très susceptible pour tout ce qui touche à la race. Sa peau, assez blanche pour que l'on distinguât le bleu des veines sur le dessus de la main, la mettait à l'abri de toute méprise désobligeante, du vulgaire. Et puis, le vieux dicton louisianais « L'argent blanchit la peau » s'appliquait bien au cas de cette famille dont la réussite, la fortune et l'éducation n'inspiraient que respect.

— Si vous voulez partager mon dîner, j'en serai ravie, offrit la tante de Debbie.

Osmond jeta un regard à sa montre. Il était un peu tôt pour envisager un repas après le thé copieux dont une servante fit tout de suite disparaître les reliefs. Il accepta néanmoins.

— Ce sera simple, un bouillon de tortue, un jambalaya et, pour finir, des fraises du jardin avec une jatte de crème fraîche, mais, avant cette dînette, nous allons rendre visite au *registrar* de Melville. Je veux que vous rapportiez à Debbie un certificat de naissance en bonne et due forme, décréta Angeline.

Le service de l'état civil occupait un minuscule bureau, où Mlle Potier et M. de Vigors furent introduits sans attendre. L'employé les reçut et se montra plein de respect, presque obséquieux. Angeline, coiffée d'un immense chapeau de paille fine garni de rubans multicolores, avait fière allure.

— Voulez-vous, je vous prie, me procurer sur-le-champ une copie de l'acte de naissance de ma nièce, Mlle Deborah Merrit ? Elle en a un besoin urgent pour se marier avec un haut fonctionnaire du Trésor à Washington. Elle est née le 2 juin 1913, ordonna Mlle Potier avec autorité.

Comme l'employé ne réagissait pas assez vite, Angeline ajouta :

— Le gentleman qui m'accompagne est l'avocat de ma nièce.

L'homme fit un signe de tête à Osmond.

— Mlle Merrit est déjà venue nous voir et...

— Vous n'avez pas satisfait sa demande. Permettez-moi de m'en étonner. J'ai donc dû me déranger, ainsi que M. de Vigors, qui doit emporter ce certificat.

— Mais...

— Assez ! s'écria Mlle Potier, faites ce qu'on vous demande !

L'employé, visiblement mal à l'aise, disparut derrière une porte, qui devait être celle des archives. L'attente dura un bon quart d'heure avant que l'homme réapparaisse avec un bulletin à la main.

— Il y a une taxe municipale d'un quarter, mademoiselle...

— Ce n'est pas cher... aujourd'hui, lança ironiquement la vieille fille.

Osmond tira une pièce de son gousset et la posa devant l'employé, puis il prit connaissance de l'acte. La déclaration de naissance de Debbie avait été faite le 3 juin 1913 par un médecin qui avait signé la formule : *Je certifie que j'ai assisté à la naissance d'un enfant vivant, de sexe féminin et de race blanche, dont les nom et prénoms sont ci-dessus mentionnés.* Dans les cases « Race du père » et « Race de la mère » figurait, comme on pouvait s'y attendre, le mot *white.*

— Vous voyez, c'est aussi simple que ça ! constata Mlle Potier dans la Duesenberg, en route vers Palmetto.

— J'ai hautement apprécié la force convaincante de... la tradition orale ! dit Osmond.

Après le dîner, au retour vers Bagatelle, Hector, fine mouche, qui avait compris l'objet de la démarche de M. de Vigors, ne tarit pas d'éloges sur la cuisinière de Mlle Potier : la maîtresse de maison avait fait servir au chauffeur un copieux repas et la domestique s'était montrée bavarde.

— C'est une vieille famille, à ce qu'on dit, les Potier, m'sieur.

— Une grande et vieille famille, Hector.

— On dit qu'y a eu des Potier noirs, dans le temps... C'est vrai, m'sieur ?

— Noirs, je ne pense pas, mais peut-être bien mulâtres ou griffes.

— En tout cas, c'est pas des gens qu'ont eu besoin de changer de paroisse pour changer de couleur, hein, m'sieur ?

— Non ; au fil des générations, ils sont devenus blancs.

— Vraiment blancs..., complètement blancs..., blancs comme des Blancs qu'auraient pas eu de Noirs autrefois dans leurs... leurs... aïeux, m'sieur.

— Eh oui, Hector, ce sont les lois de l'hérédité.

— Pourtant, Javotte qu'est un peu plus claire que moi, m'sieur, elle m'a toujours dit : « Si t'es un peu blanc et beaucoup noir, t'es noir, mais si t'es beaucoup blanc et un p'tit peu noir, t'es toujours noir ! »

Osmond sourit.

— Ça te préoccupe, ce genre de question, Hector ?

— Oh ! non, m'sieur. On vient noir, on vient indien, on vient blanc ou chinois : y' a rien à dire, c'est le bon Dieu qui veut ça, m'sieur. Mais c'est bizarre : y' a bien des mal blanchis qui veulent passer blancs, alors que j'en ai jamais connu qui voudraient passer noirs !

— Si les planteurs d'autrefois avaient été noirs et les esclaves blancs, ce serait le contraire, Hector.

— Oh ! ça, m'sieur, je suis bien tranquille que ç'aurait jamais pu arriver, une chose pareille... C'est qu'une façon de parler, ça, m'sieur. Y' a qu'à voir les Africains, comment qu'y sont... toujours à demi sauvages, m'sieur.

Les nègres américains qu'y sont allés au Libéria, comment qu'y sont vite revenus chez nous ! Alors, ce que vous dites, c'est bien qu'une façon de parler, m'sieur... Pas vrai, m'sieur ?

— Une façon de parler, une façon de voir, une façon d'imaginer que les choses auraient pu être autrement, Hector, concéda Osmond.

— Faut être comme on est et faire sa vie avec ce qu'on a, pas vrai, m'sieur ? Vu que, pour tout le monde, ça finit pareil et que les vers, eux, y regardent pas la couleur de la peau !

7

Le 29 avril 1937 fut un grand jour pour les Louisianais. Le président Franklin Roosevelt, qui n'appréciait guère les déplacements protocolaires, vint cependant à La Nouvelle-Orléans pour inaugurer, au City Park, l'avenue dédiée à son illustre parent et prédécesseur à la Maison-Blanche : Theodore Roosevelt.

Peut-être pour prouver qu'il ne tenait pas rigueur à ses hôtes d'avoir autrefois promu Huey Long, le chef de l'exécutif annonça, à cette occasion, la nomination de l'un des leurs au poste d'ambassadeur des Etats-Unis au Brésil : Jefferson Caffery. Ce diplomate, descendant d'Alix Demaret — fille d'un planteur français de la paroisse Saint Mary, propriétaire en 1813 de vingt-six esclaves — et d'un huguenot français réfugié au Maryland, Charles Duval, avait fait ses études à l'université Tulane, à La Nouvelle-Orléans, et appris le français avec Mlle Gabrielle Hébrard, professeur réputé, à l'Institut industriel. Entre 1917 et 1919, le premier poste diplomatique du Louisianais francophone et francophile avait été celui de deuxième secrétaire d'ambassade à Paris [1].

Au cours de sa journée à New Orleans, le président Roosevelt ne put échapper au banquet chez Antoine où, d'Adelina Patti à Mary Pickford, du grand-duc Alexis de

1. Après une longue carrière en Amérique du Sud, Jefferson Caffery fut ambassadeur des Etats-Unis en France, de 1944 à 1949.

Russie à l'amiral Byrd, de Georges Carpentier à Al Jolson, du général Boulanger à Michel Détroyat, toutes les personnalités américaines ou étrangères de passage en Louisiane depuis 1840 avaient été reçues. Osmond de Vigors et Bob Meyer, invités au déjeuner officiel, échangèrent un sourire en voyant le président assis entre le maire, Robert S. Maestri, et le gouverneur, Richard W. Leche, qui tous deux faisaient l'objet d'investigations fédérales.

— Il se pourrait un jour que Roosevelt ne soit pas fier d'un tel voisinage, dit Bob, tandis que les photographes opéraient.

— En politique, on sait faire la différence entre un brevet de moralité et un bulletin de vote et le président des Etats-Unis est le président de tous les Américains, répliqua M. de Vigors avec un clin d'œil.

Quelques jours après la visite présidentielle, Clary Barthew et Deborah Merrit se marièrent à Saint Francisville, ville natale des Barthew.

M. de Vigors offrit à Bagatelle une réception qui se termina par un bal. Alix put, sans concurrence, en l'absence de Doris de Castel-Brajac, jouer les maîtresses de maison au côté de son frère. Bob et Sophie Meyer s'amusèrent beaucoup et Osmond envia un peu l'ami d'avoir retrouvé un si évident plaisir de vivre. En tant que maître de céans sans épouse, il eut pour cavalière la tante de Debbie, Mlle Angeline Potier, qui, quelques jours avant le mariage, avait pu, enfin, faire la connaissance de sa nièce. En voyant M. de Vigors ouvrir le bal avec la vieille demoiselle de Palmetto, qui valsait plus élégamment que beaucoup de jeunes filles, Deborah adressa un sourire complice à l'avocat. Il lui répondit par un discret hochement de tête. N'étaient-ils pas liés par un de ces secrets sudistes qui, réunis, constituaient pour Osmond le fonds commun des familles bagatelliennes ?

Au lendemain de cette fête réussie, « sans doute la dernière avant longtemps à Bagatelle », dit Osmond à Bob, les jeunes mariés s'envolèrent pour New York, où ils embarquèrent à destination du Havre sur *Normandie*, paquebot à bord duquel tous les Américains rêvaient de traverser un jour l'Atlantique. Debbie et Clary comptaient retrouver à Paris Aude Oswald et Doris de Castel-Brajac, pour visiter avec elles l'exposition internationale *Arts et techniques dans la vie moderne* dont l'inauguration par M. Albert Lebrun, président de la République française, était annoncée pour le 24 mai.

Sur leurs cartes postales et dans les lettres adressées aux Bagatelliens, Aude et Doris vantaient les charmes multiples de la France et se moquaient des Français. Elles critiquaient leur vanité, leur propension à rejeter sur les autres nations les responsabilités de leurs difficultés passées, présentes et à venir, leur dureté vis-à-vis des réfugiés espagnols, chassés de chez eux par la guerre civile, leur aveuglement devant l'expansionnisme hitlérien et leurs exigences qui ne tenaient pas compte de la crise. *Quant à l'exposition, il est patent qu'elle ne sera pas prête le 24 mai et que le président pataugera sur un chantier où les ouvriers français se croisent les bras tous les trois jours, afin d'obtenir des augmentations, quand ils ne rossent pas les ouvriers étrangers qui refusent de faire grève et veulent travailler. Deux pavillons sont terminés, celui de l'Allemagne et celui de la Russie, situés face à face, dans un décor qui est loin de correspondre à ce que montrent partout maquettes et affiches.*

La catastrophe du dirigeable allemand *Hindenburg*, qui prit feu et explosa à son arrivée à Lakehurst (New Jersey), alors qu'il approchait du mât d'amarrage, le 6 mai vers 19 heures, mit Bob Meyer en rage.

— Une fois de plus, l'hydrogène a tué ! Tant que les Allemands ne le remplaceront pas par l'hélium, leurs dirigeables seront des bombes qu'une décharge électrique ou un mégot fera exploser !

— Si l'affreux Belman était encore parmi nous, il te dirait que l'hélium est un monopole américain, qu'il coûte trop cher, que le IIIe Reich entend vivre en autarcie et n'a pas de devises à gaspiller, que nous ne voulons pas fournir ce gaz à de meilleures conditions aux Allemands, parce que nous redoutons qu'ils ne l'utilisent à des fins militaires, bref, que nous sommes responsables de cette tragédie, survenue en territoire américain et qui a fait trente-quatre morts et trente et un blessés, développa d'une traite Osmond.

— Mais elle a épargné les soixante-dix Américains inconscients qui allaient embarquer sur le *Hindenburg* pour aller assister à Londres au couronnement de George VI. Ceux-là ont eu de la chance, mon vieux !

— Plus que les trois badauds qui ont été tués par la chute du dirigeable en feu !

— J'aimerais croire que cet accident va faire réfléchir, non seulement les ingénieurs allemands, mais Roosevelt. Le président ferait mieux d'attribuer à l'aviation les sommes prévues pour construire encore des gros porteurs rigides. Le DC-3[1] prouve que l'avion a atteint un niveau de sécurité, de confort et de rapidité qui en fait le véritable moyen de transport aérien. Avant longtemps, des quadriréacteurs pourront traverser l'Atlantique, sans escale, en une douzaine d'heures. Déjà, le *stratoliner*[2] de la T.W.A. transporte trente-trois passagers dans une cabine pressurisée, de New York à Los Angeles, en quatorze heures.

Le 22 mai, l'humeur de Bob avait radicalement changé quand il accueillit, à La Nouvelle-Orléans, Amelia Earhart et son navigateur Fred Noonan, en escale pour une nuit. Arrivés l'après-midi de Tucson (Arizona), à bord de leur *Lockheed Electra,* ceux-ci s'apprêtaient à prendre le départ pour un raid autour du monde. L'aviatrice, avec qui Meyer et M. de Vigors avaient participé, en 1929, au premier vol commercial *Coast to Coast,* comptait, au cours de son voyage, « enserrer le globe à son méridien », de l'est à

1. Ce modèle fabriqué par Douglas entra en service sur les lignes américaines en 1937.

2. Version commerciale du Boeing 307 ; à l'origine, le bombardier B-17 de l'U.S. Air Force.

l'ouest, comme elle l'avait joliment exprimé devant les journalistes. D'Oakland à Honolulu, des îles Falkland à l'Australie en passant par la Nouvelle-Guinée, puis de là jusqu'à l'Arabie et enfin, par l'Atlantique Sud, jusqu'au Brésil, les aviateurs auraient à voler plus de 10 000 kilomètres au-dessus des océans.

L'*Electra*, que les initiés tenaient pour un avion-laboratoire de l'armée de l'air, était équipé de deux moteurs Wasp et pouvait s'élever à 20 000 pieds. Ses réservoirs, contenant 5 500 litres d'essence, lui assuraient une autonomie de vol de 7 500 kilomètres.

Quand, le 23 mai au matin, Amelia décolla de Shushan Airport pour prendre son vol vers Porto Rico, Bob Meyer ne cacha pas à Osmond qu'il enviait le navigateur Fred Noonan.

— Un tour du monde avec un tel avion, en suivant pratiquement l'équateur, quelle belle aventure ! dit-il en voyant disparaître à l'horizon le bimoteur au double empennage.

Comme beaucoup d'Américains qui suivirent par la presse et la radio la progression des aviateurs autour du globe, Meyer refusa de croire, le 2 juillet, qu'ils s'étaient « perdus en mer », suivant le communiqué de la Marine. Le dernier message radio de l'*Electra* avait été capté par le garde-côte *Itasca* alors que l'avion volait au-dessus du Pacifique vers l'île de Howland, après avoir décollé de Lae, en Nouvelle-Guinée.

Amelia et Fred avaient déjà parcouru 35 400 kilomètres. Il en restait encore 11 600 avant que s'achève le raid.

Bob Meyer, en relation avec des responsables de l'aviation militaire, expliqua à Osmond qu'Amelia Earhart, amie du président et d'Eleanor Roosevelt, s'était peut-être vu confier, en grand secret, une mission d'espionnage. Les îles Marshall, à 750 miles au nord-est de Howland, avaient été placées sous mandat nippon et l'on soupçonnait les Japonais, qui se préparaient à se lancer dans une guerre ouverte contre la Chine, d'installer des bases qui pourraient être un jour utilisées contre des possessions américaines. Amelia s'était-elle détournée de sa route pour « jeter un coup d'œil » sur ces îles Marshall ? Les Japonais, qui disposaient de canons antiaériens, avaient-ils osé abattre l'*Electra ?* Amelia et Fred étaient-ils prisonniers des Nippons ? Autant de questions auxquelles les admirateurs de l'aviatrice accrochaient leur espoir. Celui-ci, au fil des semaines et des mois, devait être déçu. Les recherches effectuées par la marine des Etats-Unis ne livrèrent aucun indice. Les vols organisés par les pilotes de la compagnie Pan American ne donnèrent aucun résultat. Le quadrillage opéré, sur plus de 50 000 km^2 d'océan, par des appareils embarqués à bord du porte-avions *Lexington* qui volaient à moins de 150 mètres des flots se révéla aussi décevant que l'exploration des îles de la région par les *marines.* Le 20 juillet, Mme Eleanor Roosevelt, évoquant son amie, dit simplement : « Je souhaite que sa mort ait été rapide et qu'elle n'ait pas souffert[1]. »

A la fin de l'été, M. de Vigors se rendit à Philadelphie pour assister à la création, par l'orchestre de l'école, d'une œuvre de son fils dédiée à George Gershwin, compositeur préféré du jeune homme, mort le 11 juillet à Hollywood. Ce *Tombeau de Gershwin,* comme l'avait intitulé Clem, constituait une suite pour cordes et cuivres, pleine de noblesse et de mélancolie et d'un classicisme respectueux. A cette occasion, Osmond rencontra les maîtres de Clem, qui, tous, le supplièrent de ne pas entraver la carrière d'un compositeur aussi doué, qui ferait un jour honneur à l'école américaine. En attendant de reprendre les cours de direction d'orchestre, Clément-Gratien, nanti d'un viatique,

1. Comme tous les pilotes perdus, Amelia Earhart et Fred Noonan ont légué à la postérité, en plus du mystère de leur disparition, la légende de leur survie. Ils auraient été internés pendant des années par les Japonais dans un camp des îles Mariannes où une Japonaise affirma en 1960 à un journaliste californien avoir vu, en 1937, alors qu'elle avait onze ans, l'aviatrice et son compagnon. Les autorités américaines ont toujours nié que les aviateurs aient été chargés d'une mission d'espionnage. Quant aux autorités japonaises, elles ont toujours déclaré ne rien savoir du sort des disparus.

partit pour Hollywood où il comptait, pendant les vacances, se faire un peu d'argent comme assistant d'un célèbre arrangeur de musique de films. Gusy, participant à une croisière à la voile sur un vieux cutter de l'Académie navale, ne parut pas à Bagatelle.

Doris de Castel-Brajac et Aude Oswald, revenues d'Europe, ne cachèrent pas leur déception de ne pas voir les *boys* au jour de l'inauguration de leur hôtel qui, de juin, avait dû être reportée en août. Osmond n'y fit qu'une brève apparition, déplorant, sans oser le dire, que de nombreux arbres de Castelmore aient été abattus pour permettre la création d'un parc de stationnement et le creusement d'un bassin, relié par un chenal au plan d'eau de Fausse-Rivière. Des canots à moteur étaient déjà amarrés dans le petit port. Une station de distribution d'essence, construite par une compagnie pétrolière, fournissait le carburant et, sous les chênes, un buffet-bar proposait aux pêcheurs et amateurs de sports nautiques ne résidant pas à l'hôtel repas légers et boissons. Le lieu promettait d'être animé et bruyant pendant les fins de semaine. Un endroit où l'on ne verrait pas souvent les Bagatelliens, venus par curiosité au cocktail inaugural.

M. de Vigors, qui toujours fuyait le nombre, fut cependant moins affligé par les dégradations du parc et la dénaturation d'un site présent dans tous ses souvenirs que par la vue, au flanc de l'observatoire d'oncle Gus, d'une hideuse enseigne. Sur toute la hauteur de la tour de briques s'inscrivait agressivement, toutes les dix secondes, en lettres lumineuses, le nom de l'établissement : *Tower's Inn.* Osmond constata, en rentrant à Bagatelle, que ce signal de néon bleu, vulgaire comme une œillade de cocotte, se voyait de loin au-dessus des chênes. Il en voulut à Doris, dont il connaissait les goûts raffinés, d'avoir choisi, pour appâter le client, une enseigne semblable à celles des motels et des drugstores qui clignotaient, la nuit, dans la banlieue de La Nouvelle-Orléans.

Osmond convint beaucoup plus tard, alors que des

événements d'une portée plus grave défiaient sa sensibilité et mobilisaient ses forces, que ce jour d'août 1937, où Castelmore lui était apparu défiguré et travesti, avait marqué le commencement de ce qu'il devait appeler toute sa vie « les années entre parenthèses ».

Ces années ternes, plates, vécues dans une trompeuse sécurité intime, alors que le monde courait à sa perte, furent celles de la résignation indolore de l'âge mûr, des plaisirs mesurés, des rêveries exquises. Bagatelle, dépouillée de sa cotonnerie séculaire, devint un parc d'élevage bovin, une aire de cultures sans aléas dont l'exploitation, partagée entre des métayers, resta sous le contrôle du jeune ingénieur agronome. Osmond se trouva à la fois privé et délivré des rites et des rythmes saisonniers qui, jusque-là, conditionnaient sa vie de planteur-juriste.

La constante diminution de production des puits de la Oswald and Vigors Petroleum semblait indiquer un proche épuisement de la nappe d'huile, située sous les domaines mitoyens. En 1938, cette situation obligea les associés à entreprendre de nouveaux forages dont la rentabilité future ne pourrait être garantie. M. de Vigors délégua ses pouvoirs à Omer Oscar Oswald, qui, résidant en permanence sur place, était plus à l'aise et plus qualifié pour suivre l'avancement des travaux.

C'est à partir de 1938 aussi que le cabinet new-yorkais de l'avocat louisianais prit plus d'importance. Osmond dut recruter des collaborateurs et étoffer son secrétariat. En plus des procès engagés à La Nouvelle-Orléans, qui connaissaient souvent des prolongements judiciaires à New York, capitale des affaires, ou à Washington, siège de la Cour suprême, d'importants clients locaux confiaient maintenant la défense de leurs intérêts à l'avocat sudiste. Ils voyaient en M. de Vigors un professionnel compétent, distingué et, jusque-là, insensible aux considérations politiques et mondaines qui entravaient parfois le cours de la justice dans la plus grande ville de l'Union.

Cordelia cessa dès lors d'être une attraction épisodique

pour devenir une présence banale dans la vie d'Osmond. Quand Edward Murray s'éteignit doucement, au commencement du mois d'octobre, en emportant dans la tombe la fausse assurance que la paix du monde avait été sauvée quelques jours plus tôt, à Munich, par Edouard Daladier [1] et Neville Chamberlain [2], la jeune femme prit du champ à son tour. Les ouvrages de Mlle Murray sur l'architecture des maisons américaines faisaient maintenant autorité. Des familles et des communautés ayant un immeuble ou un parc à sauvegarder sollicitaient ses conseils. Des universités lui proposaient des cycles de conférences bien rémunérées ; des municipalités la consultaient avant d'entreprendre la restauration de bâtiments ; des magazines lui demandaient des articles : Cordelia Murray s'était fait une spécialité exploitable. Tant que son père paralysé l'avait retenue à New York, elle s'était abstenue de tout engagement nécessitant voyage et absence. Elle jouissait enfin, en plus des restes non négligeables de la fortune paternelle, d'une liberté de mouvement que son amant ne cherchait pas à limiter.

Le 30 avril 1939, alors que venait d'ouvrir à Flushing Meadows, dans la banlieue de New York, l'exposition internationale *le Monde de demain,* Cordelia tint une conférence de presse pour annoncer la fondation de l'American Association for Preservation of Old Homes [3] dont elle caressait depuis longtemps l'idée. Cet organisme permettrait de conserver, de restaurer et de faire mieux connaître le patrimoine architectural américain. Les journaux et les stations de radio se firent largement l'écho de cette initiative, qui ne pouvait que plaire aux citoyens d'un pays où les immeubles centenaires faisaient figure d'abris antiques. Mlle Murray fut photographiée devant la statue monumentale de George Washington qui, sur l'avenue de la Constitution, accueillait les visiteurs de l'exposition et,

1. 1884-1970, président du Conseil en 1933, 1934 et de 1938 à 1940.
2. 1869-1940, Premier ministre britannique de 1937 à 1940.
3. Association américaine pour la protection des demeures anciennes.

aussi, devant la villa de Long Island dont Scott Fitzgerald s'était, paraît-il, inspiré pour construire le décor de *Gatsby le Magnifique*. Pendant une semaine, Cordelia disputa la vedette à John Lewis, secrétaire du syndicat des mineurs, qui conduisait la grève dans les mines de Pennsylvanie. Un journal expliqua : *Cette Américaine jeune, jolie et riche prend la tête d'une croisade civique contre les promoteurs immobiliers dénués de respect pour le passé, afin que nous conservions, pour les générations à venir, ce que notre civilisation a construit de meilleur.* Mlle Murray n'en demandait pas tant, mais, grâce à la publicité donnée à son entreprise et aussi par le jeu des relations de son défunt père à Tammany Hall et dans les milieux d'affaires, elle reçut bientôt le soutien financier et mondain de gens fortunés.

Quand le ministre des Finances confirma que cette fondation, de *public interest*[1], recevait son agrément et que les sommes souscrites par les donateurs seraient déductibles des revenus imposables, l'argent afflua dans la caisse de l'association. Mlle Murray ouvrit des bureaux, engagea des archivistes, des secrétaires, lança un magazine trimestriel et décida la création, dans chaque Etat, d'une association filiale. Pendant plusieurs mois, elle porta la bonne parole, de la côte est à la côte ouest, du nord au sud de l'Union, installant des comités patronnés par des personnalités locales, animés par des femmes du monde oisives et riches, des professeurs en mal de notoriété, des architectes-restaurateurs attirés par les commandes éventuelles, des magistrats en retraite, des antiquaires et même des agents immobiliers sans rancune.

Déjà, les fonds recueillis permettaient d'aider les propriétaires de domaines ou de demeures présentant un intérêt architectural incapables de faire face aux frais de restauration, parfois même de simple sauvegarde, de leur bien. En échange d'une importante subvention, une fois les

1. D'intérêt public.

travaux achevés, ceux-ci devaient ouvrir leur maison aux visiteurs envoyés par l'association. Un droit d'entrée de un dollar, partagé entre la société locale et le propriétaire des lieux, était perçu par les guides bénévoles qui accompagnaient les touristes et commentaient les visites.

En Louisiane, pays des mille plantations, la veuve d'un banquier, femme autoritaire, bavarde et infatigable, que M. de Vigors fuyait comme la peste, prit la présidence du comité. Dans un Etat appauvri par la crise, où bon nombre de belles demeures de planteurs restaient à l'abandon et menaçaient ruine, la présidente, avec l'accord de Cordelia, mit au point une méthode de sauvetage qui ne plut guère aux Louisianais, mais prouva, avec le temps, son efficacité. Depuis la publication du grand roman de Margaret Mitchell[1] : *Gone With the Wind*[2], immense succès de librairie, des femmes de milliardaires nordistes, industriels, banquiers ou négociants, rêvaient d'un cadre typiquement sudiste où elles pourraient, quelques semaines par an, donner des réceptions originales, accueillir leurs invités en robe à crinoline et jouer les Scarlett O'Hara en espérant peut-être l'apparition d'un Rhett Butler.

On fit adroitement savoir à ces dames que vingt manoirs au toit percé, aux colonnades branlantes mais gorgées de souvenirs tendres, glorieux, sanglants, liés aux vies tumultueuses et passionnées de colons aristocrates, étaient à vendre pour des bouchées de pain. L'Association américaine pour la protection des demeures anciennes exigeait des engagements formels de la part des acheteurs. Ceux-ci devaient confier les travaux de restauration à des archi-

1. Margaret Munnerlyn Mitchell Marsh, dite Margaret Mitchell (1900-1949), écrivain américain, née et morte à Atlanta (Géorgie).
2. Publié en 1934, par Macmillan, aux Etats-Unis ; en 1939 en France sous le titre *Autant en emporte le vent,* par Gallimard ; ce roman sur la guerre de Sécession connut immédiatement un prodigieux succès. Un million d'exemplaires fut vendu les six premiers mois et les traductions étrangères ne tardèrent pas à paraître dans seize langues. Le livre obtint, en 1938, le prix Pulitzer et le prix de l'American Booksellers Association. Le film, sorti en 1939, contribua à un succès international qui ne s'est jamais démenti.

tectes agréés, ne rien changer à la disposition des pièces ni à l'aspect extérieur de la maison et renoncer au chauffage central et à l'air conditionné, si de telles installations risquaient de nuire au décor. Le comité veillait également à ce qu'on ne cédât ces demeures historiques qu'à des personnes dignes de les posséder et assez désintéressées pour leur rendre la splendeur *antebellum* avant de les ouvrir, certains jours, aux visiteurs.

Au printemps 1939, tandis qu'en Europe les troupes allemandes venaient d'occuper la Tchécoslovaquie puis Memel, en Lituanie, comme elles avaient pris possession de l'Autriche un an plus tôt et que les soldats de Mussolini paradaient en Albanie, M. de Vigors accueillit, pour une semaine, Cordelia à Bagatelle. C'était la première fois qu'il se trouvait seul avec sa maîtresse dans la grande maison maintenant vide et silencieuse. Depuis l'été 1936, il n'y avait plus de saison organisée à Bagatelle, ni d'invitations lancées aux parents et amis. Clem et Gusy ne faisaient que de brèves apparitions et Bob rejoignait quelquefois son ami pour deux ou trois journées de chasse ou de pêche. Le tournoi du Baga Club ayant été supprimé — Osmond préférait dire « suspendu » — les courts se détérioraient lentement, sous l'alternance des ondées et du soleil. L'herbe poussait dans les allées écartées. On ne plantait plus de fleurs à couper dans le jardin anglais. Le cimetière des chiens, traditionnellement entretenu, depuis plusieurs générations, par les enfants, était envahi par le liseron, le lierre courant, la fougère, le chèvrefeuille, le lériope et dix autres plantes voraces unies pour étouffer les rares iris et jasmins qui subsistaient. Le domaine, autrefois animé dès avril, était entré en somnolence comme ces bateaux désarmés, dans l'attente, au long d'un quai désert, d'un tour de carénage ou du déclassement définitif.

Depuis que Javotte, « cédée » par Osmond à Doris de Castel-Brajac et à Aude Oswald, avait été promue gouvernante de Tower's Inn, le service n'était plus assuré que par la fille du dernier jardinier, sous la direction d'Hermione, l'ancienne domestique des Belman. Cette imposante Noire, de religion baptiste, vieille fille prude, austère et facilement scandalisée par les propos parfois lestes d'Hector, s'était trouvée sans emploi au cours de l'hiver précédent. Margaret, grâce à Osmond, avait obtenu le divorce, repris son nom de Foxley, réalisé tous ses biens louisianais et s'était installée en Floride pour tenter d'oublier les drames vécus et connaître de nouveaux visages. Depuis lors, Hermione tenait le ménage de M. de Vigors, tant à La Nouvelle-Orléans qu'à Bagatelle.

Ce soir-là, après dîner, Osmond et Cordelia écoutèrent à la radio les nouvelles d'Europe. Devant les prétentions territoriales d'Hitler, Neville Chamberlain venait d'assurer la Pologne que « dans le cas d'une action quelconque, menaçant l'indépendance polonaise et à laquelle le gouvernement jugerait vital de résister au moyen de ses forces nationales, le gouvernement britannique serait tenu de fournir au gouvernement polonais toute l'assistance en son pouvoir ».

Osmond eut un sourire sceptique.

— Je crains bien, ma chère, qu'il en soit du sort des Polonais comme de celui des Autrichiens, des Tchèques, des Ethiopiens et des Albanais. Seule la force arrête les dictateurs avides de conquêtes. Anglais et Français ne pourront pas toujours céder au chantage. Nous allons à la guerre.

— J'espère bien que nous n'irons pas, cette fois, nous mêler des affaires des Européens. Qu'ils s'entre-tuent si bon leur semble, mais tenons-nous à l'écart.

— Pourrons-nous longtemps nous désintéresser de ce qui se passe en Europe ? C'est à voir. Roosevelt a eu raison de réclamer au Congrès un milliard trois cents millions de dollars pour la défense de l'Union. N'oubliez pas que l'Allemagne et l'Italie viennent de signer, avec le Japon, un traité d'alliance dit « Pacte d'acier ». Or le Japon...

— Les Japonais ne s'intéressent qu'aux Chinois, trancha Cordelia, que ce genre de spéculation ennuyait et qui se disait résolument isolationniste.

Hermione ayant servi le café au salon, M. de Vigors alluma un cigare. Cordelia, peut-être parce que l'atmosphère quiète, mais un peu assombrie par les nouvelles, l'y incitait, se mit à évoquer les souvenirs de sa première visite à Bagatelle.

— Vous ignorez sans doute que la vue de votre demeure et de ce décor a immédiatement affermi ma vocation, encore un peu incertaine, d'architecte-restaurateur.

— Et cependant, Bagatelle ne se présentait pas sous son meilleur jour : nous avions un bel orage tropical !

— Episode inoubliable, Osmond ! L'ouragan assiégeait la maison, le vent secouait les persiennes et hurlait à la mort dans les cheminées..., la pluie s'insinuait sous la porte de la galerie. J'étais assise là et je me disais : « Ce n'est pas possible, ils vont faire quelque chose pour empêcher l'eau d'entrer dans le salon et de gâter les tapis. » Et vous tous demeuriez très calmes. D'un calme irritant.

— Votre père, lui, ne cachait pas son irritation.

— Pauvre Dad ! Il était furieux parce que vous veniez de refuser le poste de juge que vous offraient les démocrates. Il avait aussi très peur de l'ouragan et croyait la fin du monde toute proche.

— Je dois reconnaître que ce fut une soirée troublée de plusieurs manières..., l'arrivée inopinée de mon premier fils !

— Vous rendez-vous compte, Osmond, que Gusy aura vingt ans l'an prochain ?... et que je l'ai vu naître, dans le lit monumental de la chambre du haut !... Vingt ans, déjà ! Il s'en est passé des choses, dans nos vies ! Me voilà, vieille fille de trente-huit ans !

M. de Vigors ne releva pas l'allusion au célibat prolongé de Cordelia, imaginant que l'éloignement de Doris de Castel-Brajac pouvait inspirer à sa maîtresse new-yorkaise des idées de mariage. Devinant peut-être cette pensée, Cordelia le rassura immédiatement :

— Vous n'imaginez pas combien, finalement, j'apprécie ma situation. Aucune union n'aurait pu me satisfaire pleinement. Je suis trop indépendante et trop respectueuse de l'indépendance des autres pour accepter des responsabilités et des contraintes d'épouse...

— Autrefois, nous aurions pu..., vous et moi, risqua Osmond.

— Oui, sur un coup de passion, comme celui que vous m'avez inspiré quand je suis venue à Bagatelle pour la première fois. J'avais dix-huit ans, j'aurais pu m'engager... ou m'égarer ! Mais mon beau Cavalier sudiste était marié... et fidèle à une femme admirable, qui lui donnait des enfants les jours d'orage !

— Depuis, nous nous sommes revus... quelquefois !

— Depuis, vous êtes devenu libre et, si j'ose dire..., accessible ! Mais j'avais retrouvé mon sang-froid et appris la différence entre le désir et l'amour. A l'amour, nous avons emprunté son expression : caresses, plaisirs, tendres attentions, mais nos individualités sont intactes. Il n'existe pas entre nous de... contentieux conjugal, comme dirait Willy Butler. Aucune femme sentimentale ne pourrait comprendre que je vous dise aujourd'hui : « Je vous remercie, chéri, de ne pas m'avoir épousée. »

Adossée à un accoudoir du grand canapé placé sous le portrait de Virginie, Cordelia venait d'expédier, d'un mouvement de pied, ses escarpins sur le tapis. Commodément allongée, la jupe relevée à mi-cuisse, elle offrait l'aimable spectacle d'une femme assez sûre de son apparence et de sa beauté pour s'abandonner, détendue et sans fausse pudeur, aux regards de l'homme qui partageait son intimité. Elle leva haut la jambe, pour tendre son bas, et la reposa gracieusement sur les coussins. Ce geste féminin parut empreint, pour Osmond, d'un laisser-aller voluptueux.

— Quelqu'un m'a dit : « La lucidité rend impropre à l'amour », enchaîna-t-il, se souvenant d'une réflexion cinglante de Doris.

— Et l'amour annihile la lucidité, n'est-ce pas ? Or vous et moi sommes restés lucides, au moment où il aurait fallu ne plus l'être ! Maintenant, la lucidité est en nous et entre nous à jamais !

— N'est-ce pas une sorte de lien, qui résiste au temps, Cordelia !

— Je crois même que la lucidité est un atout, dans la conduite comme dans le partage du plaisir. L'amant lucide est beaucoup plus attentif et... efficace que l'amoureux frénétique qui perd la tête !... Platon conseille de se consacrer pleinement à l'occupation du moment !

— Il dit aussi que l'amant véritable a autant de flamme que de patience.

— Maître, nos théories sont admirables et je regrette que nous ne puissions, une fois de plus, éprouver leur agrément, dit Cordelia avec une moue charmeuse.

— Et qui nous en empêche ? dit Osmond en approchant du canapé.

Cordelia lui tendit une main tiède, qu'il baisa du bout des lèvres.

— Vous savez bien, Osmond... : sous ce toit..., à Bagatelle..., les souvenirs..., les portraits d'ancêtres..., sans parler des domestiques et du cher Hector, qui veille sur vous comme une nurse, dit malicieusement Mlle Murray.

Osmond s'assit de biais, sur une fesse, au bout du canapé, et effleura d'un index caressant le genou de Cordelia.

— Aucune femme, depuis le règne de Virginie, n'est jamais entrée dans l'appartement de l'intendant, où j'ai toujours habité seul... Voulez-vous être la première ? Je vous préviens : la couche de célibataire est étroite, inconfortable et vraisemblablement grinçante !

Cordelia se dressa, ramena ses jambes, pivota sur le canapé et jeta ses bras autour du cou d'Osmond.

— Non ! Vous feriez cela ! Vous fouleriez les principes sudistes ! Vous iriez jusqu'à tout oublier pour vous consacrer à la seule occupation du moment ! Oh ! le traître ! lança-t-elle gaiement.

— Oui... et avec lucidité, dit-il en entraînant Cordelia, sans lui donner le temps de ramasser ses chaussures.

Au lendemain de cette scène, après une nuit ardente, les amants se rejoignirent sur la galerie, à l'heure du petit déjeuner. Cordelia avait discrètement regagné à l'aube la chambre d'invité de la grande maison, bien qu'Osmond eût voulu la retenir près de lui, en assurant qu'il se moquait des ragots domestiques. Mais Mlle Murray, elle aussi très lucide, savait ne pas abuser de la courtoisie raffinée de son amant. Elle comprit, à la façon dont il lui baisa la main, combien le Cavalier avait apprécié son attitude.

En ce lundi de fin mai, le ciel, rarement limpide en Louisiane, était d'un bleu tendre et lumineux. Quand Hermione apporta les journaux, Osmond se saisit du *Morning Advocate,* Cordelia du *Times-Picayune* et tous deux commentèrent les titres. On annonçait, partout, l'arrivée du roi George VI et de la reine, en visite officielle aux Etats-Unis. A la rubrique aviation, la compagnie Pan American Airways communiquait les horaires des premiers vols réguliers à destination de l'Europe.

— Bob finit toujours par avoir raison ! Nous pouvons maintenant nous rendre par la voie des airs de New York à Londres, dit Osmond.

Mais ce fut Mlle Murray qui découvrit, et résuma pour M. de Vigors, l'information la plus sudiste :

— Deux étudiants, membres de la Fencing Academy [1] située 528, rue Royale, à La Nouvelle-Orléans, se sont battus en duel [2] hier dimanche, tôt le matin, sous les chênes de City Park. Ils se sont affrontés au sabre et se sont

1. Académie d'escrime.

2. Ce duel de 1939, rapporté par la presse, ne serait pas le dernier organisé à La Nouvelle-Orléans. Les gens informés affirment qu'aujourd'hui encore il arrive que des gentlemen se rencontrent sous les chênes fameux de City Park appelés *The Duelling Oaks,* à l'endroit où, depuis le XVIIIe siècle, les Louisianais ont coutume de vider leurs querelles. Le duel étant interdit par la loi, les protagonistes sont tenus à la discrétion.

mutuellement donné de profondes coupures au visage, mais leurs jours ne sont pas en danger. Le point d'honneur, motif de ce duel, reste inconnu. Les témoins des deux étudiants ont refusé de le révéler. En revanche, ils ont affirmé que la rencontre s'est déroulée suivant les règles du code d'honneur, établi et publié en 1838 à Charleston par John Lyde Wilson, ancien gouverneur de la Caroline du Sud... N'est-ce pas romantique à souhait ?... Je suis sûre qu'il y a une femme derrière cet affrontement. Qu'elle doit être fière, celle qui voit son amant défendre, sabre au poing, l'honneur offensé !

— Ces jeunes gens auront de nobles cicatrices à montrer aux femmes, commenta Osmond, pince-sans-rire.

— Vous êtes-vous battu en duel, Osmond ?

— Deux fois. La première, je devais avoir douze ou treize ans. Je défendais l'honneur de ma mère, qu'un camarade de collège avait traitée de Peau-Rouge. Bob était mon témoin.

— Déjà !

— La seconde fois, c'était en France, pendant la guerre. J'ai tiré l'épée pour l'honneur d'une soubrette menteuse, mais diablement jolie, qui s'était fait passer pour sa maîtresse, une demi-mondaine à particule comme il n'en existe qu'à Paris. Mon adversaire devint un ami. Il fut abattu en duel aérien par un pilote allemand.

— C'est terriblement sudiste... et romanesque. Vous devriez écrire tout cela, un jour, pour vos enfants.

L'arrivée de la Duesenberg devant l'escalier indiqua à Cordelia qu'il était temps de faire ses adieux : Hector l'attendait pour la conduire à La Nouvelle-Orléans, où elle prendrait l'avion de la Fox pour New York.

— A la semaine prochaine, à New York, dit M. de Vigors avant de refermer la portière.

— Je serai dans l'Iowa, mais pour quelques jours seulement... A mon retour, je compte que vous me conduirez à l'Apollo voir la comédie musicale de Clem

Pralines... On dit que sa petite amie, Linda Dixon, semble être la fille de Vénus... et de Johnny Weissmuller[1].

Revenant à pas lents vers la maison, Osmond se sentait à l'aise, dispos, satisfait de se retrouver seul, comme toujours après des heures passées avec Cordelia. Il chercha le jardinier, fit seller Fizz II, partit au petit trot sur la levée et monta aux Trois-Chênes. Assis sur la pierre moussue de la tombe de Dandridge, il demeura longtemps immobile, les coudes sur les genoux, le menton dans les mains, à regarder couler le Mississippi et à méditer : il existait encore, en Louisiane, des garçons donnant assez de prix à l'honneur pour aller sous les chênes. Le Sud avait parfois des bouffées d'orgueil et lui déjà des cheveux blancs.

L'événement redouté et attendu fut annoncé le 1er septembre au bulletin d'informations du matin, par toutes les radios. Le jour même, à 5 h 45, l'armée allemande était entrée en Pologne et les avions d'Hitler bombardaient les villes polonaises. Le Führer avait négligé de déclarer officiellement la guerre. Il la faisait. Le 3 septembre, l'Angleterre puis la France, à quelques heures d'intervalle, annonçaient « un état de guerre » avec l'Allemagne, du fait de l'agression contre la Pologne.

Ce jour-là, Osmond de Vigors se trouvait à New York avec Clem. Ayant terminé brillamment ses études musicales à Philadelphie, le jeune compositeur était venu signer son premier contrat professionnel avec un producteur de Broadway. La comédie musicale annoncée, dont Linda Dixon serait la vedette, avec un grand danseur de Hollywood, avait déjà un titre, *Accent sudiste,* et quelques airs qui promettaient d'être des succès. *Pralines* tenait toujours la scène, dans un décor plus somptueux que celui de la

1. 1904-1984, champion olympique de natation en 1924 et 1928, choisi par la M.G.M. pour incarner *Tarzan l'Homme-singe* en 1932. En 1939, son quatrième film, *Tarzan trouve un fils,* avait eu un immense succès. Johnny Weissmuller était devenu encore plus populaire depuis qu'il participait, avec Esther Williams, à un spectacle nautique donné à l'exposition internationale, à New York.

création, au théâtre Tulane, à La Nouvelle-Orléans. L'ambiance était à la fête dans le bureau de Willy Butler, où l'on signait contrats et engagements, tandis qu'à Time Square des Américains d'origine polonaise, qui avaient appris l'invasion de la mère patrie, manifestaient haut et fort leur indignation.

Le même soir, Gusy, qui voyait enfin venir le dernier quart des 1076 jours qu'un élève doit passer à l'Académie navale, arriva d'Annapolis, via Baltimore, par le Pennsylvania Railroad. Major de sa promotion, il avait obtenu une permission spéciale, après la croisière d'été de l'école qui avait conduit les midships jusqu'à Trinidad. Au cours de ce voyage, comme tous les élèves de troisième année qualifiés de ploutocrates par leurs cadets, parce qu'ils étaient chargés de faire respecter la discipline, Gusy avait dû laver le pont du croiseur, débusquer la rouille dans les endroits les plus inaccessibles et la faire disparaître, astiquer les cuivres, métal incroyablement susceptible dans l'air marin. Mais il savait maintenant faire le point avec un sextant, utiliser un télépointeur, commander un tir, choisir un mouillage et, même, repasser un pantalon. Il était particulièrement fier que ce soit son projet de bague de promotion qui ait été retenu parmi les quarante-six présentés cette année-là.

— L'emblème de la promotion 40 est un pélican, l'oiseau-symbole de la Louisiane. Il sera gravé sur nos chevalières avec le millésime..., un bon millésime, croyez-moi !

Le garçon paraissait radieux, en pleine santé et impatient de recevoir son galon d'enseigne et une affectation à la mer. L'uniforme blanc mettait en valeur sa haute stature, la sveltesse et l'élégance naturelle héritées de son père. Le hâle des mers du Sud, ses yeux clairs et sa chevelure de jais, don de Lorna, le firent aussitôt classer « jeune premier viril » par son frère.

— Sais-tu que tu pourrais faire une carrière sur les

planches, frérot, si seulement tu voulais bien sourire de temps en temps et apprendre à chanter juste !

— Je préfère courir ma chance sur l'Océan ! répliqua Gusy en bourrant affectueusement les côtes de Clem.

Linda Dixon, accompagnée de son père et de l'avocat de ce dernier, assistait, elle aussi, à la signature d'un contrat qui l'engageait. Elle élit Gusy comme cavalier quand Harry Dixon invita tout le monde à dîner au Cotton Club. Cordelia Murray et la dernière *fiancee* en date de Willy Butler se joignirent au groupe. Clem Vigor crut courtois et diplomatique d'offrir son bras à la fille de son producteur new-yorkais. M. Dixon, plus émoustillé et bruyant que jamais, parut se prendre d'un intérêt soudain pour le capitaine des girls engagées à la demande de Clem.

— Si je ne vois pas toujours tes mains sur la table, Dad, je te moucharde à ta femme ! lança gaiement Linda à son père.

Gusy trouva sa cavalière un peu canaille et effrontée, mais elle était texane et « d'une beauté sensuelle à couler un porte-avions », souffla-t-il à son frère.

— C'est un cadeau que je te fais, amiral... La demoiselle qui m'est échue a la peau granuleuse et de longues oreilles..., mais son papa risque 200 000 dollars sur ma musique..., répliqua Clem.

A l'occasion de l'exposition internationale, qui, espérait-on, attirerait des millions d'Américains et beaucoup d'étrangers[1], la direction du Cotton Club présentait un nouveau spectacle : *la Parade de l'exposition.* Tous les

1. On compta, le premier jour, 198 791 visiteurs ayant acquitté le droit d'entrée, fixé à 75 cents. A la fermeture, le 27 octobre 1940, 45 millions de personnes avaient parcouru l'exposition. Malgré ce succès, les recettes, 48 millions de dollars, ne couvrirent pas les dépenses, 67 millions de dollars, et la société gérante fut déclarée en faillite. La manifestation avait subi le contrecoup de la guerre qui se déroulait en Europe. L'U.R.S.S. avait dû fermer son pavillon, après l'agression contre la Finlande. La Grande-Bretagne, la Pologne, la Tchécoslovaquie, l'Argentine et le Siam avaient réduit leur participation. Les organisateurs, face aux événements qui agitaient l'Europe, avaient changé le thème de l'exposition : *Paix et liberté* s'était substitué au *Monde de demain.*

prétextes étant bons pour montrer de jolies filles noires vêtues d'un minimum de paillettes, les tableaux n'avaient que peu de rapport avec la manifestation de Flushing Meadows, mais Cab Calloway et Bill Robinson animaient magistralement une revue sans prétention intellectuelle.

— Les artistes méritent d'être vus et écoutés au théâtre, pas au restaurant, dans le brouhaha des conversations et le cliquetis des couverts, protesta Clem.

Willy Butler, qui possédait un sens aigu de la publicité, s'était arrangé pour faire savoir au directeur de l'établissement que l'auteur de *Give me Confidence* se trouvait dans la salle. Entre deux tableaux, l'orchestre attaqua l'air devenu fameux ; les vedettes et les chœurs le chantèrent : Clem dut monter sur scène pour recevoir l'ovation du public.

— Je ne regrette pas, mon cher, d'avoir pris en main les intérêts de votre fils, glissa Butler à M. de Vigors.

Tout au long de la soirée et une grande partie de la nuit, car Harry Dixon voulut que la fête se prolongeât jusqu'à la fermeture du club, Osmond vit avec plaisir ses fils danser avec les femmes et les jeunes filles de leur groupe. Il trouva, comme Cordelia, que Linda allait mieux à Gusy qu'à Clem, moins grand et plus trapu que son frère. Il jouit surtout de la complicité retrouvée des deux frères, heureux d'être ensemble, chacun ayant franchi la première étape dans l'accomplissement de sa vocation. Pour Clem et Gusy, la vie s'ouvrait, avenue des Promesses que chacun rêve d'emprunter pour atteindre le jardin des Délices, le temple de la Fortune, les hauteurs de la Gloire, la cachette du Bonheur, même s'il faut traverser, pour y parvenir, le labyrinthe de l'Imprévu. La guerre, qui venait d'éclater en Europe et dont personne n'avait paru se soucier au cours de la soirée, restait présente à la pensée d'Osmond. Il connaissait, pour l'avoir rencontrée vingt-trois ans plus tôt dans l'est désolé de la France, la hideuse semeuse de mort. L'avenue des Promesses était déjà sous le feu de ses canons.

Quand vint l'heure de la séparation, Gusy courant prendre le train pour Baltimore, afin d'être dans les délais à l'Académie navale, Clem saisit affectueusement le bras de son père :

— Une seule personne m'a manqué ce soir, en plus de maman, bien sûr, pour que la fête soit complète : c'est Doris.

— Il y a bien trois mois que je l'ai vue, dit Osmond.

— Gusy et moi, nous lui devons beaucoup. Beaucoup plus que les soins qu'elle nous a donnés, à partir de la mort de maman. Je lui dois tout ce qui s'est passé aujourd'hui.

— Nous lui devons tous beaucoup de reconnaissance et d'affection, en effet.

— Pardonne-moi, Dad, de te parler ainsi, mais Gusy et moi, nous avions pensé qu'un jour, peut-être, tu pourrais épouser Doris et...

— Ce ne sont pas des sujets qu'un père et son fils peuvent discuter, à quatre heures du matin, sur un trottoir humide, au milieu des poubelles, alors que nos amis t'attendent, dans un taxi, pour rentrer à l'hôtel. Bonne nuit, mon garçon. Et félicitations : tout le monde pense que Gershwin a un successeur.

S'étant tiré assez maladroitement, et en faisant usage de l'autorité paternelle, d'un débat où il ne souhaitait pas s'engager, M. de Vigors regagna seul son appartement de Park Avenue. Cordelia, qui tombait de sommeil, avait préféré rentrer dormir chez elle.

Si Mlle de Castel-Brajac avait été absente de la fête new-yorkaise, elle fut, en revanche, présente et remarquée à Annapolis pour le *Graduation Day*[1] de la promotion de Charles-Gustave de Vigors. Sous le soleil implacable de la première semaine de juin, le stade de l'Académie navale était occupé par les parents et amis de ceux qui allaient recevoir leur galon d'enseigne. Dans les tribunes, dominaient les toilettes claires des femmes et des jeunes filles.

1. Jour de cérémonie de la remise des diplômes.

Les mères, sous leur capeline, retenaient leur émotion, les *girl-friends* des futurs officiers essayaient de reconnaître l'élu de leur cœur dans les rangs figés. La blancheur des uniformes sur le tapis vert tendre d'un gazon fraîchement tondu faisait penser à une grande voile étalée sur un pré. Les cuivres de la musique envoyaient des œillades dorées, qui alertaient les mouettes de Chesapeake Bay. Doris, en toilette de circonstance — robe de soie blanche à pois bleu marine, gants blancs, chapeau breton de paille bleu marine agrémenté d'un ruban et d'un nœud confectionnés dans le tissu de sa robe — avait été placée, avec Osmond et Clem, au premier rang de la tribune principale.

— Pourquoi tant d'honneur pour nous ?

— Parce que mon frère est *Anchor Man* [1] de sa promotion. L'amiral lui remettra une ancre en or et vous devrez, suivant la tradition, lui accrocher ses épaulettes d'officier... D'habitude ce sont les mères, ou les fiancées, qui font ça, dit Clem, mais Gusy a pensé que ça vous ferait plaisir.

Doris, émue, baissa la tête, tapota le genou de Clem et jeta un regard de biais à Osmond. Assis très droit, les yeux dissimulés par des lunettes de soleil, M. de Vigors suivait les évolutions préparatoires au défilé des futurs officiers et s'efforçait de repérer son fils.

Clem avait remarqué le coup d'œil de Doris.

— Ne pensez-vous pas que Dad aurait pu s'habiller autrement ? Ce fil-à-fil gris est sinistre, sous le soleil. Et cette cravate bleu marine, unie, sans fantaisie. Et ce gilet ! C'est la tenue d'un pasteur anglican rendant visite à son évêque !

— Moi, je le trouve très bien ainsi. Fidèle à lui-même, strict, sobre, net... Vigors, quoi ! Le gris va bien à ses cheveux argentés, ne trouves-tu pas ?

— Il aurait pu se mettre en blanc sudiste ou alors en uniforme de *judge advocate,* avec toutes ses décorations...

1. Littéralement : homme à l'ancre ; celui qui reçoit, à Annapolis, l'ancre d'or du meilleur élève officier.

La musique de l'école, attaquant la marche de parade, interrompit ces considérations vestimentaires. Après la bénédiction donnée par le chapelain, les harangues de l'amiral, la remise des brevets et récompenses et le défilé des nouveaux officiers, vint le moment où, libérés par un commandement attendu, les enseignes, suivant la tradition, lancèrent le plus haut possible, au-dessus des têtes, leur casquette à coiffe blanche. Les mouettes, déjà intriguées par la musique et l'invasion du stade Thompson, s'enfuirent à tire-d'aile, en criant au scandale, tandis que les nouveaux brevetés s'efforçaient de récupérer chacun sa coiffure.

Parents et amis, autorisés à pénétrer sur la pelouse, congratulaient les vedettes du jour. Dans une aimable confusion, des mères essuyaient une larme, des pères serraient leur fils dans les bras. Les premières savaient d'instinct, les seconds souvent par expérience, et les événements d'Europe étaient là pour le rappeler, qu'il suffit d'un fou et d'un peuple fanatisé pour qu'une jolie parade finisse dans le sang. L'armée allemande avait déjà envahi la Belgique, les Pays-Bas et le Luxembourg. Elle venait d'enfoncer le front français à Sedan. Amiens et Arras étaient occupées. Le front de la Somme menaçait de céder et les Britanniques se préparaient à rembarquer leurs troupes.

Doris, plus adroite et moins émotive que certaines sœurs ou fiancées des enseignes, attacha, en se hissant sur la pointe des pieds, les épaulettes à galon et étoile d'or sur le dolman de Gusy. Ce dernier la prit dans ses bras et la remercia d'une série de baisers qui mirent en péril l'équilibre du chapeau de la jeune femme.

Clem voulut essayer la casquette de son frère et Osmond, qui avait attendu pour quitter sa place la fin des premières effusions, s'approcha de son fils pour lui donner l'accolade.

— Félicitations, lieutenant, pour votre ancre d'or. L'amiral vient de me dire tout le bien qu'il pense de vous ; il m'a même autorisé à vous révéler votre affectation, décidée ce matin même...

— Oh ! Dad, nous attendons tous avec impatience. Où m'envoie-t-on ?

— On t'accorde ce que tu as demandé : la flotte du Pacifique ; tu embarqueras sur le porte-avions *Lexington,* à Honolulu, après les vacances. J'imagine que tu recevras bientôt ton ordre de mission.

L'enseigne Charles-Gustave de Vigors, premier marin d'une famille qui ne comptait, depuis plusieurs générations, que des cavaliers, poussa un hourra de satisfaction.

Un peu plus tard, lors du cocktail offert par l'amiral aux nouveaux officiers et à leur famille, un camarade de promotion s'approcha de Gusy, pour présenter sa sœur.

— Elle m'a si souvent entendu parler du beau Sudiste qu'elle veut absolument te connaître, dit le garçon.

Pâle, minaudante, les cils battant sur un regard velouté, la demoiselle dit son bonheur de rencontrer un aristocrate dont les ancêtres français étaient venus en Amérique avec leur vaisselle et leurs esclaves pour échapper à la guillotine... Gusy s'inclina, sans démentir ni rectifier. Ce genre de péronnelle, à la pêche au mari, lui portait sur les nerfs. La jeune personne s'enhardit jusqu'à désigner, d'un signe de tête, Doris qui, à quelques pas de là, bavardait avec Osmond et un groupe de midships.

— Est-ce votre fiancée ou votre sœur qui vous a attaché vos épaulettes, tout à l'heure ?

— C'est ma mère, mademoiselle.

— Votre mère ! Mon Dieu, comme elle est jeune !

— C'est bien pour ça que nous l'avons choisie, mon frère et moi, mademoiselle.

Les yeux écarquillés, la jeune fille s'éloigna, sans un mot.

Le lendemain soir, à New York, Osmond de Vigors assista avec Cordelia Murray et Willy Butler, au Metropolitan Opera, à une représentation exceptionnelle de *la Fille du régiment* de Donizetti, spécialement montée pour la cantatrice française Lily Pons [1], qui venait d'obtenir sa naturalisation américaine. Quand la chanteuse attaqua l'air fameux *Salut à la France,* une grande émotion s'empara de la salle, où se trouvaient de nombreux spectateurs français.

Les nouvelles d'outre-Atlantique étaient désastreuses. Les Britanniques, qui, le 10 mai, avaient fait du premier lord de l'Amirauté, Winston Churchill, leur Premier ministre, achevaient, à Dunkerque, le rembarquement de 250 000 hommes, mais abandonnaient d'énormes quantités de matériel. Le 3 juin, les avions allemands avaient bombardé Paris, tuant 254 personnes, en blessant 600 autres, et les derniers bulletins d'informations annonçaient l'arrivée des Allemands à Rouen. L'armée française était en déroute, devant une force allemande rapide, formidablement équipée, dynamique et conquérante.

A la fin du spectacle, la cantatrice, dont les échotiers se plaisaient à rappeler qu'elle mesurait un mètre cinquante et chaussait du 36, obtint, d'un geste, le silence et entonna *la Marseillaise.* Le public, debout, se mit à chanter l'hymne national français, comme on récite un acte de foi, puis la salle se vida, dans un silence impressionnant.

C'est à La Nouvelle-Orléans que M. de Vigors apprit, le 14 juin, l'entrée des troupes allemandes dans Paris. Comme Bob Meyer, avec qui il déjeunait ce jour-là, il serra les poings en imaginant les soldats d'Hitler descendant les Champs-Elysées, de l'Etoile à la Concorde, et faisant sonner, sous leurs bottes ferrées, ces mêmes pavés qu'il avait foulés lors du défilé de la victoire, en 1918. La ville en forme de croissant n'oublia pas, en cette circonstance, qu'elle avait été fondée et construite par des Français, dont il restait tant de souvenirs. La chute de la capitale française, même si le gouvernement de M. Paul Reynaud s'était replié à Bordeaux pour continuer la lutte, fut

1. Née à Draguignan en 1898, morte à Dallas (Texas) en 1976. Elle fut engagée, dès 1931, au Metropolitan Opera, où elle chanta les répertoires italien et français. Elle se produisit plusieurs fois à La Nouvelle-Orléans dans *Lucie de Lammermoor.*

ressentie comme un deuil. Les associations françaises, le consul de France et les descendants des vieilles familles aux noms français reçurent des témoignages de sympathie.

Cependant, malgré une certaine commisération pour ce qui arrivait aux Français de France, la plupart des Louisianais restaient résolument isolationnistes. La proclamation de la neutralité américaine[1], le 5 septembre 1939, par Franklin Roosevelt, avait plu au plus grand nombre, surtout parce qu'elle n'interdisait pas le lucratif commerce des armes, dont le développement serait bienvenu pour donner des emplois aux chômeurs, toujours très nombreux. Au Boston Club, où il déjeuna quelques jours plus tard, Osmond comprit que ses compatriotes s'intéressaient plus au sort de l'Angleterre, menacée d'invasion, qu'à celui de la France, considérée comme perdue.

— Toute l'Europe sera bientôt aux mains d'Hitler et de Mussolini. Seule, la Russie pourra contenir les ambitions d'Hitler, comme elle a autrefois ruiné celles de Napoléon Ier, dit un colonel en retraite, qui ignorait tout des alliances européennes.

Bob Meyer, qui trouvait le gouvernement américain bien mou pour soutenir les démocraties en péril, approuva le secrétaire d'Etat, Cordell Hull, qui fit savoir à Hitler : « Les Etats-Unis ne reconnaîtront ni n'accepteront le transfert à une puissance non américaine de régions géographiques situées dans cet hémisphère et actuellement possédées par une puissance non américaine. »

— Cela signifie en clair, expliqua Bob à Osmond, que les colonies américaines des puissances européennes actuellement envahies par les Allemands n'iront pas à

1. *Neutrality Act :* loi de neutralité, votée par le Congrès, le 4 novembre 1939. Elle prévoyait cependant la liberté d'exportation de matériels de guerre aux belligérants, à condition qu'ils paient comptant et transportent leurs achats sur leurs propres navires : la fameuse clause dite *cash and carry*.

l'Allemagne ou à ses alliés, parmi lesquels figure le Japon, ce qu'on a un peu tendance à oublier.

— Et puis j'imagine que nous allons tout de même aider les Anglais, observa Osmond.

— Finalement, Roosevelt, qui sait que la majorité est isolationniste, agit par la bande. Je peux te dire que nous avons déjà envoyé en Angleterre 50 bombardiers Curtiss et 93 bombardiers légers Northrop. Ils ont été embarqués à Halifax, sur le porte-avions français *Béarn*[1].

La remise du pouvoir aux mains du maréchal Pétain, que tous les anciens combattants du corps expéditionnaire américain tenaient en haute estime, et l'armistice franco-allemand furent reçus par Osmond comme une résignation honorable.

— A quoi bon continuer la bataille, quand la disproportion des forces est si évidente que la résistance devient un suicide ? dit-il à Bob.

Meyer sursauta.

— Tu as lu ce qu'on raconte sur la débandade française ? Beaucoup n'ont pas voulu se battre, ont jeté leur fusil dans les fossés et leur uniforme aux orties. On a vu des officiers abandonner leur unité pour s'en aller avec leur femme.

— D'autres se sont bien battus... Les saint-cyriens, gants blancs et sabre au clair, chargeant les tanks... : du panache !

— A propos de panache, voilà un général qui n'en manque pas : il s'appelle de Gaulle — ce doit être un pseudonyme — il est passé en Angleterre et a décidé de continuer la guerre aux côtés des Britanniques, seul, comme don Quichotte !

M. de Vigors devait à nouveau entendre parler de ce général, le 24 septembre 1940, quand Me Sheep, l'avocat

1. Ces avions ne devaient jamais arriver à destination. Le *Béarn* quitta Halifax (Caroline du Nord) le 17 juin 1940, jour où le maréchal Pétain demanda l'armistice aux Allemands. Dérouté sur la Martinique, le porte-avions devait y rester jusqu'au 13 juillet 1943, date à laquelle il tomba aux mains du Comité national français, qui prit le contrôle de l'île.

mulâtre qui avait autrefois permis de retrouver Javotte en fugue, l'appela au téléphone.

— Je sais, par un de nos délégués syndicaux du port, que la police, à la demande du consul de France, a arrêté aujourd'hui quatre marins d'un bateau français qui refusent de remonter à bord pour rentrer en France. Ils souhaitent le concours d'un avocat. J'ai pensé que cela peut vous intéresser.

Osmond remercia et s'enquit du sort des marins, provisoirement enfermés dans la prison de la paroisse Saint Bernard. Il s'agissait de quatre garçons décidés : non seulement ils refusaient de « retourner dans une France soumise à Hitler », mais ils souhaitaient trouver un embarquement pour l'Angleterre, afin de rejoindre le général de Gaulle et de s'engager dans les forces navales françaises libres qui, d'après eux, pouvaient utilement combattre.

Osmond de Vigors n'eut pas à intervenir : il apprit que les marins avaient été élargis. Une association française de la ville avait fourni aux insoumis un viatique et, surtout, des billets de train pour New York où les quatre hommes se faisaient fort de trouver un embarquement pour Londres. Le juriste garda en mémoire le nom de ces marins qui souhaitaient servir la cause de la liberté : Robert Le Harenger, Joseph Le Doze, Mohamed Bouzid et Roger Wismenski.

— Deux Bretons, un Arabe et un Polonais : belle équipe, pour une aventure. En tout cas, de Gaulle, et ce n'est pas un pseudonyme, je le sais maintenant, a l'air de susciter des vocations, observa Bob Meyer.

— Il me plaît, ce général solitaire. Je le trouve assez sudiste, conclut Osmond.

8

Le dimanche 7 décembre 1941, au commencement de l'après-midi, M. de Vigors regagna sa résidence de l'avenue Prytania, à La Nouvelle-Orléans, après un déjeuner familial chez les Meyer. La petite Dany, sa filleule, avait eu cinq ans en juin et Sophie attendait un autre enfant, à naître au printemps. Bob paraissait épanoui dans son bonheur domestique. Il restait néanmoins plein d'affectueuse sollicitude pour Osmond, qu'il traitait de plus en plus souvent de vieux garçon. Ce dernier, il est vrai, ne supportait pas longtemps les jeunes enfants. Ainsi, la vivacité, le babillage incessant, les baisers humides, parfois poisseux, que la tendre Dany distribuait à chaque instant à son parrain contraignaient M. de Vigors à tenir un rôle où il ne se sentait pas à l'aise.

Aussi était-il satisfait de retrouver, en ce jour froid d'hiver, son *home* calme, confortable et ordonné. Un feu de bois brûlait dans la cheminée de son cabinet de travail. Hermione avait disposé, sur un guéridon, tout ce qui était nécessaire pour prendre le thé, qu'elle servirait à son retour du service dominical à l'église baptiste.

Chez les Meyer, quand Dany avait laissé un peu de répit aux adultes, la conversation s'était tout naturellement orientée vers les événements d'Europe et la préparation à la guerre dans laquelle l'Amérique serait contrainte, un jour ou l'autre, d'intervenir. Depuis que Winston Churchill et Franklin Roosevelt avaient signé, le 14 août, à bord du cuirassé *Prince of Wales* ancré dans une baie de Terre-Neuve, le pacte maintenant nommé *Charte de l'Atlantique*, qui prévoyait l'organisation de la paix future « après la destruction finale de la tyrannie nazie », seuls les naïfs et les isolationnistes obtus pouvaient encore croire à la neutralité durable de l'Union.

Depuis l'été, l'armée allemande, pénétrant en Russie, avait souscrit, par une série de victoires, à la nouvelle ambition du Führer. Cinquante divisions avançaient vers Moscou. Le gouvernement américain, après avoir ouvert un crédit de 40 millions de dollars aux Soviétiques, proposait d'aider plus ouvertement Staline à combattre... l'envahisseur. Ce changement d'attitude à l'égard des Rouges, hier encore liés par un pacte d'amitié aux Allemands, étonnait et irritait de nombreux Sudistes. Cependant, ces derniers, comme beaucoup de citoyens américains, avaient accordé leurs voix à Roosevelt pour lui permettre d'obtenir, fait jusque-là unique dans l'histoire de l'Union, un troisième mandat[1].

La Louisiane, par 319 751 voix contre 52 446 à Wendell Willkie le républicain, avait loyalement soutenu le démocrate en s'inspirant d'un axiome devenu alors slogan électoral : « On ne change pas de cheval au milieu du gué. »

— Si Hitler réussit le coup qu'a raté Napoléon Ier, le voilà maître incontesté de l'Europe pour longtemps... et nous pouvons nous préparer à défendre notre continent, avait observé Bob Meyer, aussitôt approuvé par Osmond.

En s'asseyant devant sa table de travail, M. de Vigors agitait encore ces questions et s'efforçait d'imaginer ce que

1. En s'abstenant délibérément de briguer un troisième mandat, Washington avait créé un précédent. Roosevelt invoqua les circonstances pour se représenter une troisième, puis une quatrième fois. Le 21 mars 1947, le Congrès devait voter le 20e amendement à la constitution, entré en vigueur en 1951 : nul ne peut être élu à la présidence plus de deux fois, ou même plus d'une fois dans le cas d'un vice-président parvenu à la présidence pendant la première moitié du mandat de celui auquel il a succédé.

représenterait pour l'Amérique une nouvelle guerre à laquelle ses fils, comme David Meyer et des millions d'autres garçons de leur âge, seraient peut-être contraints de prendre part. Il venait d'ouvrir un dossier quand la sonnerie du téléphone le fit sursauter. Il s'agissait d'une communication longue distance et il pensa à Cordelia, qui donnait une série de conférences chez les riches mormons de l'Utah attachés, eux aussi, à la protection de leurs temples historiques. Pendant une fraction de seconde, il imagina la jeune femme emmitouflée de fourrure, dans un paysage de neige. Mais l'appel venait de New York et Butler parlait à l'autre bout du fil. Willy abrégea les salutations :

— Avez-vous entendu la radio ?... Avez-vous un récepteur près de vous ?

— Non. Pourquoi ?

— J'écoute le radioreportage du match de football Giants contre Dodgers... — il fait trop froid pour aller au stade... et le speaker vient d'interrompre l'émission pour annoncer : « Les Japonais ont bombardé Pearl Harbor... »

Osmond jeta instinctivement un regard à sa montre. Elle marquait 13 h 30, il était donc 14 h 30 à New York, mais seulement 9 h 30 dans l'archipel Hawaii.

— J'ai tout de suite pensé à Gusy. Son frère m'a dit récemment qu'il est dans les parages, reprit Butler.

— En effet, l'escadre des porte-avions de l'amiral William Halsey doit être mouillée dans la baie d'Honolulu. Dans sa dernière lettre, Gusy m'écrivait que son bateau, le *Lexington,* est un croiseur de 1926 transformé en porte-avions, comme le *Saratoga,* son jumeau. On peut penser qu'ils sont solides.

— Si l'information que j'ai entendue est exacte, c'est la guerre avec le Japon, n'est-ce pas ?

— Et avec ses alliés... Si l'information est exacte, Willy, nous aurons bientôt des précisions. Je vais brancher mon récepteur. Ça me touche que vous ayez pensé à mon marin.

— J'aime les Vigors en bloc, Osmond : le père, les fils et

leurs... annexes respectives! Pour moi, vieux croûton célibataire, c'est la famille... et ça compte! A bientôt!

Au cours des heures suivantes, l'information donnée par le speaker de la station de radio new-yorkaise M.B.S.[1] se révéla, non seulement exacte, mais tragique.

Les nouvelles en provenance de l'île de Oahu, qui abritait au long de sa côte sud, dans une succession de baies, les plus importantes bases navales, aéronavales et sous-marines du Pacifique, furent lentes à parvenir aux Etats-Unis. Cela tenait à la soudaineté de l'attaque japonaise, aux destructions opérées en moins de deux heures, au fait qu'en cette matinée d'un beau dimanche hawaiien aviateurs, marins et soldats se préparaient à se rendre sur les plages ou somnolaient encore.

Sur les 50000 militaires américains et les 160000 civils, Hawaiiens, la plupart d'ascendance japonaise, en résidence sur l'île, rares étaient ceux qui auraient osé imaginer pareil assaut. Or, à 8 heures du matin, 352 avions japonais bombardiers et chasseurs, acheminés par les porte-avions de l'amiral Nagumo, s'étaient jetés sur l'île à peine éveillée, attaquant simultanément, à la bombe, au canon, à la mitrailleuse, les sites les plus sensibles : l'allée des cuirassés, les mouillages des torpilleurs, les bases aéronavales et sous-marines, les terrains d'aviation, l'arsenal, les dépôts de carburants. De la baie de Maunala à la pointe Barbers, toute la côte s'était embrasée. Les plus belles unités de la flotte américaine, ancrées autour de l'île Ford, au plus profond de la baie de Pearl Harbor, avaient été pilonnées par les bombes, percées par les torpilles, les bombardiers B-17 et les chasseurs Curtiss P-40, alignés sur les pistes de Hickam, mitraillés et canonnés; les hydravions de l'île Ford écrasés sur les rampes de lancement.

Tout au long de l'après-midi du dimanche, chaque information nouvelle aggrava la précédente. Les speakers annonçaient de très nombreuses victimes, la possibilité

1. Mutual Broadcasting System.

d'un débarquement japonais sur les îles hawaiiennes, le plus grand désastre maritime depuis Trafalgar.

Osmond s'efforçait de faire la part de l'exagération des journalistes, qui devaient se heurter au mutisme des autorités et accueillaient sans précaution tous les renseignements qui leur parvenaient. Il ne pouvait détacher sa pensée de Gusy, en train de subir l'épreuve du feu à vingt et un ans, comme lui-même l'avait connue à vingt-quatre ans, en France, du côté de Saint-Mihiel.

Après le dîner lui vint l'idée d'appeler, à Washington, Mark Alvin Allerton, qui poursuivait une carrière confortable au service des transmissions de l'état-major général de l'armée. Le général MacArthur avait été remplacé, en 1935, par le général Malin Craig, un protégé du général Pershing, que M. de Vigors avait rencontré à l'état-major américain de Chaumont en 1917-1918 et qui connaissait le père de Mark Alvin. Quand, en 1939, le général George Catlett Marshall avait succédé à Craig, Allerton avait été promu *Major* et affecté au service des transmissions, zone Pacifique, qu'il dirigeait à Washington.

— J'imagine que vous avez mieux à faire que rechercher des informations sur le sort d'un jeune enseigne du *Lexington*, mais j'aimerais savoir ce que devient Gusy. Mark, je suis un peu inquiet, se risqua à dire Osmond.

— Ne soyez pas inquiet pour Gusy. Je vous rappelle de chez moi, dans une heure ou deux, Osmond.

Avant que Mark Allerton se manifestât, Linda Dixon appela du Texas, Clem de Hollywood et Doris de Fausse-Rivière. Tous, ayant entendu les nouvelles, souhaitaient être rasssurés quant au sort de Gusy. Vers minuit, le téléphone sonna, alors que Bob Meyer, lui aussi informé, venait d'arriver avenue Prytania pour commenter les événements.

Le *Major* Allerton expliqua que le porte-avions *Lexington* ne se trouvait pas à Pearl Harbor. Il avait levé l'ancre la veille de l'attaque, pour aller livrer des avions à l'île

Midway, à mille quatre cents milles [1] de la base bombardée.

— Il y a deux jours, l'état-major général de la marine a envoyé un message à l'escadre de porte-avions de l'amiral Halsey, signalant un danger d'attaque des Japonais sur les Philippines, le Siam et Bornéo. Aussitôt le *Saratoga,* le *Lexington* et l'*Enterprise* ont reçu des missions... C'est peut-être ce qui les a sauvés, dit Allerton.

— A-t-on un bilan ? demanda Osmond.

— C'est épouvantable... et confidentiel jusqu'à demain midi, quand le président s'adressera au Congrès... : plus de deux mille morts, six cuirassés, trois croiseurs, trois contre-torpilleurs et mouilleurs de mines envoyés par le fond, plus de cent avions détruits, la base sous-marine inutilisable... [2]. Voilà le beau travail des *Nips* [3], Osmond.

— Comment réagit-on, à Washington ?

— Nous allons faire la guerre et étriper tous les macaques jaunes... Je ne peux rien vous dire de plus..., vous comprenez.

— Je comprends. Et merci pour Gusy. Je vais rassurer tout le monde, dit Osmond.

Le 8 décembre, à midi et demi, le président Franklin Delano Roosevelt, en jaquette et cravate noire, gravit les marches de la tribune du Congrès, au bras de son fils James. Resté seul et cramponné au pupitre devant une forêt de microphones, il parcourut du regard l'hémicycle rempli d'une foule silencieuse. Au premier rang, devant les juges de la Cour suprême en robe noire, se tenaient les membres du gouvernement et les chefs d'état-major de l'armée et de la marine. Dans la galerie des invités, à peu de distance d'Eleanor Roosevelt, une vieille dame très digne, la veuve de Woodrow Wilson, se souvenait que de la

1. 2600 kilomètres environ.

2. Le bilan officiel fit état de 3277 disparus — on retrouva seulement 2403 corps — 247 avions détruits ou inutilisables. L'*Arizona,* l'*Utah* et l'*Oklahoma* figuraient parmi les six cuirassés coulés. 19 vaisseaux de guerre sur les 96 bateaux présents à Pearl Harbor le 7 décembre 1941 furent détruits ou très sérieusement endommagés.

3. En américain : Japonais (péjoratif).

même place, en avril 1917, elle avait vu et entendu son mari demander au Congrès de déclarer la guerre à l'Allemagne.

Roosevelt ne parla que six minutes d'une voix grave et ferme. Ce qu'il dit, toute l'Amérique l'entendit : « Hier, 7 décembre 1941, date qui restera marquée du sceau de l'infamie, les Etats-Unis d'Amérique ont été brusquement et délibérément attaqués par les forces navales et aériennes de l'empire du Japon. Les Etats-Unis entretenaient des relations pacifiques avec cette nation et, à la demande expresse du Japon, étaient en conversation avec son gouvernement et son empereur, en vue de maintenir cet état de paix... [1]. »

C'était bien une infamie aux yeux des Américains et, en quelques heures, les isolationnistes les plus convaincus rallièrent, derrière la bannière étoilée et le président, le peuple humilié et meurtri qui criait vengeance. Ainsi, l'Amérique partit en guerre contre le Japon. Quatre jours plus tard, l'Allemagne et l'Italie déclarèrent la guerre aux Etats-Unis : désormais, l'ennemi pouvait être clairement nommé.

Jusque-là, le conflit européen comme les menaces asiatiques avaient paru lointains aux Louisianais. Cependant, depuis le printemps, l'Etat hébergeait des dizaines de milliers de militaires qui s'entraînaient au camp Polk, ouvert en janvier 1941 sur 149 000 acres [2]. L'armée avait fait une bonne affaire en achetant ces terrains, situés près de Leesville, dans la paroisse Vernon, limitrophe du Texas, à 50 cents l'acre. Cette zone, désertifiée par les industriels du bois qui avaient rasé les forêts, restait inapte à l'agriculture, le sol étant truffé de souches pourrissantes. A ce vaste camp, les militaires avaient donné le nom du premier

1. Depuis neuf mois, les envoyés du gouvernement japonais, M. Saburo Kurusu et l'amiral Kichisaburo Nomura, discutaient, à Washington, avec le secrétaire d'Etat, Cordell Hull, qui avait demandé aux Nippons de dénoncer le pacte tripartite et d'évacuer la Chine. La note de refus des exigences américaines fut remise à Cordell Hull par Kurusu alors que l'attaque contre Pearl Harbor avait déjà commencé.

2. 60 300 hectares environ.

évêque épiscopalien de Louisiane, Leonidas Polk. Ce pasteur de choc, devenu général dans l'armée confédérée, s'était vaillamment battu à Belmont, Shiloh et Perryville avant de trouver la mort à la bataille de Marietta (Géorgie), le 14 juin 1864.

Les commerçants de la région, ceux de Leesville et d'Alexandria surtout, étaient enchantés d'un apport de clientèle aussi massif. Déjà, pendant plusieurs semaines, les 14 000 ouvriers embauchés par l'armée pour construire baraquements, laveries, locaux administratifs, hôpital, cinéma, boulangeries, restaurants, églises et même un hôtel avaient constitué une avant-garde prometteuse.

Les grandes manœuvres, d'ampleur fédérale, les plus importantes jamais organisées aux Etats-Unis, avaient rassemblé 13 000 officiers, 400 000 soldats répartis en dix-neuf divisions, des milliers de véhicules nouveaux et de chars. Pour la première fois, devant les paysans des paroisses Vernon et Sabine éberlués, des milliers de parachutistes, tombant de gros avions, avaient mimé une invasion aérienne. Les *paratroopers*[1], fantassins venus des nuages, que les naïves Acadiennes avaient un peu trop tendance à prendre pour des archanges, faisaient des ravages dans les cœurs simples, perturbaient le déroulement des *fais dodo*[2] du samedi soir, se battaient, entre eux et avec les autres, pour prouver leur virilité.

Ces manœuvres gigantesques avaient été conçues et animées par le chef d'état-major de la IIIe armée américaine, le colonel Dwight D. Eisenhower, bras droit du général Walter Krueger. Après avoir passé treize années au grade de lieutenant-colonel, Eisenhower avait enfin reçu le galon qu'il attendait.

Lors de ces manœuvres, auxquelles avaient assisté des officiers britanniques et le général George S. Patton, on avait évoqué, pour la première fois sans doute, la nécessité

1. Parachutistes.
2. Bals acadiens.

qu'il y aurait peut-être, un jour, à prendre d'assaut la forteresse allemande que pourrait constituer l'Europe occupée. L'Angleterre, tel un immense et insubmersible porte-avions, devrait jouer, dans cette éventualité, le rôle primordial de base de départ pour une armée d'invasion. Hitler avait peut-être cette crainte et les bombardements dont il accablait la population de Grande-Bretagne prouvaient sa volonté de réduire les insulaires. Au 1er avril 1941, les bombes allemandes avaient déjà tué 29 630 civils britanniques et blessés 41 096 autres.

Mais ces préparatifs guerriers des stratèges restaient ignorés des citoyens ordinaires et ce ne fut qu'après le vote du *Draft Bill*[1], le 22 décembre 1941, que les Louisianais prirent réellement conscience d'appartenir à une nation en guerre. La loi qui allait permettre d'appeler 16 500 000 Américains sous les drapeaux et la proclamation de l'état d'urgence par le président Roosevelt déclenchèrent, en Louisiane, la mobilisation immédiate de la moitié des effectifs de la garde nationale, soit 35 700 hommes. Intégrée à l'armée fédérale, la garde nationale se vit aussitôt confier de multiples missions de surveillance du territoire et l'organisation de l'accueil des 350 000 garçons de vingt et un à trente-cinq ans en âge d'être appelés.

Tous ces futurs soldats n'étaient pas des athlètes et John Kelly[2], directeur du service de santé, se plaignait du nombre de garçons qui présentaient devant les conseils de révision des troubles circulatoires, des déficiences osseuses et musculaires, de mauvaises dents. Les années de misère et, pour de nombreux Américains, de malnutrition passaient pour responsables de cette situation[3].

Clem Vigor — son nom était maintenant connu de tous les amateurs de comédies musicales — avait été déclaré

1. Loi organisant la conscription.
2. Père de Grace Kelly (1929-1982), actrice, future épouse du prince Rainier III de Monaco.
3. Quatre millions d'Américains furent déclarés inaptes au service en 1942.

bon pour le service au commencement de l'année 1942 et il s'attendait à être appelé sous les drapeaux.

— Si je peux choisir mon arme, et je compte faire agir quelques relations hollywoodiennes pour avoir cette faveur, j'opte pour les parachutistes. Ce doit être formidable de se balancer entre ciel et terre et d'arriver sur la tête de l'ennemi sans se fatiguer ! dit-il à son père et à Gusy.

Les trois hommes se trouvaient exceptionnellement réunis à New York. Clem, dont le spectacle *Accent sudiste* connaissait depuis des mois le même succès à Broadway, se préparait à partir en tournée avec Linda Dixon et toute la troupe. On les attendait à Chicago, à Denver, à San Francisco. Gusy, qui venait de recevoir son galon d'enseigne de première classe, bénéficiait d'une permission de quarante-huit heures avant d'embarquer à Plymouth sur un contre-torpilleur affecté à l'escadre de l'Atlantique. Quant à Osmond, il passait ses journées avec les armateurs : les contrats d'assurance devaient être revus à cause des risques de guerre.

Le dernier dîner, au Delmonico's, qui rassemblait la bande new-yorkaise autour des trois Vigors, fut un peu mélancolique. Les nouvelles du Pacifique étaient désolantes. Les Japonais avaient occupé Manille et MacArthur, ayant réussi à s'échapper de la presqu'île de Battan, venait de s'établir en Australie, d'où il proclamait son intention de reconquérir les îles perdues.

Gusy pestait contre ses compatriotes, qui semblaient ignorer la géographie. D'après le jeune enseigne, la plupart des Américains suivaient distraitement la guerre sans merci engagée par la marine contre la flotte japonaise sur l'immensité du Pacifique.

— Pas un Américain sur cent n'est capable de situer sur une carte ces îles, aux noms sonores et harmonieux, que jettent les speakers des radios à l'heure des informations. Qui sait où se trouvent Wake, Midway, les Salomon ? soutenait Gusy.

— En somme, chacun fait la guerre dans son coin !

s'étonna Linda Dixon, impressionnée par les récits du marin décrivant les engagements entre navires ennemis, les attaques aériennes conduites par des pilotes téméraires, la chasse aux sous-marins, aussi bien que les soirées paradisiaques sur les plages désertes.

En évoquant, avec l'humour qui sert parfois à conjurer la crainte, ce qu'il nommait les « croisières » de son frère, Clem expliqua comment, en Californie, de nombreuses vedettes de cinéma avaient perdu leurs domestiques depuis que le gouvernement internait les ressortissants japonais.

— Tous les étrangers ont été recensés. Leurs empreintes digitales ont été relevées. Ceux qui ne sont pas parqués ou assignés à résidence sont surveillés par le F.B.I. Le shérif de Los Angeles a dit : « Nous ne laisserons pas les Nips installer chez nous une cinquième colonne, comme les Allemands l'ont fait en France. »

— Les autorités ont tendance à voir partout des espions. Depuis que les biens allemands, italiens et japonais ont été gelés, tous les hommes d'affaires et les banquiers travaillant avec les entreprises visées sont regardés comme des suppôts de l'Axe, commenta Butler.

Pendant la soirée, M. de Vigors était resté le plus souvent silencieux, accaparé, semblait-il, par des pensées impartageables. Cordelia, qui observait à la dérobée cet amant au cœur masqué, à l'humeur clandestine, reconnut cependant à plusieurs reprises, dans le regard d'Osmond, le chatoiement doré allumé par la tendresse pudique qu'il portait à ses fils. Il les écoutait attentivement, interprétait leurs mimiques et semblait, ce soir-là, plus préoccupé par leur destin qu'il ne l'avait jamais été. Quand, à l'heure des cigares et des liqueurs, les dames disparurent vers les *ladies rooms* pour aller « se repoudrer le nez », Osmond se pencha vers ses fils et Willy.

— Il se pourrait que nous soyons quelque temps sans nous voir. Ce que je vais vous révéler est confidentiel. Le *Judge Advocate General* de l'armée m'a convoqué à Washington. Il m'a demandé de reprendre volontairement du service sans attendre d'être régulièrement appelé. J'ai accepté. J'embarquerai bientôt pour l'Angleterre, où j'aurai à organiser les services juridiques du corps expéditionnaire américain. Je ne peux vous en dire plus... sans risquer la Cour martiale.

Gusy se tut mais Clem manifesta :

— Bravo, Dad ! L'uniforme te va si bien ! Tu vas faire des ravages chez les *ladies*... Mais, dites donc, je vais être le seul des trois Vigors en complet-veston ! Ça me gêne un peu. Je vais passer pour un... Comment Hector appelle-t-il, en français, les *malingerers*[1]..., les *lazy bastards*[2]..., ces types qui se débrouillaient pour ne pas aller à la guerre, en 1917 ?

— Les embusqués, souffla Osmond.

— Voilà... je suis un embusqué ! conclut Clem en riant.

Butler intervint :

— Pas pour longtemps, petit, je le crains. La machine de guerre américaine est longue à se mettre en route, mais elle démarre bien. Cinquante mille avions par an, a demandé Roosevelt, et l'on vient d'arrêter les chaînes d'automobiles pour que toutes les usines puissent se consacrer à la fabrication des camions, des blindés, des véhicules bizarres dont une armée moderne a besoin. Les chantiers navals lancent des bateaux toutes les semaines. Les canons et les mitraillettes sortent des ateliers comme s'il s'agissait d'allumettes, les obus de tout calibre sont produits au rythme des hot dogs... Alors, il faudra bien des garçons pour mettre en œuvre tout ce matériel.

— Même en Louisiane, où nous ne sommes pas très vifs, Andrew Jackson Higgins a embauché 40 000 hommes et femmes pour lancer la fabrication des *P.T. Boats*[3], compléta Gusy.

1. Simulateurs.
2. Littéralement : bâtards paresseux. En français, on dirait : tire-au-flanc.
3. *Patrol Torpedo Boats :* grosses vedettes lance-torpilles, rapides et maniables, équipées pour la chasse aux sous-marins. Les chantiers louisianais Higgins en construisirent des centaines et aussi plusieurs milliers de barges de débarquement.

— Roosevelt dit : « L'Amérique doit devenir l'arsenal de la démocratie. » Les marchands d'acier y trouveront leur compte. Je puis vous dire que Wall Street réagit favorablement à la guerre, assura Butler.

— Nous ferons graver sur nos canons *Ultima ratio democratiae*[1], dit Osmond.

Quand les Vigors se séparèrent, les fils donnèrent au père une accolade plus possessive que de coutume.

— Mon contre-torpilleur fera peut-être partie du convoi qui accompagnera ton bateau vers l'Europe... Je ferai connaître son immatriculation, dit Gusy.

— Garde-toi, Dad ! Ne va pas t'exposer, sois prudent, ajouta Clem, ému et fixant son père d'un regard intense.

— Allez, *boys,* c'est ma deuxième guerre... et cette fois, nous en sommes sûrs, Dieu est avec nous ! Bonne nuit !

Les garçons sautèrent dans un taxi avec Linda, Butler et la *fiancee* de ce dernier. Quand la voiture démarra, Clem et Gusy adressèrent un signe à Osmond, debout près de la limousine où Cordelia avait déjà pris place. M. de Vigors suivit du regard l'automobile jaune, jusqu'à ce qu'elle s'intégrât au flot de la circulation. Il se souviendrait de cette soirée, de la sollicitude enfantine de Clem, de la fermeté de Gusy et de ces mains agitées derrière la vitre d'une automobile filant vers Manhattan, dont on voilait chaque nuit les lumières.

Un peu plus tard, dans l'intimité du pied-à-terre de Park Avenue, M. de Vigors dut annoncer à Cordelia son départ pour l'Europe en guerre.

— Je me doutais de quelque chose. Vous aviez des absences, ce soir, et...

— Laissons cela, Cordelia. Dans quelque temps beaucoup de nos amis et leurs fils seront en route pour un front ou l'autre. Londres n'est pas une destination risquée...

— Comment ! Les sous-marins allemands attaquent les

1. Dernier argument des démocraties. Il s'agit d'une déformation de l'inscription que Louis XIV faisait graver sur ses canons : *Ultima ratio regum* (dernier argument des rois).

bateaux marchands, et ces bombardements continuels de l'Angleterre...

M. de Vigors eut un geste de la main indiquant qu'il ne tenait pas à évoquer ces périls mineurs.

— J'ai à vous parler de Bagatelle. Sérieusement, Cordelia. Vous savez que je n'ai plus les moyens de l'entretenir convenablement. Beaucoup de réparations seront nécessaires dans les mois à venir. Les toitures, les colonnettes, le parquet de la galerie, les persiennes donnent des signes de fatigue... et les peintures extérieures n'ont pas été faites depuis des années. Ne parlons pas de l'intérieur où, sous prétexte de conserver le décor ancestral, nous vivons dans l'inconfort et la crasse... que nous avons tendance, dans le Sud, à confondre avec la patine du temps.

— Bagatelle a deux cents ans, Osmond. C'est la plus ancienne demeure de l'Etat.

— Elle ne survivra pas à quelques hivers aussi rigoureux que le dernier si rien n'est entrepris. Aussi, je vous confie la maison. Maintenez-la en vie, Cordelia.

— Même au prix d'une adhésion à mon association ?

— Même à ce prix, à condition toutefois que ce soit vous, personnellement, qui preniez les choses en main. Je ne veux pas d'intervention locale..., vous comprenez.

— Comptez sur moi, Osmond. Rien ne pouvait plus m'émouvoir qu'une telle mission. Bagatelle sera protégée, dit Cordelia en prenant la main d'Osmond posée sur l'accoudoir d'un fauteuil.

— Avant d'embarquer, je resterai quelques jours en Louisiane, pour donner des consignes à mon notaire, à Hermione et à Javotte, qui vient passer son nez à Bagatelle de temps en temps.

— N'oubliez pas de prévenir Doris... Je ne voudrais pas qu'elle imagine que...

— Ce sera fait. On saura que je vous délègue tous pouvoirs.

Bien que la nuit soit avancée, les amants évoquèrent

encore une foule de détails, puis se turent, atteints par la lassitude.

— Vous êtes fatiguée. Vous souhaitez peut-être dormir seule ? dit Osmond.

— Je souhaite ne pas dormir... du tout..., sauf si vous...

— Alors, n'attendons pas le jour, je prends l'avion à midi pour le Sud, dit-il en quittant son fauteuil et enlaçant Cordelia.

Ce reste de nuit, ce reliquat de plaisir, ces ultimes étreintes marquaient déjà, M. de Vigors le ressentit avec un serrement de cœur, la fin d'une époque de sa vie. Quoi qu'il advienne de lui et des autres, jamais il ne retrouverait les êtres, les choses et les sentiments tels qu'il allait les quitter.

A La Nouvelle-Orléans, une surprise l'attendait. Hector, venu l'accueillir à l'aéroport, apparut en uniforme de sergent. Le Noir, visiblement soucieux de l'effet produit, affichait un sourire un peu trop large en saluant militairement.

Osmond attendit d'être installé dans la Duesenberg pour interroger en fronçant le sourcil :

— Qu'est-ce que ça signifie ?

— Vous êtes fâché..., *Major ?*

— Fâché..., fâché... Je sais que la tenue militaire revient à la mode ces temps-ci, mais tu peux être poursuivi pour port illégal d'uniforme.

— Ben, c'est le mien... Même qu'il sent encore le tabac noir français ! Et on s'en va faire la guerre, pas vrai ? J'ai sorti toutes les cantines, fait nettoyer vos tenues... avec les décorations et j'ai même été chez Goudchaux acheter des écharpes de soie blanche... Les anciennes, elles étaient toutes jaunasses. Vous voyez, *Major,* tout est prêt.

— Mais enfin, Hector, tu n'es pas mobilisé... Attends que l'armée t'appelle..., ça peut arriver.

Le Noir, qui allait mettre l'automobile en route, interrompit son geste et se retourna.

Osmond vit briller des larmes dans les yeux de ce vieux

compagnon de jeux et de guerre, dont la fidélité, depuis l'enfance, ne s'était jamais démentie.

— J' veux pâ'tir avec vous, comme l'aut'e fois, m'sieur ! s'écria Hector, qui, lorsqu'il était ému, revenait à l'élocution des Noirs.

— Mais enfin !...

— Vous aurez besoin de quelqu'un, pour conduire l'auto et s'occuper... de tout, m'sieur. On s'est jamais quitté... Qu'est-ce que je vais faire...

— Mais enfin, Hector, tu es marié ! Javotte...

— Javotte..., c'est comme si on n'était plus ensemble. Elle est toujours à Castelmore... D'ailleurs, ça lui fait du bien, le travail : elle boit plus l'alcool. C'est même elle qui m'a dit : « Sûr qu'il va t'emmener avec lui, M. Osmond », quand vous avez téléphoné à m'amselle Doris... Alors, vous voyez.

Pendant le vol entre New York et La Nouvelle-Orléans, Osmond avait travaillé à l'organisation du *staff* dont il devrait présenter l'organigramme au *Judge Advocate General,* à la fin de la semaine, à Washington. On lui donnait quatre officiers, deux capitaines, deux lieutenants, et cinq sous-officiers. Il recruterait sur place, en Angleterre, dans le contingent américain, les *privates* nécessaires comme estafettes, archivistes, secrétaire ou chauffeur. Il pourrait naturellement choisir une ordonnance-chauffeur dans le corps des sous-officiers. A ce dernier poste, aucun militaire, mobilisé ou engagé, quelle que fût sa bonne volonté, ne lui assurerait le service auquel il était habitué et dont la première guerre européenne n'avait pas interrompu le cours, grâce à Hector, factotum idéal et sûr. Aussi, la demande du Noir lui plut et l'émut à la fois.

— Très bien, Hector. Je vais essayer de régler ton sort à Washington. Mais, avant de boucler les bagages, montre à Hermione comment il faut remplacer, sur toutes les épaulettes, la feuille de chêne par l'aigle d'argent que je te donnerai. A partir de maintenant, sergent, vous avez affaire à un colonel. J'ai été promu la semaine dernière.

— *Congratulations*[1] ! m'sieur... Savez-vous où on s'en va et ce qu'on aura comme auto, colonel ?

— Pour le moment, la destination est secrète, sergent. Quant à l'auto..., je ne sais même pas si nous en aurons une !

— On va traverser la mer... sûrement, colonel... P't-êt'e bien qu'on ira embêter les Nips sur leurs îles...

— Ne sois pas impatient, Hector. Tu auras tout le temps de regretter ta décision, où qu'on aille, conclut Osmond, au moment où l'automobile s'arrêtait devant la maison de Prytania Avenue.

Le lendemain, M. de Vigors régla toutes les factures en attente chez son tailleur et son chemisier, puis il se rendit au Boston Club et demanda son compte. Oncle Gus lui avait enseigné qu'un Cavalier ne doit laisser derrière lui aucune dette, quand il s'en va faire la guerre.

Il regretta de ne pas revoir Bob avant son départ. Meyer était en mission pour le ministère de l'Air, au Texas, où l'on formait les pilotes des transports aériens. Au téléphone, l'ami de toujours ne cacha pas qu'il enviait le *Judge Advocate.*

— Faut choisir, Bob : faire des enfants ou faire la guerre ! plaisanta Osmond.

— Boundiou ! comme disait oncle Gus, faut faire l'un et l'autre sans réfléchir, mais je compte bien me rendre utile au pays... Peut-être nous retrouverons-nous un jour à Chaumont ou à Reims..., tu te souviens ?

— Ne rêvons pas, Bob, cette guerre ne ressemble pas à l'autre... et Chaumont et Reims, comme Paris, appartiennent aux Allemands, à l'heure qu'il est.

— On les aura... et les Japonais avec ! Envoie des cartes postales à ta filleule et reviens avant sa première communion ! Sophie y tient beaucoup.

Au soir du 18 avril 1942, ce fut dans une ambiance euphorique que le colonel de Vigors et les jeunes magis-

1. Félicitations.

trats militaires sélectionnés pour l'assister embarquèrent, avec quelques centaines de fantassins, à Hampton Roads (Virginie).

Ce jour-là, seize B-25, commandés par le général James H. Doolittle, avaient bombardé Tokyo. Partis du porte-avions *Hornet,* qui croisait à 1200 kilomètres des côtes japonaises, les appareils américains venaient de venger l'affront sanglant de Pearl Harbor. Même si les Nippons se félicitaient d'avoir peu souffert de cette attaque, ils savaient désormais n'être plus à l'abri des bombes.

Le *Château-Thierry,* transport de troupes incorporé à un convoi de matériel de guerre naviguant sous forte escorte, n'en était pas à sa première traversée Etats-Unis-Grande-Bretagne. Ce bateau, dont le nom rappela à Osmond et Hector des souvenirs de la guerre 1914-1918, avait débarqué le 26 janvier 1942 à Belfast, en Irlande, le premier contingent américain composé de 3900 hommes et commandé par le général Russel P. Hartle. Les journaux britanniques avaient rapporté, à l'époque, que le premier *GI*[1] qui avait posé le pied en Irlande se nommait Milburn Henke et était d'origine allemande.

La traversée de l'Atlantique se déroula sans alerte, mais, Gusy n'ayant pu faire connaître à son père l'immatriculation de son unité, M. de Vigors ne sut pas si son fils l'avait ou non escorté, pendant la première partie du voyage. Des bâtiments ayant pris en pleine mer le relais des « chiens de garde » partis de Virginie, Osmond imagina que son fils serait peut-être de retour à Hampton Roads avant qu'il n'atteignît lui-même les côtes anglaises.

A Washington, le *Judge Advocate General* s'était montré compréhensif envers « un aristocrate sudiste qui ne sait pas faire la guerre sans son nègre ». Osmond avait obtenu pour

1. A l'origine, *galvanized iron :* fer galvanisé. *A GI can :* une boîte en fer galvanisé (de conserve). Puis *government issue :* livraison du gouvernement ; matériel (vêtements, vivres, équipement, etc.) réglementaire de l'armée. Ces deux lettres allaient désigner tous les soldats américains de la Seconde Guerre mondiale (initialement, les engagés, les simples soldats).

son ordonnance, dont les états de service pendant la guerre de 1914-1918 ne laissaient aucun militaire insensible, le galon supplémentaire de *staff sergeant*[1] qui conférait à Hector une autorité de principe sur les jeunes sergents à trois chevrons. Ces derniers, lors de l'embarquement, n'avaient guère apprécié de s'entendre indiquer des cabines et donner des consignes par un Noir. Mais le colonel de Vigors avait immédiatement fait rappeler les sous-officiers au respect dû, non seulement au grade, mais au passé militaire d'Hector. Très vite, les sergents avaient aussi compris que la débrouillardise, l'entregent et les rapports privilégiés que le chef semblait avoir avec le colonel seraient fort utiles pour l'organisation de leur confort, en Angleterre. Hector était heureux.

— Sûr, colonel, qu'on ne s'en va pas en Angleterre pour goûter le *pudding !* Sûr qu'un jour on ira à Paris. On ira voir Vilma et ses jumeaux et peut-être bien que je retrouverai Marie-Blanche, n'est-ce pas, colonel ?

Osmond savait appartenir à l'avant-garde de l'opération qui, à l'état-major général, à Washington, avait reçu le nom de code Bolero. Il s'agissait, en accord avec les Britanniques, d'assurer sur leurs îles l'installation d'un million cinq cent mille soldats américains et d'un matériel considérable, encore à fabriquer. Cette gigantesque base étant constituée, on pourrait peut-être envisager le débarquement en Europe imaginé par les stratèges et souhaité par Staline, engagé à l'est dans une lutte à mort avec les Allemands.

— Chef (le colonel donnait à Hector l'appellation familière attachée à son nouveau grade), vous aurez le temps d'apprendre à parler correctement l'anglais avant de revoir Vilma et ses jumeaux, qui doivent avoir aujourd'hui dix-huit ans. Quant à la belle Marie-Blanche, peut-être bien qu'elle est grand-mère, ridée et rhumatisante.

— La dernière fois que j'ai eu de ses nouvelles, par

1. Sergent-chef.

Vilma, c'était... à *Christmas*, il y a deux ans ; ben, elle venait de tomber veuve...

L'optimisme naturel du Noir le poussait à imaginer, bien que naviguant sur un océan où grouillaient les sous-marins, qu'il se rapprochait des meilleurs souvenirs de sa jeunesse et de la grisante sensation de liberté qu'il avait connue en Europe. Dès le premier jour à bord, il avait confié ses nouveaux uniformes au tailleur, pour y faire coudre galons, badges et insignes. L'armée de 1942, plus généreuse que celle de 1917, avait largement pourvu les soldats du contingent afin qu'ils fassent bonne impression en Grande-Bretagne. Maintenant, au col de la vareuse de gabardine « faite d'un tissu aussi fin et aussi bien coupée que celle d'un officier », Hector portait les grenades d'or, attribut des ordonnances. Sur l'avant-bras, le sergent-chef avait fait fixer la double brisque d'or inversée, indiquant qu'il avait fait campagne outre-mer. Au-dessus de la poche de poitrine gauche, les rubans de la croix de guerre française 1914-1918 et de la croix du combattant faisaient bon effet et lui valaient, sans cesse, de flatteuses questions de la part des jeunes soldats.

A peine le colonel de Vigors avait-il mis pied à terre que le capitaine Peter Leigh, juge militaire britannique, se présenta, pour lui faciliter les formalités de contrôle auxquelles les Anglais avaient consigne de soumettre tous les arrivants étrangers, fussent-ils généraux ou sénateurs.

— Nous craignons beaucoup l'infiltration des espions et des saboteurs ; excusez, je vous prie, ces précautions.

Hector fut un peu déçu de voir attribuer au colonel une conduite intérieure Dodge, uniformément couverte d'une peinture caca d'oie, mate et grossière. Le chauffeur ne put en prendre possession qu'après l'intervention de militaires anglais qui collèrent sur les phares des feuilles de mica bleuté.

— La nuit, pas de lumière vive, et souvenez-vous qu'ici on roule à gauche de la route, dit un instructeur.

— Il aurait mieux valu, colonel, faire suivre la Duesie, bougonna Hector en faisant grincer le levier de vitesse.

— N'oubliez pas..., à gauche, dit l'officier anglais, qui devait accompagner Osmond jusqu'à l'hôtel Dorchester, à Londres, où étaient provisoirement logés les officiers américains de grade élevé.

La Dodge se fraya lentement un chemin à travers les quais, encombrés de véhicules de toutes sortes débarqués, comme celui d'Osmond, d'un cargo faisant partie du convoi. Les gros camions, construits par General Motors Corporation (G.M.C.), les *command cars*[1], hauts sur roues, intriguaient les Britanniques.

C'était cependant le plus petit véhicule, ne pesant que 250 kilos mais pourvu de quatre roues motrices et d'un moteur de 60 chevaux capables de l'entraîner à cent kilomètres à l'heure, qui semblait avoir la faveur des mécaniciens. Maintenant fabriquée en série pour l'armée, par Willys Overland, cette voiture passe-partout, rustique, robuste, entièrement décapotable, pouvait aussi bien transporter une patrouille en reconnaissance que des munitions ou un projecteur de défense contre avions (D.C.A.). Armée d'une mitrailleuse lourde, elle devenait la monture idéale pour les coups de main et les embuscades. Elle traînait allégrement un petit canon ou un caisson de munitions en se faufilant à travers les obstacles. Les GI's, prompts à donner un nom simple aux engins, l'appelaient *jeep*[2].

M. de Vigors ne résida pas longtemps au Dorchester, palace de haute tradition britannique, transformé en

1. Véhicules de liaison et de reconnaissance, utilisés par les officiers. Décapotables, généralement équipés de la radio.

2. Argot militaire, par référence à un personnage (Eugene the Jeep) aux pouvoirs extraordinaires, héros d'une bande dessinée comique de E.C. Segar (1894-1938). Ensuite, associé à *G.P.*, abréviation de *General Purpose Car :* voiture tous usages.

caserne de luxe pour colonels et généraux de passage. Grâce au capitaine Peter Leigh, l'officier britannique, avocat dans le civil, qui l'avait accueilli au jour de son arrivée et avec qui Osmond entretenait des relations de plus en plus cordiales, le Louisianais put louer un appartement dans un minuscule hôtel particulier de Belgravia Square. Il disposa ainsi d'un étage comprenant chambre, salon et salle de bains et obtint pour Hector un logement en sous-sol, niveau autrefois réservé aux domestiques.

La propriétaire, une vieille dame à demi aveugle, qui ne pouvait plus payer une femme de ménage que quelques heures par semaine, fut enchantée d'avoir le serviable Hector sous son toit. Malgré les restrictions alimentaires, elle le remerciait des menus services qu'il rendait par de succulents cakes bourrés de fruits confits. Comme tous les Américains, Hector trouvait peu appétissante la cuisine britannique. Poulet bouilli, chou spongieux, mouton à la chair grise, *pudding* étouffant lui faisaient rechercher les petits restaurants italiens de Soho où un Noir était aussi bien accueilli qu'un Blanc. Le sergent-chef trouvait que les Anglaises parlaient une langue bizarre et que la plupart d'entre elles semblaient souffrir d'asthme, tant elles aspiraient certaines syllabes. Et puis, certains mots semblaient ne pas avoir le même sens en anglais qu'en américain.

Les services du *judge advocate* avaient été installés près de Regent's Park, dans un immeuble donnant sur les frondaisons et le jardin zoologique. Les activités du colonel de Vigors l'obligeaient à de fréquents déplacements à travers Londres et, dès 1943, dans la province anglaise, où l'armée avait loué des milliers de kilomètres carrés de terrains, parfois au milieu des cultures, pour créer aussi bien des camps d'entraînement que des parcs à matériel, des ateliers de réparation, des dépôts de munitions et de ravitaillement, des aires de stationnement pour véhicules, canons et avions. L'opération Bolero devait faire de l'Angleterre une gigantesque base interarmes. Au fil des saisons, alors que les cargos débarquaient dans les ports britanniques cinq cent mille tonnes de matériel par mois, l'incroyable pari se révéla jouable. Mais une telle intrusion comportait des aléas et, malgré la compréhension des Britanniques, suscitait de nombreux litiges. L'établissement des contrats avec les propriétaires terriens donnait lieu à de longues discussions ; les dégâts occasionnés aux récoltes, aux routes, aux maisons, par les blindés en manœuvre ou les tirs d'entraînement, provoquaient l'ouverture de dossiers qui finissaient toujours par aboutir dans les services du *judge advocate*.

Au cours de ses voyages à travers la campagne, comme lors de ses déplacements dans les quartiers de Londres, M. de Vigors eut l'occasion d'apprécier les qualités du peuple britannique. Les premiers bombardements avaient impressionné Osmond, mais il finit par admettre l'axiome qui justifiait le flegme de Peter Leigh : « Une bombe ne peut tomber qu'à un seul endroit. Il suffit d'être ailleurs. »

La seule perte que causèrent les bombes allemandes au colonel louisianais fut celle de son automobile de service. Celle-ci stationnait devant un immeuble qui, soufflé par une torpille aérienne, s'effondra sur la Dodge. Par bonheur, Hector, qui menait à Londres une série d'intrigues amoureuses sur lesquelles Osmond se gardait bien de poser la moindre question, se trouvait à l'abri, dans le lit d'une ouvreuse de cinéma, au moment du raid. Il dut regagner Belgravia Square en taxi et annoncer à M. de Vigors, à l'heure du petit déjeuner, qu'il n'avait plus de voiture.

— Qu'est-elle devenue, sergent ?

— Une maison lui est tombée dessus, colonel !

— Une chance pour vous. Vous n'étiez pas au volant ?

— Une vraie chance, colonel... J'étais pas dans l'auto.

— Et... où s'est produit cet incident ?... J'imagine que vous alliez porter mes dossiers au quartier général ?

— Heureusement, colonel, j'avais déjà porté les dossiers...

— Ah ! Une chance aussi pour mes dossiers, sergent.

J'imagine que vous avez, ensuite, fait un détour pour revenir au bureau ?

— Oui, colonel, par le *PX*[1], pour acheter quelques petites choses.

— Quoi, par exemple ?

— Heu... des bas nylon, du savon et des cigarettes, colonel.

— Et toutes vos emplettes sont dans la malheureuse automobile de service..., sous les décombres ?

— Non... Heureusement, colonel, j'étais justement en train...

— ... de livrer vos petits cadeaux à une demoiselle du quartier !

— Exact, colonel..., et justement..., pendant que...

— Pendant qu'elle glissait ses jolies jambes dans les jolis bas, devant le sergent enchanté de constater que le bas et la jambe étaient faits l'un pour l'autre, la sirène d'alerte a retenti et vous êtes descendus à l'abri ?

— Non, colonel, on est pas descendus..., on est restés couchés !

— Eh bien ! chef, il ne vous reste qu'à rédiger votre rapport et à me l'adresser par la voie hiérarchique. Nous verrons la suite à donner. Rompez !

Hector ne savait que dire. Il coiffa son bonnet de police, salua, fit demi-tour... et revint sur ses pas.

— Dites, colonel, je vous dis ça à vous..., je peux pas mettre ça dans le rapport, tout le *staff* va se moquer de moi.

— Que pouvez-vous écrire d'autre, sergent ?

— Ben, la vérité toute simple, colonel, la vérité vraie. Une maison est tombée sur la Dodge... Voilà. Ça suffit pas ?

— Vous pratiquez la restriction mentale, le mensonge par omission, chef.

— Je mens jamais, colonel..., et l'auto, elle est sous la

1. *Post Exchange :* coopérative militaire.

maison... avec, peut-être bien, quelques pauvres gens. C'est la guerre, colonel.

— Faites un rapport succinct, sans donner de détails, et remettez-le-moi directement.

Hector retrouva instantanément son sourire, salua et se dirigea vers la porte. Ce fut Osmond qui le rappela :

— Dites-moi, chef, quand vous irez au *P.X.*, prenez-moi une douzaine de paires de bas nylon, numéro deux !

— Bien, colonel... Vous savez pas la couleur ? Y'a clair et fumé.

— Comme pour vous, chef !

Hector devait trouver au plus vite une autre automobile. Si le colonel s'était montré compréhensif, il n'apprécierait guère d'aller à pied ou en taxi, ni d'être secoué dans un *command car* ou dans l'une des *jeeps* du service. Comme le sergent-chef venait de raconter sa mésaventure à la logeuse, qui toujours s'amusait des confidences du Noir, la vieille dame lui prit le bras.

— Allez chercher la mienne..., enfin, celle de mon défunt mari. C'est une belle auto et, si vous la faites démarrer, je vous la prête. Quand vous n'en aurez plus besoin, je la vendrai. Je n'ai plus de chauffeur.

C'était une Bentley des années trente, aussi longue qu'une péniche. La couleur aubergine surprit un peu Hector, mais le colonel de Vigors la trouva à son goût. Il apprécia surtout le confort, le silence, la souplesse du véhicule, les boiseries vernissées et le cuir beige des coussins.

Depuis l'automne 1942, les Allemands, les Italiens, les Japonais et tous leurs alliés avaient enregistré de sérieux revers. Au mois de novembre, le débarquement en Afrique du Nord d'une armée anglo-américaine forte de 400 000 hommes avait, après quelques dissensions entre Giraud et de Gaulle, singulièrement renforcé la position des Français libres, combattants à part entière. Dès janvier 1943, les Russes, reprenant l'offensive, avaient commencé à repousser les Allemands, exténués par l'hiver. A la fin de l'année, Stalingrad, Orel, le bassin du Donetz et Smolensk étaient libérés et les troupes d'Hitler faisaient retraite. Au mois de juillet, le débarquement en Sicile avait été un succès et Dwight D. Eisenhower, devenu général, s'était emparé de l'Italie du Sud après avoir obtenu la capitulation du maréchal Badoglio. La libération de la Corse et la prise de Naples faisaient enfin naître chez les Italiens revenus du fascisme et chez les Français l'espoir d'une victoire.

Dans le Pacifique, les soldats de MacArthur et la Ve flotte de l'amiral Nimitz avaient repris les îles Aléoutiennes, Guadalcanal, Bougainville, Tarawa et d'autres positions japonaises. On envisageait maintenant la reconquête des Philippines.

La poste militaire fonctionnant régulièrement, Osmond de Vigors avait de fréquentes nouvelles de ses fils. Gusy, devenu lieutenant de vaisseau, commandait en second un contre-torpilleur de la VIe flotte. Son bateau avait participé au débarquement en Sicile et était maintenant ancré à Naples. Clem subissait, depuis des mois, le dur entraînement des parachutistes. Il avait refusé de suivre le cours des sous-officiers. *Je tiens à rester simple soldat. On est beaucoup moins embêté qu'avec un galon, d'autant plus que, pianiste attitré du club des officiers, j'ai une existence agréable et un piano à ma disposition, presque en permanence.* Le jeune compositeur avait été plusieurs fois puni parce qu'il croyait bon d'ajouter à son matériel de guerre, pendant les sauts d'entraînement, une canne à pêche télescopique. *Je m'arrange pour me poser près d'une rivière et, tandis que les sergents rassemblent les égarés, je trempe mon fil dans l'eau. Je te signale que le fil nylon ultrafin est très résistant et que les nouveaux hameçons Baring, n° 6, sont excellents pour la truite arc-en-ciel,* écrivait-il.

Les nouvelles de Louisiane parvenaient à Londres par les journaux de La Nouvelle-Orléans, que se faisait envoyer Osmond, mais aussi par les lettres de Cordelia, qui avait entrepris, comme elle s'y était engagée, la restauration minutieuse de Bagatelle.

Mais les lettres les plus attendues par Osmond étaient celles de Doris de Castel-Brajac. Dès sa première missive envoyée en Angleterre, la jeune femme s'était montrée plus affectueuse et confiante qu'elle ne l'avait jamais été, quand elle vivait sous le toit des Vigors. Bizarrement, Osmond se sentait, lui aussi, plus proche d'elle qu'au cours des années vécues côte à côte. Bien qu'elle ne fît jamais allusion aux mots échangés un certain soir d'août, Osmond imaginait qu'elle portait, comme lui, une meurtrissure. M. de Vigors, qui détestait se faire photographier, s'y résolut le jour où Mlle de Castel-Brajac lui demanda un portrait en pied. *J'ai des photos de Clem et de Gusy, de Pic et Poc, de David, mais aucune de vous. Or, dans toutes les familles, les militaires sont aux places d'honneur.*

Depuis que Roosevelt et Churchill, se rencontrant à Casablanca, étaient tombés d'accord pour conduire la guerre jusqu'à la capitulation sans condition de l'Allemagne et du Japon, on prévoyait que l'année 1944 pourrait être marquée par une grande offensive alliée.

Quand Osmond apprit, peu après Noël 1943, que Dwight D. Eisenhower, promu général de corps d'armée, venait d'être désigné par Roosevelt pour commander les forces alliées en Europe, il imagina que le débarquement, dont tous les chefs militaires voyaient maintenant la nécessité, aurait lieu dans l'année.

Très informé des approvisionnements, le colonel savait que l'Angleterre regorgeait de matériel américain : 8000 avions, 50000 véhicules, du char Sherman au pont mobile, 20000 wagons de chemin de fer et 1000 locomotives, des millions d'obus de tout calibre étaient prêts à l'usage. Dans 400000 baraquements et sous 300000 tentes, un million et demi de soldats américains attendaient que le clairon sonnât la charge. Pendant le seul mois d'avril 1944, 200000 GI's avaient rejoint l'Angleterre.

Cet afflux de militaires, de toutes les armes, venus de tous les Etats américains, s'exprimant avec les accents les plus divers, ressemblait, pour les Britanniques, à une invasion et les difficultés de cohabitation croissaient de jour en jour. Les plaintes se multipliaient et les services du *judge advocate* en recevaient plusieurs centaines par semaine, transmises par les autorités britanniques. On reprochait surtout aux soldats américains leur « agressivité sexuelle », leur goût pour la bagarre, leur propension à s'enivrer, leur manque de respect pour les officiers étrangers, le peu de cas qu'ils faisaient des consignes de la défense passive. Braillards, crâneurs, grossiers, racistes avec leurs compatriotes noirs et les ressortissants de couleur de l'Empire britannique, ils paraissaient à beaucoup insupportables.

Osmond de Vigors, demandant à Washington un renforcement de son effectif, avait vu arriver, avec soulagement, une douzaine de *judge advocates* qui furent immédiatement affectés, avec leur personnel, aux divisions déjà constituées, Osmond conservant autorité sur l'ensemble du dispositif judiciaire.

Cette situation valut, au mois de mai 1944, à M. de Vigors l'étoile de brigadier-général et l'avantage d'être désormais informé d'une partie des plans du débarquement, qui aurait lieu sur les côtes françaises, à une date encore secrète.

Quand Osmond sut que Clem venait d'arriver en Angleterre, avec son unité, il se réjouit de revoir son fils. Mais, quand il vit au bras du soldat le badge de la 82e division aéroportée, son cœur se serra. Il savait déjà que cette unité de parachutistes décollerait, dans la nuit précédant le jour J, des vingt-deux terrains dispersés dans le sud de l'Angleterre. Le visage barbouillé de noir de fumée, 20000 hommes, avec ceux de la 101e division américaine et de la 6e division britannique, s'envoleraient à bord de planeurs vulnérables, vers la France et les canons allemands. L'état-major estimait que les pertes en vies humaines seraient de l'ordre de 70 % : trois *boys* seulement sur dix reviendraient intacts de cette folle entreprise.

Aussi, le général de Vigors, qui jamais n'avait demandé une faveur pour l'un des siens, téléphona au colonel commandant le bataillon de Clem et obtint, sans difficulté, pour son fils, une permission de vingt-quatre heures.

Dans Londres, on croisait tous les uniformes et tous les couvre-chefs militaires, du bonnet à pompon rouge du marin français à la *czapka* à plateau carré des officiers polonais en passant par le *puggree* de soie des lanciers sikhs, le *cheik* des tirailleurs, le *tam o'Shanter* des Highlanders, le képi des officiers de la France libre, le grand chapeau mou des Australiens, le *Donald duck cap* blanc des marins américains. En réaction contre cette débauche de tenues militaires, Osmond et son fils se mirent en civil, pour aller dîner chez Simpson, dans le Strand, que ne fréquentaient guère les étrangers. La conversation roula surtout sur l'après-guerre, les deux hommes éludant volontairement l'avenir immédiat. Clem dit posséder dans ses cartons les sujets d'une demi-douzaine de comédies musicales et les thèmes d'une dizaine de chansons.

— Et Linda ?... interrogea Osmond.

— Elle est en tournée, pour distraire nos vaillants militaires avec *Pralines*. Elle a un succès fou. C'est maintenant une grande vedette. La preuve : ses photos sont épinglées dans les chambrées, avec celles de Rita Hayworth, Jane Russell et Betty Grable. Et Vargas[1] vient de faire d'elle un dessin en maillot de bain super-sexy...

— Quand je dis « et Linda », je veux dire Linda et toi. Où en êtes-vous ? Est-elle ta maîtresse ?

Clem baissa la tête et la remua en signe de dénégation, puis il releva le menton et sourit. Osmond eut l'impression que son fils avait rougi.

— Avec Linda, rien de spécial, Dad. Nous savons que

1. Alberto Vargas (1896-1983), célèbre dessinateur, peintre et portraitiste américain d'origine péruvienne, créateur de la *pin up girl,* littéralement fille qu'on épingle, dont la photo ou l'image mérite d'être affichée. Les *Vargas girls,* reproduites à des millions d'exemplaires et parfois peintes sur les bombardiers de l'U.S. Air Force, avaient jambes longues, taille fine, poitrine somptueuse et posaient généralement peu vêtues. Après avoir été l'un des illustrateurs préférés de *Esquire,* Alberto Vargas fut, à la fin de sa vie, l'artiste le plus sollicité par *Playboy.*

beaucoup de gens pensent qu'elle est ma maîtresse. Nous laissons dire. A Hollywood, on ne conçoit pas que des artistes aussi proches l'un de l'autre ne couchent pas ensemble.

Clem prit un temps de réflexion et enchaîna :

— Vois-tu, Dad, Linda : on épouse ou on ne touche pas... et, si on épouse, c'est elle qui décide..., qui choisit. J'ai le sentiment que Gusy ne lui est pas indifférent. Et moi, Dad, j'ai trente *girls* qui ne souhaitent que me plaire et qui sont... sans complications. Tu vois ce que je veux dire.

M. de Vigors se garda d'insister. Père et fils vidèrent un dernier whisky au bar du Savoy et regagnèrent l'appartement de Belgravia Square, où Clem dormit sur un canapé du salon. Au matin, largement pourvu de cakes aux fruits par l'aimable logeuse, il fut reconduit par Hector au cantonnement de son unité. L'arrivée d'un simple parachutiste permissionnaire dans une Bentley couleur aubergine, portant le fanion étoilé d'un général et conduite par un sergent-chef noir fit sensation.

— Y'a que les types du Sud pour être aussi snobs ! lança le caporal de service, qui venait du Minnesota.

9

Tout en dictant un rapport à sa secrétaire, M. de Vigors regardait, par la fenêtre de son bureau, des amoureux s'embrasser sans pudeur ni gêne, sur les gazons de Regent's Park, quand l'aide de camp vint le prévenir qu'il était attendu, le 3 juin au matin, à Southwick House, quartier général du S.H.A.E.F.[1] à Portsmouth. En arrivant au rendez-vous, il constata qu'il n'était pas le seul convoqué : une douzaine de généraux, responsables d'unités non combattantes, se tenaient dans le salon d'attente.

Une heure plus tard, tous repartirent vers leur bureau, avec un lourd secret qui était aussi une espérance : le général Eisenhower avait fixé au 5 juin le commencement de l'opération *Overlord,* nom de code donné au débarquement prévu le 6 juin, à l'aube, sur les plages normandes.

Déjà, les 170000 hommes qui devaient constituer la première vague d'assaut et les 5000 navires prêts à les transporter, avec leurs armes, leurs véhicules blindés et leurs munitions, attendaient le jour J dans les ports britanniques. Le 5 juin, à la nuit tombée, la plus grande flotte jamais vue sur l'Océan se rassemblerait à 13 milles au sud-est de l'île de Wight pour cingler vers les lieux de débarquement nommés pour l'opération Omaha, Gold, Juno, Sword, Utah, et tous divisés en secteurs parfaitement

1. *Supreme Headquarters of the Allied Expeditionary Force.* Littéralement : quartiers généraux supérieurs de la force expéditionnaire alliée.

identifiables. Plusieurs généraux avaient reçu des consignes personnelles concernant le transfert de leur service en France, dès que les armées alliées auraient solidement pris pied sur les territoires actuellement occupés et défendus par les Allemands.

Osmond de Vigors, s'étant enquis du sort réservé aux services juridiques et judiciaires placés sous son autorité, s'entendit répondre qu'il n'aurait pas à traverser la Manche avant la libération de Versailles, ville choisie comme siège continental du S.H.A.E.F.

De retour à Londres, le général fit néamnoins coudre sur le haut de sa manche gauche le badge spécial qu'Eisenhower voulait voir porter par tous ceux qui devaient, un jour ou l'autre, débarquer en France : une épée flamboyante sur un écusson noir, insigne du S.H.A.E.F. et symbole de la juste vengeance des démocraties.

Dès que la nouvelle du débarquement fut connue, le 6 juin au matin, Osmond resta, comme une foule d'Anglais et d'Américains, attentif aux informations. Il savait que la 82e Airborne Division avait atterri dans la nuit sur la côte ouest du Cotentin, près de la petite ville de Sainte-Mère-Eglise. Clem devait maintenant se trouver aux prises avec les fantassins de la 709e division allemande qui tenaient le pays.

Si les informations données par la B.B.C. restaient floues et prudentes, celles recueillies directement au quartier général des opérations faisaient état d'une très vive résistance allemande, d'énormes difficultés pour les troupes alliées à prendre pied sur les plages. A 9 heures, la situation semblait très critique. Le général Omar Bradley, à bord du croiseur *Augusta,* stationné à deux kilomètres de la côte, s'efforçait de coordonner les débarquements américains. Il envisageait d'abandonner Omaha Beach et d'envoyer de nouvelles vagues américaines sur les plages dévolues aux Britanniques et aux Canadiens. Les communiqués des commandants d'unités ne parlaient que de chars détruits par les canons allemands ou l'aviation, de péniches coulées avant d'avoir atteint les plages, de morts par centaines. Ce ne fut qu'à 11 heures du matin que les Américains prirent l'avantage dans leurs secteurs. Deux cents *rangers* avaient réussi l'exploit d'escalader la pointe du Hoc et de faire taire une batterie allemande, qui balayait les plages de ses tirs meurtriers. Les Anglais marchaient sur Bayeux, traversaient Hermanville, Colleville ; les Canadiens atteignaient Bernières. A la fin de la journée, la confiance revint à Osmond et à ceux qui, comme lui, restés à Londres, ne pouvaient qu'imaginer la violence des combats se déroulant de l'autre côté de la Manche.

Vers une heure du matin, alors qu'il venait de s'endormir, Hector le réveilla : Clem, hors de combat, faisait partie du premier contingent de blessés attendus en Angleterre. Le navire-hôpital britannique accosterait à Portsmouth à la fin de la matinée.

Avant de prévenir le général, Hector avait sorti l'automobile du garage, ce qui permit à Osmond de se trouver sur le quai, à l'arrivée du bateau.

On eut tôt fait de retrouver le blessé. Clem, sale, couvert d'ecchymoses, blême et immobile, restait conscient. Osmond remarqua qu'il était couché sur une porte de bois, encore pourvue de sa poignée et de ses gonds. Malgré la souffrance, le garçon eut la force de sourire à son père.

— T'en fais pas, Dad. C'est pas grand-chose..., murmura-t-il.

Un médecin présidait au tri des blessés et faisait évacuer les corps de ceux qui avaient succombé pendant le voyage. Il commenta, pour Osmond, la fiche épinglée au blouson de Clem.

— Blessure à la colonne vertébrale, à hauteur des lombaires. Ne pas remuer ni déplacer.

— J'ai froid aux jambes, se plaignit doucement le blessé, au moment où les infirmiers l'emportaient, toujours sur sa porte et avec précaution, vers une ambulance.

— Je peux vous dire, général, que la 82e Airborne du

général Matthew Ridgway s'est vaillamment battue, mais il y a beaucoup de dégâts, soixante pour cent des *boys* étaient hors de combat hier soir.

— Pour mon fils, diagnostic ? dit Osmond sèchement.

— Je n'en sais pas plus que la fiche d'accompagnement, général. Attendez-vous à ce qu'il ne marche pas... tout de suite.

Un mois plus tard, les médecins anglais confirmèrent la paralysie des membres inférieurs. Clem, maintenant hors de danger, supporta vaillamment la perspective d'une infirmité définitive.

— Vois-tu, Dad, la paralysie n'a pas empêché Franklin Roosevelt d'assumer ses lourdes responsabilités. Elle ne m'empêchera pas d'écrire de la musique. Après tout, j'aurais pu rester sur les rives de la Douve, quand nous sommes tombés au milieu des mitrailleurs allemands. Ce qui m'a sauvé, c'est le fait que je parle français. Quand j'ai reçu la rafale dans le dos, je suis tombé à plat ventre, mais j'ai eu la force de me retourner. J'ai tout de suite compris que mes jambes n'obéissaient plus. Plus tard, des paysans, un homme et une femme, sont venus vers moi et je me suis souvenu alors des conseils qu'on nous avait donnés : « si choc au dos, immobilisation complète ; se faire transporter sur une planche ». Je leur ai dit ça en français. Ils m'ont pris pour un Canadien et m'ont apporté une porte de leur maison... Peut-être aurai-je un jour l'occasion de la leur rendre.

Informée par Osmond, Doris de Castel-Brajac écrivit une longue lettre au blessé et lui annonça que le docteur Dubard mettait toutes ses relations de la marine en œuvre pour le faire rapatrier. Le beau-père de M. de Vigors soutenait que les chirurgiens de l'hôpital de la marine à Washington pouvaient faire des miracles et qu'il y avait peut-être une opération à tenter. Osmond, de son côté, intervint dans le même sens, mais ce fut le père de Linda Dixon, ami intime d'un sénateur très écouté, qui obtint le transport de Clem aux Etats-Unis. Ce dernier embarqua le

4 juillet, alors que les troupes alliées avançaient vers Paris, sur un escorteur rapide transportant le courrier entre l'Angleterre et les Etats-Unis.

Hector vit un heureux présage dans un départ au jour anniversaire de l'indépendance américaine. S'accrochant à l'espoir de voir son fils cadet retrouver, peut-être, l'usage partiel de ses jambes et rassuré quant au sort de Gusy, depuis que la paix semblait revenue en Méditerranée, le général de Vigors commença de s'ennuyer à Londres. Réunir la Cour martiale pour juger déserteurs et voleurs ; recevoir les plaintes de jeunes mères anglaises découvrant soudain que leur fiancé américain était déjà marié outre-Atlantique ; régler les litiges avec les propriétaires ruraux ou urbains qui avaient eu à souffrir de la présence américaine, devenait monotone. Aussi fut-il bien aise d'être, une nouvelle fois, convoqué au grand quartier général. Il s'attendait avec raison à connaître, enfin, la date de son embarquement pour la France où les GI's, entre deux engagements, se livraient déjà, dans les zones libérées, à leurs occupations favorites : vol d'automobiles, trafic d'essence, de cigarettes, de whisky et de conserves alimentaires. L'adjoint au chef d'état-major l'accueillit à Southwick House ; il se montra à la fois aimable et ironique.

— J'ai pour mission de vous informer que le conseiller du président, chargé des affaires européennes, souhaite votre présence à Washington pour — je cite le message codé que le commandant en chef a reçu — « consultation confidentielle urgente ». Et il ne lésine pas sur les moyens. Vous prendrez l'avion, un Constellation 69, identique, paraît-il, à celui du président, qui vous transportera de Prestwick, en Ecosse, à Washington.

— Vous m'en voyez flatté, général, dit Osmond en s'efforçant d'atténuer le rictus congénital qui donnait souvent aux gens l'impression qu'il se moquait de leurs propos.

— Vous n'avez aucune idée de ce que veut dire ce télégramme, général ?

— Aucune, vraiment. Je m'attendais à être enfin envoyé en France, pas à traverser l'Atlantique pour rencontrer un personnage aussi important, général.

— Il y a de fortes chances pour que votre service soit transféré en France pendant votre absence. Vos adjoints sont au courant des missions et, si j'ose dire, les bagages sont prêts ?

— Tout est en ordre, général. Le convoi peut quitter Londres une heure après la décision de l'état-major.

— Parfait. Bon voyage, général..., et n'oubliez pas d'emporter vos études statistiques... Les bureaux en sont friands, à Washington, conclut d'un ton narquois l'officier supérieur.

Le premier aide de camp s'attendait à être du voyage, mais Osmond lui confia la responsabilité du transport de son unité en France ; Hector accompagnerait le général.

— Vous emmenez votre nègre ? observa le pilote, quand le général et son ordonnance se présentèrent à Prestwick, au moment du décollage.

— Ce militaire américain est le sergent-chef Hector Jefferson Balester et mon ordonnance depuis 1917, lieutenant ; soyez attentif à ne pas l'oublier. En route.

L'aviateur grommela, en s'asseyant au côté du copilote :

— Paraît que ce baron sudiste étoilé est un ami du président, mais il a l'air d'ignorer que les nègres ne voyagent pas avec les Blancs.

C'était la deuxième fois de sa vie qu'Hector, dont le nom complet n'était que rarement prononcé, prenait l'avion. Il avait reçu le baptême de l'air à Baton Rouge, grâce à Bob Meyer, bien des années auparavant. La perspective de voler pendant des heures au-dessus de l'Atlantique l'emplit d'inquiétude, mais le fait d'aller à Washington, avec le général, le flattait tellement qu'il domina son angoisse et se tint coi, attaché à son siège pendant tout le voyage.

L'avion mit seize heures, au lieu des onze prévues, pour relier les continents, une panne ayant immobilisé le quadrimoteur pendant plusieurs heures à Foynes, en Irlande.

Dans ses dernières lettres, Bob avait vanté à Osmond le Constellation 69, construit par Lockheed. Sa longue carlingue rappelait la forme du squale. Pourvu d'une dérive à trois empennages et hélices tripales, il pouvait transporter cinquante-sept passagers en huit heures et demie de la côte est à la côte ouest des Etats-Unis, sans escale et à plus de 600 kilomètres à l'heure.

Deux voitures attendaient le général de Vigors sur le terrain militaire, à Washington. La première était envoyée par le secrétaire d'Etat à la Guerre ; l'autre appartenait au lieutenant-colonel Mark Alvin Allerton. Ce dernier se précipita au-devant d'Osmond, pour lui donner l'accolade. Apercevant Hector au garde-à-vous, à cinq pas, Mark ne cacha pas sa surprise.

— Oui. C'est aussi mon ordonnance, d'une guerre à l'autre. Trouvez-lui une jeep pour nos déplacements urbains, Mark.

Le mari d'Hortense Oswald, rose et joufflu, un peu trop serré dans son uniforme, acquiesça aussitôt.

— Bon sang, général ! Ça fait rudement plaisir de vous revoir. Deux ans déjà que vous êtes absent. Je suis venu vous dire que Clem va le mieux possible. Les chirurgiens de la marine ont bon espoir de... le remettre en marche, si j'ose dire. Deux opérations seront peut-être nécessaires. La première sera pratiquée dans deux jours, pour retirer la balle qui s'est logée dans les lombaires, je crois. Et puis, Doris est à son chevet depuis qu'il est arrivé. Et Linda Dixon a passé une semaine près de lui. Votre fils a un excellent moral. Le chef d'état-major lui a fait remettre l'étoile d'argent. C'est le premier grand blessé du débarquement qu'il voyait à Washington.

— Merci pour ces bonnes nouvelles, Mark. J'irai voir Clem en sortant de chez le conseiller du président. Au fait, vous avez une idée de ce qu'on peut avoir à me demander ou à me dire de si urgent ?

— Je crois le savoir. Aux transmissions, je sais à peu près tout, mais... motus.

Osmond, un peu étourdi par seize heures de voyage, se dirigea vers l'automobile officielle, dans laquelle Hector avait déjà porté les bagages. Comme M. de Vigors s'asseyait, Mark se pencha vers lui :

— J'ai pris la liberté d'organiser, ce soir, un petit dîner chez moi. Hortense sera heureuse de vous voir. Il y aura aussi Doris et Bob, qui doit arriver dans l'après-midi, pour une conférence au ministère de l'Air. C'est un conseiller très écouté, maintenant.

— Je viendrai avec plaisir, Mark, sauf si le président m'invite.

Le secrétaire du conseiller présidentiel proposa une demi-heure à Osmond pour se rafraîchir et se changer, dans un salon pourvu d'une salle de bains qui sentait le désinfectant. Trente minutes plus tard, très exactement, le fonctionnaire vint chercher le général et l'introduisit chez l'homme qui passait pour le membre le plus influent du brain-trust privé du président. Sec et raide, le visage osseux, mais éclairé par un regard bleu d'une étonnante mobilité, le conseiller plut immédiatement à Osmond. Le juriste sut qu'il n'avait pas affaire à l'un de ces politiciens coureurs de places et de prébendes mais à un citoyen, dont peu de gens connaissaient le nom, qui possédait le sens de l'Etat et du bien public.

— Je tiens à vous féliciter, général, pour l'excellente organisation que vous avez mise sur pied en Grande-Bretagne, pour le fonctionnement des Cours martiales et la qualité des jugements rendus, aussi bien dans le fond que dans la forme. Vous feriez un remarquable moraliste moderne, général.

Osmond s'inclina pour remercier.

— Voyez-vous, général, le métier de *judge advocate* est peut-être le plus difficile qui soit.

— En temps de guerre, monsieur, les délits et crimes commis par des combattants ne peuvent être appréciés en fonction de la morale et des critères exigibles en temps de paix. Certains actes qui, dans une nation en paix, paraissent odieux et méritent une sanction sévère doivent être, à la guerre, affectés d'un certain coefficient d'indulgence. En revanche, les manquements bénins et sans conséquences d'un civil, qu'on a tendance à traiter comme de simples infractions, justifient, quand ils sont le fait d'un soldat, une sévérité exemplaire.

— Votre raisonnement est sage. Asseyez-vous, je vous prie, car vous imaginez que je ne vous ai pas fait venir, de si loin, pour philosopher sur l'art de rendre la justice. J'ai une nouvelle mission à vous proposer.

En préliminaire à son exposé, le conseiller tendit une boîte de cigares à Osmond, tira une bouteille de Jack Daniel's d'une armoire, emplit deux petits verres à digestif et en posa un devant M. de Vigors. Quand la fumée bleue et odorante des havanes dessina ses premières volutes, le conseiller, les avant-bras allongés sur son sous-main, parla.

— Voyez-vous, général, la guerre ne va pas durer toujours. D'après nos informations, Paris sera libéré fin août, si tout va bien. Restera à reconduire les Allemands chez eux, ce qui devrait être fait avant l'hiver, sauf s'ils rappellent assez de troupes du front de l'Est pour arrêter notre marche. N'importe comment, cette fois, nous irons jusqu'à Berlin et nous combattrons jusqu'à l'extinction de l'hitlérisme. Mais... mais... mais les Russes, aussi, veulent aller à Berlin et ils se dépêchent, croyez-moi. Or nous savons que ces alliés courageux et obstinés ont une conception de la société assez différente de la nôtre, de celle des démocraties. Si Churchill a tout fait pour retarder l'ouverture d'un second front, destiné à soulager l'armée rouge de la pression allemande, c'est parce qu'il souhaitait voir les Russes s'épuiser autant que les Allemands. Et s'il proposa l'ouverture d'un autre front par les Balkans, c'était, à n'en pas douter, pour éviter la soviétisation de l'Europe centrale, ce qui risque effectivement de se produire. Aussi, nous devons penser à l'Allemagne de l'après-guerre. Avec les Anglais et les Français qui, grâce à de Gaulle, seront associés à la victoire — bien que cette perspective irrite un peu Roosevelt, je vous le dis entre nous — nous devons prévoir une longue occupation de l'Allemagne. Nous devons aussi envisager des troubles en France où, dans les villes déjà libérées, on tond les femmes qui ont accordé leurs faveurs aux Allemands et l'on fusille, après jugement sommaire, ceux qui ont, ouvertement ou insidieusement, collaboré avec les nazis. Partout en Europe, où seront stationnées nos troupes, l'ordre et la discipline de l'armée américaine devront être irréprochables et les rapports de nos soldats avec les populations sans heurts ni familiarité excessive. Une organisation judiciaire forte et structurée paraît donc indispensable. Je vous propose de l'étudier, de la concevoir et, au moment opportun, d'en prendre la responsabilité et la direction.

— J'ai cinquante et un ans, monsieur, le savez-vous ?

— Vous avez l'âge, les compétences et la prestance qui conviennent à la fonction, général.

— J'ai aussi un domaine dans le Sud, deux cabinets juridiques, un à La Nouvelle-Orléans, l'autre à New York, et deux fils qui...

— Je sais, un excellent officier de marine et un parachutiste qui a fait splendidement son devoir et dont mes filles connaissent toutes les chansons par cœur...

— Ai-je droit à quelques jours de réflexion ? C'est un tel engagement que vous me demandez là...

— Une semaine..., dix jours au plus, car vos services de Londres vont bientôt s'installer à Versailles, dit le conseiller en quittant son siège.

Osmond en fit autant.

— Ah ! J'allais oublier ceci, reprit le collaborateur du président en saisissant sur le bureau un étui de cuir, dont il tira une décoration. Vous n'êtes certainement pas homme à rechercher ce genre d'ornement, surtout que je vois là, sur votre vareuse : Légion d'honneur, croix de guerre 1914-1918 avec deux palmes, *Distinguished Service Medal*. Mais c'est un geste de reconnaissance du gouvernement des Etats-Unis, permettez-moi d'ajouter la *Silver Star*.

Le conseiller, ayant assez maladroitement épinglé la médaille au ruban tricolore sur la poitrine d'Osmond, tendit la main au général.

— Vous trouverez chez le *Judge Advocate General* de l'armée, que je vous invite à aller voir demain, car c'est lui qui m'a proposé votre nom, votre deuxième étoile de général de brigade. Je compte sur une acceptation de ma proposition, vous vous en doutez.

Au seuil du bureau, l'homme posa une main sèche, aux veines apparentes sur le bras d'Osmond.

— Le poste proposé comporte un aspect diplomatique et mondain... Vous n'avez pas d'épouse, je crois ?

— Non, monsieur, je suis veuf depuis 1928.

— Ah !... Enfin, j'attends avec impatience votre acceptation, général. Songez-y.

Pendant les trois jours qui suivirent, Osmond passa la plus grande partie de son temps au chevet de Clem et quelques heures, chaque après-midi, chez le *Judge Advocate General* afin de faire préciser les responsabilités qui lui incomberaient s'il acceptait la proposition du conseiller présidentiel. Il se trouvait près de son fils, avec Doris, au moment du réveil du blessé, après la longue et délicate intervention pratiquée par les chirurgiens.

— Nous ne connaîtrons le résultat de l'opération que dans quelques jours. Si votre fils parvient, dans moins d'une semaine, à remuer les orteils, nous aurons gagné, dit le médecin principal.

C'est seulement quand Clem eut retrouvé toute sa lucidité que M. de Vigors lui fit part, en présence de Doris, de l'offre inattendue qui avait motivé sa convocation à Washington.

— *J.A.G.*[1] *!* Mince, Dad, quel job ! Tu vas accepter, j'espère ! Ta vraie passion, c'est la justice et le droit. A ce poste, tu pourras imposer tes idées et tes méthodes...,

1. *Judge Advocate General.*

sans compter qu'un général de brigade, ça fait bien, dans le décor familial.

— C'est un éloignement... qui peut durer plus que la guerre. Or, Gusy et toi... Et puis, il y a Bagatelle.

— Moi, Dad, je n'attends que les résultats de mon opération pour savoir si je retourne à Hollywood sur des béquilles provisoires ou un fauteuil à roulettes... définitif. Mais j'y retourne et j'y reste. C'est là-bas, avec le cinéma, que se passent les choses. Et Linda m'attend. Je lui ai promis des ballets sur mesure. Alors, tu sais..., je ne serai pas souvent en Louisiane ou à New York. Quant à Gusy, il fera carrière dans la marine. Il souhaite que la guerre dure assez longtemps pour devenir amiral... et ce sont les îles..., surtout les îliennes, du Pacifique qui l'attirent. N'est-ce pas, Doris ?

— Les Napolitaines n'ont pas l'air de lui déplaire non plus, enchaîna Mlle de Castel-Brajac.

— Et puis, il y a Bagatelle, reprit Osmond d'un ton méditatif.

— Bagatelle !.... Bagatelle !... Dad ! Ne lui as-tu pas assez donné ? C'est fini, l'ère des plantations, du coton, des grands domaines. La chère Cordelia a tout fait, paraît-il, « pour réparer des ans l'irréparable outrage ». La maison n'a pas besoin de tes soins constants, n'est-ce pas, Doris ?

— Il me semble en effet que Mlle Murray a pris sa mission salvatrice à cœur. Mais je n'ai pas encore vu le résultat, expliqua Mlle de Castel-Brajac, avec, sembla-t-il à Osmond, un ton vaguement réticent.

— Il y a tout de même Bagatelle, répéta M. de Vigors.

— En ce qui concerne la maison et le domaine, je partage le point de vue de Clem. Je sens moi-même la contrainte de Castelmore et je suis bien aise de m'éloigner de Tower's Inn qu'Aude gère beaucoup mieux que moi, ajouta Doris.

Mais Osmond de Vigors ne considérait pas Bagatelle en tant que maison et domaine. Bagatelle était pour lui un univers sentimental, un étrange lieu d'équilibre entre le concret et l'irréel, maintenu intact par la complicité de l'espace et du temps. Par moments, il avait la sensation, presque physique, que cette vieille demeure, sous les chênes, n'était pas faite de bois, de briques et de torchis, mais de chair...

— Ce n'est qu'à Bagatelle, estima-t-il, soudain, que je prendrai ma décision.

Le soir même, hors la présence de Doris, il annonça à son fils son départ pour le Sud.

— Je veux réfléchir tranquillement.

— Ecoute, Dad, je suis certain que tu aurais tort de ne pas accepter. Bob est de mon avis, rien ne devrait t'en empêcher, insista Clem.

— Si ; peut-être une déficience subsidiaire, que j'avais oubliée, dont m'a semblé tenir compte le conseiller du président : je n'ai pas de femme..., dit en riant le général.

— Ça, c'est parce que tu le veux bien. Et j'en connais qui, sur un signe...

— On croit ça, Clem, et l'on se trompe. Je compte qu'à mon retour tu marcheras.

En prenant congé de Doris, rencontrée devant l'hôpital où elle s'apprêtait à entrer alors qu'il en sortait, le général de Vigors apprit, de la bouche de la jeune femme, les dernières nouvelles du front français. Les troupes américaines avaient atteint Rambouillet et le haut commandement allié avait décidé de laisser entrer, la première, dans Paris en état d'insurrection, la 2e division du général Philippe Leclerc de Hauteclocque.

— Si vous allez bientôt à Paris, vous pourrez loger dans l'hôtel particulier de la rue Cambon. En 1937, j'en ai confié les clefs à Vilma Toignet, la boulangère.

— Merci, Doris, mais, pour un célibataire, rien ne vaut l'hôtel.

Soudain, presque fougueusement, la jeune femme saisit le bras du général puis, aussitôt, le relâcha, craignant peut-être d'attirer l'attention des passants.

— Osmond... avant que vous ne partiez..., je voulais

vous dire, souvenez-vous : c'était en août, il y a déjà huit ans, presque jour pour jour, nous étions dans le salon, à Bagatelle, seuls. Vous m'avez posé une question.

— Je m'en souviens... et vous avez tourné les talons, en parlant de mots dictés par la reconnaissance et la commodité domestique... Mais n'avions-nous pas décidé, un peu plus tard, d'un commun accord, que ma question n'avait pas été posée et qu'il n'y avait donc pas été répondu ? dit, avec un étonnement persifleur, M. de Vigors.

Le rouge vint aux joues de Doris, qui fit un pas en arrière.

— En effet, Osmond, la question n'a pas été posée. Au revoir... Bon voyage.

Le général de Vigors regarda s'éloigner sur ses talons fins Mlle de Castel-Brajac et sauta dans le *command car* mis à sa disposition par le *Judge Advocate General.* Hector, assis à côté du chauffeur, tenait la serviette d'Osmond sur ses genoux.

— Nous devons être à l'heure au terrain. Les aviateurs militaires sont d'une rigoureuse exactitude, caporal, dit-il au conducteur.

— Nous y serons, général.

Tandis que M. de Vigors et son ordonnance filaient, à une vitesse nettement prohibée, vers l'aérodrome situé près de la rivière Anacostia, Clem évoquait, avec Doris encore tout émue, le départ soudain du général.

— Dad va consulter le génie du lieu, Doris. Or, ce qu'il ne veut pas admettre..., c'est que le génie de Bagatelle est en lui... Au fait, lui avez-vous parlé ?

— Il ne m'a pas encouragée à dire plus d'une ou deux phrases stupides. Votre père est net et froid comme une épée. J'ai le sentiment d'avoir été ridicule.

— Si j'étais vous, Doris, d'ici quarante-huit heures, je tiendrais mes bagages prêts. Le génie du lieu donne parfois de bons conseils.

En arrivant à La Nouvelle-Orléans, le général trouva, sur l'aire d'atterrissage, un détachement de la garde nationale venu lui rendre les honneurs. Il se serait bien passé d'un accueil aussi pompeux. La plupart des hommes de la garde nationale, en âge de combattre, avaient été incorporés à l'armée fédérale. Le Washington Artillery, le plus ancien régiment du Sud, créé en 1838, avait débarqué en Sicile avec ses canons. Il avait participé à la campagne d'Italie et s'était vaillamment comporté aux batailles de Naples, Cassino et Anzio. La division Dixie, qui rassemblait des soldats des gardes nationales de Louisiane, du Mississippi, de l'Alabama et de la Floride, combattait en Nouvelle-Guinée. Les soldats les plus âgés, restés au pays, étaient affectés à la protection du territoire, spécialement à la surveillance des côtes et du delta, car des sous-marins allemands croisaient parfois dans les eaux du golfe du Mexique. Les milices locales avaient mission de garder les quelques centaines de prisonniers allemands, la plupart anciens soldats de l'armée Rommel, internés dans des camps, à Saint Martinville, New Iberia, Franklin, Eunice, Jeanerette, Jennings et Kaplan. Employés aux travaux agricoles ou forestiers, ces déjà vaincus entretenaient de bonnes relations avec les Acadiens.

A la veille de l'entrée en guerre des Etats-Unis, en 1940, la population louisianaise, 2 363 880 personnes, représentait 1,79 % de la population de l'Union. Avec plus de 250 000 mobilisés, les Louisianais constituaient 1,30 % des effectifs de l'armée, de la marine et de l'aviation. L'Etat avait déjà payé un lourd tribut à la guerre : plus de 1 500 morts, plus de 1 000 blessés[1]. Les paroisses Lafayette et Pointe Coupee, à elles seules, pleuraient alors plus de soixante morts.

Les officiers qui accueillirent Osmond de Vigors citèrent quelques noms de ceux dont on savait déjà qu'ils ne reverraient pas le pays des bayous : Benoit, Fontenot, Boudreaux, Guidry, Mouton, Aguillard, Chenevert, Dou-

1. Le bilan définitif pour la Louisiane devait être : 3 964 morts et 1 351 blessés. Pour la paroisse Lafayette, 86 morts ; pour la paroisse Pointe Coupee, 30.

cet. Acadiens ou créoles aux patronymes français avaient trouvé la mort sur les plages normandes, en Afrique, en Italie ou dans les îles du Pacifique. Le général apprit aussi que la Louisiane avait, depuis quelques jours, un motif de fierté supplémentaire. Le premier officier entré dans Paris le 8 août, alors que les Allemands s'y trouvaient encore, était un Louisianais descendant d'une des plus anciennes et estimées familles d'origine française de Breaux Bridge : le *Major* Samuel Broussard, de l'*OSS*[1]. Cet ancien de la garde nationale avait été mobilisé en 1942, à l'âge de trente ans, et envoyé comme lieutenant instructeur au Texas. Au commencement de 1944, alors qu'il venait de recevoir le galon de capitaine, il avait été convoqué à Washington, pour s'entendre proposer, par le chef de l'OSS, d'entrer dans le service et d'être envoyé en Angleterre d'où, parce qu'il parlait parfaitement français, il aurait à établir des contacts avec les résistants actifs français et belges. Le 6 juin 1944, il avait débarqué, avec onze autres agents de l'*OSS* et la 1re division américaine, à Omaha Beach et aussitôt pris contact avec les résistants normands qu'il ne connaissait depuis deux ans que par messages radio. A Saint-Lô, sa bravoure remarquée lui avait valu son quatrième galon. Chargé de la difficile mission de s'introduire dans Paris encore occupé par les Allemands, pour y rencontrer les représentants des mouvements de résistance, le *Major* Broussard, en uniforme et accompagné d'un opérateur radio de la B.B.C., avait réussi, avec désinvolture, une performance très risquée. Tous les Louisianais en appréciaient le panache, digne d'un parfait Cavalier sudiste[2].

1. *Office of Strategic Services :* bureau des services stratégiques.
2. M. Samuel Broussard a reçu du général Kœnig, le 18 octobre 1944, à Paris, la croix de guerre avec palme. Il a fait partie, en 1984, des officiers anciens combattants dont le président Reagan s'est fait accompagner, lors de son pèlerinage sur les plages du débarquement. Il réside à New Iberia, en Louisiane, où il dirige un commerce de tracteurs agricoles. Il continue à parler régulièrement français, ainsi que son épouse et ses enfants. De nombreux résistants, français et belges, sont restés ses amis.

Au risque de décevoir ceux qui le reçurent à sa descente d'avion et lui donnèrent les nouvelles du pays, le général de Vigors éluda toutes les invitations, expliquant qu'il était en voyage privé. Hector, fort de son grade et de son prestige, avait obtenu le prêt d'une *jeep* du Washington Artillery. Osmond put ainsi prendre rapidement le chemin de sa résidence de l'avenue Prytania. La vieille Beppa, un peu courbée par les rhumatismes, versa quelques larmes d'émotion et Javotte, qui avait préparé un *gumbo* au poulet et une tarte aux noix pacanes, baisa la main du général en invoquant le nom du Seigneur et de l'archange Michel, protecteur attitré des combattants.

Osmond dit son étonnement de trouver la femme d'Hector avenue Prytania.

Javotte, un peu confuse, s'expliqua :

— Quand Beppa m'a dit que vous veniez à la ville, m'sieur, j'ai pensé : « C'est pas possible que m'sieur Osmond y trouve pas personne chez lui, pour faire marcher la maison. »

— Je pensais qu'Hermione pourrait venir de Bagatelle.

— Elle a trop de travail là-bas, m'sieur, depuis qu'y a eu toutes ces transformations... Et puis j'avais plaisir à revoir mon Hector... et puis j'aime pas bien rester à la Tower's Inn quand m'amselle Doris est pas là... et puis je vais vous dire, m'sieur, j'aimerais mieux revenir chez vous.

— Nous verrons avec Mlle Doris ce qu'on peut faire, Javotte.

Pendant qu'il téléphonait à Bob Meyer, pour annoncer sa visite, une estafette de la poste militaire apporta un pli officiel, en provenance d'un secteur postal du Pacifique.

— C'est arrivé il y a quelques jours. Nous allions le faire suivre à Londres, mais, puisque vous êtes là, j'ai pensé que c'était aussi bien de vous l'apporter, expliqua le jeune soldat, assez content de lui.

Le pli contenait un télégramme, du type de ceux, assez laconiques, que l'autorité militaire envoie aux parents des soldats morts, et un minuscule paquet. Intrigué et vaguement inquiet, bien que Gusy ne se trouvât plus dans le Pacifique, M. de Vigors prit connaissance du message : *Le général Holland M. Smith, commandant le 5e corps amphibie de* marines, *a le regret de vous apprendre la mort, au service des Etats-Unis, du capitaine Silas Lawrence Barthew, le 15 juin 1944, à l'île de Saïpan.*

Suivait le texte d'une citation très élogieuse, comportant l'attribution, à titre posthume, de la médaille du Mérite. Quand Osmond ouvrit le paquet joint au télégramme officiel, une dent de crocodile, qu'il connaissait bien, tomba sur le tapis. Le talisman que Silas portait autour du cou, attaché à un lacet de cuir, depuis l'âge de sept ans n'avait, semble-t-il, pas rempli son office. Ainsi, le frère de Lorna, l'ami de jeunesse, le bootlegger, le jouisseur peu scrupuleux, était allé chercher la mort sur une île du Pacifique. Il y avait de la discrétion et de l'élégance dans cette fin de vie.

Quelques heures plus tard, Osmond annonça à Bob la disparition de l'homme qui, autrefois, lui avait enlevé sa femme.

— Il y a longtemps que je n'avais plus de rancune à son égard. Tout cela me semble tellement lointain, comme appartenant à une autre vie que la mienne, dit Meyer en faisant sauter sur ses genoux sa deuxième fille, Rachel, née en 1942.

M. de Vigors fut un peu déçu de constater que l'ami de toujours rejetait aussi facilement toute une époque de leur jeunesse. Dany, la filleule d'Osmond, fillette gracieuse aux boucles rousses, comme sa mère irlandaise, qui attendait un troisième enfant, ne manquait ni de charme ni d'aplomb.

— M'avez-vous apporté un cadeau ? demanda-t-elle à son parrain.

— Bien sûr, dit hâtivement Osmond.

— Ah ! Et qu'est-ce que c'est ?

M. de Vigors mit la main à sa poche et, avec une lenteur étudiée, présenta sur sa paume la dent de crocodile.

— Qu'est-ce que c'est? A quoi ça sert? demanda Dany.

— C'est une dent de crocodile, un porte-chance. Avec la jolie chaîne d'or que j'y ai fait mettre, tu peux la passer au cou, la porter comme un collier. Ça te plaît?

— Et d'où ça vient? demanda encore l'enfant, négligeant la question.

— De loin, de très loin, du temps passé, intervint Bob qui avait reconnu le talisman de Silas.

— Et c'est un cadeau, ça? s'étonna Dany.

— Plus qu'un cadeau. Peut-être un signe de repentance, exigeant en retour un geste absolutoire, dit Osmond en fixant Bob.

— Oui, c'est un cadeau pas ordinaire, dit Meyer en passant au cou de sa fille la chaîne supportant la dent.

— Je comprends pas ce que vous dites... mais ça me plaît bien, conclut l'enfant, avant de s'élancer hors de la pièce, pour aller montrer à sa mère le présent de son parrain.

Le lendemain, le général partit très tôt, le matin, pour Bagatelle. Dans la *jeep* décapotée, le voyage fut moins confortable qu'il aurait pu l'être dans la Duesenberg. Mais celle-ci, dont le moteur n'avait pas tourné depuis deux ans, avait refusé tout service.

Avant de se rendre à la maison, Osmond voulut faire une halte aux Trois-Chênes. En approchant du seul site un peu élevé du domaine, par la route de la levée, il fut surpris par certains détails du décor. Le tertre aux tombes était maintenant ceinturé, à la base, par une fine barrière blanche, à hauteur d'homme. Le gazon n'avait jamais été aussi vert, surtout en août, ni si parfaitement tondu. Des massifs de fleurs, symétriquement disposés sur ses flancs, donnaient au site un air pimpant. Les frondaisons des trois chênes, qui justifiaient le nom du lieu-dit, semblaient ordonnées.

Hector, aussi étonné que le général, trouva que la modeste colline ressemblait, ainsi arrangée, aux gros gâteaux que la logeuse de Belgravia Square décorait de fruits colorés.

Il arrêta la *jeep* et M. de Vigors mit pied à terre. Ayant franchi le portillon, le général, ôtant sa casquette, gravit le mamelon, par le sentier en spirale sur lequel avait été répandu un gravier crissant. D'autres surprises l'attendaient au sommet, à l'ombre des arbres où, tout au long de sa vie, il était venu si souvent méditer. Une série de bancs, peints de laque blanche, composaient une parfaite circonférence autour des tombes de Virginie et de Dandrige. Les pierres, nettoyées des lichens et des mousses, avaient été étrillées, grattées, brossées. Les inscriptions, depuis longtemps hermétiques pour ceux qui ne pouvaient les deviner, avaient été refaites. Maintenant, elles apparaissaient clairement.

Virginie TREGAN
Marquise de Damvilliers, baronne de Vigors
1812-1878

Tous ses jours furent des adieux

Clarence DANDRIGE
Intendant de Bagatelle
1804-1878

Ainsi pour moi, pour d'autres autrement,
pour tous de toute façon

En contrebas des caveaux, la sépulture de Lorna disparaissait sous un buisson de dahlias. La simple plaque de marbre, placée autrefois par Osmond, avait été, elle aussi, nettoyée et ses lettres redorées :

Lorna BARTHEW, baronne de VIGORS
1893-1928

Le général, abasourdi, choisit un banc, évitant spontanément de s'asseoir, comme autrefois, sur la dalle d'une tombe. Le décor, jadis si bucolique, avait été longtemps confié aux soins de la nature et des saisons, épisodiquement corrigés par des jardiniers paresseux. Il le retrouvait ordonné, discipliné, contrôlé, rendu presque hygiénique par quelque paysagiste diplômé.

Au long du chemin de la berge, le bois avait été éclairci par des abattages calculés. On s'était appliqué à ne conserver que les beaux arbres, qui paraissaient respecter un semblant d'alignement.

Le fleuve, lui, coulait, indifférent et immuable, mais derrière une levée aux talus ratissés, sur lesquels se détachaient des bornes blanches, que la végétation avait longtemps cachées.

La rénovation de Bagatelle devait lui paraître encore plus catégorique. Déjà, à cinq cents mètres de l'entrée du domaine, le chemin avait été asphalté et élargi. Toutes les barrières, effondrées ou détériorées au fil des années, avaient été relevées, réparées et enduites de la même laque blanche que les bancs des Trois-Chênes. Elles étaient maintenant doublées par une haie drue, aussi strictement taillée que les cheveux en brosse d'un officier prussien. Le portail neuf, à claire-voie, était ouvert, mais une barre de bois, munie à une extrémité d'un contrepoids et semblable à celles qui fermaient les passages à niveau, interdisait l'accès à l'allée conduisant à la maison. Au bruit du moteur, un Noir quitta, avec regret, le rocking-chair qu'il occupait à l'ombre d'un chêne et s'approcha. Il portait un uniforme de toile grise et une casquette plate. Osmond le reconnut pour un ancien palefrenier des Oswald.

— Ouvre ! ordonna-t-il.

L'homme s'exécuta, autant impressionné par l'uniforme du général que par le ton du visiteur.

— Hello ! lança-t-il à Hector, qu'il identifia au moment où la *jeep* s'engageait sous les chênes.

Au bout de l'allée, la maison parut à Osmond d'une

fraîcheur empruntée. Lignes droites, perpendiculaires impeccables, angles nets, la demeure ressemblait à l'assemblage réussi d'un jeu de constructions. Les colonnes, les balustres, les persiennes, les chiens-assis, la galerie, le toit : tout avait été décapé, récuré, frotté, fourbi, lessivé, purgé des apports polluants de deux siècles de vie domestique. La laque blanche, livrée éminemment sanitaire, conférait à l'ensemble la pureté engageante du neuf.

Hector arrêta la *jeep* au pied de l'escalier, ce qui provoqua l'apparition sur la galerie d'une jeune fille inconnue d'Osmond, rougissante, vêtue d'une robe à crinoline vert amande, dans laquelle elle ne paraissait pas vraiment à l'aise.

— Allez garer votre auto derrière la maison. Il y a un *parking,* mais ne gênéz pas les manœuvres des autobus, ordonna d'un ton péremptoire, la demoiselle à Hector.

Le sergent jeta un regard à M. de Vigors.

— Attends là !

— Bien, général !

M. de Vigors gravit l'escalier, dont les marches avaient été peintes en jaune moutarde, couleur jusque-là inusitée à Bagatelle.

— Un dollar pour la visite, monsieur, s'il vous plaît, demanda, avec un sourire charmeur, la demoiselle en crinoline.

Osmond tendit un billet vert et reçut en échange un ticket sur lequel il lut : *American Association for Preservation of Old Homes.*

— Il faut attendre quelques minutes. Notre guide en termine avec un groupe de Chicago. Dès que ces gens seront partis, la visite pourra commencer. Mais, déjà, plusieurs personnes attendent. Vous devriez entrer, vous auriez moins chaud. Il y a l'air conditionné, à l'intérieur.

— Merci, je ne crains pas la chaleur. Mais, dites-moi, vous recevez beaucoup de visiteurs ?

— Oh ! chaque jour, dix à quinze autocars, commandant.

— Général, rectifia Osmond.

— Pardon, général, minauda la jeune fille.

— Sans importance... Donc, vous recevez beaucoup de visiteurs.

— Oui. C'est la plantation la plus ancienne de Louisiane, n'est-ce pas, et notre présidente, Mlle Murray, a publié des articles dans tous les Etats de l'Union pour la faire connaître. Hier, nous avions des gens du Colorado.

— Et Mlle Murray est ici ?

— Oh ! non. Elle est au Texas, peut-être pour plusieurs mois. Le gouverneur lui a confié la restauration de Fort Alamo. Oh ! excusez-moi, je vous prie ; je dois accompagner le groupe de Chicago jusqu'à son bus. On ne laisse pas les touristes seuls dans le jardin anglais. Ils veulent tous cueillir une fleur en souvenir et nos massifs sont dévastés.

Osmond vit apparaître un groupe de promeneurs. Les femmes s'éventaient avec des journaux ou des prospectus, les hommes, en manches de chemise, plaisantaient et se passaient des bouteilles de soda ou des boîtes de bière. Des couples se faisaient photographier sous les chênes.

— La visite va commencer, général, dit une voix dans le dos d'Osmond.

La dame-guide aux cheveux blanc bleuté semblait plus à l'aise dans sa robe à crinoline rose que la jeune hôtesse. Cette dernière, devant la maison, poussait les sortants vers l'énorme autocar qui avançait.

Avant de pénétrer dans le salon sur les talons du guide, M. de Vigors eut le temps d'apercevoir Hector, adossé au capot de la *jeep*. Son bonnet de police sur la nuque, le Noir offrait le visage de la plus complète stupéfaction.

Osmond eut l'impression qu'on n'attendait plus que lui. Il se hâta de rejoindre la douzaine d'hommes et de femmes groupés devant le portrait de Virginie. Il lui sembla que cette dernière posait un regard ironique sur les intrus.

— La belle femme que vous voyez là, peinte par Edouard Dubufe, est la marquise de Damvilliers, Virginie, connue dans le Sud comme la dame de Bagatelle. Née à

Paris, orpheline très jeune, elle vint en Louisiane en 1830, pour épouser son cousin, le marquis de Damvilliers. Elle eut de lui plusieurs enfants, dont une fille, nommée Julie, qui fut étranglée, le soir de ses noces, par son mari, un vieil Anglais alcoolique.

— Oh ! quelle horreur ! dit une dame.

— Une autre fille épousa un avocat, qui fut tué à la bataille de Shiloh. Quant à ses deux fils, ils moururent jeunes de la fièvre jaune, qui était à l'époque une vraie plaie pour la Louisiane. Devenue veuve, Virginie se remaria avec un baron français, ami de Napoléon III, M. de Vigors. Il lui donna un fils, Charles, qui remit la plantation en état et devint sénateur des Etats-Unis. Les propriétaires actuels de la plantation sont les descendants du sénateur.

— Où sont-ils ? demanda un vieux monsieur.

— A New York, dans les affaires, répondit la dame-guide, sans hésitation.

» J'ai oublié de vous dire que, pendant la guerre civile, la maison fut transformée en hôpital confédéré, puis, ensuite, en hôpital pour les Nordistes, ce qui la sauva. Après la guerre, Virginie, veuve une seconde fois, réussit à remettre la plantation en culture avec l'aide d'un intendant dévoué, Clarence Dandrige, qu'elle épousa secrètement, mais qui ne lui donna pas d'enfant. D'ailleurs, la dame de Bagatelle et l'intendant sont enterrés côte à côte, sous trois chênes, à un *mile* d'ici. On peut visiter pour cinquante cents.

En entendant raconter ainsi l'histoire de la grande Virginie, celle de Bagatelle, de ses fondateurs les Damvilliers, de leurs successeurs les Vigors, Osmond hésita entre deux attitudes : interrompre cette femme et conter aux visiteurs l'histoire authentique des gens de Bagatelle ou jeter tout le monde dehors. Le premier procédé le forçait à entrer dans un jeu qu'il désapprouvait, la courtoisie vis-à-vis de visiteurs sans malice interdisait d'user du second. Il choisit finalement le parti de se taire et de ne plus écouter le récit fallacieux et d'autant plus trompeur qu'il contenait des bribes de vérité, enveloppées dans un tissu d'approximations et assorties de quelques inventions, sans doute nécessaires pour pimenter les destins bagatelliens. Comment Cordelia pouvait-elle, de bonne foi, admettre une telle falsification ?

Les touristes quittèrent le salon pour se diriger vers les cuisines et l'office ; Osmond sortit sur la galerie. Quand il entendit la troupe monter l'escalier, pour visiter les chambres, et les femmes s'extasier devant le lit à baldaquin où, depuis des générations, les couples bagatelliens s'étaient aimés, où Lorna, dernière dame de Bagatelle, était morte, une bouffée de honte lui noua la gorge. Il se sentait responsable de cette profanation, de ces narrations mensongères qui, cent fois répétées, deviendraient légende admise. Il savait maintenant que le Sud ne se relèverait pas de la médiocrité où les Sudistes eux-mêmes l'avaient entraîné.

Lui qui avait tant espéré de ces retrouvailles avec le vieux domaine, les chênes séculaires, le fleuve, le plat paysage, les champs, où le coton avait, chaque année, offert l'or blanc aux planteurs aristocrates, éprouvait maintenant un profond désenchantement.

Ce n'était pas la déception banale et commune à ceux qui, par-delà les années, tentent de superposer aux réalités du présent les images du passé. Sa mémoire lucide acceptait cette confrontation et faisait la part de la fausse immuabilité des souvenirs, face à la fugacité du moment. S'il admettait l'érosion naturelle, il refusait la corruption organisée.

Pendant les mois passés loin de Bagatelle, le Sud occupait son esprit sans même qu'il y songeât, tels ces scapulaires que l'on porte depuis l'enfance et dont on ne sent plus la présence. Or il s'était bercé d'une quiétude illusoire. Le Sud n'était plus là pour l'attendre, comme l'épouse attend l'époux.

Devenu objet d'exposition, de folklore, de commerce, le

Sud, malgré ses paysages inchangés, était devenu méconnaissable dans l'expression de sa personnalité. Paré d'une mélancolie mièvre, d'un martyre de pacotille, d'un exotisme conventionnel, il pouvait plaire au populaire, qui goûte le mélodrame historique et le libertinage, mais il apparaissait comme caricature publicitaire à ceux qui, par atavisme, le portaient en eux à jamais. Ce Sud dévoyé, il pouvait l'abandonner aux autres.

Bagatelle ressemblait maintenant à un écorché. Peut-être faudrait-il beaucoup de temps pour qu'elle retrouvât, par la grâce de quelque rencontre, sa plénitude et son rayonnement. La lumière du phare venait de s'éteindre, mais un jour, peut-être, un étranger, sans honte ni préjugés, un véritable amateur, un véritable amoureux, envoûté par le souvenir de Virginie, la rallumerait et rendrait justice au Sud.

Les derniers visiteurs quittaient la maison, après être passés par la boutique aux souvenirs, installée sur la galerie postérieure. Des femmes avaient acheté le mélange de fleurs séchées préparé, avait assuré la vendeuse, d'après la composition établie par Virginie, avant la guerre civile.

Osmond de Vigors attendit que le groupe se fût éloigné et pénétra vivement dans le salon. La dame-guide, un trousseau de clefs à la main, se préparait à fermer les portes. Elle sursauta en voyant apparaître M. de Vigors.

— La visite est terminée, monsieur. Nous ouvrons à quatre heures, l'après-midi, mais vous devrez reprendre un ticket. Ils ne sont valables qu'une fois, dit-elle d'un ton sec.

Osmond ôta sa casquette.

— Sortez, fermez la porte et attendez sur la galerie un instant, je vous prie, je dois téléphoner.

— Mais, monsieur, le téléphone n'est pas public ici et...

— Madame, je suis le propriétaire de cette maison, général de Vigors, alors quittez mon salon, je vous prie !

Tremblante d'émotion, la dame en crinoline obtempéra, dans un froufrou offensé.

Osmond trouva l'appareil, s'assit dans son fauteuil,

maintenant recouvert de velours fraise, en face du portrait de Virginie, qui lui parut à cet instant singulièrement absente, et appela l'hôpital de la marine, à Washington.

— Allô, Clem, comment va ?

— *I feel better,* Dad[1] ; j'allais t'appeler. Je vais marcher, tu sais. Tout bouge jusqu'au genou. C'est formidable, non ?

— Rien ne pouvait me faire plus plaisir. Doris est-elle là ?

— Bien sûr, Dad. Je te la passe.

Osmond prit un temps pour assurer sa voix.

— Doris..., la question qui n'a pas été posée, maintenant, je la pose et j'attends une réponse... immédiate.

Après un bref silence, tel un cri, la voix de la jeune femme fit vibrer l'écouteur :

— C'est oui... oui... oui..., mille fois oui ! Oh ! Osmond ! que je suis heureuse !

— Je rentre demain à Washington. Il y aura quelques formalités. Je dois travailler au moins un mois avec les services du *Judge Advocate General* pour organiser ma mission..., mais nous ferons notre voyage de noces à Paris. Peut-être pourrions-nous emmener Javotte. Voyez ça, Doris... Doris, vous m'entendez ?

Osmond perçut un sanglot étouffé, mais qui n'était pas de chagrin.

— Je vous attends... heureuse, finit-elle par articuler.

M. de Vigors reposa le combiné, marqua une pause puis demanda la Maison-Blanche. Il annonça son acceptation et son prochain mariage au conseiller du président.

Il se sentait maintenant, à la fois, très las, très libre et sereinement résigné. La guerre, entre autres leçons, lui avait appris la différence entre l'essentiel et l'accessoire.

En quittant son fauteuil, il jeta un dernier regard à Virginie. Dans le salon aux revêtements muraux trop

1. « Je me sens mieux, papa. »

crus, le tableau semblait rendu à sa simple matérialité : une toile peinte, tendue dans un cadre de bois tarabiscoté.

Il traversa le salon, sortit sur la galerie. D'un signe de tête et d'un sourire, il prit congé de l'hôtesse et, claquant les doigts, fit signe à Hector d'avancer la *jeep*.

— Nous rentrons à La Nouvelle-Orléans et, demain, à Washington, dit-il en s'asseyant près du chauffeur, après avoir coiffé sa casquette.

Quand la voiture, ayant franchi le portail, prit, à angle droit, le chemin des berges, Osmond se retourna vers la maison.

— Ben, m'sieur, ça a bien changé par ici, dit Hector, oubliant qu'il était en uniforme et conduisait un général.

Ce brusque retour au « parler civil », comme disait le Noir, traduisait son émotion.

— Bien changé, en effet, Hector.

— C'est comme un musée qu'on visite... et vous avez pas vu, par-derrière... La presse à coton a été astiquée... Comme neuve, qu'elle est. Et puis il y a la cafétéria, où qu'Hermione vend des sandwiches et du cake..., et la *gift shop* [1], où les touristes y z'achètent des cartes postales. C'est pas Dieu possible, comme ça a changé, m'sieur... J'en suis tout retourné...

Osmond n'avait jamais de geste familier, mais, comprenant qu'un désarroi identique au sien assaillait son compagnon noir, il posa la main sur l'avant-bras du sergent.

Emu, le regard fixé loin devant, sur le chemin mille fois parcouru, Hector grommela :

— Qu'est-ce qu'on est venu faire ici, m'sieur ? Vous pouvez m'expliquer ?

Osmond se tut. Quand la *jeep* contourna le tertre aux trois chênes pour prendre la grand-route, il se décida enfin à répondre d'une voix enrouée :

— Revoir Bagatelle... Une formalité, Hector. L'adieu au Sud...

1. Boutique de cadeaux.

DU MÊME AUTEUR

Aux Éditions Denoël

LES TROIS-CHÊNES, *roman*, 1985.

LES ANNÉES LOUISIANE, 1987. En collaboration avec Jacqueline Denuzière.

L'AMOUR FLOU, *roman*, 1988.

Aux Éditions René Julliard

LES TROIS DÉS, *roman*, 1959.

UNE TOMBE EN TOSCANE, *roman*, 1960. Prix Claude-Farrère.

L'ANGLAISE ET LE HIBOU, *roman*, 1961.

Aux Éditions Fleurus

LES DÉLICES DU PORT, *essai*, 1963.

Aux Éditions Jean-Claude Lattès

ENQUÊTE SUR LA FRAUDE FISCALE, 1973.

LETTRES DE L'ÉTRANGER, *chroniques. Préface de Jacques Fauvet*, 1973.

COMME UN HIBOU AU SOLEIL, *roman*, 1974.

LOUISIANE, *roman*, 1977. Prix Alexandre-Dumas; prix des Maisons de la Presse.

FAUSSE-RIVIÈRE, *roman*, 1979. Prix Bancarella (Italie).

UN CHIEN DE SAISON, *roman*, 1979.

BAGATELLE, *roman*, 1981. Prix de la Paulée de Meursault.

POUR AMUSER LES COCCINELLES, *roman*, 1982. Prix Rabelais.

Aux Éditions de l'Amitié

UN CHIEN DE SAISON. *Illustrations d'Alain Gauthier*, 1981. Grand prix international du livre d'art de la foire de Leipzig 1982 (médaille de bronze).

LA TRAHISON DES APPARENCES, *nouvelles. Illustrations d'Alain Gauthier.* 1986.

Aux Éditions Hachette Jeunesse

ALERTE EN STÉPHANIE, *conte. Illustrations de Mérel,* 1982.

COLLECTION FOLIO

Dernières parutions

1815.	J.-P. Manchette	*Ô dingos, ô châteaux! (Folle à tuer).*
1816.	Charles Williams	*Vivement dimanche!*
1817.	D. A. F. de Sade	*Les Crimes de l'amour.*
1818.	Annie Ernaux	*La femme gelée.*
1819.	Michel Rio	*Alizés.*
1820.	Mustapha Tlili	*Gloire des sables.*
1821.	Karen Blixen	*Nouveaux contes d'hiver.*
1822.	Pablo Neruda	*J'avoue que j'ai vécu.*
1823.	Mario Vargas Llosa	*La guerre de la fin du monde.*
1824.	Alphonse Daudet	*Aventures prodigieuses de Tartarin de Tarascon.*
1825.	James Eastwood	*Bas les masques.*
1826.	David Goodis	*L'allumette facile.*
1827.	Chester Himes	*Ne nous énervons pas!*
1828.	François-Marie Banier	*Balthazar, fils de famille.*
1829.	Pierre Magnan	*Le secret des Andrônes.*
1830.	Ferdinando Camon	*La maladie humaine.*
1831.	Milan Kundera	*Le livre du rire et de l'oubli.*
1832.	Honoré de Balzac	*Physiologie du mariage.*
1833.	Reiser	*La vie des bêtes.*
1834.	Jean Diwo	*Les Dames du Faubourg.*
1835.	Cesare Pavese	*Le camarade.*
1836.	David Shahar	*L'agent de Sa Majesté.*
1837.	William Irish	*L'heure blafarde.*
1838.	Horace McCoy	*Pertes et fracas.*
1839.	Donald E. Westlake	*L'assassin de papa.*
1840.	Franz Kafka	*Le Procès.*
1841.	René Barjavel	*L'Enchanteur.*

1842.	Catherine Hermary-Vieille	*L'infidèle.*
1843.	Laird Koenig	*La maison au bout de la mer.*
1844.	Tom Wolfe	*L'Étoffe des héros.*
1845.	Stendhal	*Rome, Naples et Florence.*
1846.	Jean Lartéguy	*L'Or de Baal.*
1847.	Hector Bianciotti	*Sans la miséricorde du Christ.*
1848.	Leonardo Sciascia	*Todo modo.*
1849.	Raymond Chandler	*Sur un air de navaja.*
1850.	David Goodis	*Sans espoir de retour.*
1851.	Dashiell Hammett	*Papier tue-mouches.*
1852.	William R. Burnett	*Le petit César.*
1853.	Chester Himes	*La reine des pommes.*
1854.	J.-P. Manchette	*L'affaire N'Gustro.*
1855.	Richard Wright	*Un enfant du pays.*
1856.	Yann Queffélec	*Les noces barbares.*
1857.	René Barjavel	*La peau de César.*
1858.	Frédérick Tristan	*Les tribulations héroïques de Balthasar Kober.*
1859.	Marc Behm	*Mortelle randonnée.*
1860.	Blaise Pascal	*Les Provinciales.*
1861.	Jean Tardieu	*La comédie du langage,* suivi de *La triple mort du Client.*
1862.	Renée Massip	*Douce lumière.*
1863.	René Fallet	*L'Angevine.*
1864.	François Weyergans	*Françaises, Français.*
1865.	Raymond Chandler	*Le grand sommeil.*
1866.	Malaparte	*Le soleil est aveugle.*
1867.	Muriel Spark	*La place du conducteur.*
1868.	Dashiell Hammett	*Sang maudit.*
1869.	Tourgueniev	*Pères et fils.*
1870.	Bruno Gay-Lussac	*L'examen de minuit.*
1871.	Rachid Boudjedra	*L'insolation.*
1872.	Reiser	*Phantasmes.*
1873.	Dashiell Hammett	*Le faucon de Malte.*
1874.	Jean-Jacques Rousseau	*Discours sur les sciences et les arts. Lettre à d'Alembert.*
1875.	Catherine Rihoit	*Triomphe de l'amour.*
1876.	Henri Vincenot	*Les étoiles de Compostelle.*
1877.	Philip Roth	*Zuckerman enchaîné.*
1879.	Jim Thompson	*Deuil dans le coton.*

1880.	Donald E. Westlake	*Festival de crêpe.*
1881.	Arnoul Gréban	*Le Mystère de la Passion.*
1882.	Jules Romains	*Mort de quelqu'un.*
1883.	Emmanuel Carrère	*La moustache.*
1884.	Elsa Morante	*Mensonge et sortilège,* tome I.
1885.	Hans Christian Andersen	*Contes choisis.*
1886.	Michel Déon	*Bagages pour Vancouver.*
1887.	Horace McCoy	*Adieu la vie, adieu l'amour...*
1888.	Donald E. Westlake	*Pris dans la glu.*
1889.	Michel Tauriac	*Jade.*
1890.	Chester Himes	*Tout pour plaire.*
1891.	Daniel Boulanger	*Vessies et lanternes.*
1892.	Henri Pourrat	*Contes.*
1893.	Alain Page	*Tchao pantin.*
1894.	Elsa Morante	*Mensonge et sortilège,* tome II.
1895.	Cesare Pavese	*Le métier de vivre.*
1896.	Georges Conchon	*L'amour en face.*
1897.	Jim Thompson	*Le lien conjugal.*
1898.	Dashiell Hammett	*L'introuvable.*
1899.	Octave Mirbeau	*Le Jardin des supplices.*
1900.	Cervantès	*Don Quichotte,* tome I.
1901.	Cervantès	*Don Quichotte,* tome II.
1902.	Driss Chraïbi	*La Civilisation, ma Mère !...*
1903.	Noëlle Châtelet	*Histoires de bouches.*
1904.	Romain Gary	*Les enchanteurs.*
1905.	Joseph Kessel	*Les cœurs purs.*
1906.	Pierre Magnan	*Les charbonniers de la mort.*
1907.	Gabriel Matzneff	*La diététique de lord Byron.*
1908.	Michel Tournier	*La goutte d'or.*
1909.	H. G. Wells	*Le joueur de croquet.*
1910.	Raymond Chandler	*Un tueur sous la pluie.*
1911.	Donald E. Westlake	*Un loup chasse l'autre.*
1912.	Thierry Ardisson	*Louis XX.*
1913.	Guy de Maupassant	*Monsieur Parent.*
1914.	Remo Forlani	*Papa est parti maman aussi.*
1915.	Albert Cohen	*Ô vous, frères humains.*
1916.	Zoé Oldenbourg	*Visages d'un autoportrait.*
1917.	Jean Sulivan	*Joie errante.*
1918.	Iris Murdoch	*Les angéliques.*
1919.	Alexandre Jardin	*Bille en tête.*

1920. Pierre-Jean Remy — *Le sac du Palais d'Été.*
1921. Pierre Assouline — *Une éminence grise (Jean Jardin, 1904-1976).*
1922. Horace McCoy — *Un linceul n'a pas de poches.*
1923. Chester Himes — *Il pleut des coups durs.*
1924. Marcel Proust — *Du côté de chez Swann.*
1925. Jeanne Bourin — *Le Grand Feu.*
1926. William Goyen — *Arcadio.*
1927. Michel Mohrt — *Mon royaume pour un cheval.*
1928. Pascal Quignard — *Le salon du Wurtemberg.*
1929. Maryse Condé — *Moi, Tituba sorcière...*
1930. Jack-Alain Léger — *Pacific Palisades.*
1931. Tom Sharpe — *La grande poursuite.*
1932. Dashiell Hammett — *Le sac de Couffignal.*
1933. J.-P. Manchette — *Morgue pleine.*
1934. Marie NDiaye — *Comédie classique.*
1935. Mme de Sévigné — *Lettres choisies.*
1936. Jean Raspail — *Le président.*
1937. Jean-Denis Bredin — *L'absence.*
1938. Peter Handke — *L'heure de la sensation vraie.*
1939. Henry Miller — *Souvenir souvenirs.*
1940. Gerald Hanley — *Le dernier éléphant.*
1941. Christian Giudicelli — *Station balnéaire.*
1942. Patrick Modiano — *Quartier perdu.*
1943. Raymond Chandler — *La dame du lac.*
1944. Donald E. Westlake — *Le paquet.*
1945. Jacques Almira — *La fuite à Constantinople.*
1946. Marcel Proust — *A l'ombre des jeunes filles en fleurs.*
1947. Michel Chaillou — *Le rêve de Saxe.*
1948. Yukio Mishima — *La mort en été.*
1949. Pier Paolo Pasolini — *Théorème.*
1950. Sébastien Japrisot — *La passion des femmes.*
1951. Muriel Spark — *Ne pas déranger.*
1952. Joseph Kessel — *Wagon-lit.*
1953. Jim Thompson — *1275 âmes.*
1954. Charles Williams — *La mare aux diams.*
1955. Didier Daeninckx — *Meurtres pour mémoire.*
1956. Ed McBain — *N'épousez pas un flic.*
1958. Mehdi Charef — *Le thé au harem d'Archi Ahmed.*

1959.	Sidney Sheldon	*Maîtresse du jeu.*
1960.	Richard Wright	*Les enfants de l'oncle Tom.*
1961.	Philippe Labro	*L'étudiant étranger.*
1962.	Catherine Hermary-Vieille	*Romy.*
1963.	Cecil Saint-Laurent	*L'erreur.*
1964.	Elisabeth Barillé	*Corps de jeune fille.*
1965.	Patrick Chamoiseau	*Chronique des sept misères.*
1966.	Plantu	*C'est le goulag !*
1967.	Jean Genet	*Haute surveillance.*
1968.	Henry Murger	*Scènes de la vie de bohème.*
1970.	Frédérick Tristan	*Le fils de Babel.*
1971.	Sempé	*Des hauts et des bas.*
1972.	Daniel Pennac	*Au bonheur des ogres.*
1973.	Jean-Louis Bory	*Un prix d'excellence.*
1974.	Daniel Boulanger	*Le chemin des caracoles.*
1975.	Pierre Moustiers	*Un aristocrate à la lanterne.*
1976.	J. P. Donleavy	*Un conte de fées new-yorkais.*
1977.	Carlos Fuentes	*Une certaine parenté.*
1978.	Seishi Yokomizo	*La hache, le koto et le chrysanthème.*
1979.	Dashiell Hammett	*La moisson rouge.*
1980.	John D. MacDonald	*Strip-tilt.*
1981.	Tahar Ben Jelloun	*Harrouda.*
1982.	Pierre Loti	*Pêcheur d'Islande.*
1983.	Maurice Barrès	*Les Déracinés.*
1984.	Nicolas Bréhal	*La pâleur et le sang.*
1985.	Annick Geille	*La voyageuse du soir.*
1986.	Pierre Magnan	*Les courriers de la mort.*
1987.	François Weyergans	*La vie d'un bébé.*
1988.	Lawrence Durrell	*Monsieur ou Le Prince des Ténèbres.*
1989.	Iris Murdoch	*Une tête coupée.*
1990.	Junichirô Tanizaki	*Svastika.*
1991.	Raymond Chandler	*Adieu, ma jolie.*
1992.	J.-P. Manchette	*Que d'os !*
1993.	Sempé	*Un léger décalage.*
1994.	Alfred de Musset	*Théâtre choisi.*
1995.	Jacques Laurent	*Le dormeur debout.*
1996.	Diane de Margerie	*Le ressouvenir.*
1997.	Jean Dutourd	*Une tête de chien.*

1998.	Rachid Boudjedra	*Les 1001 années de la nostalgie.*
1999.	Jorge Semprun	*La Montagne blanche.*
2000.	J. M. G. Le Clézio	*Le chercheur d'or.*
2001.	Reiser	*Vive les femmes.*
2002.	F. Scott Fitzgerald	*Le dernier nabab.*
2003.	Jerome Charyn	*Marilyn la Dingue.*
2004.	Chester Himes	*Dare-Dare.*
2005.	Marcel Proust	*Le Côté de Germantes* I.
2006.	Marcel Proust	*Le Côté de Guermantes* II.
2007.	Karen Blixen	*Le dîner de Babette.*
2009.	Marguerite Duras	*Le Navire Night.*
2010.	Annie Ernaux	*Ce qu'ils disent ou rien.*
2011.	José Giovanni	*Le deuxième souffle.*
2012.	Jan Morris	*L'énigme (D'un texte à l'autre).*
2013.	Philippe Sollers	*Le Cœur Absolu.*
2014.	Jacques Testart	*Simon l'embaumeur (ou La solitude du magicien).*
2015.	Raymond Chandler	*La grande fenêtre.*
2016.	Tito Topin	*55 de fièvre.*
2017.	Kafka	*La Métamorphose* et autres récits.
2018.	Pierre Assouline	*L'homme de l'art (D.-H. Kahnweiler 1884-1979).*
2019.	Pascal Bruckner	*Allez jouer ailleurs.*
2020.	Bourbon Busset	*Lettre à Laurence.*
2021.	Gabriel Matzneff	*Cette camisole de flammes (Journal 1953-1962).*
2022.	Yukio Mishima	*Neige de printemps (La mer de la fertilité, I).*
2023.	Iris Murdoch	*Pâques sanglantes.*
2024.	Thérèse de Saint Phalle	*Le métronome.*
2025.	Jerome Charyn	*Zyeux-Bleus.*
2026.	Pascal Lainé	*Trois petits meurtres... et puis s'en va.*
2027.	Voltaire	*Dictionnaire philosophique.*
2028.	Richard Bohringer	*C'est beau une ville la nuit.*
2029.	Patrick Besson	*Ah ! Berlin* et autres récits.
2030.	Alain Bosquet	*Un homme pour un autre.*

2031.	Jeanne Bourin	*Les amours blessées.*
2032.	Alejo Carpentier	*Guerre du temps* et autres nouvelles.
2033.	Frédéric H. Fajardie	*Clause de style.*
2034.	Albert Memmi	*Le désert (ou La vie et les aventures de Jubaïr Ouali El-Mammi).*
2035.	Mario Vargas Llosa	*Qui a tué Palomino Molero ?*
2036.	Jim Thompson	*Le démon dans ma peau.*
2037.	Gogol	*Les Soirées du hameau.*
2038.	Michel Déon	*La montée du soir.*
2039.	Remo Forlani	*Quand les petites filles s'appelaient Sarah.*
2040.	Richard Jorif	*Le Navire Argo.*
2041.	Yachar Kemal	*Meurtre au marché des forgerons (Les seigneurs de l'Aktchasaz, I).*
2042.	Patrick Modiano	*Dimanches d'août.*
2043.	Daniel Pennac	*La fée carabine.*
2044.	Richard Wright	*Fishbelly.*
2045.	Pierre Siniac	*L'unijambiste de la cote 284.*
2046.	Ismaïl Kadaré	*Le crépuscule des dieux de la steppe.*
2047.	Marcel Proust	*Sodome et Gomorrhe.*

Impression Bussière à Saint-Amand (Cher),
le 4 avril 1989.
Dépôt légal : avril 1989.
Numéro d'imprimeur : 6286.

ISBN 2-07-038040-8./Imprimé en France.
(Précédemment publié aux Éditions Denoël
ISBN 2-207-23364-2)

45805